问学求实录

庆贺严家炎教授八十华诞论文集

方锡德　高远东　李　今　解志熙/编

北京大学出版社
PEKING UNIVERSITY PRESS

图书在版编目(CIP)数据

问学求实录:庆贺严家炎教授八十华诞论文集/方锡德等编.—北京:北京大学出版社,2013.9

ISBN 978-7-301-22763-3

Ⅰ.①问…　Ⅱ.①方…　Ⅲ.①中国文学-现代文学-文学研究-文集
Ⅳ.①I206.6-53

中国版本图书馆CIP数据核字(2013)第146249号

书　　名:问学求实录——庆贺严家炎教授八十华诞论文集
著作责任者:方锡德　高远东　李　今　解志熙　编
责 任 编 辑:张弘泓
标 准 书 号:ISBN 978-7-301-22763-3/I·2652
出 版 发 行:北京大学出版社
地　　址:北京市海淀区成府路205号　100871
网　　址:http://www.pup.cn　新浪官方微博:@北京大学出版社
电 子 信 箱:pkuwsz@126.com
电　　话:邮购部62752015　发行部62750672　编辑部62756467
出版部62756467
印　刷　者:北京大学印刷厂
经　销　者:新华书店
650毫米×980毫米　16开本　30.5印张　插页8　435千字
2013年9月第1版　2013年9月第1次印刷
定　　价:65.00元

严家炎教授

2010年12月23日在北大中文系作学术报告

严家炎
中国现代小说流派史
人民文学出版社
严家炎
中国现代小说流派史
人民文学出版社
知春集
求实集
중국
현대소설
유파사
中国现代小说流派史
论鲁迅的复调小说
论鲁迅的复调小说
严家炎 著
世纪的足音
严家炎论小说
论现代小说与文艺思潮
考辨与析疑
——"五四"文学十四讲
KAOBIAN YU XIYI
世纪的足音
人生的驿站
中国现代文学散论
史余漫笔
五四的误读
論中國現代文學及其他
金庸小说论稿
金庸小说论稿
再探金庸
情节趣味
一探金庸
侠骨柔情
连城诀
中国新文艺大系
1937—1949
中短篇小说集
上卷
中国新文艺大系
1937—1949
中短篇小说集
下卷

著作及编纂图书书影（一）

二十世纪中国文学史
中国现代文学史教学大纲
中国现代文学史简编（增订版）
中国现代文学史
History of Modern Chinese Literature
HISTORIA DE LA LITERATURA CHINA MODERNA
中国现代各流派小说选
彭家煌小说选
二十世纪中国小说理论资料
穆时英全集
中国新文艺大系

著作及编纂图书书影（二）

上：摄于林庚先生家中。左起：孙玉石、林庚、严家炎。
下左：1990年代初与叶子铭（右）、范伯群（左）在游船上合影。
下右：1980年代与樊骏在胶东。

上：2010年11月26日在北大“鲁迅人文讲座”作“我的学术道路”讲演后，和部分与会者合影。

中：2010年2月3日《二十世纪中国文学史》编辑会议合影。

下：2012年3月与北大中国现代文学教研室教师合影。

上：1988年陪同日本东京大学教授丸山昇访问萧乾，左起：严家炎、丸山昇、丸山松子、萧乾、文洁若。

下左：2008年与斯洛伐克汉学家高利克合影。

下右：2007年在上海接受记者采访。

左上：1948年摄于上海吴淞中学。左中：20岁时留影。左下：1955年春末摄于安徽铜官山矿务局（今铜陵市）。

右上：2001年夏摄于富春江畔严子陵钓台石碑前。右下：1970年代末在敦煌。

上左：2003年与夫人卢晓蓉摄于中国海洋大学。

上右：2008年4月在布拉迪斯拉法城堡。

下：2000年4月与夫人卢晓蓉摄于重庆北碚卢作孚先生题字碑前，碑文为：“愿人人皆为园艺家，将世界建成花园一样”。

上：2004年夏与夫人、岳父母及女儿严北菱合影。

中：2013年春节与女儿严言、女婿、外孙一家合影。

下：2004年春节与家人合影，左一为弟弟严家炽、左三为妹妹严家惠、右二为四姑周严氏。

上：1981年与“文革”后第一届研究生合影，前排左起：乐黛云、唐沅、王瑶、严家炎、孙玉石；后排左起：赵园、钱理群、吴福辉、凌宇、温儒敏、张玫珊、陈山。
下左：1989年11月17日摄于青浦大观园，左起：钱理群、王瑶、吴福辉、严家炎。
下右：2010年与1982级研究生江锡铨合影。

上：2002年摄于湘西怀化，左起：孔庆东、凌宇、严家炎、卢晓蓉、王瑶先生夫人杜琇、钱理群、吴福辉。

下：左起，分别与1986级博士研究生李书磊、解志熙，1990级博士后史书美（美国）合影。

上：2011年5月28日“严家炎主编《二十世纪中国文学史》研讨会”后，与学生合影。
中：2003年11月，70岁生日时与学生合影。
下：2008年11月，75岁生日时与学生合影。

目 录

严家炎教授小传

严家炎，文学史家，文学评论家，北京大学哲学社会科学资深教授。1933年11月14日出生于上海宝山县。中学时代，已经成为痴情的“文学青年”，并在报刊上发表短篇小说。1950年考入华东人民革命大学，半年后便投入社会实际工作，想为文学创作积累“生活”。1956年9月，以同等学力考入北京大学中文系为副博士研究生。1958年10月，北京大学副博士研究生肄业。因工作需要，留任北京大学中文系教员，从事中国现当代文学教学和研究工作，从此正式走上学术研究道路，同时也选择了一条“为学术而生存”的艰辛的人生之路。“文革”期间，饱经磨难，但对学术研究的执着和热情始终不减。新时期以来，开始走上正常的学术研究轨道，爆发出前所未有的学术创造力；同时又力尽所能，为中国现代文学学科的发展、学术新生力量的培养，尽职尽责地做着“保姆”工作。在教学和学术研究工作之外，曾在学术界和文艺界担任多项社会职务，主要有：1984—1989年任北大中文系主任，1985—1997年任国务院学位委员会第二、三届语言文学学科评议员，1988—2003年任北京市文艺界联合会副主席，1990—2002任中国现代文学研究会会长等。2005年1月被聘为北京大学哲学社会科学资深教授。今当耄耋之年，仍怀老骥伏枥之志，笔耕不辍。

自1950年代末期发表文学评论开始，严家炎教授的治学道路就显示出较为卓异的风格和特色。求实求真是其治学奉行的圭臬，言必己出，言必有据，独立不倚，坚持己见，时或也“有点固执”（唐弢语）。1960年代初期，评论柳青《创业史》，揄扬“中间人物”梁三老汉比“英雄人物”梁生宝在艺术塑造上更加成功，并指出梁生宝形象塑造存在“三多三不足”，曾经引起文艺批评界和学术界的一场争论和批评。1970年代后期，深度研究姚雪垠长篇历史小说《李自成》，赞扬《李自成》是当代有数的优秀长篇之一，并预言它“有可能成为一部文学巨著”。1980 年代是其学术创造力最为旺盛的时代。初期的多篇“中国现代文学史研究笔谈”或专稿，不仅发掘有力的史实为萧军、丁玲伸雪二三十年的不白之冤，而且对中国现代文学研究展开深入的历史反思，率先提出以“文学现代化”、并进而发展为以“文学现代性”作为评价和研究中国现代文学的标准，以及重新评价丁玲延安时期的文学创作等等，为中国现代文学研究的拨乱反正和思想解放拉开了序幕。其后讲授和撰写《中国现代小说流派史》，为现代文学史的重新书写开辟新路，并由此提出文学批评和文学史研究必须走出“跨元批评”的“危险区域”。1990 年代，先是在鲁迅研究中，提出《故事新编》的艺术性质是“表现主义”，进而申论“复调小说”是鲁迅的突出贡献；随后，高调评价金庸武侠小说，认为金庸以精英文化改造了通俗文学，使近代武侠小说第一次走进了文学殿堂，实际上进行了“一场静悄悄的文学革命”。进入二十一世纪后，主编《二十世纪中国文学史》，力主中国现代文学的“源头”和“发端”应该推进至十九世纪八十年代末、九十年代初，并为坚持这一学术观点展开了持续不懈的史料发掘和申说论证工作……凡此种种，无不领新标异、自成一家之言。既敏感着时代氛围的变化和文化/文学/学术思潮的演进，又坚守在学术规范内言说。这些学术观念、观点，都曾引起学术界和文艺界的强烈反响：或风从响应，或引发不同学术观点的争辩。其间的是非曲直，最终还是应该由学术史去检验、判断，非今人所能定评也。

严家炎教授的主要著作有：

《知春集》(1980)、《求实集》(1983)、《论现代小说与文艺思潮》(1987)、《中国现代小说流派史》(1989，2009 增订再版，1997 并有韩译本出版)、《论中国现代文学及其他》(1989)、《世纪的足音——二十世纪中国小说论集》(1995，1996)、《金庸小说论稿》(1999，2007 增订再版)、《一探金庸：侠骨柔情》(2000)、《再探金庸：情节趣味》(2000)、《五四的误读——严家炎学术随笔自选集》(2000)、《论鲁迅的复调小说》(2002，2011 增订再版)、《严家炎论小说》(2002)、《人生的驿站》(2004)、《考辨与析疑——“五四”文学十四讲》(2006)、《史余漫笔》(2009)、《中国现代文学散论》(2012)等。

主编、参与主编、协编的中国现代文学史著述有：

《中国现代文学史》（三卷本，1979—1980，先后印行22版）、《中国现代文学史简编》（1984，2008增订再版，至今印行已27版，并有英文、日文、西班牙文译本）、《中国现代文学史教学大纲》（1996）、《二十世纪中国文学史》（三卷本，2010）等。

编纂或合作编纂的著述有：

《中国历代农民问题文学资料》（1959）、《新感觉派小说选》（1985，2009修订再版）、《中国现代各流派小说选》（四卷，1986）、《彭家煌小说选》（1987）、《二十世纪中国小说理论资料（1917—1927）》第二卷（1997）、《都市小说（穆时英）》（1997）、《彭家煌》（1997）、《彭家煌选集》（2000）、《中国新文艺大系（1937—1949）·中短篇小说》（2002）、《穆时英全集》（三卷，2008）、《皮克的情书》（2010）等。

严家炎教授学术纪事

1956 年（丙申）23 岁

9 月，考入北京大学中文系为副博士研究生，导师杨晦、钱学熙先生。

1958 年（戊戌）25 岁

4 月，应中国作家协会《文艺报》杂志社之聘，任该刊特约评论员。同时被聘为评论员的还有李希凡、李泽厚、胡经之、王世德等。

5 月，《两条黑线——厚古薄今从何而来》发表于《文艺报》第 9 期。这是现在能够见到的作者最早发表的文艺批评文章。

8 月，《阿拉伯人民战斗的声音——介绍几首阿拉伯诗歌》发表于《语文学习》8 月号。

本年夏，随着“大跃进”和“限制资产阶级法权”问题的提出，中国政府宣布取消学位制度与军衔制度。10 月起，因工作需要，留在北京大学中文系任教员，从事中国现代文学史的教学和研究。

1959 年（己亥）26 岁

2 月起，为苏联、东欧和蒙古等国二、三年级留学生单独讲授“中国现代文学史”课程（因中国学生此时停课搞集体科研）。

秋，在 1955 级、1956 级中国学生的“中国现代文学专题讨论”课中，承担了“五四文学革命的性质问题”、“延安文艺座谈会的历史背景”两个专题的讲授。

12 月，《中国历代农民问题文学资料》由中华书局出版。该书由严家炎、赵齐平、程毅中、李厚基、胡经之、赵曙光、刘学锴等合作完成，而出版时则采取当时流行的集体署名方式，以“北京大学中文系文学研究生资料组编”具名。编者在《前言》中说，本书“是在 1958 年党号召下的科学研究大跃进的产物。它主要是汇集了一些资料，供研究中国古典文学和古代历史者参考之用，当然也可以把它当作读物来阅读、欣赏”。全书从古籍、近现代文献及当代的民间调查资料中，辑录了 850 余种、近千篇（首）有关中国历代农民问题的文学资料，分四编：第一编，从先秦《诗经》的《伐檀》等到隋末的民谣和关于农民起义军的传说，计 44 种；第二编，从唐代的鲁城民歌、敦煌曲子词到金代元好问的诗，计 191 种；第三编，从元代杨弘道的《空村谣》到清代金兰的《完粮歌》，计 470 种；第四编，从鸦片战争时期的《三元里民歌》到民国年间南昌民歌《长工歌》，计 150 种。书末附录论文《中国封建社会的一面镜子》，由严家炎、赵齐平、程毅中、李厚基四人合撰。

1960 年（庚子）27 岁

6 月，评定为讲师。

夏秋，中央开始提出“调整、巩固、充实、提高”的八字方针，重新强调学生以学习为主，乃又为从门头沟煤矿返校的 1957 级、1958 级讲授“中国当代小说”课程。

本年，受中文系领导委托，参加 1955 级同学集体编写《中国现代文学史》教材的工作，初稿写出后，由作家出版社内部出版。

1961 年（辛丑）28 岁

3 月，被教育部调到周扬主持下的全国文科教材办公室，参加中国现代文学史教材的编写。同时被调入编写组的有：北京大学王瑶，武汉大学刘绶松，山东大学刘泮溪，北京师范大学李文葆等十余人。数月后在撰写提纲过程中，组成了由中国社科院文学研究所唐弢任主编，王瑶、严家炎、刘绶松、刘泮溪、路坎为责任编委的编委会。初稿写出后，几经讨论，留严家炎、路坎、樊骏三人或修改或重写，于 1964 年印出上册 35 万字的征求意见本（印成两个分册）。下册近 30 万字初稿未及修改，“文化大革命”初期在唐弢家中被抄走而丢失。

6 月，《〈创业史〉第一部的突出成就》发表于《北京大学学报（人文科学)》第3期。同月,《谈〈创业史〉中梁三老汉的形象》一文在《文学评论》第3期上刊出后,在文学界引起较大反响。该文获得中国作家协会副主席兼党组书记邵荃麟的肯定和赞扬,也受到作家柳青本人的赞同和支持。但到1963年6月《关于梁生宝形象》在《文学评论》第3期刊出后,柳青即撰文反驳,评论界也予以讨论和批评。严又在1964年撰写了《梁生宝形象与新英雄人物创造问题》(发表于同年《文学评论》第4期)的答辩文章。1964至1965年批判邵荃麟"写中间人物论"期间,上述三篇文章也都受到批判。直到八十年代,《谈〈创业史〉中梁三老汉的形象》才被选入《中国新文艺大系》、《中国新文学大系》两套文献丛书和《新中国六十年文学大系·文学评论精选》中。《关于梁生宝形象》则被选入《1949—2009文论选》中。

1962年(壬寅)29岁

6月,《改造文学队伍、改造文学艺术的历史性纲领——纪念〈在延安文艺座谈会上的讲话〉发表二十周年,兼论中国无产阶级文学队伍的形成问题》,发表于《北京大学学报(人文科学)》第3期。

1963年(癸卯)30岁

本年,北京作家协会筹备委员会成立,老舍为主任,骆宾基为副主任,吴组缃、浩然、林斤澜、严家炎等为委员。

1965年(乙巳)32岁

2月至7月,经历1964年社会主义教育运动,后又落实"二十三条"的巨大反复后,为1961级文学专业学生讲授"新中国十五年文学"的课程。

1966年(丙午)33岁

6月,"文革"爆发后中止教学和学术活动。

1970至1976年因招收工农兵学员,曾先后与其他教师合作为学员开设"各体文章讲读"、"鲁迅小说选讲"、"鲁迅散文杂文选讲"、"文学理论专题”、“中外短篇小说选读”等课程。

1978 年(戊午)45 岁

5 月,《评一九二八年无产阶级文学的倡导和论争——关于鲁迅和创造社、太阳社论争的几个问题》发表于《文学评论》第 2 期。

6 月,《〈李自成〉初探》发表于《北京大学学报(哲学社会科学版)》第 3 期。同月,《〈狂人日记〉的思想和艺术》发表于《昆明师范学院学报》第 3 期。

秋,“文革”结束后全国恢复研究生招考制度,北京大学中国现代文学专业由导师王瑶、严家炎具名招收五名硕士研究生,报考者竟有七百多人,成绩优异者颇多。经请示校系领导,决定扩招,最终录取钱理群、吴福辉、赵园、凌宇、温儒敏、陈山、李复威、刘蓓蓓等八人,仍是百中选一。

本年末,被评定为副教授。

本年 9 月起至 1980 年,受教育部和主编唐弢委托,主持《中国现代文学史》(三卷本)编写组的工作,修改 1964 年印出的上册(征求意见本),重写初稿已丢失的下册,由人民文学出版社于 1979 年 6 月、11 月分别出版第一、第二分册(上册,署“唐弢主编”),1980 年 12 月出版第三分册(下册,署“唐弢、严家炎主编”)。其间曾为本科生与分校中文系学生零星讲课。

1979 年(己未)46 岁

年初,在教育部召开的全国几十所高校学者参加的北京和西安两次现代文学教材会议上,与会学者共同发起成立“全国高校中国现代文学研究会”,推选王瑶为会长,田仲济、任访秋为副会长,严家炎为秘书长,陆耀东为副秘书长。并决定出版每年四期的学术刊物《中国现代文学研究丛刊》,组成首届编委会,由王瑶任主编,田仲济、任访秋、严家炎任副主编。随后,全国社会科学院系统的专业学者也都加入这一学术团体,团体名称改变为“中国现代文学研究会”。

3 月,《〈李自成〉初探(续)》发表于《北京大学学报(哲学社会科学版)》第1期。同月,《两个口号论争的再评价》,发表于《社会科学战线》第1期。

6月,《五四文学革命的性质问题》刊载于本年出版的《文艺论丛》第8辑。

本年起,作为《中国大百科全书·中国文学卷》的编辑委员和现代文学分支副主编,协助主编王瑶先生,筹划编写该书现当代文学部分(七十万字),包括设计框架条目、组织专人撰写、参与修改定稿等,前后凡七年。严本人撰写了其中的部分词条。

1980年(庚申)47岁

2月,《鲁迅对〈救亡情报〉记者谈话考释》发表于《新文学史料》第1期。

5月,论文集《知春集》由人民文学出版社出版。全书收录《五四文学革命的性质问题》、《〈狂人日记〉的思想和艺术》、《〈故乡〉与鲁迅小说的现实主义》、《读〈社戏〉》、《〈创业史〉第一部的突出成就》、《谈〈创业史〉中梁三老汉的形象》、《关于梁生宝形象》、《梁生宝形象和新英雄人物创造问题》、《厚实源于根深——读柳青〈创业史〉第二部(上卷)》、《〈李自成〉初探》等论文21篇。作者在《后记》中说,这些关于中国现代文学的论文"大多写于'文化大革命'前,也有一部分是近年的产物,……为存原貌,文字只作了少量修改,个别文章则恢复了发表时因篇幅限制而压缩的段落。关于《创业史》第一部(初版)的四篇文章,当时曾引起过一场争论,……现除将篇幅较长的答辩性文章《梁生宝形象和新英雄人物创造问题》稍作文字压缩和个别改动外,其余三篇订正排印中的错漏后,仍按原样收在这里,算是录以备考吧!"

7月,中国现代文学研究会首届年会在包头举行。王瑶会长做了《关于中国现代文学研究工作的随想》的报告,严家炎作了题为《从历史实际出发,还事物本来面目》的发言,两文均刊载于《中国现代文学研究丛刊》当年第4辑。本届年会后,严辞去研究会秘书长职务,专做《丛刊》工作。

9月起,为1980级本科生讲授中国现代文学,1981年3月因家人重病而中辍,教学工作改请研究生以教学实习方式继续进行。

1981 年(辛酉)48 岁

1 月,《现代文学史上一桩旧案——重评丁玲小说〈在医院中〉》发表于《钟山》杂志第 1 期。

7 月,《文学评论》编辑部特约撰写《鲁迅小说的历史地位》一文,10 月发表于该刊本年第 5 期。此文被选入《纪念鲁迅诞生一百周年学术讨论会论文选》,后又被全文选入《中国文学研究年鉴(1982)》。

1982 年(壬戌)49 岁

3 月,《论〈狂人日记〉的创作方法》发表于《北京大学学报(哲学社会科学版)》第 1 期。

9 月,招收硕士研究生江锡铨、陈卫平、王友琴、孟悦。

同月,为研究生开设"中国现代文学研究专题"课,除研究方法、评价标准等内容外,分几个专题介绍五四后小说思潮、流派演化的线索,集中探讨重要文学期刊与现代小说流派形成的关系。

1983 年(癸亥)50 岁

2 月—7 月,为高年级本科生与研究生开设"五四以后小说流派"课程。这一课程在 1984、1985 两年内又分别为高年级本科生和北大分校中文系高年级学生开设两遍。

9 月,招收硕士研究生高远东、李德。

11 月,论文集《求实集》由北京大学出版社出版。全书收《从历史实际出发,还事物本来面目——中国现代文学史研究笔谈之一》、《现代文学的评价标准问题——中国现代文学史研究笔谈之二》、《现代文学研究方法答问——中国现代文学史研究笔谈之三》、《中国现代文学发展中的几个基本问题》、《文学·政治·人民——新文学历史的一些回顾和思索》、《鲁迅小说的历史地位——论〈呐喊〉〈彷徨〉对中国文学现代化的贡献》、《论〈狂人日记〉的创作方法》、《读〈阿 Q 正传〉札记》、《论世而后知人,顾全方能通篇——关于鲁迅研究的一点感想》、

《现代文学史上的一桩旧案——重评丁玲小说〈在医院中〉》、《历史的脚印,现实的启示——“五四”以来文学现代化问题断想》等论文 18 篇。唐弢在为本书所写的序中指出,在坚持实事求是的精神、推进学科的拨乱反正方面,“几年来经过深入思考,家炎的成就斐然可观”。前辈学者李何林先生评价说:“这是一本有创见的‘实事求是’的书,每一篇都有创见:针对多年来一些‘左’的看法,有理有据、有说服力地、心平气和地予以评论,可以算作一些问题的小结。”1987 年,《求实集》获北京市首届社会科学优秀成果二等奖。

1984 年(甲子)51 岁

2 月起至 1989 年 3 月,任北京大学中文系主任。

3 月,参与编著的《中国现代文学史简编》由人民文学出版社出版。主编唐弢在《编写后记》中说,“这部简史是在 1979 年到 1980 年出版的三卷本《中国现代文学史》基础上压缩修订的”。承担简编本编写工作的是唐弢、严家炎、樊骏、万平近。该书还由外文出版社组织翻译成英文、日文和西班牙文分别出版。2008 年 4 月,复旦大学出版社出版了由严家炎和万平近参与协编的该书增订本。

4 月,《关于“五四”新文学的领导思想问题》发表于《中国现代文学研究丛刊》第 1 期。同月,《气壮山河的历史大悲剧——〈李自成〉一、二、三卷艺术管窥之一》(与胡德培合著)发表于《辽宁大学学报(哲学社会科学版)》第 2 期。同月,《〈红岩〉的突出贡献》发表于《贵州社会科学》第 4 期。

8 月,在高校教师职称评审工作冻结期间,教育部特别批准包括严家炎在内的全国少数教师为教授、博士研究生导师。

本年起,受国务院学位委员会之聘,先后担任第二届和第三届语言文学学科评议组成员,直至 1997 年因支持成员年轻化而主动辞去此职务,前后凡十四年。

1985 年(乙丑)52 岁

2 月,按国家教委要求,主持咨询组起草了高校“七五”科研规划中国文学研究方面的咨询报告。该报告收入国家教委高教一司编集的《哲学社会科学研究现状和发展》一书，由北京大学出版社于 1985 年 7 月出版（内部发行）。

5 月，选编的《新感觉派小说选》由人民文学出版社出版。这是“中国现代文学流派创作选”首批选目的一种。书稿于 1983 年春交到出版社，但因碰上了‘反精神污染’运动，被出版社延至本年出版。全书选辑了刘呐鸥、穆时英、施蛰存、徐霞村、黑婴等“新感觉派”小说家的 23 篇小说。书首有编者的长篇《前言》，对中国新感觉派的形成、新感觉派主要作家、新感觉派小说的创作特色及其倾向性问题等，作了详细的介绍和实事求是的分析，并对编选情况作了说明。

同月，在北京大学首届优秀科研成果颁奖大会上发言，提出保持传统优势的同时发展新学科，强调史学中的求真精神，反对把“为科学而科学”看做资产阶级学术道路，强调学风与质量是科研中的关键和根本。这些意见当场得到副校长朱德熙先生的赞同和支持。

7 月，《创造社前期小说与现代主义思潮（摘要）——中国现代小说流派论之三》发表于《中国现代文学研究丛刊》第 2 期。

9 月，与王瑶先生共同具名，招收博士研究生方锡德。

10 月《略谈施蛰存的小说》发表于《中国现代文学研究丛刊》第 3 期。同月，《中国现代小说流派史漫笔》发表于《北京大学学报（哲学社会科学版）》第 5 期。

1986 年（丙寅）53 岁

5 月，《漫谈〈李自成〉的民族风格》发表于《河南大学学报（哲学社会科学版）》第 2 期。

6 月，全国研究丁玲的学者在长沙举行“丁玲文学创作六十周年研讨会”，经两年多筹备而正式成立全国性学术团体“丁玲研究会”。严家炎因事未能出席研讨会，被与会者选为会长。以后在第二至第六届年会上被继续选为丁玲研究会会长。第七届年会以后，则被选为名誉会长。

9 月，招收博士研究生解志熙、李书磊。

10 月,《论彭家煌的小说》发表于《中国现代文学研究丛刊》第 3 期。

本年 9 月—1987 年 9 月,应美国斯坦福大学东亚研究中心之邀,作为亨利·卢斯学者,在该校任客座研究员一年。其间,曾赴波士顿参加美国亚洲学会年会,并先后在哈佛大学、普林斯顿大学、罗格斯大学、芝加哥大学、斯坦福大学、伯克利加州大学、洛杉矶加州大学、圣迭戈加州大学等校作学术讲演。返程时顺道访问日本十天,在东京大学、一桥大学、神户大学、九州大学作学术讲演。

本年,选编的《中国现代各流派小说选》四册由北京大学出版社出版。全书共选辑了中国现代小说史上 9 个流派的 157 篇作品(包括中长篇小说存目)。第 1 册选辑的是"鲁迅文学研究会影响下的乡土小说"、"创造社影响下的自我小说";第 2 册选辑的是"早期普罗小说"、"新感觉派与心理分析小说";第 3 册选辑的是"社会剖析派小说"、"京派小说";第 4 册选辑的是"七月派小说"、"后期浪漫派小说"、"'山药蛋派'小说"。编者《前言》说:"《中国现代各流派小说选》是《中国现代小说流派史》一书的辅助教材,但也可以作为中国现代小说研究家和一般文学爱好者的有益读物"。研究生李德、高远东分别撰写"作者简介"。

1987 年(丁卯)54 岁

2 月,《彭家煌生平与创作年表》(与陈福康合著)发表于《新文学史料》第 1 期。

3 月,论文集《论现代小说与文艺思潮》,由湖南人民出版社出版。全书收录围绕"现代小说及其流派"、"文艺上各种思潮"的论文 23 篇。这些文章大多写于 1983—1985 年间,其中有 4 篇是作者分别与马振方、胡德培、陈福康、梁惠陵合著。

8 月,《彭家煌小说选》由人民文学出版社出版。彭家煌是中国现代文学史上一位创作颇有成就而又长期湮没无闻的作家,本书选辑了他的中、短篇小说 29 篇。书前有编者的《论彭家煌的小说——〈彭家煌小说选〉前言》,介绍了彭家煌的生平与创作历程,分析了他的创作特色，并对编选事宜作了交代。书后附录“彭家煌生平与创作年表”（与陈福康合作）。同月，论文《开拓者的艰难跋涉——论丁玲小说的历史贡献》发表于《文学评论》第4期。

1988年（戊辰）54岁

2月—7月，为首届作家班、研究生、高年级本科生开设“中国现代小说流派”课程。

10月，《关于胡风文艺思想的反思》（座谈会发言）发表于《文学评论》第5期。

秋，与唐弢共同主编的三卷本《中国现代文学史》获国家教委颁发的首届普通高校优秀教材“全国优秀奖”（即一等奖）。

本年，应约参与《中国新文艺大系（1937—1949）》的编纂工作，担任小说集的主编，此一工作历时十年方告完成，其成果《中国新文艺大系（1937—1949）中、短篇小说集》（上、下卷），2002年2月由中国文联出版公司出版。该书是《中国新文艺大系》第三辑（1937—1949）的一种。编者应邀担任本集的编选，从大量的原始文献中发掘、遴选出131位作家的167篇中、短篇小说，比较全面地反映了1937—1949这十二年间国统区、沦陷区、解放区中、短篇小说创作的实绩。书首的《导言》（其中有关路翎、张爱玲的部分由范智红执笔），对这一时期作家们如何应对各种考验、如何回应现实、如何进行艺术创新等问题，作了客观的介绍和深入的分析。

1989年（己巳）56岁

2月—7月，为第二届作家班开设“中国现代小说流派”课程。

4月，《论中国现代文学及其他》由台湾新学识文教出版中心出版。全书收论文17篇。作者在《跋》中交代说，“从拙著几种文学论文集中，我选了十七篇论文编成本书”。他希望台湾读者“或许可以从中略窥大陆近十年文学研究、文学反思情况之一豹”。出版家在书前的“出版说明”中则云：“本书是首次由大陆著名学者正式直接授权在台出版的中国现代文学论著；在排印中，我们发现引介这一论著，不仅具开放、沟通的象征意义,也不仅藉此可以填补、满足隔离了四十年来的空白,更力能提高文学爱好者的欣赏兴趣与鉴赏能力,并促进现在已是或将要是台湾作家与文学工作者的认知和工作水平。因此,特征得作者同意,以本书列为'论现代中国文学专辑之一'"。

6月,《走出百慕大三角区——谈二十世纪文艺批评的一点教训》发表于《文学自由谈》第3期。

8月,《论京派小说的风貌和特征》发表于《湖北大学学报(哲学社会科学版)》第4期。

同月,专著《中国现代小说流派史》由人民文学出版社出版。作者自1982年起为北京大学中文系文学专业的研究生、进修教师、本科高年级学生多次讲授"中国现代小说流派史"课程,本书是根据讲稿整理、补充、修订而成的一部著作。全书目录如下:绪论/第一章　鲁迅、文学研究会影响下的乡土小说/第二章　创造社影响下的自我小说及其浪漫主义、现代主义特征/第三章　太阳社和后期创造社的"革命小说"/第四章　新感觉派和心理分析小说/第五章　社会剖析小说/第六章　京派小说/第七章　七月派小说/第八章　后期浪漫派小说/结束语/附录　走出百慕大三角区——谈二十世纪文艺批评的一点教训/后记。本书出版后,在学界引起强烈反响和高度评价,据不完全统计,国内外报刊发表的评论文章近三十篇。1992年,该书获国家教委颁发的第二届普通高校优秀教材"全国优秀奖"(即一等奖)。1997年11月本书韩文版出版,由朴宰雨翻译,列为韩国学术振兴财团翻译丛书第204种,书中增加了著者为韩文版所写的序。2009年8月,长江文艺出版社出版该书的增订本。作者为增订本撰写了《新版后记》,并新增了"人名索引","附录二　近二十年来国内外评论《中国现代小说流派史》和《新感觉派小说选》的部分文章目录",以及温儒敏、萧乾、朱晓进、黄修己等评论该书的文章。

9月,招收博士研究生李惠彬。

10月,《张爱玲和新感觉派小说》发表于《中国现代文学研究丛刊》第3期。同月,《论七月派小说的风貌和特征》发表于《北京大学学报(哲学社会科学版)》第5期。

1990 年(庚午)57 岁

1 月,《悼念王瑶先生》发表于《鲁迅研究月刊》第 1 期。

8 月初,“二十世纪中国小说史”国际学术研讨会在北京大学召开,有中、日、美三国和台、港地区学者共三十人参加。严在会上作《试说二十世纪中国小说总体特征》的主题发言。该文 1992 年 12 月发表于《中国文化》第 2 期。

9 月,招收博士后史书美(美国)。

本年 9 月—1991 年 1 月,为中文系本科生讲授中国现代文学史课程。

11 月,中国现代文学研究会第五届年会在杭州举行。这是原会长王瑶先生逝世后举办的第一次年会。严家炎因正在香港中文大学参与一项学术活动,未能出席年会。在年会后新一届理事会第一次会议上,严被选举为中国现代文学研究会第六届会长。此后年会改为每四年举行一次。

1991 年(辛未)58 岁

2 月—10 月,应邀在美国斯坦福大学亚洲语文系任客座研究员,指导研究生论文写作。其间曾为旧金山一华文文化中心开设金庸小说讲座两次。

6 月,自美赴新加坡参加“汉学研究之回顾与前瞻国际研讨会”,发表论文《现代小说研究在中国》,后又回美国继续做研究。

9 月,招收博士研究生刘为民。

10 月,返国途中,应邀参加日本神户大学举办的中国现代文学学术会议,并作学术讲演。

本年,由于“为发展我国高等教育事业做出的突出贡献”,获国务院颁发政府特殊津贴及证书。

1992 年(壬申)59 岁

3 月,《鲁迅和日本文化——1991 年 10 月 20 日在日本神户市孙中山纪念馆友之会的讲演》发表于《鲁迅研究月刊》第2期。

5月,《悼念文学史家唐弢先生》发表于《鲁迅研究月刊》第5期。

9月,《唐弢先生对中国现代文学学科建设的贡献》发表于《中国现代文学研究丛刊》第3期。

同月,招收博士研究生旷新年。

10月,《文学思潮研究的二三感想》发表于《河南大学学报(哲学社会科学版)》第5期。

本年—1993年期间,两次为作家班、高年级本科生与现当代文学专业研究生开设“京派小说研究”课程各一学期。

1993年(癸酉)60岁

3月,《为谜样的传主解读》发表于《读书》第5期。

6月,经教育部评定,北京大学严家炎、孙玉石、钱理群、唐沅、温儒敏五教授的“中国现代文学史”基础课为国家级优秀课程,并授予一等奖。

7月,《小说全面革新的理论导引——“五四”小说理论批评概说》发表于《中国文化研究》第1期。

9月,招收博士研究生范智红、孔庆东。

11月,应韩国现代中国文学学会邀请,赴汉城参加鲁迅思想和作品国际研讨会,发表论文《鲁迅与表现主义——兼论〈故事新编〉的艺术特征》。并应邀在汉城大学作学术讲演。该文后经修改、补充,发表于1995年第2期《中国社会科学》杂志,并被译载于英文版《中国社会科学》1996年第3期。

12月,《二十世纪中国小说研究之回顾与展望》刊载于《文学评论》1993年第6期。随后,此文被译成英文,刊载于 *Social Sciences in China* 1995年第2期。

1994年(甲戌)61岁

5月初,中国现代文学研究会第六届年会在西安举行。除本国学者外,有韩、日学者参加。本届年会就新时期中国现代文学各个方面的研究状况举行讨论,并进行了换届选举。在新一届理事会第一次会议上,严被选举为第七届会长。严家炎在会上作了《新时期十五年的中国现代文学研究》的主题报告,后发表于1995年2月《中国现代文学研究丛刊》第1期。1995年,该文被译成法文刊载于巴黎《汉学书评杂志》*Revue Bibliographique de Sinologie* 第13期上。

5月,《评〈女巫〉》发表于《中国文化研究》第2期。

6月,在长沙召开的“二十世纪中国文学与区域文化丛书”编委会上,被推为丛书主编,撰写总序。1995年1月《〈二十世纪中国文学与区域文化丛书〉总序》,发表于《理论与创作》第1期。该丛书共收专著10种,从1995年8月至1998年1月由湖南教育出版社陆续出版。

9月,招收博士研究生申正浩(韩国)。

10月24日,在北京大学授予查良镛(金庸)名誉教授的仪式上,发表《一场静悄悄的文学革命》的贺词。此文刊载于香港《明报月刊》本年12月号。

11月,《区域文化:研究二十世纪中国文学的重要视角》发表于《中国文化研究》第4期。

本年9月—1995年1月,为研究生与访问学者开设“中国现代文学思潮专题”课。

1995年(乙亥)62岁

2月,散文《吴组缃先生二三事》发表于《新文学史料》第1期。

本年2月—7月,为研究生与高年级本科生开设“金庸小说研究”课程。日本早稻田大学岸阳子教授从头至尾旁听了这一课程,认为“非常有意思”。

9月,《五四新文化运动与传统文化》发表于《鲁迅研究月刊》第9期。

同月,招收博士研究生生李今、田炳锡(韩国)。

11月,《〈微神〉:老舍的心象小说》发表于《中国文化研究》第4期。

12月,应《小说选刊》之邀,担任“传世藏书杯1995年度最佳中短篇小说奖"评奖委员，并为获奖作品撰写评语。评委会由王蒙、李国文、张炯、严家炎、陆文虎等组成。获奖的中篇小说为：何申的《年前年后》，邓一光的《父亲是个兵》，王跃文的《秋风庭院》，叶广芩的《祖坟》，池莉的《心比身先老》；短篇小说为：阿成的《赵一曼女士》，尤凤伟的《远去的二姑》，汪曾祺的《兽医》，谭文峰的《仲夏的秋》，徐坤的《鸟粪》。

本年9月—1996年1月，与其他教师一起共同为本科生开设"文学名篇赏析"课程。

1996年(丙子)63岁

1月，《鲁迅作品的经典意义——〈鲁迅作品集〉序》发表于《北京大学学报(哲学社会科学版)》第1期。

5月，受国家教委高教司委托主编的指导性教学大纲《中国现代文学史教学大纲》，由高等教育出版社出版。

同月，在《文学评论》第3期上刊出论文《论金庸小说的现代精神》，引起文学界的较大关注。此文后来被提名推荐为首届鲁迅文学奖理论评论候选篇目，并曾作为附录，编入中国作家协会主办的《鲁迅文学奖获奖作品丛书理论评论》卷中，由华文出版社于1998年4月出版。

6月，《序〈废名小说选集〉》发表于《中国文化》第1期。

7月，论文《不怕颠覆　只怕误读》发表于《河北师院学报(社会科学版)》第3期，重刊于1997年2月《中国现代文学研究丛刊》第1期。

10月，《世纪的足音——二十世纪中国小说论集》由作家出版社出版。全书收录《试说二十世纪中国小说的总体特征》、《小说全面革新的理论导引——"五四"小说理论批评概说》、《〈呐喊〉〈彷徨〉的历史地位》、《鲁迅与表现主义——兼论〈故事新编〉的艺术特征》、《论新感觉派小说》、《〈微神〉：老舍的心象小说》、《开拓者的艰难跋涉——论丁玲小说的历史贡献》、《七月派小说论争三题》、《一场静悄悄的文学革命——略论金庸小说的文学史地位》、《二十世纪中国小说研究之回顾与展望》、《关于中国现代文学史研究的若干问题》、《区域文化：研究二十世纪中国文学的重要视角》等24篇论文。作者在《自序》中提示："本书所收文章，大致分为两组：前面十六篇尝试着对本世纪中国小说的主体色调、发展趋向、创作方法、思潮流派、重要小说现象以及某些具体作家作品进行研究；后面八篇则通过学科状况的回顾，集中探讨了研究的角度和方法，提出一些理论问题。"另，此书先曾以《世纪的足音——20世纪中国小说论集》为题，由香港的天地图书出版公司于1995年出版，内容较作家出版社版本少三篇。

1997年(丁丑)64岁

1月，选编的"中国现代文学百家"丛书之一《彭家煌》由华夏出版社出版。该书收彭家煌小说29篇。书前收有彭家煌相片及书札手迹。书末附有《彭家煌小传》、《彭家煌主要著作书目》。

同月，应《小说选刊》之邀，担任"1996年度中短篇小说奖"评奖委员，并为获奖作品撰写评语。。评委会由王蒙、张炯、林斤澜、严家炎、陆文虎等组成。获奖的中篇小说为：谈歌的《大厂》，李国文的《涅槃》，李佩甫的《学习微笑》，李贯通的《天缺一角》，东西的《没有语言的生活》；短篇小说为：陈世旭的《镇长之死》，史铁生的《老屋小记》，毕飞宇的《哺乳期的女人》，李大卫的《出手如梦》，迟子建的《雾月牛栏》。

2月9日，写完《京派小说与现代主义》。此文乃应法国东方语言文化学院中文系教授 Isabelle Rabut 之邀，专为法文版《京派与海派》一书而作，后由 Isabelle Rabut 教授译成法文，2000年由巴黎"中国之蓝"出版社出版。

2月，选编的《二十世纪中国小说理论资料》第2卷，由北京大学出版社出版。该书选辑了1917—1927年间有关小说的理论、评论、序跋、专著、创作谈、书信、杂论93篇(种)，反映了这一时期不同流派小说观念的变化、理论建树与批评状况。书首有"凡例"和"前言"。"凡例"交代了编选原则和编排体例，"前言"对这一时期小说观念的变迁、理论的创新、讨论的热点和批评的特色等作了概括性的评介。书后附收《1917—1927年中国小说理论资料编目》。

本年2月—7月，应美国洛杉矶加州大学东亚语言文化系之邀，任客座教授。为该系四年级本科生讲授“中国现代文学”课程，为研究生讲授“京派小说与海派小说研究”课程。

8月，选编的《穆时英　都市小说》由上海文艺出版社出版。本书选录了穆时英的12篇小说。编者在《序》中简要叙述了中国现代都市小说的兴起过程、不同类型，在比较中揭示了新感觉派小说的特色和穆时英的独特贡献。

9月，招收博士后郑家建。

本年9月—1998年1月，与其他教师一起共同为本科生开设“现代文学作品选读”课程。

1998年（戊寅）65岁

5月，应邀赴美国科罗拉多大学参加“金庸小说与二十世纪中国文学国际研讨会”，发表论文《金庸的“内功”：新文学根柢》。该文1999年11月刊载于《当代作家评论》第6期。

7月下旬，中国现代文学研究会第七届年会在太原举行。年会邀请了香港学者刘绍铭等参加。严家炎在会上致开幕词并发表《文化生态平衡与武侠小说命运》的论文。在会议选出的新一届理事会上，被选为第八届会长。

本年2月—7月，为研究生与高年级本科生再次开设“金庸小说研究”课程。

8月，与孔庆东合作的《〈连城诀〉点评》由文化艺术出版社出版。本书是“评点本金庸武侠全集”的一种。编写者努力汲取中国传统的小说评点和现代的小说批评之长，试图创造一种既有现代感又通俗简明的小说批评和小说导读方式。同月，《金庸小说与传统文化》发表于《中国文化研究》第3期。

1999年（己卯）66岁

1月，《金庸小说论稿》由北京大学出版社出版。本年内，该书连续印刷三次，印数达25 000册。作者在《序言》中说，“1995年春开始，我在北京大学中文系开设‘金庸小说研究’课程。这部书稿便根据那时的讲稿陆续整理而成。”并声明:“在大学开设‘金庸小说研究’课,平心而言,并非为了赶时髦或争做‘始作俑者’,而是出于文学史研究者的一种历史责任感。早在八十年代初,我就主张现代文学史不应排斥鸳鸯蝴蝶派小说和旧体诗词,并首次将张恨水写入文学史教材。至于金庸这样的杰出作家,当然更应入史并可开设课程”。除“序言”外,全书目录如下:金庸热:一种奇异的阅读现象/文化生态平衡与武侠小说命运/豪气干云铸侠魂——说金庸笔下的“义”/变幻百端笔生花——说金庸笔下的“武”/生死以之痴千态——说金庸笔下的“情”/论金庸小说的现代精神/论金庸小说的情节艺术/论金庸小说的生活化趋向/论金庸小说的影剧式技巧/金庸小说与传统文化/金庸的“内功”:新文学根柢/文学的雅俗对峙与金庸的历史地位。附录5篇:一场静悄悄的文学革命——在查良镛获北京大学名誉教授仪式上的贺词/金庸答问录/《连城诀》简评/新世纪思想文化之光——读金庸、池田大作对谈录/金庸笔下的大理——1998年4月12日在大理“金庸学术研讨会”上的发言。另,本书的香港版,由明河社出版有限公司于2000年3月出版。

2月,《开幕词:近年现代文学研究的新趋向》发表于《中国现代文学研究丛刊》第1期。

本年2月—7月,应法国东方语言文化学院之邀任客座教授。为该校中文系四年级本科生讲授“中国现代文学”课程,为研究生讲授“中国文化专题十二讲”课程。

10月,《五四新文化运动与中国的家族制度——读史札记之一》发表于《鲁迅研究月刊》第1期。

2000年(庚辰)67岁

2月,《在我记忆中的慧修师》发表于《新文学史料》第1期。该文后收入北京大学出版社2001年7月出版的《中国新文论的拓荒与探索——杨晦先生纪念集》。

3月,《回忆我当“保姆”的日子》发表于《中国现代文学研究丛刊》第1期。

6月,《“五四”的误读——严家炎学术随笔自选集》由福建教育出版社出版，全书收文 50 篇。作者在《自序》中说，本书“所收文字，大多为近年所作，最早的则上推到六十年代初期，时间跨度长达三十多年。除两篇外，95% 以上发表后并未编过集子，其中包括了短论、随笔、书话、杂感、札记、讲演、序跋等多种体式”。并对本书的题名作了解释：“书名有意用了一个含糊的说法，叫做《“五四”的误读》，它可以包含三层意思：一是学术界对‘五四’的误读；二是‘五四’先驱者对历史的误读；三是我们当代人围绕‘五四’以来新文学、新文化问题的若干争论以及要不要超越‘五四’的不同意见”。

夏，应中国作家协会之聘，担任第五届茅盾文学奖评选委员会委员。当年 10 月 9 日至 12 日，第五届茅盾文学奖评选委员会在北京郊区举行十五人全体会议，讨论评选方法与程序，决定从初选出的 30 部长篇小说中经过交换意见和几轮投票，产生出获奖作品。在三轮投票后，以三分之二多数票当选的第五届获奖作品共 4 部：阿来的《尘埃落定》，张平的《抉择》，王安忆的《长恨歌》，王旭峰的《茶人》第一、二部。11 月 11 日在茅盾故乡浙江乌镇颁奖。

9 月，研究金庸的两部著作《一探金庸：侠骨柔情》和《再探金庸：情节趣味》由台湾远流出版事业股份有限公司出版。

11 月初，北京大学与香港作家联会共同举办“‘2000’北京金庸小说国际学术研讨会”，有中（含台、港地区）、美、日、澳、法、以色列诸国学者近六十人参加。会议由北京大学常务副校长迟惠生致开幕词，严家炎致闭幕词。严为会议提供的学术论文为：《似与不似之间——金庸和大仲马小说的比较研究》。该文于 2002 年 3 月发表于《南京师范大学文学院学报》第 1 期。

12 月，《中国现代文学研究会第八届理事会第二次会议开幕词》刊载于《中国现代文学研究丛刊》第 4 期。

本年，主编的《二十世纪中国文学研究丛书》十种，陆续由安徽教育出版社出版。丛书以文化思潮与文学思潮为研究重点。严家炎作为主编设计了此套丛书，审读了大部分书稿，并撰写了《总序》，论述了二十世纪中国文化思潮、文学思潮的特点。该丛书 2002 年 1 月获第五届安徽图书奖一等奖，并被提名为国家图书奖的候选书目。

2001 年(辛巳)68 岁

1 月,《小说艺术的多样开拓与探索——1937—1949 年中短篇小说阅读琐记》(与范智红合作)发表于《文学评论》第 1 期。

4 月,《"五四"批"黑幕派"一解》发表于《中国现代文学研究丛刊》第 2 期。

5 月,《序〈被照亮的世界——〈故事新编〉诗学研究〉》发表于《鲁迅研究月刊》第 5 期。同年 10 月,该文又以《多重文化视野中的小说文本——评郑家建著〈被照亮的世界〉》为题重刊于《福建师范大学学报(哲学社会科学版)》第 4 期。同月,《文学史分期之我见》发表于《复旦学报(社会科学版)》第 3 期。同月,《穆时英长篇小说追踪记——〈穆时英全集〉编后》发表于《新文学史料》第 2 期。

6 月,论文《论"五四"作家的文化背景与知识结构》刊载于《现代中国》第 1 辑,转载于人大复印报刊资料《中国现当代文学研究》本年第 11 期。

7 月,《复调小说:鲁迅的突出贡献》发表于《中国现代文学研究丛刊》第 3 期,引起学界重视。《新华文摘》本年第 11 期、人大复印报刊资料《中国现当代文学研究》本年第 10 期均转载了此文。

12 月,应韩国现代中国文学学会之邀,赴汉城出席"鲁迅·近代性·东亚·廿一世纪"国际学术大会,发表论文《东西方现代化的不同模式与鲁迅思想的超越——鲁迅个人主义与集体主义思想的一个考察》。该文后刊载于《东方文化》2002 年第 2 期,并收入《2002 年鲁迅研究年鉴》。

2002 年(壬午)69 岁

3 月,应香港教育学院之邀,参加第二届亚太地区中文教学研讨工作坊,以《全球化时代的中国文学研究》为题作了发言。会后,在八仙岭文学节上,以《金庸小说的意义》为题作学术讲演。

4 月,《严家炎论小说》由江西高校出版社出版。本书是著者历年研讨二十世纪中国小说的一本专题论文选集,最早的论文发表于 1961

年，最近的发表于2001年，共收论文20篇。

同月，《学科普查与深度开掘》发表于《浙江师范大学学报》第2期。

同月，应新加坡国立大学之邀，出席第一届中国现代文学亚洲学者国际学术会议，发表论文《区域视角与鲁迅研究》。

6月，《就〈铸剑〉与金庸小说再答袁良骏先生》发表于《粤海风》杂志第3期。

同月，经教育部高教司批准，将委托严家炎主编的《二十世纪中国文学史》列为"十五"规划的国家级教材，要求五年内完成此书，由高等教育出版社出版。但直到2009年才交稿。

7月，《论鲁迅的复调小说》由上海教育出版社出版。本书是著者历年所写关于鲁迅的论文选集，最初的一篇《读〈社戏〉》写于1959年，最近的论鲁迅个人主义与集体主义思想的一篇则写于2001年12月。在这四十多年中，鲁迅一直是著者持久学术关怀的对象，而他对鲁迅的探讨则经历了一个不断修正、逐渐深入的过程。全书共收《〈呐喊〉〈彷徨〉的历史地位》、《论〈狂人日记〉的创作方法》、《鲁迅与表现主义——兼论〈故事新编〉的艺术特征》、《复调小说：鲁迅的突出贡献》、《鲁迅作品的经典意义》等论文19篇。著者在《自序》中说，书名叫做《论鲁迅的复调小说》，"一是因为集内收有近作《复调小说：鲁迅的突出贡献》，它是我最近五六年来一直考虑较多的论题"；"二是因为鲁迅的复调小说，也是本书较多论文关注的一个中心"。

10月11—12日，参加复旦大学、苏州大学在上海联合举办的第二届胡风研究国际学术研讨会，提交论文《胡风在四五十年代文学转型中的地位和作用》。此文刊发于2003年《中国现代文学研究丛刊》第2期。

10月19—20日，在长沙主持首届王瑶学术奖评委会议，介绍此奖主要资助人樊骏的设想与意见，评出获奖著作二等奖两种（一等奖空缺），获奖论文一等奖两篇，二等奖五篇。

10月21—23日，中国现代文学研究会第八届年会在长沙举行。严致开幕词并作了学术发言。还向大会报告了王瑶学术奖设置情况与首届评奖结果,对樊骏先生做出的贡献表示最大的敬意。在选举新一届理事之前,他特意说明自己年龄已到,不应再被提名为理事候选人。

12 月,散文《我心目中的田仲济先生》发表于《鲁迅研究月刊》第 12 期,重刊于 2003 年 2 月《新文学史料》第 1 期。

本年,应香港中国文化研究院聘请,任该院顾问。

2003 年(癸未)70 岁

3 月,《批评可以编造和说谎吗?——对袁良骏先生“公开信”的答复》发表于《文艺争鸣》第 2 期。

3 月 19 日,《这也是我们需要的鲁迅遗产》刊发于《中华读书报》。

4 月,《中国现代文学研究会第八届年会开幕词》、《胡风在四五十年代文学转型中的地位和作用》刊载于《中国现代文学研究丛刊》第 2 期。

同月,受聘为中国海洋大学客座教授,并为该校文学院学生讲“五四文学专题课”十讲,总计二十多学时。

5 月,《试论〈贞贞〉改编的得与失》(与卢晓蓉合作)发表于《电影艺术》第 3 期。同月,《一九五七年毛、罗对话试解》刊发于广州《东方文化》杂志 2003 年第 5 期。

7 月,《川岛“文革”中遭迫害一案的真相》发表于《粤海风》杂志第 4 期。

8 月,《区域视角与鲁迅研究——从〈故乡〉的歧解说起》发表于《鲁迅研究月刊》第 8 期。

9 月,《〈文学革命论〉作者“推倒”“古典文学”之考辨》发表于《文学评论》第 5 期。

9 月 23—9 月 26 日,出席中国海洋大学在青岛举办的“王蒙文学创作国际学术研讨会”,提交论文《论王蒙的寓言小说》。该文后经修改,刊载于 2004 年 12 月出版的《现代中国》第 4 辑。这次会议有 12 个国家和地区的 67 位学者和作家参加,从各个角度对王蒙的思想和创作进行研讨。严为会议作《王蒙文学创作国际学术研讨会学术总结》,该总结后收入《多为视野中的王蒙》一书(中国海洋大学 2004 年出版)。

10月,《推荐〈天使不相信眼泪〉》(与陈祖芬合作)发表于《语文建设》第10期。《全球化时代的中国文学研究随想》发表于青岛大学学报《东方论坛》第5期。

2004年(甲申)71岁

2月,《须藤医生所写鲁迅病历为何与鲁迅日记及书信抵牾的再探讨》发表于《鲁迅研究月刊》第2期。《再谈金庸小说与文学革命》发表于《山西大学学报(哲学社会科学版)》第1期。

4月,悼念美国《侨报》西部版总编辑、北大校友徐启华,为其遗著《智慧的痛苦》作序,题目为《思想者的智慧之光》。载香港天地图书有限公司本年出版的《智慧的痛苦》一书。

5月9日,《"有字皆从人着想"——〈聂绀弩全集〉出版志感》发表于《人民日报》。

6月,为杨联芬著《晚清至五四:中国文学现代性的发展》一书撰写的序言,以《论二十世纪中国文学的现代性——兼〈晚清至五四:中国文学现代性的发展〉序》为题,发表于青岛大学学报《东方论坛》第3期。

9月,《文学的雅俗对峙与金庸的历史地位》发表于《西南师范大学学报(人文社会科学版)》第5期。

10月,撰《荒诞而又庄严的复仇正剧——释〈铸剑〉》,载《文学的方式》一书,中国海洋大学出版社本年出版。

本年8月,范震威、吴宝三著《燕园风雨四十年——严家炎评传》由黑龙江人民出版社出版。

本年,应中国作协之邀,担任第六届茅盾文学奖评奖委员,阅读较多候选长篇小说并先后出席了两次评奖委员会全体会议,讨论该届评奖工作。

2005年(乙酉)72岁

1月,北京大学根据《中共中央关于进一步繁荣发展哲学社会科学的意见》和《教育部关于进一步繁荣高校哲学社会科学的若干意见》指示精神，经过前一年的酝酿和遴选，于本年初正式聘任季羡林、林庚、袁行霈、严家炎等为哲学社会科学资深教授。

同月，《中国文学史百年研究的回顾与反思》发表于《韶关学院学报(社会科学版)》第 1 期。

2 月，《精神上的导师——我印象中的李何林先生》发表于《鲁迅研究月刊》第 2 期。

4 月 9 日—11 日，第六届茅盾文学奖评奖委员会举行第三次全体会议。以三分之二以上多数票评出五部获奖作品：熊召政的《张居正》，张洁的《无字》，徐贵祥的《历史的天空》，柳建伟的《英雄时代》，宗璞的《东藏记》。

7 月，《论金庸小说的影剧式技巧》发表于《西南师范大学学报(人文社会科学版)》第 4 期。

9 月，《现代性：二十世纪中国文学的显著特征》(与袁进合作)发表于《北京大学学报(哲学社会科学版)》第 5 期，后经修改补充作为严主编的《二十世纪中国文学史》的《引论》。同月，《救亡与启蒙的二重奏——对抗战文学的一点认识》发表于《河北学刊》第 5 期，重刊于 2006 年 3 月香港《明报月刊》第 3 期。同月，《苏雪林的文学成就——范震威著〈苏雪林传〉序》发表于《南方文坛》第 5 期。

12 月，《卢作孚研究的重大进展——读增订版〈卢作孚年谱〉(与卢晓蓉合作)发表于《博览群书》第 12 期。

2006 **年(丙戌)**73 **岁**

1 月，论文《“五四”新体白话的起源、特征及其评价》发表于《中国现代文学研究丛刊》第 1 期。后被译成英文，刊于 *Frontiers of Literary Studies*, Volume 2, Number 4。同月，《樊骏〈中国现代文学论集〉序言》发表于《中国现代文学研究丛刊》第 1 期，后收入人民文学出版社 2006 年出版的樊骏著《中国现代文学论集》。

10 月，《考辨与析疑——“五四”文学十四讲》作为“名家课程丛书”之一种，由中国海洋大学出版社出版。该书是作者应邀在中国海洋大学文学院 2002—2003 学年第一学期讲授“现代文学前沿问题十讲”的讲稿，经整理成书。

11 月，《〈教育开发西南——卢作孚评传〉序》（与卢晓蓉合作）发表于《博览群书》第 11 期。

2007 年（丁亥）74 岁

1 月，《从“五四”说到“新国学”》发表于《甘肃社会科学》第 1 期。

3 月，《战后日本“中国学”的引领者和见证人——沉痛悼念丸山昇先生》发表于《鲁迅研究月刊》第 2 期。同月，《五四“全盘反传统”问题考辨》发表于《文艺研究》第 3 期，后转载于《中国社会科学文摘》本年第 4 期，并被译为英文，作为次年 4 月参加欧洲汉学论坛会议的论文。

12 月 12 日，评宗璞作品的《风格之一例》（与卢晓蓉合著）发表于《中华读书报》。同月，《三点感想——在萧军百年诞辰纪念会上的发言》发表于《中国现代文学研究丛刊》第 6 期。

2008 年（戊子）75 岁

3 月，《〈太阳照在桑干河上〉和丁玲的创作个性》发表于《北京大学学报（哲学社会科学版）》第 2 期，这原是参加同济大学举办的“丁玲创作国际学术会议”用的论文。

4 月，学术回忆录《一个痴情者的学术回眸》发表于青岛大学学报《东方论坛》第 2 期。同月，与万平近共同修改的增订版《中国现代文学史简编》由复旦大学出版社出版。

6 月 6—8 日赴青岛参加中国海洋大学举办的“《王蒙自传》学术研讨会”，提交论文《从〈王蒙自传〉谈倪吾诚形象的典型意义》。后改题为《试说“中国的奥勃洛莫夫”——从〈王蒙自传〉谈倪吾诚形象的典型意义》，发表于《名作欣赏》本年第 9 期。

10 月，自 1958 年秋研究生肄业从事教学始，至此在北大教书育人已满 50 周年。

12 月，接受北京大学中文系贺桂梅教授的两次访谈，内容涉及 1950 年代大学文科建制、当代文学批评、新文学史研究、现代文学学科建设、金庸论争等诸多话题。访谈录后来以《从“春华”到“秋实”——严家炎教授访谈录》为题，发表于2009年6月《文艺研究》第6期。

本年，近一百二十万字的《穆时英全集》三卷本由北京十月文艺出版社出版。此书乃严家炎、李今两人合作编就，书中的作品和资料大部分都属于新发现者，计有两部长篇小说和不少短篇小说、散文和电影评论等。书前有严撰写的《略说穆时英的文学史地位》一文作为代序。

2009年(己丑)76岁

3月，书评《交流，方能进步——顾彬〈二十世纪中国文学史〉给我的启示》发表于《中国现代文学研究丛刊》第2期。

4月16日，《老舍的遗产》发表于《文艺报》第3版。

7月，《“五四”文学思潮探源》发表于《北京大学学报(哲学社会科学版)》第4期。

同月，随笔、作品评论与专题论文集《史馀漫笔》由三联书店出版。该书收录作者近十年间所写文章凡63篇。全书分为四辑，第一辑“世纪之交话兴废”，第二辑“历尽劫波论五四”，第三辑“别梦依稀怀师友”，第四辑“偶得闲暇说艺文”。作者在《自序》中说明文章这样分类的原因：“意在说明这些文字有的在讨论文化生态平衡之类问题和上世纪付出了沉重代价的某些教训；有的围绕‘五四’作了一些实证性的考辨，也探讨了诸如启蒙是否被救亡所压倒以及它何以不能持续下去的真正原因；有的怀念各种境况下逝世的老师或友人，提示了我所知道的他们的性格与业绩；有的则就特定的文学史现象或作品，较为具体地述说了自己的见解。它们可以说都是我重新阅读和认真思考的一些成果。”对于本书的题名，作者解释说：“所谓‘史馀’，指我这些年主要在写作和统改《二十世纪中国文学史》，因而是治‘史’之‘馀’的副产品；‘漫笔’，则言其题材之驳杂也。”

8月，《五四文学思潮探源》作为北大中文系举办的“五四”九十周年学术讨论会的论文，发表于《北京大学学报》第4期。后经大幅度增补，以《中国现代文学起点在何时?》为题，刊载于2010年7月《社会科学辑刊》第4期。

2010年(庚寅)77岁

3月17日,《一部真正具有现代意义的晚清小说》刊载于《中华读书报》。该文评介了一百二十年前由陈季同用法文创作的《黄衫客传奇》的艺术特色与贡献——据人民文学出版社出版的由李华川翻译的中文本,同时作为该书的《序》。同月,《"〈中国现代文学研究丛刊〉创刊三十周年暨〈丛刊30年精编〉出版座谈会"发言录》刊载于《中国现代文学研究丛刊》第2期。

4月28日,受聘到澳门大学杰人讲坛演讲《我看金庸小说》。

8月,《长篇历史小说〈李自成〉的艺术贡献》发表于《平顶山学院学报》第4期。

本年4月—9月,严家炎主编、十位学者通力协作的三卷本《二十世纪中国文学史》,由高等教育出版社出版。全书总计约130万字,撰写与修改时间前后长达八年。该书出版后,引起学界高度重视。2011年5月,由中国现代文学馆、中国现代文学研究会、北京大学中文系等单位联合主办,召开了"严家炎主编《二十世纪中国文学史》学术研讨会"。《中国现代文学研究丛刊》2011年第9期辟专栏,刊登了这次研讨会的综述和范伯群、钱理群、吴福辉、朱德发、张恩和、刘增杰等人的评论文章。

10月,为北大中文系百年纪念写的散文《一个初冬夜晚的经历》,收入北京大学出版社出版的《我们的诗文》一书。

2011年(辛卯)78岁

5月,散文《缅怀樊骏学长》发表于《新文学史料》第2期。

7月,《用学养和心血熔铸的艺术——评长篇小说〈卢作孚〉》(与卢晓蓉合著)发表于《小说评论》第4期。

9月,《读诗集〈太阳的眼泪〉有感》刊载于《读书》杂志第9期,并作为该诗集的《跋》。同月,《让文学史真正成为文学自身的历史》发表于《中国现代文学研究丛刊》第9期。

11月26日,在北京大学"鲁迅人文讲座"作"我的治学道路"

讲演。

12月,《就〈二十世纪中国文学史〉若干问题答客问》刊载于浙江大学《中文学术前沿》第3辑,浙江大学出版社出版。同月,散文《一位有真性情的学者——追忆黄曼君先生》刊载于华中师范大学出版社出版的《黄曼君:学术与人生》一书。

2012年(壬辰)79岁

3月,论文《鲁迅心目中文艺家和知识分子阶层的时代使命》发表于《粤海风》杂志第2期。3月27日,评论《既亲切,又厚重——长篇小说〈悠悠玄庄〉读后》发表于《光明日报》文学评论版。

5月,《中国现代文学散论》作为新加坡国立大学陈荣照教授主编的"国际汉学研究丛书"之一,由新加坡青年书局出版。该书是一本自选集,由作者从自己的十几种论文集或专著内选出的26篇文章组成,篇目如下:中国现代文学起点在何时?/一部真正具有现代意义的晚清小说——《黄衫客传奇》中译本序/"五四""全盘反传统"问题之考辨/新体白话的起源、特征及其评价/复调小说:鲁迅的突出贡献/鲁迅与表现主义——兼论《故事新编》的艺术特征/东西方现代化的不同模式和鲁迅思想的超越——鲁迅个人主义与集体主义思想的一个考察/徐志摩诗的艺术特色/彭家煌小说的成就/《微神》:老舍的心象小说/我对"五四"以后小说流派的理解/论新感觉派小说/京派小说与现代主义/现代文学史上的一桩旧案——重评丁玲小说《在医院中》/开拓者的艰难跋涉——论丁玲小说的历史贡献/《太阳照在桑干河上》与丁玲的创作个性/救亡与启蒙的二重奏——对抗战文学的一点认识/长篇历史小说《李自成》的艺术贡献/漫谈《李自成》的民族风格/文化生态平衡与武侠小说命运/论金庸小说的现代精神/论金庸小说的情节艺术/试论"中国的奥勃洛莫夫"——长篇《活动变人形》中倪吾诚形象的典型意义/论王蒙的寓言小说/大时代中的悲喜剧——香港"九七"题材小说散论/二十世纪中国小说研究之回顾与展望。为何面对"国际汉学"读者选择以上文章?作者在本书《前言》中解释说:"一是因为这些论文较多体现了学术上的一些新发现,为学科的发展带来若干新的面貌。

二是一些论文具有较浓厚的实证气息，抓住问题的关键之点展开论述，依靠摆事实、讲道理，用证据来说服人。无论是研讨中国现代文学起点到底在何时也好，考辨‘五四’新文化运动是否‘全盘反传统’也好，或者论述鲁迅小说创作的特点也好，探讨徐志摩新诗的艺术成就也好，都运用了这种实证的方法，这大概体现了我对清代乾嘉学派方法论的倾心和吸取吧。三是在本书所收的一些文章中，首次披露了若干鲜为人知的重要史实。”

同月，《关于文学史写作的回信》发表于《粤海风》杂志第3期。《回忆我和柳青的几次见面》发表于《新文学史料》第2期。

8月，论文《启蒙的代价》发表于本年《丁玲研究》第2期。

11月，短论《有感于莫言获诺奖》发表于香港《明报月刊》“莫言专号”。

2013年（癸巳）80岁

春，《问学集》、《讲演集》、《对话集》、《自选集》由人民日报出版社出版。

文体与风格的多种实验

——四十年代小说研读札记

钱理群

一

提起端木蕻良，人们首先想起的，自然都是《科尔沁旗草原》、《大江》、《大地的海》这样的写"土地与人"的长篇小说，以及《鸶鹭湖的忧郁》、《浑河的急流》这类如杨义所说的写"关东风物"的短篇小说。而这两部分小说都充溢着磅礴的雄浑之气，表现着黑土地上的强悍、粗犷的民魂世风。因此，小说史家称端木蕻良为"土地与人的行吟诗人"[①]，并这样概括他的风格："雄放中和着一缕忧郁，辽阔中渗着一点哀愁。"[②]这几乎已经成为端木蕻良研究中的定论。《大地的海》写到"北国的旷野"里的"一株独立的秃了皮的大松树"，据说可以把这棵树称作小说的主人公"艾老爹"，他们有着共同的"哲学"："重的就比轻的好，粗的就比细的好，大的就比小的好，方的就比圆的好，长的就比短的好。小鸟是不会落在它身上的，因为它不懂得温柔。在它整个的生命里，似乎只有望着脚下这草原就够了，除了空阔，它再也不需要任何其他的东西。"我们读到这里，不免产生这样的联想：端木蕻良的创作，是否也像他笔下的这棵"独立的秃了皮的"大松树（以及他的人物艾老爹）一样，只有"重"、"粗"、"大"……，"任何其他的东西"（"轻"的、"细"的、"小"的……）都不存在，甚至不能相容呢？也就是说，端木蕻

---

① 杨义：《中国现代小说史》第3卷，第275页，北京：人民文学出版社，1991。

② 赵园：《端木蕻良笔下的大地与人》，文收《论小说十家》，杭州：浙江文艺出版社，1987。

良的艺术究竟是单一的,还是多元的?这块黑土地,是否只需要能出“重”、“粗”、“大”……的艺术“就够了”,其他风格的艺术就不能产生、也“不需要”了呢?这旷野中光秃的松树的哲学能运用于文学艺术上吗?

赵园在她的文章中已经提到了端木的作品提供了“多方面的可能性”,但她并没有作具体的论证,并且认为“这些可能性却仅仅部分的变为现实”。也有些文学史家(如王瑶、杨义)注意到了端木写于40年代的《新都花絮》、《江南风景》所显示的嘲讽、冷隽的新风格。倒是《新文学史话》(1978年香港版)的作者司马长风别具眼光,他认为,“《科尔沁旗草原》的魅力,在于粗犷与温馨的对衬与交织,它一方面写大草原的野性,写杀人越货,奸淫掳掠的土匪,写心如冷钢的大山,写粗鲁愚昧的农民,另一方面又写《红楼梦》式的、仆婢成群的邸府,写那些风月男女的旖旎缠绵,写眼似儿童、心如老人、思想如巨人、行动似侏儒的丁宁,写小姐、丫环们的燕语莺啼……。从粗犷的荒野,进入温馨的闺阁,又以荡漾的春光,进入萧索的秋煞;像从现实进入梦境,又从梦境回到现实,《科尔沁旗草原》正具有这种勾魂的美”。司马长风先生注意到作家的两副笔墨,从“粗犷”与“温馨”两种对立的美学因素的“对衬与交织”中把握端木蕻良的美学风格,强调端木的创作与《红楼梦》的联系,指出端木创作中“梦境”与“现实”的自由出入:这都是抓住了“要害”,能给我们以启发的。但同时也要看到,尽管《科尔沁旗草原》确如司马长风先生所说,包含了温馨、缠绵的描写因素,但其主导性的描写风格仍然是粗犷、阔大的,这也是作家所要表达的“土地与人”的主旨所决定的。这就是说,作家的“轻、细、小”的这副笔墨,必须在另一种题材、主题的作品中,才得以充分的发挥。应该说,这样的作品是有的,这就是端木蕻良于1942、1943年间在桂林写的一批作品:一部分是对童年生活的回忆,除《初吻》(载桂林《文学创作》第1卷第1期)外,还有《早春》(载桂林《文学创作》第1卷第2、3期);另一部分是所谓“故事新编”,计有《蝴蝶梦》(载桂林《文学创作》第1卷第4期)、《雕鹗堡》(发表情况不详),《女神》(载桂林《文学创作》第2卷第1期,),《琴》(载桂林《文学创作》第2卷第3期)等。遗憾的是,这批作品尽管在艺术上有许多新的创造,也达到了相当的水平,突出地显示了端木创作风格的另一面,及其巨大潜力,但却始终为文坛所冷落,甚至没有进入文学史家的视野。几乎所有的文学史著作,不仅过去的王瑶本,唐弢本只字未提,近十多年来出版的黄修己本,我们的《现代文学三十年》,以及搜罗作品最多的小说史专著,杨义的《中国现代小说史》(第3卷)也都阙如。这样的"遗忘"是怎样产生的呢?最初大概是因为这些作品都"与抗战无关"(至少没有直接、正面反映抗战),不为那个时代所重视;以后就成为"惯性",人们只知《科尔沁旗草原》、《大地的海》这类代表作(代表性风格),而不顾、以至不知其他了。其实,有这样的命运的,不只端木一人,还可以举出路翎。他也是有两副笔墨的:除了人们所熟知的投入、狂躁、酷烈之外(如他的代表作《财主底儿女们》、《饥饿的郭素娥》所显示的那样),也还有客观、节制、冷峻、深厚之作(主要收在《求爱》这个集子中)。审美的丰富性与复杂性(从而提供了多种发展可能性),正是40年代小说艺术总体上趋于成熟的重要标志(其具体表现形态又常常是不成熟的)。而我们研究者自身审美趣味(标准)的单一性,却常常使我们只能接受(关注)某一类型的美,结果是阉割了作家的创作。作家丰富的艺术创造,在我们的视野里,全成了旷野中那株光秃秃的大树。这是不应该的:作为个人的艺术鉴赏,是可以、而且应该允许从个人的审美趣味出发,作出排他性的选择的,例如只接受端木的《大地的海》,而拒绝《初吻》这样的作品,但作为一种文学史的研究,就要求研究者能够兼容不同的美学趣味与风格,要如实地反映作家创造的多样性。

其实,端木蕻良的两副笔墨,是由他的生活经历、教养所决定的。如作家自己所说,他的生命"是降落在伟大的关东草原上的",那"奇异的怪忒的草原的构图,在儿时,常常在深夜的梦寐里闯进我幼小的灵魂"[①];另一面,作为科尔沁旗草原上拥有一两千垧土地的豪门巨室曹家的公子,端木更是在仆婢成群的温馨的女儿国里长大的,他对于《红楼梦》的终身迷恋,首先是建立在亲身的生活与生命体验上的。从小

① 端木蕻良:《大地的海·后记》,上海:上海生活书店,1938。

的贵族的生活经历与教养，形成了他的精美的艺术趣味与感觉，这与前述阔大瑰奇的旷野情怀几乎是同样深刻地融入了他的灵魂与生命之中的。以后在大学的学习中，他又接受了革命的理论，用以"分析"他所熟悉的"草原上所有的社会的结构"，并得出结论："构成科尔沁旗草原大地上的三大动脉，就是一土地资本，二商业资本，三高利贷资本"，其中最崇高的、支配一切的是土地，土地的握有者，特别是大粮户，"便做了这社会的中心"[①]。用这样的理性把握调动他原有生活积累，就产生了《科尔沁旗草原》等作品。小说的中心题旨是"知识分子与土地"，描写的重点是贵族知识分子丁宁与土地的主宰丁氏家族。现代文学的两大主题："土地与人"、"家族与人"就在端木蕻良的这些作品里合为一体，司马长风所感觉到的"粗犷与温馨的对衬与交织"也是与这两个主题的交织联系在一起的，是同时调动了端木前述两种生活体验的。可以看出，作家在写作《科尔沁旗草原》时，他对"土地"的认识与把握主要的是一种政治经济学、历史学的把握与发现，渗透着明确的阶级意识。这里同样存在着对生活的理性分析与实际感受之间的矛盾，不能避免赵园所说的"并不总能把构思的宏伟性与结实的生活血肉统一起来"的缺憾，作品的形象往往"不堪承受"作者理性思考所赋予的意义。写于《科尔沁旗草原》之后的《大地的海》，对"土地与人"的观照，就转入了人类学的视角："土地"从背景里走出，成为小说的真正主人公。而小说中最迷人、最和谐的部分正是对于"土地"的描写；土地上的"人"的故事，只有小说开头写到与土地浑然一体的"老人"（郝老爷）时，有一种浑厚的力量，小说后半部写到"人的觉醒"的故事，就纳入了时代公式之中，没有多少艺术感染力了。到了《大江》，作者自觉地要写"一个民族战斗员的长成史"，小说开头、结尾对于"大江"（仍属于"土地"的意象系列）的描写，就只是一个外在的"框架"了。看来，端木所擅长的始终是对"自然生命"（大自然，以及与大自然浑然一体的"人"）的诗意的感受，他不善于敷演故事，特别是按照某种理念去编写

① 端木蕻良：《关于〈科尔沁旗草原〉》，文收《20世纪中国小说理论资料》第4卷，北京：北京大学出版社，1997。

故事，他就更显得笨拙；他所真正熟悉的，仍是童年时代的以贵族家庭生活为中心的种种生活经验（对此他有着十分精细、鲜明的“记忆”），对于他在几个作品中都着意要写的“农民”，他的理性认识显然多于感性的体验。作家的才能与艺术、生活上的积累的长与短，与作家的主观追求之间，形成了十分复杂的关系，这就造成了端木这些长篇小说在艺术上既生气勃勃，才华毕露，又处处可见生硬的败笔，如研究者说“多半像是未完成的艺术品”。1943 年前后，刚刚经历了萧红的早逝，蛰居在桂林，处于孤独中的端木，在回味、反省自己的爱情生活的同时，大概也在反思创作的得失，他回到了真正属于自己的（同代作家中少有的）贵族童年生活的记忆，反观自然生命，回到了最能展示自己的才情的诗性追求，出入于现实与梦境之中。也正在这一时期，他开始了《红楼梦》的研究，写出了《向〈红楼梦〉学习描写人物》这样的有着精辟的艺术见解的论文（载桂林《文学报》第 1 卷第 1 期），并进行了写作以《红楼梦》人物为题材的戏剧创作的尝试，如《林黛玉》（载桂林《文学创作》第 1 卷第 6 期），《晴雯》（原载《文学创作》第 2 卷第 2 期）。据说他还有续写《红楼梦》的计划。可以想见，对童年生命的回忆与两度体验，对《红楼梦》艺术的反复品味与研究，在这一时期作家端木蕻良的精神生活中，是浑然一体，互融互生的，其结果就产生了我们现在所要讨论的这篇《初吻》，还有《早春》。

如果《初吻》也有个故事的话，那就是人们常说的古老的“始乱终弃”的故事，或者说，写的是科尔沁草原上的恶俗：掌握了土地，也即人的生命权的地主老爷可以随意与佃户的女儿发生两性关系。对于端木个人来说，这更是一个充满屈辱的记忆：他的生母即是这被凌侮者中的一员。因此，在《科尔沁旗草原》第 2 节里，在正面描写地主丁三爷与姑娘幽会，调戏佃户女儿时，作者是满怀着憎恨，并且是以明确的阶级观点，将其视为阶级压迫的一种表现的。但在《初吻》里，尽管作者的批判立场、憎恶态度并没有变，却采用了另一种视角：将其置于“男人的世界”与“女人的世界”的对立中，这或许可以称为《红楼梦》的眼光吧。小说的叙述者“我”即是一个贾宝玉似的人物，并且显然有作家个人的鲜明记忆：虽然也是男性，但他“天生日长在女人堆里”，“她们有什么都不避讳我，我从她们的话里知道许多平常想象不到的”；他尽管能吟诗画画，却只是感到沉重，只有在与灵姨这样的女性的玩闹中，才感受到生命的自由与欢乐，并且只有在母亲的爱抚中才获得安宁。而那画像上的女人，更使他“如痴如迷”，为了她常常做颠倒了事，甚至像走进了魅道。小说是以这样的一个女性的“依恋者”的眼光来“看女人（世界）”与“看男人（世界）”的。“我”眼中的“女人世界”是由两类女人组成的。一类是画像上的女人，母亲与灵姨。“我”在“看”她们时，有两个特点，很值得注意，也很有意思。一是“我”常常产生种种幻觉：在“迷糊糊”的梦中，“忽然觉得妈妈坐在我的身边了，……闭着眼睛去亲妈妈的嘴唇……”，睁眼一看，却变成了灵姨；“我”正追逐一只蚂蚱，明明看见“它”向一个草垛上边飞去，突然变成了“她”，落在一棵特别长的青草上，“我”扑过去，“它”又落在小草堆上，“我”纵身跃去，却出现了“她”，一个小姑娘，但又辨认不清：“有点像画上的像，又有点灵姨的模样”，最后才看出确是灵姨；直到小说结尾，躺在灵姨的怀里，“在暗中我好像看见灵姨红热的嘴唇招呼着我，我仿佛又听见妈妈爱抚的声音轻轻的唤着我……”。这样的人物的互相幻化，暗示着她们其实是“三位一体”的，尽管处于不同时空（画上的古人与现实中的母亲、灵姨），彼此身份不同（母亲与灵姨），但其“本质”（天性、气质）则一：都是一种自然生命（因此，“她们”又与大自然的“它”合一），高贵，纯洁，而又“和我有一种神秘的联系”：大概是生命本原上的联系吧。——这种“人物互幻”的写法，使我联想起端木蕻良在前述《向〈红楼梦〉学习描写人物》里所说的“曹雪芹写人物技巧高明的一着”：“他写的黛玉、晴雯，便是不同身份下的同一性格，倘若剥下了这份子‘身份’，显示出她们原来那份儿‘气质’，此皆易地则同之人也”。端木在写《初吻》处理画上的女人、母亲、灵姨三者关系时，是否对此有所借鉴呢？可能会有的吧。有的研究者还注意到了“我”和灵姨在后花园玩游戏时的那段描写：“我们两个都不真的来看谁，只看水里映出的影子。”认为这里强调镜像的欺骗性，有着“《红楼梦》的意味”：这样的分析是有道理的。其实不只是“我”看灵姨（另一方面则是灵姨看“我”）如此，小说中“我”看画中女人时，也出现了“水”的意象：“那是一张古装的妇女的画像，下边好像是烟雾，好像是水……仿佛她是走在水上。”小说中那段梦的描写，也是先出现白的花，慢慢幻化为“白的烟雾”，又好像“一团浪花”，云彩、天空向“我”飞来，“流水从我的耳畔，哗哗的响着，把我带到很远的远方”，这时候“我”醒过来，轻声地“喊妈妈”。这就是说，小说中的“我”是透过“水”（“烟雾”）去“看”画中人、灵姨与母亲这一类女人的；用小说中的说法，“不真的来看谁，只看水里映出的影子”，所看的并非真身，而只是镜像。这样，“我”所看见的灵姨们的自然生命的高贵，纯洁，也都如同“梦中花，水上烟”，不过是一种“幻美”。这里《红楼梦》的意味确实是相当浓的。另一面，“我”所看见的另一类女人却是真切的，这就是那些现实生活中的世俗的“被相看的姑娘”。小说中的“我”自诩“很会看女人”，他在看的时候，用的是与其年龄不相称的深谙世故的成年人的眼光，读者甚至会觉得是作者自己在“看”：作者仿佛离开了原先选定的“回忆”的姿态，而进入现实之中，于是出现了与前述梦幻的调子相对立的嘲讽与批判，无情地揭示这些小市民女性的虚伪，虚荣，以及对金钱、权势的依附，甚至说“从她们的动作里，看见许多别的动物所从来没有过的动作”。这里的严峻看似不协调，其实正是暗含着一种更内在的调子，我们读完全文就会知道；端木曾说他喜欢在作品的“后面”有一个“潜流”①，这大概就是吧。

小说中“我”看的“男人世界”里的“男人”，就只有父亲一个人。虽然是小说中与“女人世界”对立的另一极，而且是起支配作用的一极（读完全篇就会知道），但父亲却一直不出场，直到最后才突然显露。这种“避重就轻”的写法，自然是一种自觉的追求。于是，在小说的开头，出现了父亲不出场而在场的描写：静室的陈设的精细而略嫌沉闷的铺述（这是充分显示了作者的童年贵族生活、教养，及其惊人的细节观察与记忆能力的），所暗示的父亲形象，是模棱两可的，似乎是超凡脱俗的，又好像相当的俗气，印象的不确定性，就给读者的期待留下了余地，至少有两种可能性。但“我”读了父亲抽屉里的诗以后，产生的莫名的沉重感又似乎在暗示着某种结局（这也可视为前面所说的“潜流”

① 端木蕻良：《端木蕻良小说选·自序》，长沙：湖南人民出版社，1982。

的有意无意的偶尔显露)。这种暗示在“我”与灵姨在三年后再度相见时,随着灵姨的形象逐渐现实化(仿佛从“梦的,花的,水的世界”里走了出来),也就有了更多的痕迹。小说的结尾,骑着快马冲出来的,满脸怒气的父亲“重重的打了一马棒”,显示出“男人世界”暴虐、残酷的本来面目,而灵姨的形象也与神秘而圣洁的画中女人分离,而与那些世俗的“被相看”的女人相合一:她也是男人的依附者与施虐(玩弄)对象,这才是她的真实(本来)面目。这样就把前面苦心营造的“女人世界”的幻美,全部颠覆,粉碎,不仅“我”,连同我们读者“全身都战栗了”,小说严峻的潜流终于冲决而出。(但在小说的结尾,在“我”的睡梦里,灵姨又与母亲合一了)。端木曾说,曹雪芹写人物的高明,“全在他体会到了那人物心里的最深处,而在适当的场合把这点揪出来给人看”。那么,这最后的一笔,就抓住了最适当的时机,把“男人(父亲)”的灵魂(连同现实中的,而非“我”在似梦非梦中“看”到的灵姨的真实形象)“揪出来给人看”了。

《红楼梦》对作家创作《初吻》等作品的影响是明显的。弄清这一点,就可理出端木蕻良创作发展的一条线索:从《科尔沁旗草原》对“红楼梦式的,仆婢成群的府邸”的描写,到这一时期对《红楼梦》的研究,《初吻》等作品的自觉借鉴,以及《红楼梦》题材剧本的尝试,直到晚年长篇小说《曹雪芹》的创作,都是顺理成章的。中国古典文学的经典《红楼梦》对现代文学的影响,这是一个重大的研究课题,这里,我们又找到了一个具体的例证。

当然,《初吻》接受《红楼梦》的影响也是有限度的:它要受时代与作家创作追求的制约。因此,在《初吻》里,不仅有《红楼梦》式的“女人世界”与“男人世界”的对立,更有“儿童世界”与“成人世界”的对立,其中也包含了论者很容易提及的“俄狄浦斯情结”。小说的叙述者“我”不是一般的“女性依恋者”,而是一个儿童,小说采取的是“儿童视角”,这在40年代是有着特殊意义的。30年代也出现过萧乾《篱下》这样的儿童视角的作品,那是以农村儿童的眼光对城市文明所提出的置疑。40年代小说发展中一个相当引人注目的现象,就是出现了一批“童年回忆”的小说,除了我们这里讨论的端木的《初吻》、《早春》以外，还有萧红的《呼兰河传》、骆宾基的《幼年》（又名《混沌》）、《少年》等，而且不难看出，这些作品在艺术上都属于上乘之作。正是战争中大大强化了的生命意识，更加深刻化的生命体验，唤起了作家对人类及自身生命起始——“童年”的回忆。所谓“回忆”即是流逝了的生命与现实存在的生命的互融与互生；“童年回忆”则是过去的“童年世界”与现在的“成年世界”之间的出与入。“入”就是要重新进入童年的存在方式，激活（再现）童年的思维、心理、情感，以至语言（“童年视角”的本质即在于此）；“出”即是在童年生活的再现中暗示（显现）现时成年人的身份，对童年视角的叙述形成一种干预。即以这篇《初吻》为例，小说开头的“我”的叙述，实际上是存在着两种叙述调子的：一开始对父亲静室陈设的精细的铺述，作为成年人的隐含作者的身影是相当浓重的，我们甚至可以把它视为成年人的叙述；直到叙述到“我”把静室的陈设游戏化，“我”才开始进入角色，出现了童年人的叙述调子。但一写到“相看姑娘”的场面，那成年人对现实的嘲讽的声音与姿态又掩饰不住地显现在“我”的叙述中。恐怕只有到灵姨出现，“我”（以及我们读者）才真正进入“儿童世界”。“我们两个约定谁也不看谁，只是在水里看彼此的脸”的那段描写，不仅活生生地展现出儿童的心理、神态，而且显现了儿童所特有的将一切（自我，以及外部世界）“梦幻化”的思维特点。在这似真似幻的游戏中，达到的心灵的自由、本真状态，正是作为成年人的隐含作者（与读者）所神往的。同样迷人的是那段“我”在田野里捉蚂蚱的描写。在“我”的眼里，那“骄傲的蚂蚱儿”，它是“多么快活，多么得意”，连“透明的”翅子也“闪耀着欢喜的光芒”；还有，在“我”的视角（更是感觉）中的那“各色各样的蚂蚱在田野里飞。紫色的土色的黄色的苍绿色的花的蛇色的穿梭似的飞”……，这都是自我精神的一种外化，“我”与“自然”的合一，同样是属于儿童的。当然，儿童世界并不总是这般自由，无忧无虑；据儿童心理学的研究，儿童期其实是一个充满压抑感、焦虑感的困惑时期。因此小说前半部“我”在父亲静室里，特别是在古装的女人像面前的压抑感，小说后半部与灵姨的谈话中，因成年人世界对自己的轻视，封锁，拒绝而产生的“迷惘”感，以至结尾“我”因被车夫的话“激怒”而显示的“反儿童化”的强烈倾向，也都是相当真切地展示了“儿童世界”的另一面的。尽管这是人的生命的原始阶段的压抑、困惑，与成熟期的精神痛苦并不同质，但毕竟是人的精神长河的源头，自有内在的贯通。人正是通过这样的“童年回忆”更深刻地认清了现实的生存困境的。我们前面所说端木作品中的严峻的潜流，也就在于此。

从这里，或许可以多少看到，“童年回忆”、“儿童视角”在揭示人的精神世界上的特殊作用，它提供了人认识自身的新的视角，也提供了表现人的精神现象的新的艺术手段。我由此而想到一个重要的问题。开创了现代文学的“五四”新文化运动，是一个“人的发现”的运动；而所谓“人的发现”是包括了“妇女的发现”、“以农民为主体的下层人民的发现”，以及“儿童的发现”这样一些具体内容的。前两个发现所引起的文学内容与形式的深刻变革，已经得到了普遍的体认，也有了许多重要的研究成果；但“儿童的发现”对于现代文学的意义，却很少有人关注。事实上，儿童的发现，不仅直接引发了“中国现代儿童文学”的诞生（这是人们比较容易注意到的），而且对现代文学的观念，思维方式，艺术表现上都有着深刻的影响。在这方面的研究，有相当广阔的理论前景，也有相当的理论难度。我自己对此也无具体的深入研究，只是从40年代的小说研究中，多少意识到这一课题的意义与价值，在这里作为一个“题目”提出来，希望引起学术界同行的关注。——这也是由端木蕻良的《初吻》等创作引出的题外话吧。

二

最近，读了两个过去没有注意到的有关路翎的材料，一个是《胡风路翎文学书简》，另一个是收在《我和胡风》一书里的路翎的回忆文章《一起共患难的友人与导师——我与胡风》（这篇文章也作为“代序”收入了《书简》一书中），这两个文件所提供的路翎创作的大量信息，是很值得注意的。

这里想谈两点。我首先注意到的是，据路翎回忆，胡风刚看到《财主底儿女们》的原稿时，只“带着沉重的缓慢，忧郁似的沉默了一下”，并没有多说话。直到两个月以后，他才这样说道，小说提出了“美学上的新课题”，“这是一场沉重的战争，意识形态的和文学形象的战争”。这些话分量很重，颇耐人寻味：路翎在小说美学上，以及在意识形态上，究竟提出了什么样的挑战性的“新课题”？应该说，这不仅是胡风的分析（预言，期待），更是路翎本人的自觉追求。他在给胡风的书信里，一再提到，他写出的“也许并不像一篇小说”，他甚至说自己“简直越来越不懂什么是‘小说’了，或者说，我从来不曾懂得它”[①]。他显然意识到自己的创作对于传统的“小说”在观念与美学上的“异质性”，并且是以此为目的的。从路翎和他的“友人与导师”胡风的讨论中，可以看出他所要进行的是以下几个方面的突破性的试验。首先是希望“提出当代知识分子的精神内容与精神动向的问题”。对精神现象的这种关注，是最能显示路翎的特点的：他同时兼备鲁迅所说的“精神界战士”与小说家两种品格，这样的作家是并不多见的。为此，他要求自己摆脱所谓的“小说作法”的束缚，“应该直写人生；花巧越少越好”[②]。而“直写人生”，就是要无拘无忌地写出精神现象的全部复杂性，包括“在重压下带着所谓‘歇斯底里’的痉挛、心脏抽搐的思想与精神的反抗、渴望未来的萌芽”；发掘出隐藏在自己不很知道的深度，有时候还是自己否认的心理状态[③]；写出“激烈的心灵纠葛”[④]，等等。而这每一点追求都是与“传统”和“习惯”对立的。胡风一再向路翎发出警告：“对不习惯于这种心理描写或不愿看到这种心理的隐蔽状况的人来说，就会说是‘狂热的个人主义的’，‘唯心论’的”[⑤]；整个民族心理都是“崇尚理智、冷静”，美学上也是要求“‘素淡’与心理描写的撙节”，“把内心的热烈视为不合理的事物，是中国孔夫子的麻木的遗留”[⑥]。胡风还说了这样一段意味深长的话：“你说过，你在南京上小学的时候，有一次见到笼

---

① 《胡风路翎文学书简》，合肥：安徽文艺出版社，1994。
② 同上。
③ 路翎：《一起共患难的友人和导师》，文收《我与胡风》，银川：宁夏人民出版社，1993。
④ 同上。
⑤ 同上。
⑥ 同上。

子里的老虎饿了,就将大饼给它吃。不是有许多人责备你并要打你么。人是不可以作特异的行动的。人们说你买大饼给老虎吃,扰乱了民族精神。”[①]路翎自己当然明白,他自觉地揭示精神现象的复杂,强烈,丰富,挖掘隐蔽的、病态的、阴暗沉重的心理,追求强力的、繁复的美,不仅是对中国的传统美学,更是对民族精神(民族思维、心理、情感)的公开挑战。

在《书简》里,他们还对公认的美学观念,例如“小说的描写,作者的见解愈隐蔽愈好”,提出了质疑。胡风问:“愈隐蔽愈好可能是美学功能的一种,是不是美学的基本功能呢?”[②]路翎也认为,正是“要尊重读者底想象力,作者不需多说话”这类似是而非的观念,导致了小说中“叙述底摒弃”,“作者底较深沉的感情由所谓含蓄而逃亡”,从而“使所表现的一般化”,路翎表示,他要作出自己的“反抗”[③],即恢复“叙述”在小说中的地位。人们经常批评路翎小说中的“热情的形容词与突出的热烈情节”,其实这都是他的一种自觉的追求与尝试。

路翎小说的语言也是常常受到批评的。在路翎的回忆中,他与胡风之间曾有过一次颇有意思的讨论。胡风谈到,路翎“小说采取的语言是欧化的形态”,“人物的对话也缺少一般的土语、群众语言”,“大众语言的优美性就被你摒弃了”。路翎则回答说,“不应该从外表与外表的多来量取典型,是要从内容和其中的尖锐性来看。工农劳动者,他们的内心里面是有着各种各样的知识语言,不土语的”,“他们是闷在心里,用这思想的,而且有时也说出来的。我曾偷听两矿工的谈话,与一对矿工夫妇谈话,激昂起来,不回避的时候,他们有这些词汇的。有‘灵魂’、‘心灵’、‘愉快’、‘苦恼’等词汇,而且还会冒出‘事实性质’等词汇”,“我想,精神奴役创伤,也有语言奴役创伤,反抗便是趋向知识的语言”[④]。路翎所提出的“语言奴役创伤”这个命题很值得注意。他在书信里回答胡风的批评时,还说过这样一段话:“文句上的毛病,那

① 路翎:《一起共患难的友人和导师》,文收《我与胡风》,银川:宁夏人民出版社,1993。
② 同上。
③ 《胡风路翎文学书简》,合肥:安徽文艺出版社,1994。
④ 路翎:《一起共患难的友人和导师》,文收《我与胡风》,银川:宁夏人民出版社,1993。

起源是由于对熟悉的字句的暧昧的反感：常常觉得它们不适合情绪。”[①]这里，对“语言奴役”即语言对思想（情绪）的束缚的敏感及反抗，都表现了路翎对“精神（与表达）自由”的一种自觉追求，这也是很能显示他的“精神界战士”与“小说家”品格的统一的。从这样的角度去分析、评价路翎小说的语言，可能会达到对作家的精神创造的更深的理解。

路翎在回忆里还谈到讨论中胡风提出的一个观点：诗应该是在“抓住现实的一瞬间”触发的真情，并且是跳跃的[②]。这或许可以帮助我们去理解路翎小说中经常出现的“心理突变”（这也是常常受到批评的）：其实，人常常是在某一“突发的瞬间”感觉自身的本质的；真正的小说家也正是抓住这一“瞬间”来展示人的灵魂的赤裸状态，也即人的“真”相与“真”情。这“瞬间展现”对于短篇小说也许是尤其重要的；我们是不是可以把这看作是短篇小说的一种“时间观”呢？

当然，以上所说，都是根据作家的自述，说到底，不过是作家的主观追求。对于实践的结果，其间的得与失，都是可以（而且应该）讨论与研究的。因此，研究者提出的各种意见（包括批评性的意见）都是有价值的。但是，我们在批评之前，首先还是要理解。

我们已经一再谈到了路翎创作的“特异性”。但我们还要把它放到 40 年代整个文学思潮中去考察，也许能更清晰地显示路翎的“独特姿态”。大家知道，40 年代占主流地位的是民族化、大众化的文学思潮，这自然是反映了以农民为主体的全民族的救亡运动的时代要求的。胡风和他的朋友并不根本反对文学的民族化与大众化，但他们从逆向性思维出发，提出了一个反命题，即仍然要坚持对传统文学的变革，坚持与世界进步文学的联系：他们认为这是五四新文学的两个基本立足点，不能因为强调文学的民族化与大众化，而动摇了自己的根基。路翎在给胡风的信中，曾明确表示对胡风观点的支持：“对于五四传统和现

① 《胡风路翎文学书简》，合肥：安徽文艺出版社，1994。
② 路翎：《一起共患难的友人和导师》，文收《我与胡风》，银川：宁夏人民出版社，1993。

实主义底肯定，对于民间形式拜物情绪的批判，这是绝对需要的”①。因此，他的前述对抗传统（习惯）的变革实验，也是对现实主流文学思潮的一种逆向选择。

我想谈的第二点，是“路翎的创作与胡风的理论的关系”问题。人们通常把路翎看作是胡风文艺思想的实践者，这是有根据的，但却忽视了问题的另一方面，这就是胡风自己说的：“别人都说路翎受我的文艺理论的影响，岂不知我的文艺理论，正有不少地方受路翎创作的影响呢，正是从他的创作中，形成了我的一些理论观点。”②路翎在回忆中也谈到，“他认为，我赞成他的理论；而他，在遇到我（而我一直在努力从事创作）之后，就找到了创作实践上的依据，我也支持了他。”③在这个意义上，路翎（以及被称为“胡风派”的作家）都是参与了“胡风文艺思想”的创造的，我们应该从“（胡风的）理论与（路翎等的）创作实践”的互动关系中去把握“胡风文艺思想体系”，而且要辩证地把握这种关系，不仅要看到其基本的一致，互相影响与补充，同时也要注意彼此的差异以至矛盾。如果看不到后者，把路翎的创作简单地看作是胡风理论的“体现”，机械地用胡风的理论去解读路翎的作品，那就有可能产生误读，或者会忽略路翎创作中的一些更有独创性的东西。因此我认为，注意对路翎的作品胡风的阐释与路翎本人的反省的差异，是特别有意思的。路翎关于《饥饿的郭素娥》的这段自我分析的确值得反复琢磨：“我企图‘浪漫地’寻求的，是人民底原始的强力，个性底积极解放。但我也许迷惑于强悍，蒙蔽了古国底根本的一面，像在鲁迅先生底作品里所显现的。我只是竭力搅动，想在作品里‘革’生活底‘命’。事实也许并不如此——‘郭素娥’会沉下去，暂时地又转成卖淫的麻木，自私的昏倦……”④人们通常引用寻求“人民底原始的强力”及“‘革’生活的‘命’”这两句话来说明路翎的创作追求，却有意无意忽略了下文，即路翎同时提出的对前述命题的质疑（“我也许迷惑于强悍……”、“事实

① 《胡风路翎文学书简》，合肥：安徽文艺出版社，1994。
② 李离：《50年代初期的胡风》，文收《我与胡风》，银川：宁夏人民出版社，1993。
③ 路翎：《一起共患难的友人和导师》，文收《我与胡风》，银川：宁夏人民出版社，1993。
④ 《胡风路翎文学书简》，合肥：安徽文艺出版社，1994。

也许并不如此……”)。路翎创作的旨意恐怕就隐藏在这样的正、反题的相互置疑所形成的张力之中,那“‘浪漫地’寻求”的希望的热潮,与“事实”的绝望的冷流二者的相互激荡,构成了他的小说的内在的心理内容。值得注意的是,胡风恰恰对路翎所提出的反题,绝望的冷流方面,表示了他的异议。他在为《饥饿的郭素娥》所写的序里,在引述了路翎的前述表白以后,接着就说:“但我看,事实也许并不‘并不如此’的。郭素娥……不但不能从祖传的礼教良方得到麻痹,倒是产生了更强的精神的饥饿”。显然,胡风比路翎要乐观得多:他更多地看到了(或者说更加注重)“明天”的希望。据路翎回忆,胡风总是不断地提醒他:“要强调人物的正面内容”,希望“描写实际生活里的‘蠢动’着的事物”,写出“正面表现民主要求的主人公”,“要减少你的忧郁的心情,文学形象的负担也会压得人忧郁”,等等。路翎通常是接受胡风的意见进行修改的,但有时他却是犹豫的:由于正面的主人公“一时想不起来”而不知怎么写法①。这当然不只是一个“写法”问题,至少是反映了他们在对生活的观察、体验,以至追求上的某些差异。仔细读路翎与胡风的文学书简,就更可以看出他们在精神气质上的差异。路翎经常这样谈到自己,“我底童年是在压抑、神经质、对世界不可解的爱和憎恨里度过的,匆匆地度过的。我的心理和生理上都很早熟,悲哀是那么不可解地压着我底少年时代,压着我的恋爱”,“我的魂魄,是在夜里漂流而踌躇的”,“我底内心状态有些险恶”,“对于身边的一切,我是憎恶而且嘲弄的”,“我总提防着会有坏的事情要来,因此常常不安”。胡风则一再说自己是“一个在对他人的信任里面自欺的理想主义者”,甚至欣赏理想主义里的“宗教气息”②。路翎比他的友人与导师胡风是更为悲观与绝望的。我赞同这一判断:支撑路翎生命与写作的“根本取向”是“悲剧性的人生理念和自蹈死地的殉道精神”。路翎作品里也有浪漫主义的,以至英雄主义的成分(在这些方面更多地受到了胡风的影响,也常常得到胡风的肯定),但究其根本,仍是对他内心深处的绝望的一

---

① 路翎:《一起共患难的友人和导师》,文收《我与胡风》,银川:宁夏人民出版社,1993。

② 《胡风路翎文学书简》,合肥:安徽文艺出版社,1994。

种反抗。正是在这一基本点上,路翎其实是更接近鲁迅的,有的研究者感到了《财主底儿女们》与《野草》的相通,认为路翎的作品"在无意识中对现实主义进行了超越",这是有道理的。我读路翎的作品,例如《求爱》,总是强烈地感受到弥漫在字里行间的绝望和挣扎:想想看,即使是人类最美好的感情——对"爱"的追求,竟也变得如此的畸形,充满了如许的怨毒,这其间的"残酷"是令人战栗的;但人们毕竟还在追求,抗争……,这同样也有一种震撼人心的力量。在整理此文时,无意中读到了王富仁发表在《天津社会科学》的《中国现代主义文学论》,文章提出"必须把'中国现代主义文学'当做一个独立的概念,一个不完全等同于西方现代主义的独立的创作方法",并这样概括以鲁迅为代表的中国现代主义:"在绝望中反抗绝望,在相对中体验绝对,在迷惘中寻求明确,在无意义中把握意义,在荒诞中看取真实,通过死亡意识生命。"王富仁的这些意见对如何认识路翎和他的作品也是有启发性的。

三

废名的《莫须有先生坐飞机以后》确实是一篇相当特别的小说。特别就在于不像我们一般所说的小说,或者说是"不是小说的小说"。这种"非小说化"的倾向,与前面讨论过的路翎式的对传统小说观念、写法的"反叛",似乎又有所不同。废名在写《莫须有先生坐飞机以后》的同时,还写过一篇文章,叫做《散文》。文章一开头,他就说:"我现在只喜欢事实,不喜欢想象。如果真要我写文章,我只能写散文,决不会再写小说。所以有朋友要我写小说,可谓不知我者了,虽然我心里很感激他的诚意。"[①]他在这里其实是在交代《莫须有先生坐飞机以后》的写作背景:所说的"朋友"即是时为《文学杂志》主编的朱光潜,他曾撰文高度赞扬废名的《桥》"表面似有旧文学的气息,而中国以前实未曾有过这种文章"。尽管朱光潜早已看出废名"在心理原型上是一个极端

① 废名:《散文》,收《冯文炳选集》,北京:人民文学出版社,1985。

的内倾者”，因而“不能成为一个循规蹈矩的小说家”，但他并不知其时废名的观念已经发生了变化，故仍有约请之举。但废名又出于“感激”之情，终于写了这部似小说、非小说的作品，而且是随写随发稿，1948年11月刊物停刊，小说也就中止了，至今也没有出过单行本。《散文》接着还说了这样一番话：“在《竹林的故事》里有一篇《浣衣母》，有一篇《河上柳》，都那么写得不值再看，换一句话说把事实都糟蹋了。我现在很想做简短的笔记，把那些事实都追记下来。其实就现实说，我所谓的事实都已经是沧海桑田，我小时的环境现在完全变了，因为经历过许多大乱。”①这段话颇值得琢磨。

首先，废名反复强调，他“现在只喜欢事实，不喜欢想象”，并把这种人生哲学与文学观的变化与所经历的“大乱”、“沧桑”联系在一起，这本身就耐人寻味。应该说，强调如实地写“事实”，而贬低（以至否定、排斥）艺术的“想象”，并非废名一个人的心血来潮，在40年代（以至50至70年代）在中国都是形成了一种时代文艺思潮的。就在废名写作并发表《莫须有先生坐飞机以后》的同时，香港出版的《大众文艺丛刊》也在提倡用“实录的形式”写“实在的故事”，“把人民斗争和生活中具有典型意义的事实，用说故事的方法朴实地记录下来，不加渲染，不加铺张”。强调“实录事实”，拒绝“渲染”、“铺张”，自然也有排斥艺术想象的意思。而倡导者又指明“实在的故事”与中国旧时的“笔记小说”“属于同类的性质”，更与废名的追求有相通之处。但二者的区别也是明显的：《大众文艺丛刊》编者的倡导，显然有强烈的意识形态性，并且有明确的政治功利目的，至少是此时的废名所不具有的（但也并不是绝对不能接受的）。更重要的是，尽管同样强调“事实”，但理解上的差异却相当大：《大众文艺丛刊》编者注重的是“人民斗争和生活中具有典型意义的事实”②，这是一种把“人民”理想化，并且把他们的生活革命化、英雄化的眼光（到了50到70年代更有了“人民群众创

① 废名：《散文》，收《冯文炳选集》，北京：人民文学出版社，1985。

② “实在的故事”专栏编者按，载《大众文艺丛刊》第1辑“文艺的新方向”，1948年3月。可参看迪吉：《关于“实在故事”》，载《小说》第1卷第5期，1948年11月。

造的英雄业绩远远超过诗人的想象"这类说法);与废名对普通人的平凡人生的意义的发现与强调,是表现了不同的人生观的。而废名则一再提醒人们注意,他的发现是经历了"战乱"以后的思想的升华。《莫须有先生坐飞机以后》的中心事件,就是主人公在避难生活中,怎样逐渐体认到,一个国家、民族的真正力量正是蕴藏在老百姓(首先是农民)的日常生活的"人情风俗"之中。正是这样历尽沧桑而获得的新的历史观导致了废名文学观与写作追求上的三个方面的重大变化。其一是以"恢复原状"为创作的最高追求。他认为"小说"的想象、虚构,对情节、结构的注重,都有"装假"之嫌;自己过去的那些作品对"事实(人情风俗)"进行的"小说化"处理,其实是失其本来面目的,因此他想重写而"还(其)原"。其二,废名还对"小说"(主要是他自己原来写的诗化小说)作了这样的反省:"可以见作者理想,是诗,是心理,不是人情风俗。"①不是说废名原来的小说没有人情风俗的描写,周作人甚至认为,写"平凡人的平凡生活"正是废名创作的一大特色,但周作人又同时强调,废名所写的是"他所见的人生","不是实录,乃是一个梦"②。这就是说,废名原来的小说里的平凡的人情风俗都是经过作家主观过滤的,是由"内"向"外"投射的,因而是"诗"的,而现在废名正是要抛弃"诗"的"梦"的主观色彩,变成客观"实录"。其三,如仔细分析,就不难注意到,废名的发现,既是对原生态"事实(人情风俗)"的特意关注,更是对"事实(人情风俗)"的"意义"的重新认识。我们在分析沈从文这一时期的实验小说时,已谈到了40年代对"意义"的重视,也是一个时代文艺思潮。与此相联系的是,对文艺的"启蒙"功能的重新强调,也是对"五四"传统的一个呼应。废名说"现在所喜欢的文学要具有教育的意义","读之可以兴观,可以群,能够多识鸟兽草木之名更好"③,表达的也是类似的意思。也正是出于对世道人

① 废名:《莫须有先生坐飞机以后》第8章"上回的事情没有讲完"。原载《文学杂志》第2卷第7期,1948年2月。

② 周作人:《竹林的故事·序》。

③ 废名:《莫须有先生坐飞机以后》第8章"上回的事情没有讲完"。原载《文学杂志》第2卷第7期,1948年2月。

心的关注，出于“启蒙（教育）”的动机，或者说，为了更充分、自由地阐释“意义”，发表自己的意见，废名把“议论”引入小说，提高到了与“描写”与“叙述”同等的地位。我们都知道，“五四”时期创造的“杂文”（最初叫“杂感”）使“议论”成为文学的因素（手段），以后鲁迅又曾提出过这样的设想：长篇小说也可以“带叙带议论，自由说话”，“变成为社会批评的直剖明示的尖利的武器”[①]。鲁迅的这一设想只在他的《故事新编》里得到了部分的实现，但应该说，自觉而全面地试验将议论引入长篇小说写作的，是废名的《莫须有先生坐飞机以后》（或许还应加上同一时期的钱钟书的《围城》，但《围城》的随时插入的议论大体还是围绕着小说的情节与人物塑造的，而废名小说的议论是要散漫得多的）。

以上三个方面的文学观念追求的变化，引起了废名创作文体上的极大变化。可以这么说，对“实录”的强调，对“议论”的注重，都必然导致“非小说”的倾向；对“梦”的驱逐，则意味着“非诗化”：这两个方面都趋向于“散文”。但另一方面，对“客观叙述”的追求，又对这种“散文化”的倾向起到了制约的作用，因此《莫须有先生坐飞机以后》仍然保留了“莫须有先生”这个“人物”，保留了第三人称叙述，保留了研究者所说的“非自传”的某些成分，再加上对“议论”的加重，并没有造成对“描写”与“叙述”的损害，三者获得了相对和谐的统一。也就是说，它仍然具有“小说”的形态，尽管已经发生了相当大的变异，很大程度上“散文化”了。因此，我们完全可以称之为“散文化的小说”。——本来，小说散文化的尝试，是很多作家一直在进行的，但小说情节的淡化以后，都偏于走“诗化”这一路；像废名这样同时拒绝“诗化”，而追求“议论”、“描写”与“叙述”的结合的，并不多见，也可以说，废名是在试图建立一种散文化小说的新模式吧。当然，废名的小说的散文化特征，主要还是表现在于一种整体的自然流动感：无论是议论、叙述、描写的对象，还是结构，都是如此。这思想与行文的“自由”与“自然”也正是

---

① 废名：《莫须有先生坐飞机以后》第 8 章“上回的事情没有讲完”。原载《文学杂志》第 2 卷第 7 期，1948 年 2 月。

废名的主要追求。

需要补充说明的是,废名在40年代末所发生的这种文体的变化,是有得有失的。研究者注意到了废名的《莫须有先生坐飞机以后》里的"童年回忆",这本是40年代许多小说家的共同追求;如果把废名这篇作品里的"童年回忆",与我们已经讨论过的萧红、端木蕻良的作品比较,可以发现,萧红、端木的回忆是力图实现"个人与人类童年生命"的部分"还原",作家总是希望在某一瞬间能够"进入"(当然,同时也要"出来",作家的追求即在这"进出"之间);而在废名这里,却是把童年经验推到一定的距离之外,进行客观的分析(议论)——大约在1939年,废名曾写过一篇散文《五祖寺》,与这部小说中《五祖寺》这一章比较,可以看出,两篇回忆的内容相差不大,而小说则有更为客观,远为细致的分析。如写到小时第一次去五祖寺,坐在车把上,在散文里,只说"心里确是有点孤寂",小说中就发展为一段心理分析:"不喜欢坐车把乃是因为坐车把表示你不大不小,大不足以独当一面坐车,小不足以坐在母亲的怀抱里,于是坐在那里寂寞极了,徒徒显得自己没有主权似的,身份太小而已。小孩子也不喜欢被认为居于附属地位的。"①这段分析,自然造成了距离,读者与作者同样不会"进入",但却多了几分理解,又忍不住发出微笑,是别有一番意蕴的。容易引起争议的,是废名放弃了他的"用唐人写绝句的办法写小说"的实验,不再追求诗的跳跃,空白,固然使废名的这篇小说变得好懂(与《莫须有先生传》相比较,尤其明显),但却似乎又使读者若有所失。总的感觉是废名变得太快了。在40年代,有很多作家都在(或者酝酿着)"变",所谓"变"就是对自己原有的创作模式的不同程度的突破(或开拓),"变"是正常的,废名的问题可能出在"变"得太大、太快,对自己原有追求放弃得太彻底,这多少反映了作家思想方法上有些好走极端。我们已经说过,废名文学观的某些变化,如对"实录"的强调,对艺术想象的拒

① 废名:《莫须有先生坐飞机以后》第15章"五祖寺",原载《文学杂志》第3卷第4期,1948年9月。又,废名所写的散文《五祖寺》,收《冯文炳选集》(北京:人民文学出版社,1985),可参看。

绝，对“意义”的突出，等等，后来都成为时代文学思潮，在这个意义上，废名40年代末的变，包括变的方式，都是预告着文学的一个巨变时代的到来的。

（原载《文学评论》1997年第3期）

老中国土地上的新兴神话

——海派小说都市主题研究

吴福辉

海派小说刚刚挣脱了乡土梦境，是具有别一种意义的都会文学。

所谓“海派”，其名称由来已久，大约有一个世纪以上的历史了，包括1934年那次有名的京海派论争，把这个概念大大推广开去，但从来没有真正说清楚过。仿佛它是个“不洁”之物，终以模模糊糊为好。实际上，中国自海禁一开，在上海便有海派文化发生。“海”，有多重的含义。海派京戏，海派绘画，海派服饰，海派文学，到今年9月报载上海演出《上灵山》被认为是海派昆剧，一直是沸沸扬扬，褒贬不一的[①]。几年前，我写过《为海派文学正名》和《大陆文学的京海冲突构造》两文[②]，试着给海派文学做一界定，把隶属于旧文学的鸳鸯蝴蝶派和三四十年代可归入新文学一翼的海派区别开来（二者自然也有割不断的联系），认定并勾勒了海派小说的大致轮廓。我认为海派虽无明显的结社行为，却是一种广泛的、有丰富内涵的流派现象，它反映了现代文明在中国缓慢伸延的不平衡性，在由东南沿海局部的前工商社会，向大陆中西部的后农业社会，向西北残余的游牧社会逐步扩展的过程中，海派的畸形以及它遭遇到的误会，显示了中国人文历史的曲折与斑斓。

这里的海派小说家，大体可以分为三大块：20年代末期以后，从“五四”先锋文学分离出来走向都市大众读者的张资平、叶灵凤诸人，还有曾今可、曾虚白、章克标、林微音等；30年代崛起的现代派作家（包含新感觉派）刘呐鸥、穆时英、施蛰存、黑婴、杜衡、徐霞村、禾金等；40

---

① 见《文学报》1993年9月2日所载报道：《“海派昆剧”〈上灵山〉引起争议》。

② 分别载《文艺报》1989年8月5日与《上海文学》1989年第10期。当时我对40年代海派作家的认识还较狭窄。

年代的洋场小说家，把现代主义和《红楼梦》、《海上花列传》对接的张爱玲、徐讦、无名氏、东方蝃蝀，及其他形形色色的新市民小说作家予且、苏青、施济美、潘柳黛、丁谛、周楞伽、谭惟翰等。不论他们的文学个性有多么不同，取上海市民的眼光来打量上海这个当时的东方大都会，来写这个中国本土边缘上的“孤岛”传奇故事（广义上的“孤岛”），该是他们共同的特征之一。

一

现代文学一个经久不衰的题旨，是令人梦徊萦想的乡土和兀立的喧嚣卑俗的都会。这不奇怪，在重农轻商的国度，田园诗自有几千年文学传统的强劲支撑，而城市的形象从来都是陌生、肤浅和驳杂难辨的。人们一提起乡土，各种各样沉积已久的文学意象会联翩而至：乡土是游子心中的一汪清水和一片家园，如沈从文美丽沅水、辰水之端的茶峒边城，萧红呼兰河畔的阳春三月；乡土是永恒的童年，是鲁迅记忆中少年闰土托出的“一轮金黄的圆月”[①]；乡土还是风俗历史的“根”，是蹇先艾黔省的水葬，彭家煌的湘人活鬼，鲁彦的浙地冥婚；乡土，尤其是敞露的至大至广的母亲胸怀，台静农的小说集便题名《地之子》，标明了乡土的慈母性质。而都市是什么呢？人们能从文学作品里的都市面容，泛起何种特殊的美感呢？北京总不算是小城市吧（八百年以前它是世界最大城市，这之后伦敦才超过了它[②]），但老舍远离北京写《想北平》，他在千里之外想的却是如果“面向着积水潭，背后是城墙，坐在石上看水中的小蝌蚪或苇叶上的嫩蜻蜓，我可以快乐的坐一天，心中完全安适，无所求也无可怕，像小儿安睡在摇篮里”[③]。他是把一种更深的乡土感情移植到北京身上，北京不过是一座扩大了的乡土的城呀！而直接描写乡村的作者，20 年代都居住在北京，正如鲁迅所说“乡土文学”

① 鲁迅：《故乡》。

② 〔美〕施坚雅（G. W. Skinner）：《中华帝国的城市发展》，见《中国封建社会晚期城市研究》一书。

③ 此文载《宇宙风》第 19 期，1936 年 6 月 16 日。其时老舍在青岛。

居然是乡村型都市里的“侨寓文学”①。

看来,中国的都市情怀只能到东南沿海一带去寻找,而最集中典型的寄托地自然非上海莫属。但是在清末民初很长一段时间内,你通过《海上花列传》、《海上繁华梦》、《歇浦潮》、《九尾龟》所能了解到的上海,与《广陵潮》里的扬州,《青楼梦》里的苏州,《品花宝鉴》里的北京,并无多大的区别。凡城市皆商贾优妓狎客云集享乐之地,道德沉沦、藏污纳垢之所,无一例外。就连宋元明话本、拟话本里的“市井”世界,甚至还有重信义的市民和高洁隐士出没藏身其间,现在统统倒退成市侩的天下。要到茅盾的《子夜》、曹禺的《日出》出现,我们才能看到都市作为现代工商业的角逐场,作为革命新思想与运动策源地和新兴阶级跃上的宏大舞台,扮演出崭新的角色。从《子夜》到《日出》,仿佛是一个象征,中国现代都市已处于历史变幻的前哨。不过如果仔细揣摩这批都市作品,你会发现它们的共同点:第一,都市仅仅是人物事件的一个背景,它本身并没有取得独立的审美地位;第二,它旋即被送上中国近代史的被告席位,工业文明刚刚从农业社会接过改造都市的赛棒,似乎一夜之间新女已成旧妇;第三,从古典“市井”到现代“都会”,城市历来的“恶”的文化性格,并无大的变化,它仍然是人世间一切罪孽的逋逃薮。

我作过一点调查,证明绝大部分的新文学作者都讨嫌上海,在各类作品中发布他们对于上海的恶感。限于篇幅,下面仅举几例。

在上海居住过的丰子恺1923年在一篇散文中说,“上海住家,邻人都是不相往来,而且敌视的”,“我觉得上海虽热闹,实在寂寞”②。

北方的高长虹,后来不避在海派画报《良友》上发表东西,但1926年他说过:“我实在诚恳地厌恶上海的小商业的社会。它已经不是乡村了,但又没有走到城市,它只站在歧路上徘徊。乡村的美,都市的美,它都没有,所以只显现出它的丑来。”③

---

① 鲁迅:《〈中国新文学大系〉小说二集序》。

② 丰子恺:《山水间的生活》,载《春晖》第13期,1923年6月1日。

③ 高长虹:《从上海到柏林》,载《幻洲》第1卷第2期,1926年10月15日。

出生在上海邻省的周作人1926年直截了当地称上海只有“买办流氓与妓女的文化，压根没有一点理性与风致”①。

梁遇春1930年写了《猫狗》一文，结尾语未免有些尖刻：“上海是一条狗，当你站在黄浦滩闭目一想，你也许会觉得横在面前是一条恶狗。狗可以代表现实的黑暗，在上海这现实的黑暗使你步步惊心，真仿佛一条疯狗跟在背后一样。”②

几乎可以充当北京代言人的老舍，说他“不喜上海，当然不常去，去了也马上就走开”③，就毫不足怪了，似乎连理由都不屑陈述的。这是他在1939年说的话。

最后举《围城》的作者钱钟书，他在一篇小说中曾大发连珠妙语道：“说上海或南京会产生艺术和文化，正像说头脑以外的手足或腰腹也会思想一样的可笑。”④

在这样一种“围剿”上海滩的大文化背景下，来看海派与上海“对话”的独特性，便十分显然。可以说，在现代的中国，再没有任何一个流派会像海派那样能从现代物质文明的层面上，能从现代文化与传统文化交替接续的意义上，来表现都市了。

我不是一般地认为海派才领会到都市的现代美。我是说海派放弃了旧的评价标准，引进了新的（对中国应属于异端）都市文化价值观念。刘呐鸥的小说主人公对到上海来寻找古朴“黄金国”的西方人声称：“你所要求的那种诗，在这个时代是什么地方都找不到的。诗的内容已经变换了。”⑤

“诗的内容已经变换”，便是海派小说的都市宣言！请看变换后，城市的形象。

街——

（普益地产公司每年纯利达资本三分之一

---

① 周作人：《上海气》，收入《谈龙集》。

② 梁遇春：《猫狗》，载《骆驼草》第17期，1930年9月1日。

③ 老舍：《怀友》，载《抗战文艺》第4卷第1期，1939年4月。

④ 钱钟书：《猫》，收入《人·兽·鬼》。

⑤ 刘呐鸥：《热情之骨》，收入《都市风景线》。

100000 两
东三省沦亡了吗
没有　东三省的义军还在雪地和日寇作殊死战
同胞们快来加入月捐会[此行原用大号字体印出——引者]
大陆报销路已达五万份
一九三三年宝塔克
自由吃排)

红的街,绿的街,蓝的街,紫的街……强烈的色调化装着的都市啊!霓虹灯跳跃着——五色的光潮,变化着的光潮,没有色的光潮——泛滥着光潮的天空,天空中有了酒,有了烟,有了高跟儿鞋,也有了钟……

请喝白马牌威士忌酒……吉士烟不伤吸者咽喉……

亚力山大鞋店,约翰生酒铺,拉萨罗烟商,德茜音乐铺,朱古力糖果铺,国泰大戏院,汉密而登旅社……[删节号均为原文所有——引者]①

熟悉上海的人知道,这就是旧日法租界的霞飞路(今淮海路)市景。你仿佛坐上1932年最新型的轿车从这条长长的商业街掠过,摇光曳影,目迷五色,杂然纷呈。你会强烈感受到现代都市的速率。

使这种都市赖以存在的科技文明与生活在其中的人的文化冲突,也被海派先期领悟到了。

……不但这衣服是机械似的,就是我们住的家屋也变成机械了。直线和角度构成的一切的建筑和器具,装电线,通水管,暖气管,瓦斯管,屋上又要方棚,人们不是住在机械的中央吗?②

这不是一般意义的批判。海派小说第一次使得都市不再简单地背负本民族百年受辱的重担,城市不仅仅是历史的鞭笞物,而且是独立地真正成为审美的对象,可供品味,同时进行一定的文化思索。有三位小

---

① 穆时英:《夜总会里的五个人》,收入《公墓》。
② 刘呐鸥:《风景》,收入《都市风景线》。

说家,可以代表海派这种审美的、文化的注视都市的历程,那便是叶灵凤——穆时英——张爱玲。

叶灵凤标志着海派早期的都市诗情。叶本与张资平同为创造社成员,先后"下海"成为恋爱流行小说家的。叶灵凤在他的短篇《女娲氏之遗孽》、中篇《红的天使》的时期,写的多半是滥情的作品,其城市意识与两性意识都同张资平的粗陋相去不远。30年代中期叶灵凤显出现代派的倾向,《流行性感冒》、《七颗心的人》,敲奏出纯现代都市的节拍之后,他又转过去"想将一般的读者由通俗小说中引诱到新文艺园地里来"[①],便有了《时代姑娘》、《未完成的忏悔录》等新市民小说的陆续问世。叶灵凤尽管芜杂,但一以贯之的是他的所谓"新浪漫主义"精神,他对都市的理解有新旧交驰的印痕,即便是用最先锋的语调来叙述现时的青年男女的故事,内中仍包含一个骑士公主的古典结构。像《山茶花》、《长门怨》[②]都是这类作品。《鸩绿媚》这个名字有没有点古今杂糅的韵味?他小说里的主人公往往一方是"都市的"、"奢侈的","但在灵魂的深处,却藏着中世纪那么无底的深情";另一方则是"温静的"、"朴素的","百合花那么一样婉约","始终带着中世纪圣处女那么苍白情调"[③],所以当时便有人评论叶灵凤,说他是"用极骚杂的现代主义的形式来歌咏中世纪风的轻微的感伤"[④]。这种都市中的忧郁情结,实际上是对乡村性失落的一种补偿,叶灵凤便是如此过渡型的海派文人。

穆时英跳起"上海的狐步舞",代表了海派中期的某种全新姿态。以他和刘呐鸥为主的"新感觉派",将西方植根于都会文化的现代派文学神形兼备地移入东方的大都会,终于寻找到了现代的都市感觉。30年代之初,上海脱去旧装,蜕变成一个现代化的城市。老的四马路文化

---

① 叶灵凤:《时代姑娘·自题》,收入《时代姑娘》,上海:四社出版社,1933。

② 《山茶花》,载《文艺画报》第1卷第1期,1934年10月10日。《长门怨》,载《文艺画报》第1卷第3期,1935年2月15日。

③ 引自叶灵凤《忧郁解剖学》,载《现代》第4卷第4期,1934年2月1日。

④ 江兼霞:《一九三五年度中国文学的倾向,流派,与人物》,载《六艺》创刊号,1936年2月15日。

娱乐街区已越过了它的鼎盛时代，走向衰落。外滩沿江的大厦群落最后完型，造成中国最大的金融、外贸经济体系，并向内辐射出南京路霞飞路新式的商业百货娱乐街市，影院、舞厅、酒吧、饭店、夜总会、大型游艺场、跑马厅、跑狗场、沪西国际寻欢地带，柏油马路、霓虹灯取代了昔日以茶楼戏园为主的消费方式（并未消灭它们）。这就是穆时英应运而生的基本条件。《南北极》时代的穆时英起初也从阶级的角度剖视这座城市的动荡不定，很快地，他便在单纯诅咒、反抗的语式上加进复杂的音响，一种刺激的、立体的，即声色光影极绚烂的，上层下层对比极鲜明的、高亢入云至极又跌入轻松低回的音响，由此来把握这个都市的新的脉搏。“新感觉派”力图加深对“都市人”的认识，表现在现代消费文化环境下生存的人的激情，生命紧张之后的弛缓、失落、倦怠。这样的城与人，组成了上海高悬于中国本土文化之上的都市风景线。高悬，使得它难以为继，使得它在深入认同都市的时候，停留在一瞬的印象上面（虽然这印象如此绚烂，虽然印象中饱含本质，是知性的现实），而且毕竟它只写出了一部分市民的都会。

到了张爱玲，海派逐渐由一部分的市民向全体市民——新老市民，大厦写字间的市民和石库门厢房亭子间的市民——扩展。都市生活不仅仅是舞厅酒吧夜生活的浮光掠影，它是每日每时发生在琐细平凡、有质有感的家庭这个都市细胞的内面，是日常人生，是浮世的悲欢。于是，一切即俗。这样，都市的肌体怎么能像“新感觉派”描绘的那样光滑凝练呢？张爱玲告诉我们“生在这世上，没有一样感情不是千创百孔的”，城市也千创百孔，无法修复①。城市对于人们既是熟悉的，又是陌生的，主要是陌生的，因这里的一切都带有临时性，像一对戒严时刻在电车上相遇的男女，封锁期一过，电车当当地恢复行驶，他们在人丛中再也互相见不着谁。“整个的上海打了个盹”，生命“像圣经，从希伯来文译成希腊文，从希腊文译成拉丁文，从拉丁文译成英文，从英文译成国语”，“国语……又译成了上海话。那未免有点隔膜”②。王安忆在

① 张爱玲：《留情》，收入《传奇》。

② 张爱玲：《封锁》，收入《传奇》。

近作《香港的情与爱》中叙述的“香港是一个大邂逅,是一个奇迹性的大相遇”,“这是正在进行与发展的故事,前景还是一个悬念,模糊在我们视线的尽头”[①],正是重复并深化张爱玲的城市主题。而徐讦,则给它一个绝妙的象征,都市既非天堂,亦非地狱,而是“从赌窟到教堂的旅程”[②]。徐讦曾在北京大学、巴黎大学专修哲学,他与张爱玲的小说叙事不同程度都升华到现代都市哲理的层面。

我无意夸大海派表现都市达到多高的文学境界。都市可以由各色各样的人来编织各色各样的梦。谁能了解上海的真谛?谁能写出上海?茅盾自然是重要的一位,但我比较同意白先勇的说法:“我相信旧社会的上海确实罪恶重重,但像上海那样一个复杂的城市,各色人等,鱼龙混杂,必也有它多姿多彩的一面。茅盾并未能深入探讨,抓住上海的灵魂。”[③]这不单单是作家意识形态的问题。狄更斯的社会意识也极为强烈,都市的贫富差别,债务拘留所、孤儿院、下等酒馆、车站、马戏场,作为他永久的童年印象进入其作品,但他被称作伦敦城市诗的伟大咏者,他窥到了伦敦的灵魂,包括伦敦的黑暗和光荣,无一不在他的视野之内。中国迄今还没有谁能像狄更斯面对伦敦、乔依斯面对都柏林那样地面对上海。我们的文学感情既然只能在歌颂或暴露两者取其一,歌颂、暴露就都浅陋得可怕。海派不过是表现了上海之一隅,尽管这是今日我们绝对不应再漠视的一隅。

二

那么,海派小说塑造的城,究竟呈现出何种面貌呢?

海派说,现代的都市是动的,充满着动感。土地,当然安详沉静,而机械便躁动不安。20 世纪初的物质文明可以说是机械文明,所以海派的都市遍布 1932 年新型的别克跑车和奥斯汀、福特、雪铁龙。“‘上海

---

① 王安忆的小说发表在《上海文学》1993 年第 8 期。

② 徐讦:《风萧萧》。

③ 白先勇:《社会意识与小说艺术》,收入《第六只手指》。

特别快'突着肚子,达达达,用着狐步舞的拍,含着颗夜明珠,龙似地跑了过去"。在车辆的王国,都市风景好像都嵌进了车窗口,只见"上了白漆的街树的腿,电杆木的腿",一直到姑娘们的"擦满了粉的大腿"[①]。加上霓虹灯闪烁,舞乐跳荡,街上人流如潮,回力球场废弃的赌票如雪片撒下,好一个摇晃的世界！章克标《南京路十月里的一天下午三点钟》不禁发问,何谓南京路？一言以蔽之:"动"[②]。穆时英"称星期六晚上的世界是在爵士的轴子上回旋着的'卡通'的地球,那么轻快,那么疯狂地"[③]。"生活是机械地,用全速度向前冲刺着"[④]。刘呐鸥《风景》的第一句是:"人们是坐在速度的上面的。"[⑤]

这便是都市流线型——快节奏造成的流动自如的线条,从汽车车身流向飘逸女装,流向简洁潇洒的现代建筑物。流线型文化既然是带有速度的文化,自然跟得上时尚,趋时也就浮躁,不过总透着新鲜。趋时,使都市日新月异、突兀、不真实,给人一种不确定感,像一篇现代神话。行人徜徉在都市会勾起幻觉,"那街上的喧嚣的杂音,都变做吹着绿林的微风的细语;轨道上的辘辘的车声,我以为是骆驼队的小铃响。最奇怪的,就是我忽然间看见一只老虎跳将出来。我猛吃了一惊,急忙张开眼睛定神看时,原来是伏在那劈面走来的一位姑娘的肩膀上的一只山猫的毛皮"[⑥]。所以,都市像人类一座临时的旅舍,一切都是短暂的、稍纵即逝的。杜衡《红与黑》写一对在"机会之邦"寻找生存地位的男女,房东太太发现他们的夫妻身份是假的,"名字也是象征借用这间房屋一样地临时的"。而两人的命运竟在一夜之间发生戏剧性变化:女人作舞娘失踪,男人于轮盘赌中侥幸取胜却遭车祸[⑦]。整个都市就像一架红黑相间、快速转动的轮盘,一部分人胜了,一部分人惨败,不断

---

① 均见穆时英的《上海的狐步舞》,收入《公墓》。

② 此文载《金屋月刊》第1卷第7期,1929年12月。

③ 穆时英:《夜总会里的五个人》,收入《公墓》。

④ 穆时英:《黑牡丹》,收入《公墓》。

⑤ 刘呐鸥:《风景》,收入《都市风景线》。

⑥ 刘呐鸥:《游戏》,收入《都市风景线》。

⑦ 此文收入合集《西泠的黄昏》,上海:良友图书公司1945年7月再版。初版本查《民国时期总书目》亦不详。

地有新人加入这种生命“赌博”。这也是城市的魅力,激发人们为改变生存环境去搏战的强烈欲望,或者鼓动起人们的反叛意识。于是,城市升起了人的生命之光。

海派又说,现代的都市是消费的。茅盾曾表示,上海的特点便是“消费膨胀”,“消费和享乐是我们的都市文学的主要色调”[①]。在都市,的确是物欲丛生,充满了市场的喧嚣。海派小说针对奢靡并非没有“教诲”的内容,实际上越是通俗的作品往往越注重道德含义,比如贪恋娱乐享受会引发堕落、金钱能促使沉沦,等等。刘呐鸥集外的小说《杀人未遂》便是写职业女性内在地受城市摩登化诱惑,以致起意杀人![②] 物欲升腾的都市,或者是消费的餍足,或者是消费的不足,都造成物对人的压榨及人对物的惊喜。物质消费正负效应的同步体现,可能是海派的一大特点。像下面这种话,你简直分不清它是在炫耀还是在抱怨。

> 譬如我。我是在奢侈里生活着的,脱离了爵士乐,狐步舞,混合酒,秋季的流行色,八汽缸的跑车,埃及烟……我便成了没有灵魂的人。[③]

现世的享乐主义是市民阶层的信仰,也是生活目标。我注意到中国小说这样一种传统,便是城市体作品基本不描写商业活动。“三言二拍”里的义商、奸商,都只有粗略的经济面影。清末大量的狎邪小说写的是商贾们在风月场上的沉醉状,虽然那大把大把的银钱都是在惊涛骇浪般市场上赚来的。经由生活情味十足的社会消费场面来表现都市,让消费的喧哗压倒工商金融的喧哗,海派小说同样是如此。

不同的,是对都会奢侈性的审美感情已经变得精细化了、复杂化了。现代工业文明极大地提高了人们的生活质量,首先在都会,文化消费在整个市民生活中所占比重的增强,极大地改变了昔日的城市生活方式和生活面貌。白领阶层下班之后先不归家,而是直奔酒吧舞厅消

① 茅盾:《都市文学》,载《申报月刊》第2卷第5期,1933年5月15日。
② 刘呐鸥:《杀人未遂》,载《文艺画报》第1卷第2期,1934年12月15日。
③ 穆时英:《黑牡丹》,收入《公墓》。

遣与交际。独身男子尤其是独身女子的增多,一个男子与几个女人,一个女子与几个男人的往来被视为平常,情爱、性爱、性买卖的界线已经模糊。清贫守志是不是理想生活早就受到挑战。40 年代海派所写的普通上海市民,都是食、色、理、情、事,各色趣味俱全的。官能享受虽不能建造人们的天堂,但如没有一定的物质,也就无暇顾及精神。这正是予且《过彩贞》、《夏丹华》这类小说的主题:既然社会只用金钱来做有无力量的标志,那么,女人掌握了金钱,也便掌握了力量,"只要有钱,什么都能做"[①]。上面这两篇小说后来予且将它们与其他五篇写市民女性的作品合成一集,名为《七女书》,他在一些与此有关的创作谈里,明确提出物质与灵魂的关系问题,说:"受了生活重压的人,求生的急切当然是毋庸讳言的事实。在求生急切的情境中,不抱着'得过且过'的思想,即不能一日活。"[②]进而声称:"有时因为物质上的需要,我们无暇顾及我们的灵魂了。而灵魂却又忘不了我们。他轻轻地向我们说:'就堕落一点吧!'"这堕落的另一面,他丝毫没有忽略,说:"魔鬼虽然能引导我们去看那满眼的繁华,但不能保证我们在繁华的当中能享受着快乐。所以在堕落一点点的当儿,是会感得到痛苦的。这种苦痛每使我们感到是无边无际。"[③]都市人便辗转于现代消费所带来的情感生活的两极夹缝中。由于批判据说与奢靡共生的消极颓废没落伤感,是我们历来的"拿手好戏",所以,当我们看到海派小说无顾忌地显示出物质消费的热情时,是不免感到吃惊的,好像看到它放出了一个"怪物"——人的物欲和情欲。周楞伽的《愁春》,通过女主人公反复地动摇于新的书本生活与纵情声色的都市诱惑之间,宣示"都会的人生是奢侈的,而趣味也就包藏在这奢侈中间"[④],此中的内涵,正是海派小说令人深长思之的地方。

海派还说,现代的都市是用人工来装扮的。

张爱玲是彻头彻尾的都市人。她喜爱市声,包括有轨电车的叮当

---

① 予且:《过彩贞》,载《大众》1944 年第 11 月号。

② 予且:《我之恋爱观》,载《天地》第 3 期,1943 年 12 月 10 日。

③ 均见予且的《我怎样写七女书》,载《风雨谈》第 19 期,1945 年 6 月。

④ 周楞伽:《愁春》,收入《失业》。

行驶声，高层公寓能格外清晰听到的飞扬号角声。有人忆及张爱玲，“春天的早晨她走过大西路，看见马路旁边的柳树与梧桐，非常喜欢，说：‘这些树种在铺子面前，种在意大利饭店门口，都是人工的东西，看着它发芽抽叶特别感到亲切。’”[①]如果连树木都转化为自然性的人工，或称人工自然，那么，城市里就没有什么地方不充满艺术的意味了（因为“艺术”是一种人工）。特别是都会之夜，仿佛掩去了一切粗糙卑俗，单露出奇幻的人为景色。曾今可有《法国公园之夜》，章衣萍有《夜遇》，章克标有《一夜》[②]，曾虚白有《电影场之夜》、《舞场之夜》、《跑狗场之夜》等系列文字[③]，突出的是都市夜生活的光彩流动。“在晚上十点钟以后，整个的霞飞路，渐渐的神秘化了”[④]。“北四川路像一条金色的鳞的蛇；南京路辉煌地支持它那透明的建筑物；从四马路的小弄堂到大世界的阴影下，拥挤着如渔人的筐里的鱼一样的腥的女人的肉体，外滩的银行建筑已经在休息它们的金融的构思了……”[⑤]上海的夜已经颇具人性，成为都市生命搏动的象征体。难得的是它们的鉴赏者海派作家们，透过人工精巧构筑的市景，充分传达出现代技术的魔力来。

人工美，一般缺乏“崇高”的质素，偏于奇巧。它破坏了乡村诗意，瓦解了古典的浪漫情致。像电影摄制场一旦撤去灯光，转换角度，就会暴露出木搭纸画布景的真相一样，这是人工“虚假”的一面。海派有批判城市直线型的僵硬而宣扬返归自然的内容。正是刘呐鸥、穆时英这两个“现代之子”，在《黑牡丹》、《风景》这些作品中，述说着城市的人向乡村的迁徙。另一方面，美还有客观的边线，鲁迅说，可以“画蛇、画鳄鱼、画龟、画果子壳、画字纸篓、画垃圾堆，但没有谁画毛毛虫、画癞头疮、画鼻涕、画大便”[⑥]。人为地污染都市的烟尘和噪音，毕竟不美（现代派以抽水马桶和非乐音为画意、乐意，据说是取其“排泄”等哲理含

---

① 胡览乘：《张爱玲与左派》，载《天地》第 21 期，1945 年 6 月。

② 曾今可：《法国公园之夜》集子，新时代书局，1931。章衣萍：《夜遇》，载《新上海》第 1 卷第 2 期，1933 年 10 月 15 日。章克标：《一夜》，载《一般》第 8 卷第 2 号，1929 年 6 月。

③ 曾虚白三文分别见《金屋月刊》第 1 卷 4、5、6 期，1929 年 4 月、5 月、6 月。

④ 梁轶群：《霞飞路巡礼》，载《新上海》第 1 卷第 7 期，1934 年 4 月 1 日。

⑤ 徐苏灵：《黑眼睛》，载《新上海》第 1 卷第 2 期，1933 年 11 月 1 日。

⑥ 鲁迅：《且介亭杂文末编·半夏小集》。

义，尚待艺术界进一步讨论），海派并未避讳，只是采取了新的态度而已。刘呐鸥就代表了现代都市美学的这种先锋理论。

> 电车太噪闹了，本来是苍青色的天空，被工厂的炭烟布得黑蒙蒙了，云雀的声音也听不见了。缪赛们，拿着断弦的琴，不知道飞到那儿去了。那么现代生活里没有美的吗？那里，有的，不过形式换了罢，我们没有 Romance，没有古城里吹着号角的声音，可是我们却有 thrill，Carnalintoxication，这就是我说的近代主义……①

以上，我们看到一种对于现代都市的复杂审美感情。无论是都市的动律、消费狂热与人工的置景，海派都不是单向度地对待的。爱恋和诅咒交织纠葛在一起，与现代都市本身的二重性质正相吻合。你可以评价海派对待都市，诅咒得如何，爱恋得如何，却不应简单地批评它对现代物质文明的某种肯定的情绪。任何一种文明的发展阶段都包含人类文明可资传递接续的部分，都具有二重性，所以，二重的审美评价或许是更带有历史感的评价。

进一步，我们可以看到海派表现城与人的关系，表现现代都市文化下面人的真实处境，仍然是持这种二重态度的。

海派的都市既是现代人沉溺于声色犬马的名利场，又是人类文明的生息地。人性的真正特性，只能在开放的态势中，而不是在收敛中体现。都市提供了尽情发挥生命热忱的机会和气氛，人生愉悦，个性自由，主动的创造力，容纳、总汇各种文化思想的开明风度，宽容性，以及毫无顾忌的解放感和叛逆精神，还是不时闪现在海派小说的字里行间。

最意味深长的，是乡村社会的人一旦进入上海这样的大都会，无疑是横跨过几个世纪的文明鸿沟（上海出现自来水、电灯、电话都是清末光绪年间的事，离今有一百多年），怎样与都市冲突，怎样认同，这之间人性将如何变异，是海派小说经久讨论的主题。

普通的市民作品，停留在浮滑的人性与浑朴未凿的纯真人性的抉择上面。“变”，是动荡都市日日时时扑面撞来的印象。汪丽玲的《变》

---

① 引自刘呐鸥 1926 年 11 月 10 日致戴望舒信，收入孔另境编《现代作家书简》。Romance，浪漫。thrill，carnalintoxication，刘呐鸥在后文译成“战栗和肉的沉醉”。

是善良厚道、一无所长者在都市的陷落[1];周楞伽的《变》是农妇阿金(鲁迅杂文写过的上海弄堂女人也叫阿金)由老实女佣转化为八面见光姨太太的“成长史”[2];而丁谛的《变》将两个十年后相遇的大学生做对比,小城的穷酸教师发现昔日低材的同学成了上海银行经理,办事、讲演、喝酒,几乎没一样能力不在自己之上,甚至连胖瘦都倒置了。都市锻造了人的才干,而小城“永远是悠闲,寒伧,庸碌的……没有竞争的,容许一个人躲藏的世界”[3]。如果说前两篇的《变》还守着传统的惩恶扬善的老例,到了丁谛的这篇同题小说,味道发生了根本性变化,城市用自己的面貌塑造出新的人格:矫情、务奢、重物质和敏锐、开放、求新,懂得“处世艺术”、“由疲乏而产生的放任”,拥有“奇异的智慧”(张爱玲语,见《到底是上海人》)统统集于一身。丁谛另外的《免费旅行》、《彩排》、《身价》等,虽不如《变》直截了当,但都不得不承认浮滑优胜于痴笨,是都市严酷的生存法则。

受到西方现代主义濡染的海派小说,在更高的层面上反映人在都市的失落、焦虑、变态。穆时英提出人遭现代都市“压扁”的命题。人成了“jizz,机械,速度,都市文化,美国味,时代美……的产物的集合体”,唯独没了自己,只是都市文化“排泄”的渣滓[4]。曾虚白《偶像的神秘》提供这样的现实:同样是一个女人,当她在大世界的街角傻站、转悠,便只能招来些揩惯油的臭男人,一旦换了副行头,住进饭店,使男人看得见却摸不着,她即能受社会之宠,一日而身价百倍[5]。这就是都市压抑下扭曲的人的价值。人成了衣帽服饰,人成了金钱数字,人成了“方程式”(刘呐鸥有篇小说标题就是《方程式》[6]),人成了非人。

受尽压抑的都市人,会突然感到繁华的马路如同沙漠。

我觉这个都市的一切都死掉了。塞满街路上的汽车,轨道上

① 汪丽玲:《变》,载《大众》1944年3月号。
② 周楞伽:《变》,载《光化》第4期,1945年5月25日。
③ 丁谛:《变》,载《大众》1944年12月号。
④ 穆时英:《被当作消遣品的男子》,收入《公墓》。
⑤ 曾虚白:《偶像的神秘》,收入《德妹》,上海:真美善书店,1928。
⑥ 《方程式》,收入《都市风景线》。

> 的电车，从我的身边，摩着肩，走过前面去的人们，广告的招牌，玻璃，乱七八糟的店头装饰，都从我的眼界消灭了。我的眼前有的只是一片大沙漠，像太古一样地沉默。①

是狂欢后的冷丁的寥落，是繁闹中的深深寂寞。甚至想在人海里"忘记了我自己，忘记了我的爱人与仇敌"，"只要不看见讨厌的人们，只要不看见这讨厌里面的大世界与外面的大世界。我愿寂寞，在这热闹的场所中"②。这都市沙漠感，还有各种变体，如都市忧郁症、都市嫌恶症，许多海派小说的题目就标示出这点，如《被当作消遣品的男子》（穆时英）、《两个时间的不感症者》（刘呐鸥）、《忧郁解剖学》（叶灵凤）、《咖啡座的忧郁》、《女性嫌恶症患者》（均为黑婴）、《副型爱郁症》（禾金）、《多少恨》、《怨女》（均为张爱玲）、《精神病患者的悲歌》（徐訏）、《日耳曼的忧郁》（无名氏）、《春愁》（东方蝃蝀）等。都市病了，都市人病了，满眼望去，只觉得凄惶、苍凉。苍凉感，是张爱玲小说挥之不去的艺术氛围，你注意她小说的结束，都是那么不尴不尬。《金锁记》末尾："三十年前的月亮早已沉下去，三十年前的人也死了，然而三十年前的故事还没完——完不了。"《倾城之恋》的结句："胡琴咿咿哑哑拉着，在万盏灯的夜晚，拉过来又拉过去，说不尽的苍凉的故事——不问也罢！"③人的心灵仿佛提前老化，本来是天真无邪的纯洁心灵，现在被都市烂熟的水果气息、酒精的晕眩力量所支配，与年龄不相称地悲凉起来。衰老感是生命过度紧张后的倦怠，是苍凉感的必然结局。

于是就转化出都市的报复主题。运用粗暴的浪人似的语气对都市层层重压进行反拨，是穆时英惯写的题材，他就是从《南北极》、《黑旋风》描写城市梁山好汉的敢作敢为起家的。禾金《蝶蝶样》的主人公金森琪具备叛逆的都市之子全部的复杂心态："一方面是对生活，对一切凶横和不合理的可怕的仇恨！这使他咬紧了牙齿硬生生地去否定一切"，"另一方面呢，正像一个顶恶毒的敌人那么地，他底先天的'出

① 刘呐鸥：《游戏》，收入《都市风景线》。
② 章衣萍：《夜遇》，载《新上海》第1卷第2期，1933年10月15日。
③ 《金锁记》、《倾城之恋》，均收入《传奇》。

身'，他底教育，他底梦……他依然不能忘记那些'该死的，讨厌的有闲者的玩意儿'"①。这里的报复者显然不是一种阶级复仇的形象，而是都市病态的承受人。他承受了，他就变态；他承受不住，便设法逃离。逃离寂寞，逃离仇恨，四处漂泊去寻找安身立命的地方。这地方可能是静谧的市郊乡间（如穆时英的《黑牡丹》），可能是一位温柔不幸的女性（如穆时英的《夜》）。同是天涯沦落人，相逢何必曾相识。这是都市的漂泊主题和寻找主题。因为这种主题在中国诗文里有深厚的文化积累，到了海派手中稍加改装，便能容纳现代人的"乐极生悲"，往往特别的舒展，有魅力。海派都市小说就这样在表现人类文明的多重性质、两难境地，人在城市的共同精神困窘之时，暗暗散发出中国的风韵与情味来。

三

中国特色的都市是旧的拖住新的。

不要因海派小说以极尽描写洋场为能事（当时的上海市政府曾有所谓"大上海"的计划，30 年代想在江湾一带建设现代化的华界，包括行政区、商业区、工业区、住宅区，终于流产。上海依然只等于洋场），或有几个人喜在中文里面夹杂英文、法文，就把它看成是充满洋味的西崽文学。应当说，海派确实大规模地急进地破坏了传统，客观上与中国士大夫文化背道而驰，针对它的虚伪性，像大大嘲弄一番似地释放压制已久的生活欲望。但如果深一步去探究海派的全部创作，窥视海派一心营造的都市形象，你准会发现归根结蒂谁也离不开大陆的本土。摩天大楼耸立得再奇再高，仍被笼罩在乡土文化、家族文化的大投影之下。

穆时英是比较典型的。穆时英本人正如他的小说，都不愧是现代都市包装的"产品"：光华大学毕业，"是个摩登 boy 型，衣服穿得很时

① 禾金：《蝶蝶样》，载《六艺》第 1 卷第 2 期，1936 年 3 月 15 日。

髦，懂得享受，烟卷、糖果、香水，举凡近代都市中的各种知识，他都具备”[①]，操一口日本作家崛口大学式的俏皮话，出没于舞厅并最终与舞娘结婚。就是这个穆时英，却仍旧是个都市的飘零者，从来没有脱开过怀乡、怀旧的情结。他用写过《上海的狐步舞》、《白金的女体塑像》的那支笔还写了《公墓》、《父亲》、《旧宅》和集外的《竹林的惆怅》，都是十足的感伤之作，活像是从一座衰颓的古老深宅传出来的气息。它们哀叹人事的变迁及互相隔膜，有的直如“在别一世界似的”，有的却一丝一毫没有变化，不管时间流逝多长，早经凝结成活的化石[②]。其他的海派作家更不必提了，叶灵凤素有中世纪风；杜衡的一个短篇集便名为《怀乡集》；施蛰存的都市始终有一个松江、苏州的乡镇作为总体的陪衬，《春阳》、《雾》，说尽旧式女子在上海的境遇；施济美的《凤仪园》恰恰相反，写都市大学生闯入苏州孀妇的心灵之园。读这些作品，你恍然置身于都市中的乡村，或者拉开更大的距离觉得置身在一个庞大乡村的边缘城市，坐在咖啡馆车厢座里，生思古之幽情。

最擅长表现旧的家族世家在大都会的遭际和命运的，是张爱玲。我认为已达到了化境。《倾城之恋》脍炙人口，是一个腐旧家族寄人篱下的美女白流苏的故事。1944 年当《倾城之恋》排成话剧在沦陷的上海公演，张自己写过几句话，正是对中国式都市的绝妙注解。

> 流苏与流苏的家，那样的古中国的碎片，现社会里还是到处有的。就像现在，常常没有自来水，要到水缸里去舀水，凸出小黄龙的深黄水缸里静静映出自己的脸，使你想起多少年来井边打水的女人，打水兼照镜子的情调。我希望《倾城之恋》的观众不拿它当个远远的传奇，它是你贴身的人与事。[③]

张爱玲的整个创作可以说是由旧的家族世界失落后，转向上海普通市民世俗、琐细而真实的世界去寻觅精神家园。她自己就是贵族后

---

① 卜少夫《穆时英之死》，收入《无梯楼杂笔》，上海：新闻天地社，1947。

② 穆时英的《公墓》、《父亲》、《旧宅》均收入《公墓》。《竹林的惆怅》见黄铃阁主编《小说月报》第 8 期，澳门丽的出版社 1954 年 10 月版，前面注明“穆时英遗著”。

③ 张爱玲：《罗兰观感》，载《力报》1944 年 12 月 8—9 日。

裔，离婚独立的母亲和沪港两地的教育，养成她对现代文明生活的习惯，一生慵懒无为的父亲则是她与式微大家庭最后维系的纽带。《金锁记》、《花雕》、《创世纪》、《小艾》里的家庭就像一个个附着在现代都会肌体上看去似无碍，剖去又会引起炎症的多年肉瘤，是她童年回忆的复苏。张爱玲的深刻，是她揭示了这样的现实：上海人的消费方式虽已大部都市化了（下舞场进影院习以为常，新娘和小姑逛店选婚服自自然然，等等），人际交往也变得颇为开通（男女"轧朋友"，等等），但这个都市的感情方式仍残存着多少古老的痕迹——为小小利益嫉恨，携私报复；只讲亲疏，不讲道理；男女间的恩恩怨怨，无穷无尽；荒唐的长辈毫无惭愧地"吃牢"下辈。新旧交错，旧的强大的力量直达上海的每一个角落。在这一点上，刘呐鸥、穆时英便显出浅薄，他们两人的都市充其量不过是单身男子的社交社会，较少深入到市民家庭的内部。张爱玲懂得上海首先是传统中国的一分子，然后才是添加的现代质。她称"上海人是传统的中国人加上近代高压生活的磨炼"①，是透底的说法。她的都市贴近了上海的真实面目。

承续张爱玲的，是东方蝃蝀。我们对这位40年代后期出现的作家所知不多，仅有短篇集《绅士淑女图》一部。他与叶灵凤、张爱玲一样能作画，发表作品时自己能配插图。《绅士淑女图》每一篇都达水准线，皆围绕洋场上的新旧冲突展开，透出对旧的逝去的充分审美注目。《春愁》写满族贝家子弟与洋派家庭长大的新式女子的反差，一个苦苦地委曲求爱，一个轻松地玩忽感情。《骡车上的少年》写旧家出身的青年，这边是老父支撑一个不用儿子养家的门面，那边是女友的家庭允许女儿照样应酬有妻室的经理。王孙末路，仅余下冰清玉洁的凄凉道德操守。东方蝃蝀的《牡丹花与蒲公英》正是张爱玲《红玫瑰与白玫瑰》的姊妹篇，"一个男子在一生中至少碰到两个女子，一枝牡丹花与一簇蒲公英"（张爱玲是两朵玫瑰花，一朵红的，一朵白的）。牡丹花是富丽的现代女子，可恋而不可婚；蒲公英是平平凡凡务实型老派女子，可婚而不可恋。于是都市男子的流行模式是将前者当做情人，与后者结婚

① 张爱玲：《到底是上海人》，收入《流言》。

生子,两样都要,新旧共存[①]。这也是20世纪真实的上海景观:阔绰洋房里满堂的红木家具;西服与马褂轮番上身;苏青《结婚十年》写的坐着花轿上青年会礼堂(上海基督教的著名活动场所)行“新旧合璧的婚礼”。

都市的新旧交杂是错乱多姿的。守旧的会遭遇困窘,像予且《信》中的女子得到未婚夫互相通信的要求后,反陷入进退两难处境[②]。而刚刚跨入城市文明的,如再退回到原来的乡村位置,必酿成汪丽玲《婚事》中女主人公的悲剧[③]。这些看来皆都市进化的正常态,并不为怪,稀奇的倒是海派偏能提供上海守旧女性克胜现代都市文化的“神话”。张爱玲的《倾城之恋》算是一篇,予且的《案壁之间》也是一篇,新婚妻子用焚香读唐诗这一套,居然调教了上床前有看西洋裸体画嗜好的夫君,上演了一出微型喜剧[④]。还有主张用暂时屈服于旧秩序的策略,来最终施行新法则的,如章克标《一个人的结婚》[⑤],林微音的《西泠的黄昏》[⑥],讲的都是城市新兴的情爱哲学,自觉用维持无爱的婚姻来曲线地支持有爱的两性关系。海派的新旧倒错,最后竟成功了一种谐趣的讽刺场面,比如我讲个这样的故事给你听听:某位依循传统格言行事,端方而谨严的写字间职员,被某董事小姐相中为如意郎君,男子托妹妹买副有“不离身”效果的麂皮手套赠与对方,不料粗心的妹子将自己买的乳罩同手套对调,于是一阵风吹散了好姻缘[⑦]。到底谁是旧?谁是新?都市里一片可笑的混乱。

这一层意思,很可以用来衡量中国都市中保守势力拥有多大的“拖”的潜力。新旧混杂,几乎是中国发展的一个缩影。几千年的历史陈旧遗产如一根长长的阿Q的辫子拖在背后。我们既不能将西方化就当作现代化,又很难让自身独立地产生由古典化向现代化转向的机

---

① 以上东方蝃蝀的小说均收入《绅士淑女图》,上海:正风文化出版社,1948。

② 予且:《信》,收入《两间房》,上海:中华书局,1937。

③ 汪丽玲:《婚事》,《大众》1944年4—7月号连载。

④ 予且:《案壁之间》,收入《两间房》。

⑤ 章克标:《一个人的结婚》,上海:芳草书店,1929。

⑥ 此文收入合集《西泠的黄昏》,上海:良友图书公司,1945年7月再版。初版本查《民国时期总书目》亦不详。

⑦ 这是章志毅写的《手套与乳罩》,收入合集《手套与乳罩》,上海:良友图书公司,1935。

制。整整一百年的思想文化摸索，就此反反复复，然后在都市结出海派这样一个扭曲的远非完全健康的文化果实。

海派文化是一种洋泾浜都市文化。洋泾浜原是黄浦江的支流，先后做了英界华界、英法租界的分界线，填平后称爱多亚路，即今之延安东路。“洋泾浜”一词在上海方言里含义丰富，指一切不中不西、既新又旧、非驴非马的人或事，从来是贬义的代名词。比如洋泾浜英语就是一种用中国土音（尤其是宁波土音）、中国语法注出的可笑外语，一元洋钿叫“温得拉”（one doller），廿四铜钿念“吞的福”（twenty four），“翘梯翘梯”喝杯茶（have tea），“雪堂雪堂”请侬坐（sit down）[①]。但是，人们不应忘记，在上海开埠之始到20世纪20年代之前，洋泾浜语是上海最实用的英语，就连英国人也要学它才能与中国人交流，谁能否认它曾起过的历史性功用呢？而且，某些洋泾浜语沉淀进市民的日常口语，演变成上海方言，做一天和尚撞一天钟叫做“混枪势”，上得台盘叫做“克拉”，你能忽略它的现实性吗？同理，海派小说中稍有洋泾浜气味的“新感觉派”，你能忽略它表现上海这个都市的重要价值吗？

另外，如单纯把海派文化看作是欧美的经济、商业方式突然地安放在中国农业社会之上，而显出新旧混合文化的洋泾浜怪异气味，那也是相当浮面的。海派文化也是吴越文化经过五方杂处的阶段向前的一种变形发展。周作人鄙视上海文化，但他不说是由西方造成，他说“上海气的基调即是中国固有的‘恶化’”[②]，是很有见地的观点。我们听三四十年代上海无线电广播，流行歌曲《毛毛雨》之后就插播弹词开篇与昆腔，两者浑然一体，没有间隙。吴越文化与中原文化的疏离，如何为海派文明的长入扫清地盘，应当是值得探讨的课题。本文无力承担此题，倒是可以指出，海派小说家自身残留的旧的农业文明意识，也时时反映到他们的作品里，显出新旧混杂的中国式内因。如肤浅的平均主义思想，往往是批判都市的唯一武器，使众多的海派小说变成了新景观、旧意识的混合物。还有一种现象，是对都市环境的批判，用力甚勤甚重，

① 见《上海俗语切口》，薛理勇著，上海：上海人民出版社1992。
② 周作人：《上海气》，收入《谈龙集》。

而把自我反省、自我审视放轻。所有的罪过，都是都市的；都市的罪过，全是舶来的；那我们的文化责任即刻化为了乌有。乡土文化企图借海派文化而逃遁。

但不管如何，海派小说没有仅仅把外滩、南京路诠释为上海全体，是它的文化观之大幸。弄堂也是上海，而且是一头连着世界潮流，一头连着中国本土的那种上海。它的滞后性是显著的，它试图不动声色地把城乡两种文化价值悄悄地加以融和，也有线迹可资追寻。很可能，这种企图是一种折中，以时间的延缓和不彻底性作为双重的代价，来抵消社会严重的对抗、对立。不过它已然就是这个样子。海派的都市文化前后出击，两头惹人厌弃，它像一个浪子在外游荡，不知何处是“家”。

都市在近代早已成为人类活动的中心，都市文学在中国，却远远没有成为一种中心的文学。一个很长的时期里，我们曾不适当地把城市文学的概念改换成所谓“工业题材文学”，实在是一种怪现象。所以我们的文学，乡村深厚广大，都市萎缩不振。在中国，究竟农业社会的叙述者有多么强大，从鲁迅的乡土文学，到寻根文学，到“陕军东征”，在《白鹿原》、《最后一个匈奴》[①]充满全国书籍市场的今天，可以看得更为清晰。21 世纪将是中国和它的文学完成城乡转型的新世纪吗？中国乡镇工业的崛起，有可能创造出城乡转型的新路途吗？在这时候，重提丰子恺说过的：“上海的繁华和文明，能使聪明的明白人得到暗示和觉悟，而使悟力薄弱的人收到很恶的影响。”[②]该是有益的。不要只是拾了都市文明中的恶俗部分，而舍弃了它的先进性，海派小说的历史这样默默地提醒着我们。

1993 年 10 月 2 日写毕于东土城下

（原载《文学评论》1994 年第 1 期，另载英文版《中国社会科学》1995 年第 4 期）

---

① 《白鹿原》，陈忠实著，北京：人民文学出版社，1993。《最后一个匈奴》，高建群著，北京：作家出版社，1992。作者皆陕西作家，两书都印达几十万册。

② 丰子恺：《山水间的生活》，载《春晖》第 13 期，1923 年 6 月 1 日。

论萧红小说兼及中国现代小说的散文特征

赵　园

这位女作家长时间地吸引着深情的关注，似乎主要不是由于她的文字魅力，而是由于她富于魅力的性情和更加富于魅力的个人经历——尤其情感经历。很难说这是由于萧红本人的性格力量，还是由于读书界审美能力的薄弱。萧红，如果不是以其创作而受到足够的尊重，那至少也是一种对于她的不公正吧，——她所承受的不公正已经够瞧的了。浅水湾的墓地该是宁静的，作家本人已经不会再向这个世界要求什么，我们却理应不安，如果我们不能认识她的作品的全部价值的话。

我并不自信能认识"全部价值"，但我仍想说点什么，说那个我由其作品中认识的萧红，作为小说家的萧红，而且试着改变一向的程序（我们的研究或批评早已经程式化了），由最基本却又因其基本而备受轻忽的"文字"说起。

从"文字组织"到结构

这正合于我的认识秩序。首先进入我的感官，触发了我的感觉，使我呼吸其间的，是萧红的文字。她作品中的一切：情绪，意念等等，无疑是借诸这原初的物质形态而诉诸我的审美感情和认知活动的。

这是一些用最简单以至稚拙的方式组织起来、因而常常显得不规范的文句。"文字组织"是太理性的对象，审美体验则是浑然、难以分析的。我们通常并不留意于文字的组织，只是经由审美感觉承受到了这种文字组织的功能罢了。功能也正反映着"组织"。

如果你论及萧红的文字而希望有足够的说服力，似乎只能让她本人的作品说话。她所使用的那种语言是经不起转述的。

> 呼兰河这小城里边，以前住着我的祖父，现在埋着我的祖父。
>
> 我生的时候，祖父已经六十多岁了，我长到四五岁，祖父就快七十了，我还没有长到二十岁，祖父就七八十岁了。祖父一过了八十，祖父就死了。
>
> 从前那后花园的主人，而今不见了。老主人死了，小主人逃荒去了。
>
> 那园里的蝴蝶，蚂蚱，蜻蜓，也许还是年年仍旧，也许现在完全荒凉了。[①]

几乎是无以复加的稚拙，——单调而又重复使用的句型，同义反复、近于通常认为的废话，然而你惊异地感到情调正在其中，任何别种“文字组织”都足以破坏这情调。这也许就是鲁迅所说的“越轨的笔致”[②]？

文学语言更关心自己的功能，如萧红这里的传达一种情调——而且凭借“文字组织”本身——的功能。萧红的语言感正在于，她能让经她组织的文字，其“组织”本身就含有意味。也因而这是一种富于灵气的稚拙，与“粗拙”是两种境界。

她以“文字组织”捕捉情调，为此不惜牺牲通常认为的“文字之美”，却又正与情调一起，收获了文字之美。同一目的（“传达情调”），不但规定了文字组织，也规定了整个作品的组织。“文字组织”正与作品组织——一种近于稚拙的“无结构的结构”——相谐。

她通常不是依时序而是直接用场景结构小说，最基本的结构原则也即“传达情调”。你会发现，她对于“过程”显得漫不经心，而只肯把气力用在一些富于情致的小片段上。久贮在记忆中的印象碎片，她就这么信手拈来，嵌在“过程”中，使作品处处溢出萧红特有的气息，温润的，微馨的。这些碎片散化了情节，浓化了情致、韵味，对于读者，常常比之“过程”有更久远的生命。她的小说，也的确于散漫处，于似乎漫

---

① 这节文字茅盾在《〈呼兰河传〉序》中曾引用过。茅盾《萧红的小说——〈呼兰河传〉》，初刊于1946年10月17日上海《文汇报》，收入《呼兰河传》改题为《〈呼兰河传〉记》。

② 鲁迅：《且介亭杂文二集·萧红作〈生死场〉序》。

无目的处最见情致，比如《生死场》开头的大段文字。在被过于切近的“目的”所鞭策、急切地奔向主题的创作风气中，她的散漫，也像是出于一种艺术敏感和才具。

“情调”对于描述萧红的文字，似乎还嫌“隔”，也许应当引入一个更为传统的美学范畴：“味”。说“味”，总难免虚玄。但我这里指的是情味，以及更平常的“感情意味”。“亲切有味”近于滥调，但这“味”，也正是你经常地由萧红文字味得的那一种“味”。若是能够说清楚“味”之所从出，滥调也就未见得“滥”了。

> 鱼摆在桌子上，平儿也不回来，平儿的爹爹也不回来，暗色的光中王婆自己吃饭，热气作伴着她。（《生死场》）

——岂不太过平淡了吗？但仍然能淡得有“味”，——由特殊的文字组织中透出的“味”。“平儿”两句分拆了说，是萧红惯常的表述法，在此处即使得寂静、寂寞因而现出深长。鱼，“暗色的光”，“热气”，正是农家晚炊最习见的情景。而“热气作伴着她”，则平添了活气。萧红的叙述中永远有情境，完整的、满溢着生活味的情境。她惯于把对象作拟人的描写，而且出于最自然的态度，令人不觉其为“修辞格”，笔触间处处见出作者对物情的体贴，——是“体贴”而不只是“体察”。她永远这样朴素而亲切地接近着她的生活。因而“味”在最朴素直感的文字。甚至令人不感到文字：是“直感”本身。这样的文字连成一气，全篇也就被“亲切”那一种“味”浸透了。

这种“味”只能出自特殊的文字组织，是文字经组织后产生的审美特性。如果用了“风格学”的范畴，它们绝对难称精美。它们只是当构成整体（句、段、篇）时才显示为美。换句话说，那些文句只有在作品的整体结构中才是美的。也因而，它们不具有修辞学的典范性，甚至常常出于文法的“规矩”之外。也许是一种偏好，我所喜爱的，正是这样的逸出常规的、以“组织”强化了“功能”的语言运用。比如萧红这样的依赖“组织”的力量又保持了语言的自然的语言运用。这是富于整体感的语言。规范与否是语言学家的判断。在语言发展中，文学总率先承担起创造新规范的任务。

在萧红这里,语言经由“组织”不只产生了“意义”,而且产生了超乎“意义”之上的东西,如上文所说的“情调”,“味”,也可以说是意义外的意义,——“言外意”,“味外味”,庶几近之。朴素到了极处,却每一笔都有味。这种文字趣味,正显示着、联系于作者那种在极其具体琐细的事物上发现情趣,对极微小平凡的事物保持审美态度的令人羡慕的才秉。古典文学语言因世代的积累易于产生的审美效能,现代语言只能在更为苛刻的条件限制中求得。这也是使现代汉语成为一种真正的文学语言所必经的努力。

萧红文学语言的上述特征很易于由读者的审美经验所印证。阅读她的作品,你不正是往往被“混沌”包裹,沉浸于作品提供的“语言场”,而忽略了具体文句?我以为这也许正是作者所追求的境界,约略近于“得意忘言”。你也许感到了作品的文字之美,但那种感受如前所说是“浑然”的,难以分析的。它们决不因过分炫耀而割裂了你的审美感受的浑不可分的整体性。那是作为一个有机整体的构件的语言,而决不是以自身为目的的洋洋自得的语言。

我们再来说“味”,——依赖于文字组织,作为文字组织的功能体现的“味”。“味”有不同,所谓“五味”,不过取其粗者。很有些作者,味欲其浓,不惜反复形容。而萧红文字的这一种味,却是于无意中得之。她忘记了文字。她只用文字去摘取物象,倒让人亲切地感到了文字的力量。不惜竭泽而渔,穷尽文字的所有、所能的,则会令人目眩五色,而不复感到文字之美。

萧红小说并不以“抒情性”为特征。“抒情”应当是以抒情主体的存在为前提的。萧红作品的情绪特征在于那浸透了文字的“感情意味”。这是一种不可离析出来——与文字,与内容——的元素,是萧红赋予她的文字的一种属性,是她的文字本身。她的作品细节的魅力,也正在于这“感情意味”。

无论有意还是无意,对于“情调”、“情味”的追求都多少规定着她的作品的结构形式,即上文所说的“无结构的结构”。《牛车上》一篇,散漫地写来,如风行水上,白云出岫,一派自然,而情致在焉。不以任何有形的控制,而以“氛围”、“情调”为内在的制约,创作心理则不在

“收”,不在控制,而在“放”,在信口信腕。因而有其从容、暇豫,构成独特的美学境界。探究萧红创作与传统文学的联系,会令人感到无从着笔。但存在于萧红文字中的这种联系,又的确比之许多作家更为强韧。那是化入文字中、不着形迹地透进整个艺术世界的中国式的审美趣味,——也向读者要求着这一种趣味,至少是感应。直白地说,也要有相应的修养,才能由萧红的单纯、平淡以至稚拙中读出风致、情味,识得其“文字之美”。

她以自己的美学追求,借诸自己的文字组织,有效地使戏剧性(在当时也是一种“小说性”)淡化了,使小说化解为散文,使“事件”丧失(或部分地丧失)其“情节意义”。也许“过程”仍然完整,并不曾被化解掉,但“过程”的时间骨架被极其具体的缺乏时间规定性的情境替代了,——而且多半是极其细碎的生活情境。其结果是散化,徐缓化,是“情味”化,是无底的沉静、寂寞……文字组织就这样“规定”着结构,节奏,“规定”着情感状态,以至“规定”着内容的性质。[①] 而“情味”始终是更其重要的,是作品的魂灵。

无组织的组织,无结构的结构,正属于中国式散文的结构艺术。用极俗滥的话说,“形散而神聚”就是。也正是在这种时候,你更能确信萧红是天生的散文作者,散文才能之于她,是犹如禀赋一样的东西。我由作品认识萧红的散文才能,同时由萧红的文字认识“散文性”。“散文”不只是情绪、韵味,不只是结构,它也是一种语言形式。

我已经一再地说到萧红文字的浑然不可分析性。这里应当补充说,“生活”在她的感觉里就那样浑然不可分。也许只有儿童,才能这样感觉生活吧。人类的智慧发展在一定程度上是以牺牲这类宝贵禀赋为代价的。在所谓“成熟”的人们那里,世界形象不免会是割裂的,破碎的。理性培养的诸种才能中,就有这种把世界拆卸后又组装过的才

① 这种文字组织也只是在与作品的情绪、心理内容的和谐一体中才呈现为“美”的。以《呼兰河传》式的琐屑用于讽刺小说,即使“讽刺”化淡。萧红缺乏那种把讽刺性一把攫出来的机敏和刻毒。因而那种絮絮如说家常,信笔所之,几乎全无约束,在《马伯乐》这样的作品里,即难免变成了短处。讽刺文字是要有一点精悍之气的,而所忌正是散漫无归。

能。僵硬了的“艺术法则”在造成着另一种意义上的分解①。因而我想说，萧红作品提供了真正美学意义上的“童心世界”，与大量平庸的“儿童文学作品”不同层级的“童心世界”。我是从较为严格的意义上谈论这种级差的。我注重的是儿童感受世界的方式（比如保有世界形象的“浑然性”的感受方式）以及表述方式（也是充分感性的），儿童对于世界的审美态度，等等。

也因而萧红的文学世界尽管单纯，却仍然较之许多复杂世界为“完整”。那是个寂寞的童心世界，寂寞感也是浑然不可分析的。寂寞不是主体意识到了的表现对象，它是一种混茫的世界感受、生活感受，霰一样弥漫在作品里，也因而才更近于整体性的世界感受。

这种“混沌状态”正是许多创作者所企望却又不能达到的。精神的发展不免造成着精神上的某种丧失。对象世界对于思维者有时太清晰，有时又太模糊，以至浑然一体地把握那个浑然一体的世界，几乎变成不可能，正因此如萧红这样的对于世界的整体感受力，在审美活动中更见出可贵。基于这种理解，我由萧红想到了当代小说家王安忆。在这个层面上，不同时代的这两位作家是可以比较的，——真正有点价值的比较。

我也由此想到，创作要求着这一种智慧，保有自己对世界的整体性感觉，至少是对于世界形象进行“感性整合”的智慧，这种智慧的价值决不下于知解力等等，而且比之后者更难保有或获得。

上文中的“童心世界”半是借用，——不作这样的声明很可能被认为是对萧红的缩小甚或贬抑。诚然，萧红不只写了“童心世界”；但萧红的确写了童心世界，而且那是她作品中最有光彩的世界。你会亲切地回味到《牛车上》一片稚气中的盎然情趣，和《后花园》、《小城三月》、《呼兰河传》（在我看来，这些是萧红作品中最美的篇什）中“童心”对于“世界”的覆盖。我还想说，即使在她那些未取儿童视角的作品如《生死场》中，也仍然有着“童心世界”：那是由情趣、尤其由笔调，

① 对不少作品，你可以很轻易地以几条现成的美学原则分解开来，——它们原本就是用铆钉铆在一起或用针线缝合成的。

由上文反复提到的"文字组织"显示的①。你得承认,"童年印象"是她的作品中最具审美价值的部分。我非但无意于贬抑,而且以为这种形象记忆、情绪记忆以至感觉记忆的能力,是她的文学才能的独特证明。

曾经有过那样多的作家尝试复原自己失落了的"童心世界",成功者却屈指可数。成功从不来自对儿童的模仿,而来自在时间的迁流中不曾失去的儿童的生动感觉,不曾失去的儿童特有的世界模型,尤其"整合"世界形象的感性才能。凭着这才能,他们才有可能重造童年,像萧红这样。

我想再作一点比较。我曾谈到过孙犁对于美学意义上的"单纯"境界的追求。这里不妨说,萧红作品的"单纯"是与性情一体的,俨若由天性中流出,而孙犁作品的"单纯"则出于自觉的美学追求。换句话说,萧红的世界原本单纯,而孙犁则是把世界还原为单纯。萧红式的单纯几不假人工,而孙犁的单纯则是依特定审美理想着意选择的结果。——这里只论风格,不涉优劣。仅据上述种种区分,也是无以论优劣的。在我看来,萧红与孙犁各自创造了属于他们自己的那一种美,这就够了。

散文特征——由萧红说开去

在文学的形式方面,表现手段应当是最革命的因素。表现手段的更新、变易,则有社会生活的变动作为背景,即使是较远的较为间接的背景。中国现代小说史上的情形也不例外。表现手段的尝试、创造,到30年代,即呈现出相当的活跃性。却也另有一些形式因素,稳定地存留下来,由新小说诞生期直到四十年代末。比如现代小说的"散文特征"。这种稳定性,一定程度上正依赖了"传统"的力量。

从文学史上寻找证明是不至于太费气力的。自"五四"以来,新小

---

① 除文字的稚拙,感受的单纯天真外,还有生动的直观性。这也正是儿童看世界、思考世界的特有方式:不是诉诸经验与理性(那是成人世界特有的),而是诉诸生动的直观。萧红有时正是使你感到,对这世界,她似乎只在看,并不深想,但却"看"得很深。

说即有“散”的一派，并且时见佳作。关于这派小说，人们往往由鲁迅作品说起：由鲁迅的《故乡》、《社戏》（其实远不止这样的两篇）说到废名小说，由郁达夫、郭沫若说到初期“革命文学”作者洪灵菲，然后再说到三十年代的沈从文、芦焚、艾芜，一直说到写于40年代初的《呼兰河传》，说到孙犁等等。即使细细梳理也仍然会有大片的遗漏，因为几乎每个较有分量的小说家都有“散文风”的小说，有这一种“风格面”，有部分作品的“散文特征”，或一部作品中的散文片断、散文成分。值得特别提到的，倒是以散文方式结构的长篇。

短篇小说在结构上易于更新，多半也因其篇制的短小。长篇的困难一向更大些。以中国新文学论，长篇在技巧方面始终落后于短篇，叙述方式也单调而少变化。五四时期的长篇（如王统照的《一叶》、《黄昏》等），像是当时那种短篇的抻长，不过略具长篇的规模而已。到30年代小说创作规范化，新文学才有了近代样式的长篇。这种长篇较之五四时期的“准长篇”，结构固然大大复杂化也完备化了（以茅盾小说为代表），却又时时令人感到逼促，似乎少了那种适应于中国人的审美心理的从容裕如好整以暇的风致。

有规范即必有非规范、反规范。张天翼、端木蕻良作品中隐约可见的电影组接手法的借用，即是结构—叙述方面的创造。此外还有路翎小说的“破碎”，——至《财主底儿女们》几达极端。而介于规范与非规范之间的“散文化”倾向，更为普遍，也更有美学根柢。散文化，这不只是一种结构手段或原则，也是一种心态，是作者的审美态度，是创作活动中一种特定的主客体关系。“无结构的结构”，不过是其外在形态而已。

其实，说“无结构的结构”不过是一种故意的夸张，如《呼兰河传》，如沈从文的《边城》、《长河》，都各有独特的结构形式，只不过异于当时更为通用的长篇结构罢了。较之那些有着贯穿情节、中心人物、锻铸周严的人物关系的长篇，宛曲回环的《长河》，舒卷自如的《呼兰河传》，其时空结构更具开放性。以我自己的趣味，偏好这种结构的“非结构性”，也因其更有自然之致。每每到得小说太像小说的时候，不免会让人疑心通行的“小说观念”出了毛病。当此之时，结构的任何开放或松动,都能引起审美愉快。可惜到50年代,结构形式更趋统一,虽有《铁木前传》这样的不像长篇的长篇,终不能成大势,只如一湾细流,蜿蜒在主河道旁的沙滩上。

由此看来,新文学史冷落了某些现、当代作家,也不全出于简单的政治上的原因,其间也有社会审美心理的变易,小说艺术自身发展过程中的选择。当然,“变易”与“选择”也曲曲折折地反映着时势。

不消说,这种“散文体式”并不能被认为是新的美学观念的形式体现,——如现代派的小说结构那样。就艺术渊源而言,这种结构形态毋宁说更与旧文学相近。因而中国现代小说的散文化,从一个方面实现了文学史的衔接、承续,在审美意识上沟通了现代文学与传统文学。文学史现象就是这么矛盾:一方面,有中国小说的“现代化”,师法欧美,输入新潮,另一方面,又有骨子里的中国味,有审美心理、审美意识中的传统的力量。这种力量并非总是“历史的惰性力”,文学的逻辑究竟不等同于社会历史的逻辑。比如散文意识下结构形式的开放,不就接通了传统文学与现、当代文学,尤其文学形式变革的“新时期文学”? 因而传统文学的“散文意识”中倒是有可能孕育、启示现代的形式感、结构样式呢。值得做的工作,是找到“传统”与“现代”的焊接点,解释这种审美意识的交错现象。

你看,人们正热衷于谈“断裂”,我却愿意同时注意一种深层的联系,且相信系结着文学历史的血脉,还不仅有这样一条。在中国,“传统”从来具有强大的延续力,即使在最称彻底的“五四”文学革命时期也不例外。但也惟此才叫“中国文学”。

自然,是中国传统美学的重要范畴。师法乎自然,师法乎造化,追求“化境”,追求消泯了外在形式痕迹的形式,消融了结构框架的结构,所谓“自然天成”,所谓“如风行水上,自然成文”。这多少像是一种神秘的能力。中国的传统文化确实在具有较高审美修养的人们那里培养了这种能力。中国古代散文的典范之作,也正体现了有关的审美理想。

在实际创作中,对自然神韵的追摹,又与敏锐的形式感统一在一起:出乎法度之外而又无往不合于法度。由此才有无结构的结构,不见形式的形式。中国式散文因其外在结构的隐蔽性,更加要求内在形式感、内在审美尺度的高度控制。没有外部的尺寸规格，即愈加强调“神”的统摄、“意”的贯通、“味”的渗透，愈加注重溶入创作意识之中的形式意识、高度“自由”的境界中的内在制约。① 自然，是高度审美化了的境界，与原始形态的那个“自然”毋宁说离得更远。

萧红的作品正给人以这样的印象。

“五四”时期，新形式、新美学理论的输入，改造着人们的欣赏习惯。而文化的沉积却更内在地决定着普遍的审美价值取向。现代优秀的散文体式的小说，正以其形式与普遍的审美心理结构对应，自然易于引起审美愉悦。这一时期文学社团林立，有“排他性”的派别意识，而鲁迅的《故乡》却得到一致的好评。共同的“形式美感”，是这种共同的价值取向的依据。

既探究形式感，就不便一味在“情致”、“味”等过于虚玄的领域盘桓，否则会使人如坠五里雾中，无从把捉。而形式感所附丽的“形式”有实体性质，比如“文字组织”这一种形式。

古典散文的文字组织，其相对于古典诗歌的最外在的形态表现是“参差错落”。民歌也“参差错落”，但有一定限度。词曲亦“参差错落”，作为诗之“别体”，却被认为形式上已失纯粹，在向散文靠近了。

“散文美”相对于“诗美”，其形式美感即在文字组织的更大自由，更其“参差错落”，因而也更便于负载某种情感。有人以为凡诗所写，散文无不能写，这里也许有某种误解。散文与诗的区分，其一即在由文字组织规定的审美功能。同题的散文与诗，其“味”绝难混淆，终于不过“同题”而已。至于“参差错落”，本身就富于美感。如《呼兰河传》那种行云流水般的文字，和谐自然的节奏（它势必调整你的心理节奏，使趋于和谐自然），无疑是足以唤起审美感情的客体，对于浸润在或浸

① 我由此想到沈从文的小说结构——尤其在湘西诸篇里，又尤其在《边城》、《长河》中——即近于传统书画的“线的艺术”，流转自如，令人不觉其“结构”。《八骏图》是作者的得意之作，极叙述方式之多变、结构运用之灵活，却仍然不如湘西诸篇的了无转折痕迹，俨然出诸天工。这里有作者的审美心理与对象间的同构，并不全出于技巧。沈从文常说他的灵感得之于水流，说他的智慧中有水气。他的叙述，他的结构运用也真如水般柔活。似非出诸明确的艺术设计，随意宛转，无往不宜，——审美创造中近于“自由”的境界。中国书画艺术中线的流动，谁说不也得自河的启示？沈从文果真把他熟悉的沅辰诸水引进了“结构艺术”。

润过中国传统艺术的心灵,则显得尤为熨帖。如上所说,文字组织的错落有致中产生的“散文美”,是以人们的审美心理结构与作品的形式结构、作品的结构形态与其负载的情感形态的对应为依据的。

“参差错落”之间,也势必产生一种张力。钱锺书谈到过中国古典绘画的主要流派南宗画以“简约”为原则,以减削迹象来增加意境。用时下流行的说法,即以“简约”求得意象的“张力”。文字组织的“参差错落”,便于借“空白”刺激联想、想象,并由相应的韵律化的情感,自然地造成“情绪场”,完成作品“形式—内容”的和谐统一,一种近于浑然天成的统一。

萧红由于其“散文化”了的审美意识,不必用力寻求,文字即自然、有韵律,见出疏密有致、参差错落的美。形式又反转来“规定”了内容,使容纳其中的生活也“散文化”了。越不用力,越不为预设的目的所拘限,她越像自己,任何过分的用力都反伤自然。因而也可以认为这是一种娇弱的风格。这种风格的成熟(以《小城三月》、《呼兰河传》为标志),当然赖有40年代文坛的鼓励。外在环境和文坛自身的变动,使趋于僵硬的意识(包括形式意识)软化、松动,鼓励了意向的多方面伸展和不同艺术个性的自由创造。我已在有关骆宾基小说的文章中谈到了这种文学史的条件。

也许读者已经注意到,我谈散文体式,着眼的主要是作品的组织尤其语言组织,而不是被认为散文的主要性质的“抒情性”;我更关心的,是由句式、句间关系、语言的组织所规定的萧红作品的情感表现及表现方式。

显然,萧红作品的语言结构不是在模仿生活,而是在模仿情绪,它们是依据作者本人极为深潜极为内在的情绪流来组织的,也因而往往有像是随意的省略,有其明显的有意的不规范性。你只有在这种语言结构的整体功能中,在这种语言组织与一种诗意情绪的对应关系中,在这种语言组织负载的情绪中体验那美。“抒情性”不能准确地概括萧红的小说。萧红作品特有的情绪特征、情绪力量主要不是经由主体的发抒,而是经由她特殊的文字组织实现的。

“抒情性”,是一种太过空泛的概括,因包容过大反而弄得缺乏意义。郁达夫作品的抒情性与沈从文作品的“抒情性”（我在下面将谈到，沈从文作品的散文特征并不在于其“抒情性”）是难以相提并论的。沈从文与萧红的作品都不曾试图唤起某种激情，它们的情绪色彩甚至比某些公认的写实作家（比如茅盾、丁玲）的作品更淡薄。在它们那里，你所遇到的，不是通常意义上的“抒情”，而是充满感情意味的具体情景。这里才有中国传统散文特有的美感。中国式的散文，与其说“主情”，不如说“主味”，主“情致”。这是一些较之“情感性”、“抒情性”远为细腻、微妙的美感，属于中国传统美学的特有范畴。“情致”、“情味”，很大程度上，正是一种文字趣味，极大地依赖于语词、句子的组合及组合方式，因而也难以由其语言载体中剥离出来。

有必要对上文中的概括作点儿校正。本节开头一股脑儿地罗列出的具有“散文特征”的小说作品，完全可以由其文学渊源划出不同的类型。现代小说的散文特征并非都源自传统散文。这里有中外文学的交叉影响。外国散文的译介，外国近现代小说结构方式的多样化，也影响到中国现代小说散文特征的生成。郁达夫被认为旧学根柢深厚，但由他的《沉沦》之属中几乎看不出与传统文学的形式联系，那些作品倒是有鲜明的“抒情性”。而他写于杭州—福建时期的那些笔触轻淡的小品文字，才更赖有祖上传下来的那份美学遗产。

依这样的区分，中国现代散文式小说承继传统而最见功力的，除沈从文、废名诸作外，也许就是孙犁小说吧。那是富于文字趣味、韵味十足的散文式小说，极其浅近平易，情绪因节制而含蓄内在。对于这一类现代文学作品，传统的美学思想、批评方法不但有用，而且非以此即不能搔到痒处。

中国传统艺术讲求情绪的节制，审美评价则以感情深沉内在、不形诸辞色为高品类，不能不影响到具有“散文倾向”的现代作家。沈从文对于对象的鉴赏态度，即表现出（或曰“实现了”）情绪的节制。萧红式的“寂寞”（淡化了的痛苦）也造成她特有的节制及节制的心理依据。这种情绪上的节制（而非“宣泄”），出于中国人的文化—心理结构，合于“温柔敦厚”的诗教，沟通了中国的艺术与哲学传统。

一度的冷落之后，“散文特征”似乎更引人注目地回到了小说。

“新时期”一部分小说结构的散化，是更为大胆、活跃的“结构—形式”创造的一部分。也已有人追踪过某些作家作品的文学渊源[①]。在我看来，除汪曾祺、宗璞等少数作家外，大量小说作品的“散文性”，属于别一美学世界，与传统文学即令“形”近，也仍有“味”异。这自然由于不同时期小说家的不同教养，文学创作的不同文化氛围。

新文学的前两代作者，因从旧文化中脱出，不免带有更多的蜕变痕迹。即使后天受到外国文学的熏染，富于惰性、偏于保守的美感仍然由“文字趣味”曲曲折折地反映出来。当代小说家（除汪曾祺等少数人外），与那个“传统”又远隔了一层，看起来似乎一脉相承，其实脉管里的血液已有不同。形肖而神不似，即使追摹亦令人感到力有未逮。论者喜欢以某当代作家与某现代作家相比拟，粗粗地比一比尚可，因为以谁比谁都嫌不妥帖。就“散文性”而言，所少的往往就正是那道微妙而又微妙的“味”，难免要让嗜古成癖的雅人叹一声：“此道之不传久矣！”[②]

传统散文是一种美感，是一种心态，而且要求作者与读者间心理节奏的谐调。上述条件在变化了的社会环境中注定了不复存在，因而传统意味的散文的衰落正势所必至。已经有人著文谈到，近百年间小说兴盛，话剧崛起，散文却因过于成熟以至形式上不易变革。但“熟极”也才会有新变，而且有可能变得彻底，这也叫绝处逢生吧。由传统的散文美学中跳出来，生出全新的散文形态，而又由散文与小说的“杂交”，衍生出不同于现代文学史上散文体式小说的新的文学品种——也许，在我们刹那间的恍惚中，这品种已经生成了呢！

再说结构与叙述

即使“散文特征”是个包孕较广的概念，它也不足以容纳文学史上

① 参看黄子平：《论中国当代短篇小说的艺术发展》，载《文学评论》1984 年第 5 期。

② 当代小说创作生机蓬勃，可望从总体上超越现代三十年文学（局部已有超越），但当代散文创作则未可乐观，创作和鉴赏水平都有下降。这也更使得读书界迫切要求形式、内容一新的散文作品，要求新时期新的散文美学。

的萧红。我们仍然得谈萧红本身,谈这个艺术个性的内在丰富性。比如她所选择的结构形式。在本文第一部分中,我已由“文字组织”而及于结构。但结构毕竟包括了更多的方面。

到萧红创作小说的这一时期,新文学经十数年的积累,创作者的“结构意识”已经极大地丰富了。你由30年代作品中,不但可以看到各种叙事角度的试用,看到小说与散文,小说与速写、报告文学“杂交”繁衍出的新的结构样式,也可以看到小说家不同的时空意识,这种意识的多种多样的结构表现。

萧红对于历史文化的理解集中寄寓在她作品的时空结构里。时序的概念对于理解萧红作品的结构有时全无用处。那些作品的各构成部分之间,往往不是依时序,而是由一种共同的文化氛围焊接(更确切地说,是“镕冶”)在一起的。萧红更注意的,是历史生活中那种看似凝固的方面,历史文化坚厚的沉积层及其重压下的普遍而久远的悲剧。她是用宽得多——比之当时的许多作品——的时间尺度度量这种悲剧的。《生死场》写了四时的流转,却没有借时间推动情节。占据画面的,是信手展示的一个个场景。如上文说到过的,她常常把看似孤立的情景(是空间单位而非时间单元)组接在一起,并不为了表现过程的连续,而为了传达“情调”。到《呼兰河传》的前半,她更索性使时间带有更大的假定性:是今天,也是昨天或者前天,是这一个冬天同时也是另一个冬天,是一天也是百年、千年。这里的时间感、时间意识从属于作者的主旨:强调历史生活中的共时性方面,强调文化现象、生活情景的重复性,由这种历久不变的生活现象、人性表现中发掘民族命运的悲剧性。由《生死场》到《呼兰河传》,时间由模糊、重叠、富于弹性到假设性、非规定性,因而也愈益增添了“非小说性”。不能想象凭借这样的“时间”来构造通常意义上的“情节”。小说特性在这里也被冲淡了①。

时间的假定性势必造成叙述的假定性,人物动作的假定性,以至整个情节架构的假定性。出现在《呼兰河传》开头的,无论“年老的人”,

① 即使作为小说雏形的古老的故事,叙述的着重处也在具体的人。而散文,尤其记述风习的散文,才更关心现象的普泛性,常在叙述中以假定性代替特定性。

还是“赶车的车夫”,以至“卖豆腐”、“卖馒头”的,都非特定的个人。上述称谓不是特指而是泛指——这些世世代代生活在呼兰河边的人们,以“赶车”、“卖豆腐”、“卖馒头”等等为业的人们。因而,即使“个人命运”在这里,也较之在作者的其他作品里,更带有“共同命运”的意味。在技术上却并非由于依“典型化”的原则对特征进行了“集中”,而是由于作者的那一种叙述方式,和包含其中的时间意识、历史意识。也因而《呼兰河传》才更像这部书的总题:那种叙述内容,坐实了,就没有了“呼兰河”的“传”①。时间的假定性,使特定的空间范围(呼兰河)在人们的感觉中延展了。是“呼兰河”的“传”,又不仅仅是呼兰河的。空间的特定性本是“风俗画”的必要条件,时间的非特定性则合于表现一种文化形态的目的。看似自身矛盾的时空结构,却在映现一种文化形态的“风俗画”中被作者统一了。

很难说这种时间意识是属于散文的,但至少它是足以弱化情节、弱化“小说性”的,也因而有可能助成某种“散文特征”。

叙述内容的假定性,如前所说,目的在于表现过程的重复性,生活的循环性。这不是具体的哪一天,因而才是无论哪一天,是无穷无尽的呼兰河边的日子。萧红要她的作品情境在虚实之间,在具体与非具体、特定与非特定之间,在历史与现实之间,在写实与寓言之间。《阿Q正传》的“序”至关重要。那里使用的也是近于假设的表述法,不是某一位可以考定的阿贵或阿桂,而是介乎虚实之间、具体与非具体之间的“阿Q”,这才更见出鲁迅悲剧感的广漠无垠。这种体现于“结构”中的历史认识,使作品于极其具体中多了一味“抽象”。《呼兰河传》首章中关于大泥坑的故事,不就既是“呼兰河生活方式”的象征,“意味”又更在呼兰河外,——不妨同时看作关于中国历史、民族命运的象征或者寓

① 《果园城记》(师陀)的构思命意与《呼兰河传》相近。师陀说:“这小书的主人公是一个我想象中的小城,不是那位马叔敖先生——或者说那位‘我’,我不知道他的身份,性格,作为,一句话,我不知道他是谁,他要到何处去。我有意把这小城写成中国一切小城的代表,它在我心目中有生命,有性格,有思想,有见解,有情感,有寿命,像一个活的人。”(《果园城记·序》,1946年5月,上海出版公司,1946)。既要写成“中国一切小城的代表”,——为一种文化形态作“传”,就必得着眼于普遍、重复性。《呼兰河传》、《果园城记》都如此。

言？那是包含着深远的忧思和无尽的感慨的。但你并不感到有哲理对于你的强加。化入了“形式”的思想，本身即有可能成为审美对象。而叙述方式、时空结构又何尝只是“形式”呢？它们同时是内容。

沈从文也惯用这种方式叙述，强调现象的重复性。他的《腐烂》写上海闸北贫民区，也如《呼兰河传》那样，世相是他的“人物”，所写是无论哪一个灰黯的萧索的日子。依着时间写下去，时间本身却是非特定的。世相因人生而不同，笔墨则随处流转。凭着经验和想象，就着一点时间和空间，他把想象纵横地铺开去。想象在任何一点上都可以生发，一切可能的场景、过程一一叙到，使诸形诸色都呈现其上，因而“过程”不但破碎而且不重要。这里是散点透视，没有贯穿线，却一端引出一端，环环相扣，节节呼应，“自由”中仍然见出“组织”。欲以一篇文章穷尽一类世相，这种不见结构的结构，倒是出于巧思呢。沈从文的小说，除《腐烂》外，《夜的空间》、《节日》、《黄昏》、《晚晴》等，都使人感到了生的扰攘。叙述者分明地告诉你他不但在看，而且在设想，在以这种方式组织他的生活印象。他把关于“结构”的设计，也一并呈现给你了。

富于魅力的更有萧红的讲述。无论使用怎样的人称，那都是她的讲述，——一派萧红的口吻，因而本质上都是第一人称的。视角的单一则由叙事人性情的生动显现作为补偿。[①]《呼兰河传》的第一章没有出现“我”，你的意识中有“我”在，待到第二章“我”的字面直接呈现，你也不觉得突兀。在已经由叙述造成的整体氛围中，一切自然。

但作者、叙事者、作品中的“我”之间的间隙，你仍然由叙述中感觉到了。既然不是现场摹写，而是由印象、记忆中抄出，“时差”中就有心理距离。那里有微讽，以及沉重的、严峻的、悲悯的、无可奈何的诸种混作一团的情绪。保有儿童的感觉方式的作者，寄寓着作者形象的叙事

---

① 萧红所追求的“语言的造型性”就正包括了叙述文字的“声音意象”的创造。即使下意识地，她在组织文字时，的确把声音因素作为了构造的根据。因而我们在阅读中所感到的“亲切”，在相当的程度上也正来自那诉说般的委婉语气。即使你并未分明地觉察到这种“诉说口吻”，那口吻中的“亲切”也已透入你的感觉了。“诉说口吻”也正属于声音层面。在这个层面上，你常常与“亲切”同时体验到“宁静”，极深的宁静。这也是你的声音感，属于听觉意识。如果你肯仔细地辨析一下你最初的感觉，你会相信那“宁静”果然是你听到的。

者,毕竟不等同于作为作品主人公的那个孩子。因而,是“童心世界”又不是“童心世界”。其实,自传体(或带自传性质)的文学中的“童心世界”无不是在这种“时差”上构筑的。在这一点上,艺术“级差”往往正系于叙事者与作为儿童的人物间“间隙”的控制。

在萧红的作品中,《生死场》的结构过分自由(即使有“四时的流转”),带着一种稚拙的放任,几乎无所谓“结构艺术”。然而《呼兰河传》中萧红创造的结构形式,其雏形正在《生死场》中。我不打算掩饰我对于《呼兰河传》,对于《牛车上》、《后花园》、《小城三月》这类作品的偏爱。《桥》和《手》自然是好的,但是太有组织,“结构”像X光下的骨骼一样呈露着,令人想到张天翼,——张天翼的小说结构正是呈露在外的,像骨节峥嵘、筋脉凸起的手。那种结构形态也许适于张天翼的才情,却会斫伤萧红作品自然流溢的生机。因此我宁取《呼兰河传》、《牛车上》等作品的浑成,以其更有“天趣”。[①] 这样说,等于承认了我个人对于传统散文美学境界的偏嗜。在我看来,像《牛车上》这样的作品,才真令人感到有灵气灌注。借用了创造社诗人的话说,这种文章不是“做出来”的,而是“写出来”的。

“内容—形式”统一的深层依据:悲剧感

浅水湾黄土下的萧红有理由感到幸运,即使只为了茅盾那篇《〈呼兰河传〉序》。有几人能得这样深的理解呢?因而寂寞者也究竟并不寂寞。尽管如此,茅盾的有些批评仍然显得苛刻,而且不可避免地带有那个时期普遍的认识印记。[②] “愚昧保守”而“悠然自得其乐”,难道不

---

① 如果更细地比较,我还想说,《桥》的节奏形式是简单而显明的,简单到可以由段落中用笔划出来。《牛车上》等篇的节奏更内在,却使每个不只用了眼睛,而且用了心去读这些作品的人,生动地感觉到了其中的节奏和它的力量。

② 茅盾认为,在《呼兰河传》中找作者思想的弱点,“问题恐怕不在于作者所写的人物都缺乏积极性,而在于作者写这些人物的梦魇似的生活时给人们以这样一个印象:除了因为愚昧保守而自食其果,这些人物的生活原也悠然自得其乐,在这里,我们看不见封建的剥削和压迫,也看不见日本帝国主义那种血腥的侵略。而这两重的铁枷,在呼兰河人民生活的比重上,该也不会轻于他们自身的愚昧保守罢?”

正是这样一种文化形态下生活的普遍悲剧吗？老舍笔下的旧北平人，沈从文小说中的湘西山民水民，都使人看到了这种悲剧。只不过沈从文往往把他的人物生活诗化了，而萧红人物的“悠然自得其乐”，却能使你有超乎一般“悲哀”的悲哀。它不刻骨铭心，却茫漠无际。这自然不是同一时期的作品中常常可感的那种由灾难性的生活变异带来的尖锐的痛苦，而是因年深月久而“日常生活化”了的痛苦。很难说哪一种痛苦在悲剧美学的天平上更有分量。这是体现着不同的悲剧意识的悲剧，给人以不同的悲剧美感。

鲁迅在论及淦女士的创作时，曾经引述过匈牙利诗人裴多菲给 B. Sz. 夫人的如下题照诗：“听说你使你的男人很幸福，我希望不至于此，因为他是苦恼的夜莺，而今沉默在幸福里了。苛待他罢，使他因此常常唱出甜美的歌来。”引用这样的诗句不免要招致误解的吧，因而鲁迅又有如下的解释：“我并不是说：苦恼是艺术的渊源，为了艺术，应该使作家们永久陷在苦恼里。不过在彼兑菲的时候，这话是有些真实的；在十年前的中国，这话也有些真实的。”[①]即使在引用了鲁迅所引的诗，又引用了鲁迅为防误解的解释之后，我仍然担心着误解。因为如前所说，人们对萧红生平的兴趣（包括追究她的悲剧的责任者）似乎始终超过了对作品的审美兴趣。我以为一切既成的历史都不妨作为理性剖析的对象，作者的个人悲剧在这里很可以被作为风格、艺术个性的成因之一而获得较为积极的解释。萧红的悲剧对于她个人固然显得残酷，我们却仍然不妨说，萧红的透骨的寂寞，在某种意义上也成全了她，使她的浸透着个人身世之感的悲剧感，能与生活中弥漫着、浮荡着的悲剧气氛相通，那种个人的身世之感也经由更广阔的悲剧感受而达于深远。你能说庐隐是狭窄的，却不能这样说萧红，即使她在“一九四〇年前后这样的大时代”里“蛰居”着。她没有更多地表现惨烈的斗争也许可以算作某种损失吧，但作为小说家，她却由对于自己来说最有利的角度切入了生活。每个作家都注定了要在主客两面的限制中从事创造。你很难责备、苛求作为小说家的这个萧红。就她所提供的作品看，那也许正是她

---

① 鲁迅：《且介亭杂文二集·〈中国新文学大系〉小说二集序》。

所能有的最好的选择。

萧红的悲剧感也自有其尖锐性,更不必说深刻性。她把自己对于生活的悲剧感受,集中在人类生活中如此普遍而尖锐的“生”与“死”的大主题上。她尤其一再地写死亡,写轻易的、无价值的、麻木的死,和生者对于这死的麻木。

> 在乡村,人和动物一起忙着生,忙着死……(《生死场》)
>
> 与死神对过面的王婆,忙着为这个也为那个女人接生,“等王婆回来时,窗外墙根下,不知谁家的猪也正在生小猪”。(《生死场》)

也许应当说,这才是当她写《生死场》,并这样奇特地为她的书题名时,最尖锐地刺痛了她的东西。[①] 在萧红看来,最可痛心最足惊心动魄的蒙昧,是生命价值的低廉,是生命的浪费。

> 生、老、病、死,都没有什么表示。生了就任其自然的长去;长大就长大,长不大也就算了。(《呼兰河传》)

> 假若有人问他们,人生是为了什么?他们并不会茫然无所对答的,他们会直截了当地不加思索地说了出来:“人活着是为吃饭穿衣。”
>
> 再问他,人死了呢?他们会说:“人死了就完了。”(《呼兰河传》)

恬静到麻木、残酷到麻木的,是这乡间的生活。这麻木在萧红看来,是较之“死”本身更可惨的。由《生死场》到《呼兰河传》,如果说有流贯萧红创作始终的激情的话,那就是关于这一种悲剧现象的激情吧。

染缸房里,一个学徒把另一个按进染缸里淹死了,这死人的事“不声不响地”就成了古事,不但染缸房仍然在原址,“甚或连那淹死人的

---

① 因而这部与《八月的乡村》(萧军)齐名并以其题材特点造成了相当大的影响的作品,题旨与《八月的乡村》并不那么一致。《生死场》主要地不是一部关于时事的书,它的意义也不在这里。就其本身的性质来说,《生死场》与《呼兰河传》是互为呼应、有“贯穿主题”的姊妹作。

大缸也许至今还在那儿使用着。从那染缸房发卖出来的布匹，仍旧是远近的乡镇都流通着。蓝色的布匹男人们做起棉裤棉袄，冬天穿它来抵御严寒。红色的布匹，则做成大红袍子，给十八九岁的姑娘穿上，让她去做新娘子”。至于造纸的纸房里边饿死了一个私生子，则“因为他是一个初生的孩子，算不了什么。也就不说他了”（《呼兰河传》）。

在作者看来，这里有真正的黑暗，深不见底的中世纪的黑暗。这黑暗也是具体的，现实中国的：这大片的土地还沉落在文明前史的暗夜里！尤其可痛心的是，“不惟所谓幸福者终生胡闹，便是不幸者们，也在别一方面各糟蹋他们自己的生涯”①。这不也正是使“五四”时期的启蒙思想家为之战栗的悲剧现实？这里的“五四启蒙思想”，不是柏格森的“生命哲学”，而是关于改造中国社会的思想。对生命价值的思考和改造民族生活方式的热望，构成了萧红小说有关“生”、“死”的描写的主要心理背景。

由燃烧着的东北大地走出，萧红不曾淡忘过“时代痛苦”。因而沈从文写化外之民，萧红在《呼兰河传》中所写，却是尘世中的阴界、地狱，尽管也在僻远的地区，远离都市文化的地方。沈从文写“化外”的文化，所谓“中原文化”的规范以外的文化，萧红却在同样荒僻的地方，写中国最世俗的文化，中国绝大多数人呼吸其中，构成了他们的生存方式的文化。沈从文发现了那一种文化的浪漫性质与审美价值，萧红却发露着这一种文化之下的无涯际的黑暗。沈从文写人性的自由，写一任自然的人生形态，萧红却写人性的被戕贼，写人在历史文化的重压下被麻木了的痛苦。萧红也以审美态度写习俗，最美者如放河灯（《呼兰河传》）。但即使这美，也美得凄清，浸透了悲凉感，从而与全书的情调相谐。萧红的作品，其基本特征属于当时的左翼文学，社会批评、文明批评的自觉意识，始终制约着她的创作活动。而沈从文，如我在收入本书的另一篇文章中写到的，有着不同于萧红的追求。

但透入萧红作品之中的心理内容却要复杂得多，——不仅有如上

---

① 鲁迅：《〈幸福〉译者附记》，《鲁迅全集》第10卷，第173页，北京：人民文学出版社，1981。

所说的相当一批现代作家共同的心理背景,而且有作者个人独有的心理根据。仅仅"叙事内容"并不足以使她与别人区别开来。而"叙事内容"如果不与"叙事方式"同时把握,你不大可能真正走近这个作者。

萧红用异乎寻常的态度、语调叙述死亡,——轻淡甚至略带调侃的语调。我在下文中还要写到,不止轻淡,她还有意以生命的喧闹作为映衬。当这种时候,她不只在对象中写入了她对于人生悲剧的理解,而且写入了她个人的人生感受,那种俨若得自宿命的寂寞感。她的关于"死"的叙述方式,曲折而深切地透露了这心态。有神秘主义倾向的人们,也许会由此敏感到这个人的命运的吧。这个性格的确自身包含着深刻的悲剧性。

王阿嫂死了,她的养女小环"坐在树根下睡了。林间的月光细碎的飘落在小环的脸上"(《王阿嫂之死》)。这是萧红的初作。

耿大先生被炭烟焗死了,"外边凉亭四角的铃子还在咯棱咯棱的响着。因为今天起了一点小风,说不定一会工夫还要下清雪的"。(《北中国》)这小说写在她去世的当年。

人生的荒凉也许无过于此吧。萧红的调子中却更有她本人关于人生的荒凉之感,那是笼盖了她短促生命的精神暗影。萧红笔下的"死"也有这内容—心理层面的繁复性,因此,即使作为"社会批评者"的萧红,也与另一批评者不同。

萧红不只透过自己的荒凉感看荒凉人间演出着的"生"与"死",也把这荒凉感写进了人物深刻的人生迷惘里。

骆宾基写他那篇《红玻璃的故事》时,在"后记"中声明小说的构思是萧红的。这小说的主人公——一个乐天的乡下老大妈,也像《后花园》里的磨倌冯二成子那样,"偶然地"生出了对于自己整个人生的怀疑。这的确是萧红式的构思。萧红一再地写这种顿悟式的人生思考,也一再描写精神上的枯萎和死灭,——甚至在《马伯乐》这样的长篇里。你在这些文字中同样发现着作者的敏感心灵中的荒凉。

《马伯乐》中的一个车夫,家破人亡,病上加忧,把他变成了"痴人"。

……每当黄昏,半夜,他一想到他的此后的生活的没有乐趣,

> 便大喊一声：
>
> “思想起往事来，好不伤感人也！”
>
> 若是夜里，他就破门而走，走到天亮再回来睡觉。
>
> 他，人是苍白的，一看就知道他是生过大病。他吃完了饭，坐在台阶上用筷子敲着饭碗，半天半天地敲。若有几个人围着看他，或劝他说：
>
> “你不要打破了它。”
>
> 他就真的用一点劲把它打破了。他租了一架洋车，在街上拉着，一天到晚拉不到几个钱。他多半休息着，不拉，他说他拉不动。有人跳上他的车让他拉的时候，他说：
>
> “拉不动。”
>
> 这真是奇怪的事情，拉车而拉不动。人家看了看他，又从他的车子下来了。

在《后花园》里，她更精彩地——也许唯她的文字才能这样精彩——写了生趣全无的人生。无论王婆(《生死场》)、冯二成子(《后花园》)，还是《马伯乐》中的这个车夫，《红玻璃的故事》中的乡下女人①，都像是厌倦了生命，令你感到“生”的枯索。人物像是由极远极远的世代活了过来，因而累极了，倦极了。你由这些作品或描写中，恍然感到了萧红作品中潜藏最深的悲观，关于生命的悲观。

但愿“悲观”这种说法不至于吓退了神经脆弱的读者。我在下文中还将谈到萧红作品中表现得那样热烈(却也热烈得凄凉)的关于生命的乐观。在我看来，有这两面才使萧红更成其为萧红。

如果说《红玻璃的故事》前半的轻喜剧，骆宾基写来“本色当行”的话，那么这小说的后半，非由萧红本人动笔才会更有味道。正如骆宾基的才能不适于如此沉重的题材，尤其不适于这样一种扑朔迷离的悲剧，萧红的才能也不适于轻喜剧、通俗喜剧。我不能因为对萧红作品以及她本人的倾心，就一并称赞了她的《马伯乐》。我以为那个构思倒是很可以让给骆宾基的。

---

① 我是在“萧红式的构思”这一意义上谈这篇属于骆宾基的作品的。

现代作家中，沉醉于“残酷”的，是路翎吧。路翎渲染残酷，有时让人感到是在不无恶意地试验人的心理承受力。比较之下，萧红显得过于柔和了。她习于平静、平淡地讲述悲剧，以至用一种暖暖的调子。[①]她甚而至于不放过浅浅一笑的机会。当面对真正惨痛的人生时也不免会有这浅浅的一笑吧，只不过因一笑而令人倍觉悲凉罢了。这是秋的笑意，浸透了秋意的笑。对于这年轻的生命，这又是早到的秋，正像早慧的儿童的忧郁。

“节制”也像结构、文字组织一样，是无意而得之的。节制主要来自她特有的心态，作为她的心理标记的那种忧郁、寂寞。这种忧郁、寂寞，是淡化了的痛苦，理性化了的悲哀，助成了她的作品特有的悲剧美感：那种早秋氛围、衰飒气象，那种并不尖锐、痛切，却因而更见茫漠无际的悲凉感。忧郁、寂寞自然不属于“激情状态”，却很可能是有利于某种悲剧创作的情感状态。它尤其是便于传达萧红式的历史生活感受的情感状态。“激情”的对象往往是具体的，而萧红所感受到的悲剧却极普泛。因而在萧红的作品里，那“寂寞”只如漠漠的雾或寂寂的霜，若有若无。无处不在，而又不具形色。它正是萧红所特有的文字组织、叙述方式，也无法由字句间、由叙述的口吻中剥出。

萧红使自己与别人相区别的，正是她特有的悲剧感，融合了内容与形式的人生的荒凉之感。这种悲剧感，统一了主、客，具体又不具体，切近而又茫远，属于特定时地又不属于特定时地，是她的人物的更是她本人的。即使具体的生活情境别人也可以写出，那沉入作品底里的更广漠的悲哀，却只能是萧红的。这是一个过于早熟的负载着沉重思想的“儿童”。她并没有切肤的痛苦，没有不堪承受的苦难，却像是背负着久远的历史文化，以至给压得困顿不堪了。

在中国现代作家中，也许萧红比之别人更逼近“哲学”。由她反复描写着的“生”和“死”中，本来不难引出富于哲学意味的思想。但萧红却在感觉、直觉的层面停住了。她不习惯于由抽象的方面把握生活。

---

① 她惯用“侧锋”，比如由局外的老人或儿童出发，而避免直写事态（如《看风筝》、《夜风》、《哑老人》等），其效果也在造成审美的距离感，使悲感因淡化而益显深切。

也因此,萧红是中国现代作家,她的思维特征是属于这个文学时期的。对于“生”、“死”,她关心的始终是其现实的方面,而不是超越现实的哲学意义。中国现代作家普遍缺乏从哲学方面把握世界的能力,缺乏关于生活整体的哲学思考。有自己的哲学的作家永远是令人羡慕的。但也有过这种情况:过分清晰的哲学、过分强大的理性反而窒碍了审美创造。萧红的优势仍然在于她浑然一体的对于生活的把握,在于那寄寓在“浑然”中因而能有力地诉诸审美感情的生活思考。令我倾心的,正是这个萧红。

萧红写“生”与“死”,写生命的被漠视,同时写生命的顽强。萧红是寂寞的,却也正是这寂寞的心,最能由人类生活也由大自然中领略生命感呢! 一片天真地表达对于生命、对于生存的欣悦——其中也寓有作者本人对于“生”的无限眷恋——的,正是那个善写“人生荒凉感”的萧红。而由两面的结合中,才更见出萧红的深刻。

> 三月的原野已经绿了,像地衣那样绿,透出在这里、那里。郊原上的草,是必须转折了好几个弯儿才能钻出地面的,草儿头上还顶着那胀破了种粒的壳,发出一寸多高的芽子,欣幸地钻出了土皮。放牛的孩子在掀起了墙脚下面的瓦片时,找到了一片草芽子,孩子们回到家里告诉妈妈,说:“今天草芽出土了!”妈妈惊喜地说:“那一定是向阳的地方!”……天气一天暖似一天,日子一寸一寸的都有意思。……(《小城三月》)

有谁写出过这样融和的春意,而又写得如此亲切、体贴? 她不像她“东北作家群”中某些同伴那样,努力去呼唤原始的生命力,大自然的野性的生命。她把“生命感”灌注入她笔下那些极寻常的事物,使笔下随处有生命在勃发、涌动。攀上后花园窗棂上的黄瓜,“在朝露里,那样嫩弱的须蔓的梢头,好像淡绿色的玻璃抽成的,不敢去触,一触非断不可的样子。”而玉蜀黍的缨子则“干净得过分了”,“或者说它是刚刚用水洗过,或者说它是用膏油涂过。但是又都不像,那简直是干净得连手都没有上过。”(《后花园》)并非有意的“拟人化”,却一切都像有着自己的生命意识,活得蓬蓬勃勃,活得生气充溢。萧红并不大声呼唤生命,生命却流淌在她的文字里。

天真无邪的生活情趣与饱经沧桑后的人生智慧,充满欢欣的生命感、生命意识与广漠的悲凉感——不只不同的人生体验,而且智慧发展的不同层次,都在这里碰面了。也因而才有萧红的有厚味的淡,有深度的稚气,富于智慧的单纯,与生命快乐同在的悲剧感。你也仍然见不出矛盾间的“组织”,它们和谐地浑然不可分地存在于萧红的作品里。你却感觉到了“功能”:生命欢乐节制了她关于生命的悲哀,而悲剧感的节制又使关于生命的乐观不流于盲目。——两个方面都不至达于极端,既不会悲痛欲绝,也不会喜不自胜。

对人生有深切悲哀的人,对生命如此深情地爱着。也许有了这悲哀才会有那深情的吧。如上文所说,这里也有萧红的深刻处。她仍然不是哲人,没有过自己的“生命哲学”,但她的感情深刻。

萧红特有的生命意识,自然地进入了风格层面,直到结构形态。悲剧、喜剧意识,以至更为细腻的悲悯、嘲讽意识交相融汇,没有“纯粹形态”,一个中掺入了另一个。因交叉重叠的情感“结构化”,才能有上文所说的意境的浑融,使“单纯”、“稚气”同时见出深厚。至于《看风筝》、《小城三月》、《北中国》诸篇异乎寻常的结尾形式,也无关乎“亮色”。给阴郁如严冬的故事一个明丽如春的收束,以两种人生形态、情感状态大胆组接,那色调氛围的反差谁说不正是在诉说着人生的荒凉、人与人之间哀乐的不能相通?“亲戚或余悲,他人亦已歌。”这种以朴素的生活理解为依据的悲喜剧意识的交融,令人更陷入了对人生普遍悲剧的沉思之中。

“结尾形式”仍嫌太“结构化”了,未免“着迹”。我更乐于体味的,是消融在了形式骨架之中的作者的生活理解。在后花园的火炽(那儿有“火辣辣地”开成一片的“红得鲜明晃眼的大花”)里写磨倌的寂寞,在暖融融的春阳下、牛车上叙说人生的创痛,在饱满到四溢着的生命之流中写人生的枯寂,把世界的诸多形色、人生的诸多滋味同时写出,从而使境界“浑然一体”的,是我所认识的萧红。在她这里更重要的不是“架构”,而仍然是她那种语言组织、叙述方式及其传达作者内心隐微的能力,和对于世界形象的整体性把握。

回到文字

本文由文字说起，仍想结于文字。

即使有古典白话小说的成就在前，现代白话成为真正的文学语言，仍然经历了历史。现代白话是在几代作家手里，才具有了“艺术语言”的性质的。每一代作家对于这过程都有自己的那一份贡献。“五四”小说家的语言运用本身，是一种真正创造性的活动。一大批作者在较少规约也尚无范例的情况下进行文学语言创造，难道不是一种壮观的景象，至少与这个星球上其他民族那里呈现过的类似景象同样壮观？创造者自身也正是历史的创造物。因而“五四”文学不但文白夹杂（保留了较多的文言句式、文言语词），而且作者往往出于思维习惯，以蜕变中的文学语言构造着古典文学中的常见意境（比如在郁达夫、庐隐的小说里），甚至造境手法也相近。大呼“解放”、“破坏”的时期，在这一方面也显示着自身的“过渡”性质。到 30 年代，文学中才有更畅达的白话，创作界才有更普遍也更自觉的文字风格的追求。“风格化”在这种新的文学语言的创设时期，永远是有效的推动力。文学语言方面生动的个人创造，是一个民族文学成熟的必要前提。

三四十年代新起的作家们，较之五四作家远为彻底地摆脱了文言文法规范。30 年代作家行文普遍的“欧化”倾向，常使人误解为在精神上割断了与古典文学传统的联系。但这不免是皮相的观察，因为“联系”只不过变得更深潜、更内在罢了。这一时期的文学语言创造，一方面表现为改造利用外来的文法形式，另一方面是对日常用语的提炼、锻造。老舍发愿烧出白话的“原味儿”来①，在这一时期即很有代表性。这些作家中，萧红的造句、造境都是白话时代的，而且少欧化句式（也可称作“译文体”吧），但如上文所说，她的文字组织，尤其渗透其中的审美趣味，却联系于民族的文学传统。这联系不好从字行间拎出，却实实在在地存在于字行之间。

---

① 老舍：《我怎样写〈二马〉》，收入《老牛破车》一集。

一批作者利用各自的便利,由自然形态的语言,由“俗”极“白”极的日常语言,由“现成话”中发掘着表现力,发现着使之成为“艺术语言”的可能性,萧红的追求显然与老舍不同。她并不致力于对方言的提炼。甚至有时完全不使人感到“提炼”。她好用“拙语”。自“新文艺”兴,渐有一种“新文艺腔”(被张爱玲挖苦过的),久读不免令人发腻。当这种时候,任何有别于那一道腔的语言风格都会令人感到“鲜味”:穆时英《南北极》中大都会底层社会、黑社会语言的大胆运用,师陀《结婚》、《马兰》中轻松俏皮富于机趣的语风,张爱玲亦俗亦雅、恣肆泼辣的文字,都令人惊奇,一新耳目,获得审美愉悦。萧红语言的“拙味”、“生味”也是一种“鲜味”。经了萧红的性灵,尤有醇厚的美。

“东北作家群”中,语言以“俗白”胜的,还有骆宾基。骆宾基也用“拙语”,但与萧红文字的“拙味”并不同。叙述的平淡与从容,两个人也有相近处,而与这一作家群的某些作家迥别。同为平淡,萧红的文字有悲凉在,而骆宾基的神情才真的近于“恬淡”——心态与智慧类型也仍然彼此不同。本来这个“作家群”就不是“风格”的集合,也不具有严格的“流派”意义。

骆宾基、萧红的淡与路翎、张天翼的浓,构成了色调上的对比。这里所呈现的,是现代文学语言的色阶。骆宾基的像是随意似的用笔,他有时的故作唠叨,都是一种不用技巧的技巧,不见技巧的技巧。他的文字平滑而流畅,毫无窒碍。相比之下,路翎、张天翼当驱遣文字时,可就显得过分用力了。

不同于萧红的醉心于小场景,骆宾基更关心“过程”。“过程”往往冗长——主要是心理过程。骆宾基长于叙述。张天翼的小说中由“动作”承担的任务,他都交给了“叙述”。他一口气说下去,似乎没有大的激情,叙述方式本身却富于魅力,足使你忘其冗长。本文由萧红而及于骆宾基,无非想说明,不止萧红,其他许多小说家的创作,都有必要由文字的方面去研究。我们的风格研究还有几多疏漏呢!现代作家独特的文字修养,他们对于文学语言的提炼熔铸,往往被忽略了。似乎人的审美感觉在这一方面已经变得粗糙,鉴赏力在这一方面已普遍衰退,以至难以领略较为细腻的文字趣味,尤其俗白、素淡中蕴含的美。这也是当代小说“散文化”，而散文艺术却同时衰落的原因之一吧。当然不能说散文语言较之小说语言有更高的要求，但却可以说，散文创作因其艺术传统也因其没有“情节”、“故事”等凭借，往往更依赖于文字工夫。这种艺术的兴衰也在更大程度上取决于创作界与读书界对于文学语言的审美能力。

让我们回到萧红。

骆宾基的《萧红小传》（上海：建文书店，1947 年）认为萧红有一个从强者到弱者的变化过程（见该书《自序》），是由萧红与社会运动的联系着眼的。我以为，小说家的萧红所经历的，倒是相反的过程，从弱者到强者。对于这个萧红，强者的证明是其艺术个性的完成，是萧红作为艺术家的自我完成。写于“蛰居”中的《呼兰河传》，是这生命的悲怆有力的幕终曲。[①] 我们可以向有些作家期待更多，对于萧红，却不妨满足于她已经提供的这一些。

当悄吟女士和三郎[②]一道，写收入《跋涉》一集中的短篇时，绝对没有成为“名家”的征兆。这个例子或许可以鼓励那些初学者。30 年代尽管已是新文学的繁盛期，却也还没有造成大的威压，使文学青年自惭其幼稚而不敢弄笔，因而他们尽有时间从容地成熟起来。在这一时期两个人的作品中，三郎蓬蓬勃勃的情绪，总像要把作品的外壳涨破；悄吟所有的，却是动人的细节。而有三郎式的粗粝的衬映，悄吟的文字已经显出了那可爱的稚拙。“稚拙”有可能成为美的。人类所创造的艺术品中，也许正是稚拙的美，最经久，最耐得住时间的磨损。但美学意义上的“稚拙”，与幼稚只隔着一层纸。艺术上的幼稚却不可能唤起审美感情。萧红的作品如果说有一个水平的波动区域，那也就在这两者间吧。（萧红的创作水平也的确起落不定，令人不免看得有些担心。）《王阿嫂之死》等是幼稚的。而《牛车上》、《小城三月》所显示的，才是审美化了的稚拙。

① 她的小说中，《牛车上》、《王四的故事》、《后花园》、《小城三月》，甚至《北中国》诸篇，都不妨看作《呼兰河传》的延展，尤其风格、调子的延展。尽管其中有几篇写在《呼兰河传》之前。这是萧红的“《呼兰河传》时期”，是作者浸润在关于呼兰河的情绪记忆里的时期。

② 悄吟、三郎，分别为萧红、萧军的笔名。

从《王阿嫂之死》到《牛车上》，萧红式的“单纯”才终于成其为美，具有了风格意义。仅仅说“自然而然”、“无意得之”是不完全合乎实际的。这里也有自觉的风格追求，有对于意识到了的个性魅力的审美显示。萧红也曾一度力求“规范”，写依当时的标准看来“像小说”的小说。这作为一种艺术训练，对于她或许是必要的。但在“有意的追求”之后，这个个性却必得更为自由放任，因为任何拘限都会斫伤生机。她以追求“规范”使自己脱出了幼稚，她的成熟却最终在于她找到了适当的方式，得以最为自然地展示自己。

萧红的作品不多，真正的佳作更不多。但有《呼兰河传》，有《牛车上》、《小城三月》，萧红也就有了文学史上她自己的位置。近几年的“萧红热”，多少让人感到有点虚浮。“量”的发现并不能为这名字增添什么。那个不甘瞑目的萧红，也许更希望人们识得她作品真正的美质，从而发现她作为小说家的全部价值。

一九八五年十一月

（收入《论小说十家》，浙江文艺出版社，1987）

沈从文创作的思想价值论

——写在沈从文百年诞辰之际

凌　宇

对沈从文的文学史地位的评价，自30年代开始，迭经变迁，迄今尚未止息。自鲁迅认定沈从文是“自新文学运动以来”“所出现的最好的作家”[①]之一，是“年轻一代‘京派’的代表”，“北平文坛的重镇”[②]，到了1949年前夕，被宣判为“一贯的作为反动派而活动着”的反动作家[③]，“地主阶级的弄臣”[④]，不啻从峰巅跌入深谷。“文革”结束以后，开始了对沈从文重新评价。从大家抑或名家的论辩，到沈从文是否文学大师之争，一直延续到沈从文身后。

一个作家的文学史地位，主要取决于其文学创作的自身价值。而对文学创作价值的评估，又包括作品的思想蕴含及艺术构成两个层面。我们是思想价值与艺术价值的统一论者，但存在于同一作家身上的二者不兼容、不对称现象却常常使人犯难。就沈从文而言，当其被抬上巅峰时，自然是出于对其创作思想层面与艺术层面价值的综合考量；当其被贬入深谷或不欲予其更高的文学史地位时，其着眼点似乎均不在其创作的艺术品位，而在其创作的思想蕴含。从“没有思想的作家”[⑤]，到只是一个“仅仅把自己的视野局限于本民族的狭隘界域”，“特别是把自己的视野局限在以小农经济为基础的世俗范围内”[⑥]的作家，而且，其创作的艺术特征、情感色彩、抒情性质的文学样式与风格，散文化的

---

① 尼姆·威尔士：《现代中国文学运动》，《新文学史料》1978年第1期。

② 姚雪垠：《学习追求五十年》，《新文学史料》1980年第3期。

③ 郭沫若：《斥反动文艺》，《大众文艺丛刊》第1辑。

④ 乃超：《略评沈从文的〈熊公馆〉》，《大众文艺丛刊》第1辑。

⑤ 贺玉波：《沈从文作品评价》，《中国现代作家论》第2卷，上海：大华书局，1936。

⑥ 王富仁：《在广阔的世界性联系中开辟民族文学发展的新道路》，《中国现代文学研究丛刊》1985年第1期。

文学样式，只不过是“更有效地表现小农经济社会的思想和生活习惯”①，再到沈从文建造的“希腊小庙”供奉的人性，其形态，是全然不足称道的“贫困和简陋”②。——沈从文创作的思想价值成为沈从文价值评价的焦点。

一 三族互动与千年孤独

> 重读这个选本各篇章时，我才感到十分离奇处，是这四个性质不同，时间背景不同，写作情绪也大不相同的散文，却像有个共同特征贯串其间，即作品一例浸透了一种“乡土抒情诗”气氛，而带着一分淡淡的孤独的悲哀，仿佛所接触到的种种，常具有一种“悲悯”感。这或许是属于我本人来源古老民族气质上固有的弱点，又或许只是来自外部生命受尽挫伤的一种反应现象。③

同哈代笔下的“荒原世界”、福克纳笔下的“约克帕塌纳法”世系一样，“湘西世界”已经成为沈从文以湘西为题材的创作所展示的人生境界最集中的概括。湘西，是沈从文创作的主要源泉，是沈从文人生情感的生发与寄寓之所，同时还与沈从文人生观、价值观的形成密不可分。沈从文创作的独特性，与湘西历史的独特性根连枝接。

湘西是中国南方少数民族的聚居区。一部湘西的历史，是一部土家族、苗族、汉族三族关系互动的历史。土家族与苗族，是湘西两个主要的世居土著民族，汉族则是后来移居湘西的“客民”。宋代以前，土家族与苗族被视为“蛮族”，至宋时，方有“苗蛮辨”，进而将苗族与包括土家族在内的其他少数民族区分开来。有周一代，湘西对周为“荒服”，且不为楚统属。秦统一中国后，开始以武力强迫湘西土著民族归于王化。而湘西土著民族则“时叛时服”、“叛服靡常”。于是，征服与

---

① 赵福生：《论沈从文的湘西小说》，《中国现代文学研究丛刊》1985年第1期。

② 见《人性的贫困和简陋——重读沈从文》，载于《中国现代文学研究丛刊》2000年第2期，以下引文凡未另加注者，均见于此文。

③ 沈从文：《散文选译·序》，《沈从文文集》第11卷，广州：花城出版社、三联书店香港分店，1984。

反征服,同化与反同化,便成为长达两千年的湘西民族关系的主旋律。在明代以前,由于"蛮强而苗弱",民族冲突主要表现为汉蛮冲突(蛮以土家族为主体,却又蛮中含苗);自唐代以降,由于蛮"群思归化",并"皆受朝命","国家亦赖以挞伐"[①]。于是,至明清两代,苗汉冲突则取汉蛮冲突而代之,成为湘西地区的主要民族冲突(有清一代,是满汉统治者与苗族的冲突)。遗存至今的溪州铜柱与南方长城(边墙)遗迹,就是这两个阶段最具代表性且极具象征性的文化遗存物[②]。

如何解读这长达两千年的湘西族际关系史,的确是一个复杂的问题。一方面,历代统治者对湘西的征服与同化,推动并完成了中华民族内部的统一进程,而另一方面,历代统治者恃强凌弱,对湘西土著民族实施的一次又一次血腥杀戮,又无疑是对人类最基本的道德准则与民族关系准则的践踏。

然而,对这每一次冲突的起因与孰是孰非,人们从历史中看到的却是一面之词。在历代统治者撰写的正史及其他相关典籍中,留下的只是历代统治者对湘西少数民族不服王化、无端生事的谴责与挞伐之声。而土家族、苗族则是历史记载中失言的民族。即便是刻在溪州铜柱上的土家族首领与楚王马希范议和休兵的盟约,也纯然是出自马希范之手的对土家族的训诫之词。留在溪州铜柱与南方长城遗址上的,只是民族冲突的斑斑血迹与土家族、苗族无言的哭泣。

沈从文对湘西的历史是了然于胸的。大量散落在他的小说、散文(如《凤子》、《七个野人和最后一个迎春节》、《湘行散记》、《湘西》等)中有关湘西民族关系及土著民族历史命运的叙述,便是明证。并且,这些历史记忆已经凝聚成沈从文思想情感生成的凝重背景。

虽然,在沈从文笔下,并没有诞生如同马尔克斯《百年孤独》式的

---

① 《凤凰厅志·苗防志》,清道光三年刊本。

② 溪州铜柱:国家保护文物,现存永顺县王村民俗馆。五代后晋天福四年(939),土司首领彭士愁与楚王马希范之间,爆发了湘西历史上著名的溪州大战。最终,彭士愁败北,马希范也无力平定湘西,双方遂订约休兵,并在酉水河畔的会溪坪,立铜柱为信。南方长城,即始修于明代万历年间,续修于清代的边墙,西起贵州铜仁亭子关,东止湘西保靖县喜鹊营(现属古丈县),全长190余公里,是专为防范苗民叛乱而修建的。当时有"客不入峒,苗不出境"的规定,这实际上是清王朝实施的一种民族隔离政策。

从正面描述有关湘西民族互动的史诗性的作品，但沈从文却执意站在湘西土著民族立场向世界发言。“苗人所受的苦实在太深了，所以我在作品中替他们说话”①。“且为他们长久以来所受到的不公平待遇深深不平”②。在他的早期创作中，有关乡土的回忆，便留下了对苗族充满温情的描述。

1929 年前后，诞生了沈从文以苗族或南方其他少数民族文化习俗为依据，加以想象完成并充满浪漫想象与传奇色彩的小说系列——短篇《龙朱》、《月下小景》、《媚金，豹子，与那羊》，中篇《神巫之爱》等，这些以难题婚姻为母题的作品，其旨归均是爱的完成，必须经由属人的取证。这种对土著民族具原始特征的人性的张扬，甚至通过苗汉两种不同文化存在方式的对比获得加强：“地方的习惯是消灭了。民族的热情是下降了，女人也慢慢的像汉族女人，把爱情移到牛羊金银虚名虚事上来了，爱情的地位显然已经堕落，美的歌声与美的身体同样被其他物质战胜成为无用的东西了。”③附在《龙朱》篇前的《写在〈龙朱〉一文之前》，还直接抒发了沈从文的内心感慨：“血管里流着你们民族血液的我，二十七年的生命，有一半为都市生活所吞噬。……所有值得称为高贵的性格，如像那热情，与勇敢，与诚实，早已完全消失殆尽。”④

写于 1932 年的《凤子》，是沈从文最后一篇直接标明人物与故事的苗族身份与特征并以苗族的现实生存方式为题材的小说。作品通过一位城里人应邀去湘西凤凰苗族作客的所见、所闻、所感，全面地展示出苗族的历史命运、生命的文化存在方式，以及经由主客论辩，客人在将大都市中由庙宇、和尚、信徒组连起来的迷信崇拜与苗族祭神仪式对比后得出的极富文化哲学意味的判断：在汉族地区，神已经完全解体（其背后是愚昧、虚伪、残忍）；而在苗区，却是“神之存在，依然如故”

① 沈从文与笔者的一次谈话（1983 年 6 月），见《长河不尽流》，第 350 页，长沙：湖南文艺出版社，1994。

② 沈从文给吴重阳的信（1979 年 11 月 4 日），转引自《20 世纪中国文学史》上卷，第 337 页，广州：中山大学出版社，1998。

③ 沈从文：《媚金，豹子，与那羊》，《沈从文文集》第 2 卷，1982。

④ 《写在〈龙朱〉一文之前》，《红黑》第 1 期，1929 年 1 月。

(其背后,是人生情感的素朴,观念的单纯,以及环境的牧歌性)。

到1934年的《边城》,作品中的人物故事的身份与特征的苗族指称被隐去了,并且在他后来的创作中再未得到恢复。个中原因不得而知。不知是否沈从文借此以强调其笔下“湘西世界”的普遍性意义?然而,《边城》内蕴的苗族文化内涵,却是不言而喻的。这不仅是故事发生的原型地茶峒属于苗区,边城之边的本意,也是防范苗民的戍边之边。而更为重要的,是作为小说叙事深层结构的车路——马路、碾坊——渡船两组意象的对立与冲突,在本质上便是苗汉文化的对立与冲突,所谓“车路”,意指媒人说媒提亲,男女婚姻由双方家长做主,是典型的普遍见于汉族地区的封建婚姻形态;所谓“马路”,意指男女双方以歌传情,一切由男女双方自己做主,是苗族社会中一直保存并延续至今的原始婚恋形态。碾坊,是买卖婚姻的象征——团总女儿以一座崭新碾坊作陪嫁,其收益,顶十个长工干一年;而渡船,则是“一个光人”,即除了人之外,一无所有。——《边城》在骨子里,是一场苗汉文化冲突的悲剧。

如果说,从《凤子》到《边城》,沈从文的苗汉意识由显而隐,那么,到《长河》,这种苗族立场更是明显地让位于金介甫所说的“地方主义”立场[①](确切地说,是沈从文单一苗族立场让位于更广泛的湘西土著民族立场)。小说所展示的,是作为一个整体的湘西地方与外部世界的对立与冲突。故事发生的背景,是发生在抗日战争爆发前后的湘西事变[②]。然而,这一背景在小说中被淡出,只是隐隐约约地在人物的对话中获得透露。——“新生活”是国民党中央势力的象征,从省里来的那位保安队长是何键势力的具象化,身为老总的那位“家边人”,即陈渠珍。小说通过人物之口,对参与湘西事变的四种力量作出了不同的价值评价。对苗族起义军,沈从文是予以肯定的。正如他在写于同一时

---

① 金介甫:《沈从文与中国现代文学的地域色彩》,台湾《联合文学》1987年第27期。

② 湘西事变:1934—1936年间,湘西民众以“革屯抗日”为号召,爆发了以梁明元、龙云飞等人为首的苗民起义。湖南省政府主席何键乘机挥兵入湘西,迫使“湘西王”陈渠珍下野。因战事不利,何键又被去职。其后,南京政府派员与起义军谈判,起义军接受改编,并开赴抗日前线。

期的《湘西》中所说："湘主席何键的去职"，"就是苗民'反何'作成的"。作为外来势力，国民党中央势力与何键势力对湘西事变的介入，则是湘西社会动乱的真正根源；而那位作为"家边人"的老总，则具有对地方剥夺和也想"为地方做做事"的两面性。

"湘西事变"是发生在20世纪的又一次五溪会猎。然而，沈从文不欲将它推置前台。他所追求的，是"这个地方一些平凡人物生活的'常'与'变'，以及两相乘除中所有的哀乐"。这里的"常"是指湘西本土千年不变的恒定生存方式，而"变"则是社会急剧变动的过程中，自外而来的异质文化因素。《长河》的叙述重点，是湘西土著民族近于自然的生存方式及其面对人生大患（社会急剧变动）所作出的反应及选择。无论是夭夭纯然天真的灵魂及其面对忧患的从容与镇定，体现在老水手与三黑子身上的欲与外来势力抗衡的雄强气质，还是在他们中间萌生的对未来民治主义政治理想的憧憬，都标志着湘西土著民族的生命形态，上升到较《边城》更高的阶梯。

综上所述，湘西土著民族的生存方式及其历史命运，是通过特定的文化视角获得显示的。沈从文不欲以湘西历史上充满血腥的政治、军事冲突，再现湘西土著民族的悲剧遭遇。——或许正如他自己所说："叙述到地方特权者时，一支笔即再残忍也不能写下去。"①而是通过普通山民平凡的人生情态及生命中所有哀乐，突显湘西土著民族与外部世界虽异其趣却不失人之本性，且长达千年的文化承传。其文字表层，实近于一种平静而浸透伤感的倾诉。沈从文采用这一叙述策略的目的，在于让湘西土著民族获得外部世界的理解、同情，乃至于认同。

在他们的生活爱憎得失里，也依然摊派了哭，笑，吃，喝。对于寒暑的来临，他们便更比其他世界上人感到四时交替的严肃。②

他们生活虽那么同一般社会疏远，但是眼泪同欢乐，在一种爱憎得失间，揉进了这些人生命里时，也便同另外一片土地另外一些

---

① 沈从文：《长河题记》，《沈从文选集》第5卷，成都：四川人民出版社，1983。

② 沈从文：《湘行散记·一九三四年一月十八》，《沈从文散文选》，北京：人民文学出版社，1982。

年轻生命相似，全个身心为那点爱憎所浸透，见寒作热，忘了一切。[1]

上面引文中在一般表述中完全可以省略的加点文字，以及《凤子》中特意安排一位“城里人”到苗区见证一切，均见出沈从文的良苦用心。而在这倾诉的背后，正是湘西土著民族不为人理解的千年孤独。这种孤独感，有时甚至变成一种直接的申诉：“湘西在过去某一时，是一例被当作蛮族看待的。虽愿意成为附庸，终不免视同化外。”[2]——一种湘西土著民族不为外部世界理解，强烈渴求被接纳、认同的悲怆之音。

在《边城》与《长河》中这种民族孤独感还通过作品中人物的情绪状态被传递出来。在过去的研究中，人们总是过分强调《边城》与《长河》的牧歌性与平和、宁静的一面。然而，沈从文恰恰是在“常”与“变”、“动”与“静”的交织中完成作品的构图。正是这自外而来的“变”与“动”，使人物置身于山雨欲来的情境，并催生出人物的人生忧患感。这种对外部力量侵入引发的变动的恐惧，植根于湘西土著民族特有的敏感与警觉。无论是翠翠遇陌生人时，“作成随时都可举步逃入深山的神气”，还是《长河》中乡下妇人背笼里的那只猪，被“新生活”吓得“一路尖起声音叫下坳去”，都是这种文化心理的象征。孤独感更是直接成为《边城》人物的情感基调，并恰恰源于人与人之间因文化冲突造成的隔膜与相互不理解，最终落得翠翠在渡口孤独地等候傩送的归来。

上述人物心理及情绪状态，融入了沈从文自己的情感经历。他的性格的内向，富于幻想与敏感，以及不为人理解的内心孤独，均与《边城》里的翠翠相对应，翠翠的性格“显示出从文自己这方面的性格”[3]。然而，沈从文的孤独从深处看，也源于他自己的湘西文化根性。正如他

① 沈从文：《边城》，《沈从文选集》第4卷，成都：四川人民出版社，1983。

② 沈从文：《湘西·苗民问题》，《沈从文散文选》，北京：人民文学出版社，1982。

③ 朱光潜：《从沈从文先生的人格看他的文艺风格》，《花城》1980年第5期。

自己所说:“我正感觉楚人血液给我一种命定的悲剧性。”[①]因而,《边城》、《长河》表现出“受过长期压迫而又富于幻想和敏感的少数民族在心坎里那一股沉郁隐痛”,沈从文“不仅唱出了少数民族的心声,也唱出了旧一代知识分子的心声”[②]。

在中国文学史上,沈从文是一位具有自觉的少数民族意识的作家。然而,他并没有走向狭隘的民族主义,更没有走向狂热的民族复仇主义。——尽管发生在湘西历史上的民族冲突,留下的是一笔无法结清的血账。恰恰相反,他提出的解决湘西土著民族问题的方略——“必须放弃二三千年以征服者自居的心理状态,应当有一根本的原则,即一律平等。……去歧视,去成见,去因习惯而发生的一切苛扰。在可能情形下,且应奖励客苗交通婚姻”[③],无疑是具有超前性的远见卓识。而且,他以其特有的文化视角,叙写湘西土著民族世代相袭的生存方式,并将其置于现代理性的观照之下。如果说,鲁迅的小说与杂文,是中华民族中以家族制度与礼教为中心的主流文化占统治地位的中国中心区域的生存方式最集中、最深刻、最典型的显示,那么,沈从文笔下的“湘西世界”,则是主流文化不占绝对统治地位的边缘文化区域生存方式的缩影。离开沈从文笔下的“湘西世界”,中国现代文学对20世纪中国的书写将是不充分、不完整的,人们通过文学认识到的20世纪中国也将是不充分、不完整的。

二　人性与“重造经典”

> 我只想造希腊小庙。选山地作基础,用坚硬石头堆砌它。精致,结实,匀称,形体虽小而不纤巧,是我理想的建筑。这庙里供奉的是“人性”。[④]

---

① 沈从文:《潜渊》,《沈从文选集》第5卷,成都:四川人民出版社,1983。

② 朱光潜:《从沈从文先生的人格看他的文艺风格》,《花城》1980年第5期。

③ 沈从文:《湘西·苗民问题》,《沈从文散文选》,北京:人民文学出版社,1982。

④ 沈从文:《习作选集代序》,《沈从文选集》第5卷,成都:四川人民出版社,1983。

彰显人性，是沈从文笔下“湘西世界”的基本特征。这不仅是沈从文为湘西土著民族寻求外部世界理解、同情乃至认同的重要途径，而且是沈从文思考“经典重造”——民族文化重构问题的重要逻辑环节。

写成于20世纪40年代的《烛虚》、《水云》、《绿魇》、《黑魇》、《白魇》等，组成沈从文充满人生哲理思辨的散文系列。其中，呈现出沈从文以生命观为核心的人生观的基本脉络。在沈从文看来，人生表现为“生活”与“生命”的二元对立。所谓“生活”，是指衣、食、男女等人的基本需求。人需要“生活”，但如果只有“生活”，便与动物无异，是一种生物学上的“退化现象”[①]。人之为人的根本特征全在“生命”。所谓“生命”，则是超越“生活”层面的属于人生高尚理想与情操的活动。按一般的词义理解，生活是指人的一切活动（既包括物质层面的，也包括精神层面的），生命则是有生物存在的所有特征。由于人的存在的所有特征，是通过人的一切活动获得显示的，因而，这两个概念是人的存在现象从不同角度的两种表述，其内涵可说是二而一的。沈从文将这两个概念的内涵加以分割重组，并分别成为沈从文人生观中两个内涵截然不同的范畴。

正是在“生命”与“生活”的二元对立中，引入了沈从文的人性观。沈从文认为，如果人囿于“生活”，而“生活”的必需条件，又是靠不义的行为或坐享其成来维持，就必然导致“人性的扭曲”。“生命”则是人之为人的基本特征，换言之，“生命”内涵的种种，即人性的主要存在方式。然而，所有的“生命”形态又并非等同一律的，而是表现为不同的等秩。因而，人性的表现形态也具有不同的等秩。“生命”的原始形态表现为“人与自然的契合”[②]，这种契合并非动物式的本能反应，而是不受现代社会存在的秩序和观念的束缚，作出人之为人的应对。但这种处于原始自在状态的“生命”或人性，“虽不为人生琐细所激发，无失亦无得”，却“‘其生若浮，其死方休’，虽近生命本来，单调又终若不可忍

① 沈从文：《黑魇》，《沈从文散文选》，北京：人民文学出版社，1982。

② 沈从文：《湘西·泸溪·浦市·箱子岩》，《沈从文散文选》，北京：人民文学出版社，1982。

受”[1]。因而,“生命”或人性在第二个层次上,表现为从自在走向自为,即人类个体具有认识自我的理性,既不在“生活”中迷失自我,又能摆脱对环境的依附,取得人生的独立与自由,并进而实现自我存在的价值。但这仍不是“生命”或人性的最高形式。只有将自我与民族乃至人类的命运联系在一起,为民族乃至人类的独立、自由与完善而努力,即“时时刻刻能把自己一点力量,黏附到整个民族向上努力中”[2],“为人类远景凝眸”[3]。这才是“生命”——人性的最高形式。到了这个阶段,“生命”便具有了神性。

贯串于《烛虚》等散文中的“生命”——人性的思辨脉动,与沈从文笔下“湘西世界”的人性观照谐振。《龙朱》、《媚金,豹子,与那羊》、《神巫之爱》、《月下小景》等以南方少数民族习俗为题材的作品,正是沈从文对“生命”——人性原始形态的“假设的、有条件的推理”[4]。出现在作品中的男女对爱情的选择,没有现代社会有形秩序与无形观念的束缚,不以“牛羊金银虚名虚事”为条件,经由难题考验确证的真挚、热情、智慧、忠诚乃至逾越生死的勇敢,这些源于“生命”——人性本来的人格特征,构成男女之间情爱不可或缺的前提。但沈从文不只是一个原始的“生命”——人性的浪漫歌者,他看到了这种原始的“生命”——人性形态在现代生存环境中的自在状态。出现在他诸多短篇小说中的人物,如虎雏、柏子、贵生、黑猫、会明、萧萧等,一方面,由于现代生存环境钳制着他们的人身自由,同时他们也无从摆脱对环境的依附;另一方面,由于现代理性的缺失,依旧保留在他们身上的人性——对爱的憧憬、渴求,对自由的向往,对军人职责的忠诚以及生命强力等等,也总是与原始、野蛮、混沌、粗陋乃至于近乎本能的反应缠杂在一起。基于对处于自在状态的“生命”——人性的反思,沈从文在《边城》、《长河》中奏响了一曲自为的生命之歌。无论是《边城》中翠翠对

① 沈从文:《绿魇》,《沈从文散文选》,北京:人民文学出版社,1982。

② 沈从文:《烛虚·白话文问题》,《沈从文选集》第5卷,成都:四川人民出版社,1983。

③ 沈从文:《从文自传》,北京:人民文学出版社,1981。

④ 卢梭:《论人类不平等的起源和基础》,转引自恩斯特·卡西尔《人论》,上海:上海译文出版社,1985。

马路、傩送对渡船的选择，还是《长河》中老水手、夭夭、三黑子身上萌生的与邪恶抗衡的勇气及对老百姓自己当家做主的民治主义渴望，都显示出与柏子、虎雏、萧萧辈既相承传又大不一样的“生命”——人性内涵。在《过岭者》、《黑夜》、《早上——一堆土一个兵》等篇章中，沈从文还从下层士兵身上，发掘着“生命”——人性具神性的一面。在小头颅、罗易、老兵等人物身上，集中体现出源于“生命”——人性的不畏强敌、前仆后继的雄强精神以及为阶级、为民族的群体利益而甘愿牺牲自己的价值观。虽然从整体上看，这些作品表现出一种较薄弱的质与量，但从思想内涵上看，却是沈从文对“生命”——人性表现形态考量的重要一环。

探求“生命”——人性的存在方式，并非沈从文的最终目的。在他看来，现代社会的种种，即各种“纲要”、“设计”、“理想”及“禁律”，均建立在“少数人的霸道无知和多数人的迁就虚伪上面”，而“政治、哲学、文学、美术，背后都给一个‘市侩人生观’在推行”[①]。于是，“人与人关系变得复杂到不可思议，然而又异常单纯的一律受钞票控制”[②]，“人性即因之丧失净尽”[③]。为了结束这种少数人以不义行为获得幸福，而多数人“活得卑屈而痛苦，死得糊涂而悲惨”[④]的不合理局面，沈从文提出了变革社会的要求。这变革的第一步，便是在思想领域内开展一场“清洁运动”，并用新的抽象原则重建“民族的自尊心与自信心”[⑤]。到40年代，沈从文明确地张起了“重造经典”[⑥]的旗帜。这所谓的“重造经典”，即民族文化的重构。沈从文的“重造”思想，建立在他对中国传统文化根本性怀疑的基础上。在他看来，传统经典中的“抽象原则”，已如被风浪摧毁的船舶的破碎板片，“已腐朽到全不适

① 沈从文：《潜渊》，《沈从文选集》第5卷，成都：四川人民出版社，1983。
② 沈从文：《水云》，《沈从文散文选》，北京：人民文学出版社，1982。
③ 沈从文：《烛虚》，《沈从文选集》第5卷，成都：四川人民出版社，1983。
④ 沈从文：《黑魇》，《沈从文散文选》，北京：人民文学出版社，1982。
⑤ 沈从文：《看虹摘星录·后记》，《沈从文选集》第5卷，成都：四川人民出版社，1983。
⑥ 沈从文：《谈进步》，载于《文艺季刊》第1卷第3期，1938年9月。

用”[1],而统治者正是利用佛释、老庄、儒教“收容读书人并愚弄普通人”[2]。但沈从文并非全盘性反传统主义者,佛教的人性向善、儒家的入世进取、道家的人与自然契合的思想要素被沈从文接受并吸纳,从而形成沈从文自称的“新道家思想”[3]。他的创作对“生命”——人性的发现与张扬,其目的,就是获取重造经典——重构民族文化的思想文化资源,即如他在谈及《边城》创作目的时所说:

> 在《边城》题记上,且曾提到一个问题,即拟将“过去”和“当前”对照,所谓民族品德的消失与重造,可能从什么方面着手。《边城》中人物的正直和热情,虽然已经成为过去了,应当还保留些本质在青年人的血里或梦里。[4]

沈从文重造经典,即重构民族文化的思想,触及到的,恰恰是20世纪中国最为严峻的问题。

无论是沈从文对湘西世界原始的“生命”——人性的发掘与张扬,还是对儒、释、道具积极意义的思想文化因素的肯定,其最终旨归都是重造经典,即民族文化的重构。因此,沈从文创作中的思想指向是未来而不是过去。然而,从30年代开始,对沈从文创作思想价值的否定,恰恰集中表现为一种“向后看”论。这其中,又包括两种观点。其一,沈从文所表现的,是小农经济社会,其思想情感,是小农经济社会的思想感情;其二,沈从文建造的希腊式神庙中供奉的人性,其形态与内涵,恰恰是一种无足称道的“贫困和简陋”[5]。

前者是以作品表现的社会形态及作者倾注其中的温情、关爱甚至于某种眷恋,断定沈从文的世界观是“向后看”的。其实,论者的逻辑是很难成立的。人类的历史发展证明,现在包含着过去,将来也必然包含着过去与现在。人类的文化遗传便是沟通过去、现在与将来且从未

---

① 沈从文:《水云》,《沈从文散文选》,北京:人民文学出版社,1982。

② 沈从文:《看虹摘星录·后记》,《沈从文选集》第5卷,成都:四川人民出版社,1983。

③ 沈从文:《水云》,《沈从文散文选》,北京:人民文学出版社,1982。

④ 沈从文:《长河题记》,《沈从文选集》第5卷,成都:四川人民出版社,1983。

⑤ 见刘永泰《人性的贫困和简陋——重读沈从文》,载《中国现代文学研究丛刊》2000年第2期。

断裂的链条。弗洛姆在谈及人类在其历史行程中伦理承传问题时指出:“由于每一制度代表着不同的利益,因此,这些制度的代表人物就更多地强调了各种伦理的区别,而不强调它们共有的核心。对人所应持的立场来说,这些教义的共同因素比它们的区别更重要。”[①]无论是《红楼梦》、《家》,还是沈从文的《边城》,就其主导面而言,其所张扬的,正是属于人类过去、现在、将来“共有的核心”。

后者是近年来出现的一种“新论”。论者认定人的各种社会关系是人的社会性的表现。因而,“丰富的社会性永远是人性真正优美健全的必要条件”。而沈从文笔下的湘西世界,由于当地社会环境无法使当地人充分地、全面地、有效地社会化,因而,表现在沈从文作品人物身上的人性一例是“贫困和简陋”。而沈从文“自以为那就是优美、健康的人性”,从而导致了沈从文“在人性探索的道路上失足”。

按照论者人的社会性是人性必要条件的观点,社会性愈丰富,人性也就愈丰富。按此逻辑,随着人类社会的发展,人的社会性无疑是丰富了,通过社会性获得表现的人性不再贫困和简陋。这种将社会经济的贫困、社会的不发达必然导致人性的贫困和简陋的推论,不仅厚诬了生活在经济贫困与社会不发达地区的人们,在理论上也是站不住脚的。历史证明,人类社会的发展,一方面,为人的自由自觉的活动不断拓宽着领域,但在另一方面,自私有制诞生的那一天起,社会的生产关系、上层建筑及意识形态,不是拓展,而是压制、缩小了人的自由自觉的活动范围,它导致的不是人性的丰富,而是人性的扭曲、萎缩乃至于退化。恩格斯在《家庭、私有制和国家的起源》中,对此有过精辟的论述:

> 专一婚制乃是一个巨大的历史进步,但同时它又是跟奴隶制和私有财富一起,开辟了一直延续到今的时代,这时任何进步同时也意味着相对的退步,这时一部分人的幸福与发展,是用另一部分人的苦痛和受压抑为代价而实现的。[②]

---

① 弗洛姆:《为自己的人》,第162页,北京:三联书店,1988。

② 恩格斯:《家庭、私有制和国家的起源》,《马克思恩格斯选集》第4卷,北京:人民出版社,1972。

在恩格斯看来，从原始社会到奴隶社会的人类发展，是“巨大的历史进步”与“相对的退步”同时并存的。换言之，伴随人类社会化活动的拓展，人性的进展、丰富与人性的退化、扭曲是同时并进的这一相互背反的结论，是经由恩格斯对人类的社会化活动的价值判断作出的。沈从文所说的人性，也是经过他特有的有关真、善、美的价值尺度的估量而获得定性的。因此，新论作者将沈从文笔下的人性同自己给出的将善恶、美丑、真假混为一谈的社会性—人性相比，必然得出“贫困和简陋”的结论。由此出发，“新论”作者进一步推导出“女人们把爱情献给金银牛羊比献给‘美的歌声’、‘美的身体’更有人性”，“会打牌、念经、拜佛的绅士淑女比根本不会打牌念经拜佛的人更有人性”，“当婊子而竖牌坊的女人比当婊子而不竖牌坊的女人更有人性，前者意味着道德观念的生成。暗里偷情明里正统的绅士和太太，比起明目张胆更换性伙伴的人更有人性，他们的虚伪意味着羞耻感的出现”之类的奇谈怪论。

诚然，在沈从文的一些作品，诸如《虎雏》、《柏子》、《旅店》、《萧萧》、《会明》、《贵生》中人物身上呈示的人性，的确是贫困的、简陋的，其外部表现形态甚至是原始的。然而，这种人性的贫困和简陋，恰恰是沈从文意识到并反思着的，而绝非如新论所说，将其当作优美、健康的人性顶礼膜拜。肯定中有否定，否定中又有肯定，正是作者刻意制造的复调式的阅读效果。《柏子》中“他们不曾预备别人怜悯，也不知道可怜自己”的画外音，《萧萧》结尾隐含一代又一代重复其悲剧命运的人生描写，《虎雏再遇记》中“我”对虎雏不要勇于私斗的劝谕，乃至描写柏子与吊脚楼妓女交合时给出的“丑的”、“神圣的”形容，均见出沈从文对人物身上呈示的人性尚不健全的批判意识。

新论的作者似乎感到了当婊子而竖牌坊的女人比当婊子而不竖牌坊的女人更有人性之类的推导太不像话，于是不得不把这类“更有人性”的部分归结为人类通达自由自觉之境“必须付出的代价”和“人类逃脱不了的宿命”。但既然是一种代价，一种人类虽欲规避，却又逃避不了的宿命，那么，人类社会的未来发展，则将必不可免的要收回这代价。也就是说，新论所认定的“更有人性”的那一部分终将消失。到那时，人性岂不是又要重新陷入贫困和简陋？

综上所述，有意回避对社会性——人性的价值判断，泯灭善恶、美丑、真假的界限，并将为沈从文否定与反思的，当作沈从文肯定与张扬的，并进而否定其作品的思想价值，是新论作者的论辩逻辑。如果说这不是一种肆意歪曲，便是没有读懂沈从文。而这，只能说明论者阅读能力的贫困与思想的简陋。

三 “乡下人”与现代理性

> 请你试从我的作品里找出两个短篇对照看看，从《柏子》同《八骏图》看看，就可明白对于道德的态度，城市与乡村的好恶，知识分子与抹布阶级的爱憎，一个乡下人之所以为乡下人，如何显明具体反应在作品里。①

这是沈从文关于自己创作整体构图的举例式的说明。《柏子》属于以湘西为题材的作品，是“湘西世界”构成的一部分；《八骏图》则属于沈从文以都市为题材的作品。都市人生与乡村世界或“湘西世界”的互参与对立，是沈从文创作的总体指向。在这里，上流社会与下层社会、绅士阶级与抹布阶级的对立，构成沈从文创作中都市与乡村对立的基本内涵。而这种对立，又集中表现为人格构成与道德形态的对立。在这种对立中，彰显出沈从文自称的“乡下人”立场及其爱憎好恶的情感倾向。

都市上流社会与绅士阶级的人生情状，构成沈从文以都市为题材小说的主要景观。《绅士的太太》、《八骏图》、《大小阮》、《王谢子弟》、《自杀》以及后期创作的《看虹录》、《摘星录》等等，连轴式地勾画出了都市上流社会的人物群像。人格或精神病态成为这些作品中人物的共有特征。而这种病态，又一律源于人性的扭曲。无论是《八骏图》里“八骏”们受源于中外的理性的压抑造成的人格分裂，《绅士的太太》中的男女逢场作戏式的性欲横流，还是《大小阮》中的大阮以不义手段攫

① 沈从文：《习作选集代序》，《沈从文选集》第5卷，成都：四川人民出版社，1983。

取向上爬的资本,《道德与智慧》中那位大学教授人类同情心的缺失,都表现为人的本质的退化或丧失。

几乎所有沈从文以都市为题材的作品,都强烈表现出对都市上流社会的厌憎(其中,也包括沈从文对自己跻身都市社会后"毁碎于一种病的发展中"[①]的反思。在《八骏图》中的达士先生及《夫妇》中的璜身上,都留下了沈从文自我反省的痕迹)。正如他在《绅士的太太》中通过叙述者所说,是为"你们高等人""造一面镜子"[②]。

的确,在情感层面上,表现出沈从文对都市的某种偏激,也似乎印证着自己的"乡下人"立场。——在上述这些作品里,都市人生没有提供可资信赖的痕迹,沈从文不欲提供善恶交并的都市人生全景,更忽视了在这种都市病态——人类社会发展不得不付出的代价背后,所取得的历史进步。然而,沈从文对都市的偏激,恰恰产生于对上流社会、绅士阶级传统或世俗认知的有意颠覆。在世俗或传统观念中,上流社会、绅士阶级是"社会中坚",知书达理、聪明大度、稳重文雅是其标识。沈从文却刻意从他们的"聪明"中见出虚伪、"大度"中见出自私、"文雅"中见出肮脏、"稳重"中见出庸鄙。这种平民主义倾向,恰恰是"五四"以后开创的现代文学传统。从陈独秀倡导针对贵族文学传统的"国民文学"主张,到周作人提倡"平民文学",再到毛泽东提出文艺的工农兵方向,这种平民主义倾向,成为中国现代文学的主要特征之一。沈从文的偏激与其创作所具有的平民主义立场(或"乡下人"立场)密不可分。

而且,沈从文是从社会文明的进步与道德的退步,即历史主义与伦理主义二律背反的角度透视都市病态的。在世界文学史上,处于文化转型期的西方作家,从处于文明程度滞后、尚未被"现代文明"异化的民族那里,发现着野性的生命强力及不受现代社会秩序与观念束缚的人性自然与生命自由,并以此返照现代社会人性的萎靡及生命活力的退化,以及上流社会的堕落与无耻。在这方面,沈从文对都市上流社会的观照,恰恰是对这一世界文学潮流的呼应。这种呼应,同时也产生了

① 沈从文:《题〈沈从文子集·丈夫〉题下》,《沈从文家书》,台北:台湾商务印书馆,1998。
② 沈从文:《绅士的太太》,《沈从文小说选(上)》,北京:人民文学出版社,1982。

沈从文都市上流社会观察中的弗洛伊德心理学视角。弗洛伊德心理学对沈从文创作的影响，早已是一个自明的问题。意识与下意识的冲突，常常成为沈从文笔下都市上流社会人物生存尴尬的心理根源。《看虹录》、《八骏图》中，人物意识层面所拥有的独身主义、泛爱主义、道德名分观念等等，与其下意识层面依然涌动着的爱欲、情欲之间发生的冲突，造成人物言行、表里的严重分裂；《自杀》中的刘教授突然想到自杀，也源于他“下意识爱的正是那已逝去的与尚未长成的”①。

然而，沈从文运用下意识概念剖析都市人生，并不意味着沈从文走向弗洛伊德主义。存在于都市上流社会人物身上的意识与下意识冲突的心理现象，在沈从文那里，不是作为人生的常态，而是作为人生的病态被把握的，并与沈从文意识到的健全人性相对立。在沈从文看来，其救治之道，是去除社会不合理的有形秩序与无形观念对人性的枷锁，重返人性的自然。即如《八骏图》中所说“用海来治疗”——大海是自然的象征。并进而张扬人的内在的“生命”潜能。如前所述，对人生作“生活”与“生命”二分以及分别赋予二者的特定内涵的思想，显示出沈从文对人生的心理学把握方式。同弗洛伊德将求生与繁殖看作人的主要存在的观点相反，沈从文认定人的存在价值，在于“生命”。

沈从文将人生作“生命”与“生活”二分及其各自的内涵，与马斯洛将人的心理构成分为基本需要与发展需要，基本上是吻合的。马斯洛从对印第安人部落的研究中，发现了人的“内在的本性”，而沈从文则是从具有原始特征的湘西世界，发现着生命的内在潜能；基于对人类潜力和“生命”内涵的认知，确立起沈从文与马斯洛共有的对人类的信心。

无论是从平民主义、历史主义与伦理主义二律背反角度观察都市人生，还是其创作整体指向，实现着对弗洛伊德的超越，都表现出沈从文人生观察所具有的现代理性。正是这种现代理性，使得沈从文“乡下人”的角色定位成为问题。换言之，沈从文决非一般意义上的乡下人。因而，他的“乡下人”自况，除了情感层面对乡村的认同，也许更多的是一种反讽，一种有意为之的对都市人生、知识阶级的疏离姿态。

① 沈从文：《给某教授》，《沈从文选集》第5卷，成都：四川人民出版社，1983。

但是,情感层面对都市的疏离与对乡村的认同,并没有导致沈从文走向乡村迷狂。在理性层面,沈从文在完成他的都市批判的同时,也完成着他对乡下人的现代生存方式的沉重反思。

沈从文以湘西为题材创作的一个重要组成部分,如《柏子》、《萧萧》、《灯》、《会明》、《虎雏》、《丈夫》等,都是将乡下人安置在现代社会环境中,叙述其命运的必然流程。现代社会结构,迫使乡下人置身于社会底层,诸如雇工制、佃农制、童养媳制、卖淫制,直接作成了乡下人悲剧性人生处境。柏子长年风里来雨里去,"吃酸菜南瓜臭牛肉",一月所得收入,仅够他去吊脚楼一夜的花费;萧萧十二岁即出嫁充当童养媳,丈夫却只有三岁;贵生是个"干穷人",平日靠给人打短工为生,无家无业,在一座山坡前砌一间房子安身立命,还是以给地主看守桐山为代价实现的;《丈夫》中黄庄这地方的农民,由于官府的盘剥,一年劳苦所得,不足以为生,年青的丈夫不得不把新婚不久的妻子送到河船上去卖淫。——乡下人的人生命运是悲凉的。然而,由于乡下人的理性世界还处于蒙昧状况,虽身处悲凉的人生境地,却不觉其悲凉。对自身悲剧命运的浑然不觉与无关心,构成乡下人的主要精神特征。

> 这一去又是半月或一月,他很明白的,以后也将高高兴兴的作工,高高兴兴的吃饭睡觉,因为今夜也得了前前后后的希望,……不到两月他可又回来了。①
>
> 这一天,萧萧抱了自己新生的毛毛,在屋前榆蜡树篱笆间看热闹,同十年前抱丈夫一个样子。②

前者叙述柏子从吊脚楼返回船上时自得其乐的情形,后者则是萧萧终于与丈夫圆房并生下第二个儿子后,家里又忙着给大儿子迎娶媳妇,当迎亲的唢呐吹到门前时萧萧的行状。在人物这种安于现状的神情背后,我们听到的,是沈从文沉重的叹息。

由于外部环境的影响,乡下人也有过试图挣脱钳制的努力,即如萧萧对城里女学生"自由"的向往,并一度促使萧萧产生与花狗一起逃走

---

① 沈从文:《柏子》,《沈从文小说选(上)》,北京:人民文学出版社,1982。

② 沈从文:《萧萧》,《沈从文小说选(上)》,北京:人民文学出版社,1982。

的念头。然而萧萧对自由的理解,恰恰是出于乡下人对自由的误读。在另一些场合,也有过抗争,如虎雏式的为小小恩怨争强斗狠,贵生式的放起一把无名之火以为报复。然而,其行为方式,是自发的、原始的情绪性的反应。《灯》、《会明》等作品,还有意让乡下人置身于一种异质的环境中,考察其悲剧遭遇。《灯》里的老兵与《会明》中的会明,是两个厕身行伍的乡下人。一个阴差阳错地跑到了大上海,一个则置身于从20世纪初的反袁起义到20年代的军阀纷争的军旅环境中。由于这两个人物的精神世界与已成过去的世界相联结,因而对急剧变化的世界和前后发生质变的战争,表现出一种无法理喻的迷惑与陌生,几近于"白日见鬼"。他们拥有的道德观念与行为规范,诸如善良、纯朴、诚实,对军人职责的虔诚信守,反变得不合时宜,现出一种呆、傻和拙相,并成为人们嘲弄的对象。这注定了他们在激烈的现代竞争中,必然成为失败者。

——现代理性精神的缺失,成为沈从文对乡下人现代生存方式反思的焦点。沈从文创作的目的在于呼唤乡下人沉睡的理性,摆脱对环境的依附,获取生命的自由空间,并投身到新的生存竞争中去。在《湘行散记·箱子岩》中,沈从文从乡下人划龙船的习俗中,感受到了蕴藏在乡下人身上的巨大生命潜能。然而,如何使乡下人这种在娱乐上的狂热换个方向,即"改造这些人的狂热到一件新的竞争方面去","使他们还配在世界上占据一片土地,活得更长久一些"?在沈从文看来,这"是个费思考的问题"①。

——沈从文从生存权利的高度,提出了乡下人获取现代理性的严峻性与急迫性。其言说方式、话语模式及思想内涵,都显示出沈从文上述作品的启蒙特征。自"五四"以来,中国现代文学开创了有别于中国古代文学的传统。其中,肇始于鲁迅的启蒙传统,成为中国现代文学现代性的主要标识之一。无论是对下层劳动者勤劳、善良、纯朴诸品德的肯定与张扬,还是对普遍见于下层劳动者身上的愚昧、落后的精神状态的解剖,在这两个层面上,沈从文上述作品与鲁迅的小说取同一方向,

---

① 沈从文:《湘行散记·箱子岩》,《沈从文选集》第1卷,成都:四川人民出版社,1983。

并且,沈从文是在较鲁迅小说更为广阔、也更具特殊性的人生领域内,承担着呼唤国人灵魂的历史使命的。

然而,沈从文的创作并不止于对乡下人现代生存方式的反思。从整体看,他的创作最终指向对民族未来生存方式的终极关怀。对乡下人现代生存方式的反思,只是沈从文思想链条中的一环。在《二三十年代乡土小说中的乡土意识》一文中,我曾经说过,在二三十年代的乡土小说中,乡土意象是由时间三维——过去、现在、未来交互作用于乡土的结果。由此而呈现出来的过去、现在、未来三种不同的乡土影像,积淀着中国现代作家桃源寻梦——梦断桃源——桃源重构的思想历程。沈从文以乡土为题材的小说,是其中最为典型者。

在过去的研究中,人们曾不断强调沈从文创作具有的牧歌情调、田园视景,指陈《边城》一类小说展示的,只是一个桃花源式的人生境界。毋庸否认,在沈从文的乡土观照中,确实拥有一个桃源情结。姑且不论那些以少数民族习俗为题材的作品,展示的是一种什么样的浪漫情境,就是在他以现代时空为特征的作品中,也弥漫着浓郁的牧歌情调。《长河》中夭夭与老水手的谈天说地及酬傩愿戏、《贵生》中贵生与同伴间相互调侃的口角龃龉、《边城》中主客间的礼尚往来以及买卖双方执意不让对方吃亏的你推我让——直如一幅《镜花缘》中君子国的景象。但是,沈从文曾说:“我主意不在领导人们去桃源旅行。”①当他将目光转向乡土的现代境遇时,乡下人在现代社会的悲剧命运,使他梦断桃源,一种浓重的乡土悲悯浸润在作品的字里行间。

面对“在在令人痛苦”的现实,沈从文没有如同废名式地从对人生的绝望走向“厌世”,也没有如同鲁迅式地走向决绝的反传统主义。他所寻觅的,是存在于前“现代文明”②中的具有人类共有价值的文化因子,并希望让他笔下人物的正直与热情,“保留些本质在年青人的血里

① 沈从文:《习作选集代序》,《沈从文选集》第5卷,成都:四川人民出版社,1983。

② 这里的“现代文明”,具有特殊的时空形式,即非一般意义上的现代文明,而是指在湘西确立或传播不久的封建文化与都市文化——传统的封建文化与西方资本主义文化杂交而生的畸形儿。因为对湘西而言,封建社会政体的确立,是在清雍正年间对湘西实施“改土归流”之后,至20世纪30年代初,尚不足300年。

或梦里”(这里所说的是本质,而非具体的存在方式与形态),以实现民族品德的重造。《边城》中那座白塔的坍塌——重建,便是他的这一思想指向的象征性书写。这决定了沈从文创作整体的浪漫主义指向。正如他自己所说:“即用一支笔来好好保留最后一个浪漫派在20世纪的生命取予形式。”①

综上所述,沈从文并非一般意义上的乡下人。他所拥有的现代理性,使他已经实现了对自己曾置身其中的乡下人的超越。是他当年独自离开湘西、进入都市寻求知识与理性的必然结果。

当他用这种具现代特征的知识、理性观察都市文明时,他得到的只是失望,使他在情感层面上与乡下人认同。可是,当他从深处凝视乡下人的现代生存方式时,他获得的同样是失望。也许,归根到底,正如有的论者指出的,沈从文是一个文化边缘人。而正是这种边缘处境,加深了沈从文深心里的孤独。

2002年8月

(原载《文学评论》2002年第6期)

---

① 沈从文:《水云》,《沈从文散文选》,北京:人民文学出版社,1982。

现代文学史上"反主题"的批评家

——关于梁实秋研究的讲稿

温儒敏

梁实秋是现代文学史上有特色而又较复杂的理论批评家,是有建树有影响的人物,研究文学史和文学批评,不能忽略了这样一位著名的人物。近年来已经出现一些关于梁实秋的研究论文,同学们可以找来看看。梁实秋去世后,台湾九歌出版社出过一本《秋之颂》,是纪念梁氏的文集,其中也收进一些研究论作,还有关于梁氏生平的一些回忆文字。另外,台湾还出版过一本《梁实秋论文学》(台湾时报文化出版公司 1981 年版),也收集了梁氏一些代表性论著。这些书可以找来看。

研究一位作家批评家,看他的论作最好还是有些系统性,可以按照他的发表先后来看,或者大致有一个专题分类。我建议大家先看看梁氏上个世纪 20 年代写的一些文章,寻找他的批评思想的起点。这些文章大都收在两本书中,即是《浪漫的与古典的》[①]与《文学的纪律》[②]。其中最重要的一篇文章,也是梁实秋的"成名作",就是《现代中国文学之浪漫的趋势》。通过这篇文章,我们可以了解新人文主义批评理论在中国试行的情况。这篇文章写于 1925 年底,在第二年 2 月 15 日《晨报副刊》发表,当时影响并不大,但从批评史角度看,有重要的地位。这篇文章是"反主题"的,也就是说,对居于主导位置的文学观点采取独立的批判的立场,是有点"异端"的声音。当时的"主题"是什么?是五四新文学,虽然那时高潮已经过去,但也还是备受推崇的"主题",肯定的声音始终比较多。1928 年之后政治风尚转变,创造社等一般人提倡"革命文学",开始拿"五四"开刀。那是另外一种新起的政治性的潮流,是另立"主题",影响极大。梁实秋对此也是持反对态度。下面还

---

① 上海:新月书店 1927 年 6 月出版。

② 上海:新月书店 1928 年 3 月出版。

会论及。而在1926年前后,还极少有批评家是认真从学理层面反思“五四”新文学的。梁实秋初生牛犊不怕虎,敢于出来对新文学提出尖锐的批评与反思。当然,从“五四”开始,就有各种反对和质疑新文学运动的意见,不过都不够理性和系统,往往还带着某种情绪。而梁实秋可以说是头一个试图从学理上来批评分析五四新文学运动的。

《现代中国文学之浪漫的趋势》这篇文章对“五四”新文学运动作了整体性的否定,认为这个运动极端地接受外来影响,推崇感情,贬斥理性,标举自由与独创,风行印象主义批评,等等,都表现为“一场浪漫的混乱”。在梁氏看来,“五四”文学总的并不成功,原因在于“反乎人性,反乎理性”。梁实秋立论是有片面性的,但他确实又较早看出新文学运动的某些历史特征与问题。梁氏以新文学阵营成员的身份,借助系统的西方理论学说,对新文学运动作了有一定理论深度的总体性批评,其片面却又不无某些深刻性的论述,起码可以引发人们对五四新文学得失的某些思考。

同学们看梁实秋这些早期论作,会发现他持论的出发点和方法,与二三十年代大多数作家、理论家明显不同。他是从新人文主义角度观察文学现象,议论文学问题的。读一读梁实秋的著作,看他们是如何引进、如何阐释这种西方思潮的,这是一个有意思的课题。

在梁实秋早期论作中,《文学的纪律》这本小册子也很重要,其中就集中体现了他所推崇的新人文主义的文学观。梁氏在该书提出一个核心观点,后来成了他毕生维护的一杆理论旗帜,那就是人性论的文学观。梁实秋认为,“文学发于人性,基于人性,亦止于人性”。这是从人性角度解释文学的本质。那么,文学应当达到怎样的功能?他还是从人性角度切入,认为人性有善有恶,普通人性总是善恶交织,要以理性来“指导”,尽量抑制恶的方面,才能达到“健康”的“标准”的“常态”;文学应当起到抑恶扬善的效能。也只有在“标准”之下所创造的常态的文学,才能起到这种作用,是“有永久价值的文学”。由此梁氏又主张“文学的效用不在激发读者的热狂,而在引起读者的情绪之后,予以和平的宁静的沉思的一种舒适的感觉”,梁氏认为这才有利于“人生的指导”与“人性的完善”。显然,梁实秋这种观点倾向于古典主义,他所主张的文学创作或欣赏都遵循“纯正的古典”原则，即注重理性，注重标准与节制。他提出一个概念，就是所谓“文学的纪律”，也就是所谓规矩、原则，要用这种“纪律”来抑制浪漫态度，反对感情决溃，否定描写变态。我们应当注意梁实秋所向往的这种“古典”的精神，这是他的立足点，他和新古典主义有着非常紧密的联系。

关于这种理论渊源，可以看看梁氏另一篇题为《文学批评辩》①的文章。文中这样提出，批评的“灵魂乃是品位，不是创作，其任务乃是判断，而非鉴赏”；批评家要有“超然的精神”，但批评“不是科学”，不该满足于“事实的归纳”，而要着力于“伦理的选择”与“价值的估定”。在其他一些文章中，梁实秋就都这样力主批判是判断的观点，强调“纯正之‘人性’乃文学批评唯一标准”。抓住这一点，就能理解梁实秋整个批评思想。

这里有必要对新人文主义的背景做一些简要的介绍。梁实秋1924年在美国留学时，非常崇拜当时在哈佛的新人文主义者白璧德(I. Babbitt)，选修了他的课，从此为白璧德的思想所吸引，从一个浪漫的文学青年变为新人文主义信徒。白璧德这个人和中国有些关联，他的父亲是在宁波长大的，所以他对中国文化特别是儒家学说有一份欣赏，他的新人文主义到底和中国传统文化有哪些契合点，是值得研究的。事实上，在当时的欧美，一战的浩劫造成了社会危机与精神危机，艾略特笔下的那种恐怖的荒诞感(如《荒原》)正反映了这种社会心理。所以出现像白璧德这样迷恋传统的知识分子，渴望从传统道德规范中重建社会秩序。而白璧德的思想赢得了一批中国留美学生的倾慕，则是因为这些知识分子担心社会变动带来传统的崩坏，他们不能理解“五四”文化转型的意义，而充当了传统的卫道者。新人文主义所以在“五四”时期出现，并以此为旗帜形成了思想守成的“学衡派”，不是偶然的。梁实秋1927年回国后先是到了“学衡派”的大本营东南大学，和学衡的骨干梅光迪、胡先骕等一班人有许多合作，又翻译过白璧德的

① 作于1927年。

著述。[1] 他们这个圈子都比较趋向于守成,跟白璧德的影响直接有关。

白璧德是以“人性论”作为他全部理论架构基础的。需要提醒的是,我们通常对“人性论”的理解比较笼统,也比较政治化。其实“人性论”有许多不同派别,不同的层面。白璧德用于支撑新人文主义的“人性论”不同于我们一般了解的近代资产阶级人道主义的“人性论”,一般说的“人性论”是“自然人性论”,主张人的感情欲求与自然本性的合理善良性,要求突破传统道德习俗、不合理社会制度与虚矫文明的压制束缚,使自然、纯朴、善良的人性得到全面的发展。19世纪西方浪漫主义就基于人性善的“自然人性论”。后来遭到我们不断批判的人性论,大致就是所谓资产阶级人性论。而白璧德的“人性论”是有其特别含义的,是善恶二元的“人性论”。白璧德认为人性包括欲念与理智、善与恶、变态与常态的二元对立,两方面的冲突与生俱来,如“窟穴里的内战”;浪漫主义与自然主义放纵“欲念”,表现丑恶与变态,是不利于健全人性发展,因而也有碍于健全人生的;真正于人生有实际价值的文学创作,必须基于表现健全常态的人生,因此要有“理性的节制”。白璧德指出“人生”含三种境界,一是自然的,二是人性的,三是宗教的。自然的生活是人所不能缺少的,不去过分扩展人性的生活,才是应该时刻努力保持的;宗教的生活当然是最高尚,但亦不可勉强企求。白璧德希望通过新人文主义的提倡,复活古代的人文精神,以挽救西方社会整体性的危机,以“人的法则”和理性力量克服现代社会生活的人欲横流,道德沦丧。

梁实秋师从白璧德,人生观与学术思想受白璧德很大的影响,他承认自己接受了白璧德理论的“挑战”之后,终于倾向于新人文主义,文学观也就“从极端的浪漫主义,……转到了近于古典主义的立场”。[2] 梁氏的思想是趋于保守稳健的,他本来对儒家的中庸颇为赞赏。而白璧德的父亲在中国宁波长大这种家庭背景使白璧德对中国传统文化自有一份偏爱。西方文学的理性自制精神,孔子的中庸与克己复礼,加上

---

① 1929年底与吴宓翻译出版译著《白璧德与人文主义》,并作长序,上海:新月书店出版。

② 《梁实秋论文学·序》,台北:时报文化出版公司,1981。

佛教的内反省的妙谛,铸成了白氏的新人文主义人生观和文学观。梁氏认为白璧德的这一套思想主张暗合中国传统精神,所以一经接触,就甚为倾倒。

现代文学史上写过批评文章的人很多,但专注于批评、以批评为职志的并不多。梁实秋是难得的一位,可以说是"科班出身"的专业批评家。研究梁实秋的新人文主义立场,不能不注意他的一些批评理论论作,特别是他早年所写的一些阐释西方文论的著作。同学们可以着重看这几篇:《卡赖尔的文学批评观》、《亚里士多德的诗学》、《新古典主义批评》与《近代的批评》。这些论作跟梁氏当年在大学讲课的需要有关,但也是他有意要建立一套以新人文主义为核心的批评理论。他系统研习西方批评史,是要重新"解释"批评史,这种学术研究本身灌注了他所推崇的新人文主义精神与理性精神。大家阅读他这些论文时,不能止于了解西方文论传入的轨迹,更要寻找传入中的"过滤"与"变形"。例如,梁实秋解释亚里士多德的著名的"模仿"说,就认为其意味着以"普遍的永久的真的理想的人生与自然"为现象,一方面不同于"写实主义",因其所模仿者"乃理想而非现实,乃普遍之真理而非特殊之事迹";另方面又不同于"浪漫主义","因其想象乃重理智的而非感情的,乃有约束的而非扩展的"。这种解释其实并不符合亚里士多德原意,有梁实秋自己的借题发挥。梁氏的目标是张扬新人文主义的"理性与节制"精神。这种"古典"精神从梁氏对近代各种不同批评流派的评估中也明显可见。

在梁实秋介绍和解释西方批评流派著述中,《近代的批评》是的一篇比较完整的论作,应当注意他是如何选择和过滤西方的文论,并突出他所关注的那些"亮点"的。梁实秋把近代西方有影响的批评分为六大家,认为各家各有长短得失:泰纳(Taine)为代表的"科学的批评"使文学研究趋于精确,却不能代替价值判断这一文学批评的主要目标:佛朗士(Anatole France)所代表的印象派批评注重批评主体审美感觉,却使批评家的地位降低到一般鉴赏;喀赖尔(Carlyle)所提倡的解说、传记与历史的批评手法着重批评之社会的功用,却将批评的功能局限于为作品当注解;王尔德(Oscar Wilde)的唯美主义批评弊在把艺术与人生隔离；托尔斯泰（Tolstoy）的批评则过于看重文学的平民性与社会功利价值。看来梁实秋对批评史上几大流派都不怎么满意，在他的心目中，唯有阿诺德（Arnold）的新古典主义批评最有可能获得“成绩”，因为其既注重文学的人生价值，又持理性的、节制立场。梁氏自称这是在“历史透视”的基础上，选择和提倡新人文主义的。他的文学目标是要借鉴新古典主义批评，建立一种可用之于中国文学的平实、稳健的批评。

另外有些论文虽然重点并非研究批评史，而是讨论某种文学美学现象，但也脱不了他的中心意图。如《诗与图画》探讨创作中的“想象”与“升华”的涵义，《与自然同化》探讨作家与自然的关系，两文运用比较文学的手法评介了在这些问题上中西观念的契合点，最终还是落脚到新人文主义的理论基点上。

接下来谈谈梁实秋30年代的批评观点变化。梁实秋成名不算早，1926年他写《现代中国文学之浪漫的趋势》时，也还是不见经传的人物。后来暴得大名，是与鲁迅有关系。鲁迅一批梁实秋，这位“文学青年”反而就出了大名。发生在30年代的这场论争，梁实秋被鲁迅批判，斥为“资本家的乏走狗”，主要是用阶级论批评“人性论”。关于这段“公案”，以往大家看鲁迅的东西比较多，梁实秋到底是如何发言的，在什么语境中发生这样一场论战？不一定很了解。梁实秋当年的论战文字大都发表在一些报纸刊物上，现在找来不容易，大家可以看看梁实秋自选的集子《偏见集》①。

这个集子的文章多写于1928—1934年，依性质分两类。一类是与鲁迅、左翼作家论争的，有《文学与革命》、《文学是有阶级性的吗?》、《辛克莱尔的〈拜金艺术〉》、《人性与阶级性》等，其主旨都是反对文学的“阶级论”、反对“革命文学”运动。从政治的角度看，代表了当时文坛的自由主义思潮，与当时左翼文学运动背道而驰。而鲁迅和左翼作家批评梁实秋，主要针对其“人性论”。那么这所谓“人性论”到底怎么回事？梁氏这一时期更力主文学表现“人性”，然而其“人性”的涵义仍是新人文主义所谓“常态的”人性、理性制约下的“健全”的人性，如前

① 南京：正中书局1934年出版。

所述，这和一般资产阶级的“人性论”是有很大区别的。可是当初乃至后来凡批评梁实秋的“人性论”，似乎都将它与一般资产阶级人道主义“人性论”捆在一起批，其实并未能击中要害。倒是梁氏自己感到，他所起用的白璧德的思想武器有点力不胜任了。白璧德的新人文主义主要是用以抨击浪漫主义以降西方文艺思潮的。20 年代末遭受经济危机的袭击之后，新人文主义在美国曾一度流行，白璧德企图以此作为救治西方社会整体性危机的灵丹妙药。而梁实秋却用于对付无产阶级文学，多少有点“文不对题”。因此梁氏不得不对自己的理论作了一些修正。上述几篇文章除了仍讲“普遍人性”之外，又吸收了英国后期浪漫派批评家喀莱尔（Carlyle）在《英雄与英雄崇拜》中提出的“天才”统治论与贵族化的文学论，（在此之前梁氏是否定喀莱尔的，见《卡赖尔的文学批评观》）认为文学与革命都只能是天才的作为，文学既然是天才个人的精神活动，就只能是少数人的；大多数人的作为（如革命运动）并不能产生真正的文学。在急进的时代潮流面前，梁实秋推崇新人文主义文学观显然势单力薄，也暴露出一些难于弥补的漏洞；尽管梁氏极力维护，但作为一种思潮，新人文主义到 30 年代中期终于一蹶不振了。

不过今天重读梁实秋这些文章，多少也还可以发现他作为独立的批评家毕竟又有敏锐的目光。他对“革命文学”左的弊害的批评，有的就切中肯綮。30 年代左的机械论与庸俗社会学在文学领域广为流行，如美国作家辛克莱尔机械论味浓重的《拜金艺术》就为许多左翼作家理论家所推赞。另一方面现代主义所推崇的某些美学观念与创作、批评方法，如心理分析说也有相当影响。梁氏把这些学说主张一概视为异端谬论。他所作《辛克莱尔的〈拜金艺术〉》一文，对庸俗社会学的文学观与心理分析派的批评，就是左右开弓。梁氏指出“心理分析派以对付病态心理的手段施于一切文艺，以性欲为一切文艺的中心，是武断的。辛克莱尔这一派以经济解释文艺也是想以一部分的现象概括全部，同样失之武断。这两个‘谎’号称为‘科学的艺术论’实在是不科学的。因为它的方法是演绎的，是以一个原则施之于各个对象，不是从许多材料中归纳出来的真理。”这些话，今天读来仍不无启发。如果将梁实秋这些文章与当时批判他的文章放在一起来读，也许是更有意思的，这样，不光对梁氏的理论得失会有较客观的了解，对这一段的文学思潮及论争的认识，大概也会更有“立体感”。

比如这些年从国外引进许多理论方法，给文学研究与批评带来一些新气象。但我们渐渐发现有许多理论脱离了其既定背景，生硬地植入一个不一定适合的土壤，效果值得怀疑。那种丢弃了文学的情感性和艺术个性的批评，把文学当作僵死的东西而大动手术的理论剖析，确实有“科学主义”的弊病。对此我们是越来越不满了。类似的对“科学主义”的批评，我们在梁实秋几十年前写的《偏见集》中也听到了回响。该书第二辑的其余几篇文章，是属于批评理论与美学探讨及文学评论的。《科学时代中之文学心理》指出文学与科学的分工只在“方法与观点”上，而不在“领域”上，现代科学的发达不可能促成文学的衰退消亡。文学批评与创作也不属同一层面，批评是关于文学的思想见解，必须条理清楚，逻辑严紧；而创作则是感性的摸索与雕琢。梁实秋对于30年代较常见的那种追求“科学性”而趋于晦涩，或追求“印象式”而陷入含糊的批评作风，都作了理论上否定。30年代他很少再讲新人文主义或新古典主义了，但其理论基点仍然没有多少变化。他孜孜以求建树的仍是那种稳健的批评。《现代文学论》则再次对五四以来新文学作鸟瞰式的历史总评。值得注意的是，30年代的梁实秋仍是坚持“为人生”的口号的。不过梁氏的“为人生”与重功利重宣传的“为人生”大异其趣。他主张文学基于人生体验，坚持文学是人生的反映。这也是他品衡整个新文学得失的主要标准。从这些文章的具体论述中，也可以看到梁氏那种不同于五四以来的现实主义、浪漫主义，又不同于现代主义或“革命文学”的批评理论品格。

《偏见集》第三辑所收一些文字比较杂，从写作时间看，横跨40年代至60年代。这些文章内容以批评理论、鉴赏理论及美学的探讨为多。在《文学的美》中梁氏认为，文学里有美，但不太重要，因为文学以文字为媒介，本身也没有太多的音乐的美与图画的美。文学中所表现的东西才是重要之所在。该文指出，“‘教训主义’与‘唯美主义’都是极端，一个是不太理会人生与艺术的关系，一个是太看重于道德的实效。文学是美的，但不仅仅是美，文学是道德的，但不注重宣传道德。

凡是伟大的文学必须是美的，而同时也必须是道德的。”当年梁实秋曾就文学中的美的问题与朱光潜开展过一次讨论，周扬也曾参加这次讨论，并撰文指出梁氏将文学的美局限于形式以及对美与道德二元看法的谬误，同时又肯定支持了梁氏坚持文学现实性与功利性的正确一面。梁氏《文学的美》是当年引起美的问题讨论的文章。《文学讲话》则是到台湾之后写的类似“文学概论”的长文，分文体部类加以论说，涉及文学观念、文体特征、创作方法、批评方法，等等。论题很广，但深入浅出，系统而又圆熟地发挥他持之以恒的文学观与美学观，在一些比较具体的命题的论述上，不乏精彩脱俗的见解。梁实秋是莎士比亚研究的权威，这方面的论作较多，大家如果有兴趣，可以选《莎士比亚的思想》一篇，以斑见豹，略窥梁氏“莎学”造诣之精到。

梁实秋所独立支持的新人文主义文学观，是自成体系的，在现代文学史上充当了“反主题”的角色。由于现代中国特定的历史条件，梁氏的文学观与美学观注定得不到文坛的响应，且终于被现代文学主潮的发展所抛弃。然而梁实秋毕竟又是一位有理论个性的批评和美学家，他对一些具体的批评理论与美学课题的探求有失也有得，无论得失，都已经在文学史上留下了它特有的痕迹。通观梁实秋有关文学美学的论著，领略其独异的批评风格和某些睿智的探求，还可以从他那理论得失在新文学发展过程所留下的印记中，引发某些历史感。

（原为北大中文系研究生课程的讲稿，写于 1988 年，2005 年 8 月略作整理。发表于《河北学刊》2007 年第 5 期）

【附记：大概在 1990 年，我曾经编过《梁实秋年谱简编》和一本《梁实秋文学美学论集》，年谱发表在《文教资料简报》（1990 年 2 期），论集则交给一家出版社准备出版。当时（1988 年前后）我正在开一门现代文学批评史的课，自然也讲到梁实秋，就根据讲课稿写了一篇短文，作为那本论集的前言，曾在《博览群书》上刊出。那时出版梁实秋的书还是有些麻烦的，加上版权等方面难于交涉，最终所编的论集没有能够面世。不久前，北京语言大学高旭东教授主持召开梁实秋的研讨会，热情地向我约稿。我想起这篇旧稿，就拿来“充数”，也算是留下早年对梁实秋研究的一点痕迹吧。至于我对梁实秋批评理论更系统认真的研究，可以参见拙著《中国现代文学批评史》(1993 年北大版)中有关的专章。】

前驱与中坚:“五四”时期的留学生作家群

陈　山

如果把“五四”时期看作是一个大的历史时代——即中国由传统社会向现代社会过渡的时代——的第一个文化高峰期的话,那么“五四”时期的种种文学现象,就不但具有了史的意义,而且同时具有了独特的文化价值。东西方文化在这个唯一保存数千年古文明的国度中的激烈撞击,演示了形形色色奇伟壮丽的文化景观,从而给我们提供了许许多多新鲜的研究课题。从这种文化—社会学的视角出发,我们可以把“五四”时期最为活跃的作家大致分为三个群体:留学生作家群、校园作家群、城市流浪青年作家群。本文仅就“五四”时期执文坛牛耳的留学生作家群的特征,构成及其文化价值作一个大概的分析。目的在于给像“20世纪的中国与世界”这样一类宏观的新命题寻找具体的合适的切入口,以便进一步作扎扎实实的深入的研究。

一

“五四”时期一个值得注意的文化现象,就是新文化运动的领袖人物和前锋作家——如作为“文学革命”发难者的“胡适之陈独秀一班人”、被称为“五四”文化新军“旗手”的鲁迅以及周作人——几乎都是留学生作家,“五四”新文学的语体革新也是于1915年、1916年在美国的一群中国留学生中首先讨论和尝试的。这一中国独特的文化现象,或许是一把具体探讨东西方文化在20世纪中国撞击与融汇的钥匙。

美籍华裔学者张灏认为,中国19世纪90年代的维新时期,产生了与旧式士大夫文人不同的新式知识分子。他们作为新的社会类型有着三个重要的特征:第一,新式知识分子的生存方式大都是离开故土而自由流动的,他们往往集中于都市中心,对于现代世界的信息和知识特别敏感,并由之而产生强烈的变革愿望。第二,新式知识分子的人际关系和活动范围大部分集中于官场和地方社会以外的学校、文化界和自愿结合的社会团体内,因此他们对于社会和政府具有一种独立意识,从而采取一种客观的批判的态度。第三,新式知识分子对于中国传统文化不再具有认同感,他们的文化视野和知识结构开始呈现出多元的倾向。① 上述的特征也是"五四"时期留学生作家群作为中国一般的新式知识分子而所共同具有的,但是这一作家群之所以成为"五四"新文化运动的首脑和骨干,还基于这一作家群体所独具的文化特征。

"五四"留学生作家群形成的文化背景恰好处于中西方文化交融的特殊的历史关节点上,他们的文化构成是东方文化与西方文化全面撞击的新生物。这一代作家,是清朝最末一代的私塾学生,他们在童蒙时代接受了极其严格的传统文化的教育。周氏兄弟的"三味书屋",胡适的"求新书屋",钱玄同、郭沫若、闻一多等人的家塾,都在他们的童年的记忆中留下深刻的印痕,因此浙东文化对于周氏兄弟、徽州汉学对于胡适、楚文化对于闻一多的文化个性和气质都产生过不可低估的影响。凡是旧式文人所曾接受的系统的文化传承——包括经史子集等传统典籍以及从理学至乾嘉汉学的传统治学方式——他们也同样相当完整地接受过。而且,由于感受了传统文化大厦将倾的时代气息和他们自身的叛逆性格,他们又比旧式文人远为广泛地涉猎了被传统文化观念视为"野狐禅"的野史笔记、小说戏剧以及存留于下层社会的民间文化。或许可以说,正因为这一代作家对于传统文化能"入乎其里"、禀赋丰厚深广的文化积淀,他们思想成熟后才能"出乎其类",对于传统文化具有如此深刻而切实的批判意识,这是以后几代的对于传统文化具有疏远感和隔膜感的作家万不能及的。

然而,如果这一批作家仅仅在自身的文化构成中全面而丰厚地传承中国传统文化的精华,是不足以成为现代中国文化革新运动的核心力量的。"五四"留学生作家在他们的艺术准备时期,不仅如同辈的作

① 参看费正清主编《中国剑桥晚清史》下卷,第380—382页,北京:中国社会科学出版社,1985。

家一样接受了最初的新式教育,经历了“欧风美雨”的冲击,而且在他们的理性精神和革新意识都日趋自觉的青年时代,亲身来到西方文化的中心地——主要是英、美、法、德和作为西方文化东渐的媒介的日本——留学,直接在西方文化环境中全面地整体地选择和接受西方文化的影响。这与同时代国内的作家,必须通过翻译的媒介或接触有限的原著而间接地、局部地、甚至带有某种偶然性、被动性地接受外来文化影响,两者相比,差别是不言而喻的。这样,在留学生作家自身的文化构成中注入了某种新的强有力的文化因素,这种新的强有力的文化因素必然要与固有的文化传承因素发生猛烈的文化冲突。在他们身上,东西方文化碰撞的激烈而深刻的程度,是别的作家群体所未能有的。当我们考察鲁迅、周作人、胡适、郁达夫、闻一多这样一些作家内心剧烈冲突的焦灼型心理特质时,除了社会的思想的因素,文化的因素也提供了一个不可忽略的视角。在新旧交替的文化变异时代,多种文化形态的冲突和涵化,是杰出人物辈出的重要机制。“五四”留学生作家恰好成为当时东西方文化融汇的主要载体,成为学贯中西,兼容世界文明的一代新作家。可见像鲁迅、胡适、周作人、郭沫若、闻一多这样一批新文学宗师的同时出现决不是偶然的。

“五四”留学生作家群另一个重要的文化特征,就是他们作为一个作家群体最早而且自觉地具有了 20 世纪中国先进的时代意识——“世界化”观念。19 世纪中叶以来,中西方文化发生了广泛激烈的冲突.作为这一冲突的结果之一,便是在相当一部分中国社会精英中出现了文化意识的新觉醒。作为这种文化觉醒意识最初反应的,便是“中体西用”论的提出。“中体西用”论最早是由冯桂芬、薛福成、王韬这样一些早期文化革新者提出的。冯桂芬在 1861 年所写的《采西学议》中提议,要“以中国之伦常名教为原本,辅以诸国富强之术”[①]。稍后,薛福成明确指出要以“中学”为“道”,西学为“法”;王韬也有以“中学”为“道”,西学为“器”的说法。在当时的历史条件下,这些观点的提出,实是文化开放意识的发端。19 世纪末叶梁启超等又一代文化革新者的

---

① 冯桂芬:《校邠庐抗议·采西学议》。

出现,标志着中国社会精英的文化觉醒意识的深化,他们已抛开了束缚头脑的“体”“用”观念,主张全面的文化开放。梁启超鲜明地提出:“国家欲自强,以多译西书为本;学子欲自立,以多读西书为功。”[①]主张通过大规模的翻译、阅读西方书籍等途径来全面引进西方文化。严复、林纾等人当时的文化活动大体也是按照梁启超上述的思路进行的。

然而,19世纪末中国文化的革新者虽已具有了“大地既通”[②]的“世界的眼光”,但他们的文化意识还只是把中国的文化发展作为独立自足的文化系统来进行考察的,他们从事文化革新运动的目标仅仅是为了“保国”、“保种”、“保教”[③]。国内外的一些研究者曾经探寻种种原因,企图说明这些勇猛精进的文化革新者,何以面对20世纪新一代的革新者却呈现出一股复古或保守的倾向,其实这是应该通过揭示他们的文化本位观念来加以进一步说明的。

“五四”新文化运动之所以具有划时代的意义,是因为发动和参加这一文化运动的领袖人物和中坚力量,都是以世界整体文化为本位来从事文化革新运动的,他们把“五四”新文化运动——当然也包括“五四”新文学运动——作为20世纪世界文化发展的一个组成部分来认识的。这一文化革新意识的飞跃对于中国几千年自恃为“世界中心”的传统观念无疑是一个根本性的冲击。在20世纪以后的进程中,每当社会发展的紧要关头,中国的社会精英都要围绕文化本位问题进行反复的有时甚至是激烈的论争,从而显示出深刻的思想分野。

早在新文化运动发轫之初,“五四”留学生作家群就首先旗帜鲜明地提出了“世界化”的文化观念。陈独秀在《新青年》杂志的发刊词中,就明确地提出了新文化运动的六条思想原则,其中第四条即“世界的而非锁国的”。他在具体论述这一思想原则时说:“各国之制度文物,形式虽不必尽同,但不思驱其国于危亡者,其遵循共同原则之精神,渐趋一致,潮流所及,莫之能违。”[④]鲁迅在1918年11月发表的《随感

---

① 梁启超:《西学书目表序例》,《饮冰室合集》第1册,第123页,上海:中华书局,1941。
② 梁启超:《变法通议》,同上,第8页。
③ 同上。
④ 陈独秀:《敬告青年》,载《青年杂志》1卷1号,1915年9月15日。

录·三十六》中进一步提出了“世界人”的概念,他开宗明义地指出自己的立足点:“许多人所怕的,是‘中国人’这名目要消灭;我所怕的,是中国人要从‘世界人’中挤出。”[①]稍后,周作人又提到“‘世界的’文学”观念。[②] 胡适1915年夏秋在美国尝试白话诗之初就很明确地宣言:“新潮之来不可止;文学革命其时矣!”[③]也把自己发动中国“文学革命”的意图与当时世界的“新潮”联系起来。他在1918年6月新文化运动的高潮中又提倡“易卜生主义”,把它作为文学内容改革的一个步骤,很能说明他的观念和视向。

“五四”留学生作家群是中国第一代真正亲身跨出闭锁的门户,走向世界的新文学作家。他们的文化构成涵化了全人类的文化精华,这是中国以往历代的作家所不能比拟的。当他们把自身多元的文化构成因素熔铸在新文学作品的创造思维中时,“五四”文学革命顿时显示出辉煌的实绩。正因为他们汲取了全人类的文化成果,才使得这样一批当时尚不知名的稚嫩的青年作家,竟然战胜了几千年的传统文学,创造出崭新的文学。20世纪科学和文化的飞速发展,使人类的生存条件与生存方式发生了巨大的变化,维系人类的共同的精神和物质关系的纽带日趋紧密,那种涵盖全球文化的“大文化”思潮,已经成为20世纪各种文化观念的前锋与主流。“五四”留学生作家群恰逢人类文化发展产生大飞跃的机遇,他们亲身在当时世界文化各个中心地感受了时代思潮的气息,文化视野和观念发生了革命性的变化。他们回国后面对中国现实的社会环境,产生了强烈的思想和心理反差。这种反差成为一股强大的内驱力和凝聚力,把这些思想、个性和艺术气质各不相同的留学生作家召唤和集结起来,发动或参与了新的文化变革和文学革命。他们崭新的思想观念和标新立异的新文学创作,首先在中国现代知识分子的集结地——各都市的大中校院中引起了巨大的反响,以后又影响到都市知识青年群体,从而形成了震动中国社会的广泛的新文学和

---

① 《鲁迅全集》第1卷,第307页,北京:人民文学出版社,1981。

② 周作人:《自己的园地·〈旧梦〉序》,第117页,长沙:岳麓书社,1987。

③ 胡适:《逼上梁山——文学革命的开始》,《中国新文学大系·建设理论集》,第6页,上海:良友图书印刷公司,1935。

新文化运动。胡风后来所概括的“五四运动,是一个革命,而且是一个‘世界运动’性质的革命”,[①]确是十分精辟地道出了“五四”新文化运动的实质。

二

按照“五四”留学生作家群不同的留学地点和文化色彩,这一大作家群体可大致细分为日俄留学生作家群、英美留学生作家群与法德留学生作家群,它们具体的群体特征又是有所不同的。

日俄留学生作家在“五四”留学生作家群体中是数量远占上风的作家群。据顾凤城1934年编撰的《中外文学家辞典》修订版所录中国现代作家217名,其中曾留学日俄的为53名,约占总数的24.4%,这个比例数是相当可观的。而且,日俄留学生作家群中的著名作家,如留日的周氏兄弟、陈独秀、郭沫若、田汉、郁达夫以及稍后的周扬、胡风等;留俄的瞿秋白、蒋光慈等,都曾在中国现代文学史上产生过很大的影响,有的还成为当时左右文坛的风云人物。日俄留学生作家的创作和文学活动在一个相当长的时期内成为新文学运动的主流。研究这个作家群体,对于剖析中国现代知识分子,考察新文学创作的成败得失具有极其重要的意义。

日俄留学生作家的社会经历都是十分坎坷的。他们或者是已经家道中落的富家子弟,如周氏兄弟、瞿秋白;或者是出身于处在风雨飘摇中的社会各中下阶层,如郁达夫的父亲当过塾师和县衙门职员,郭沫若出身于一般地主兼商人家庭,田汉的父亲为富裕农民,蒋光慈出身于小商人家庭。他们由小康之家一下子被抛到社会风尘中,遭尽世人白眼,自幼在心灵中产生一种深深的耻辱感和压抑感,所以这一批作家的思想感情都极其敏感激烈,个性特征也较突出。他们离家游学,只是为了学技谋生,因而这批作家当初几乎都不是搞文艺的。他们留学时的经

---

① 胡风:《为了明天·从只有荆棘的地方开辟出来的》,《胡风评论集》下集,第229页,北京:人民文学出版社,1985。

济来源仅靠有限的官费或朝不保夕的接济,切身感受到生计的压迫。在国外他们作为弱民族的穷学生,受尽民族歧视;返国后他们又为生计到处奔波操劳,深感社会现实的黑暗和不合理,所以他们对于社会现实和统治者怀着强烈的逆反与抗拒心理,思想情绪较为激进,对社会新思潮新事物极其敏感,行为方式充满叛逆性。上述精神特征和心态具体体现在他们的文学活动和作品中。他们从事文学活动出自一股强烈的使命感——将文学创作视作改造社会或解放自我的工具,以先进的思想与艺术的传播者、前驱者和斗士自居;他们大都带着自觉的理论意识进行创作,从而显示出鲜明的文艺思潮和艺术流派的特征。从总的创作倾向看,他们的作品中往往忽隐忽显地闪烁着理想主义的色彩。鲁迅在《药》中为夏瑜的坟添上一只花圈;郁达夫在《迟桂花》身上流露出青春的希望;蒋光慈为王曼英安排了“冲出云围”的结局。即使在他们浓烈的悲凉、零余的颓唐以及血与火的诅咒的作品的底里,也透出理想主义的亮色。

应该指出,日本留学生作家对于西方文化的吸收是经过日本文化的中介的,因此往往打上了当时尚未充分现代化的并带有一定封建色彩的近现代日本文化的烙印。鲁迅留日时“想往德国去”①,郭沫若在日本选学德文,都含着很深的意味。十月革命后留俄的作家正逢当时文坛“无产阶级文化派”、“拉普”等极“左”文艺思潮泛滥一时,其文艺思想自不免有所沾染。这就使日俄留学生作家的文化构成带有某种先天的不足和缺陷,并渗透在他们的文学活动和作品中,造成了我国新文学运动发展的曲折和坎坷。

英美留学生作家群在我国新文学史上是一个长期遭贬抑的重要的作家群。这一作家群体集结了我国上层知识分子的社会精英。史实说明,我们现代史上的英美留学生文人群,对我国的文艺、学术和科学事业都曾作出过扎扎实实的卓越的贡献。对这个由于众所周知的原因而为我们的文学史家所忽视的作家群体,应对其重新研究并给予公正的

---

① 鲁迅:《集外集·俄文译本〈阿Q正传〉序及著者自叙传略》,《鲁迅全集》第7卷,第83页。

评价。

英美留学生作家一般都生活在中国中上层社会圈。他们有的出自官宦巨商家庭,如徐志摩的父亲是大地主兼富商,胡适、林徽因、冰心为官宦之后,方令孺、柳无忌出自名门望族,他们与中国上层社会的政界、商界和文化界的知名人物有着千丝万缕的社会关系。英美留学生出国前大部分在清华、燕京等外人所办的学校中接受过系统的西式教育,出国后又在作为资本主义世界核心的英、美两国长期留学,所以他们是现代中国最为充分地"西方化"的知识分子,即所谓的"民主个人主义者"。作为英美基本文化精神的新教伦理,实证主义的思维方式和实践方式,以及"自由、平等、博爱"的社会理想,潜移默化地影响着这一批知识分子,成为他们的人格精神、艺术气质和行为方式的有机构成。回国后面对动荡黑暗的社会现实,这批英美系文人的社会理想和抱负无法得到充分施展,他们西方式的文化意识与生活方式又与贫困落后的国内实际状况存在着极大的差距,从而内心充满着惶恐情绪与忧患;但他们具体的生活和工作条件毕竟是相对安定和宽裕的,从总的倾向看,他们的思想色彩往往是温和的,大部分人都潜心于自己的专业。

上述的精神特征和心态都具体体现在英美留学生作家的文学活动和创作中。一般说来,他们的文学观念都带有渐进稳健的文化色彩。令人感兴趣的是,陈独秀和胡适这两名新文化运动发难者的思想倾向和思维方式相反相成,在推进新文化运动时呈现一种互补的态势。当陈独秀致力于激烈的战略口号的提出与论证时,胡适则埋头思考具体的战术步骤和实际问题的解决。他从新思想、新文学的载体——白话文和文学形式的革新入手来实施"文学革命",并辅之以新的学理与思维方式的引进——即渐进的"历史的文学观念论"和实证主义的方法。当文学形式的革新取得进展时,胡适又借宣传"易卜生主义"来提倡一种"最要紧的还是救出自己"的"健全的个人主义",以此作为文学革新的内容。[1] 新文化运动后期胡适又倡导"整理国故",以扩大"文学革

① 胡适:《中国新文学大系·建设理论集·导言》,第28页。

命”的文化基础,缓和文化断裂的趋势。这种渐进的实证的文学观念和专门化的文学活动,在英美留学生作家中是较为普遍的。闻一多、徐志摩对于新诗格律的试验;熊佛西、余上沅对于“国剧运动”的提倡;洪深、丁西林的话剧创作;梁实秋、邓以蛰的新古典主义文论,这些都对中国新文学的艺术发展作出了重要的贡献。然而在社会矛盾、民族矛盾极其尖锐复杂的旧中国,英美留学生作家的一些不合时宜的文学主张和文学活动,都带有浓重的书斋气息和学院风格,显示出他们与中国社会现实的隔阂。他们的作品,如陈西滢散文的绅士风度、凌叔华小说的闺秀气质、邵洵美诗歌的浓艳格调,都具有贵族化的倾向。

与日俄、英美留学生作家群相比,法德留学生作家的人数是较少的。除了1920年前后一批中国青年知识分子先后赴法、德勤工俭学外,中国的法德留学生并不像日俄、英美留学生那样规模大、人数集中。法、德留学生作家的社会成分是较为复杂的,像刘半农、宗白华都是成名后去法、德深造的;但大部分法德留学生作家——如李劼人、李金发、巴金及稍后的戴望舒、艾青——都是些艺术气质较强的生活无靠或失学、失业的都市文学青年。他们在异国一边工作一边求学,学业十分艰难,所以这部分留学生作家一般思想较为急进,情绪激烈而易波动,具有很强的“波希米亚”的人格独立精神和拉丁区现代都市艺术家的气质。法国是西方文艺思潮的传播中心,德国是近、现代西方哲学和文艺大师的渊薮,在中国现代作家中,这部分留学生作家是最为强烈地感受20世纪先锋艺术熏陶的一群。

法德留学生作家是西方现代主义文艺在中国传播的中介。我国现代文学史上的两次象征派诗歌运动以及稍后的新感觉派小说创作,都是以他们为核心而推动的。在文艺思潮上,他们常常与左翼激进的文艺思潮相接近,但相互间也不时发生思想观点和艺术主张上的矛盾和冲突。法德留学生中的大多数对传统文化已有相当的隔阂,其创作的叙述方式和语言系统欧化的程度甚深。他们的作品在中国现代都市青年中拥有较大的读者群,但在充满战乱和动荡贫困的中国,其表现对象、审美倾向和创作方法对于更多的读者来说,犹如十字街头象牙塔顶的霓虹彩灯,虽五光十色变幻多姿,却只能翘首远观,可望而不可即。

如果说英美留学生作家的创作带有古典的沙龙化的贵族倾向，那么法德留学生作家的创作则带有现代的都会化的欧化倾向。当然这只是指一般的具有代表性的特征而官，在现实中，各个作家群体都有自己的例外，这是不言而喻的。

三

日俄、英美、法德三个留学生作家群的总体特征显示了中国现代知识分子在西方文化撞击下的三种基本的反响。日俄、英美留学生作家的动向体现了他们对中国现代化途径的不同选择。在进行文化选择时，日俄留学生作家是站在群体的本位上，他们坚信只有改造整个社会、改造全体国民才能使自身得到解放；英美留学生作家则是站在“个人主义的人间本位”上，他们借易卜生的话语宣扬一种“健全的个人主义”：“你要想有益于社会，最好的法子莫如把你自己这块材料铸造成器。”[①]正因为这种根本立足点的歧异，他们的行为方式体现了截然不同的价值取向。日俄留学生作家显示出一种急进的思想倾向，他们努力于探寻改造中国社会的终极因素，并主张通过激烈的方式实施彻底的社会—文化改造方案，他们的价值观念是理想主义的。英美留学生作家显示出一种渐进的思想倾向，他们努力于研究具体的中国社会—文化改造方案，并通过一个个问题的实际解决来逐步实现中国的社会—文化改造，他们的价值标准是实验主义的。在文艺领域，日俄留学生作家提出完整的平民主义的文艺理论，把文艺创作视为启蒙、发动和改造民众的工具；英美留学生作家则倡导“精神的贵族主义”的种种文艺主张，把文艺创作当作保持自身心灵自由、表现自我真率性情的独特天地。应该说，日俄与英美留学生作家的文化观念都是进化的，但由于立足点的歧异而显示出根本不同的倾向。法德留学生作家的文化意识就其主要方面来说是“超前”的，而“超前”的未必就是先进的。他们将西方已充分现代化的都市文化移植到中国的黄土地上，在连批判现实

① 胡适：《中国新文学大系·建设理论集·导言》，第28页。

主义文艺尚未有充分发达的形态的中国文化环境中,先验地倡导现代西方前卫文艺。由于中国本土文化具有很强的涵化能力,而中国现代作家的深层心理结构与一般读者的文化心态尚滞留于古典期,所以几十年的中国现代文学虽浓缩了西方文艺几百年的路程,从古典主义至现代主义俱呈现一过,但并未出现如拉丁美洲“爆炸文学”那样的具有世界性影响的独特的艺术流派。上述中国现代知识分子的三种不同文化选择,是值得我们比较和反思的。

李泽厚认为,中国现代知识分子至今尚未出现世界性的思想巨人和文学巨人。[①] 他所指出的这一文化现象应与领导或参加“五四”新文化运动的中国留学生作家群自身的弱点联系起来考察。从客观的文化条件看,中国留学生作家不像西方的近、现代作家能够从容地在世界各个文化中心求学、游览和写作,这样就难免限制了留学生作家的文化视野,他们的文化意识往往为所留学的国度所囿,审美意识和创作方法无法踞于全人类文化精华的制高点,再加上近代中国落后的文化、贫困的经济和黑暗的政治环境严重地阻碍了中国现代作家创造天才的发挥,这是历史的缺憾,也是历史的必然。从主观因素看,“五四”留学生作家在对传统文化进行批判时虽具有极其深刻而切实的批判意识,却采取了一种整体观的思维模式,他们把中国传统文化视为一个有机整体而予以全部否定,从而使以后几代知识分子在文化传承过程中形成了断裂。[②] 这样,中国传统文化在“五四”时期虽遭到巨大冲击,但未能完成创造性的转变而继续原封不动地残存在中国现代知识分子的深层意识中。中国新文学运动屡遭坎坷而封建主义的怪影长期仍在游荡,对于这一些现象自然可以从各个方面进行反思,但中国现代知识分子对自身的反思却是第一义的。

一个多世纪以来,我国始终处于由传统社会向现代社会过渡的进程中,现代中国一代又一代的知识分子都只是这个大历史时代的“中

① 李泽厚:《中国现代思想史论·后记》,《中国现代思想史论》,第 344 页,北京:东方出版社,1987。

② 参看林毓生著《中国意识的危机》,贵州:贵州人民出版社,1988。

间物”。在这一广阔的历史视野中,“五四”留学生作家还只是中国现代文化改造和文化建设的前驱。继承“五四”,超越“五四”,是我们这一代知识分子的历史任务,我们应该奋然前行。

1989 年 1 月

(原载中国现代文学研究会编《在东西古今的碰撞中——对“五四”新文学的文化反思》,中国城市经济社会出版社,1989)

中国现实主义新诗艺术发展考略

江锡铨

现实主义文学一直是中国现代文学的主流。对于这一点，恐怕现在已很少有人再提出异议了。文学史发展表明，在中国现代文学发展的前30年中，现实主义文学的作品，明显地多于其他思潮流派。与之相应的理论研究成果，也相对地显得丰富与深厚。但使人稍感意外的是，这些研究往往明显地侧重叙事文学尤其是小说，而有意无意地简化乃至忽略了对于现代诗歌现实主义艺术发展的考察与探讨，以致在丰富的现代文学研究成果中，竟很难找到一篇集中探讨新诗现实主义艺术方法的论文。诚如一位学者所说，关于诗歌现实主义创作方法的研究，“夸大地讲，这似乎是一部还没有打开的书”①。

这种状况应当改变。否则，我们就很难比较全面完整地认识和把握中国新诗与中国现代文学。

一

新诗现实主义发展“这部书”之所以迟迟没有打开，除了总体研究的水平差异之外，更主要的恐怕还在于这项研究面临颇为棘手的理论难题。

作为人类理性发展的一定阶段所产生的艺术创作方法的现实主义，经过欧洲文艺复兴之后几个世纪艺术实践而形成批判现实主义运动。现实主义的创作方法，主要是从资本主义社会的史诗——小说中概括、抽象出来的。恩格斯著名的关于现实主义的定义，也是从一部小说作品的精辟分析入手进行阐发的。这样，现实主义与叙事文学尤其

---

① 参见吕进《新诗文体学》，第154页，广州：花城出版社，1990。

是小说创作，似乎有着一种天然的联系。而诗歌文学——这里主要指的是抒情诗——强调自我表现，强调主观性，主要通过情感抒发，通过内心世界的揭示"折射"社会生活特征的文体特点，与强调真实再现，强调客观性，主要通过典型环境刻画，通过典型形象塑造来反映社会生活规律的那种美学特征，似正相反。正是由于文体的这种较大差异，在诗歌文学中发现并阐明主要是从小说创作中抽象出来的那种艺术方法原则，不能不遇到较大的困难。

然而文学、诗歌的艺术发展史却告诉人们，作为一个历史时期的文学主潮，现实主义并没有绕过这个时期的任何一种重要的文学体裁。在中国，我们读胡适、蒲风、臧克家、田间、艾青、李季的诗歌，总是可以品鉴出与郭沫若、徐志摩、李金发、戴望舒的诗作不完全相同的意味。如果我们认为郭沫若，徐志摩的诗歌主要体现了浪漫主义的创作原则，李金发，戴望舒的诗作主要沿用了象征派的艺术方法的话，那么，我们就不能不承认，前述胡适等人的诗歌却有着相对一致的现实主义的艺术倾向。本文就打算对于中国新诗中的现实主义的艺术发展，做一个简略的考察。

对于新诗现实主义的理论说明，需要兼顾诗的文体特殊性与现实主义的一般原则。不同文体的差异是客观存在，是不容忽视的；但是也不宜把这种差异绝对化。任何文学类型、文学体裁的划分都是相对的。诗与小说两种文体，既有差异，对立之处，又有相通之处。对于文学创作，任何文体都需要主客观的相对统一。诗歌文学虽然有更鲜明的主观倾向，但归根结底仍然是客观现实的曲折反映。而小说创作尽管强调再现现实生活的真实图景，但这种再现也并不是镜子式，照相式的机械模拟，在艺术反映的过程中已经渗入了作家的主观因素。诚如列宁所首肯的，德国哲学家狄慈根的一段话中所说，"幻想概念取自现实，而关于现实的最最正确的概念，必须呼吸着幻想才能活跃起来"[①]。大约也就在这个意义上，黑格尔提出了"最丰富的东西是最具体的和最

① 转引自钱中文《现实主义和现代主义》，第70页，北京：人民文学出版社，1987。

主观的"[1]这一著名的美学命题,"最具体"与"最主观"的普遍美学规定,在一个特定的艺术层面上,在不同的文体例如诗与小说的创作中,是可以统一的。这就是人类文学艺术发展中值得探讨的一种规律。我们就以此来探讨新诗中的现实主义问题。

现实主义诗歌创作也遵循典型化原则,也真实地再现典型环境中的典型性格。但由于不同的文体特点,又使它不完全等同于小说的现实主义艺术方法。一般说来,现实主义诗歌所塑造的典型形象,往往不是作品中的人物(如果作品中有人物出现的话),而是诗作的抒情主人公。借用苏联文艺理论家波斯彼洛夫的说法,这个通常以第一人称在诗歌作品中出现的抒情主人公,"是一种特殊的文学典型"[2]。这种文学典型的特点是:常常没有姓名,没有清晰的肖像,身世经历与具体活动一般也比较模糊——当然也有例外,比如自传体或自画像式的抒情诗。

现实主义诗歌反映生活的方式,是通过对抒情主人公精神情感活动的揭示,在这种揭示中反映和揭示社会现实。由于抒情诗篇幅的相对短小,以及情绪、情感活动的片断性,作为文学典型的抒情主人公,通常不是由一首诗,而是由多首诗塑造的。一首诗或几首诗分别表现抒情主人公的一个情感世界的侧面。比如胡适的一部《尝试集》中的大部分诗篇,就塑造了一个"五四"时期由旧到新,接受了西方进步文化思想的影响,有着一定民主解放要求的知识分子形象,揭示这样一个知识分子的心灵世界。诗集中的《蝴蝶》、《鸽子》、《一颗星儿》等,表现了抒情主人公对于自由的礼赞和追求解放的孤寂;《威权》、《一颗遭劫的星》等,表现了他争取民主的勇气与决心;《湖上》、《晨星篇》等,表现了他对于真诚友谊的忆念与渴慕;《人力车夫》表现了他的人道主义思想;《一念》表现了他以科学精神对比情感活动;而诗集中那些未脱尽旧诗窠臼的"白话词",则又显露了他心灵深处旧文化的"胎记"。由于这个抒情主人公在一定程度上代表着"五四"时期一些具有民主主义

① 黑格尔:《逻辑学》下卷,第549页,北京:商务印书馆,1976。
② 波斯彼洛夫:《文学原理》,第137页,北京:三联书店,1985。

思想的知识分子的思想情绪，在有些诗篇中表现了这种思想情绪与“五四”时代环境的联系，因此，通过他的精神情感活动，我们可以约略窥见“五四”时代社会生活的一些内在特征。作为中国现实主义新诗的身手初试，《尝试集》已经体现了一些迥异于旧诗，也不同于其后出现的《女神》的美学特征。《女神》是辉煌的，但并不能代替、也不能覆盖《尝试集》。作为不同诗歌潮流的源头，《尝试集》有它自己的河床与流域：尽管是相对狭窄的。

同样，臧克家最初的两部诗集《烙印》与《罪恶的黑手》，也塑造了一个生于农村，长于学校，接受了包括马克思主义在内的进步思想影响，经历了20年代社会大动荡的，激进青年知识分子形象。诗集中的《难民》、《老哥哥》、《炭鬼》、《神女》等诗，表现了抒情主人公对于各种类型的下层劳动人民悲苦命运的感愤与思考；《希望》、《烙印》，《生活》等诗，抒写了他对生活内容、意义与目的的体察与探寻：《忧患》表现了抒情主人公对于民族危机的感同身受：《罪恶的黑手》抒写了他对帝国主义者的文化侵略、精神奴役的猛烈抨击；《不久有那么一天》则表现了他在绝望中寻求希望，寻求理想，憧憬未来等感情、愿望。这两部诗集所塑造的抒情主人公身上，集中了那个时代革命的、进步的、不甘沉沦的一代青年知识分子的一些重要精神特征。他的丰富与开阔的精神世界的充分展示，为我们从社会心理的层次，更深入地理解30年代初的中国社会生活，理解为外忧内乱，频仍灾异所困扰的中国社会生活的本质特征，提供了一个美学契机。臧克家的这两部诗集，为中国现代文学史和新诗史提供了前所未有的诗歌文学的典型，它们的地位与贡献也同样是不可替代的。

按照一些文学史家的归纳，抗日战争爆发之后，艾青写出了两个系列组诗，即包括《雪落在中国的土地上》、《手推车》、《北方》、《乞丐》、《我爱这土地》等诗作的“北方”组诗，和包括《向太阳》、《吹号者》、《解冻》、《老人》、《火把》等诗作的“太阳”组诗。艾青以这两个系列组诗，塑造了一个面对艰苦卓绝的民族解放战争，怀着极大的悲愤与深沉的忧郁走上战场，又终于步出忧郁，走向阳光普照的大地，把自己融会到抗战的时代大潮中去的抒情主人公形象。“北方”组诗着重表现了抒情主人公对于残酷的战争所带来的深重灾难的体味，抒写了他对于我们民族的前途命运的无法排遣的忧虑，以及在低抑的情感深处所回旋、所激荡着的民族自豪感、英雄气概和必胜信念。“太阳”组诗则着重揭示了抒情主人公追求光明的火热情怀，抒写了他对昂扬向上的民族精神在抗战炮火中得以复苏的无比欢欣，以及他对这场伟大的民族解放战争与整个近、现代世界革命有机联系的艺术思考。“北方”组诗表现了抒情主人公的忧郁、沉思与悲哀；“太阳”组诗则表现了抒情主人公的热情与勇毅。这个抒情主人公所表现的，正是那个时代的中国人民，尤其是那一代甘愿以自己的血肉筑成御敌长城的“中国的脊梁”们的典型精神世界。作为一个正面形象的文学典型，艾青的诗歌所塑造的这个抒情主人公，在那一时期的文学创作中恐怕是无与伦比的。而且，即便是在艺术性与审美价值的层面上，比起整个抗战时期小说作品所创造的典型形象，如华威（张天翼：《华威先生》）、赵惠明（茅盾：《腐蚀》）、白酱丹（沙汀：《淘金记》）、杨老二（巴金：《憩园》），陆萍（丁玲：《在医院中》）、李有才（赵树理：《李有才板话》）等，艾青的抒情主人公也毫不逊色。

抒情主人公常以第一人称在诗中出现，但这个“我”并不就是诗人自己。抒情主人公与社会生活中的诗人当然会有千丝万缕的联系，但作为一个文学典型，抒情主人公又只能是诗人艺术创作活动的结果：在这一点上，诗人与他的诗作中抒情主人公的关系，和小说家与他的小说中人物形象的关系，并没有什么不同。如同小说家不能机械模拟、复写现实生活细节，在创作活动中必须对生活真实进行审美改造一样，现实主义诗人也不能把自己的精神情感活动原原本本地转移给抒情主人公。在进入艺术创造过程时，诗人须将个人的情绪、感受改造成为能够被普遍接受、理解的审美内容，这就势必要有所取舍、有所创造。由于个人经历，尤其是个人情感历程的不可重复性，由于诗人对于情感活动艺术处理方式的独特性，生活在同一历史时期的诗人，尽管其中一些人的身世、经历、教养乃至气质都可能会有不少相似之处，但所塑造的抒情主人公却不会雷同。那些有胆识、有才华、锐意创新的诗人，则可以充分利用诗歌文学直接感知、直接表现内心世界，这种感知与表现又是出以十分独特的“个人”方式这一长处，通过刻苦的艺术实践，创造出集中了一个历史时期社会心理特征的“这一个”抒情主人公。

一般说来，现实主义诗歌的抒情主人公多属于普通人形象。他们的特点是贴近现实生活，贴近生活在现实中的广大读者。这与浪漫主义诗歌或“象征派”、“现代派”诗歌的抒情主人公有较大的差别。浪漫主义诗歌的抒情主人公，往往是神化的或被夸大的个人形象；“象征派”、“现代派”诗歌的抒情主人公，则往往是一些高深莫测的神秘人物。当然，各种诗歌的抒情主人公都有其独特的审美价值，都以自己独特的抒情方式曲折地反射现实生活。与普通人形象的抒情主人公相联系的，是创造这种特殊文学典型的特定艺术过程。在这一过程中，诗人也同样必须遵循严格的现实主义典型化原则：再现典型环境中的典型性格。只是这种“再现”须同时兼顾诗歌的文体特点，突出人物性格的一些具体层面。如果我们把典型性格看作主人公心理世界以及个性特征的总和，那么无论是诗还是小说，实际上都无法写出“总和”的全部。如果说，小说创作所再现的典型性格，相对说来侧重于主人公的理性世界及行为特征的话，那么，诗歌创作所表观的是与抒情主人公的命运有着因果联系的情感世界。这也同样应当认为是一种典型性格：一种特殊的典型性格。在这个意义上，也许可以说，现实主义文学的典型化原则，在诗歌中比较突出表现为再现典型环境中的典型情感、典型情绪。也就是说，现实主义诗歌所创造的文学典型——抒情主人公的审美价值，相对集中于他（或她）丰富深邃的情感世界之中。

现实主义诗歌也同样需要认真处理典型环境与典型性格的关系。由于诗歌文学的抒情性特点，诗中典型环境的刻画，一般是通过曲隐的，间接的、暗示的、“写意”的艺术表现来完成的。“细节真实”在这里主要表现为对于典型环境的细腻感受、体味，而不是像小说或其他叙事文学那样具体细微，乃至纤毫毕现的生活场景描绘。诗人们所再现的典型情感（典型性格），也与以独特的艺术方式所概括、所刻画的典型环境有着深刻的、密切的因果联系。

在理论探讨的引导与艺术实践的推动下，现实主义诗歌也形成了一些与自己的创作原则相适应的艺术技巧。不过相对来说，艺术技巧往往既带有思潮流派的个性，又更注重服从文体的特殊美学规定。也就是说，一种艺术技巧有可能为不止一种流派的相同文体的创作所采用。如同现实主义小说所首创的横断面式结构，特定观察者的叙事角度等常被浪漫主义或现代主义小说所采用，而心理分析、意识流等现代主义小说广泛使用的某些技巧也可以深化现实主义作品一样，现实主义诗歌也并不拒绝浪漫主义诗歌所擅长的奇特的艺术想象，并不拒绝象征主义诗歌大量使用的“感觉移借”（即“通感”或“联觉”）、“思想知觉化”等艺术手法。中国现代文学发展史表明，诗歌领域中不同流派之间的艺术交流与融会，是最为活跃的。要划定一种现实主义诗歌的“专利”技巧或手法，将是十分困难的。这也许正好印证了现实主义文学历史发展的基本特点：不断兼收并蓄其他流派所创造、所习用的艺术技巧，以更深刻、更完美地塑造文学典型。

当然，这种兼收并蓄需要经过“主体”——典型化原则的选择与改造。臧克家通过《冬》这首小诗，把对于国民党反动派的愤懑，“知觉化”为“今年，胜利后的第一个冬天，/夜最长，也最寒冷”的深切感受；化铁以暴雷雨喻示期待中的人民革命，通过奇特的艺术联想，把暴雷雨描绘成为“一长列的保卫天的真实的铁甲列车”、“沉闷的电子磨着牙齿”（《暴雷雨岸然轰轰而至》）。他们都成功地移用了象征派与浪漫主义诗歌常用的手法，但并没有改变诗作本身的现实主义属性。由于服从与体现了典型化原则的艺术需要，这些技巧实际上已经成为诗人们自己的现实主义创作方法的一个有机组成部分。这种艺术技巧的“共用”，有点像化学上的“同分异构”现象：某些化合物如甲醚和乙醇的分子，由同样种类、同等数量的原子构成，有着相同的分子式，有着相近的物理性质；但这些原子的排列方式不同，又有着不同的结构式，因此有着不同的化学性质。文学的、诗歌的“化学”则告诉我们：由于一些艺术手法虽然可以“共同”，但须服从、服务于不同的创作原则，须按各自的创作原则“排列组合”，所以这些使用过某些相同艺术手法的诗歌，也会有相同的“物理性质”——诗歌文学的文体属性；与不同的“化学性质”——分属不同思潮、不同流派的诗歌创作。

注重情感世界的典型化；通过再现典型环境中的典型情感塑造特

殊的文学典型——抒情主人公;尽可能开阔地采用各种各样的诗歌艺术技巧,以形成严格的典型化原则与丰富多样的美学风格的辩证统一:这些,也许可以看作是以抒情诗为主体的我国新诗现实主义创作方法的主要内容。

二

1908 年,鲁迅在日本写了《摩罗诗力说》,热情地评介了欧洲各国的"摩罗诗人"即 19 世纪激进的浪漫主义诗人,企盼着中国早日出现这样的"精神界之战士",以"雄桀伟美挑战之声","来破中国之萧条"[①]。如同法国大革命之后的 19 世纪初,"只有浪漫主义的诗作,才能像史诗那样成为整个周围世界的一面镜子,成为时代的反映"[②]一样,中国"五四"新文化运动时期,大约也只有大海一样常动不息的浪漫主义诗篇,才能成为这个伟大时代情绪的反映。于是,艺术上师承拜伦、雪莱、歌德、惠特曼的郭沫若异军突起,以他的《女神》等诗作回报了鲁迅的也是历史的期待。这不仅表现在作品中所宣泄的感情——炽热如《炉中煤》,阔大如吞日噬月的《天狗》,豪迈如《立在地球边上放号》;也不仅表现在作品运用的艺术想象的奇幻新颖——"轮船的烟筒开着了黑色的牡丹是'近代文明底严母';太阳是亚波罗坐的摩托车前的明灯;诗人底心同太阳是'一座公司底电灯'"[③];更重要的是作品的抒情主人公具有浪漫主义诗歌的普遍特点:与众不同。他或者是神话人物,如凤凰、天狗;或者是神化人物,如能够《立在地球边上放号》,能够从自然景观中提取"力",能够将五洲四海调集眼前,向它们辐射《晨安》。诗人以无限扩大的自我,向显得狭小、沉滞的客观世界挑战,揭示了抒情主人公的理想、热情、信心。而这种情绪表现,恰恰对应了那个时代向往人民自由解放,祖国民主富强的普遍情感。确如闻一多所

① 《鲁迅全集》第 1 卷,第 100 页,北京:人民文学出版社,1981。

② 弗里德里希·施莱格尔:《德国浪漫主义文学理论》,转引自鲍·苏奇科夫《现实主义的历史命运》,第 99 页,北京:外国文学出版社,1988。

③ 闻一多:《女神之时代精神》,《闻一多全集》第 3 卷,第 356 页,北京:三联书店,1982。

说,《女神》"不独喊出人人心中底热情来,而且喊出人人心中最神圣的一种热情"[①]。

这样,由《女神》所引领的浪漫主义新诗潮,便一举赢得了读者群众,迅速成为初期白话诗的主流,开始了为期十年的中国新诗浪漫主义时期。如同欧洲19世纪初期的浪漫主义诗歌,为其后兴起的批判现实主义文艺运动提供了重要的艺术准备一样,20世纪20年代《女神》所引领的中国浪漫主义新诗潮,为以后的中国现代诗歌,尤其是现实主义新诗的艺术发展,也提供了重要的、不可或缺的美学经验。因此,在一定的意义上也许可以说,没有这一时期浪漫主义的滋养与"催化",就没有其后丰富的、成熟的现实主义。

然而,在《女神》出现之前,这一深刻的艺术辩证法并没有为"初潮"时期的现实主义新诗所发现。新诗最早的"尝试"者,"初期白话诗派"领袖人物胡适的经典性理论主张"八不主义"[②],主要师承了英美意象派诗歌的"六原则"[③]。作为一个影响不很大的现代主义诗歌流派意象派,正是从反对浪漫主义起步的[④]。这一美学倾向似乎也和"六原则"一起为胡适所接受。"五四"时期,胡适在大力张扬正视现实、揭示黑暗的"写实主义"(现实主义的旧称)的同时,却以贬斥的口吻论及浪漫主义:"盲目的理想派文学"[⑤]。或许正是由于缺乏对"理想派文学"所创造的艺术表现方式的借重,只是一般地强调写诗须用"具体的做法"[⑥],胡适与其他初期白话诗人的创作,在坚执现实人生吟唱的清新、质朴之外,又难免带上一些平泛、滞重乃至粗滥的弊病。这样,就必然为后起的浪漫主义诗人所诟病。

---

① 闻一多:《女神之时代精神》,《闻一多全集》第3卷,第360页,北京:三联书店,1982。

② 胡适:《文学改良刍议》,《新青年》第2卷第5号。

③ 参见《〈意象派诗人〉(1915)序》,彼德·琼斯编《意象派诗选》,第158—159页,桂林:漓江出版社,1986。

④ 参见赵毅衡《意象派简介》,《西方现代派文学问题讨论集》上册,第20页,北京:人民文学出版社,1984。

⑤ 胡适《易卜生主义》,《新青年》第4卷第6号。

⑥ 胡适:《谈新诗》,《中国新文学大系·建设理论集》,第308页,上海:良友图书公司,1935。

诗歌创作上差不多与郭沫若同时起步，主要接受了英国19世纪诗歌——拜伦、雪莱、济慈的浪漫主义诗歌及其余绪维多利亚时代诗歌影响的诗人闻一多，是20年代另一支浪漫主义队伍——“新月诗派”的领袖人物和重要理论家。闻一多在他对初期白话诗的“抽样分析”——俞平伯的诗集《冬夜》的批评中，正是以浪漫主义诗歌的艺术经验，对比、总结中国新诗现实主义初潮的成败得失。闻一多认为，“幻想”（即艺术想象）与“情感”，是诗的音节之外的“两个更重要的质素”。然而前者“在中国文学里素来似乎很薄弱。新文学——新诗（指《尝试集》、《冬夜》等初期白话诗——引注）里尤其缺乏这种质素”；而后者在《冬夜》里“也不是十分地丰富”，其“热度”是很有限的[①]。在闻一多看来，浪漫主义诗歌所推重的艺术想象与充沛激情，是《冬夜》，也是营养不良的初期白话诗所急需的一副补剂。的确，这一副补剂所包含的诗学养分，不仅为当时幼稚的现实主义新诗所缺乏，而且与注重“内视”，注重抒情言志，注重非逻辑结构的主观体验的诗歌文体特点，似乎有着某种天然联系。任何潮流的诗歌文学欲促进自身的艺术发展，大约都不能无视这些艺术经验。

十年间不断丰富的新诗艺术积累，启发了20年代中期以后开始复苏的现实主义新诗，去认真领会被初期白话诗人们忽略了的艺术辩证法，积极从那一副“补剂”中——从浪漫主义诗歌艺术经验中汲取养分，以强壮自身。当革命诗人蒋光慈走出浪漫的《新梦》，开始走向革命现实主义的时候，他仍然把浪漫主义杰作《女神》当作艺术上、精神上的老师。《哀中国》中的《我是一个无产者》，与《女神》中的《序诗》；《我背着手儿在大马路上慢踱》与《女神》中的《上海印象》，在结构、意象、情调诸方面，都有着许多相似、相近、相通之处。甚至在被他尊为“现在中国唯一的诗人”[②]的郭沫若已经公开“反叛”，不无偏激地宣称浪漫主义是“反革命的文学”，对其“要取一种彻底反抗的态度”[③]的时

---

① 闻一多：《冬夜评论》，《闻一多全集》第3卷，第327、338页。

② 光赤（蒋光慈）：《现代中国社会与革命文学》，上海《民国日报》副刊《觉悟》，1925年1月1日。

③ 郭沫若：《革命与文学》，《创造月刊》第1卷第3期。

候，他仍然坚持认为，革命是需要浪漫主义的[①]。

初露才情便得到鲁迅称许、英年早逝的“左联”青年诗人殷夫，在以《孩儿塔》埋葬了自己“阴面的果实”[②]——浪漫气息较重的诗作前夕，曾以诗句宣称“Romantic 的时代逝了，/和着他的拜伦，/他的贵妇人和夜莺……”，而“要唱一支新歌”[③]。这“新歌”便是被称为“红色鼓动诗”的组诗《我们的诗》、《血字》和长诗《一九二九年的五月一日》等。然而，在这种现实主义抒唱中，浪漫主义的艺术营养并没有与“时代”一同逝去，诗中灼热的情感洪流，与同样炽热的诗的氛围与情境，很容易让人联想到《女神》那熔岩般的诗句；而那个从“五卅”的《血字》中站立起来的抒情主人公的心曲——“我是一个叛乱的开始，/我也是历史的长子，/我是海燕，/我是时代的尖刺”，则似乎与那个“不断的毁坏，不断的创造，不断的努力”的《立在地球边上放号》者，有着艺术精神上的相通之处。

以后，曾经是“左联”领导下的“中国诗歌会”的诗人们，在致力于以“诗歌大众化”为中心的现实主义诗歌运动时，也同样注重借鉴浪漫主义的艺术经验。与蒋光慈、殷夫一样，“中国诗歌会”实际上的“总干事”蒲风，创作上受到《女神》影响的痕迹也是十分明显的。他的第一部诗集《茫茫夜》中，便留下了显然是脱胎于《凤凰涅槃》的《鸦声》。曾经是“中国诗歌会”主要理论家之一的穆木天则提出，有成就的诗人“必须同时地是一个现实主义者和浪漫主义者”。他认为，“新诗的现实主义运动”之所以“没能很好地展开”，其根本原因，恰恰在于“新的浪漫主义的倾向，没有发扬起来”[④]。这一看法，体现了对于前述艺术辩证法的深入理解。穆木天所强调的意思，大约是说，现实主义诗人如要有所建树，必须集其他流派诗歌艺术方法之大成。集大成者方能真正高水平地创新：这应是一条为成功者的道路反复验证的文学艺术史规律。

---

① 参见郭沫若《创造十年续篇》第 7 节，上海：北新书局，1938。

② 殷夫：《“孩儿塔”上剥蚀的题记》，《殷夫集》，第 9 页，杭州：浙江文艺出版社，1984。

③ 载《拓荒者》第 1 卷第 1 期，1930 年 1 月 10 日。

④ 穆木天：《目前新诗运动的展开问题》，《穆木天诗文集》，第 353 页，长春：时代文艺出版社，1985。

与“中国诗歌会”差不多同时登上诗坛的另一位现实主义诗人臧克家，就是一位善于集大成者。臧克家曾多次谈到闻一多、郭沫若，徐志摩等浪漫主义诗人对他的影响[①]，在他的诗作中，也留有上述诗人艺术影响的印痕[②]。他的诗中那种深挚的热情，敏锐的感受，生动的比喻，奇特的想象以及腴润鲜活的笔调，一定程度上是得益于浪漫主义的“浸润”的。不过，他接受“浸润”的目的，只是为了诗作的更加现实主义化，进一步审美化。因此，这种艺术借鉴又只是一种有限的以现实主义为本位的借鉴。比如，对于浪漫主义诗歌习用的奇幻艺术想象的借鉴，为他的诗作增添了不少光彩。他的名篇如《烙印》、《生活》、《运河》、《春鸟》等，都充分利用了想象的“张力”，增大了诗篇的思想艺术容量，但他同时又对这种手法保持着一定的警觉而显得有所节制。他曾苛责自己的一些诗句，这些诗句利用艺术想象编织得十分精致，但稍嫌空泛。他认为运用想象须有诗人对于现实生活的体验为依托，如果“对经验已呼应不灵”而“完全乞求于想象，这是有危险性的”[③]。诗人在借鉴这类早期新诗所匮乏的艺术经验时，是很注意将其“现实主义化”的。如他自己所概括的，他的确是以“带有浪漫主义的情调”，却又“恪守着严格的现实主义创作态度”[④]登上诗坛的。

艺术想象也得到了诗人艾青的关注。在他的《诗论》中，辟有专节论述“联想”和“想象”。这些简赅的字句融合了诗人的敏锐与哲学家的睿智：

> 想象与联想是情绪的推移，由这一事物到那一事物的飞翔。
>
> 有了联想与想象，诗才不致窒死在狭窄的空间与局促的时间里。

但他同时又指出：

> 联想是经验与经验的呼应。

① 参见《臧克家诗选·序》，北京：人民文学出版社，1956、1978；《诗与生活·悲愤满怀苦吟诗》，成都：四川人民出版社，1981；《甘苦寸心知》，成都：四川人民出版社，1982；《克家论诗·新的长征路万千 诗人兴会更无前》，北京：文化艺术出版社，1985。

② 参见拙作《臧克家现实主义诗风浅议》，载《中国现代文学研究丛刊》1990年第3期。

③ 臧克家：《运河·自序》，上海：文化生活出版社，1936。

④ 臧克家：《甘苦寸心知》，第9页。

想象是经验向未知之出发；

想象是此岸向彼岸的张帆远举，是经验的重新组织；①

艾青和臧克家一样，在肯定艺术想象积极作用的前提下，强调“经验”——生活体验的制约作用。他把风想象成为“太悲哀了的老妇”（《雪落在中国的土地上》）；把北国原野上遮天蔽日的沙尘想象成为“土色的忧郁”（《北方》），把手推车的轮辙想象成为“交织着”的“北国人民的悲哀”（《手推车》）。的确，这不只是“情绪的推移”与事物之间的“飞翔”，更是诗人在抗战初期深沉痛切的生活体验的“呼应”与“重新组织”。比之横空出世的“我是一条天狗呀”（《天狗》）或是《立在地球边上放号》，不仅有着艺术风格上的深沉与雄奇、坚执与宏放的差异，而且两位诗人所运用的艺术想象，似乎也不属于同一类型。艾青所运用的，主要是所谓“相似联想”，即依据相似律，依据事物之间的性质、情态，内容等方面的相似而构成的联想，是一种对现实进行大体上合乎情理的“现实想象”；而郭沫若所运用的，则主要是所谓“接近联想”，即依据接近律，依据事物之间在时空上的接近而构成的联想，是一种强调情感贯通而显得主观性更强的“超实想象”。

强调生活体验的第一性，强调驰骋艺术想象必须以生活体验为依托，在艺术想象的运用中主要取“相似联想”这一类型——臧克家、艾青的创作实绩与理论探索所体现的这些艺术特征表明，中国现实主义新诗已经走出“初潮”时期的褊狭，努力吸收、转化不同潮流的诗歌艺术经验，不断丰富与充实自身相对独立的创作方法体系。这样，20年代蓬勃开展的浪漫主义诗歌运动，实际上也为30、40年代现实主义的成熟作了准备。中国文学史似乎重复了19世纪初中期欧洲文学从浪漫主义到批判现实主义的发展轨迹。

三

“五四”新文学是20世纪的文学现象。由于作家诗人们强烈的历

① 艾青：《诗论》，写于1939年冬，第200—201页，北京：人民文学出版社，1980。

史使命感、社会责任感,由于当时反封建的特定历史需要,中国现代文学、新诗最初的自觉选择,是倾向于能够真实地反映现实生活的本来面貌,描绘和预示历史发展方向,但在世界文学艺术史上似乎已有些"过时"的现实主义和浪漫主义的。但同时也接受了萌生于19世纪中叶,确立于20世纪20年代,风行欧美主要资本主义国家的现代主义文艺思潮的影响。这种外来影响与主体相互作用的结果,导致中国也多少出现了现代主义文学的流派。它们的艺术经验,也不同程度上为中国现实主义、浪漫主义文学所借鉴和移用。

对于西方现代派诗歌的翻译介绍,早在五四时期就已经开始进行①。初期白话诗中的某些篇什,例如刘半农的《敲冰》,沈尹默的《月夜》,周作人的《小河》,也都有着程度不同的象征派——西方现代派文学中出现最早、影响最大的派别——意味。但这些都还只是零星的,大多是"妙手偶得"偶一为之的,并没有改变"初潮"时期的现实主义新诗的基本美学面貌。20年代中期以李金发为代表的"初期象征派"的形成,30年代初以戴望舒为首的"现代派"的集结,才从根本上改变了现代诗歌的艺术格局,为现实主义新诗的艺术发展也提供了一个新的、比较完整的参照系。

有志于开一代诗风,有志于设计构筑现实主义新诗宏伟大厦的诗人们,不论其主观情感以至理论认识上如何评价现代派诗歌,其具体审美活动都是不会拒绝这个"参照系"所提供的艺术经验的。比如臧克家,尽管他对于总体的现代派诗歌潮流似无好感,尽管他在提到"象征派""现代派"的时候,总是带着一些揶揄与讥讽②。然而在创作与鉴赏中,他仍常常流露出对于现代派诗风艺术成就的倾心。他在谈到读了前辈诗人闻一多的《死水》和《奇迹》之后的感受说:

> 读了《死水》,我把对郭沫若先生的诗的偏爱减低了。大海的

---

① 孙玉石:《中国初期象征派诗歌研究》,第53—62页,北京:北京大学出版社,1985。

② 这方面的例子如他说:"我讨厌神秘派的诗"(《烙印·再版后志》,上海:开明书店,1934。"神秘派诗",大约是指"现代派"中极端晦涩的诗作),"在象征派诗风吹得乏力时"(《我的诗生活》,重庆:学习出版社,1943);"当'现代派'的风横扫千里的时候"(《十年诗选·序》,重庆:重庆现代出版社,1944)等。

> 波浪固然能撼动人心，现在我却喜欢一多先生“半夜桃花潭底的黑”的深沉与凝练的美了。[①]

按照一些专家的看法，《死水》中的一些篇什与《奇迹》，已经有了明显的现代派意味[②]。臧克家这里所谈到的对于“深沉与凝练的美”的企慕，渐渐抑制了对于“能撼动人心”的海浪的向往的感受。如果从艺术“触媒”的角度审视，似乎可以看作是“理智的静观的”[③]《死水》，及其后“智性与经验的结晶”[④]《奇迹》，促成了现实主义诗人臧克家艺术参借的重心，从浪漫主义向现代派诗风的转移。

这种“转移”深化了诗人的艺术思考，强化了诗人的创作风格，为现实主义新诗增添了新异的光彩。臧克家的名篇《老马》，就有着明显的象征意味。他更多的是利用艺术思辨而不是情感抒发，把个人的生活体验，与发之为诗的审美意象融为一体，从而在一定程度上模糊了抒情主体的确指。而这种模糊，这种“非个人化”的艺术“变焦”，不但反而提高了抒写对象的美学“清晰度”，而且使得整个诗篇由于隐去了诗人自己而有了更大的普遍性，更大的思想容量，因而也就有了更大的现实主义批判力量。这一美学效应，显然是单纯的“有什么话，说什么话”的“具体做法”，或是强化情感，直抒胸臆的手法所无法获取的。此外，现代派诗歌所普遍适用的大幅度的感觉挪移与契合（所谓“通感”或“联觉”）手法的“引进”，亦曾为臧克家的一些现实性很强的诗作，增添了特殊的艺术魅力：

> 歌声，/象煞黑天上的星星，/越听越灿烂，/象若干只女神的手，/一齐按着生命的键。/美妙的音流，/从绿树的云间，/从蓝天的海上，/汇成了活泼自由的一潭。

---

① 臧克家：《诗与生活》，第96—97页。“半夜桃花潭底的黑”为闻一多诗《奇迹》中的诗句，原诗为“我要的本不是火齐的红，或半夜里/“桃花潭水的黑，……”。

② 孙玉石：《〈荒原〉冲击波下现代诗人们的探索》，《中国现代文学研究丛刊》1989年第1期。

③ 沈从文：《论闻一多的〈死水〉》，《新月》月刊第3卷第2期。

④ 孙玉石：《〈荒原〉冲击波下现代诗人们的探索》，《中国现代文学研究丛刊》1989年第1期。

这是他的名篇《春鸟》中表现春鸟歌声的一段诗。诗人撇开了“婉转”、“动听”之类可能难脱窠臼的纯听觉描绘，转而流泻出一连串精美的视觉意象来状写春鸟的啼鸣，其艺术手法的新颖奇特又自然天成，恐怕会令现代派高手们也叹为观止。然而，似乎并没有谁指《春鸟》为“现代派”佳作。其原因就在于诗人对于现代派的艺术手法，也如同对于浪漫主义诗歌的艺术手法一样，只是一种有限的、以现实主义为本位的参借，而不是代替现实主义本身。因此，与我们从现代派诗歌中通常所得到的审美感受相反，这“歌声”不是越来越模糊，越来越缥缈，越来越神秘，而是越来越清晰、越来越沉重、越来越炽热，最后终于引发出抨击时政的愤懑呻唤。于是“美妙的音流”从绿树云间、从蓝天海上又回到了沉默的大地。

艾青的诗作更多地体现了对于现代派诗歌艺术手法的成功化用。不同于臧克家的是，艾青不仅不排斥，而且十分亲近现代派。他曾明确地表示过，他“是欢喜比较接近我们自己时代的诗人们的”[①]，比如苏联的叶赛宁、勃洛克、马雅可夫斯基，法国的兰波、阿波里奈尔，比利时的维尔哈仑这样一些属于象征主义，未来主义潮流的现代派诗人。大约就是由于这些诗人的导引，以及三年法国现代艺术的熏陶，艾青早期的新诗创作带有明显的现代派意味：奇特、交错的意象组合，跨度很大的观念联络，以及在暗示，象征中隐现情绪与感觉的潜流等。加上他这些诗作又大都发表在以戴望舒为领袖的“现代派”主要阵地——《现代》与《新诗》杂志上，因此，在一段时间内，艾青曾被“现代派”诗人们引为同道。

但是，艾青从来就不是一个彻底的现代派。青少年时代开始所接受的革命思想、进步思想的影响，左翼革命文艺活动的磨炼，以及与“比较接近我们自己时代的诗人们”同样受到他钟爱的 19 世纪俄国批判现实主义作家的艺术启迪，都使得他不能不对现实人生给以更深切的关注。这种关注的积淀与审美化，构成了另一类诗作的不同艺术特色。他的成名作《大堰河——我的褓姆》，运用大量写实的意象，表达

① 《艾青选集・自序》，上海：开明书店，1951。

“我”对一个贫苦农妇深挚的敬爱，发出了“给予这不公道的世界的咒语”；在《九百个》中，他借用陈胜、吴广起义的史实，隐指当时轰轰烈烈的土地革命，号召“人们应该祝福他们/胜利，因为他们/才是大地真正的主人！”以后这首诗公开发表，招致“现代派”的鼓吹者杜衡的非议，认为“艾青写《九百个》是没有出息的，应该多写《芦笛》这样的诗”[①]。这表明，现实主义因素使得诗人艾青的美学追求已与“现代派”大异其趣。其实，即便是《芦笛》这样的早期诗作，也难以归入典型的现代派诗歌一流。尽管他引用了法国现代派诗人阿波里奈尔的诗句作为《芦笛》的题记，但诗中却明确表示，要把悲壮的颂歌，献给“粗野的嘶着的/海的波啊”。铁窗里左翼文艺战士所向往的“粗野的嘶着的”海，与“寻梦者”梦寐以求的“深藏着金色的贝一枚”（戴望舒：《寻梦者》）的海，应是不同的一片水域。这种细微的差别，或许正是日后艺术变异的最初“基因”。

其后不久，艾青便步入了他所向往的大海——抗日民族解放战争。他的“芦笛”也以宽广的音域，浑厚的音色，奏出了那个时代最动人的旋律。艾青说过，“最伟大的诗人，永远是他所生活的时代的最忠实的代言人；最高的艺术品，永远是产生它的时代的情感、风尚、趣味等等之最真实的记录”[②]。艾青正是抗战时期中华民族最忠实的代言人之一，他的诗作所抒发的忧郁与激愤，正是那个时代整个民族最真实的情感世界。这情感经过充分典型化的艺术处理，是从战火、硝烟，饥荒，阴霾笼罩下的大地上生发出来的。这忧郁与激愤，是与生活在“死亡的恐怖里”的“蓬发垢面的少妇”（《雪落在中国的土地上》）连在一起的；是与“悲哀的国土”带给我们的“淳朴的言语/与宽阔的姿态”（《北方》）连在一起的；是与“照在我们的久久地低垂着/不曾抬起的头上”的“初升的太阳”（《向太阳》），与“他倒在那直到最后一刻/都深深地爱着的土地上”（《吹号者》）连在一起的——总之，他的诗情是与具象化、意象化的民族与时代紧紧连在一起的。他的诗，可以说是一部形象的，生动

① 骆寒超：《〈落叶集〉再版后记》，《落叶集》，第299页，杭州：浙江文艺出版社，1987。
② 艾青：《诗与时代》，写于1939年7月，《诗论》，第160页。

的、情意化的抗战史。

作为中国现代最杰出的现实主义诗人之一，艾青是集了双重的“异域”——外国诗歌的地域之异与绘画的艺术领域之异——艺术之大成之后，开始攀登他的诗歌创作高峰的。如同他告别了画具之后，所掌握的绘画技艺便逐渐潜移默化为某些特定的诗歌艺术精神与艺术手法一样，他的美学理想远离现代派之后，那些曾为他纯熟操用的现代派诗歌技法，便转而辅佐了他的现实主义诗歌创作。现代派诗歌反对直接抒情，直接陈述，力倡“思想知觉化”，注重意象的创造与组合，通过意象的中介，使诗人的主观情绪客观化、具象化、审美化这样一些艺术经验，为艾青深化他的诗歌现实主义，提供了重要的助力。他的那些真挚的、深邃的、典型化的诗情，往往都是从繁富意象的交错、挤撞中流溢出来的。他的名篇《雪落在中国的土地上》，诗题就是一个中心意象。围绕这个中心意象活动的，有像一个太悲哀的老妇的寒风；前途未卜的马车夫；蓬发垢面的少妇；流亡中的年老母亲；崎岖泥泞的道路，等等。这些意象的交错，展示了中心意象的深厚蕴蓄，酝酿出一种忧郁悲壮的诗意，由抒情主人公——雪野上流浪人群中普通的一员，在监禁中失去青春的诗人抒发了出来：

> 中国的苦痛与灾难，/象这雪夜一样广阔而又漫长呀！

一个简洁单纯的意象，代替了千言万语的直抒或陈述，它本身就是“密度”很大的情感的具象化。通过繁富的意象“组接”，艾青创造了这样的艺术奇迹：没有一声直接的哭泣，然而却是满纸血泪；没有一句直接的呐喊，然而却是通篇雷霆。这就是现实主义诗人艾青借助现代派诗歌艺术经验的“催化”作用所创造的艺术方式。他要求：

> 给思想以翅膀，/给情感以衣裳，/给声音以彩色，给颜色以声音；/使流逝幻变者凝形，/……①

这似乎就是现代派诗歌最重要的艺术经验之一——“思想知觉化”的诗意阐释。《雪落在中国的土地上》正是这样一片“意象化”、“知觉

① 艾青：《诗人论》，写于1939年冬。《诗论》，第232—233页。

化”的抗战情思。只是这“知觉”并非神秘莫测的“象征的森林”，而是我们劳作生息的大地与时代，情思正是从这里升腾起来的：

> 把弥漫在广大的土地上的渴望、不平、愤懑……集合拢来，浓密如乌云，沉重地移行在地面上……
>
> 伫望暴风雨来卷带了这一切，扫荡这整个古老的世界吧！①

艾青“扫荡古老世界”的暴风雨般的诗篇，并非无源之水，它是从那个时代“沉重地移行在地面上”的乌云一样浓密的渴望、不平、愤懑中酝酿出来的。这里所移用的“知觉化”过程，只是为了更充分地刻画典型环境，更生动地凸现典型情感。读艾青的诗，我们感到新异，感到深沉，但这新异与深沉是大地般切实的新异与深沉，是现实主义的新异与深沉。它带着现实主义诗歌一般美学风格的印记：新异，但不怪诞；深沉，但不艰涩。这是一种成熟的、开阔的现实主义艺术的审美特征。

与艾青开阔雄健的现实主义诗风有着直接师承关系的“七月诗派”②，是抗战和40年代，也是整个中国现代30年中最坚韧、最积极、坚持得最久的一个诗歌流派。这个队伍十分壮大的现实主义诗人群，也曾积极吸取现代派诗歌的艺术养分。一位专家以“体验的现实主义”概括现代小说史上的“七月”派的特色，指出这“是一种十分独特的强调激情并十分重视体验的观实主义，是一种突出主体性的现实主义，是一种和现代派有了某种接近的现实主义”③。我以为，这一评价也同样适用于“七月诗派”。由于接近现代派而带来的“强调激情”、“重视体验”和“突出主体性”等美学特征，使得“七月诗派”的现实主义更容易与诗歌文学特定的文体规定相契合。阿垅的那些雕塑般的心灵造像，冀汸的那些赅博简约，警言、箴言般的咏叹，邹荻帆的那些出其不意，平淡中见深挚的咏物小品，以及绿原的那些挥洒自如、行云流水般的长篇政治抒情诗、政治讽刺诗等等，都是以极新异的，但又是诗的艺

---

① 艾青：《诗人论》，写于1939年冬。《诗论》，第212页。

② “七月诗派”的重要成员绿原说过，他们“始终欣然承认，他们大多数人是在艾青的影响下成长起来的”。见《白色花·序》，北京：人民文学出版社，1981。

③ 严家炎：《中国现代小说流派史》，第254、285页，北京：人民文学出版社，1989。

术方式,表现各自抒情主人公的典型情绪。对于现实主义诗歌来说,借重现代派的艺术经验不仅深化了诗作的艺术表现力,而且能够更充分地表现诗歌自身的文体特征。

20年代后期复苏,30、40年代得到长足发展的深沉、浑厚、热情的现实主义诗风,说得上是新诗史中最有光彩的部分之一。它生成于中国现代社会历史的地层深处,挟带着民族解放战争与人民革命"地火"的烈焰,奔涌着那个时代熔岩般的向真、向善、向美的炽热追求。"地火"与"熔岩"造就了一个强大的美学"引力场",使得那些曾为这个"引力场"的建造不自觉地贡献过艺术经验的现代派诗人,又自觉地向这个"场"归依,按照"艾青方式"——现实主义诗歌艺术表现方式塑造这样的抒情主人公:

> 不对人类命运发空洞的预言,不以先知者的口吻说:"你们都跟我来",而是置身在探求出路的人类当中,共呼吸,共悲欢,共思虑,共生死,那样才能使自己的歌成为发自人类的最真实的呼声。[①]

于是,在戴望舒笔下,用残损的手掌抚摸忆念中的祖国版图的志士,取代了准备缢死在情人发丝上的"年轻的老人"(《夜》、《过时》);在卞之琳笔下,那个长久地伫立在荒街上沉思的年轻人(《几个人》),走上了慰问"一切劳苦者"的征程(《慰劳信集》);在何其芳笔下,那个迷恋着"年青的神"(《预言》)的《季候病》患者,也要"去以自己的火点燃旁人的火","去以心发现心"(《生活是多么广阔》)。置身现实生活中的普通人的"角色意识",在一定程度上改造了那些自命不凡的,或落落寡合的抒情主人公。这种"角色意识",或许就是一种现实主义艺术的"场效应"。

作为30年代"现代派"的赓续与新枝,形成于40年代后期的"《中国新诗》派"(即通常所说的"九叶"诗人群)的诗人们,在致力于介绍、"引进"西方诗艺的同时,也曾以现代诗风写出了深刻的现实主义力

---

① 艾青:《诗论》,第208页。

作[①]。当时有人注意到“七月诗派”与“《中国新诗》派”艺术上的某些相通之处，认为一些“七月”诗人的作品“富于思辨性与象征性，是不自觉的现代主义者”，希望他们能与“《中国新诗》派”联手，创造一个“诗的新生代”。如果套用这个说法，我们倒是可以认为，是更多的“不自觉的”现实主义诗人与自觉的现实主义诗人精神和艺术上的“趋同”，汇集成为一股波澜壮阔的中国诗歌文学新潮。

经过30年中几代诗人的辛勤努力，使得主要是在外来文化影响的推动下诞生的中国新诗，呈现出一派潮峰迭起、成果累累、流派分明、方法多样的生动气象。其中的现实主义新诗，表现出了比其他流派的诗歌更旺盛的艺术生命力，更丰富的精神风貌与更广阔的美学包容性。

（原载《中国社会科学》1991年第1期）

① 参见唐湜《九叶在闪光》，第154、148页，《新文学史料》1989年第4期。

“五四”小说理论和科学精神

陈卫平

“五四”时期是一个充满着科学和民主精神的时代。德先生和赛先生这两大旗帜,给中国文学的发展带来了伟大、深刻的历史变革,“五四”小说理论也由此开始了它现代化建设的行程。

“五四”小说理论中的民主思想,人们已经谈论得很多;然而,关于科学精神对五四小说理论建设的影响,过去的研究却较少注意。事实上,西方科学思想在近代的传入,已使文学与科学发生了一定的联系,近代小说理论曾推崇过欧美的科学小说。在“五四”小说理论中,科学与小说的联系就变得更加直接了。先驱者把文学的发展放在科学发展及其对人们认识的影响中来考察,认为符合科学精神的文学才是进步的文学。这一认识成为他们借鉴外国文学的思想基础之一。同时,他们更进一步将科学引入了小说理论的建设之中,甚至不无偏颇地提出:“文学到现在也成了一种科学”①。可以说,把科学的原理运用到小说创作中,使小说具有自然科学和社会科学的精神,是“五四”小说理论建设的普遍要求,它给中国小说带来了崭新的面貌。因此,探讨“五四”小说理论中科学精神的影响,对于理解中国小说现代化的发展是有积极意义的。

一

近代自然科学的发达,在一定程度上改变了人们对世界的看法,“科学精神常带有唯物的倾向”②。这唯物主义思想,推动了中国传统

---

① 茅盾:《文学和人的关系及中国古来对于文学者身份的误认》,《小说月报》第12卷第1期,1921年1月。

② 瞿世英:《小说的研究》,《小说月报》第13卷第7期,1922年7月。

的小说观发生了根本的变革。

中国传统小说理论曾认为,小说是"王者欲知闾巷风俗,故立稗官,使称说之"①。这一看法触及到了小说反映生活的特点,却也表现了实用的倾向。在唐代以后的小说理论中,虽然也有如叶昼那样,认为《水浒》所写若"非世上先有是事,即令文人面壁九年,呕血十石,亦何能至此"②,但这更多的是对小说取材的认识。而"资治体、助名教、供谈笑、广见闻"③的"文以载道"和"游戏消闲"思想则是长期以来小说观念的主要倾向。近代"小说界革命"前后,由于受到外国文学思想的影响,小说理论对小说反映现实生活有了新的认识,指出:"小说者,社会之 X 光线也"④,要求小说描写"家常平淡之事"⑤。然而,这并没有从根本上造成整个小说观念的转变,这些新的认识被梁启超等人对小说社会作用的热烈鼓吹所淹没。梁启超强调小说的社会作用,极力提高它的文学地位和社会地位,这对于小说观念的发展有着十分积极的推动作用。然而,他们主要是从社会政治作用而不是从对生活的反映这方面来认识小说性质的。他们在维新运动失败后企图借助民众的力量来继续资产阶级的改良运动,因此认为,对于经史不能教之的民众,小说是一种开启智慧,使"苦力者以助士君子之实力"⑥的有效工具。这突破了传统的观念,但对小说性质的认识并不准确。

近代小说理论的这一局限,到"五四"时期有了根本的突破。"五四"小说理论受到近代唯物主义思想的影响,对小说和生活的关系有了比较准确地把握,认识到了小说反映生活的基本性质。

"五四"时期,新旧文学交替,人们认识比较混乱,甚至有人把黑幕小说和礼拜六小说称为"写实主义"。针对这种情况,茅盾明确指出:只有正确认识小说和生活之间的关系,才能从根本上区分新旧两种文

---

① 转引自鲁迅《中国小说史略》。

② 怀林(叶昼):《水浒传一百回文字优劣》,《中国历代小说论著选》上册,南昌:江西人民出版社,1982。

③ 曾慥:《类说序》,《中国历代小说论著选》上册。

④ 狄葆贤:《论文学上小说之位置》,《中国历代文论选》第四册,上海:上海古籍出版社。

⑤ 林纾:《孝女耐尔传序》,《中国历代文论选》第四册,上海:上海古籍出版社。

⑥ 夏曾佑:《小说原理》,《中国历代文论选》第四册,上海:上海古籍出版社。

学。他说:“旧派把文学看作消遣品,看作游戏之事,看作载道之器”,他们都是“抛弃真正的人生不去观察不去描写”,是毫无价值的;而“新派以为文学是表现人生的”[①]。鲁迅在谈到自己的小说创作时,更明白地表示了对小说和生活关系的看法。在《孔乙己·附记》中,他严肃地批判了“用小说盛行人身攻击”,使人们“以为小说是一种泼秽水的器具,里面糟蹋的是谁”这类思想,明确指出,他写《孔乙己》“那时的意思,单在描写社会上的或一种生活”。创造社从反对“文以载道”和新文学中的粗制滥造现象出发,曾受到为艺术而艺术思想的一定影响,然而,他们文学理论的主导思想及创作倾向,则始终保持着和生活的联系。郭沫若当时就曾指出:“‘艺术之艺术’的主张者,他们是以人生奉献于艺术,自己膜拜自己泥塑的菩萨。其实任何艺术没有不和人生发生联系的事”[②]。正是在对这些脱离人生的小说思想的批判中,“五四”小说理论表现了对小说和生活之间关系的唯物主义认识,确立了“现代小说,以描写实际之人类生活为贵”[③]的科学的小说观。

“五四”小说观的这一唯物主义认识,使小说扩大了表现生活的范围,和普通人民的日常生活有了广泛的联系,从而使中国小说的表现对象发生了巨大的变化。

中国传统小说中的主要人物大都是才子佳人、英雄豪杰,其取材也多是一些奇特的生活内容。宋代白话小说出现以后,表现对象开始转向“市井细民”,《金瓶梅》、《红楼梦》则表现了人们的日常生活。到近代,林纾又注意到要写下等社会的普通生活。但直至“五四”前,作为社会生活主要内容的下层劳动者的日常生活,却始终没有成为小说表现的主要对象,因此,小说所表现的生活是不完全的。针对中国传统小说在表现生活的范围上的缺陷,胡适首先提出:要“推广材料的区域”,使“工厂之男女工人、人力车夫、内地农民、各地大负贩及小店铺”都在文学上占一个位置[④]。“五四”以后的一段时期中,小说创作曾出现过

① 茅盾:《自然主义与中国现代小说》,《小说月报》第13卷第7期,1922年7月。
② 郭沫若:《艺术家与革命家》,《创造周报》第18期,1923年9月9日。
③ 傅严:《小说通论》,武昌:时中合作书社,1926。
④ 胡适:《建设的文学革命论》,《新青年》第4卷第4期,1918年4月。

多地描写青年恋爱而忽视城市劳动者和农民生活的倾向，对此，茅盾尖锐地指出：这是“现社会的偏点”，因而，在表现生活上“显出不普遍的毛病来了”①。“五四”小说理论强调表现下层劳动者的生活，使现代小说的表现内容转向普通人的日常生活，与现实生活的普遍内容达到了基本一致，这是五四小说观的唯物主义思想的具体体现。

“五四”小说观的这一唯物主义思想，由于当时各人思想认识的不同，在具体理解上有着程度不同的差异性。其中大部分人更多的是出于对现实生活直观的、朴素的感受来认识小说和生活之间关系的，这使他们的认识还不能达到马克思主义的反映论高度。因此，不仅是创造社成员，即使是一些文学研究会的成员也常常更注重小说表现生活之间的中介环节，认为“创作一道，全是作者心理上一种表现的要求”②。然而，在客观上，他们毕竟已经比较准确，比较科学地把握到了小说表现生活的基本性质。由此，“五四”小说观奠定了中国小说现代化的理论基础。

二

科学的基本使命或主要功能是认识客观世界，它以客观事物为研究对象并揭示它的本来面貌，不容许无谓的主观臆造。科学的这一求真精神对“五四”小说理论产生了极大的影响，茅盾指出：“科学的精神重在求真，故文艺亦以求真为唯一目的。科学家的态度重客观的观察，故文学也重客观的描写”③。在坚持艺术本身规律的同时，“五四”小说理论普遍追求着表现生活的客观真实性。

中国传统小说中多数作品所表现的大团圆结局和人物恶善分明的性格，使它们违背了生活的本来面貌。“五四”现实主义则以这科学的求真精神为基础，强调按照生活的本来面貌表现生活，指出，“小说家

① 茅盾：《评四五六月的创作》，《小说月报》第12卷第8期，1921年8月。

② 佷工：《小说作法讲义》，上海：中华书局，1923。

③ 茅盾：《文学与人生》，《茅盾文艺杂论集》上册。

因受了科学的濡浸,对于人生肯老老实实地写出来,不论是如何龌龊污秽、贪婪狡诈都赤裸裸地写出来。这真是近代小说的特别优点"①。他们坚持人们怎样生活,社会怎样情形,小说就把那种种表现出来。现实主义表现生活的力量和倾向正是在这生活的本来面貌的反映中体现出来的。

追求着科学的求真精神,"五四"现实主义强调如实描写的客观艺术手段,把它称之为"科学的描写法"。茅盾是提倡这表现手法的最力者,在《自然主义与中国现代小说》中,他从科学求真的角度对这一手法进行了充分的论述。

首先,科学真实的第一步在于它收集材料的客观真实。茅盾认为文学的最大目标是"真",他十分重视这"真"的客观性,指出:"描写的社会至少是亲身经历过的,描写的人物一定是实有其人(model)的。"科学的真实坚持严谨的客观性;而文学的真实则允许想象和虚构的存在。但小说是表现生活的,而生活是客观存在,因此,表现对象的客观性在一定程度上是小说表现生活真实性的基础。茅盾对这"真"的客观性的要求似过于严格,但并不违背小说的艺术规律,他以模特儿来解释"实有其人",表现了文学与科学在真实性上区别和一致的统一。

其次,现代科学的发展,不但揭示了事物之间的普遍性,同时也揭示了事物之间广泛的特殊性。茅盾认为,小说在表现事物的真的普遍性的同时,也要表现它们之间真的特殊性。由于"世上没有绝对相同的两匹蝇",所以,即使描写实有的事物,"若求严格的'真',必须事事实地观察"。罗素认为:"科学是依靠观测和基于观测的推理",它"是从观察或实验所发现的特殊事实出发的"②。"五四"小说理论在创作过程上普遍接受了这一科学方法,认为:"小说不能凭空杜撰,故构作之先必先有一番之观察,搜集事实,以为小说之材料。其观察务真,一如科学之研究声光化电然。虽毫厘微末之间,亦必辨析精确。此种科

① 瞿世英:《小说的研究》,《小说月报》第13卷第7期,1922年7月。
② 罗素:《宗教与科学》,北京:商务印书馆,1982。

学的精神，小说家所必备也"[①]。科学的观察方法，被运用到文学创作中，成为五四现实主义反对凭空想象，从而保证材料精密的基本手段。

再次，茅盾认为有了精密的材料和实地的细致观察后，必须"丝毫不搀入主观的心理"，"把所观察的照实描写出来"。自然主义十分注重材料的真实和观察。但龚古尔兄弟在观察之后表现经过主观反射的印象，而左拉则主张直接地将所观察的真实事物照实描写出来。茅盾选择了后者，显然，他认为这样更符合科学的求真精神。

"五四"浪漫主义强调主观抒情，要求从内心出发表现自我，表现个性。在五四这样一个充满着科学精神的时代，浪漫主义能够风靡一时，在社会上得到普遍共鸣，这不仅因为它的主观抒情中所包含的民主思想，同时也在于它的主观抒情中包含着一定的科学求真精神。

"五四"浪漫主义首先强调背景的真实。郁达夫极为注重小说中的情感因素，同时他又明确地指出："自从文艺复兴以后的科学精神，浸入于近代人的心脑以后，小说作家注意于背景的真实现实之点，很明显的在诸作品中可以看出。"[②]成仿吾十分强调小说是自我内心的发生，但对社会现实，他却采取着认真的客观态度。他认为："现代的生活，它的样式，它的内容，我们要取严肃的态度，加以精密的观察与公正的批评。"[③]"五四"浪漫主义极力追求主观情感的真实流露，但并不纯任这情感的随意抒发，而是将其与经过精密观察的真实背景联系起来，使浪漫主义表现生活的真实性带上了客观的色彩。

"五四"浪漫主义虽然反对小说对生活的模仿和再现，强调自由的表现和创造，但同时却又十分重视小说中事实的真实和细节的真实。成仿吾在评论许地山的《命命鸟》时，批评作者的观察太不确切，以致写了早晨的太阳照得主人公变成黄金的颜色了[④]。郁达夫在《小说论》中则明白地指出："小说的生命，是在小说中事实的逼真"。表现生活中事实和细节的真实，是现实主义如实描写手法的基本特点。"五四"

① 陈钧：《小说通义》，《文哲学报》第3期，1923年3月。
② 郁达夫：《小说论》，上海：光华书局，1926。
③ 成仿吾：《新文学之使命》，《创造周报》第2期，1923年5月20日。
④ 成仿吾：《〈命命鸟〉的批评》，《创造季刊》第2卷第1期，1923年5月。

浪漫主义受到科学方法的影响，在一定程度上吸收了现实主义这一表现手法。郁达夫后来在论述现代小说所走过的道路时指出：自巴尔扎克、斯汤达尔以来，虽然小说风气转换数次，但“一丝不漏的写实笔法，却终是千古不移的小说的定制”[①]。他们强调主观情感的抒发，却并不损害客观生活的真实表现。他们的作品，大多取材于客观现实，并以写实的手法表现着人物的情感，以及与这些情感密切联系着的日常社会生活中的背景、事件和细节。科学的积极因素，使他们的浪漫主义带上了现实的色彩。

事实是科学的全部结论的实在基础和根据，然而，事实本身并不是科学，它只有在以系统的、概括的形式表现出来并作为现实规律的根据和证明时，才成为科学。人们把根据事实进行科学研究的过程分成二大阶段：搜集事实与初步整理事实相联系的描述阶段和对事物进行定性分析的逻辑分析阶段[②]。分析的方法在科学研究中有着相当重要的地位。

随着科学的发展，分析的方法对文学产生了极大的影响。“五四”小说理论直接把它作为创作过程中的一个重要阶段。陈钧在《小说通义》中将小说创作概括成科学的观察、哲学的理会和艺术的发表三个阶段。所谓“哲学的理会”，就是通过分析的方法从所收之零碎材料中“悉心探讨，明其因果相互之关系”，然后定其取舍，以求事物的真实内涵。分析的方法使小说对表现生活的真实性有了进一步的把握。郁达夫认为：“艺术所表现的，不过是把日常的人生，加以蒸馏作用，由作者的灵敏的眼光从芜杂的材料中采用来的一种人生的精采而已”。这“蒸馏的作用”，就是“就日常人生观察的结果，用科学的方法归纳或演绎起来”[③]，由此，才能表现人生真实。

茅盾将分析方法运用于具体的描写之中，提出“分析的描写”，要求“分析一个动作而描写之”。中国传统小说对人物的外貌往往是登记式的细细描绘，对人物的动作则是记账式的叙述，这样的表现，往往

---

① 郁达夫：《现代小说所经过的路程》，《现代》第1卷第2期，1932年6月。

② 〔苏〕拉契科夫：《科学学》，北京：科学出版社，1984。

③ 郁达夫：《小说论》，上海：光华书局，1926。

不能有效地反映人物性格。茅盾认为,动作描写主要在于表现人物的思想,而记账式的描写只能叙述连续的动作。他说:"真艺术家的本领即在能够从许多动作中拣出一个紧要的来描写一下,以表现那人的内心活动"①。将小说描写的主要作用从对人物的介绍转变为对人物性格的刻画,挖掘,这一新的意义,正是在科学的分析方法的一定影响下产生的。

"五四"小说理论同时也与近代心理科学有着一定的联系。人的内心活动是社会生活的一个重要方面,现代社会的发展,使这种内心活动越来越丰富复杂,而心理科学的发展,则引起了人们对人的这一精神生活的重视。"五四"小说理论明确地指出了它和心理学的联系:"心理学进步,使小说描写人物动作之动机,及精神之变化,益加明了。"②瞿世英由此指出了写实主义的局限,认为:"它主张写事实,但只是事实是不够的",因为"人类生活不仅是物质方面,更有精神,心理方面",而写实主义只用客观描写,便只写了半个人(物质方面的),不是人生的全部。③"五四"小说理论从心理科学的角度对小说的表现方法进行了新的探索。

现代主义文学是直接得益于近代心理学并以此为其支柱的。创造社曾十分推崇德国的表现主义,称之为"德意志的新兴艺术",并热情地对它的将来表示"寄以无穷的希望"④。表现主义深受康德的哲学、柏格森的直觉主义和弗洛伊德精神分析学的影响,要求突破事物的表象而表现事物的内在活动,强调描写人的主观世界、直觉和下意识。郭沫若曾引用表现主义理论家朗慈白葛的话说:"艺术是现,不是再现",并解释说:"什么是现,这是从内部的自然地发生",认为"一切从外面借来的反射不是艺术的表现"⑤。人的内心活动,是客观现实的反映,但表现主义则不依赖于这客观的外部世界,而用心理分析的方法直接

① 茅盾:《自然主义与中国现代小说》,《小说月报》第13卷第7期,1922年7月。
② 傅严:《小说通论》,武昌:时中合作书社,1926。
③ 瞿世英:《小说的研究》,《小说月报》第13卷第7期,1922年7月。
④ 郭沫若:《自然与艺术》,《创造周报》第16期,1923年8月。
⑤ 郭沫若:《文艺上的节产》,《创造周报》第19期,1923年9月。

表现这由外在现象所引起的主观世界的连续活动。郁达夫的《青烟》是一篇表现主义的作品。它表现的是一种忧郁的情绪，但作品并不牵涉这一情绪所由产生的客观现实，而是直接表现这一忧郁情绪本身的虚无缥缈感觉，以及由此连锁产生的包括幻觉在内的灵魂的游动，这几乎纯粹就是一种心理描述了。

精神分析学是现代主义文学的重要思想基础。弗洛伊德认为在人的心智的三层结构中，本能是起决定作用的，而表现这本能的无意识是精神的真正实际。这一学说对"五四"小说理论具有一定的影响。鲁迅在《补天》中曾借助弗洛伊德学说来解释人和文学的缘起。郭沫若是"五四"文学中精神分析学的积极尝试者，他曾在《〈西厢记〉艺术的批判与其作者的性格》中以此来批评和解释文艺。他的小说《残春》则是精神分析学在创作上的具体实践，作品在一个梦的描写中表现了人物在现实生活中的欲望、境遇的潜意识反映。弗洛伊德认为梦是人的潜意识的一个重要表现，他提出："艺术即做梦"①，使梦的表现成为现代主义小说的一个普遍现象。郭沫若正是通过这梦来表现人的潜在心理活动的。在《批评与梦》中，他这样解释《残春》的创作："我是注重在心理的描写，我描写的心理并且还在潜在意识的流动"，并提出与弗洛伊德相呼应的理论主张："文艺的创作譬如在做梦"。

近代心理科学的发展，不但催生了现代主义文学，而且推动了现实主义的发展。"五四"现实主义在强调客观艺术手段的同时，也注意对人物的内心活动的表现。鲁迅认为，在表现客观现实时，不能忽视人的精神世界，要求将二者统一起来，使小说在表现生活上，"消融了内面世界和外面表现之差，而现出灵肉一致的境地"②，这样的现实主义是深刻的。

由于重视对于人物精神世界的探索，鲁迅进一步将人的心理活动作为如实描写的客体对象引进了"五四"现实主义的表现领域。在为

---

① 袁可嘉：《外国现代派作品选·前言》第1册(上)，上海：上海文艺出版社，1980。

② 鲁迅：《〈黯澹的烟霭里〉译者附记》，《鲁迅全集》第10卷，北京：人民文学出版社，1981。

韦丛芜所译陀思妥耶夫斯基的《穷人》所作“小引”中,他从理论上阐述了现实主义的这一发展。陀思妥耶夫斯基的作品主要是表现人的思想、人的精神活动的,他自己曾说:“人称我为心理学家(Psychologist),这不得当,但我是在高的意义上的写实主义者,即我是将人的灵魂的深,显示于人的”。鲁迅当时并不赞赏他这种对人的冷漠、无情,但却肯定了他对人的灵魂的这种直接的挖掘,如实的描写,认为:“灵魂的深处并不平安,敢于正视的本来就不多,更何况写出?”并对陀思妥耶夫斯基所谓的“高的意义上的写实主义者”表示了赞同。

近代心理学对小说表现方法的影响,还有着更普遍的意义,这就是心理描写成为人物塑造的一个重要的基本手段。“五四”小说理论认为心理解剖是人物的“直接描写法中最有用之一法”①。在传统小说中也不乏人物的心理描写,但这种心理描写往往是简单的,它只是人物行动的思维轨迹的表现,或是人物情绪的直接流露,它是与人物的行动完全吻合一致的。因此,它在刻画人物性格上并不比行动表现具有更深入的意义。这样的心理描写是与古代人简单的思维内容和形式相一致的。随着现代人思维活动的日益复杂化和近代心理学的发展,五四小说理论认识到心理活动在人的性格表现中所具有的与行动相对应的独立含义。这一独立含义首先表现在人的内心活动成为一种不依附于外在表现的客观存在。郁达夫曾指出:“有时候我们有一种感情思想,不过在我们心中经过而不表现到外面来的。”②内心活动是性格内涵中一个独立的内容。其次,人的内心活动在性格表现上具有比行动更重要的决定意义。内心活动不再是行动的简单说明,而行动则是内心活动的一种具体表现。孙俍工认为:“人物的生命完全是以内心生活为主体,人物的外面现象,大半是内心生活的表现。”③人的内心活动是性格中最隐蔽也是最直接的表现,正是在这意义上,心理描写成为现代小说性格塑造的一个主要手法,它是直接受益于近代心理学的影响的。

---

① 郁达夫:《小说论》,上海:光华书局,1926。

② 同上。

③ 俍工:《小说作法讲义》,上海:中华书局,1923。

三

科学精神不但改变着传统的小说观念和表现方法,而且还积极影响着“五四”小说理论对新的小说艺术结构形式的探讨,使之“与从前的章回体,才子佳人体,忠君爱国体,善恶果报体等不同了”①,从而全面开创了中国现代小说的新局面。

“五四”小说艺术结构的变化,首先表现在结构中心的转移,即由以叙述故事为中心的情节小说转变为以塑造人物为中心的性格小说。

性格小说理论的产生,和人类的自我认识有着密切的联系。文艺复兴时期,哥白尼的“太阳中心说”从天文学上打破了上帝创造世界的神话,从而动摇了宗教神权的思想统治。人文主义者开始在文学上强调人的社会价值和个人的地位、权利。随着社会生产的发展,马克思主义使人的自我认识达到了一个科学的阶段。恩格斯指出:“我们认为历史不是‘神’的启示,而是人的启示,并且只能是人的启示”,因此,“人只须要了解自己本身,使自己成为衡量一切生活关系的尺度,按照自己的本质去估价这些关系,真正依照人的方式,根据自己的本性的需要,来安排世界”,并“应当到近在咫尺的人的胸膛里找真理”②。现代小说接受了这一科学认识,在表现生活的内容上由神或半人半神转向普通人;与此相应,在艺术结构上则确立了性格的中心地位,而这艺术结构的基本形式也发生了根本的变化,由以事件发生发展的因果连续为线索的纵向结构转变为以人物为中心、表现横向联系的“横截面”结构。“横截面”的断取,是现代科学研究的重要方法,如植物学中通过年轮来研究树木的生长,医学中通过切片来研究病情的变化。胡适受到这种方法的影响,在“五四”小说理论中首先提出“横截面”的结构形式。他在《论短篇小说》中以植物学研究年轮为比喻,指出:“一人的生

---

① 郁达夫:《小说论》,上海:光华书局,1926。

② 恩格斯:《英国现状——评托马斯·卡莱尔的〈过去与现在〉》,《马克思恩格斯论艺术》第2卷,第217页。

活,一国的历史,一个社会的变迁,都有一个‘纵剖面’和无数‘横截面’。纵面看去,须从头看到尾,才可看见全部。横面断开一截,若截在要紧的所在,便可把这个‘横截面’代表这个人,或这一国,或这一个社会”。他提出现代小说的这基本结构形式,主要是出于“经济”的目的。这自然代表了现代小说发展的一种趋势,但“横截面”结构的重要意义则在于它从社会学的角度,表现了与现实社会中人们生活的基本形式的一致性。

社会学的一个主要研究内容是社会的结构,社会结构主要是由以人为中心的各种联系所组成的。这些以人为中心的普遍联系,一方面表现为人的自身发展的纵向联系,另一方面则表现为人与周围事物的横向联系;而后者具有更重要的意义。因为在现实生活中,人们最直接最真切地感受到的主要是这种横向联系,而生活中的纵向联系主要也是在这种横向联系的不断发展变化中表现出来的。更值得重视的是,在生活的这些横向联系中,存在着大量构不成纵向联系、但对性格的形成发展却具有重要影响,甚至起决定作用的因素。因此,横向联系是错综复杂的社会生活的主要内容,而表现这些横向联系的“横截面”则是社会生活的基本形式。

“五四”小说理论强调小说家要具有社会科学的技能,“以人生为真理之对象,而阐明其关系”①。现代小说正是在这与社会生活的基本形式相一致的“横截面”结构中,使人物在他所生活的普遍联系中得到真实、完整的表现,并从中揭示生活的本质。

“横截面”结构以社会生活中的各种普遍联系为主要组成内容,其中,它首先强调的是人和环境的联系。

人总是生活在社会的各种联系之中,这各种联系就是他的环境。因此,人和环境的联系是人在社会的普遍联系中的最基本内容。郁达夫指出:社会生活的反映,在“近代小说里,一半都是在人物性格上刻画,一半是在背景上表现”②。在“横截面”的结构因素中,他首先强调

① 傅严:《小说通论》,武昌:时中合作书社,1926。

② 郁达夫:《小说论》,上海:光华书局,1926。

的是性格和环境的联系。在小说中，所谓性格塑造，就是表现它与环境的联系。茅盾认为：小说中静止的人物主要是"描写一个性格如何应付各种环境"，发展的人物主要是"描写不同的环境或事实如何影响而形成一个性格"①。中国传统小说也有一定的具体环境描写，但它更多的只是表现事件发生的时间、地点，或者只表现一种装饰意义，与情节的发生发展及人物性格的成长并无内在联系。由于偏重故事情节，传统小说的人物性格大多是命定不变的，因此，环境与人的联系的意义就显得微弱了。现代性格小说中的人物性格则和环境有着不可分离的有机联系，它不是命定不变的，而是在一定的环境变化中形成发展，并显示着社会意义。性格，只有在一定的环境中才是有意义的。"五四"小说理论提出："人物必得与其所处的周围状态及背景等一同描写出来，才算是尽了描写的完全责任"②。把环境看作性格表现的一个重要内容，这不但在结构上表现了社会联系的最基本内容，而且对性格有了新的认识。

环境与人的联系是多方面的，有自然的、遗传的、社会的各种因素。"五四"小说理论则强调其中社会环境与人的联系。

小说是表现社会生活的，而人的社会属性又决定了社会因素对性格所具有的决定性作用，因此，在人和环境的联系中，社会环境是一个重要的因素。鲁迅十分重视作品中社会环境与人的联系。他曾批评俄国作家阿尔志跋绥夫的《工人绥惠略夫》中的主人公走的是一条不可取的个人复仇道路，但同时又指出了这条道路与主人公所处的"无路可走的境遇"之间的关系，由此，他认为作品对社会的表现是深刻的。③作为物质世界的一个组成部分，自然环境也和人发生着联系。五四时期，曾有人强调这种联系，要求"在自然之中见出人间"④。这表现了一定的唯物主义因素，然而，相对社会环境，对一个社会的人来讲，自然环

① 茅盾：《人物的研究》，《小说月报》第16卷第3期，1925年3月。

② 佷工：《小说作法讲义》，上海：中华书局，1923。

③ 鲁迅：《译了〈工人绥惠略夫〉之后》，《鲁迅全集》第10卷，北京：人民文学出版社，1981。

④ 佷工：《小说作法讲义》，上海：中华书局，1923。

境的影响显然要间接得多。如果仅仅认识到自然环境和人的联系，这样的唯物主义思想是肤浅的。茅盾针对当时写农村的一些作品忽视社会环境的情况指出：写农村不能只去"赞美'自然美'"，而应当像鲁迅那样"把农民生活的全体作为背景，把他们的思想强烈地表现出来"。[①]也正是由于看到了人的命运和社会环境的息息相关，"五四"小说理论虽然曾提倡过自然主义，但并没有去强调遗传的因素。作为社会的人，只有在与社会环境的联系中才能充分展现他的性格内涵，而小说的社会意义也只有在这联系之中才能得到最充分的表现。

"五四"小说的"横截面"结构理论对人和社会环境联系的认识，一方面在于强调广阔的时代背景的影响，一方面则具体地把握到了人和人的关系，提出："所谓布局者，就是小说中人们的遇合。"[②]

强调结构中人与人的关系，首先在一定程度上体现了"五四"小说理论对社会生活结构形式的本质的认识。社会是由以人为中心的各种普遍联系所组成的，"横截面"结构理论在这普遍联系中挖掘到了它最核心的人与人的关系，正是在这一点上，具体体现了现代小说艺术结构中心转移的根本意义。"五四"小说理论在强调结构中人与人关系的同时，更进一步强调其中内在关系的组合，要求在不同的社会环境中结构人物之间的不同关系。传统情节小说的结构中也有一定的人物关系，但它们注重的是在情节范围内的人物关系，这一关系是由情节中产生出来的，而不是像"五四"小说理论所指出的那样："事件是从人物中生出来的。"[③]正如茅盾所说：中国旧小说"差不多全犯了人物串合不得其法的毛病"。他们以构成情节为人物发生关系的宗旨，因此，写一个"忠臣"，便过分地写一个"暴君"。这样，不但限制了生活中人与人之间所包含着的丰富内容的表现，而且破坏了人物之间的内在关系，损害了人物的真实性。人物之间的内在关系，是存在于人物的本面貌之中的，茅盾认为要"按照书中人物的身份而使他们在极自然的动作下发

① 茅盾：《评四五六月的创作》，《小说月报》第12卷第8期，1922年8月。
② 瞿世英：《小说的研究》，《小说月报》第13卷第7期，1922年7月。
③ 偯工：《小说作法讲义》，上海：中华书局，1923。

生彼此的关系”[1],由此,才能揭示人物关系中的本质意义。以人与人之间关系为核心内容的“横截面”结构是展示性格内涵及社会意义的极其有效的形式。

以人为中心、以人在社会生活中的普遍联系为基本形式的性格小说艺术结构的出现,是中国小说理论现代化的一个显著标志;在这里,科学的影响和推动作用是十分重要的。

“五四”小说理论吸取着科学精神的积极因素,以新的小说观念、新的创作方法和新的艺术结构,开创了中国小说的新纪元,在一定程度上体现着文学发展的方向。

科学是推动社会前进的一个活跃的、积极的因素,它不但作为一种实践力量直接地促进着物质生产力的发展,而且对包括文学艺术在内的意识形态具有积极的推动作用。马克思指出:“成为希腊人的幻想的基础,从而成为希腊[神话]的基础的那种对自然的观点和对社会关系的观点,能够同走锭精纺机、铁道、机车和电报并存吗?”[2]从而肯定了科学对文学的积极影响。科学对文学发展的推动作用,一方面,在于它以客观世界的新的认识以及新的方法改变了文学对生活的看法。文学是表现生活的,但它必须以认识生活为前提;对生活的认识的转变,必然导致它对生活的表现的发展。瞿世英曾说:“因为科学发达,人们的世界观和人生观都改变了,于是小说家不得不改其对于人生之见解,另从一方面去观察人生。于是出产的作品也因以不同。”[3]“五四”小说理论的发展,正基于它对生活的新认识。另一方面,科学的发展,广泛地改变了人们的生活观念、生活内容和生活形式。表现对象的变化,必然促进文学的发展。“五四”时期,中国虽然生产力落后,但社会生活则在欧美工业社会的科学精神影响下出现了新的面貌。“五四”小说理论正是跟上了这充满着科学精神的现代生活的步伐,

---

① 茅盾:《人物的研究》,《小说月报》第16卷第3期,1925年3月。

② 马克思:《〈经济学手稿〉导言》,《马克思恩格斯论艺术》第2卷,第149页。

③ 瞿世英:《小说的研究》,《小说月报》第13卷第7期,1922年7月。

显示了它的新发展。

现代社会的发展,科技革命的突飞猛进,使文学和科学的联系更加紧密。五四小说理论在中国现代文学的初创时期即比较自觉地体现了这一发展趋势,它的现代化意义是引人注目的。

(原载《中国现代文学研究丛刊》1986 年第 4 期)

中国现代女作家的小说和妇女问题

王友琴

在研究小说的诸多角度中,作者的性别可能是意义并不太大的一种。性别导致作家气质方面的不同,从而可能引起感受及表现生活的风格的差异。但是,除此之外,性别也决定作家对作品主题的选择和阐明以及判断事物的立场和倾向吗? 并非如此。就妇女问题而言,事关切身利益,然而女性作者未必就持有更正确的看法,她的作品也未必体现出更多的"妇女意识"。把男尊女卑的思想系统化、经典化了的《女诫》,作者班昭,便是女的。中国古代,妇女创作不多,其中大部分却是被《中国女性的文学生活》的作者谭正璧称为"谄媚男性"的文学。另一方面,中国现代积极提倡妇女解放的先驱,很多是男性。

然而,本文认为讨论妇女小说和妇女问题仍然是有益的,这是因为:"五四"时期和"五四"以后,一批女作家走上了文坛,她们是新的、反传统的、有自己的文学眼光的;她们并不专写妇女问题,但是她们的作品中这个问题占了相对来说较大的比重;这些作品具有相当的文学成就;女性作者对中国妇女生活的认识、表现和探索,是中国妇女的一段重要而可贵的心理历程;身为妇女,她们对妇女问题,即对自身问题的认识的深浅,是表明妇女解放情况的一个重要尺度。忽略了这些作品,我们就失掉了现代小说中一个很有光彩的部分,遗落了一份来之不易的历史财富,并且也难以为当代文学的有关问题找到一个恰当的起步点。

一　同情和不平:对妇女处境的揭示

人们可能在一个处境中生活几百年、几千年,对此习惯了,适应了,以致反倒忘了要去认识它的存在,用一句成语来说便叫"熟视无睹"。

妇女的处境问题就是这样的一个问题。妇女的悲惨命运已经延续了很多年,但在文学作品中却没有得到足够的注意和抨击。

“五四”新文学开辟了封建时代文学所缺乏的对被侮辱与被损害者同情和支援的主题。这种同情和支援是和对封建专制制度、封建伦理观念的彻底反抗紧密联系在一起的。新的眼光发现了老的问题。而且,如果离开了对社会关系、妇女处境的研究,那么“妇女解放”将变成一句抽象的、空洞的口号。认识处境是走向自觉的第一步。

首先是对社会底层的妇女的苦难的关切。冰心写了《最后的安息》,以一双未谙世事的城里小姑娘的天真的眼睛,目睹了一个乡下童养媳的惨境——只有在死亡中,她才能得到安息。对童养媳的命运作了更详细描述的是萧红。《呼兰河传》里的“小团圆媳妇”,仅仅因为“长得高”,“吃饭吃三碗”,“走得飞快”,“大模大样的,两个眼睛骨碌骨碌的转”,于是,婆婆打她,拧她,用烙铁烫脚板,吊在大梁上用鞭子抽,用热水泡……一个“黑呼呼、笑呵呵”的姑娘被折腾得死去活来,婆婆还一口咬定这一切全是为她好,还花了钱请人跳大神。她死了,而且死得“还不如一只鸡”。这里,作者已经不是在为某一姑娘诉苦喊冤,而是揭露了这种社会现象所代表的一种扼杀生命、扼杀一切健康美好东西的残酷的哲学。家长制度、迷信和虐待狂迫害着青春的生命。这种迫害荒谬昏聩、愚昧透顶,然而受迫害者却孤立无援,无可奈何,任人宰割,她们找不到办法来保护自己,反抗这种处境。

如果说早期的揭露性的作品往往比较粗疏,那么罗淑的《生人妻》则是一篇相当完整缜密的作品。由于贫困,一个女人被丈夫卖给别人做老婆。她恨他,又同情他。她忍耐,然后终于忍耐不了而在“婚礼”后逃了出来。逃走后却又觉得自己“简直是在发疯”……。在这个故事里,人物的相互关系写得准确真实,心理状态把握得很有分寸。在贫穷和劳苦的环境中,妇女和男人一样受苦,然而还要多受一层压迫,更少一份自由。她们成了被买被卖的物品,任人摆弄,毫无权利。她们所受的苦难是多层次的。这篇小说的另一个特点是注重女主角的心理描写。罗淑把她的笔贴近了她的同性姐妹的心,表现了那种沉重的精神创痛,而不是像有些作品那样和不幸的女主角保持相当距离,仅仅把她当作一个怜悯的对象,一个麻木的、不自觉的形象,而忽略了她们的内心生活。

她们揭示了苦难,还更深刻地揭示了容忍、漠视这种苦难的麻木:惨剧不断发生,但是没有人反对,连受害者也只有委屈,没有觉醒,妇女的不幸已经被道德化、制度化了。她们考察、描写了妇女的处境,读者掩卷思索,只能得出一个结论——应当改变这种处境,这也正是作者的本意。

旧中国巨大的阶级差别引起了文化水平的巨大差别,中国的文字又特别难以掌握,几千年的压迫所造成的妇女在精神和体力方面的柔弱影响了她们战胜环境的能力。由于种种原因,中国现代女作家大多出身于上层家庭、书香门第。冰心和罗淑,还都曾留学欧美。然而,她们对生活在社会底层的普通妇女的不幸命运保持深切的关注和强烈的同情,她们用手中的笔为无处说话的被压迫者呐喊呼吁。这正是"五四"文学传统的重要的组成部分之一,也是中国现代知识分子的优秀传统之一。

女作家们描写了凝滞的乡村生活中的一出出古老而屡演不鲜的悲剧,她们也密切关注着已经受到现代文明侵袭的城市中的妇女的处境,揭示了随着时间推移而发生的新的辛酸。

当旧道德的根基还在时,所谓"新道德",并不能给妇女带来多少福音,这是庐隐满怀激愤指出的一种事实。《时代的牺牲者》中,一个小学教员,她的丈夫留学归国,因"鹏飞有志,进身无术",设计骗她离了婚,然后便大讲"自由恋爱"以追求名门小姐,自称这才是理想的"新家庭"、"新人物"。《一幕》中,一个满口男女平等的"教育家",贫寒时全仗妻子承担家务重任,一旦发迹,便娶了年轻一半的新夫人,与老妻离婚,仿佛是换行头一样。一管轻笔,挑开了遮盖现实的帷幕,揭露了生活浊流的本相。

一种新思想的输入或确立已经非常不易,要造成社会现实的改变更是一个艰难曲折的过程。甚至生活中还常常会有这种情况:一种半吊子的"解放",可能把弱者推入更糟糕的境地。出走后的娜拉依然令人担心,倒退回原处和误入迷途的事随时都会发生。中国现代最优秀的一位女作家丁玲,对她同时代的妇女所处的复杂情势作了透彻的表现。《梦珂》描写一个从守旧的内地小县来到十里洋场的上海的年轻姑娘,发现自己仍然面临着被“时髦青年”欺骗玩弄的危险,纯洁的理想破灭了,她试图独立,做电影演员,然而作者指出这仍然只是为了某些人得到某些欲望的满足而已。《小火轮上》描写了一个渐趋开放的潮流中尬尴无奈的女教师。她和一个不满自己的旧婚姻的男子相爱,而那男子又跟另一女子第二次结婚了,同时又继续和她纠缠往来,她却因这桩“有伤风化”的恋爱被解聘了,不知该向何处去。生活中的是非是如此复杂而难以说清,但作者的同情显然是在这位女教师节大姐身上的。道路艰难,对那个时代所有正直向上的青年来说是一样的,然而妇女面前却总是多一层障碍、一种危险。

另一位女作家林徽因也表现了同时代妇女的无可奈何的境况。《九十九度中》,和那个儿孙满堂的阔老太太做寿场面互成对比的,是一个正在结婚的青年女子阿淑的悲哀。她是一个普通人家的受过些教育的二十五岁的姑娘,渴望爱情,却无处寻找,到头来还是嫁给一个素不相识的男人作填房了事。她弄不懂为什么“这些年对婚姻问题谁都讨论得热闹”,“那些讨论的道理遇到实际时怎么就不发生关系”。新生活的建设如此艰难,作者写出了那种梦醒之后无路可走的深忧沉痛,像九十九华氏度的暑天般使人感到压抑沉闷。

在勇敢大胆地走出旧家庭、建立了新生活的萧红的小说中,我们又听到了另一种抗议的声音。《广告副手》中,女主角迫于经济窘境不得不去做繁重的画广告工作,身体不好,老板挑剔,然而因为出来工作,还遭到爱人的误解和不满。在女作家陈学昭的小说中,我们又可以看到丈夫自私自利、见异思迁给妇女造成了沉痛的精神创伤。妇女的受压抑本来就是旧时代普遍的社会现象,对一颗敏感的女作家的心灵来说,显得益发难以忍受了。

这些作品贯彻了一条妇女应当清醒认识自己的处境的原则。这条原则对于妇女来说是非常重要的。离开了对现实的清醒的认识,妇女就只好永远处于混沌迷茫之中。同时,这些作品中充满了对妇女处境的不满之声。批判的态度和攻击的口吻随处可见。社会正经历着大的动荡。一方面是民主主义和社会主义思想的兴起，新的社会理想的形成；一方面是旧道德、旧传统的顽固盘踞。理想和现实的差距如此被拉大着。文学作品一方面要描写现实，一方面要表达作者的倾向和理想，这种差距必将影响作品的风格，使之充满了愤怒的、激烈的批评态度。在女作家的小说中我们就可以看到这个特征，并非所有的这一类小说都是深刻的，精微的，有独特发现的；不少作品表现得太简单，主题太直白，道理太浅显，未能把握事实的全部复杂性，不够深厚浑成。然而充满激情、正义感和同情心，洋溢着扶弱抗强的侠气，也是同时存在的极其难能可贵的优点。法国妇女问题理论家西蒙娜·德·波伏瓦曾经说过，女作家的"大部分作品缺少心灵上的回响和愤怒；她们没有在偶然间去接受这个世界或提出疑问，她们的作品不是去暴露它的矛盾之处，而是很严肃地接受了它所表现的现象"[①]。这个说法不适用于中国现代妇女作家。也许有些人温柔敦厚和清高空灵的气质还较多，但在经历过坎坷和抗争的女作家的小说中，愤怒不平之情甚至更为强烈，而且也绝不狭窄。她们的时代和本身状况都不同于波娃指为代表的英国的简·奥斯汀。她们自己选择了一条像男人一样去为历史进步和人生幸福斗争的道路。她们正视生活中的丑恶和肮脏。如果说她们的批判不够深刻有力，那是因为时代、社会和她们个人的能力限制了她们，并不是因为她们屈服了。

二　率直而深切：对同时代妇女心理状况的发现和剖析

文学才能的表现之一是深入地、明晰地了解和认识生活的过程和生活的层次。妇女的处境是妇女问题的一个基本方面，在这种处境中形成的妇女的心理状态是高一个层次的问题。现代女作家在这方面作出了独特的贡献。她们体验、剖析着自己和同时代妇女的心理世界，概括出一些有特色的妇女心理类型。在这类作品中，小说摆脱了传统小说的"教训"色彩，成为认识和研究人生的一种有力的文学的手段。

---

① 见于西蒙娜·德·波伏瓦《第二性——女人》。

《莎菲女士的日记》是当时和后来都很受注意的作品。丁玲以她才有的大胆、开放、坦率、透彻,在她的一系列作品中向人们提供了一片真实的女性的内心世界,莎菲是其中给人印象最为鲜明突出的一个。莎菲不过是一个住在北京公寓房子里的生着肺病的普通女学生,但她的内心却充盈着激荡不安、纠缠杂错的种种矛盾和冲突。她狂热、焦躁、任性、大胆、放任,又寂寞、软弱、自怜自艾,欲望和绝望轮番撕揉着她,她不知道该怎么办。这种心理并非莎菲才有,类似的人物在更早的庐隐的小说里就出现过。《曼丽》中的曼丽,《或人的悲哀》中的亚侠,《海滨故人》中的露沙,都是挣扎于苦闷和失望中的青年女性。庐隐认为这种苦闷是感情和理智的冲突的结果。莎菲是苦闷、矛盾、骚动不宁的集大成者。中国文学中从来没有过这样的女性类型。最为敏感、多情的林黛玉,相形之下单纯安宁多了。莎菲是"五四"新文化运动引起的中国的文化震动对青年女性心理影响的结果。如果没有时代的转变,那么她们也仍然会有内心的苦闷,也会有热情,但这些苦闷和热情将被压抑着,她们将继续走着她们的前人的路,默默地,隐忍地,把自己消融进别人的生活中,然而闸门一旦打开,流水便纵横泛滥。从道德的角度,可以对莎菲的想法进行指摘,然而问题在于这种心理状态是真实的,富有时代特征的;同时,莎菲的苦闷背后实际隐藏着的是对生活的激情和渴望,一种压抑了很多年的能量开始释放了,这是中国妇女的新的变化,她们不再是半死不活的了。

这种苦闷寂寞然而却在觉醒的青年女性,并非妇女全体。在另一些小说里,描写了那些依然处在不自觉之中的妇女人物,她们一任环境塑造搓揉,心理发生种种变态。其中有两种类型是特别值得指出的。

人们常常说及中国妇女的婉顺、温柔、隐忍。在冰心的《庄鸿的姊姊》中,姐姐也是默默地压抑着自己和弟弟一起求学的愿望,但是她渐渐消瘦,终于死去了。萧红《小城三月》中的翠姨,对包办的婚约不满意,但是她不说出来,只是拖延着自己的婚期,沉默地任凭自己生病,躺倒,死去。这两个人物都是含蓄的,作者的描写也都很含蓄。但是丁玲在《阿毛姑娘》中对这种心理作了大段的、正面的表现和分析。阿毛是一个乡下小媳妇,一些偶然的机会使她瞥见了另一种物质比较充裕、男人也比较温柔亲切的生活，然而当她似乎有了机会脱离现状时，家人粗暴地制止了她。从此她郁郁寡欢，谁也不理，一个人神思恍惚，发愣，乱想，消瘦，生病，治也不好，最后吃了火柴头死去。小说对那种忧郁压抑的情绪和自我戕害的做法作了细致的描写。

中国妇女历来在生活中得不到合理的位置，她们不是被看作祸水就是被当作玩物，她们的感情生活得不到正常发展，封建礼教的束缚又使她们从体力到精神都柔弱无力，以致造成某种忧郁症的倾向、自卑的倾向。她们好像未曾开放就往里蜷缩干枯了的花。在不少小说的不少人物身上都可以看到这种症状的阴影。

病态的社会情况造成了病态的心理。受压抑的结果，还可能导致她们的心理变向另一方向，即更残酷地压抑别人，特别是对那些有权有钱的女人来说。虐待妇女的其实往往也是妇女。《呼兰河传》里整死了“小团圆媳妇”的是她的婆婆，一个也是从媳妇熬老的女人。她口口声声说是为了小童养媳好，但是却毫不手软地折磨她。有的时候，妇女可能是更狠毒的。张爱玲的《金锁记》就写了这种人。曹七巧是一个小家女儿，嫁给了大户人家有残疾的少爷。她忍耐了十年，婆婆丈夫都死了，分到了一大笔财产，但她变得歹毒疯狂，一手破坏了女儿的婚姻，让儿子变得腐败，却毫无愧疚之心。她自己戴着黄金的枷，又用这枷角去劈杀别人。描写“悍妇”的小说古代就有，但是却很少能从社会和心理的原因加以说明。

文学作品中颇出现过一些善良忍让、贤淑端庄的妇女形象。她们往往被写得晶莹澄澈，神圣美妙。她们也常被作为某种善和美的象征。但是中国现代女作家却几乎没有写过这类人物。也许她们身为女性，对妇女生活看得更清，她们不能不看到隐忍的生活背后还有精神创伤、心理变态和性格的畸形。她们不能把自身神秘化。她们不把女人或者看作女神，或者看作女妖。她们笔下的妇女有欲望，有追求，也有弱点甚至丑恶。在一些小说里，她们对妇女的软弱、唠叨、嫉妒、无聊等等，都做过揭示。她们的坦率和真诚，深入和细致，使她们关于妇女性格的一些作品具备了相当的心理深度。这些作品是值得从社会学和心理学的角度加以研究的。当然，这些作品都还达不到《阿 Q 正传》的水准，她们的发现可能不够新鲜丰富,她们的表现也不够机智明晰,她们对中国的传统文化和庞大复杂的社会关系以及在此影响下形成的心理构造的认识还不够深沉完全。然而,无论如何,她们对自身的这种认识是非常重要的。认识自身也是走向解放的必要前提。

三　人生哲学的选择和理想的探寻

当“妇女解放”已经成为一个普遍使用的新名词时,什么才算解放的问题就显得重要起来。这并不是一个不言而喻的问题。什么是好,什么是坏,应该这样,还是应该那样,并非像人们想象的那样明瞭清晰。

丁玲的小说《庆云里中的一间小房里》是发人深省的。这篇小说写了上海的一个妓女阿英,她是从农村卖出来的,她曾希望能回到乡村,嫁给爱人,安安静静生活,然而这一切都很难很难,于是她又想:“我为什要嫁人呢?吃饭穿衣现在并不愁什么?……说缺了一个丈夫,然而夜夜并不虚过呀?”——因为这一句话,作者曾被攻击为诲淫。但是,只有那些对文学完全无知或者故意陷害人的人才能说小说里的每句话都是作者要求读者也照样做的。在这里,丁玲恰恰是指出了妇女——也包括其他人都很容易犯的一种错误:不是去改变现状,寻求和创造新的生活,而是去顺从、适应某种现成的环境,并以为一切都还不错。这种自以为是的幸福感,在某种程度上是妇女解放的最大障碍。价值观方面的分歧是普遍存在的。丈夫官做得大,儿子生得多,脚缠得小,都曾被作为妇女的理想或美德鼓吹过。选择是必要的。

一个动荡的年代也往往是一个人们的价值观念发生变化的年代。妇女又是受那个时代的冲击波影响较大的一部分人。在女作家的小说中,我们可以看到妇女的生活哲学的变化过程和她们自己对这个问题苦苦思索的心理记录。由于种种原因,中国现代女作家的作品中自传性的作品较多,这也许说明她们视界狭窄,但也说明她们的坦率和热忱。在这些作品中,她们认真、严肃地思考着人生价值和人生道路的问题。同时,她们的思考和探索总是在不同观念的对比和抗争中进行的,是在人和环境的冲突中进行的。她们往往是通过否定一种观念来建立一种观念的，我们由此可以更多地看到问题的全貌。当然，人生观的问题是个很大的问题，这里主要讨论妇女特有的方面。

庐隐的《海滨故人》中，几个女学生进了学校，思想变得和家长不一致了。有一个学生的父亲为她看中的丈夫，是“不但学问好，而且手腕灵敏，将来一定可以大阔的”，“实在是不可多得的人才，将来至少也有科长的希望……”，而女儿却偏偏嫌他是个官僚，她不愿意再做“满肚皮的才子佳人思想、三从四德的观念”的旧式小姐。在“五四”时代发生了“代差”的现象，“父与子”的冲突。有人甚至认为这是引起对包办婚姻的强烈反对的主要原因①。女儿反对父亲包办她的婚姻，首先是因为她和家长选择的标准全然不同了。“代差”主要就是由人生观、价值观方面的变化引起的。

冯沅君在她的《隔绝》和《旅途》中对追求爱情的行动作了大胆赞扬。在她看来，在爱情面前，社会舆论，别人的闲话，母亲那种坚持成见置女儿于不顾的自私的爱，都不过是“道旁的荆棘，虽说能将我们的衣服挂破些，可是不能阻止我们的进行的”。她在爱情自由和旧道德之间坚决倾向前者。

陈衡哲把妇女放进了事业和家庭的矛盾之间。《络绮思的故事》借用了一个美国女子的故事来阐明作者的看法。为了求学，络绮思放弃了一桩十分美满的婚事，终于成了著名学者。生活难以两全，不能不使读者和络绮思同样感到一种惆怅，但络绮思的选择是那样坚决而无可改悔。作者也是个学者，她的思想和“女子无才便是德”的观念已经相隔非常遥远了。

谢冰莹描写了她在感情和思想之间的选择。她的自传小说《女兵十年》写到了她的初恋。她和一个男子发生了感情，但最终拒绝了他，因为“他的思想和我背道而驰的”，“我不能和一个非同志恋爱”。她提出了她的爱情方面的原则：思想一致。当然，必要的前提是妇女已经能有自己独立的思想，否则，夫唱妇随，一致也没有意义。

小说这种形式使它在阐述人生问题时总是比较具体，在现代妇女

① 见于费孝通《生育制度》。

小说中，对家庭、婚姻、爱情、贞操、道德、就业等问题都有触及。这对现代道德的建立和完善是有很大意义的。思想的结晶经过时间的激扬淘汰，有的已经沉淀进我们今天的道德观念中。

当她们塑造理想的妇女形象时，她们把独立自强精神作为最要强调的品质，正和数千年来妇女的依附地位针锋相对。在丁玲的小说中，她并不自然主义地置女主角于一种完全被动的、身不由己的情况，她让她们有所自觉，有所决断，有所行动，她赞扬那些敢于创造新生活的女性。在《母亲》中，她不但提供了很有历史价值的辛亥革命前湖南绅士社会的妇女生活史，而且塑造了一个积极进取的母亲形象。她对母亲的爱，首先体现在对这种进取精神的关注，而不像通常人们只赞美母亲的慈爱和牺牲精神。母亲是个“把脚缠得粽子似的小的女人”，一个带着两个小孩的寡妇，但她要突破那个“一切书上、一切的日常习惯”定下的那个“界限”。她放开了裹脚布练习跑步，是这本书里最令人感动的情节。《我在霞村的时候》中的贞贞，因为要求恋爱自由而意外遭了不幸，被日本鬼子抢走了，她在那边受了侮辱，也做了工作，但她回到霞村，人们认为她是不洁之人，她的家人也认为情人还肯要她就很幸运了。也许别的作家会安排她和原来的情人结合并幸福地生活，但是丁玲拿出一副力排众议的劲头，她不认为贞贞从此理屈心虚地在村里生活会是幸福的，她让贞贞拒绝了情人，离开闭塞落后的霞村，去学习，去工作。新政权已经提供了解放的可能性，贞贞为什么还要退回到那种狭隘的、落后的传统意识中去呢？丁玲鼓励她勇敢前进。

“五四”时期，妇女追求恋爱自由，她们的作品常常把爱情写得比较美好神圣，但是生活背景转换之后，矛盾也发生了新的变化。《一九三〇年春上海（之一）》中，丁玲指出女主人公原先那种“只要有爱情，便什么都可以捐弃”的理想是保持不久的，因为她不能只把另一个人当作她的整个世界，她要在社会上占一个地位。郁茹在小说《遥远的爱》中，描写女青年罗维娜经过痛苦的内心斗争，离开了她的平庸的自私的丈夫，投身到游击队的斗争中去。从追求爱情到试图超越个人的感情圈子和小家庭的生活范围，这并不意味着女作家们的自相矛盾，这只说明她们是在不断开拓理想境界、不断前进的。正是在这种不停的探寻中，她们的作品才保持了生气，而不是在单调重复中变得凝滞、僵化。

在中国现代化的进程中，改变人们几千年的传统观念和人生哲学也是非常重要的事情。新文学的前驱们曾以此为己任。这是一件艰巨而复杂的工作。作者本人也必须不断洗刷淘汰自身背负的旧东西，否则可能永远都只是在一个老框子里翻跟头。在女作家的这些作品中，也有旧道德的阴影在闪动着，然而就总体来说，她们关于女性生活价值观的开拓性的探讨是至今仍有意义的。

四　时代和女作家

“五四”以前，中国就有过“女子参政运动”这样的妇女运动。“五四”前后，对妇女问题进行了一场革命性的广泛深入的讨论[①]。讨论者以民主、科学为武器，对传统的封建妇女观作了全面的否定和批判。从四书五经中歧视妇女的理论直到当时反对妇女解放的种种谬论，都一一被驳斥。同时，从妇女运动，伦理、道德、贞操问题，男女社交公开问题，婚姻、家庭问题，女子教育问题等等直到妇女的装饰问题，都提出了许多建设性的意见。新文化运动的知名人物几乎全都为此写过文章。这种大规模的讨论先前未曾有过，以后也未曾有过。然而，当时参加讨论的妇女却很少，这事实本身也正说明了妇女解放的迫切性和必要性。幸运的是，中国现代女作家多在此后开始从事文学活动。妇女解放运动没有成为一项独立的、强大的社会运动继续发展，但是这场讨论已经为文学探索妇女问题做好了理论的准备。

旧时代中国妇女的生活是单调的，沉闷的，死板的，但是在一个动荡不安的历史时期成长起来的女作家，却得天独厚，经历了一些艰苦曲折的、浪漫的生活。她们的生活中有痛苦，有血有泪，更重要的是有抗争和追求。她们中不少人为婚姻、求学、谋生等问题作过艰难的奋斗，在追求真理的过程中历尽心灵的劫难。她们的传记像她们的作品一样

① 见于“五四”前后《新青年》、《少年中国》、《新潮》等杂志。

吸引人。她们个性强烈,但她们的命运又和全体妇女密切相关,和整个社会生活密切相关。最早论及一种妇女的文学观的英国女作家维吉尼亚·吴尔芙曾经指出以往的生活状态压抑了妇女的写作才能,她提出妇女要写作,须得有两样东西:固定的收入和自己的房间。[①] 然而,对中国现代女作家来说,最重要的是动荡的时代给了她们奋斗闯荡的机会。

"五四"新文学兴起的时候,"活的文学"和"人的文学"是两个重要的口号。"为人生"成为新起的很多作家的写作指导思想。对人民命运的深切关注,对社会和人生重大问题的关心,对生活的介入和关切的态度,是"五四"文学传统的重要部分。这种文学潮流自然会促进女作家的作品面对社会,面对生活,也包括面对妇女问题。从早期冰心、庐隐开始创作"问题小说",到后来丁玲赴延安之后,妇女问题始终是她们关心的问题。

在漫长的中国文学史上,并非没有过妇女作家,但妇女的作品主要见于诗、词、弹词方面,在散文文学方面几乎是空白。然而"五四"以后,妇女作家在妇女几乎未曾涉猎过的小说领域中取得的成就最大,远超过她们在诗歌和理论方面的贡献。她们对生活的敏锐细致的体会能力和丰富活泼的情绪态度帮助了她们。小说是一种自由而具体的文学样式,与其他体裁相比,小说是最生活化的,与现实关系最紧密的,最富有现实主义精神的。

这些因素推动女作家去思考、探索并表现有关妇女的种种问题。然而,并没有形成专门的一种"妇女文学",也没有出现过专写妇女的妇女作家。妇女问题是一个社会问题,它不可能孤立地得到解决,这是当时人们就认识到的一个问题。民族的灾难如此深重,社会的阶级矛盾如此尖锐复杂,妇女作家不能不超越自身的圈子,去为更广阔的事业奋斗。同时,也由于她们一般说来创作数量不大,她们未能对妇女问题作更深透详尽的表现。从某种意义上说,她们的成绩也就是她们的局限。

---

① 见于 Virginia Woolf. *A Room of Ono's Own*。

但是，她们的真诚、坦率、热情、认真的态度，她们反抗的、批判的、不屈不挠的精神，她们的同情心、爱和理想主义，是至今犹在文学的历史中闪烁光彩的。

在中国的现代化进程中，妇女问题是一个重要的问题。岁月流逝，有的问题消失了，有的又产生了，也有的始终存在着。中国妇女从裹小脚的几乎是世界上最畸形的境况中走了出来，她们将走得多远？她们的前景是什么？——这是当代文学要表现的主题。生活无限丰富，前景充满希望，但是我们迈步的时候，回首一瞥，看看我们曾经达到过什么水准，是必要的。

（原载《北京大学学报（哲学社会科学版）》1985 年第 3 期）

《白毛女》演变的启示

——兼论延安文艺的历史多质性

孟　悦

延安时期的文学通常被不言而喻地看做是纯粹的政治运作的产物，研究这个时期的文学多少被视为某种政治表态，于是不大有人对其更复杂的内容作学术性的分析。当政治环境许可时，人们首先想到去做的往往是揭示其中的政治话语运作方式，去求对主宰了中国大陆文化界几十年的话语系统表示一种拒绝和批判。这种拒绝和批判无疑有相当深刻的意义，它不仅提供了政治立场，而且提供了历史的立场。但这种批评却有自身的局限性，比如，它容易流于一种简单的贬斥。这种贬斥的简单性甚至可以通过套用西方一些理论的"批评"视点和语汇，从而获得正当性。比如，福柯（Michel Foucault）的"话语"概念就常常被抽象化成一个功能结构或一种压迫机制，于是我们不用像福柯本人那样进行什么历史的知识考古学的研究，也就可以将"延安文学"作为一个严丝合缝的机制进行分析。福柯的权威形象反倒成了对批判者自身"话语"背景的庇护。在这种情况下，延安文学与"五四"以来新文化之间的关系，以及包含在其中的许多非政治层面的问题，依然不能拿到桌面上讨论。因此，这篇文章的目的之一可以说是为研究延安文学和现代文化史寻找另一些可能性。我想通过对延安文学的代表作《白毛女》中文化因素的讨论，把对解放区文艺的研究尽量放在一个复杂的视野和背景上。毕竟《白毛女》所代表的解放区文化并不是一个绝缘体，它和整个"五四"以来新文化的历史上下文有着千丝万缕、曲曲折折的关系。

此外，《白毛女》及延安文艺实际上还关系到在新文化圈内看不大清的另一些问题，比如它对"现代"与"传统"关系的处理，就与"五四"以来的激进阵营有相当的差别。怎样看待这种差别，它有没有政治之外的文化的意义？如今已有不少人对于“传统”和“现代”达成了一点共识，即“传统”与“现代”并不是两个不可拆解的，按时序排列的板块。那种把“传统”与“现代”当作截然对立的两个时代的看法，作为一种思维和修辞模式，往往投合着一种功利目的论的话语机制。从这种看法中可以引申出另一个十分重要但没有深入讨论的问题：即“传统”与“传统”之间的区别，以及它们在“五四”以来的新文化中扮演的不同角色。迄今为止，我们所谈的“传统”多是指在政治和伦理意义上的儒家和新儒家的传统。没有多少人过问其他可能存在的传统。比如30年代民粹主义者关注过的一些民间形式和民间艺术等。不同“传统”在不同话语中占有不同的位置，这一点我们把延安文艺与“五四”新文化对照来看就会更为清晰。“五四”新文化体现出这样一个尴尬：为了建立一个既是“现代”的，又是“中国”的新文化，它既要排斥“本土资源”，又要吸引“本土大众”。倒是往往只被看成一种政治强制文化的延安文艺，把一些“本土资源”与“大众”连在了一起，而且这种对民间文艺的发掘，早在毛泽东的《在延安文艺座谈会上的讲话》之前就已开始。本文力图以这样一些问题为背景，考察所谓“新文化”、“通俗文化”，以及新的政治权威三者之间的相互关系，在几个《白毛女》文本中的曲折体现，以及它们在《白毛女》几次修改中的演变。最后，对这些问题的探讨也使我有机会对以前分析《白毛女》的一篇旧作做某种补充和修正。[①]

一　如何重构“革命通俗文学”[②]的历史环境

《白毛女》是一部几经加工修改，从乡民之口，经文人之手，向政治文化中心流传迁移的作品。从某个宽泛的文化角度上看，《白毛女》不仅是一个叙事，不仅是一种心态（mentality），甚至也不仅是一种话语

① 这里指的是笔者1991年发表于《二十一世纪》上的一篇文章，《女性表象与民族神话》。

② 这个小标题是借用李陀提出的一个说法，关于其定义是有关革命文学研究有待讨论的问题之一。参见李陀的文章《1985》，《今天》（1991年三四期合刊），第59—73页。

(discourse)——虽然尽可以把它作为叙事、心态及话语来研究。它还关联着一种在"解放区"形成的特定的文化实践——这种文化在形式来源、生产经过和传播方式上都既不同于"五四"以来在知识分子层中流行的新文化,又有别于"原生的"民间文艺形式和意识形态。而作为文化产品,它既有明显的"本土"、"大众性"或"通俗"色彩,又有受西方文化影响的"文化人"的加工痕迹。这样说并不是否定它的政治特征,而只是想说明,这种带政治功利性的文学反而可能有一个复杂的历史和文化的上下文。如何重新清理这个上下文是我们研究解放区文学以及整个现代文化史的一个先决条件。

《白毛女》的故事从30年代末就在晋察冀一带开始流行。根据后人追述,这故事的一些情节出自土地改革中的一件实事,由当地一带村民口口相传,广为流行,后由来到边区的文艺工作者写成小说和报告文学,并编成民间形式的歌舞表演。[①] 40年代初,当时往来于延安和晋察冀共产党根据地的西北战地服务团的文艺人把据这个故事创作的文学和歌舞剧带到了延安。[②] 延安鲁迅艺术学院进一步扩大了细节、主题和民歌曲调基础,改编出了情节和风格都更为复杂的歌剧《白毛女》,于1945年在延安演出,并巡回到张家口等城市上演。1950年,导演水华、王滨等人将歌剧剧本改编为电影剧本,由东北电影制片厂摄制成故事片,次年在全国上映。"文革"时期,歌剧《白毛女》和故事片《白毛女》都受到了批判。经过再度修改故事情节,出现了"革命芭蕾舞剧"《白毛女》。不久后这部舞剧被拍摄成舞台艺术片,成为"文革"时期城乡影院里反复上映的寥寥数部影片之一。这时期还出现有戏曲改编本等等,不过多已属于一种无谓的重复。

从上述简单回顾中已经可以看到,《白毛女》的故事至少是在当时

---

① 参见贺敬之为《白毛女》歌剧剧本写的前言。本文系根据英译本 The Whitehaired Girl: Anopera in five acts, Yang Hsien-yi 与 Gladys Yang 合译,第80—81页,北京:外文出版社,1954。又见王汶石《闲话〈血泪仇〉与〈白毛女〉的创作》及丁毅、苏一平《延安歌剧的成就》两篇文章,第26—28页,第11—15页,均载陕西省社会科学院主持出版的《延安文艺研究》1984年创刊号。

② 参见戈焰《漫话西战团》,第105—106页,《延安文艺研究》1985年第3期。

汇聚解放区的几种文化力量的相互作用或相互较量中形成的。首先，它有一个在当地农村口头流行的史前史，很可能还有一个地方民间信仰的背景。但有关这口头流行史和民间信仰我们却没有多少直接的信息。比如我们没法证明，这个故事最初口口相传的原因是否与“白毛仙姑”信仰的流行程度有关系。其次，《白毛女》从传说到剧本的经过还有另一个很大的背景，那就是解放区的“大众文艺”或“通俗文化”运动。这种“通俗文化”运动不是由下层阶级中自发产生的，毋宁是从上而下引导的。它的标志是文化人对于地方和民间文艺资源的学习和利用，包括对形式、体裁和人才的利用。从30年代中后期开始，大批文化人士就从城市来到乡村，以通俗形式作抗日宣传，后来汇集到几个解放区，形成学习、整理、利用和改造各种地方及通俗文艺形式，在村落之间作流动或定点宣传演出的风气。诸如“秧歌剧运动”，“街头诗运动”，“活报剧”演出，戏曲改革，以及等等都属于此类。第三，《白毛女》显然也有一个西方文化以及“五四”以来新文学的渊源：它的创作者中有很多熟悉西方文化，受“五四”新文化熏陶，长期生活在城市的作家，它的形式也可以看出西方歌剧形式的明显痕迹。最后，它还有解放区政治文化和意识形态的背景，比如土地改革，破除迷信运动，以及思想整风运动。

《白毛女》的流传和创作过程里正好反映了这种文化上的接缝。这种接缝表明，解放区文学的出现不仅是一个政治或政权的结果，它还编织在某种预期之外的现代文化史的复杂脉络之内。从“五四”时期到解放区，中间隔了一个30年代（大约1927—1937），实际上标志了“传统文化”与“现代文化”的对立模式逐步瓦解、逐步变形的过程。解放区意识形态所追求的民族风格与新社会理想的合一，与其说是新政治权威的独创，不如说也是一部分知识人的共识。如果这一点成立，那么在知识群体和政治力量之间存在着怎样一个共同的意识形态基础，这种共同基础又是在怎样的历史契机下形成的，就应是值得讨论的问题。还有就是文化界和知识分子的大规模迁移和这种迁移带来的结果。“五四”时期曾有一个文人从地方向中心城市迁移过程。而在30年代后期可以看到一种反向的迁移，接着开始了城市文人对地方文艺形式的集体性的收集和重写。这种知识分子和专业人员与中国的普通社会之间的紧密接触实际上大大促动了不同地域文化传统之间的交换和转型。理解《白毛女》这类革命文学产生的历史背景,不能不考虑到这些有待从某种文化史的角度去探讨的问题。

从文学角度上看,这些文化上的接缝遗留在歌剧《白毛女》的文本形态中,使它与解放区的另一些创作有了区别。这区别倒不在于《白毛女》是否就少一些政治说教味,而在于它有一个相对多样的文本关联域。举个例子来说,小说《红旗谱》,秦腔现代剧《血泪仇》,秧歌舞《兄妹开荒》可以说表现了与《白毛女》同样的政治意识形态,但它们各自涵盖的文本和文化传统却有些不同。《红旗谱》形式感的源头可以追溯到五四以来的新文学中现实主义的创作方式,而后者又是借鉴了欧洲19世纪文学的结果。这部小说与"五四"以后的现实主义文学之间如果有差别,也主要是心态上的("整风"后的心态),而不是文本特征上的。《血泪仇》则是以"旧瓶装新酒"的方式调整传统戏曲形式与"现代"政治内容间的关系。相比之下,《白毛女》的文本形态却形成于新文化与老文化、洋文化与土文化、城市文化与乡村文化之间。它在编成歌剧之前就已经是一场解放区特有的"通俗文化"运动的产物。它包含了许多陕北及河北地方剧,秧歌和民歌的形式和曲调,这一点已是得到共识的。但容易为人忽视的一点,是它在整体形式上又不全是通俗或民间的,可能也不甘于通俗或民间。比如,《白毛女》的歌剧的场面编排与《兄妹开荒》之类的秧歌剧就有很大差别,它的场面调度基本上是为比较专业性的舞台演出设计的,须经多次排练,场面颇大,同时还需要有布景。与那种可以在街头或空场聚起一群乡民就开演的"民间"节目不同,它将来是要拿到大城市里上演的,也确实成功地在大城市里上了演。可以这样说,把《白毛女》改编成歌剧本来就不是为了改得更"土",倒是为了更"洋",不是要更"俗",而是要更"雅"。[①]

这样的角度怎么区别于正统"土洋结合论"的老生常谈呢？我想

---

① 《在延安文艺座谈会上的讲话》一文把这种"大众文学"的来源问题说得很清楚:"工农兵文学"或"人民大众的文学"原就不一定指由大众之中自发产生的文学,毋宁倒是指文人到大众中去,向大众学习,然后"为大众"而写的文学。正因一班"非大众"的文人担负着写"大众文学"的任务,从而才有所谓"改造世界观","在思想感情上接近工农兵"的需要。

关键是如何理解这样一个现象:虽是宣传同一种意识形态,《白毛女》却比在体裁上偏“土”的《血泪仇》和在叙述上偏“洋”的《红旗谱》更有经久性,更有吸引力。实际上,说起20世纪以来在中国的城市乡村、各行各业、男女老少中流传最久,知名最广的那些经典革命故事,第一个就要算《白毛女》。早在40年代中后期,歌剧《白毛女》在延安上演时据说是场场爆满,当时的观众是扶老携幼,布满墙头屋顶树杈,甚至从几十里地外赶来看戏的农民也大有人在。① 据一本中国出版的电影史类书载,“一九五一年根据歌剧本改编的电影《白毛女》在第六届卡罗维·发利国际电影节获特别荣誉奖后,在全国二十五个城市一百二十家影院同时公映,首轮观众人数即达六百余万”②。当然,这种奖杯和票房价值不是一部“杰作”的衡量标志,但用来衡量一部“为大众”的作品是否成功,是否比同时期其他“为大众”的作品更成功,却多少还有合法性。

于是,研究《白毛女》这个背景复杂而又相对成功的“革命文学”创作的难点,就在于重提这样一些问题:《白毛女》的流行性,它的成功是否仅仅是政治意识形态的强迫性?是否与它的“通俗形式”有关?抑或和它的“土洋结合”、“雅俗共赏”有关?设若“雅俗共赏”并不必然就意味着“政治强迫”,则可以引出另一类问题:比如,在文人的、乡土的以及政治权威的几种力量之间,有没有摩擦、交锋、或交换呢?显然,至少曾经是有过的。那么,又怎样才能把它们之间可能有过的互相作用、往来回合呈现出来?这里,由于笔者材料和知识积累方面的限制,许多有文化意义的问题,如音乐形式的流传分布及改编情况、观众成分和演出效果等等,在这篇文章里都无法涉及。我只能把观察的对象限定在文本的范围内。但即便在文本范围里,仍然存在一个如何呈现各种力量之间的交锋与回合的问题。有没有可能在文本和形式层面区分出什么是大众可以认同的话语位置,什么是“国家意识形态”的压抑机制,二者的界限在哪里?“土”的形式与“洋”的形式,文人的风格与民间的风格,政治的主题与非政治的主题,这几类不同的东西在《白毛女》

---

① 参见丁玲为“延安文艺丛书”写的总序,长沙:湖南文艺出版社,1984。

② 顾向贤、张建勇等:《当代中国电影》,第91页,北京:中国社会科学出版社,1989。

里怎样汇接到了一起？民间的形式与政治话语之间形成了一种什么样的关系？每种版本吸引观众的东西有没有什么不同？为了呈现这种可能有过的回合，我下面将对《白毛女》的不同版本做一种比较式的分析。

二　歌剧本中的两种运作程序

在两年前的一篇文章里，我试图揭示《白毛女》中的国家话语的生产关系的构成，强调在它的叙述中存在一种在“性别”分野与“阶级对立”之间进行的概念偷换。这种偷换的结果是国家话语机制随着叙述过程从无到有地产生了出来。这篇文章集中在《白毛女》的叙述如何把国家意识强加于性别和大众的一面。[①] 这里我想补充和修正的是

① 主要论点如下：按照这个模型，这则叙事本可有多重语义发展可能性：譬如，它完全可以被叙述为一个大春与喜儿和黄世仁之间恩怨情仇的故事，也可以铺展成杨白劳与黄世仁不共戴天、夺回女儿的故事，还可以繁衍为喜儿作为女性的处境与自我的故事。所有这些可能性都必然包含与性或性别相关的冲突矛盾，要么是两个男性争夺对女人——交换品的所有权，要么是两个性别之间暴虐/反暴虐的斗争。然而在我们眼前的叙事中，大春既未当成黄世仁的情敌，杨白劳也过早身亡，于是，任何以男性个体名义发生冲突的可能性就排除在事件链条之外，唯独留下喜儿与黄世仁对峙。但显而易见的是，即使在如此明确的性暴虐情节中，喜儿与黄世仁的冲突却依然并非“性”的或“性别”的。喜儿这个被强暴的性别形象显然并不像祥林嫂或单四嫂那样，至少传达着性别压迫的事实；为喜儿赢得同情的，并不是她作为被交换物的性别处境，而是她未能按男性主导的正常交换秩序被交换，因而，她这个性别与男性秩序的矛盾根本不曾在情节里出现。《白毛女》突出了一个性暴虐的情节而又不传达与任何性别有关的语义，倒是异常直接地引入了另一种冲突，即阶级的冲突。实际上，摈除所有“性”及“性别”冲突的可能性，正是为着使《白毛女》的整个叙述完全纳入“阶级斗争”的发展线索。喜儿与黄世仁之间强暴与被强暴的性别压迫事实一旦被抽空，便只剩下压迫与被压迫的关系式——刚巧符合我们关于“阶级”概念的简单化理解，我们从一开始就习惯于把生产方式上的阶级简单化为任何一种群体性的对立与差异，或是贫富差别，或是社会等级，或仅仅是“我们”与“他人”。随着喜儿“身体”标记的完全消亡，她的性别处境已被抹却，痕迹不剩，但留下的那个空位，却被名之为“阶级”。一个不再有身体的“受压迫女人”就这样在被剥除了性别标记之后，变成了“受压迫阶级”的代表。当革命来临，喜儿的形象出现在斗地主大会上时，一个没有形体的、不在场的“被压迫阶级”终于借助她而有血有肉地出现。《白毛女》的叙事设计就这样完成了一个意识形态诡计，即以一个传统性别角色模式中的人物功能、以性别个体之间的对立关系，承载了“阶级”关系和等级，以喜儿被压迫的女性表象充填、支撑了与地主殊死对立的“贫苦农民”，或曰以等级底层的“性别”表象填充并支撑了“被压迫阶级”。可以说，若不是靠抹煞身体与性别，与喜儿的性别化作一个空洞位置，则党的权威和位置及整个“阶级斗争”的政治象征秩序，都将无可附着。

《白毛女》从传说到歌剧，又从电影到舞剧的改编过程。如果把这个过程仅仅看作一个从始至终非常合目的性的话语专制运作程序，就会简化这个过程的历史性，忽漏其中可能存在的各种复杂话语关系。下面我要做的是对“白毛女”故事的各个“再创造”过程中不同话语、不同逻辑、不同实践原则进行具体的比较和分析。先来看看从传说到歌剧的过程。

传说的原本面貌是不可能看到的，但却可以看到这样一个素材被讲成什么样的故事。根据歌剧执笔人之一贺敬之在1951年做的追述，这个故事原是一个做地方工作的区委干部的经历。一天他到一个村里召集开会，正值十五，村民们都不来开会，祭祀“白毛仙姑”去了。这个干部带人上山抓到“仙姑”，发现原来是个苦大仇深的女人。① 据贺敬之说，以这件事为原本的歌剧，本来有可能写成一出以破除迷信为主题的作品。但是鲁艺剧院的文化人最终决定把它写成一个“旧社会把人变成鬼，新社会把鬼变成人”的故事。其情节表现了一个从杨白劳被逼死，喜儿被抢走，到共产党来了以后，在山洞里发现喜儿并把她带回村子，替她申冤雪恨的过程。② 歌剧结尾处，村民们和喜儿一起开会声

---

① 贺敬之的叙述大致如下：那仙姑据说常于夜间显身，一身白。村民们放在庙里的供品第二天就会被取走。若是村民们忘记放供品，神龛后就会有个声音进行威胁。区委断定大概村民们是把什么野物误认作“仙姑”，于是带了几个民兵到山庙里等着抓鬼。夜半之后一个白影进了庙。区委喝问，白影转身向他扑来，区委开枪，白影负伤跑走。区委尾随追至一个山洞，发现白影蜷身护着一个孩子。区委再喝问时，“仙姑”涕下，讲述了自己的身世：她十七岁上，做佃农的父亲被逼债而死，她以身抵债到了佃主家。有了身孕后，债主不愿娶她，反图谋加害，不得不常年躲在山上，靠吃庙中的供品维生和养活孩子。这里的文字系据英译本意译，见前注。

② 歌剧的情节大致如下：除夕的晚上，杨白劳从外面躲债回家，与女儿喜儿、邻居王大婶和她儿子大春准备过年——大春是喜儿的未婚夫。地主黄世仁派人把杨白劳叫去，逼他以喜儿来抵债，强迫他在卖身契上按了手印。杨白劳回家后不忍直言，深夜喝盐卤自尽。喜儿被抢到黄家，受到黄母的打骂折磨。被黄世仁强奸后，欲自尽，被女佣张妈救下。大春和同村青年大锁气愤不过，打了黄家的人，不得不逃跑投奔红军。一年后，黄世仁要娶亲，骗已怀孕七个月的喜儿说是娶她。喜儿最初信以为真，经张妈提醒明白了真相，找黄世仁质问，被打昏过去关了起来。张妈发现黄家母子准备将喜儿立即卖掉，遂帮助喜儿连夜逃走。黄发觉，派人追至江边，以为喜儿投江而死方罢。喜儿在山洞藏身，生下孩子，靠吃野果和庙中的供品为生，头发变白。村民有见其行迹者，以为神灵显身，遂祀奉之。数年后，大春所在的八路军抗战经过杨各庄，大春留下做地方工作，母子团聚，皆以为喜儿已死。听说“白毛仙姑显灵”的事情后，带人等在庙里，射伤“仙姑”，并追至山洞，闻有小孩哭声，发现并认出喜儿。

讨黄家的罪行,庆贺穷苦人的重见天日。“旧社会把人变成鬼,新社会把鬼变成人”的主题确实通过喜儿的遭遇、身份和形象,以及唱词表现出来。为了突出“鬼”与“人”的主题,歌剧特地安排了满头白发的喜儿在雷雨之夜的奶奶庙里,不期撞见地主黄世仁的场面。在这个场面中,黄世仁把喜儿当作鬼魅,引出了喜儿一段悲愤的唱词:“我是人!让你们逼成了鬼!”而在歌剧结尾处,全体村民合唱的主题是“太阳出来了”,喻示着“仙姑”重返村庄,斗争地主黄世仁,过上正常的人的生活。

然而,虽说政治话语塑造了歌剧《白毛女》的主题思想,却没有全部左右其叙事的机制。使《白毛女》从一个区干部的经历变成了一个有叙事性的作品的并不是政治因素,倒是一些非政治的、具有民间文艺形态的叙事惯例。换言之,从叙事的角度看,歌剧《白毛女》的情节设计中有着某种非政治的运作过程。这里,问题涉及的已不仅是政治文学的娱乐性,而是政治文学中的非政治实践。因为,这个非政治运作程序的特点不止是以娱乐性做政治宣传,反倒是在某种程度上以一个民间日常伦理秩序的道德逻辑作为情节的结构原则。我们看到,歌剧剧本与贺敬之转述的真事之间有几点出入:首先,歌剧添加了一个原本没有的开场戏:过年。其次,那个抓住“白毛仙姑”的区干部在歌剧里几乎完全不见了,取而代之的是另一个角色:王大春。那么,过年这个开场和大春这个人物带来了什么?带来了很多有意思的东西。比如,过年的场面在舞台空间里展示了一个以天伦之乐为理想的社会关系形态,以及一个体现在送旧迎新的仪俗之中的文化价值系统。王大春这个角色则带来了喜儿青梅竹马的未婚夫婿,一个本来应嫁过去的家庭,一个日常生活嫁娶行为的交换结构。两者叠合在一起,一方面突出了某种民间的、普通社会的伦理秩序,一方面激活了与这个伦理秩序下的道德逻辑密切相关的叙述审美原则。如果说贺敬之所讲的“社会”是政治化的,以政府的转换为标志的,那么这里,我们看到的却是一个以家庭和邻里关系及其交换为核心的普通社会形态。如果贺敬之认为“由鬼变人”的政治主题打动了观众,那么歌剧《白毛女》显然还满足了另外一些非政治的欣赏目的:这里不仅有地主与佃户的阶级冲突,不仅有孤儿寡女的苦大冤深以及共产党解放军的救苦救难,也有祸从天降,一夕间家破人亡,有良家女子落恶人之手,有不了之恩与不了之怨,有生离死别音讯两茫茫,有绝处不死,有奇地重逢,有英雄还乡,善恶终有一报。一句话,普通社会长期以来形成的伦理原则和审美原则,真实的也好想象的也好,在很大程度上与贺敬之所讲的那个"新旧社会"对立的政治原则一道,主宰着《白毛女》由传说到歌剧的生产过程。

让我们通过歌剧的几个中心场景来看看这种民间道德逻辑及美学原则的运作及其与政治主题间的关系。

比如第一幕。这一幕通过对时间和景物的选择把剧情的始点构造成了这样一个有道德内容的戏剧冲突:一个本分人家的日常生活常规及基本做人标准遭受外来恶势力的威胁和践踏。这一场的时间设计在对农人来说有仪俗意味的年关,场景是杨家。从舞台布置到对话和情节安排,都很合目的性地呈现着一个民间日常生活的和谐的伦理秩序,以及其被破坏的过程。大幕拉开,正是雪花纷扬的除夕之夜。杨家室陋屋寒,几近一无所有,却也要过个平安团圆年,桌上摆着保平安的灶神像,喜儿独自和着面,等着相依为命出外躲债的爹爹回家团圆包饺子。杨白劳冒雪而归,带回了门神、白面和给喜儿买的礼物——红头绳。邻居王大婶前来殷勤相请,话里话外透出两家关系的亲密无间,并提起喜儿大春来年的婚事。这样的一些细节体现着一个以亲子和邻里关系为基本单位的日常普通社会的理想和秩序:家人的团圆,平安与和谐,由过年的仪俗和男婚女嫁体现的生活的稳定和延续感。在接下来的场景里,赵大叔、王大婶和大春都来到杨家包饺子过年,民间生活秩序的和谐理想通过全体反复的齐唱得到了强化。

与这种团圆和谐的场面设计相对,黄家一出场就代表着一种反民间伦理秩序的恶的暴力。黄家的每个场景都是反伦理,反普通社会的场景。我们看到,黄家恶势力闯入了杨家,破坏了过年景象的内在和谐,打破了原有家庭和日子的延续链环。就在杨家人为到谁家去包饺子相让不下时,黄世仁的管家穆仁智闯进来强迫杨白劳跟他去见黄世仁。布景一转,黄世仁在除夕之夜借逼债之名,强霸人女。不愿以女儿抵债的杨白劳竟然被强按着在喜儿的卖身契上盖手印,然后被推出大门倒在雪地里。(稍后,黄世仁又在佛堂里奸污喜儿。)不用说,这一系列的闯入和逼迫行为不仅冒犯了杨白劳一家，更冒犯了一切体现平安吉祥的乡土理想的文化意义系统，冒犯了除夕这个节日气氛，这个风俗连带的整个年复一年传接下来的生活方式和伦理秩序。作为反社会的势力，黄世仁在政治身份明确之前早已就是民间伦理秩序的天敌。

民间伦理逻辑的运作与政治话语之间的互相作用就表现在这里：民间伦理秩序的稳定是政治话语合法性的前提。只有作为民间伦理秩序的敌人，黄世仁才能进而成为政治的敌人。万一黄世仁在某种意义上遵循了这个秩序的规定，比如娶了喜儿而不是置她于死地，结果他就很可能越出了政治敌人的范畴，于是就不会有《白毛女》这个故事，也不会有它的政治意义。黄世仁的反社会伦理是极端的，到了"仇"的地步。杨白劳的死和喜儿的被抢拆散了使普通社会的秩序赖以依托的基础：这个社会的基本单位（家庭）及其延续机制（婚姻）遭到了破坏。当黄世仁对民间社会秩序的冒犯变成对这一秩序的毁灭时，按照道德逻辑以及叙事原则，报仇成为必然的剧情发展规律。

在这种情况下，大春的归来是民间伦理的道德逻辑所预定的，平恶申冤是这个逻辑自我强化的一个功能。当然，归来的大春是一个双重代表：一方面，他是民间秩序的归复者，另一方面，他又是新政治力量的代理人。但是，只有当他是代表民间秩序的归复者时，他才是政治的代表。大春归来的场面里有这样一个细节：一身军装的大春和刚从监狱中被救的大锁回到杨各庄，村民一见之下纷纷跑开，大春便喊到："老乡们，不要跑，我们是共产党八路军！"大锁在一旁笑道："这样就把乡亲们吓跑了。""乡亲们，赵大叔，大春回来了！"大锁喊。赵大叔们果然都回来，弄清"八路军"就是原来传说中的给人带来好日子的红军，方才释疑，兴高采烈地团团围住。也就是说，只有当大春的民间身份得到确认时，他的政治身份才得到确认。而这个由红军或八路军所代表的政治必须是民间伦理秩序的支持者，必须曾经带给人好日子，否则根本没有叙事功能。

于是，在民间伦理逻辑的运作与政治话语的运作之间便可以看到一种回合及交换。政治运作是通过非政治运作而在歌剧剧情中获得合法性的。政治力量最初不过是民间伦理逻辑的一个功能。民间伦理逻辑乃是政治主题合法化的基础、批准者和权威。只有这个民间秩序所宣判的恶才是政治上的恶,只有这个秩序的破坏者才可能同时是政治上的敌人,只有维护这个秩序的力量才有政治上以及叙事上的合法性。在某种程度上,倒像是民间秩序塑造了政治话语的性质。

这当然不是说民间秩序是政治话语的决定者。毋宁是表明,民间道德逻辑的运作与政治逻辑的交锋可以进行到怎样的程度。在歌剧中,这两种运作程序的交锋最终达成了某种妥协:一个按照非政治的逻辑发展开来的故事最后被加上了一个政治化的结局。在最后的场面中,村民们帮助喜儿复仇,既可以理解为民间伦理秩序的胜利,又可以理解为一种超出家庭伦理范畴之外的、群体性的"阶级"复仇。这是因为这个场面并没有交代喜儿个人的归宿,她被拆散的家庭并没有得到重组。本该是民间伦理秩序得到恢复的地方,出现的倒是一个新政府的声音:区代表以权威者的身份"批准"喜儿和村民们的复仇行动。民间伦理逻辑和政治话语逻辑在这个场面中汇在一起,并在汇合的一瞬互换了权威与非权威的位置。

在某种意义上,歌剧《白毛女》创作中不同话语原则间的交锋象征性地展示了解放区政治文化的生产过程。当然,我们无法证明非政治的、民间伦理秩序的逻辑就一定代表下层阶级的阶级意识。而且毫无疑问,就算这种逻辑在一定程度上代表了大众意识形态,它也被利用来作了政治宣传的工具。但它的确作为某种已被接受的、大众化的共识,在这个剧本中发挥着潜在的定义和限制政治权威的作用,从而给观众留出了一个可认同的空间。

三　从歌剧到电影

不仅歌剧,新中国成立后摄制的电影故事片《白毛女》尽管在情节上做了不少修改,却仍然可以看到不同叙述倾向,不同话语可能性之间的摩擦、交换和妥协。然而,《白毛女》从歌剧到电影的过程给我们展示了更复杂的内容,这里不仅有政治话语与非政治话语的互相限制及对抗交锋,而且有新文人文化的表现体系与相对带地方色彩的乡土文化符号体系之间的差异与译解问题。

确实,作为在城市文化中发展起来的一种媒体和文化形式,电影故事片的改编实际上更直接地面临新文化与民间文化两种风习之间的缝隙。电影故事片不可能像以民歌为主的歌剧那样,把地方文化色彩以前文本的形式保留下来。比如,电影马上就面临一个如何呈现、能否呈现在歌剧剧情中如此重要的下层民间伦理象征世界的问题。实际上,若是仅仅拍一部政治片,抹杀这种伦理内容的存在是完全可能的。这就是舞剧《白毛女》的做法,在那里,伦理的善恶分野被直接表现为抽象化的政治斗争。同时,摄影机如何把这个以北方农村为背景的故事与各种不同观众的期待视野联系在一起,也是个挑战。

于是,电影故事片如何处理不同文化表述方式间的差异,实际上关系到如何表述不同文化之间关系的问题。无疑,这也是一个话语问题。在《白毛女》的电影叙述中可以看到这样一个过程,歌剧舞台上乡土空间的象征秩序,被微妙地转换和译解成一种城市百姓可以接受的、有传奇文学色彩的想象力。

与歌剧相比,电影《白毛女》改写并强化了某种带市井文学传奇色彩的爱情主题。在歌剧中,"非政治"的叙事焦点在于,一个毁灭喜儿家庭、践踏和谐平安伦理秩序的恶势力终受惩罚,蒙受苦难的良家女子终于得救,申冤复仇。而在电影里,这个民间秩序经过了某种翻译,在毁灭与复仇之外,还引申出一对有情人悲欢离合、终成眷属的好事多磨式的情节。从电影的开场和过年戏中可以清楚地观察到这样一个翻译的过程。

电影的开场是一片田野,羊群,烈日,收成的日子,农人们汗流浃背,给地主做着繁重不堪的劳动。黄世仁耀武扬威地坐着马车走过。这个场面显然有明确的阶级意识的内涵:地主剥削劳动者辛勤创造的价值。然而,就在这个背景之上,摄影机以远景、中景、近景至特写一系列镜头呈现了喜儿生动的美丽,以及大春的英气勃勃。影片一上来就用了很多镜头和细节交代大春、喜儿间的情感:喜儿给大春扔枣子,大春帮喜儿割麦,大春从树上摘了枣投给喜儿,喜儿给大春缝破了口的上衣,然后,两人躲在一边偷听老人们安排他们的婚事。在歌剧中,大春与喜儿之间的(未实现的)婚姻是由两家在家庭邻里的交换模式中获得合法性的。在电影中,大春喜儿的爱情却从社会交换模式中脱颖而出:影片以一系列野外景象和劳动/动感表现他们的关系,他们是“天造地设的一对儿”,他们的爱情首先得到这天、这地、这田野、这劳动,以及他们青春的首肯,本身便是一个衡量叙事有没有合法性的权威。爱情在叙事中的权威性,而不是家庭邻里的伦理秩序,成了电影叙事的逻辑焦点。

接下来,电影《白毛女》以“情”的主题重写了过年场面。与歌剧相比,影片中的过年景象突出的,不是门神灶神、饺子红头绳等象征平安团圆吉庆的细节,而是新房。先是赵大叔和大锁给喜儿们盖新房,然后是喜儿自己开始布置新房,剪鸳鸯窗花、双喜字,同时伴有民间情歌的抒情小调。杨白劳给喜儿买回来的已不仅是红头绳,还有出嫁女所需要的发网。一个电影中独有的突出细节是,大春给喜儿买回了一对戴在头上的红绒花饰物表示心意。于是除夕之夜,喜儿不是等着出门躲债的爹爹回家团聚,而是坐在新房里的镜子前,又羞又喜地戴花盘发,扮新嫁妆,心里还响着甜蜜的歌声。

这样一来,电影叙事就把歌剧本中的亲子乡邻、父女夫妇的伦理原则,转译成了一个爱情原则。这条爱情原则的出现,不仅带来了一系列原本没有的场面、细节和人物关系,也改变了一些原来已有的场面和细节。比如,黄世仁依然是手上有人命的罪大恶极者,但他在叙事中的形象已从反家庭伦理秩序变成反“情”:他在影片叙事发展中所扮的角色,就是不断打破和阻挠这样一对天造地设的、于情于理都完美无缺的有情人的婚姻。不过影片中最有特点的一个变化是“仙姑”被追至山洞并现出真身份的情节。在歌剧中,这个“仙姑”自述身世的场面本来好好地支撑着变人变鬼的故事框架,但在电影中却变成了一个多少文人墨客曾经写之不尽的、有情人不期重逢的场景。这个场面在很多地方接近传统流行小说戏曲中的一个经典情节,那就是乱世之后,失散多年的恩爱夫妻意外巧逢时的相认过程。影片《白毛女》中的山洞重逢突出的就是这个相认情景,从误认,到识声,到认人,再到对面相见,百感交集。随着这个重逢场面的出现,喜儿在山上熬过的岁月就在“苦”

之外有了"情"的意义,有了由许多闪回连成的日复一日的思念,喜儿的遭遇就从歌剧里那个受苦、求生、终于重见天日的复仇故事,变成了一个有浪漫色彩的传奇故事:分离,忠贞,在非人的处境中等待,重逢,终成眷属。果然,影片比歌剧更为明确地交代了大春和喜儿作为情人的婚姻归宿。影片以这样一个镜头作为结尾:复生了一头黑发、重又光艳照人的喜儿,戴了发网和一方花头巾,手里拿了件刚刚叠好的衣物,幸福而平静地站到了大春身边,双双充满憧憬地向远方望去。

就这样,影片《白毛女》以市井流行文艺中的富于悲欢离合的娱乐性形式,翻译并转换了歌剧所表现的乡土伦理原则。这种转化是一种语言和文化形式系统间的翻译:"情"的原则与伦理原则有不同的文化内涵,在话语功能上有相近之处:它们与"新旧社会"与"阶级斗争"的政治话语之间保持着同样的距离。同我们在歌剧中看到的情形相似,影片中的政治话语运作多少受到了市井通俗文艺中的非政治内容,即爱情传奇叙述原则的限定和缓冲。比如影片对歌剧的两个重大改动:其一是强调喜儿的忠贞。在歌剧中,怀孕七个月的喜儿在走投无路中相信了黄世仁要娶她的话,这个细节加重了黄的恶和喜儿的苦。但在电影中,这个细节被删除了。按政治话语来解释,这是一个符合阶级斗争逻辑的改动。但从娱乐角度上看,这是一个符合"情"的原则的改动,喜儿对大春一直保持着情感上的忠贞。第二个改动是孩子。歌剧中喜儿在山中生下孩子后一直抚养他到解放,影片则让孩子在刚出世的一瞬死掉了。[①] 政治话语需要做这个改动是为了删除孩子所标志的政治上的暧昧地带:孩子与黄世仁的血亲关系在某种程度上干扰了绝对的阶级对立。但同时,从"情"的娱乐原则看,这个改动却使大春和喜儿的爱情传奇更为纯粹、更为完整。谁知道呢?选择这两处进行改动可能本身就已经是政治话语同非政治的伦理观、道德逻辑,以及"情"的审美原则之间互相摩擦,互相妥协的结果,尽管政治话语在其

---

① 关于影片对歌剧的修改情况和当时批评界的政治标准及反应,可参见周巍峙《评〈白毛女〉影片》,载1951年4月2日《人民日报》。此文后收入王文和、王白石选编的《当代中国电影评论选》,北京:中国广播电视出版社,1987。

中是主导者。影片《白毛女》的创作年代正值新中国成立初年,因而比起歌剧,政治话语的权威地位在影片中显然已更加稳固。但与此同时,“情”加“巧”的叙述原则,作为非政治的道德及娱乐机制,在影片中也呈现得更为完整。这个机制为观众提供了相当宽裕的非政治的欣赏角度和解释可能性。

可以说,这个“情”与“巧”的原则是影片对歌剧里已有的乡镇式民间内容的一种成功的市井化。可能正因此,影片《白毛女》为自己赢得了一批久受传统爱情传奇故事熏陶的各个层次的城市观众。不过值得注意的是,影片《白毛女》所借用的市井传奇传统又不意味着才子佳人型或鸳鸯蝴蝶派的多愁善感,它倒是更有中原及北方乡镇通俗戏曲和说唱形式中所特有的直白、开朗、豪爽的韵味,特别体现在对白和人与人之间的交往形式上。这就涉及《白毛女》从农村根据地向城市迁移流传过程中可能存在的另一个问题:更富于地方乡土色彩的文艺形式是否也影响了导演对农村生活的想象和表现。

至少有一点值得注意,那就是影片《白毛女》对于乡土社会的表现及想象与新文学史上写农村的作品已经很不相同了。经历了解放区大众文艺运动的文人对于地方即乡土的表现和想象,似乎发生了一个重大变化:影片《白毛女》中的乡土社会更有世俗情调,交往行为更生动活泼,人物心态更少扭曲感。在影片中,地方和乡土的景观,贴窗花包饺子过年的习俗,连同对话、姿态、交往行为上的特点等等,融和成了某种热闹的人间烟火气。相比之下,茅盾、沙汀或其他一些作家写乡土生活的作品,常常就缺少下列一类交往场面那种生动的表现力。如,喜儿叫大春去吃饭:“啪”一颗枣子打到埋头干活的大春面前,“我大婶给你送饭来了。”大春给喜儿柿子:爬到树上摘了柿子,老远向喜儿扔下来,喜儿猝不及防,吓了一跳。又如这样一类对白:大锁和赵大叔给大春喜儿盖新房,大锁一锹泥溅到赵大叔脸上。赵道:“怎么,你小子着急了?好,等明儿你赵大叔也给你保上个媒。”转身见大春喜儿担着柴回来,又道,“哎,你家两个宝贝蛋子回来了。大锁,快去接喜儿一把”。新房盖好了,大锁笑嘻嘻地把大春和喜儿一块向里推:“别等过年了,先进去试试罢!”或:“吓,喜儿新媳妇还没住的房子,你赵大叔这个老光棍先进去了……”王大婶在一边催道：“别疯疯癫癫的了，快屋里来吃罢！”①

当然，这里所表现的热闹和生动不一定和真实的乡土生活本身有什么关系，它很可能是导演根据自己的生活经验或书本知识构想和营造的。但在此，对本文来说更有意义的并不是表现的真假问题，而是《白毛女》对乡土社会的表现或想象为什么不同于茅盾、沙汀等的想象，《白毛女》中的过年为什么不同于鲁迅《祝福》中的过年。

在某种意义上，影片《白毛女》中有世俗情调的乡土世界反过来展示了“五四”以来新文学对于乡土社会的想象力上的一个局限。如我们所知，乡土生活作为一个景观是由“五四”以来的新文学第一次带入表现领域的。20年代出现了一批乡土文学作家如台静农、彭家煌、蹇先艾等。但很快，新文化对于乡土社会的表现基本上就固定在一个阴暗悲惨的基调上，乡土成了一个令人窒息的、麻木僵死的社会象征。最有代表性的是鲁迅的短篇《祝福》和《故乡》，当然还有《阿Q正传》。30年代也有不少写农村生活的小说把乡土呈现为一个社会灾难的缩影，只有不多的几个作家（如沈从文）力图以写作复原乡土本身的美和价值，但多是罩以一种抒情怀旧的情调。新文学主流在表现乡土社会上落入这种套子，一个重要原因在于新文化先驱者们的“现代观”。在现代民族国家间的霸权争夺的紧迫情境中，急于“现代化”的新文化倡导者们往往把前现代的乡土社会形态视为一种反价值。乡土的社会结构、乡土人的精神心态因为不现代，而被表现为病态乃至罪大恶极。在这个意义上，“乡土”在新文学中是一个被“现代”话语所压抑的表现领域，乡土生活的合法性，其可能尚还“健康”的生命力被排斥在新文学的话语之外，成了表现领域里的一个空白。

有反讽意味的是，在晋察冀和延安等共产党领导的根据地，借助政府的行政调动力，陕北和河北地方文艺形式连同其活泼、直白的乡土情调反倒进入了致力于现代化工程的文人视野。“五四”以来主导文坛

① 以上参考东北电影制片厂《白毛女》影片和水华、王滨、杨润身执笔《白毛女》电影文学剧本，收入中国电影出版社选编并出版《中国电影剧本选集》，第95—145页，1959。

的暗淡无光、惨不忍睹的乡土表象,至此为之一变。流行两个根据地的秧歌剧在宣传教育政府政策的同时还展示了一点,即乡土社会原也可以有其生动的韵味。无疑,秧歌剧主要是因了政治宣传之需才得以流行,里面有许多粗制滥造之处,可以作为又一个文学沦为政治工具论的绝好例证。但反过来说,工具也可能在某种意义上界定制约着政治话语:这种政治话语必须借助地方流行的文化形式来运作,而在运作的过程中,就难免受到民间文化惯性的选择。在秧歌剧中较成功的作品如《兄妹开荒》、《夫妻识字》里,仍可以看到原来地方文艺中那种调侃加调情的开朗、活泼、直白的情调。这种情调给了乡土社会生活的正当性以某种合法的表达方式。试想,如果根据地的政治宣传用的都是阿Q式形象及鲁迅式的激烈否定的口吻,对于乡土社会而言,说不定同样意味着一种无情的话语和政治压迫机制。当然,这绝不等于说延安建立的大众文艺传统就不是一种话语压迫。不同之点在于,在乡土和现代化之间的这种话语领地上,这种大众文艺因为利用和依赖了本土和地方的原有形式,似乎反而比"五四"新文艺主流留出了更多的缝隙和可能性。

四 舞剧《白毛女》及新的问题

现在回到政治和非政治的话语关系上来。实际上可以认为,正是由于在歌剧以及电影中存在如此大的非政治运作空间,《白毛女》才可能一次次地被修改,体现阶级斗争的主题的部分被不断强化,而非政治性的伦理观、道德原则和娱乐性被削弱被删减。到了舞剧《白毛女》出现时,杨白劳这个形象已经变了一个性格,他没有被迫卖掉女儿,而是在黄家派人来抢喜儿的时候,抡起扁担把他们打得落花流水。黄世仁不得不掏枪打死杨白劳才把喜儿抢走。舞剧中喜儿形象的斗争性也明显加强,到黄家后喜儿英勇不屈,黄世仁不但不能加辱,反而被打得狼狈不堪。为喜儿配写的唱词改得更有"阶级性",她和黄家的冲突中充满了阶级仇恨。与歌剧和影片相比,舞剧中的政治话语运作大大压过了非政治的声音,大部分非政治的细节被删除掉了。实际上,这倒是从反面证明了两种乃至更多的话语及文化传统与日益极化的政治权威之间曾有过的冲突对峙。非政治的民间的文化权威，尽管很隐蔽，却还是强大的非用专制和暴力才能削除。但就是在这种极端政治化的情况下，舞剧《白毛女》中的山洞相逢一场却仍然是个有情人重逢的"相认"戏。在这场戏中，喜儿和大春的对舞配有这样的叠唱："看眼前是何人？又面熟来又面生。是谁？是谁？她/他好像是亲人。她/他好像是……她/他是喜儿/大春！"不用说，其中尚未被完全抹却的"情"的部分为观众提供着另一种非官方的解释可能性，尽管这个可能的欣赏角度是潜在的、被压抑的、偷偷摸摸的。

最后，让我回到这篇文章的起点：怎样来看待和研究"革命文学"这个字眼所能包含的历史现象？到此为止，我仍是只有问题而没有答案。实际上，我在这篇文章里所做的不过是为了提出问题，而不是给出解答。这篇文章甚至也算不上是一种文学或文化研究，只是泛泛而谈，不得不回避掉那些尚未理清的现代文化史的重要脉络，以及那些须有电影和舞蹈形式方面的专门知识才能提出并讨论的问题。如果我的分析看上去像是夸大了非政治及民间文艺传统在《白毛女》文本中的地位，而对政治话语的强制机制做了轻描淡写，那么这并非我的本意。我只是想在此试验另一种观察角度，以避免把对"革命文学"这个复杂历史现象的研究简单化。避免简单化的关键之一是去发掘潜伏在文艺为工农兵服务的政治口号之下的不同话语，不同文化传统之间的摩擦、互动，乃至相互渗透的历史。《白毛女》以及许多其他革命文学作品本身在很大程度上是这种摩擦互动的结果，而不仅是政治话语压迫工具。怎样研究这种摩擦互动，怎样表述这种摩擦互动？这也许是我们重新理解中国二十世纪文化史必要的一环。

（原载唐小兵编《再解读：大众文艺与意识形态》，牛津大学出版社（香港），1993）

论鲁迅对道家的拒绝

——以《故事新编》的相关小说为中心

高远东

较之儒家和墨家，鲁迅与道家的关系显然更为复杂。对于儒家，鲁迅早已“绝望于孔夫子和他的之徒”[①]，自谓“孔孟的书”虽然“读得最早，最熟，然而倒似乎和我不相干”[②]。小说《出关》虽表达了鲁迅对孔子“以柔进取”和“知其不可为而为之”的肯定，但这只是相对于老子的“以柔退却”而言，未必更具积极意义。实际上，鲁迅对孔子的肯定完全可以消化于他对墨子的肯定和偏爱之中，在某种意义上，他对儒家价值的承担只是他承担墨家价值的一种特殊形式而已。我们知道，墨可能出于儒，二者较之先秦诸子同多异少，都是“欲救世弊”之法，但作为一种可资改造利用的思想资源，儒墨之中鲁迅明确选择的却是墨，不是儒。不过，尽管鲁迅对墨家多有肯定和偏爱，但它似乎只表现于显意识层面，是其思想中支柱性、“脊梁”式的存在，不像道家那样曾深入其骨髓、化为血肉——“中过庄周、韩非的毒”[③]。事实上，鲁迅与道家发生关系的广度、深度乃至曲折度，是其较具积极评价的“儒墨”远远不能比的。这也表明了他批评道家思想人物的复杂性：其情感的喜爱、沉耽与理智的峻拒恰为一对矛盾。后来，鲁迅虽然以拒绝的方式最终结束了与道家的纠葛，但这种拒绝却是通过自我的内部交战进行的，表现为一种“排毒”的努力，因而往往不免于心智的某种撕扯和分裂。

其中涉及道家思想人物的作品有两篇：《出关》（1935 年 12 月）关切于老子思想的出路，《起死》（1935 年 12 月）着眼于庄子哲学的困

---

① 鲁迅：《且介亭杂文二集·在现代中国的孔夫子》。

② 鲁迅：《坟·写在〈坟〉后面》。

③ 同上。

境。就写作手法而言,《出关》比较遵循经典,对老子其人"只予铺排,不加改动";《起死》则对典籍本文进行了强烈变形,庄子成为一个被"只取一点因由,随意点染"[①]出的漫画人物。这种差异——"循规蹈矩"和"恣意改写"的两极表现——在鲁迅批评儒墨两家思想人物时是不曾有过的。那么,我们该怎样理解鲁迅处理老子和庄子的不同?我们能说他对老子较多认同而对庄子较多排斥吗?我注意到,在《出关》和《起死》中,鲁迅笔下的老子和庄子,无论其变形程度如何,在作家的主观命意与作品的客观效果之间,在小说人物与小说原型之间,都存在着某种距离。这一现象是意味深长的,我想,它可能反映了鲁迅意识深处自我交战的本质,以及他评估道家思想人物的两难,但也可能涉及他从中国传统中寻求新的"立人"构图——探讨一种关涉道德与事功、信念与责任、思想与行动之连动可能性的实践构造——所遭遇的特殊问题和矛盾。

笔者仍想从这两篇作品的解读入手,揭示鲁迅与道家思想人物的复杂关系及对它的真实态度,捕捉并扫描贯穿其一生的"立人"探索在其中的投影。我以为,在《故事新编》中,道家人物的活动如同儒墨人物的活动一样,同样体现为一种人作为社会历史之主体进行价值确立和实现的有意味的方法,蕴含着鲁迅对人与社会、人与人、人与自我之关系的观点和思考,其中思想与行动如何转化以及相互支援是问题的焦点,是鲁迅批评老庄思想、重估道家价值的入口和平台。

一 《出关》的"关"

1935 年 12 月,鲁迅同时创作了《出关》和《起死》[②],对道家思想人物及其价值进行集中清算。

可是,1936 年 1 月《出关》发表后评论界的反应却出乎鲁迅的意

---

① 鲁迅:《故事新编·序言》。

② 同时创作的还有《采薇》,处理所谓"隐士"思想。一般而言,隐逸义涉出世,多与道家精神相近;但伯夷、叔齐的作为,旨在维护"礼"的秩序,其意义和贡献却多是儒家的,所以鲁迅置其于儒家思想的脉络中进行处理。

料，它或者被视为“斥人”，或者被看成“自况”，鲁迅不得不直言小说“其实是我对于老子思想的批评”[①]，并专写《〈出关〉的“关”》（1936年4月30日）一文，就“作者的本意”进行解释：

> 至于孔老相争，孔胜老败，却是我的意见：老，是尚柔的；“儒者，柔也”，孔也尚柔，但孔以柔进取，而老却以柔退走。这关键，即在孔子为“知其不可为而为之”的事无大小，均不放松的实行者，老则是“无为而无不为”的一事不做，徒作大言的空谈家。要无所不为，就只好一无所为，就有了界限，不能算是“无不为”了。我同意于关尹子的嘲笑：他是连老婆也娶不成的。于是加以漫画化，送他出了关，毫无爱惜……

但是，我自己阅读这篇小说，对“自况说”（批评家邱韵铎的感受）却也深有同感，尤其是如下表述：

> ……至于读了之后，留在脑海里的影子，就只是一个全身心都浸淫着孤独感的老人的身影。我真切地感觉着读者是会坠入孤独和悲哀去，跟着我们的作者。[②]

我们知道，鲁迅是明确反对“自况说”的。这是因为，如果把老子当作鲁迅自己思想情绪的寄托者，会使读者把批评者的价值观与批评对象的价值观混同，从而遮蔽其批评老子思想的“本意”。因此鲁迅在此后致徐懋庸信（1936年2月21日）和《〈出关〉的“关”》中，不断强调他对老子的“毫无爱惜”和“对于他并无同情”[③]。但为什么一篇旨在批评老子思想的小说会被人不断地“误”为寄托了作者的“同情”的自况呢？或者说，为什么“一个全身心都浸淫着孤独感的老人的身影”会

---

① 《36-02-21　致徐懋庸》。信中鲁迅肯定“《大公报》的一点介绍，他是看出了作者的用意的”，这是指1936年2月21日天津《大公报·文艺》第97期上常风的书评《〈故事新编〉》。常文以为鲁迅写《采薇》《出关》是“在讽讪几种表现在这几位圣贤行为中的传统德性”，并以为《故事新编》体现了作者“借古人以立言的深意”。

② 邱韶（韵）铎：《〈海燕〉读后记》，《时事新报·每周文学》第21期，1936年2月21日。

③ 鲁迅在致徐懋庸信中的解释与《〈出关〉的“关”》中的解释几乎一模一样。前者是：“我对于他并无同情，描写上也加以漫画化，将他送出去。”后者是：“于是加以漫画化，送他出了关，毫无爱惜。”

比代表鲁迅“本意”的“结末关尹子的几句话”给读者留下更深印象呢？笔者再三考较小说原文、鲁迅的解说以及为他所不满的邱韵铎、徐懋庸等人的批评，仍感无法将所谓“自况”的内容排除于小说之外。其原因并非如鲁迅自己的反省，“这大约一定因为我的漫画化还不足够的缘故了”或“是我的文字坏，不够分明的传出‘本意’的缘故”①，我以为主要有两点：一，小说选材与作者的立意之间存在结构性的矛盾；二，作者创作时对老子无意识的主体情感投射。下面分别说明。

《出关》是由孔子“问礼于老子”和老子“西出函谷”这两个故事构成的，其本事前者来自《庄子》的《田子方》、《天运》、《庚桑楚》诸篇，后者采自《史记》的《老子韩非列传》，但其直接来源却是鲁迅在东京留学时“从章太炎先生口头听来”、“后来他写在《诸子学略说》中”②的观点。章太炎不尊孔子，在《诸子学略说》中曾将孔子“心术忌刻”的一面尽情揭发③，鲁迅“虽然也并不信为一定的事实”，但仍把章氏“为了孔子的几句话”，作为《出关》中老子“西出函谷”的理由。这样，其饱含肯定性价值的“孔老相争，孔胜老败”的思想图景，就建基于章太炎否定

---

① 鲁迅：《〈出关〉的“关”》。

② 鲁迅在东京听章太炎讲课，一般认为始于1908年7月。据周作人回忆，“听章太炎先生讲《说文》，是一九〇八至九年的事，大约继续了有一年少的光景。”（《知堂回想录》，三育图书有限公司1980年11月版，第215页，香港）但章氏《诸子学略说》早在1906年就已发表，因此鲁迅所谓“后来他写在《诸子学略说》中”的“后来”可能是误记。此外，“从章太炎先生口头听来”一句也所指不明，不知是否指听讲章氏的《说文》课，只是在《说文》课上听到其对诸子的批评似乎有点奇怪。据周作人回忆说，“《说文解字》讲完以后，似乎还讲过庄子，不过这不大记得了。”若是指在此时，那时间就更对不上了。我想也许是在他们听讲《说文》之前，当时章太炎在东京一面主持同盟会的机关报《民报》，一面办国学讲习会，在留学界很有影响。但即使如此，似也不可能早于1906年。

③ 章太炎：《诸子学略说》（《国粹学报》第二年第四册，第20期，1906年）谓“孔子问礼老聃，卒以删定六艺，而儒家亦自萌芽……”“虽然老子以其权术授之孔子，而征藏故书，亦悉为孔子诈取。孔子之权术，乃有过于老子者。孔学本出于老，以儒道之形式有异，不欲崇奉以为本师……而惧老子发其覆也，于是说老子曰：乌鹊孺，鱼傅沫，细要者化，有弟而兄涕……（意谓已述六经，学皆出于老子，吾书先成，子名将夺，无可如何也。）老子胆怯，不得不屈从其请。逢蒙杀羿之事，又其素所怵惕也。胸有不平欲一举发，而孔氏之徒遍布东夏，吾言朝出，首领可以昔断。于是西出函谷，知秦地之无儒，而孔氏之无如我何，则始著《道德经》，以发其覆。借令其书早出，则老子必不免于杀身，如少正卯在鲁，与孔子并，孔氏之门，三盈三虚，尤以争名致戮，而况老子之凌驾其上者乎？呜呼！观其师徒之际，忌刻如此，则其心术可知，其流毒之中人亦可知也。”

性的“非孔”观点之上了,小说的选材与立意自然也就呈现出某种矛盾或分裂——“非孔”的事实却被用来表现对孔子行为的肯定,有利于老子的事实却被用来作“无利于老子”①的思想批评,这如何能不让邱韵铎等“起了有利于老子的心思”②呢?而且,在小说对孔子的居心叵测和咄咄逼人的“以柔进取”中,老子的“以柔退走”和“西出函谷”,是无论如何都要激起读者的同情弱者之心的。倘若无视小说选材与立意方面存在的结构性矛盾,仅仅因袭鲁迅的解说而把《出关》视为“无利于老子的具象的作品”③,我以为是不能令人信服的。

《出关》“有利于老子”之处不仅在选材,还在于作者创作时无意识的主体情感投射——这也正是所谓“自况说”的由来。老子这个道家人物,确实会给人留下某种“全身心都浸淫着孤独感的老人”的印象,带着鲜明的鲁迅式气质和命运的特征。这是为什么呢?我想原因可能在于以老子为中心组织起来的人物关系:无论与孔子的学派“相争”,还是与学生庚桑楚的解颐答问,还是在函谷关与关众的无奈纠葛,都与鲁迅的个人生活太过于相似,使他在刻画老子时无意识地动用了较多主体经验。比如通过孔子问礼,小说再一次回旋着《奔月》中“逢蒙杀羿”的主题,让人联想到高长虹及其他青年与鲁迅这个“导师”之间的恩怨纠葛;其中孔子的外柔内险、貌恭心倨以及隐然以“孔氏之徒遍布东夏”的实力相威胁的手段,以及老子的学生庚桑楚们动辄“我们就和他干一下”的神态口吻,也不免令人走入鲁迅的日记和书信,与30年代的文坛政治发生联想;即使到了函谷关之后,老子与关尹喜、巡警、书记、账房等一干人的关系,也延续着其小说中“独异个人”被“庸众”包围却相互隔膜、不得理解的模式;甚至如其中“优待老作家”“发牢骚、闹脾气”之类噱头,也令人感知鲁迅的个人经验在老子身上的投射。这些内容,或者凝聚为谨严的结构,或者内化为老子的心理动作,或者作为制约性的活动环境,或者被刻意强调,或者是信笔讽刺,遍及小说

① 鲁迅:《〈出关〉的“关”》。
② 同上。
③ 同上。

的组织肌理,而至于小说终篇,读者感受到的不止是"对于老子思想的批评",而且变为"一个全身心都浸淫着孤独感的老人的身影"的特写镜头了。这难道是鲁迅小说的失败吗?

我以为,在更深的意义上,《出关》的效果与鲁迅的"本意"之间的距离或矛盾,其实反映了鲁迅思想和意识深处自我的某种对峙。在鲁迅笔下,"孔老相争"中的孔子和老子,分别代表着两种不同的有关思想与行动转化的方法。通过老子其人,鲁迅一方面突出与"实行者"孔子"知其不可为而为之""事无大小,均不放松"的对照,一方面批判其"无为而无不为""一事不做,徒作大言"的"空谈家"特征,在"孔老相争"时让"孔胜老败",这是他基于原则的理性选择。但在情感上,鲁迅深切感知的却是老子的内心,而与他所肯定的孔子距离甚远①。虽然他最后试图通过关尹喜们的议论和嘲笑对老子思想进行批判,但由于其无意识的主体情感投射在前,有意识的批评责难在后,其效果便不免大大地打了折扣。这从小说本意在讽刺,但实际效果却不免于抒情中也可得到映证。

那么,这是否就一定不利于鲁迅对于老子思想的批评呢?当然不是。因为即使把老子看成一个"全身心都浸淫着孤独感的老人",把他置于鲁迅小说"孤独者"——所谓"把自己也烧在这里面"的人物队列中,我们也仍然能够感知他对老子的真正批判。只不过这种批判不是《故事新编》式的否定,而是近于《在酒楼上》《孤独者》乃至《奔月》的自我批判和寄托而已。理解这些内容不必一定要联想到《呐喊》《彷徨》中的狂人、夏瑜、吕纬甫、魏连殳等形象,单与《故事新编》中的女娲(《补天》)、羿(《奔月》)、黑色人(《铸剑》)等肯定性形象相比较,我们也能知道老子的问题出在哪里:其作为社会历史主体之能动性的匮乏——所谓"一事不做,徒作大言"、"空谈"、"以柔退走"等等——正是以"立言"为要事和能事的中国知识人的通病。因此,尽管鲁迅对他有同情,有内在的体认,甚至于无意识地主体投射至近乎"自况"的程

① 木山英雄也认为《出关》中鲁迅"在叙述孔子的言行时是对孔子和儒家持反感态度的,其中的厌恶情绪溢于言表。"见《"庄周韩非的毒"》(程麻译),《鲁迅研究》1984年第6期。

度,但其“以自隐无名为务”[1]的治学乃至自足于“作大言”而不涉行动的“清虚以自守,卑弱以自持”的倾向,仍促使鲁迅对这种将“一事不作”合理化的“无为”思想进行批判,对只满足于“立言”的“徒作大言”的传统“立人”路线进行揭发。

《呐喊》、《彷徨》中的“孤独者”其实是现代版的“欲救世弊”的“志士”[2],其“行动与主张”是高度统一的:他们一旦有了觉悟,便立刻要“劝转了别人”,“改变旧有的‘吃人’心思”(如狂人);或者被捕之后仍鼓动牢头造反(如夏瑜);或者有志难伸,在社会不断碰壁之后陷入对“敷敷衍衍”生活的懊悔无奈和颓唐之中(如吕纬甫);或者连维持自我、维持内心的独立和完整——做一个“独头茧”都不能,最后只能自戕、堕落(如魏连殳)……但无论他们的人生轨迹如何,这些人的“行动”都是对其“主张”的落实,其思想与行动不仅连带着而且连动着。倘若有人竟“躬行先前所憎恶,所反对的一切”,出现思想与行动的分离或反动,那便成为深沉的、具有丰富社会和心理内涵的悲剧(如吕纬甫、魏连殳)。在他们那里,什么“一事不做,徒作大言”的“空谈”,什么“以柔退走”“无为而无不为”,统统是没有的。他们的思想与行动体现为一种“救世”的积极作为和言行一致的能动结构,或者慷慨牺牲,或者激愤抗议,或者消沉自责,或者被迫堕落……无论结果如何,较之老子将“以柔退走”合理化为“无为而无不为”的“守雌”哲学,却恰为鲜明对照。在《故事新编》中,与老庄等否定性人物形成对照的肯定性人物,其实不止是《出关》中“以柔进取”“知其不可为而为之”的“实行者”孔子,更重要的还有如禹(《理水》)、墨子(《非攻》)以及黑色人“宴之敖者”(《铸剑》)之类墨家人物。他们才是鲁迅衷心喜爱、真正心仪的行动英雄。

那么,对鲁迅批判老子究竟该怎样看,我们能否把它视为鲁迅对自己的一种批判呢?我想,作为一种思想的可能性和矛盾性结构,不管是思想价值取向相反的“孔老”,还是行为与价值取向比较接近、积极作

---

① 《史记·老子韩非列传》。

② 鲁迅:《汉文学史纲要·老庄》。

为的“儒墨”，它们在鲁迅的精神中一直就存在着：它有时叫“庄子和韩非”（“随便”和“峻急”[①]），有时叫“人道主义和个人主义的起伏消长”[②]，有时叫“战斗”和“休息”……木山英雄曾分析鲁迅“说到自己时那种对偶的形式”，进而发现“通观他的一生，到处可以见到这种两极性的东西以及摇摆于两极之间的精神运动”[③]。其中还特别提到蛰伏于其精神深处的墨子和老子——“前进与回顾”、“积极行动和超脱通达的两种欲望的对立”：

> 我觉得通过杨朱与墨子、庄周与韩非等相对照，除表现了鲁迅思想中前进与回顾之间的矛盾之外，也似乎不断地反映出他的精神上还有积极行动和超脱通达的两种欲望的对立。借用《故事新编》中的形象来说，其中真诚的到处奔波的非战论者墨子（《非攻》，1935 年）和在孔子的“伪诈”面前无可奈何地逃遁的老子（《出关》，1935 年）形成了鲜明的对照。

这种为道家所发扬光大的消极的精神，在鲁迅那里是一种“体验性”的存在，因此说老子和墨子一样，作为鲁迅自我（之消极性/积极性）的或一代表，各居于其行动之轴的一端该是毫无疑问的。有学者更认为，老子“失败主义”的行动取向虽然“站在和墨子相对的位置上”，但他“并没有失去行动者的面目”，其选择“走流沙”也可视为一种“不走官途的积极意志的反响”[④]。老子的“走流沙”和“无为”，在《出关》中虽遭到鲁迅强烈的否定，但透视其精神的根柢，我们却会发现，二者因共享一个出发点而相互缠绕、矛盾地共生于鲁迅自我的深处。假如我们可以把孔墨和老庄的对峙视为植根于鲁迅内心的行动哲学的两极化，那么木山英雄关于“孔老相争”中老子“退却”之意义的分析就不能不是一针见血的：

---

① 鲁迅：《坟·写在〈坟〉后面》有：“就是思想上，也何尝不中些庄周韩非的毒，时而很随便，时而很峻急。”

② 鲁迅：《两地书·二四》。

③ 《“庄周韩非的毒”》（程麻译），《鲁迅研究》1984 年第 6 期。

④ 尾上兼英：《鲁迅与尼采》（原载《中国学会报》1961 年第 13 集），李庆国译，《鲁迅研究》1984 年第 6 期。

> 胜利的可能性,在由精神的原理发出的韧性的战斗中。原来感到无望,缺乏信心是实情。反抗的第一声就是最初胜利的起点,换句话说,就是不得不达到从百分之百失败的点出发的状态。……
>
> 他(指老子——笔者注)的战斗特点是:一是由于在自己孤立失败的痛苦中坚持,所以就把这种精神作为战斗的根据和原动力;二是由于片刻的踌躇和退却也很有可能导致完全崩溃,所以必须毅然决然地切断退路,维持这种紧张的局势。①

由于老子的退却仍保持了对"相争"这一紧张局势的坚持,因而在精神原理的层面上,"彻底失败的积极性的老子和以胜利为目标完全胜利的墨子",就呈现出类同的特质,"战斗从两个相对的方面被完全地展示出来。言行一致是鲁迅文学出发点的希望,然而这一愿望却被墨子、老子适应了。"②因此,老子和孔墨之争,就思想与行动的联动转化而言,其差异与其说表现在"说"与"做"的层面,不如说体现在"说什么"和"怎么做"的层面。当鲁迅无比深刻地对它们进行"省察"的时候,老子和孔墨的矛盾其实已经内化为鲁迅自己的矛盾,成为其思想中结构性紧张的来源之一。在这个意义上,进取性的孔墨固然可作鲁迅"韧性"相争的价值载体,退却性的老子却也积极维持了"相争"局面的紧张性:如果把进取性的"相争"视为战略,把"以柔退却"视作一种战术,二者其实是可以交互配合运用的。从鲁迅自述的"战斗"和"休息"、"峻急"和"随便"等"相争"话语中,我们也能体会到二者"矛盾地共生"的特点。

我想,既然我们无法把二者从鲁迅的思想中分离,那么,把《出关》对老子思想的批判视为鲁迅自己的某种独特的"自我批判",在逻辑上还是可以成立的。

---

① 《〈出关〉杂谈》,日本《鲁迅研究》29 号 3 页,转引自尾上兼英《鲁迅与尼采》。

② 同上。

二　两个庄子

不过,尽管老子可视为鲁迅的某种不自觉的内在自我,但对其"以柔退却"和"徒作大言"的"空谈",鲁迅毕竟是明确拒绝的,这一倾向发展到极致,就成了鲁迅对庄子哲学的批判——措辞更严厉,姿态更决绝,手法更漫画化。

在《出关》中,老子其人较之典籍中的形象其实还算比较贴近,这似乎表明,当鲁迅把老子"无意义的价值撕破给人看"时,他对老子的价值是否完全无意义还不能作出简单的断语,但在《起死》中,鲁迅批评老子思想时所表现的理性认知和情感认同之间的矛盾消失了,至少在表面上,庄子——这个道家学派的二号人物被刻意改写为一个道士、彻底"漫画化"了。这样一来,固然避免了像《出关》发表后所遭遇的"误解",但同时也使鲁迅与庄子本来复杂的关系变得过于简单了:他中过"庄周、韩非的毒",对庄子的喜爱和了解更甚于老子,但《起死》却并未充分体现出这些内容。

事实上,如同有两个不同的孔子一样,鲁迅笔下也有两个不同的庄子:一个是《汉文学史纲要》等学术著作涉及的作为历史人物存在的庄子,那个"其文则汪洋辟阖,仪态万方,晚周诸子之作,莫能先也"[①],以及"蔑诗礼,贵虚无,尤以文辞,陵轹诸子"的"超世抗俗"的先秦哲人[②];一个则是作为共时现实参与社会文化进程、与中国国民劣根性有着深刻因果关系、堪称现代"伪士"鼻祖的负面思想形象。

对于《起死》中的"庄子"与典籍中的庄子的不同,以及《起死》中鲁迅对《庄子》文本意义的故意曲解,钱碧湘在《鲁迅笔下的两个庄子》中曾作过细致精当的辨析,认为鲁迅史笔下的庄子与文笔下的庄子,"那精神的相距之远,更甚于叭儿之于老聃"[③]。事实确实如此,《起

① 鲁迅:《汉文学史纲要·老庄》。
② 鲁迅:《汉文学史纲要·屈原及宋玉》。
③ 鲁迅:《且介亭杂文二集·文人相轻》。

死》中的庄子不过是一个身披道袍、混杂道家/方士思想、以“上朝廷”求取功名为荣、能把一切思想、学说、主义、名目变得合于私利的“伪士”形象而已。

比如，对于庄子其人，《庄子》中有很多讲述庄子不“上朝廷”，不执着于政治理想的实现而注重个体价值的内在超越、傲对帝王、蔑视权贵的故事。从《应帝王》篇看，庄子当然不是没有自己的政治理想和抱负，但他搞的是在野的个人政治、人民政治、批判性政治，无须孔子那样“上朝廷”依附帝王，所以是绝不出仕的[①]，所谓“终身不仕以快吾志”。像《秋水》篇写楚王使大夫二人往见庄子，“愿以境内累矣”，庄子回以“吾将曳尾于涂中”；《列御寇》篇写“或聘于庄子”，庄子则以不愿做“牺牛”来应对；在“惠施相梁、庄子往见”(《秋水》)的著名故事中，庄子更把自己比作“非梧桐不止，非练食不食，非醴泉不饮”的“鹓鸰”，而把惠施相梁比作“鸱得腐鼠”，说明他根本无意于世俗功名富贵的追求。《山木》篇也记有庄子穿着打补丁的“大布之衣”见魏王的故事。魏王见他衣敝履穿，便问他“何先生之惫邪?”庄子并不因此自惭形秽，反而对魏王所谓“惫”大发议论，趁机把“昏上乱相”的时政痛斥一番。这些都说明了庄子傲视帝王、不苟且、有明确的是非、内外一致的高尚人格。小说《起死》的原型《至乐》篇所讲的骷髅托梦寓言，本意也是借骷髅之口宣讲死之“南面王乐”胜过“人间之劳”，寄托着庄子的严肃的人生价值观。但这样一个“蔑诗礼，贵虚无”的高尚人物，在《起死》中却被鲁迅写得与其典籍形象全然不同：听说楚王召见，便屁颠儿屁颠儿地奔波数十里去“运动”，欲谋一个好前程。在同司命大神、鬼魂、汉子等的对话中，也满口世俗价值，一会儿神气地抬出楚王的圣旨吓唬要跟他过不去的鬼魂；一会儿以为“旌表了孝子确也是一件大事”；一会儿又招来巡士装腔作势，狐假虎威。他虽然穿的是破旧道袍，却要尽量维持体面，对由他造成的汉子的困境毫无同情体察之心，对要他赏件衣服

---

① 郭沫若甚至以为《史记·老子韩非列传》中“尝为漆园吏”的说法也不足信，只说他是个“织屦”(打草鞋)的。见《庄子与鲁迅》，《中苏文化》(半月刊)第8卷3、4期合刊，1941年4月20日。

给汉子遮羞的建议无动于衷,对代表执法权力的巡士则尽力敷衍利用,说东说西,尽是些利己主义的、郭沫若后来改称的所谓“滑头哲学”①的道理。“这个经由鲁迅再行创造的庄子显然成了一个尊重权势、热衷政治,而对贫贱者缺乏起码的同情心的小人,与鲁迅所褒扬的先秦哲学家庄子大相径庭。”②

再如,就庄子思想的表现而言,《起死》的相关处理也是故意扭曲的。《汉文学史纲要·老庄》(1926年)中本有鲁迅关于庄子思想文章最完整的表述。除了文学方面对庄子的充分肯定外,在思想上,鲁迅把庄子视为中国“出世”之说的代表,所谓“故自史迁以来,均谓周之要本,归于老子之言。然老子尚欲言有无,别修短,知白黑,而措意于天下;周则欲并有无修短白黑而一之,以大归于‘混沌’,其‘不谴是非’,‘外死生’,‘无终始’,胥此意也。中国出世之说,至此乃始圆备。”他对庄子思想的所有批评实际上都是从这一认识出发的。不过,尽管鲁迅对庄子思想的消极性否定意味明显,但也理解这是时代使然:“迨庄周生于宋,则且以‘天下沉浊不可与庄语’,自无为入于虚无。”鲁迅理解庄子“入于虚无”背后巨大的精神痛苦,对他的思想——认识论、生死观、世界观等——自然并无半点轻薄之意。但在《起死》中,不仅庄子其人被改写、被漫画化了,庄子的思想同样也被篡改、歪曲,被庸俗化了。像著名的“庄周梦蝶”故事,本来表达的是人凭感官认识、把握世界的不确定感和相对性——这种不确定感和相对性的存在,使得认识主体和认识对象也变得不确定和相对化了,“不知周之梦为蝴蝶与?蝴蝶之梦为周与?”虽然如此,庄子以为构成相对关系的双方却是非常

① 郭沫若:《十批判书·庄子的批判》曾梳理庄子由“悲愤的极端”流为“油滑的开始”的思想过程,说他从“知其不可奈何而安之若命”,苟全生命于乱世而游戏人间:“他的处世哲学结果是一套滑头主义,随便到底——‘彼且为婴儿,亦与之为婴儿;彼且为无町畦,亦与之为无町畦;彼且为无崖,亦与之为无崖。’(《庄子·人间世》)”因此,“两千多年来的滑头主义哲学”,“事实上却是庄老夫子这一派所培植出来的”。见《郭沫若全集》(历史编)第2卷,第204,206页,北京:人民出版社,1982。按郭沫若《十批判书》的庄子观迥然异于他五四时期的认识,我怀疑乃是受了鲁迅的影响之故。

② 钱碧湘:《鲁迅笔下的两个庄子》,《鲁迅研究》第13辑,北京:中国社会科学出版社,1988年6月。

确定的，是不能被相对化的——故事的结论非常明确："周与蝴蝶则必有分矣。此之谓物化。"这样机敏、深奥的哲理在《起死》中却被歪曲得不成样子，庄子明明说"周与蝴蝶则必有分矣"，《起死》中却说成了"究竟是庄周做梦变了蝴蝶呢，还是蝴蝶做梦变了庄周呢，可是到现在也没有弄明白"。代表中国认识论之重要一章的庄子的相对主义哲学的一些命题，如《齐物论》"是亦彼也，彼亦是也。彼亦一是非，此亦一是非"等等，在《起死》中也变成了日常生活中纯粹利己主义、胡搅蛮缠的诡辩，什么"要知道活就是死，死就是活呀，奴才也就是主人公"、"也许是有衣服对，也许是没有衣服对"等等，完全没有在庄子思想本有的意义上加以表现，而是把这些生动、睿智的哲学命题给庸俗化了。

鲁迅这样写庄子其人及思想当然是故意的。但我们也知道，在现代中国，庄子一般被看成是"独与天地精神往来"、"抗俗超世"的大思想家，郭沫若更把他视为体现"五四"精神的"个性解放"的象征，其特立"抗俗"的一面——所谓"蔑诗礼，贵虚无"——不仅与鲁迅心仪的嵇康阮籍之类魏晋人物有着精神血缘，而且与鲁迅早期的"立人"建构——对所谓"精神界之战士"（尼采、易卜生、克耳凯郭尔）、"摩罗诗人"（拜伦）等的肯定也存在着价值的类同，鲁迅在《起死》中为什么对庄子思想的积极方面视而不见①，而偏偏要揪住其消极方面——借一个道士化的庄子形象大做文章呢？

我以为，这可能与两个问题有关：一是鲁迅曾深入"虚无"及"无为"这一曾困扰过庄子的问题，并以自己的痛苦体验和思考，作出了不

---

① 田刚：《庄子与鲁迅早期思想》（《鲁迅研究月刊》2003 年第 4 期）对庄子与鲁迅早期思想的关系提出了不少积极、有价值的看法，认为庄子的命题与青年鲁迅之间存在"同构"关系，"正是以《庄子》思想为因子，鲁迅与西方'新神思宗'的代表人物卢梭、叔本华、尼采、克尔凯郭尔、施蒂纳等思想家之间产生了深切的精神回应"，其"立人"思想体系——具体在"掊物质而张灵明"与庄子"沉于物，溺于德"的反知主义倾向之间、在鲁迅"任个人而排众数"与庄子"任其性命之情"的个性解放思想之间存在着对应关系。笔者认为，鲁迅留日时期确实借助庄子的一些概念、命题表达西方思想，但这只是借用而已，不宜把它视为直接的建构性的影响。原因很简单，鲁迅对西方资源的接受是自觉的，对庄子语词的借用则是不自觉的，并无价值利用的主观意愿。

同于庄子的回答[①],这可以解释鲁迅留日时期的"立人"构图中为什么会无视庄子思想的积极作用。一是与鲁迅对道家思想——尤其是庄子思想的负面作用持独特看法有关,这可以解释鲁迅为什么会那么重视庄子思想的消极作用。由于第一个问题将在后面展开讨论,所以,我想先讨论第二个问题。

一般而言,统称为道家的知识大致包括三方面内容:一是老子强调的统治方略和处世术,一是庄子追求的获取个体内在自由、追求内在超越的方法,一是从老庄思想中生发出来的由"善生""养生"而至于"外死生""成仙"的道教迷信。三者虽然同源,但差异也是非常明显的。尤其是道教迷信,作为道家思想的庸俗化和宗教形态,它以民众的信仰为通道,以感性蛊惑为诉求,潜移默化地影响和塑造着中国人的生活态度,与普通中国人的精神发生着联系。早在留日时期思考"改造国民劣根性"问题时,鲁迅就觉悟"中国根柢全在道教"[②],主张关切"道士(方士)"思想对于中国国民根性的影响。后来,他更把现代中国人的种种问题——诸如阿Q之"精神胜利法"(《阿Q正传》)、方玄绰之"差不多"说(《端午节》)、"无是非观"、"无特操"的"伪士"现象、"把一切当成戏剧"看的"看客"现象、游戏人生的人生态度等等,都与道家思想的负作用联系起来思考。30年代他对林语堂等《论语》派小品文"玩玩闹闹,寻开心"本质的批评,以及参与《庄子》与《文选》的论战等,都隐含着他对道家的"峻急"和不"随便"。《故事新编》中,《补天》这篇关于中国文明"缘起"的寓言,也涉及对口吐"金玉的粉末"之"学仙的"道士以及秦皇汉武希冀"长生"的道教信仰的讽刺。在学理上,鲁迅当然明白道家思想与道教的不同,也了解道家思想与道士(方士)思

---

① 我以为《过客》一篇形象地演绎了这一回答,其中老人的达观代表着老庄哲学的世俗见解,但过客同意老人的意见却拒绝其"转回去"和"休息一会"的劝告,体现了鲁迅与老庄不同的行动取向。

② 《18-08-20 致许寿裳》,《鲁迅全集》第11卷,第353页,北京:人民文学出版社,1981。

想的差异[①],但在社会生活中,鲁迅又体认到道士(方士)思想其实就是庄子思想的世俗形态,现代中国人精神、日常生活中的几乎一切消极现象都与它有关,因而在旨在展现庄子哲学困境的《起死》中,鲁迅便把庄子"道士化"[②]了。这也就是《起死》中庄子形象的由来。

因此,《起死》中鲁迅对"庄子"的拒绝实际上只是对道士(方士)思想的拒绝,对"庄子"哲学的批判实际上只是对道士(方士)思想的批判。鲁迅笔下的庄子只是一个被功能化了的、被世俗利用的思想形象而已,既非真实客观的学术性形象,更非忠于古代典籍的历史形象。郭沫若《庄子与鲁迅》[③]不懂这一点,还津津乐道于指出鲁迅描写庄子的不合原文,其实我看鲁迅倒是有意为之的。因为他处理的并非庄子思想的事实,而是庄子思想的世俗价值。

那么,这个"道士化"的庄子与鲁迅自我的联系如何呢?

前面曾提过,鲁迅与道家的纠葛主要是在自我的内部发生的,他对道家的拒绝主要表现为一种"排毒"的努力。较之《出关》之写作动机与作品效果之间的距离,《起死》的写作动机和客观效果似乎是高度统一的,鲁迅并未给我们以任何作文章的"漏洞"。这种批判的严谨性似乎意味着鲁迅对庄子"排毒"的成功。即使小说中庄子由"黄瘦面皮"变为"黑瘦面皮"[④]——我们知道,这类"黑瘦"人物的出现往往意味着鲁迅在作品中较多的主体情感、际遇、思想的投入,如"过客"(《过

---

① 1926年7月4日《马上支日记》主张研究"道士思想(不是道教,是方士)与历史上大事件的关系,在现今社会上的势力",如"孔教徒怎样使'圣道'变得和自己的无所不为相宜;战国游士说动人主的所谓'利''害'是怎样的,和现今的政客有无不同……"等等。

② 《汉文学史纲要·老庄》中表达"方士思想"的《天下》篇引文,虽然"胡适谓非庄周作",但它在历史上一直作为庄子著作传布,因而并不妨碍鲁迅从挖掘"国民劣根性""祖坟"的角度将它作为庄子思想来批判。另外,庄子被道士化,不仅见于鲁迅的《起死》,元杂剧以来如《庄子试妻》《大劈棺》等剧,都把庄子处理为道士模样,这说明《起死》的处理不仅含有鲁迅主观批判的用意,而且也是有民间认识作为客观基础的,并非作者的任意之为。

③ 《中苏文化》(半月刊)第8卷3、4期合刊,1941年4月20日。

④ 郭沫若以为《庄子·列御寇》篇透露着庄子相貌的信息。宋人曹商为宋王使秦,得了不少好东西,便到庄子那里夸耀。其中曹商挖苦的"夫处穷闾陋巷,困窘织屦,槁项黄馘者",郭氏以为"一定是庄子的写照无疑",因此认为庄子的职业是打草鞋的,认为鲁迅《起死》把庄子写成"黑瘦面皮""多少是失却根据"(见《庄子与鲁迅》)。我以为,庄子的相貌或许确实是瘦长脖子和黄瘦面孔,但郭氏对鲁迅《起死》的批评却是只知其一不知其二。

客》)、魏连殳(《孤独者》)、禹(《理水》)、黑色人(《铸剑》、墨翟(《非攻》)等形象——我们无法把鲁迅的自我在庄子这个人物身上某种程度的投射完全排除,但它的情况与《出关》中鲁迅对老子无意识的主体投射却并不相同。如果因此像郑家建那样从知识者与民众的关系方面把握庄子形象的意义[①],并从庄子与汉子的对立中看到鲁迅与"庸众"的对立,那么,其思维是否过于蒙太奇一点了呢?我自己也不能肯定。我想,《起死》艺术上的成功,那种批判动机与批判效果的高度同一,也许只是意味着鲁迅对庄子区隔的成功而已:他在庄子之"毒"中间建立了数道防火墙,在区隔了庄子的思想事实与世俗利用的同时,他难道还会像前期那样隐身于知识者(庄周)与民众(汉子)对峙的紧张之中显现其启蒙主义的自负吗?他在努力排出"时而随便"的"毒"的同时,是否还在心中还保留了一个"去毒"后的庄子呢?这个庄子或许隐藏在鲁迅的文章辞藻中,或许流露在鲁迅的超越性和执着性相扭结的精神气质中……也许,这才是庄子与鲁迅的自我继续发生关联之处吧?总之,无论如何,仅仅文学方面的赞辞是不足以道尽鲁迅跟庄子的积极联系,甚至鲁迅自己的判断也未必就能穷尽其与庄子关系的全部内容的。

其实,鲁迅与庄子联系最深沉之处并不在对道士(方士)思想的批判,而在于他对"虚无"问题的探讨——正是这个"黑暗"的领域跨越几千年把鲁迅的自我、生命、哲学跟庄子的思想对接了起来。

三　如何行动:"自无为而入于虚无"问题

对于庄子的"虚无",鲁迅有所谓"自无为而入于虚无"[②]的说法,把它与老子的"无为"("徒作大言,一事不做")联系起来思考,说明他是着眼于思想与行动的联动问题来估价其意义的。

此外,还有更费解的对庄子思想的评价,也就是前面曾提到的鲁迅把庄子视为"中国出世思想"的"圆备者",以及说庄子"欲并有无修短

① 郑家建:《被照亮的世界——〈故事新编〉诗学研究》,福州:福建教育出版社,2001。
② 鲁迅:《汉文学史纲要·老庄》。

白黑而一之,以大归于‘混沌’”,“‘不谴是非’、‘外死生’、‘无终始’”等等。

这些看法都是鲁迅在学术著作中表达的,与《起死》借道士化的庄子对其思想功能的批判自不可同日而语。实际上,比对一下鲁迅批判庄子所引的引文就可知道,不管是在小说《起死》还是《汉文学史纲要·老庄》等学术著作中,鲁迅对庄子所持异议多集中在《齐物论》几篇。看来庄子是否主张“出世”、道家思想会否走向道教,不一定就是鲁迅最看重的问题。如果联系到鲁迅早年有“伪士当去,迷信可存”的想法,后来更把道家智慧视为现代“伪士”之源的话,与其说鲁迅的拒绝道家就是拒绝道教,就是拒绝道家的道教化,毋宁说他真正拒绝的其实是道教思想的世俗化。鲁迅评价庄子思想的某种过分“峻急”,也许该纳入这一思路来思考才对。那么,鲁迅的庄子观究竟怎样?我们该如何完整、客观、充分地理解其问题呢?

如前所述,鲁迅独特而完整的庄子观主要反映在《汉文学史纲要·老庄》部分,尤其是文中的几段引文。一般人往往只注意鲁迅评述庄子的言辞,对其直接引述的《庄子》原文反而不够重视。实际上,《庄子》原文的直接引述,也就是对庄子思想的一种择要(所谓“以见大概”),内含着鲁迅关注庄子的独特眼光和价值侧重。书中所摘引的《内篇》三段文字,虽意在举例说明庄子散文的特点,其实却代表了鲁迅把握庄子思想的三点重要关注:其一,是《齐物论》第二中表达的趋利避害、不谴是非乃至相对主义的认识论;其二,是《大宗师》第六中“与其誉尧而非桀也,不如两忘而化其道”的“善生死”观;其三,是《应帝王》第七中借“七日而混沌死”寓言传达的反智论倾向;此外若再加上第四点,即《天下》篇中表达的“上与造物者游,而下与外死生无终始者为友”的“出世”思想(“方士思想”),就共同构成了鲁迅独特而有系统的庄子观,规定着鲁迅对庄子思想的基本评价。

《起死》写的虽是庄子哲学的漫画形象,这几个方面倒也大致都涉及覆盖到了。不过,令人感到疑惑的是,就庄子及老子的史实和学术形象而言,鲁迅的相关把握并非没有问题。比如,庄子固然“自无为而入于虚无”,发展了老子的消极面,但老子的“无为”一般多指政治统治术，并非如鲁迅所理解的是指关涉人的行动的“徒作大言，一事不做”[①]；庄子的“虚无”则主要指向超越性的精神自由领域，也并非如鲁迅所理解的是指关涉人的社会行为的“价值虚无”，并不一定必然导致利己主义的“无特操”、“做戏的虚无党”等精神痼疾的出现[②]。再如，庄子“欲并有无修短白黑而一之，以大归于‘混沌’”，也并非要泯灭人间的善恶是非标准，混淆黑白，致人类于蒙昧的黑夜——所谓“一之”，其实只是要把业已分崩离析的人类生活的完整性追寻回来而已。至于说庄子“趋利避害”“不谴是非”，恐怕就更是误解了：庄子这个人，不仅对所生活时代的社会、政治、思想问题处处发言，表现了鲜明的爱憎和热烈的针砭，而且对所奉所信，绝不苟且，其善恶是非标准是非常明确的，容不得半点含糊暧昧。他的思想行为方式虽不同于孔墨的积极用世，但也不同于当时谋求隐逸“出世”、逃避社会责任的隐士如长沮、桀溺、荷篆丈人等[③]——他只是把孔墨的“外在救世”方案变为执着个人价值、注重精神自由的“内在救赎”而已。就追求人类理想社会和理想生活而言，庄子“欲救世弊”的精神是一点也不输于孔墨的，否则他也用不着发展一个道家学派坚固其价值[④]，而对当时的社会、政治、思想的种种问题进行批判了——如果每一个“己”都能因庄子的设想而得救，难道能说他对人类没有像孔墨那样的大仁爱大贡献吗？

因此，鲁迅故意撇开人们对庄老的一般认识，把他们的思想置于人该如何行动的脉络中来把握其意义，症结恐怕仍在“入于虚无”问题对鲁迅的自我、生命、哲学构成的沉醉与挑战：他在全力“排毒”、不断把庄子异己化（道士化）的同时，也进行着一个深刻的自我救赎、自我更

---

① 鲁迅完全理解“无为”在老子思想中的本义。《摩罗诗力说》说：“老子书五千语……则必先自致槁木之心，立无为之治；以无为之为化社会，而世即于太平。其术善也。”

② 鲁迅的相关论述参见《马上支日记》。

③ 不仅如此，庄子还批评过此类消极避世的隐士，他心中真正心仪的乃是“身在江海之上，心居乎魏阙之下”（《让王》）的另一类“古之所谓隐士”（《缮性》）。

④ 郭沫若《十批判书·庄子的批判》说得很对，“道家本身如没有庄子的出现，可能已经归于消灭了”。因为庄子的时代，老子之学分而为三：“宋钘、尹文一派发展而为名家，田骈、慎到一派发展而为法家，关尹一派发展而为术家”，庄子从这“稷下三派”吸收了精华，维系并发展了老子的正统，“从此便与儒、墨两家鼎足而三了。”（见《郭沫若全集》（历史编）第2卷第201页）

新、自我革命的脱胎换骨的过程,并在与孔墨积极作为的对照中寻求一种新的“立人”理想和价值景观的再现。

在鲁迅的笔下,老子和庄子,“无为”和“虚无”,都是在思考思想和行动的理想连动时发生联系的。“虚无”一词,不同时期的鲁迅著作中其思想内涵和情感色彩并不完全相同:其学术性著作多用为本义的客观指涉(如《摩罗诗力说》《汉文学史纲要》《魏晋风度及文章与药及酒之关系》);其文学作品前中期则多指寄托深沉感情、表现作者内心苦闷的肯定性形象(如《中国新文学大系·〈小说二集〉序》所指狂飙社及工人绥惠略夫的“虚无的反抗”、《野草·求乞者》所谓“我将用无所为和沉默求乞……我至少将得到虚无”、《25-03-18　两地书·四》中所谓“惟‘黑暗与虚无’乃是‘实有’”等),到中后期则多指那些被作者强烈批判的否定性形象,此时“虚无”则被鲁迅理解为关涉人的社会行为的“价值虚无”,被他作为“趋利避害、不谴是非”的“无特操”现象的原因看待了(如《知识即罪恶》所提到的“虚无派哲学家”、《马上支日记》描述的“做戏的虚无党”“虚无主义者”“虚无思想者”等)……综合分析这一过程的蛛丝马迹,“虚无”问题和情绪在鲁迅身心的运动轨迹似乎已经清晰地显示出来:它由内而外(由生命体验而创作)、由客观而主观(由思想、学术性著作而到虚构性的文学作品)、由主观肯定到主观否定(对“虚无”的价值由接纳到批判和拒绝)——其中难道不也内含着一个鲁迅从尼采、俄国虚无主义乃至“庄周的毒”的沉醉中惊醒、排毒、脱出的自我更新、自我改造乃至自我革命的精神蜕变过程吗?

从庄子到鲁迅,“虚无”问题的重要性是不言而喻的。它作为超越性价值的消极一极,透视或洞穿着古往今来生生不息的生命,没有对它的深沉体验,无论庄子还是鲁迅,大概都不会入于人类思想的深邃、超拔、通透之地吧。不过尽管如此,我这里关注的,却并非鲁迅对“虚无”的体认、深入及无奈、痛苦、绝望这些跟庄子相通的地方,而是鲁迅对“虚无”的脱出——正是它,区分了鲁迅与庄子。

为什么鲁迅体验了“惟‘黑暗与虚无’乃是‘实有’”,却并不像庄子、克尔凯郭尔那样因此于虚无之境安营扎寨、起房盖屋,安居于虚无世界乐不思蜀呢?

我想，这是因为鲁迅体内不仅有老庄为血肉，更有孔墨做骨骼，虽然他的生命感受会通于庄老，但他的人生目标及动作却与孔墨相连。他要行动——不仅作为孤独个人行动，因而会入于现代世界和现代人心灵的黑暗深处；而且要作为合历史进程的社会人来行动，以能致中国和中国人于进步、解放、自由之境。因此他对“虚无”的脱出，无论作为其自我更新、自我革命的“排毒”疗程，还是作为他对“立人”理想和价值的不懈追寻，都需要尽量抑制老庄的活跃，或者不再视其为与孔墨“矛盾地共生”的生命体，干脆作为毒素完全排除出去。

如同屈从和反抗、主人和奴隶一样，犹疑和行动始终是鲁迅生命中普遍存在的一种对偶式选项。如何行动的问题，如果说在“五四”新文化运动的高潮中矛盾还并不尖锐的话，那么到“五四”落潮后的《彷徨》《野草》时期，鲁迅却遭遇有生以来最严重的危机，陷入“无地彷徨”、丧失生命目的的困境之中。他左冲右突，其思想既为“黑暗与虚无”充满，其行动复不能获得方向感和目的性——他虽宣称“我将用无所为和沉默求乞……我至少将得到虚无”，但最终的结果却是：“我终于不能证实：惟黑暗与虚无乃是实有。”这是他观念上的收获。但在具体可感的情感、生命领域，鲁迅的“虚无”感却植根于他的“绝望感”“彷徨感”这些关涉行动的情绪之中。一方面，他在努力求证“绝望之为虚妄，正与希望相同”的是非真伪，去除怀疑主义；另一方面，其行动的“无为”、无意义却在加深着他的“绝望”和“彷徨”，强化着怀疑主义。是安于“虚无”还是走出“虚无”？是停于“绝望”还是反抗“绝望”？正是执着于人得“走出”、得“反抗”、得不断行动——不仅作为思想主体而且作为意志主体、作为合历史目的的行动主体而行动的观念本身，才使鲁迅最终有别于庄子。

同样面临存在主义式的生命绝境和人生悖论，在庄子是由反抗绝望而至于“齐物论”和“逍遥游”，把人生苦相对化或转化为一种对精神愉悦和精神自由的追求，取得一场特殊意义上的“精神胜利”；在鲁迅却是由思想的苦恼转向强固其精神意志、转向寻求更切实的行动——显然，鲁迅终于明白，救赎的希望不可能在思想自身寻求，也不能因生命意志的持续反抗而自我消灭，而必须转向行动，转向某种为思想支援的革命实践。到他晚年写作《起死》时，“虚无”问题早已不再是他思想的主轴和基本苦恼，其有思想支援的“行动”因为与中国共产主义革命的联系而获得了方向和历史。此时鲁迅对庄子的观照，因此就充满一种告别了“旧我”的明快和自信：他不仅成功地区隔了庄子的思想事实和世俗价值，而且能以过来人的视点反观庄子的“虚无”问题——最终我们发现，连接着庄子与鲁迅的那条思想脐带已经通过其自我更新而脱落。与此相对应的是，在鲁迅一向关注的“立人”精神脉络中，则另外出现了像禹（《理水》）、墨子（《非攻》）等“中国的脊梁”这类重意志力量和实干精神更甚于思想论辩的庄子哲学的反题人物，他们以跟庄子毫不相干的“埋头苦干”和“拼命硬干”，救正着根源于道家智慧的趋利避害、不谴是非、不讲原则、徒作大言等等国民劣根性，映照着鲁迅自我的另一种昂扬的面貌，从而与“出世”导向的道家价值观绝然而别。

鲁迅对道家的拒绝是明确的，也是复杂的。之所以如此，不仅因为它与鲁迅“文明批评”的使命承担有关，而且与鲁迅内在的自我更新、自我改造以及自我革命有关。老庄与鲁迅，不止像与孔墨那样涉及道德与事功、信念与责任方面的思想纠葛，而且涉及身心、思想与行动的连带问题。通过《出关》和《起死》，鲁迅清理了老子和庄子的价值，把他们置于思想与行动的连带关系中褒贬取舍，既确立了一种新的关于人的价值实现和完成的理想景观，同时也跟道家的关系作了了断。《故事新编》中，鲁迅拒绝老庄是与肯定孔墨同时进行的，涉及其新“立人”建构中道德与事功、信念与责任、思想与行动之连动可能性的问题——儒、墨、道思想人物分别对应其中，是因为他们作为中国思想或中国问题之源，带有方法的意义。鲁迅清理它们，既是清理中国的历史、文化，也是清理曾负担着这一传统之一切黑暗和光亮的自我，同时也为我们奠定了现代中国人和中国文化再出发的新基点。

1990 年，1999 年，2006 年断续写成
（选自《中国现代文学研究丛刊》2007 年第 1 期，文字有增删）
2008 年 3 月 30 日最终改定于磨砖居

论京派抒情小说的民族特征

李　德

京派是一个十分宽泛的文学团体,他们是20至40年代被称为“右翼”的和当时政治运动相游离的那批作家,一般认为包括周作人、俞平伯、废名、沈从文、凌叔华、萧乾、汪曾祺等。在这几人当中,后面五位主要从事小说创作。“京派”的称谓最初源于他们的政治态度和在民族革命中所处的位置。但京派作家的政治思想并不完全相同。如果说人道主义是京派作家共同维系的早期理想,那也只是说明了他们反封建的态度,实际上他们对人道主义的理解也各不相同,对未来的选择和对政治的热心程度互为轩轾。直到最近我们还未能完全确定京派到底有多大范围和有哪些具体流派倾向。他们最明显的一致性是他们对传统文化的态度。京派作家——尤其是京派小说作家比其他流派的作家更多地接受了传统文化的影响,他们对民族生活的认识以及对民族文化的态度具有共同的特点,这也许能从一个侧面揭示京派文学的本质特性。在当前对京派作家的认识和研究相对不足的情况下,探讨一下京派作家对民族文化的态度和创作的民族特征对于揭示京派文学团体的特性不是毫无裨益的。

民族文化是一条流不断的河流。从这个意义上说,所有中国作家的创作都具民族性。但对民族文化的内在的自然的继承和主动的自觉的追求显然具有不同的特点。像鲁迅、郭沫若等受西方文学影响较深的作家,自觉地改变传统的叙事方式,用西方特异的形式来描绘现代中国生活,他们的民族性主要体现在对民族生活方式和心理结构的反映上,在开放的形式中熔铸了一个民族相对稳定的性格和屈辱的历史,这是现代知识分子对传统文化再认识和再批判的过程。京派作家从来也不排斥对西方文学方式的接受,同时,他们也热衷于借鉴中国古典文学和民间文学的传统表现方式,在以人本主义思想认识和评价中国现实的同时,也时常流露出一个中国人所特有的对生活的理解方式和期待方式。在京派小说作品中,西方人道主义和中华民族传统的人本主义思想是结合在一起的,民族文化的优长和“亮点”得到了表现和弘扬。作家的这种审美选择决定了他们的创作个性,京派对民族文化的态度体现在他们创作中所表现出来的一系列特征上。

特征之一:描绘具有民族特色的风景画和风俗画

农村风景画的描绘,在“五四”时期的新文学中已经出现。鲁迅笔下的明媚秀丽的浙东水乡景色和台静农笔下沉郁苍凉的皖西北农村风光都具有鲜明的地方特色,以后,杨振声的一系列展示沿海粗犷景致的小说也给我们留下了很深的印象。京派作家发展了乡土题材创作的这一特长。他们在创作中把笔触伸向下层城市贫民的生活和偏远闭塞的乡村,描绘富有鲜明地方色彩的自然环境、生活场景和民风民俗,展示了颇具民族特色的生活内容和审美情趣。

京派作家大都生活创作在北平,但他们出身不一,有的来自农村(如废名、沈从文),有的自幼在城市里长大(如萧乾、凌叔华),他们有一个共同的倾向,就是卢梭似的回归自然的态度,他们把乡村生活看成远远高于城市生活的人生形式。萧乾在《给自己的信》中说“虽然你是地道的都市产物,我明白你的梦,始终邮寄在乡下”。像沈从文那样自幼在泥土里滚大的作家,对自然美和乡村生活更充满深厚的感情。沈从文称自己是乡下人,“永远不习惯城里人所习惯的道德的愉快,伦理的愉快”(《〈篱下集〉题记》),废名也认为乡村生活是他真正的归宿(《我的心》)。京派作家这种对自然美和乡野美的由衷的热爱每每在创作中表现出来,转化为对美丽乡野风光的形象的描绘。周作人在理论上的影响和鼓励,也是使他们执着于风景画和风俗画的原因之一。周作人提倡乡土文学,认为文学描绘乡土的内容才能增加地方文学在世界文坛上的竞争力,作家“跳到地面上来,把土气息泥滋味透过了他的脉搏，表现在文字上，这才是真正的思想与文艺。”①这种理论对京派作家产生了指导作用，废名描绘自然美和乡土色彩的创作一直受到周作人的鼓励。

中国现代文学是在广袤的中国大地上成长起来的，乡土生活的展示自然是新文学描写的最重要的内容之一。但乡土社会对不同的作家往往展现出不同的面貌，每个作家在农村生活中看到了不同的内容。总括起来大体上有两类不甚相同的态度，一类是自早期乡土文学开始的现实主义态度。他们视乡村社会为复杂的人生场面，里面充满着各种生活因素的对抗和复杂的矛盾纠葛，包容了20世纪中国民众的生的悲哀和痛苦的抗争。这类作家自鲁迅起，至30年代吴组缃、沙汀、萧红等的创作中走向全面成熟，他们立图全面真实地反映乡土社会的生活全景，展示中国人民的现实悲哀和对未来的追求。而对另一些作家来说，乡土生活则是自由的、纯朴的、充满诗情画意的人生形式——和谐优美的自然风光不仅更适合人生，而且也保留了一些健康的单纯的人性，他们是作者失意时的避难所和理想的象征。在腥风血雨的中国二三十年代，孕育不出唯美主义的作家和作品，但在郁达夫、艾芜等作家的部分创作中，我们经常可以看到这种向乡村自然之美依归的态度。这种态度实际上反映了乡土生活自幼给予作家的影响以及与自然和谐一致的中国文化的传统精神。京派作家的创作属于后一潮流。在他们的作品中明显地表现出对自然美的热爱，表现出投身自然、和自然相交融的审美情趣和处世态度、他们对农村风光的描绘融入了更多的主观抒情性，在为自然造像的时候，追求山水诗的情境交融的意境。

请看下面的两段描写：

转下了石坡，天气渐渐的光亮起来，九龙山的云雾渐渐聚集成几团白云，很快地扬着微风向山头飞去。天的东南方渐渐露出浅杏黄色的霞彩，天中青灰的云，也逐渐的染上微暗的蔚蓝色了。忽然湿润的岩石上面反闪着亮光，小路上的黄土嵌着红砂颗子使人觉得一阵暖气，山坡下的杂树里吱吱喳喳的闹着飞出两三群小麻

① 周作人：《地方与文艺》，《谈龙集》，第15页。

雀来,太阳渐渐的拥着淡黄色的霞彩出来了。(凌叔华《疯了的诗人》)

黄昏又如情人一般守约地来了。萤火虫点了亮亮的小炬,开始在黑糊糊的树叶间飞翔。蝙蝠像逗弄人似地故意飞得低低的,待孩子们张开了善扑捕的小胳膊时,却又那么敏捷地蹿上天去。气得失了望的孩子们仰起了头,向嵌了繁星的黑黑的天空唱着:"檐末虎,扎花鞋,你是奶奶我是爷。"乃至夜如布景者一般地把草坪上的各个角落都密染黑以后,草坪上的一切角色也开始活动了。一阵低歌,一片捕捉时的惊呼,如波涛似地黄昏的海中起伏着。(萧乾《俘虏》)

作家并不立求对自然景色的如实描绘,他们撷取了现实中的一些美的景物,融入个人的感觉的情绪,使大自然的光和色通过心灵的折射转化成一幅幅淡雅含情的山水画,这个特点在萧乾、凌叔华的笔下表现得尤为明显。萧乾、凌叔华的抒情小说写到的往往是孩子眼中的世界,孩子认识的一切本来就模糊一片,消融了外面世界与内面世界之差,他们眼中的自然景色和主观情绪层层浑然一体的。在这些图画中,缺乏工笔的刻画,却有感情的真实,有诱人的诗意,体现了古代画论所谓的"神似"。

沈从文、废名和汪曾祺对自然风景画的描写和萧乾、凌叔华略有不同,他们对乡村景色的描写更细致一些。因为这些作家写的是自己家乡的生活,对其中的一草一木都非常熟悉,因此故事的环境更真实具体。在他们的小说中,生活图画中的地方色彩和自然景物的诗意美景是同时并举的。沈从文的笔下是拔地而起的山岩,五彩缤纷的花草树木,清澈见底的溪水。溪水边有攀缘的缆索,终年来去的渡船和桃花丛里泥墙黑瓦的人家。这些都是典型的湘西风光,其中的人物虽生计艰难,但也怡然自乐,富有田园牧歌情调。废名的小说则展示了江南水乡农村一幅幅流动的山水画:幽静的桃园在月光下散发着淡淡的清香;秀色环抱的菱荡在竹林中荡漾着绿波;含情的杨柳在池水边随风飘举。这片美丽的土地上进行着平朴自然的生活:我们可所看到芭茅地里逃学小学生的嬉戏,送路灯影影绰绰的长阵和竹林里面轻妆淡抹的少女。

“小溪河，破庙，塔，老人，小孩，这些那些，是不会在中国东部的江浙和北部的河北山东出现的。”①

风景画的背后是民族风俗习惯和世态人情，它们比自然景色具有更深层的心理和文化蕴含，它们“构成着一个民族的面貌，没有了它们，这民族就好像是一个没有面孔的人物，一种不可思议、不可实现的幻象。”②只有把自然景色同民族风情结合起来，才能创造出意境幽远而且文化内涵丰富的民族抒情画卷。京派作家意识到了这一点，他们在捕捉自然美的同时，以相当大的篇幅描绘了乡村生活特定的风俗画。

从京派小说的某些篇章的结构布局上就可以看出作者对民俗的注意。《莫须有先生传》中的莫须有先生从城市搬到乡下，原因是他厌倦了城市生活的嘈杂，意欲寻求安宁的生活，交接平朴的人情。小说的结构就是层层展示莫须有先生和北平西山农村乡俗的接触。看到农民布置房间的款式他感到好奇，旗人的饮食起居使他入迷，农村妇女的口角争吵更让他流连忘返，莫须有先生正是在和这些生活的不断接触中变得越来越民间化。沈从文笔下的民间风俗的描写居于更突出的位置，某些短篇小说整篇都围绕着一个习俗展开。《萧萧》中的萧萧自嫁过门，做了拳头大丈夫的小媳妇，到和别人生下儿子，正式和丈夫拜堂圆房，都说明了湘西人民传统的对待婚姻的态度。《月下小景》中那曲甜蜜而又哀伤的爱情悲剧，发生的基础就是“××旗”一个亘古未变的风俗：“女人同第一个男子恋爱，却只许同第二个男子结婚。”否则，女子就要接受族人的惩罚。

民族风俗具有比较宽泛的内容，它是民族风尚、礼节、习惯等的总和，其中最能表现民族特色的是民族仪式和传统节日。这两方面的内容在京派小说中得到了突出的反映。沈从文描写了神巫跳傩的仪式（《神巫之爱》），男女对歌的方式（《龙朱》等），废名描写了农民进城烧香的规矩（《文公庙》），汪曾祺描写了炕鸡子的鸡蛋下炕的程序和礼俗（《鸡鸭名家》），它们都具有民俗学的价值。民间节日，更是京派作家

① 沈从文:《论冯文炳》,《沈从文选集》第5卷。

② 《别林斯基选集》第1卷,第40页。

普遍描写的对象。传统节日是体现民族风情的有代表性的活动。在这一天,人民不仅要穿上各式各样的民族服装,摆出五彩缤纷的手工艺品和各种小吃,还要唱春,跳舞,说书,演戏,它是综合地表现民族文化的典型时节。京派作家在描绘民族节日时,流露出衷心的赞美。萧乾《俘虏》中的七月节和废名《桥》中清明节的描写都鲜明生动、兴趣盎然。《边城》对湘西端午节的描绘更为成功。作者不仅写出了劳动人民过节时各项有趣的活动,而且渲染出了独特的文化氛围。那些穿了新衣、额角上用雄黄蘸酒画了“王”字的妇女儿童,那些把鸭子放入河中,擂鼓捉拿的强壮的男子,是特定地域文化的产物,是远古民族精神的象征。

总之,京派对民族风俗画的描写不以反映现实的深刻性见长,他们更着意于一种情感支配下的风物化的展示。在作品的现实性和思想深度上,京派创作甚至赶不上20年代的乡土文学。早期乡土作家在一种淡淡的哀愁中描绘故乡的生活,作品中不乏对故乡的依恋和赞美,但更注重揭示故乡土地上老中国儿女的生活悲剧和精神悲剧,像许杰的《惨雾》、蹇先艾的《水葬》、台静农的《红灯》都是通过对恶劣习俗的描写,突出地反映了中下层人民贫苦无告的悲惨处境以及麻木愚昧的精神状态,表现了传统生活和社会进步要求的不协调的矛盾。京派则偏重于对民族风情的静态的审美观照,京派作家无意于深入地剖析农村社会,他们的兴趣在于表现生活的特定的美的内容。斯大林曾说:“每个民族,不论其大小,都有它自己的,只属于它而为其他民族所没有的本质上的特点,特殊性。这些特点便是每一个民族在世界文化共同宝库中所增添的贡献,补充了它,丰富了它。”①京派作家的主要创作意图就是把这些代表民族优长的民族风物表现出来。他们的抒情小说中的风景画和风俗画是经过选择的,其中的风景是美丽的田园风光,风俗则主要是那些表现了民族特色,而又不违背健康的原则的乡风民俗,它们是长期的民族生活的历史形成的,凝结着民族热情,民族爱好以及民族

① 斯大林:《在宴请芬兰政府代表团的宴会上的演讲》,《马克思主义与民族、殖民地问题》,第376页。

的创造精神，是中华民族区别于其他民族的独特的文化基质。京派以浓郁的抒情笔调展示这些生动的内容，使他们成为较早的民族文化的自觉的探索者和传达者。他们的作品虽然缺少反映现实的深度，但在民族特色的明确性和"亮度"上，却胜过了早期乡土小说和同时期的农村题材的小说。

特征之二：塑造具备传统美德的人物形象

京派抒情小说能够形成鲜明的民族特色，和作品中的人物形象比较突出地体现出民族气质和民族文化心理有密切的关系。风景画和风俗画不是独立的，它们是人的生活的具体表现形式，对风景和风俗的关注最终往往归结于对作为世界的主体的人的描绘。沈从文说，他要"重新给'人'好好作一度诠释，超越世俗爱憎哀乐的方式，探索'人'的灵魂深处或意识边际，发现人，说明'爱'与'死'可能具有若干新的形式。"①萧乾也说他的创作的目的是表现自由人"与命运搏战的震动"②。京派作家十分注重下层社会人物性格的原始质朴美，塑造了一大批具备中国传统道德特点的人物形象，增强了他们小说的民族风采和艺术感染力。

京派作家大量描写的人物有两类：一类是纯洁的少年儿童形象，一类是质朴的下层劳动人民形象。在这些劳动人民形象上，集中地体现了传统的道德准则和性格特点。这些人物的性格和思想具有很大的一致性。正像沈从文所说的，他的创作意图是表现"优美，健康，自然而不悖乎人性的人生形式"③，他确实做到了这一点。他写到的湘西社会是和现代社会缺乏联系，相对蔽塞的边远地区，他把长期缺少变化，原始单纯的边地人民的"人性"留给了我们。生活在这里的人们具有种种天然的禀赋：他们勤劳能干，信仰自己的双手，靠自己的体力吃饭，

① 沈从文：《长庚》，《沈从文选集》第5卷。
② 萧乾：《给自己的信》，《水星》1卷4期。
③ 沈从文：《习作选集代序》，《沈从文选集》第5卷。

“不明白世界上另外那些人懒惰就是享福的理由”；他们勇敢无畏，藐视任何困难，“徒手可以搏野猪”；他们忠实于爱情，心有所爱便痛快地表示出来。当两个男子同时爱一个女子时，他们不是采取城里人那种拱手相让的做法，而是让两个男子共同在女子面前比个高低，或者进行决斗，或者比赛歌喉，获胜的能得到爱情，失败的也心悦诚服；他们人与人的关系非常诚挚、朴实，很少受金钱的束缚。卖东西的不强求买主交钱。果园里生产的果子也不为谋利，任过往行人采摘。

勤劳、勇敢、忠诚、友爱，也是其他京派作家抒情小说中的劳动人民形象的主要性格特征。萧乾的《邓山东》里的山东老汉是个以卖杂食为生的年过半百的小商贩。他对老师殴打小学生的行为愤愤不平，编曲儿训斥无理的老师，并站出来代学生受罚，表现了劳动人民爽直无畏的性格。《印子车的命运》中的秃刘是个“牛脖子”，不屑于做光吃饭不劳作的机关工作，宁愿靠自己强壮的体格挣出一份家业。在他身上体现了勤劳致富的朴素理想。汪曾祺的《邂逅》和《鸡鸭名家》写的是乡村里的工匠和能手，他们在长期的生活实践中练就了一身过硬本领，能对付各种困难，表现了劳动人民的创造精神。京派作家也表现了一些劳动人民身上具有的安贫知命、逆来顺受的性格，如萧乾《花子与老黄》中的老黄和废名《菱荡》中的陈聋子。陈聋子在陶家村打了十几年的长工，二老爹的园是他种，园里出的菜也要他挑上街去卖，他卖菜回来一文一文的钱向老爹手上数，自己分文不取。洗衣女人问他讨萝卜吃，他拔起最大的给她们，“轻易不见他说话，别人说话他偏肯听。”老黄则是“我”家的老当差，“我”看不起他，欺侮他，他从不动气，每天带“我”上学，并把半生积累的技艺教给“我”，最后老黄为了保护“我”而被疯狗咬伤，悲惨地献出了生命。

中国历史的特点是封建社会特别长，在两千多年的封建社会里，宗法制的小农经济始终占主导地位。由于生产力和生产关系不发达，人们必须同自然进行艰苦的斗争才能维持自己的生存，这养成了中国人吃苦耐劳，苦作不辍的习惯。小农经济是自给自足的自然经济，人们不需要到自然以外去索取什么；这又培养了他们天人一体的观念和与世无争的自然性格。此外，小农经济把一定群体的人固定在特有的环境内，人们十分重视亲缘关系及相互间的调谐。孔子讲“仁者爱人”，孟子讲“老吾老，以及人之老；幼吾幼，以及人之幼”，这又养成了中国人重视人伦关系，重视邻里友爱的传统。勤劳勇敢，诚实善良，忍辱负重，相信命运等品质，长期积淀在下层劳动人民的性格里，已成为历代中国劳动阶级性格的基本内涵，京派抒情小说的独特审美发现就在于意图把劳动人民性格品质的这些特征刻画了出来。作者在塑造这些形象时，表现出明显的同情的心理。他们把传统的人物性格与现代都市的人生形式对照起来描写。在他们看来，人生价值的崇高并不同物质的进步成正比。资产阶级的都市社会限制了人的发展，养成了“以价值的多少来为百物作一个好坏批评”的价值标准①，人的个性受到严重损害，人的正直的本性和纯真的感情以及主观创造性全都被异化了。真正健康、正常的人性还在乡下，在那些没有受到现代都市文明熏染的自然社会的下层“小人物”身上。正是这样，他们对传统人物形象作了肯定性的价值评价。

但是我们也应当看到，在这种肯定性的评价中也包含着一个否定性的前提，说明京派作家对传统人物的同情不是毫无保留的。京派小说所描绘的往往不是具有各种现实规定性的农民形象。现实中的劳动人民并不像作品中那么单纯，他们固然保持了许多可贵的正直品格，但几千年的封建统治也赋予他们自私、保守、愚昧的根性。如果全面地考察小生产者的性格构成，可以发现这些性格内部摆脱不掉的落后性和保守性，和社会的进步要求是格格不入的。京派作家接受过资产阶级人道主义的影响，使得他们对乡土社会的小农意识的性格缺陷有所觉察。为了寻找健康的、单纯的人生形式，他们在塑造农民形象时一般都采取了“净化”的艺术处理；不去过多地触及劳动者身上的阴暗面，在作品中主要描绘合乎“人生”的单纯的民族美德和正直品格。这种经过“过滤”的人物性格在一定程度上符合作者心中的人道主义要求。由于采取了“净化”处理，京派作家笔下的人物形象往往是静态的，带着某种程度的抽象性。

---

① 《从文自传》，《沈从文选集》第1卷，第82页。

如果把京派创作和同时期的社会剖析派的创作作一比较，京派在人物审美选择上的这一特点就更为明确。社会剖析派以茅盾、吴组缃、沙汀为代表，他们接受了科学社会主义的影响，以马克思主义的唯物史观的立场分析农村社会。他们笔下的农民形象虽然也体现了某些传统的道德品质，但是他们更注重人物在环境的影响下的性格演变的历史，注意描写劳动人民身上在新的历史条件下出现的新的思想品质。如吴组缃的《天下太平》中的王小福和《樊家铺》中的线子夫妇都是转变中的形象。他们原来都是安分守己的农民，后来为生活所迫，不得不走上偷盗的道路，甚至置传统道德于不顾，杀死自己的母亲。变化了的环境使人物性格蜕化了旧质，生成了新质。社会剖析派作家还塑造一些走向革命的农村劳动者形象，《春蚕》三部曲中的多多头是一个代表。多多头正好站在传统的道德行为的反面。他的父亲老通宝是个勤勤恳恳、安分守己的老实农民。多多头看不起父辈们那种软弱保守的传统生活方式，认为当务之急是改变人吃人的不合理的社会现状，否则即使田里丰收了，农民照样过不上好日子，因此他勇敢地带领农民枪米囤、刨松树，摘取地主的枪支武装自己，为一个理想的健全的社会制度而奋斗。他是典型的新时代造就的崭新的农民形象。总之，社会剖析派作家在塑造人物时展示了人物形象的时代特征——描写老一代农民，突出他们在新的环境下性格的转变和发展；描写新一代农民，正面揭示时代赋予他们的崭新的思想风貌，他们笔下的人物是特定环境下特定的人物。

京派则不然，京派小说中的劳动人民形象的时代规定性不够明确，缺乏时代的新质。他们偏重于表现的是长期凝固在劳动人民身上的传统的美德，把这些人物生活的年代从写作的时期向前推二十或三十年，他们的性格甚至会显得更真实。京派侧重于关注乡野社会中人物性格的原始强力和自然的质朴与单纯，他们对劳动人民的态度和对民间风俗的态度十分近似。他们不是毫无选择地描写传统和赞美传统，不同情压抑人、摧残人的陈规陋习和野蛮愚昧的人物精神状态，把赞歌主要唱给那些表现民族精神、体现民族感情、促进人民幸福的民风民俗和健康正直的人物性格，这说明他们在现实面前能够保持比较清醒的民主主义态度。

特征之三:借鉴民族文学的传统艺术技巧

京派同时代的作家在论述京派小说艺术民族化的特点时,往往把他们同中国古典文学联系起来,如周作人认为废名的文体有明末公安派、竟陵派的格调,有“含蓄的古典趣味”①。刘西渭认为沈从文的《边城》“富有清中叶的传奇小说而又风物化的开展”②。这些意见对我们是有启发的。但是仅仅指出京派小说与正统文学的联系是不够全面的,京派对民族文学的继承实际上应该包括两个方面,一是借鉴了正统诗文的表现手法,一是采用了民间故事和民间说唱的叙事技巧,其中,民间文学的影响绝对不能够忽视。京派大多数作家就是在民间艺术的熏陶下长大的。民间文艺作为民族教育的重要组成部分,对他们的文化心理结构的形成起到了一定的决定作用。萧乾说他的艺术教育最早是在庙会里受的,最吸引他的是那些“蓝布篷底下围满一圈人的那些说书唱曲的”(《一本褪色的相册》)。废名在小说中也说他很喜欢中国的旧戏(《丧日》)。沈从文的“小学教育”更是丰富多彩,不论是看戏,放风筝,划龙船,登高,赏月,心旷神怡(《我的小学教育》),后来沈从文用小说形式改编了许多民间传说与故事,由此可以看出民间文学对他的执着的影响力。

京派作家借鉴民间文学技巧的最突出的表现是采用了民间文学的想象方式和构思方式。在中国民间文学中有一个固定的格式:“很久很久以前”或“有一个美丽的地方”,生活着一群善良的人们,他们勤劳、正直,道德和操行远远高于我们生活的社会。劳动人民的美好理想没法实现时,往往通过幻想的方式在文学中表现出来。京派作家表现了类似的想象方式和构思方式。他们描写的田园风光不同于嘈杂的城市生活,带着远离都市现实的理想色彩,故事的时代背景和社会矛盾受到作者有意的淡化,经常显得模糊不明。“由四川过湖南去,靠东有一

---

① 周作人:《〈桃园〉跋》。

② 刘西渭:《边城》,《咀华集》,第72页。

条官路,这官路将近湘西边境,到了一个叫‘茶峒’的小山村,有一条小溪,溪边有座白色小塔,塔下住了一户单独的人家,这人家只有一个老人,一个女孩子,一只黄狗”。这是《边城》的开头,“由四川过湖南去”一句把故事的场景遥远,然后连用几个“一”字,使复杂的生活单纯化,把他们引入一个似梦非梦的境界。废名的乡村题材的小说也多是幻想的,他用一首儿歌道出了他喜爱的故事:“一去二三里,烟村四五家,楼台六七座,八九十枝花。”极富虚幻的空灵色彩。凌叔华的《疯了的诗人》中的主人公更是真、幻难分。少女双成据说是得了病,但她的面色如海棠般红润,行为像儿童般天真,与小狗为伴,把镜影作画。“在一片七八尺见方的地上垒着山,插了树,盖了房,搭了桥。”让露珠像仙女一样为她跳舞,和未婚夫形影相随,挽手跳跃,“像一对十来岁的小孩子一样神气。”在双成的性格里,我们不知道哪些是作者对现实生活的摹写,哪些是作者理想的寄托。

人物形象的神貌一致,也是京派作家从民间文学那里学到的。在民间文学中,人物往往是类型化的,心理美的人外表一定很美,心灵丑的人外表也丑。在赋予人或精怪以形象的时候,说故事的人总是借助想象力使他们极度地美化或丑化。京派作家接受了民间文学的这种人物描绘方式。在京派以乡村生活为题材的抒情小说中,坏人是不多见的,“由于边地的风俗的淳朴,便是作妓女,也永远那么浑厚。”(《边城》)小说中的正面人物常常是言行一致,表里如一,他们不仅心地宽厚、诚实纯朴,而且身体健康,外貌可爱。男儿多健壮结实、英武动人,女儿则形体俊美、妩媚似水。废名的《桥》给我们塑造了两个少女的形象,一个是琴子,一个是细竹,她们性格不同,前者文静多思,后者活泼好动,但这不妨碍她俩都成为美的典范。她们诚实善良,爱山,爱水,爱花草虫鱼,爱帮助别人,加上楚楚动人的容颜,真可谓“老者安之,少者怀之。”沈从文笔下的男儿,不管是《柏子》里的柏子,《媚金、豹子和那羊》中的豹子,还是《灯》里面的勤务兵,都体现了外在美与内在美的统一。《龙朱》里的龙朱更是这方面的代表:

> 郎家苗人中出美男子,仿佛是那地方的父母全曾参与过雕塑天王菩萨的工作,因此把美的模型留给儿子了。族长儿子龙朱年

> 十七岁,是美男子中之美男子。这个人,美丽强壮像狮子,温和谦训如小羊,是人中模型,是权威,是力,是光,种种比譬全只为了他的美。称他德行则与美一样,得天比平常人特别多。

京派作家接受古典文人文学的影响,主要在古典诗词和散文方面。废名说他的表现手法“分明地受了中国诗词的影响”(《废名小说选序》);萧乾说他自幼爱读“最接近诗歌境界的”古代山水游记,并模仿游记笔调作文章(《未带地图的旅人》);沈从文也主张在作品的美与爱的创造上向屈原、曹植、李煜等学习,“这些人写成的作品,虽名不相同,所得启示必古今如一,即被美所照耀,所征服,所教育是也”(《云南看云集·爱与美》)。

京派作家对古典诗文艺术的借鉴主要表现在两个方面。

第一,追求美的意境,把作者的主观感情和叙述描写结合起来,注重人物形象和山水风貌的和谐对应。中国古典诗文创作讲究情境合一,既不提倡完全客观地描摹外在自然,也不赞成单纯地抒发主观情感,而要求把二者融为一体,“意与境会”、“思与境偕”,是古代诗词和山水散文最高的理想境界。京派作家继承了这种美学追求。在京派抒情小说中,情与境的结合表现在不完全相同的情况里。对作家主体来说,情境合一意味着作家的主观情感和故事的叙述描写相一致。京派小说有鲜明的个性基调,我们时时可以感到一个抒情主人公在参与和评价故事里的人和事,作者描绘的一切——山川草木、人物风俗,都不是独立自足的,它们经过作者的感觉和心灵的浸泡,做到了融情入景,情景交融。比如京派小说往往有一股忧伤的情调,“总围绕着悲哀的空气”①,这种情绪的产生就具有主、客观两方面的因素。从客观描写上看,乡村劳动人民总被一种无情的命运压迫着,他们虽然勤劳勇敢,刻苦坚忍,但无力改变命运的重扼,只有被动地听从大自然的安排;从主观的方面说,京派作家在揭示劳动人民的命运悲剧时,倾注了强烈的同情,采用了忧郁悲凉的语调,这两方面融为一体,便造成了京派小说所特有的感人的力量。另一种情况也表现了京派追求情境合一的特

① 周作人:《〈桃园〉跋》。

点,那就是他们十分注重人物和自然的统一性。在京派抒情小说中,人物和伴随他的自然环境是对等的,美的人物和美的自然景致达到了完美的和谐。废名的小说常常是三两个可爱的人物,一点点远山近水,竹林桃园,物我一如。沈从文表现的是故乡山水美和人情美的对应关系:那里的山巍峨挺拔,造就了刚勇彪悍的男子;那里的水清澈妩媚,孕育了单纯痴情的少女;人的性格和自然的性格合为一体。《边城》中的翠翠完全是大自然造就出来的一个尤物:

> 翠翠在风日里长养着,把皮肤变得黑黑的,触目为青山绿水,一对眸子清明如水晶。自然既长养她且教育她,为人天真活泼,处处俨然如一只小兽物。人又那么乖,如山头黄麂一样,从不想到残忍事情,从不发愁,从不动气。

第二,借鉴吸收了诗歌散文的语言风格。京派抒情小说的叙述语言具有自然流畅和形象化两大特点,其中自然流畅一点是和古代散文的影响分不开的。中国古代散文自宋代欧阳修以后,形成了一种"纡徐百折,而条达疏畅,无所间断"①的文体形式。京派继承了这种艺术风格。京派反对矫揉造作的文风,要求"使文字离去一切文法束缚与藻饰,使文字变成言语"。② 他们的文章吸收了口语化白话的特点,自然贴切,明白如话,平淡的文字中又熔铸了作者的内在情感,随着情绪的升沉,语调或急或缓,或快或慢,并无必然的定势。"好像是一道流水,大约总是向东去朝宗于海,它流过的地方,凡有什么汊港弯曲,总得灌注潆洄一番,有什么岩石水草,总要披拂抚弄一下子,才再往前去,这都不是它的行程的主脑,但除了这些也就别无行程了。"③读这样的文章如听豆棚瓜架之行,轻松自如而情意百结,绝少艰涩劳苦之语。④

---

① 苏洵:《上欧阳内翰书》。

② 沈从文:《论冯文炳》,《沈从文选集》第5卷。

③ 周作人:《〈莫须有先生传〉序》。

④ 废名的小说从《桥》开始已经有一些晦涩的成分。后期的某些创作由于追求抽象玄理的表达,显得神秘不可解,它们是和大多数京派创作的文体风格不一致的。

京派抒情小说的民族风格的诸特征虽然具有相对的独立性,但它们不是零散的,不是作为个别的艺术成分镶嵌在作品之中的,而是互相联系,互相照应,具有较严密的内在统一性。描写民族风景画、风俗画和塑造民族性的人物形象是一个整体的两个侧面:反映民族的自然景色和民族生活必然要描写活动在民族风土之上的人物,而塑造具有传统美德的人物形象又离不开他们生活的环境;同样,表现理想化的生活图景和描写情景交融的诗歌意境也是不可分的,因为通过幻想的方式把现实生活理想化往往离不开作者主观感情的渗入,而作者主观感情和客观描述的结合便产生了情境合一的艺术要求。民族语言和民族修辞手法民族文化中最生动的部分,自然纡缓的叙述语调和丰富多彩的修辞比喻使民族特色更浓郁,更生动,更充满活力。总起来看,风景画、风俗画和民族形象构成了抒情小说描写的题材,而民族表现手法则赋予它们一副中国人体验、观察世界的方式。中国传统思想的特征是实践理性精神,中国人不是抽象地看待自然和社会,在观察世界时注重对立面之间的调和与渗透,强调自然对人心和人道的良好作用。自然既不是神秘的崇拜的对象,也不是仅仅满足感官欲望的对象,而被看作在时间和空间上极为悠远的永不衰竭的生命运动,是人的创造能力的"对象化"。作为审美观念的凝结,中国人注重主观对客观外物的直觉和感应,注重外在感性美和内在高尚道德情操的统一,注重在情与景的相互融合的基础上的主观理想的升华,注重散文和书法的流动美以及诗歌的意境美。这些独具特色的民族精神,在京派抒情小说中都得到了比较具体的表现,京派创作的成功还在于把传统的心理、文化蕴含和现代思想结合起来,在状物、叙事、写人抒情中传达了比较明确的人道主义和民主主义思想。

在一种文学现象内部,优点和缺点往往是相互联系着的。京派作家在执着地追求民族性的同时,也暴露了他们认识生活的局限性,他们过于忠实于纯艺术的创造,过于偏爱原始的古朴的生活,他们的许多创作带有中世纪的田园牧歌情调,对时代气氛和时代矛盾反映不够深入。胡风指出,人与人的争斗,阶级与阶级的冲突,民族与民族的搏战,是

“‘京派’看不到的世界”①,京派作家没有写出民族命运的新生。我们曾经说过,京派作家对乡土社会的褊狭和落后有所不满,他们采取回避的态度,很少正面批判农民自身的弊病,这就很容易引起一种误解,以为京派作家是毫无保留地同情小农社会和小农意识。——对劳动人民和民族文化的真正的热爱应该毫不留情地指出传统民族生活的缺陷与不足,引导他们扬弃旧我,树立新我,在斗争中创造一种更健全的生活。京派作家由于认识上的局限,没有能够做到这一步。即使我们不对京派创作提出这样高的思想要求,它们对民族生活的反映也是不完整的。一个民族物质和精神上的特点是历史形成的,需要长期的孕育积累。不过,民族生活又不是一潭死水,它总是沿着民族传统筑起的堤坝,在既定的河床里不断地向前奔流。这种历史发展的总趋势决定了民族传统既有相当的稳定性,保守性,又有某种流动性、可塑性,在新的历史环境下出现的新的品质和新的事物是民族活力的新的表现。要想全面地展示民族生活的全景,必须在反映历史的同时把握生活的新变化和民族文化的新拓展,揭示民族生活的新动向。京派作家写出了原始的古朴美和传统的人物性格,但较少写出民族生活在新的历史条件下合乎逻辑的延续和发展,因此他们作品中的民族图画还是不全面的。

一九八六年七月初稿

一九八七年八月修改

(原载《中国文学研究》1988年第2期)

① 胡风:《“京派”看不到的世界》,《文学》第4卷第5期。

小说《惆怅》为冰心佚文的再考证

方锡德

在《五四爱情故事的另一种叙述》[①]中，我提出并考证了小说《惆怅》是冰心的佚文，但是冰心研究界的同行们仍有疑虑。这些质疑主要来自四方面：(1)《惆怅》所描写的爱情婚姻主题不像冰心的手笔，因为冰心的文学创作极少描写两性爱情，更不会去描写三角恋爱故事；(2)《惆怅》长达两万字，是1932年以前冰心小说创作中最长的作品，可是冰心当年自编全集时，作为全集之一的《冰心小说集》却没有收录这篇小说，不大合乎情理；(3)冰心本人在八十年代，曾经对研究者口头表示，三十年代盗用她的名字印行的那些盗版作品，不是自己的创作；(4)因此，《惆怅》有可能是冒名顶替的伪作。这些质疑的核心，其实就是真伪的问题。如果能够证实真伪，那么其他问题应当不难解决。

按照考据学的常规，佚文考证最看重的是直接证据，而我确认小说《惆怅》为冰心佚文的考证，实际上已经满足了这一基本的同时也是最重要的条件：它以"冰心女士"的署名，发表在冰心担任首席"特约编辑"的副刊上；冰心在这个副刊上并不是只发表过这一篇小说，而是刊载过多篇作品。更重要的是，我们没有看到冰心当时发表过《惆怅》是冒名顶替之作的声明。不仅如此，根据我掌握的资料，除了冰心作品的盗印本外，在公开发行的文学期刊和报纸副刊上，至今还没有发现过冒用"冰心女士"署名的伪作。然而，冰心研究者们的这些质疑，却是慎重和认真的。因此，本文将继续提供一些材料，围绕小说《惆怅》的真伪问题，从多侧面展开必要的考证和阐述，进一步证明这篇佚文不可能

---

① 发表于《中国现代文学研究丛刊》2005年第1期。

是冒名顶替之作。

一 冰心在《益世报副刊》刊发文章的情况

小说《惆怅》讲述了两男（卫希禔、薛炳星）追求一女（黄葹因）和两女（刘若蕖、黄葹因）追求一男（薛炳星）的“双重三角”恋爱故事。与五四爱情婚姻故事的主流叙述不同，作者通过爱情婚姻的理性主义者薛炳星和黄葹因的最终结合，提出了另一种爱情婚姻观，这就是“个人选择、理性裁决、父母俯允”的爱情婚姻观和实行办法。小说写作于1923年，当时并未发表。六年之后，以连载形式刊登于1929年12月2日—12日的天津《益世报副刊》第18—25期上，署名“冰心女士”。这些情况，来自小说发表时，副刊编辑“虹君”所写的如下题注：

> 这篇是冰心女士一九二三年作品，一向珍藏着，现在全部披露，想必是读者所乐闻的吧。虹君识。①

正是这三十几个字的“题注”，为我们考证并确认小说《惆怅》是冰心的创作，提供了最重要的信息：它不仅进一步强调指出了这篇小说的作者就是“冰心女士”，而且指出了这篇小说的创作时间，以及延宕六年之后才发表的原因，同时还向我们提供了刊发这篇小说的编辑的名字。

冰心不仅是《益世报副刊》聘请的首席“特约编辑”和撰稿人，而且实际上也是副刊最重要的作者。不仅如此，冰心的三弟谢冰季（谢为楫）同样在这个副刊上发表了多篇文章。为了更加清晰地说明情况，现将他们姐弟二人刊发文章的具体过程列表如下：

---

① 参见1929年12月2日《益世报副刊》。

作　者	刊发篇次	文章标题	刊期/日期
冰　心	17 篇文章，刊发 19 次	诗——往事集刊行以诗代序	第 1 期(1929-11-1)
		惆怅	第 18 期(1929-12-2)
		惆怅(续)	第 19 期(1929-12-3)
		惆怅(续)	第 20 期(1929-12-5)
		惆怅(续)	第 21 期(1929-12-6)
		惆怅(续)	第 22 期(1929-12-9)
		惆怅(续)	第 23 期(1929-12-10)
		惆怅(续)	第 24 期(1929-12-11)
		惆怅(续)	第 25 期(1929-12-12)
		《先知》译者前言/ 先知·船的来临/ 先知·内容(即 28 篇目录)	第 108 期(1930-4-18)
		先知·论爱/论婚姻/论孩子	第 109 期(1930-4-19)
		先知·论工作	第 115 期(1930-4-29)
		先知·论施与/论饮食	第 116 期(1930-4-30)
		先知·论喜乐与悲哀	第 117 期(1930-5-1)
		先知·论居室	第 118 期(1930-5-2)
		先知·论衣服	第 119 期(1930-5-3)
		先知·论买与卖	第 120 期(1930-5-6)
		先知·论法律	第 121 期(1930-5-7)
		先知·论罪与罚	第 122 期(1930-5-8)
谢冰季	4 篇文章，刊发 5 次	翠屏山	第 30 期(1929-12-19)
		翠屏山(续)	第 31 期(1929-12-20)
		寄妙曼——之三(诗)	第 100 期(1930-4-3)
		忆妙曼——之四(诗)	第 102 期(1930-4-5)
		沪宁途中——寄妙曼之五	第 119 期(1930-5-3)

由上表不难看出：第一，副刊创刊号上就发表了冰心的长篇诗作《诗——〈往事〉集刊行以诗代序》。这说明了冰心这位“首席特约编辑”对于副刊的重要性，以及她在副刊编辑心目中的重要地位。因为副刊创刊号上除了《发刊词》外，只刊登了熊佛西、谢冰心、许仕廉三人的文章。而这三人恰恰都是副刊的“特约编辑”。第二，副刊接着分八期连载发表了她的小说《惆怅》。从1930年4月18日—5月8日的第108—122期，又连续发表了她翻译的纪伯伦散文诗集《先知》中的前13首诗：从《船的来临》到《论法律》。按照冰心和副刊编辑的计划，《先知》28篇原本是要全部翻译和刊载的。所以冰心在这个副刊上发表了《〈先知〉译者前言》：

> Kahlil Gibran 据说是犹太人，现代的一个画家。他的历史，我正在查考之中。这本散文诗，是我在一九二七年冬月在一位朋友处读到的，我极爱他的精深的哲理，和妙丽的文词。那年的春天，便请我的习作班的同学们分段移译，以后不知怎样，那译稿竟不得收集起来。今年三月，病榻无聊，又把他重看一遍，我觉得这本书有翻译的必要，便勉强以我生涩的笔儿，介绍他与国人相见。
>
> 四，十二，一九三〇，北平。

同时还预告了《先知》的28篇目录：

> 船的来临/论爱/论婚姻/论孩子/论施与/论饮食/论工作/论喜乐与悲哀/论居室/论衣服/论罪与罚/论法律/论自由/论理性与热情/论苦痛/论自知/论教授/论友谊/论谈话/论时光/论善恶/论祈祷/论逸乐/论美/论宗教/论死/言别①

这说明，冰心与这个副刊的写作“契约”，不仅有着明确详细的规划，而且这种规划还是长期性的。第三，谢为楫的小说《翠屏山》发表的时间与《惆怅》相隔仅七天，几乎紧接。如果真的有人作伪，即使冰心不能及时发现，他的弟弟也能看到。所以我认为，像冰心这样受到《益世报

---

① 《益世报副刊》预告的《先知》篇目，与新月书店1931年出版的《先知》篇目，译文有不同。

副刊》编辑高度尊重的特约作者，有计划地连续发表作品，并且在她弟弟知情的情况下，在这个副刊上根本就不可能出现他人冒名顶替的伪作。

其实，冰心对于这个与她的创作生活有着密切关系的《益世报副刊》，还是感情颇深的。她在新月书店1931年版《〈先知〉序》中，曾经这样谈到《先知》的翻译和在《益世报副刊》刊载的情况：

> 《先知》，是我一九二七年冬月在美国朋友处读到的，……一九三〇年三月，病榻无聊，又把它重看了一遍，觉得这本书实在有翻译的价值，于是我逐段翻译了。从那年四月十八日起，逐日在天津《益世报》文学副刊发表。不幸那副刊不久就停止了，我的译述也没有继续下去。①

请注意冰心的表述："不幸那副刊不久就停止了"。难道人们不觉得这种遣词用语的背后，隐含着作者对这个副刊的爱怜和惋惜之情吗？如果在这个副刊上曾经发生过侵犯冰心姓名权的不良行为，她在时隔仅仅一年之后的叙述中，能够以这样惋惜的心情和语气来谈论这个副刊吗！

二 《益世报副刊》的作者群

"伪作"的不可能出现，同时也与天津《益世报》这份严肃的大报有着密切的关系。天津《益世报》由比利时籍天主教传教士雷鸣远创办于1915年，天主教徒刘浚卿任总经理。它并非一般消闲性的小报，而是中国现代史上与《申报》、《民国日报》、《大公报》齐名的四大民营报纸之一。在五四新文化运动中，赴法勤工俭学的周恩来1921年起曾在《益世报》上发表过56篇《旅欧通讯》，不仅使《益世报》影响一时，而且成为现代报告文学的滥觞。徐谦、罗隆基、钱端升等曾担任该报社评主笔。《益世报》副刊各个时期的编辑，如梁实秋、柳无忌、李长之、马彦祥、徐中玉、沈从文等，也都是严肃的作者。在这种严肃的大报副刊上，

---

① 引自卓如编《冰心全集》第2卷，第379—340页，福州：海峡文艺出版社，1994。

一般不会出现冒名顶替、侵犯作家姓名权的事情，因为报社懂得，要取得读者的信任，就必须珍惜自己的声誉。

1928年国民政府在形式上统一中国后，《益世报》也终于摆脱了奉系军阀长达三年的控制。这一年，从南开大学新闻学系毕业的刘豁轩，应其族兄刘浚卿的邀请，出任《益世报》总编辑。刘豁轩邀请南开、燕京等名校的毕业生加盟，开始了《益世报》的改革时代，从而使得三十年代的《益世报》无论是在生产规模、发行量、言论、副刊及作者群体等方面，都足以与同在天津的《大公报》相颉颃，因而成为北方民间舆论的重镇。

在副刊方面，自1929年11月起，《益世报》对原先刊行的七种周刊进行了调整。其中最重要的变动，是将原有的《艺术周刊》和《文艺周刊》合并为《益世报副刊》一种。为此，1929年10月29日起，《益世报》连续三天在第二版用大号字刊登《本报副刊出版启事》："本报自十一月一日起增加副刊，约左列著作家为特约编辑，担任撰著"，"此外尚有名作家多人随时在本副刊发表文字，海内文艺界同志有愿以大作藉副刊公表者亦所欢迎"。《启事》中约请十二位担任撰著的"特约编辑"的情况，我在这里按照原有的排名顺序，增加一点他们当时任职情况的介绍：

(1)谢冰心，时任燕大国文学系教师，燕大国文学会主席；

(2)周作人，时任燕大国文学系教授；

(3)许地山，时任燕大宗教学院副教授，燕大国文学会委员；

(4)刘廷芳，时任燕大心理学系教授；

(5)许仕廉，时任燕大社会学系教授兼主任；

(6)黄子通，时任燕大哲学系教授兼主任，燕大国文学会委员；

(7)熊佛西，时任燕大国文学系讲师；

(8)潘昌煦，时任燕大政治学系教授；

(9)江绍原，时任北京大学教授；

(10)徐祖正，时任燕大国文学系讲师；

(11)陆志韦，时任燕大文学院院长，心理学系教授兼主任；

（12）杨宗翰，时任燕大政治学系讲师。

由这十二位“特约编辑”当时任职的情况可以看出，其中十一位来自燕大。这不仅说明副刊编辑与燕大有着较深的渊源，而且也预示着1929年11月1日—1930年5月31日的《益世报副刊》将会办成一个“准燕大系”的同人副刊，——虽然它已经明确表示欢迎外来稿件。事实也正是如此。为了进一步说明这一看法，我对这一时段《益世报副刊》上的所有作者及其刊发文章篇次的情况作了统计，并对这些作者的情况作了一些初步的考证。结果是：总共出刊138期的《益世报副刊》上，共有署名作者61位，刊发文章427篇次。其中，任职燕大或是出身燕大的作者27人次，刊发文章216篇次；非“燕大系”的作者34人次，刊发文章211篇次。

非“燕大系”的作者中，由于许多人使用的是笔名，所以一时难以考证真实的作者。据我推测，其中绝大部分作者可能分属于“燕大系”和“南开系”同人。在这个副刊上发表文章篇次最多的是庐隐，达到36篇次。她和李唯建合著的情书《云鸥的通信》，以及小说《人间天堂》都是长篇连载。她自然不是“燕大系”同人。但庐隐之所以能在这个副刊上不间断地发表作品，除了她是成名的女作家外，更主要的可能还是得益于出身燕大的于赓虞的帮助。证据就是于赓虞为庐隐的小说《人间天堂》所写的《附记》：

> 作者这篇东西本来是允许给《小说月报》的稿子，名《地上乐园》，后由我改为今名，转应《益世报副刊》编者的索请了，故《小说月报》终止刊印。……我自己对于本篇的意见，是与其把它当作小说看，不如把它当作散文诗读，更为美丽，更有意义。作者让我写几句话记述本篇的始末，不意竟写出了似乎批评的废话。①

此外，由于韦丛芜是燕大国文学系1929年毕业生，他所在的未名社的作家，也在这个副刊上发表了一些作品。

---

① 于赓虞：《庐隐女士小说〈人间天堂〉附记》，天津《益世报副刊》第43期，1930年1月9日。

对《益世报副刊》“特约编辑”和诸多作者作出这样烦琐的考证，目的是想说明，冰心虽然不可能与这些作者全都熟识，但她与其中的许多人，例如周作人、许地山、熊佛西、许仕廉等等，却也不是泛泛之交。在这样一个“准燕大系”同人的刊物上，谁敢冒“燕大天下”之大不韪，来盗用冰心的姓名权呢！

但是，在《惆怅》是否冰心佚文的讨论中，有的冰心研究者并不认同这种看法。有人提出，正是因为“熟人关系”，所以冰心不便批评纠正。我觉得这是由于对冰心的人格和性格缺乏起码认识所造成的误判。在我看来，冰心的人格正直、坦诚，充满着刚性和力度。她的文字虽然充满着温柔，但那却是“百炼钢化为绕指柔”的温情。因此，在冰心的文字中，我们不难看到这位作家始终保持清明的理性，坚守现代知识分子的节操，自尊自重，珍惜声誉的一面。关于这一方面，卓如的《冰心传》中有着许多十分精彩的叙述和细腻的描写。这里不妨再举出两个例证。

第一个例子。1921 年 9 月 4 日，当时身为燕大宗教学院院长和神学教授的刘廷芳，在《晨报副刊》上发表了一首他在庐山度假时写作的诗——《寄冰心》。诗中说，庐山的“白云”、“明月”和“竞妍的万绿”，对他天天“叮咛”、“相促”：“千万寄语她，/不可不一来；/来述我们往日如梦的欢情，/来预言我们前途簇新的生活；/来慰我们现在百结的寂寥，/来写我们万缕千丝——/欲诉不能的衷曲。”诗的好坏，不必在这里讨论。但作为一位大学教授，如此利用媒体赤裸裸地，甚至带有胁迫性地表达对一位大学二年级女生的好感与追求，其人格确实难以恭维。冰心是怎样回应的？当天她就写了一篇杂感，并发表于 9 月 6 日的《晨报副刊》上。这就是那篇颇有“火气”、义正辞严，并让那些不明就里的人们感到一头雾水的《蓄道德能文章》。这篇杂感说：

>……文字本来是表现作者个人的人格的，因此蓄道德的作者，他的文章也是蓄道德的。反之，便是……
>
>作者不蓄道德，他虽然能文章，他的文章也只是济恶的，助虐的。他愈能文章，他文章的济恶助虐的程度也愈高。
>
>所以作家最要的是人格修养；等人格修养得高尚了，再去做文

> 章，或者就不至于妨害他人，贬损自己。

冰心一反温柔清丽的文风，对刘廷芳的人格和道德都含蓄而断然地作出了批评，明确地表明了自己的态度。——但研究者们似乎并不想否定这有些“不像”冰心风格的文字就是冰心的作品。

第二个例子。1931年8月22日，上海《文艺新闻》第22期发表了一篇文章：《贤妻良母的冰心说：“普洛文学实难称为文学”——与文化新闻记者谈话》。文章以问答的形式，记录了冰心对文化新闻记者提出的最近有何著述、近来生活状况、对普洛文学之意见、对左联之批评等问题的回答。其中关于“普洛文学”的回答记录是：“一种文学决不是有目的的，亦不能用之作宣传，普洛文学实难称为文学。”这个谈话记录显然歪曲了冰心谈话的原意，因此冰心看到这篇文章后，虽然在病中，仍然给文艺新闻的记者去信，严肃地作出更正，指出“报章所载，与我与记者所谈大有出入”，并严厉地批评《文艺新闻》“记事无根而失实”①。

这两件事，在时间上发生于小说《惆怅》发表的一前一后。举出这两个例证，我想说明：冰心对于违背自己意愿、歪曲自己主张的人和事，向来都是及时作出反应，给予批评和纠正，绝不容许别人损毁或玷污自己的声誉。很难想象：冰心这样一位“生平不敢掠美，也更不愿意人家随便借用我的名字”的作者，在自己担任首席“特约编辑”和撰稿人的副刊上，能够容忍他人冒名顶替！

三　《益世报副刊》编辑张虹君

《益世报副刊》的编辑名叫“虹君”，看来不成问题。因为这位编辑除了以“虹君”的名字为冰心的小说《惆怅》写了“题注”之外，还在发表江绍原的《民间医药卫生传说》时，又以编辑的身份写了如下题注：

> 以后在这个题目下，所发表的二十篇小品，似乎是关乎医药

① 谢冰心：《冰心更正——记事无根而失实》，上海《文艺新闻》第40号，1931年12月14日。

> 的。但是江君的注意点不在医药的本身，而在于 Joikiore。所以与我们的宗旨，并无不合。爰为一一披露，以作一般喜欢研究“民间”的医药和卫生传说者的参考。　　虹君识。[①]

但这位“虹君”究竟是笔名还是真名，如果是真名，那他又是何许人也？其实，这一问题的答案早在《益世报副刊》发刊之前，燕京大学教授刘廷芳就已经透露了信息。他在天津《益世报》的《文艺周刊》上发表诗作《民国十四年双十节病中阅报倦梦得此》的“题注”中，曾经说过这样一段话：

> 张君虹君编辑《益世报副镌》，索稿，愧无以应。不得已，抄四年前旧作一首寄之……[②]

而且，这首诗后的编者“附记”云：“这篇诗本是留着登载副刊的，但是等副刊出版后，离双十节越发远了，所以趁着现在距双十节还近，爰为披露，想作者必能原谅。”这就已经明确地告诉我们，即将出刊的《益世报副刊》编辑叫做“张虹君”。只是我在第一次的考证文章中将“张君虹君”误判为“张君”和“虹君”两人，而不明白刘廷芳的这种称名法，其实是燕京大学教授们在文章中对自己学生辈的一种普遍的礼貌性的称名方式，因而给确认《益世报副刊》的编辑带来了麻烦。孤证不足以服人，我这里还要举出另一个例证。这就是燕大社会学系教授许仕廉在为张虹君翻译的《近世政治思想史》作序时，采用了同样的称名方式，来高度赞赏张虹君的翻译工作：

> 今张君虹君以一年的苦工夫，将麦利恒（C. E. Merriam）及鲍尔思（H. E. Barnes）等所编辑之《近世政治思想史》，译为中文，使国人不因言语之隔阂，能明瞭革命时代政治思想的系统，张君对于政治学研究界，为功不小矣。[③]

---

① 参见 1930 年 1 月 21 日天津《益世报副刊》。

② 参见天津《益世报·文艺周刊》第 2 期，1929 年 10 月 25 日。

③ 〔美〕麦利恒、鲍尔思等著，张虹君译《近世政治思想史·许序》，上海：商务印书馆，1932。

上述材料证明,1929—1930 年天津《益世报副刊》的编辑,不是别人,就是“张虹君”。

张虹君,字济五,河北广宗县人,1925 年入燕京大学政治学系,喜读政治,好阅报,在校四年中,有两年半的时间用于翻译外国政治学著作。学生时代即翻译了《今日世界外交之焦点》(阿耳那著,北平文化学社 1929 年 9 月初版)和《近世政治思想史》(上海商务印书馆 1930 年 12 月初版)。后来还翻译了英国著名自由主义政治思想家拉斯基的《国家往何处去》(天津新民学会营业部 1935 年出版)。他署名“虹君”在《燕大周刊》上发表的《义国拒绝参加军缩会议》、《苏格兰自主运动》等时评,他在《益世报副刊》上发表的长篇论文《今日政治思想》(署名“济五”)和《亲属继承起草的困难和应注意之点》(署名“虹君”)等,也都印证了他的政治学专业出身。张虹君在燕京大学翻译《近世政治思想史》过程中,曾经得到诸多教授循循善诱的帮助。据他自己说,“许仕廉、黄子通、许地山、徐淑希、郭闵畴、冯友兰、陆志韦诸教授……曾就各专科指导校阅,不辞辛苦,代为改正”[①]。因而该书出版后曾产生一定影响,至今仍是了解西方近代自由主义思想的重要译本。1929 年张虹君从燕大毕业后,进入天津《益世报》副刊部工作。他编辑的《益世报副刊》,成为《益世报》改革的一环。由于他是刚刚走出校门的编辑,他的人脉关系还主要限于燕大,所以他聘请的《益世报副刊》十二名特约编辑中,除了江绍原一人外,其余十一人全是燕大的教师,也就事出有因,理有固然了。

熟悉中国现代文学生产过程的人们都知道,文学副刊和期刊的编辑们,往往就是作品诞生的“催生婆”。那些存储于作家脑海中的文学形象,或是已经写成而暂时不愿公诸于世的文稿,往往由于这些编辑们的“催逼”,才得以成为读者享用的精神产品。鲁迅的《阿 Q 正传》,正是在他的学生、现代“副刊编辑之王”孙伏园的一次次催促下,才得以提前出世,这个人们熟知的文学生产故事,大概属于前者。而冰心的小说《惆怅》由“一向珍藏”到“全部披露”,无疑是属于后者。这恐怕也

① 张虹君:《近世政治思想史・译者自序》,上海:商务印书馆,1932。

是张虹君索稿的必然结果吧。

那么,出身燕大政治学系的张虹君,是否熟识燕大国文学系的教师冰心呢?我的回答是肯定的。

燕京大学虽然是一所名校,但它的办学规模并不大。据1930年《燕大年刊》的统计数据,1920—1929年十年间燕大的毕业生总共614名,平均每年不过62人。1928年后,燕大的发展步伐有所加快。而根据我的粗略统计,1929、1930两年,执教于燕大人文社会科学各院系的中国籍教师总共不超过80人(其中还包括相当一部分兼职教师),全校每年的毕业生也不足百人①。列举这些枯燥的数字,只不过是想说明,在这样一个人数不多的学校中,师生之间的认识和往来,存在着较多的机会。再加上燕大众多突破了院系限制、师生界限的学会和社团的活动,更为师生之间的交往提供了方便。现成的例子,就是张虹君翻译《近世政治思想史》时,就得到社会学系的许仕廉、任教国文和哲学两系的黄子通、宗教学院的许地山、政治学系的徐淑希、郭闵畴、哲学系的冯友兰、心理学系的陆志韦诸教授的无私帮助。这说明,张虹君在学生时代,就与燕大人文社会学科大部分专业的教师有着较为频繁的往来。张虹君与教师的这种交往并非特例。1928年成立的由冰心担任主席的燕大国文学会,其成员就多达110多人,而燕大国文学系所有的师生加在一起,也超不过50人②。其出超的大部分成员,则是来自燕大其他院系的师生,有的甚至来自外校。由燕大国文学会主持出版的文艺杂志《睿湖》,其作者也有许多不是国文学系的师生。以上的描述,只是试图为张虹君可能认识冰心,还原一个燕大特有的文化氛围和生活学习环境,要证明他们相识,还必须提供更充足的证据。

张虹君在入学之后的1926年秋天,加入了燕大学生创办的著名社团"燕大周刊社",并被选举为燕大周刊社"总务部长"。燕大周刊社下设三部:总务部,编辑部,经理部。顾名思义,总务部负责处理周刊出版

---

① 以上统计数据,参见1929年《燕大年刊》,第42页,1930年《燕大年刊》,第48页、第94页。

② 参见《燕大国文学会小史》,1929年《燕大年刊》,第115页。

的一切事务和杂务。1927年秋,《燕大周刊》改版为《燕大月刊》,周刊社更名为“燕大月刊社”。张虹君从此开始与冰心的二弟、燕大化学系的学生谢为杰等,一直担任总务部的成员。做“总务”的人,其EQ(“情商”),也就是人际交往能力和办事能力,大概不低,否则如何办交涉。张虹君之所以一直能被燕大同学选举办“总务”,看来确实具备这方面的优长。冰心在1926年回国后,担任燕大国文学系的教员。也正是从这一年秋天起,燕大周刊社开始聘请教师作顾问,而冰心则成为被聘请的四名顾问之一。一年后,她又担任了《燕大月刊》诗歌编辑的顾问。1927年底,燕大月刊社为筹措出版月刊的经费,组织燕大学生分别在燕大礼堂与协和礼堂演出熊佛西创作的新剧《蟋蟀》(一名《战争与和平》),冰心和熊佛西则是这两场演出的导演。冰心不论是担任顾问,还是担任导演,都尽职尽责,深得学生的爱戴和好评。而作为总务部的成员,张虹君不论是张罗周刊、月刊的出版,还是筹办《蟋蟀》的演出,都不可能不向冰心求教。而冰心在燕南园60号住宅的客厅,向来以热情好客闻名于燕园。因此,张虹君与冰心相识甚至熟悉,毋庸置疑。实际上,一位作者如果对编辑不熟悉、不信任,怎么可能将自己珍藏多年的作品,送给编辑去发表呢。

四　《惆怅》与《求婚书》的爱情婚姻观的一致性

判定小说《惆怅》为冰心的佚文,还有一个相当重要的依据,那就是《惆怅》与吴文藻的《求婚书》所表达的爱情婚姻观的一致性和一贯性。关于这一点,我在《五四爱情故事的另一种叙述》中已经作过阐释。但为了考证论述的全面性,这里仍需做一点申述。

吴文藻的《求婚书》写作于1926年7月,由冰心带回国后交给自己的父亲。这是一份非常珍贵的家庭私密文献,长期珍藏,外人难得一窥,直到20世纪80年代末,才由卓如在《冰心传》中首次公开披露[①]。

---

① 吴文藻的《求婚书》揭载于卓如著《冰心传》,第308—313页,上海:上海文艺出版社,1990。

正因为它是家庭收藏的私密文本，所以它所记述的冰心的爱情婚姻观与小说《惆怅》的一致性，才能印证公开发表的小说《惆怅》是出自冰心的手笔，而不可能是别人的冒名顶替。

我以为，《求婚书》是20年代一位杰出的社会学家与一位杰出的文学家联合发表的爱情婚姻"宣言"和"誓言"。它虽然以吴文藻的名义写给冰心的父母，但实际上却是冰心与吴文藻的"共同创作"。在这里，经过吴文藻的转述，我们不仅看到了冰心对爱情婚姻"崇高而带诗意的宗教观"式的表述，而且也看到了吴文藻从社会学和伦理学角度对爱情婚姻的精辟阐释，以及吴文藻从一个求爱者的独特视角对一代杰出女作家的别具慧眼的理解和评价。其中，吴文藻用两段文字转述的冰心爱情婚姻观的完整主张，尤其值得注意。现将这两段文字抄录如下：

> 令爱是一位新思想旧道德兼备的完人。她的恋爱和婚姻观，是藻所绝对表同情的。她以为恋爱犹之宗教，一般的圣洁，一般的庄严，一般的是个人的。智识阶级的爱是人格的爱：人格的爱，端赖乎理智。爱——真挚的和专一的爱——是婚姻的唯一条件。为爱而婚，即为人格而婚。为人格而婚时，即是理智。
>
> 令爱除了有这样彻底的新思想外，还兼擅吾国固有的道德的特长。这种才德结合，是不世出的。这正是我起虔敬和崇拜的地方。她虽深信恋爱是个人的自由，却不肯贸然独断独行，而轻忽父母的意志。……令爱主张自己选择，而以最后请求父母俯允为正式解决，我认为这是最健全而圆满的改良南针，亦即是谋新旧调和最妥善的办法。

由此不难看出，冰心这种理性主义的，同时也是渐进主义或改良主义的爱情婚姻观，实际包含着三方面的内容：(1)恋爱婚姻是个人的自由。它犹如宗教，同样圣洁、庄严，具有个人性，必须真挚和专一。(2)恋爱和婚姻是理性的抉择。恋爱是人格的爱，依赖的是理智；真挚和专一的人格之爱是婚姻的惟一条件，为人格而婚，即是理智。(3)恋爱婚姻不能超越现实社会的伦理道德规范。恋爱婚姻虽然是个人的自由，但是不能贸然独断独行，轻忽父母的意志，必须请求父母的俯允才能正式解决。这三方面的内容，也可以简略地概括为："自我选择，理性裁决，父母俯允"。

《求婚书》中所转述的冰心关于爱情婚姻的三原则，也恰恰就是小说《惆怅》通过薛炳星与黄蓏因的恋爱故事所要表现的爱情婚姻观。在小说中，男主角薛炳星曾经应黄蓏因、刘若蕖两位女性的要求，就"青年与婚姻"这一问题发表了如下的见解：

> 我主张的是理性的婚姻，恋爱是根基于理性上的。两方面相互的觉得自己的婚姻，不仅是为家庭的幸福，而且能为社会造幸福的，因着前途可成就的功业，所以两方面有永久互相帮助的需要，这样是以婚姻作一种建立事业的手续，这自然难为一般普通人说法，不过知识阶级的人，应有这样的理想。至于办法，在这过渡时代，自然先应有家庭方面的赞成和嘉许，才是完全。像那些两方面盲目的浅薄的恋爱，不顾家庭方面，只凭自己一时的情感，我是绝对不赞成的……

小说人物薛炳星正是坚守着这种理性主义的爱情婚姻原则，才最终赢得了信服"理性裁决情感"的黄蓏因的爱情。而情感浮动的刘若蕖，未能主动争取父母俯允的魏希禔，最终都在爱情的追求中铩羽而归，则又从反面证明惟有实行理性主义的爱情婚姻观，才能胜利凯旋。稍有不同的是，薛炳星在这里把爱情婚姻与双方建立"个人功业"和"造福社会"紧密联系起来的主张，在《求婚书》中经过吴文藻的阐释，被赋予了更加丰富的内容：爱情婚姻不仅关乎个体能否领略人生的真义、谋自我的扩充、求人格的完成，能否作出立德立功立言等垂世不朽的事业，而且关乎能否"图谋祖国社会的改良"这样的宏图大业。而《求婚书》中冰心对于爱情婚姻那种宗教般的圣洁庄严的信仰，在《惆怅》中则是通过形象的描写和情节的叙述——小说人物薛炳星的思想、语言和行动——来表现的。

自然，小说内涵的丰富性远远超出了小说题旨的单纯性。因此，我们不能把小说人物薛炳星的思想与冰心完全等同。但是，冰心喜欢为其抒写某种思想观念的小说人物采用谐音命名的手法(如《一个忧郁的青年》中的彬君,《超人》中的何彬,《遗书》中的宛因等),却又在提醒人们,虚构的小说人物“薛炳星”与作家“谢冰心”之间确实存在某种不容忽视的联系。小说《惆怅》或许正是冰心思考爱情婚姻问题的一种不同于五四主流话语的形象表达:既是明志,也是自律;既是追求理想,也是预言未来。正像她在同一时期抒写个人情志的那些小说一样,在创作发生学和表现方式层面上,都属于同一种思维模式。

因此,不论是小说《惆怅》与《求婚书》的爱情婚姻观的一致性,还是小说人物命名的习惯和手法,以及创作思维模式等方面,都进一步证明,小说《惆怅》只可能是冰心的作品。冒名者、模仿者都不可能复制冰心这种独有的形象思维模式。

五　冰心对盗版书的态度和《冰心小说集》的编选

1932 年,对于身为作家的冰心,是不平凡的一年。因为她 32 岁就编辑出版了自己文学创作的“全集”。然而这“全集”出版的起因和目的,却是一种无奈的产物:为了遏制北平坊间盗版的恣意妄为,维护作家自我的形象和权益。关于这一点,冰心在全集《自序》中已经交代得非常清楚。对于 1930—1931 年的盗版书,冰心在全集《自序》中用两段文字谈到了它们的情况。

第一段文字,侧重谈了以下几点:(1)从朋友处借阅的《冰心女士第一集》及二、三集等盗版书,是 1930 年春天“北平坊间的印本”,署“上海新文学社”或是“北平合成书社”印行。(2)冰心对这些盗版书的批评有四方面:“选集之芜杂,序言之颠倒,题目之变换,封面之丑俗,使我看了很不痛快。”(3)冰心明确指出,这些盗版书的“内容倒都是我自己的创作”。

第二段文字中,以下几点值得注意:(1)1931 年春天,冰心在东安市场亲自看到盗版的《冰心女士全集续编》,并“匆匆的看了一过”。(2)其中的作品,如《我不知为你洒了多少眼泪》、《安慰》、《疯了的父亲》、《给哥哥的一封信》等,属于“伪作”。(3)冰心对这本盗版《全集续编》的批评相当尖锐:“我不由得生起气来!这几篇不知是谁写的,文字不是我的,思想更不是我的,让我掠美了!我生平不敢掠美,也更不愿意人家随便借用我的名字。”

这两段叙述盗版书的文字,值得认真对待和分析。因为从这里不仅可以了解到1932年冰心全集编选之前盗版书的丰富信息,而且还可以看到冰心对这些盗版书的具体批评,以及这种批评中所隐含的冰心对这些盗版书的不同态度。问题在于,冰心所批评的《冰心女士第一集》、《冰心女士全集续编》等盗版书,我们现在已经很难见到,或许根本就不可能再见到。因为,北京图书馆书目编辑组1982年根据当时的馆藏,并在得到上海图书馆、重庆市图书馆、国家出版局版本图书馆的帮助下,编辑出版的《中国现代作家著译书目》(书目文献出版社,1982),由贾植芳、俞元桂主编的《中国现代文学总书目》(福建教育出版社,1993)等,都不曾著录这些盗版书目。而我们现在所能读到的1932年以前冰心作品的盗版书只有两种:“上海新文学社”1929年盗印的《冰心女士小说集》,“上海合成书店”1930年盗印的《冰心女士全集》。

这也许是时光的流逝淘汰了那些粗制滥印的盗版,也许是冰心全集正版发行之后,图书管理人员剔除了那些盗版。还有一种可能,那就是冰心当时对那些盗版书名、坊间伪造的书店名称等,记得并不那么准确,——虽然我知道冰心具有超常的记忆力,但在进行佚文考证时,我以为并不能完全排除这种可能性。为了对佚文《惆怅》的考证能进一步展开,我只能选择“上海合成书店”1930年盗印的《冰心女士全集》来进行分析。这不仅是因为其中收录了小说《惆怅》,还因为它在许多方面都最接近于冰心在《自序》中批评盗版书的第一段文字。

收录小说《惆怅》的“上海合成书店”1930年盗印的《冰心女士全集》,32开本,共444页。全书收《自序》1篇,散文21篇,小说14篇,包括被截断的诗集《春水》在内的诗歌20首。由于编选者只图牟利,所以胡作非为,编选混乱不堪。具体表现为:

第一、编排混乱(即冰心批评的“选集之芜杂”)。全书按照散文、小说、诗歌分类编排,但小说类中文体分类不清,竟然把《乡愁》、《纸船》两首诗,《到青龙桥去》、《梦》、《往事(其二)》等三篇散文,毫无道理地纳入小说类。

第二、即冰心批评的“序言之颠倒”、“题目之变换”。如,《寄小读者四版自序》改为《自序》,《山中杂记》改为《沙穰杂记》,《寄小读者》(通讯一—十七)改为《书信》(第一至第十七),《去国》改为《英士去国》,《一个兵丁》改为《一个慈蔼的兵丁》,《最后的安息》改为《可怜的乡女》,《往事(其二)》改为《往事》等等。

第三、目录与正文不符。目录中的《自序》在正文中题为《冰心自序》。正文中有的题目,如“冰心女士小说集　近代文学名著”,《六一姊》,《爱的实现》,“新诗　冰心女士著”等,在目录中全都遗漏。

第四、随意删节作品。竟然将诗集《春水》拦腰斩断,只收到第 100 首为止。

“上海合成书店”盗印的另外两本《冰心女士全集》,同样收有小说《惆怅》,其他作品也全是冰心的创作。不同的是只收集了包括被截断的诗集《春水》在内的诗歌 5 首。此外,“上海新文学社”1930 年盗印的《冰心女士小说集》,收有《悟》等小说 11 篇,《纸船》等诗 3 首,作品题目没有改动。

我之所以对盗印本《冰心女士全集》作出这样琐碎甚至令人厌烦的分析,目的极为简单。就是要从一个侧面证明:现在我们所能读到的 1932 年以前冰心作品的几种盗印本中,还没有发现冒名顶替的伪作。而收入小说《惆怅》,署名“上海合成书店”的盗印本,虽然当年曾经引起冰心的愤慨和批评,但她在 1932 年 4 月写作全集《自序》时,还是作了明确的表态:“内容倒都是我自己的创作”。我认为这是一条非常重要的旁证。虽然我并不完全清楚冰心在 80 年代是怎样谈到当年的盗版书的,但是根据考据学的常规,同一当事人对同一事件的矛盾叙述,证据取信的原则应当是:文字叙述优先于口头表述;距离事件发生时间近的叙述优先于时间远的叙述;公开场合的叙述优先于私下的叙述。根据这一证据取信原则,小说《惆怅》是否冰心的佚文,难道还不一目了然吗?

正是由于无法遏止北平坊间盗版,而又自认为还不到出全集时候的冰心,终于还是无奈地接受了北新书局老板李小峰的建议,决定自编全集。作为全集之一的《冰心小说集》实际上收录了 1919—1931 年间的小说28篇。而据我统计,在此期间,冰心总共发表了40篇小说。因此还有12篇小说没有收录,其中就包括《惆怅》在内。未收集的12篇小说详情如下:

《冰心小说集》未收篇目(1919—1931)	发表时间/刊物名称
秋风秋雨愁煞人	1919-10-30—11-3《晨报》
庄鸿的姊姊	1920-1-6—7《晨报》
一篇小说的结局	1920-12-9《晨报》
骰子	1920-4-6—7《晨报》
还乡	1920-5-20—21《晨报》
小家庭制度下的牺牲	1920-6《燕大季刊》1卷2期
一个奇异的梦	1920-8-1《晨报》
一个忧郁的青年	1920-9《燕大季刊》1卷3期
忏悔	1920-10-7《晨报》
月光	1921-4-19—20《晨报》
海上	1921-6《燕大季刊》2卷1、2期
惆怅	1929-12-2—12《天津益世报副刊》

很显然,冰心自编"全集"时,她所选定的编辑宗旨,就是"不全"。准确地说,只能叫做"选集"。她在全集《自序》中说得非常明白:

> 以往的创作,原不止这些,只将在思想和创作的时期上,有关系的种种作品,按着体裁,按着发表的次序,分为三部:一,小说之部,共有《两个家庭》等二十九篇。……开始写作以后的作品,值得道及的,尽于此了![①]

显而易见,冰心对入选小说的标准相当明确:必须要"在思想和创作的时期上,有关系的种种作品"。此外,就是她在《自序》中所强调的字句

① 冰心:《自序》,原载《北平晨报》副刊《北晨学园》第289—290号,1932年4月28—29日。冰心在全集《自序》中说收入29篇小说,但1933年10月出版的《冰心小说集》实际上只收入28篇。

的“凝练”。正是按照这样的标准,包括《惆怅》在内的另外12篇小说,在当时的冰心看来,大概都是“不值得道及的”了。

冰心对“全集”的编选原则,编排的方式,以及某些字句的修改等等,这是一个可以专门研究的课题。这里不可能展开这一话题的讨论。我这里只想指出两点:(1)冰心的编选原则,明显地受到当时开始盛行的“作家论”批评的思维方式的影响。因此,她以思想的发展来划分自己的创作时期,决定作品的取舍。对这一点,我们应当充分理解。作家总是生活在一定的文学思潮和时代思潮影响的氛围中,文学作品的选集,不论是自选还是他选,事实上都脱离不了文学历史语境的拘囿。我们既不宜对作家的取舍说三道四,也不能因为作家未曾收录某篇作品(如小说《惆怅》),就以此作为根据,贸然地把某些作品说成是冒名顶替的“伪作”。(2)随着历史的发展,研究的深入,对作家认识的更加全面,作家的某些作品往往会被“重新发现”。由于时代局限、认识狭隘、研究方法单一所造成的某些曾经被遮蔽的作品,可能又会浮出历史地表,获得新的阐释,凸现出新的意义。像冰心当年未曾收集的小说《一个忧郁的青年》,今天从现代小说流派史和小说类型史的角度来看,就已经成为五四“问题小说”的代表性作品之一[①]。而在我看来,小说《惆怅》所表达的爱情婚姻观在中国现代文学史和现代伦理道德变革史上就具有独特意义。因为它在激进主义、自由主义、保守主义之外,提供了另一种观念和模式,亦即“渐进主义”或曰“改良主义”的爱情婚姻和家庭伦理变革模式,显示了新文化运动的思想丰富性、复杂性和多元化特征,从而也就具有了独具一格的特殊意义,成为一个不可多得的文本。关于这一点,我在《五四爱情婚姻故事的另一种叙述》中,已经做过阐释,此处不赘。

其实,作家描写的题材内容和艺术风格,向来都是丰富和多面的,常常会创作出一些看似“出格”、“另类”的作品。我们之所以对作家产生某种较为单一的印象,往往是由于文学史的叙述和“选本文化”造成的。就以冰心十分喜爱的陶渊明来说,他不仅有着“采菊东篱下,悠然

---

① 参见严家炎著《中国现代小说流派史》,第35—36页,北京:人民文学出版社,1989。

见南山"的淡泊静穆的一面(《饮酒·其五》),而且有着"刑天舞干戚,猛志故常在"的金刚怒目的一面(《读〈山海经〉·其十》),甚至还有着"感哲人之无偶,泪淋浪以洒袂"的牢骚(《感士不遇赋》),"愿在丝而为履,附素足以周旋"的"闲情"(《闲情赋》)。同样,冰心并不仅仅是一位母爱、童年、自然的歌者,而且也是女性"真、善、美"的颂扬者,更是理性的爱情婚姻的倡导者。我以为这样的冰心形象也许会显得更加真实,更加丰富多彩。

在我们的文学史叙述中,冰心似乎永远是一种远离两性爱情的形象。其实不然。冰心在经历了爱情的人生体验之后,早就突破了不描写两性爱情题材的限制。《惆怅》自不必说,创作于1925年11月的小说《姑姑》[1],就以波俏的叙述,描写了一个青年单恋的性心理。在古往今来的爱情故事叙述中,"三角"或"潜三角"早就成为一个稳定而恒久的叙述模式。冰心自然也不能超凡脱俗:不单是在小说《惆怅》中,她编织了一个"三角"恋爱的情节发展模式,就是在安排小说《姑姑》的故事框架时,她也很自然地隐含了一个"潜三角"。岂止是"三角",在《姑姑》中,冰心对青年性心理的深刻而细腻的描画,还显得相当老到出色呢。关于这一点,当时就获得继焦菊隐之后主编《燕大周刊》的姜公伟的好评:"《姑姑》一篇,描写稚童心理,细腻可爱,可谓刻画入微。"[2]冰心1925年12月写作的诗歌《相思》[3],已经直接大胆地描写自己对恋人的相思之情。至于结婚以后,冰心采用多种笔调,叙述不同的爱情故事,例如小说《三年》(1929)、《我们太太的客厅》(1933)、《相片》(1934)等,那就更不用细说了。因此,认为小说《惆怅》描写"三角"爱情故事,不像冰心惯常描写的内容、主题和艺术风格,因而否定小说《惆怅》是冰心佚文的看法,我以为更是不能成立的。

2006年9月

(原载《现代中国》第9辑,北京大学出版社,2007)

---

① 小说《姑姑》发表于《燕大周刊百期增刊》,燕大周刊社,1927年6月。

② 姜公伟:《编后记》,《燕大周刊百期增刊》。

③ 发表于《燕大月刊》第1卷1期,1927年10月。

相濡以沫在战时

——现代文学互动行为及其意义例释

解志熙

相濡以沫在战时:沈从文给李健吾的慰问信及其他

书信的首要功能,当然是彼此感情的沟通和信息的交流。在古代交通不甚发达的情况下,人们偶尔得到远方友朋的一封问好的书札或外出游子的一封报平安的家书,那该是何等感激欢欣的事啊,惊喜动情以至潸然泪下的事也是有的,如元稹《得乐天书》诗即云:“远信入门先有泪,妻惊女哭问何如?寻常不省曾如此,应是江州司马书。”职是之故,书信在古代被人珍若拱璧也就在情理之中了。到了现代,交通条件大大改善,但书信的地位似乎不减,其作用也显著增加,除了沟通信息、交流情感的传统功能之外,它还被发展成一种散文或小说文体,甚至文论形式和文学互动方式,丰富了现代文学的书写形态。

沈从文是个特重感情、很爱写信的作家。《沈从文全集》(以下简称《全集》)收集了他的不少书札,但仍有一些遗漏在外。如 1944 年 11 月 1 日上海出版的《万象》杂志第四年第五期上所刊沈从文《自滇池寄》两函,第二封已编入《全集》第 17 卷之《新废邮存底续编》中,但不知为何却遗漏了第一封,或者这封信改题收入了《全集》?然而翻检《全集》,迄未检得,也许我的检索有所疏漏亦未可知,所以暂以《自滇池寄》(一)为题补录如下——

××:

人有说你已过福建的,得□□[①]信,方知犹在上海,未作他计。

---

① 原刊用□□隐去了人名,究是何人,待考。

法国文学史工作想已完成甚多。这里熟人多如旧，生活或已如“黔娄先生”，情绪还像不大寒伧，见面时有说有笑。惟分住各乡的，一年中见面亦不多耳。甫先生①犹如当年从容，常问及你情况。佩弦略见老态。之琳作五十万言小说，已完成。一多以刻图章补助生活，且有兴趣译新诗（中译英）。毓棠尚能于教书之外写诗。冯至、广田，亦多能写作，且可常见面。我住乡下已五年，每星期只在城中一二天，孩子们于乡村中长大，顽健比似城中略胜一筹。气候温暖，过日子平平静静，故不觉长久。原来与冰心诗人相去一里许，近则唯戴世光陈达相去不多远。三小姐②一切照常，精神则比过去转好，大约因凡事自己动手，每天在家中自己做酸菜，霉豆腐，劳作不息。欢笑歌呼，尤增加大人快乐，③因之岁月虽逝，生命中所保留青春活力，转若在任何情形中均不至于消失，老友闻之，定必愉快！徽因寻常在四十度高热中，相去过远，信息不明，病既是原有之病，想不至于如何沉重！宗岱精神似尚好，可从填旧词兴趣看出。巴兄④或尚在桂林，小说改戏，各处上演，亦甚热闹。孟实久无消息，只间或在刊物上见说教小文章耳。占元⑤甚用功，已结婚。萧乾无信，不知生活如何。相去万里，六年来大多数人已发鬓成雪，幼小者多成童子，相见何日？能不令人悒悒！望各自珍，并为朋友珍重。××，××，并盼致意。

弟文一月二十日

---

① “甫先生”前似漏排了一个“今”字或“金”字——“今甫”（亦作“金甫”）是杨振声（1890—1956）的字，他是“五四”文学革命时期新潮社的骨干，后与朱自清筹办清华中文系，继而出任青岛大学校长、又曾参与组建长沙临时大学（西南联大的前身）。按，作为资深新文学作家和教育家的杨振声，乃是李健吾的清华老师之一并曾提携过沈从文。下面的佩弦（朱自清）、之琳（卞之琳）、一多（闻一多）、毓棠（孙毓棠）、冯至、广田（李广田）、徽因（林徽因）、宗岱（梁宗岱）、孟实（朱光潜）、萧乾等，也都是京派文人学者。

② “三小姐”指张兆和，她是张氏四姐妹中的老三。

③ 此处疑有排印错简——“欢笑歌呼，尤增加大人快乐”，显然是说孩子的，却既前缺主语，又不能融入后面说“三姐”的语句“因之岁月虽逝，生命中所保留青春活力，转若在任何情形中均不至于消失”；窃疑原信或许作：“孩子们于乡村中长大，顽健比似城中略胜一筹，欢笑歌呼，尤增加大人快乐。”

④ “巴兄”当指巴金。

⑤ “占元”当指陈占元（1908—2000），广东南海人，法国文学翻译家。

据《万象》的出刊时间和《自滇池寄》(一)中所谓(抗战)"六年来"等语,沈从文撰写此信的"一月二十日"当即是1944年的1月20日。此时按阳历说已进入1944年,但按旧历说,则仍在1943年岁末也,正合抗战爆发"六年来"通信双方天各一方之况。

两封《自滇池寄》集中表达了沈从文对羁留上海沦陷区的文化界朋友的殷切关怀,诚所谓纸短情长,字里行间浸透了深厚的情谊。比较而言,《自滇池寄》(一)的内容更重要些,然则沈从文的这封信究竟是写给谁的呢?细绎其内容、措辞,并联系相关情况,大体可以推定,接受这封信的人必须具备四个限定条件:其一,从沈从文在信中称对方为"老友"的亲切口吻来看,收信人显非沈从文的前辈或晚辈朋友,其年龄资历应与沈从文相当。其二,沈从文在信的开头慰问对方之后,紧接着就说"这里熟人多如旧",然后一一报告了流徙西南尤其是昆明的"熟人"的情况,涉及杨振声、朱自清、卞之琳、孙毓棠、闻一多、冯至、李广田、林徽因、梁宗岱、朱光潜、巴金、陈占元等,这些人乃是沈从文和收信者共同的"熟人",除巴金、陈占元外,其他都是战前就活跃在北平的京派文人学者,据此则收信者也当属于京派圈子无疑。其三,这个被沈从文称为"老友"的人又是个法国文学专家,曾经计划撰写《法国文学史》。其四,此函开头一句——"人有说你已过福建的,得□□信,方知犹在上海,未作他计",既透露了收信人的一点行藏消息,也包含着对其处境的一点含蓄暗示。其所透露的消息是,收信人自抗战爆发后一直蛰居上海,后来曾想离开上海,但未能实现,截至1944年初仍羁留上海;然而作为朋友的沈从文专此致函问候,却只说了一句话就转了话题,这又耐人寻味地暗含着顾虑日伪的书信检查、担心"老友"的安全之意,令读者从字里行间隐约可以体会到,其时收信人很可能受到了某种威胁,不得不预谋出走福建而未能成功,则他在沦陷时期的上海文坛上当是一个非同寻常、因而招惹日伪注目的角色也。

应该说,在彼时的沈从文的友人中,符合以上四项条件之一者是颇不乏人的,但同时符合其中两项者,就很少见了,而完全符合所有四项者,则似乎只有一个人,那就是李健吾。

李健吾比沈从文小四岁,但二人几乎同时走上文坛。李健吾早年参与的文学青年小社团曦社和于赓虞为骨干的绿波社是友好社团,稍后于赓虞又组织无须社,沈从文也曾参与无须社,并且李健吾和沈从文都是《晨报副刊》投稿者,所以通过这些相互交集的文学小社团和共同的文学园地,或许李健吾和沈从文在20年代中期即使未曾谋面,也应该是相互知道的。20年代中后期李健吾和沈从文在小说创作上渐露头角。30年代初李健吾赴法留学,致力于法国文学和文学批评的研习,沈从文则在乡土抒情小说创作上成就显著,因此成为京派文坛骨干。1933年8月李健吾学成归国,虽然也继续致力于小说以及戏剧创作,但把主要精力放在文学批评和法国文学研究方面。他以刘西渭为笔名的精彩批评文字,多刊载于沈从文主编的《大公报》文艺副刊上,可谓闻名遐迩,但当时只有沈从文等少数知友知道刘西渭就是李健吾。此时的李健吾已成为京派文人集团中的一员,他的批评才识尤其令沈从文叹赏,以至于沈从文40年代创作了爱欲传奇系列小说《看虹摘星录》后,曾把"批评家刘西渭"预列为自己的这本小书的两个"最好读者"之一。[①] 在法国文学研究方面,李健吾精心撰写的专著《福楼拜评传》,先在一些刊物上分章发表,如郑振铎主编的《文学季刊》创刊号(1934年1月出版)就发表了最精彩的第二章《包法利夫人》,立即赢得学界的一致好评,他因此被公认为后来居上的法国文学研究专家。李健吾晚年在回忆郑振铎时仍念念不忘道:"对我生活最有影响的是我在创刊号上发表的论文《包法利夫人》。这篇论文引起一些文化界知名人士的注意。从未谋面的林徽音女士看后,给我写过一封长信,约我到梁家见面。……论文《包法利夫人》也引起了你(指郑振铎——引者按)的注意。后来约我到上海国立暨南大学教书,就是为了这篇论文的缘故。"[②]或许正是因为《福楼拜评传》太成功了,才催生了李健吾撰写一部《法国文学史》的学术抱负吧,而在当时中国的法国文学研究界,他也确实是最堪此任的学者。说来,在那时的文坛上比较熟悉法国

---

① 沈从文:《〈看虹摘星录〉后记》,《沈从文全集》第16卷,第343页,太原:北岳文艺出版社,2002。

② 李健吾:《忆西谛》,《咀华与杂忆——李健吾散文随笔选集》,第278页,北京:中央编译出版社,2005。

文学的虽有十数人，但多从事译介或批评，如梁宗岱、傅雷、盛澄华等，至于从事法国文学史研究的则不过寥寥三五人而已。年资较老的是李璜和袁昌英，李璜编著的《法国文学史》，乃少年中国学会丛书之一，1923 年由中华书局出版，袁昌英的《法兰西文学》，为万有文库之一种，1929 年商务印书馆初版，1944 年改订为《法国文学》——以上两书原都是简介常识的小册子。30 年代涌现出了三个对法国文学有专深研究的年轻学者吴达元、李健吾和徐仲年。任教清华大学—西南联大的吴达元经过差不多十年的刻苦努力，终于在 1944 年完成了他的学术巨著《法国文学史》，并于 1946 年由商务印书馆出版，至今仍然是难以超越的著述；任教于中央大学的徐仲年在抗战前后分别出版了《法国文学 ABC》（世界书局，1933 年）和《法国文学的主要思潮》（商务印书馆，1946 年）；至于李健吾则因其《福楼拜评传》的学术水准之高，让人们对他撰作一部高质量的法国文学史寄予了最大的期望，而他也是上述诸人中唯一蛰居于沦陷了的上海的人，人或以为他可以埋头学术著述了，那不过是美好的幻想。事实上，自太平洋战争爆发后，失去"孤岛"掩护的留沪文人处境更为艰窘而且艰险——面临着维持生存和坚守气节的双重考验。即如李健吾，就在一夜之间失去了养家糊口的所有职业来源，而他又有腿病不能跋涉到大后方，就在此时——1942 年春梢——正"荣任"华北伪政府教育督办的周作人托人传话给李健吾，劝诱他"回到北平来做北大一个主任罢"，但刚硬不苟的李健吾拒绝了："我写了一封回信给那个人，说我做李龟年了，唐朝有过这个先例，如今李姓添一个也不算怎么辱没。"[①]由此，李健吾下海了，成了一个演员和编剧，解决了一家的生活问题，抵挡住做了汉奸的老师之诱降。然而，危险仍然存在：尽管李健吾和他的戏剧同道们尽量走"商业化"的戏剧道路以规避日伪的迫害，但是他们的戏剧活动毕竟难以完全掩饰民族情怀，所以作为沦陷时期上海戏剧活动头面人物的李健吾还是被日伪警宪盯上了。李健吾对此不可能没有感觉，他因此而有出逃福建的计划，也在情理之中，只是尚未得到适当的机会实行。而听到风声的

① 李健吾：《与友人书》，《上海文化》第 6 期，1946 年 7 月 1 日。

大后方友人们如沈从文等，自然也很担心李健吾等人的安危。这很可能就是沈从文写这封信的原由。

当然，尽管一切似乎都把《自滇池寄》(一)的收信人指向李健吾，但这毕竟出于我的推测，还需要其他材料来旁证。凑巧的是，与《自滇池寄》(一)同时同刊发表的《自滇池寄》(二)，就是一条旁证材料。按，《全集》虽然编入了《自滇池寄》(二)，但对收信人的身份未予考证，窃疑或是《万象》的编者柯灵也未可知，这个暂且不谈。值得注意的是，沈从文乃是在《自滇池寄》(一)不足一月之后写《自滇池寄》(二)的，然则写发时间如此接近并且都是寄往上海的两封《自滇池寄》，在内容上是否会有一些关联呢？有的。看《自滇池寄》(二)，一开首说的恰正是“健吾诸兄”的安危——

> 二月十七日从×××兄处见到你去年十一月廿七寄的来信，真是喜出望外，尤其是从信中知道健吾诸兄均安好无事。

此处“健吾”当指“李健吾”无疑，而沈从文如此喜出望外于“健吾诸兄均安好无事”的信息，正好印证了李健吾前一阵确实面临危险，令好友沈从文非常担心，因而设法多方打听，这也就间接证明了《自滇池寄》(一)乃是沈从文风闻李健吾的危险处境后，特意写给他以表达慰问的信。明白了这一点，我们也就不难理解《万象》的编者柯灵为什么要把沈从文的这两封信标为“自滇池寄”同时予以发表的含义了——他其实是借此向大后方的所有关心李健吾等人安危的友人报平安，而那时的李健吾自身恐怕已经无法给沈从文回信了。所以，李健吾的平安其实很短暂，他并未逃过日伪的魔爪：1945 年 4 月 19 日的半夜，他还是被日伪警宪抓走而备受折磨，好不容易打通各种关系保释出狱；不久，连柯灵也再次被捕入狱，李健吾终于下定决心逃离了上海。这是后话，在此无须赘述。还有一条重要的旁证材料，也同样出自沈从文的战时书简——1944 年 9 月 16 日沈从文曾致函在美国的胡适，谈及不少国内友人的情况，其中有这样两句：“健吾虽还在上海，闻努力编《法国文学史》”。[①] 这个“健吾”显然也是指李健吾,由此可知那时确有李健吾在沪埋首编撰《法国文学史》的传闻,这与沈从文在《自滇池寄》(一)里慰问对方“法国文学史工作想已完成甚多”恰可互证,如此则收到沈从文这封慰问信的“老友”几可谓非李健吾莫属了。至于《自滇池寄》(一)所谓“人有说你已过福建的,得□□信,方知犹在上海”一句,无疑暗含了对收信人企图离开上海到福建却未能成功的焦虑,而收信人倘是李健吾,则可知他出逃的目的地乃是福建,可是李健吾为什么要选取福建而非昆明或重庆呢?这理当有个解释。窃以为,这或许因为李健吾曾经任教的暨南大学已于1942年6月全迁到福建北部的建阳——不难理解,计划出逃的李健吾也必须考虑出逃后的工作以维持一家的生计,而在那时的重庆、昆明等地,工作并不好找,惟其如此,有暨南大学在那里的福建,也就自然而然地成为李健吾出逃的首选之地了。

海上羁客有所思:李健吾对林徽因、沈从文的感怀

回头再说羁留上海的李健吾。他在受到大后方朋友如沈从文的关怀的同时,自己也关怀着大后方的朋友如林徽因(原名林徽音),而使得他的关心得以放下心来的,很可能就是沈从文的这封《自滇池寄》(一)。这也正可为《自滇池寄》(一)乃是沈从文写给李健吾的信的另一个旁证。

如上所述,林徽因乃是李健吾特别感激的文学知音,所以当听到原本体弱的她转徙大后方后困窘劳累、旧疾复发、可能病逝的传言,李健吾自然是非常焦急,羁留在上海的他逢人就打问林徽因的消息,后来知是误传,遂惊喜地写了《林徽因》一文,真可谓情见乎词——

> 足足有一个春天,我逢人就打听林徽因女士的消息。人家说她害肺病,死在重庆一家小旅馆,境况似乎很坏。我甚至于问到陌生人。有人笑我糊涂。最后,天仿佛有意安慰我这个远人,朋友忽然来信,说到她的近况,原来她生病是真的,去世却是误传了。一

① 沈从文:《致胡适》,《沈从文全集》第18卷,第432页,太原:北岳文艺出版社,2002。

颗沉重的爱心算落下了一半。为什么我这样关切？因为我敬重她的才华，希望天假以年，能够让她为中国文艺有所效力。

《林徽因》写于上海沦陷后期，用的是笔名“渭西”，收录在一本上海沦陷区作家的散文合集《作家笔会》里，该书 1945 年 10 月才得以出版。据姜德明先生的考证，“渭西”就是李健吾。[①]《林徽因》一文中所说的那个春天，大概是 1944 年的春天吧，因为据柯灵先生 1945 年 9 月为《作家笔会》所写的题记，他在“去年冬天”也即 1944 年冬季就编好了这本散文集，[②]如此则李健吾所说的“春天”也就最有可能是距离最近的 1944 年。

然则，究竟是哪个远方的朋友那么有心地在那时给李健吾写信报告林徽因的病况而让他放下心来的呢？按理，有这种可能的“朋友”不止一人，但是考虑到当时交通的不便，尤其是大后方与沦陷区通邮的忌讳，则那个给李健吾来信的远方朋友必定是与他特别相契的好友，而且这个人也一定像李健吾一样特别尊敬林徽因，并且这个人也肯定深知，以李健吾与林徽因的关系、他必定很惦念林徽因的境况。就此而言，则这样的一个远方朋友，即使不能说非沈从文莫属，也应该说他是最有可能的了。现有文献也可以证明这一点，那文献就是沈从文的《自滇池寄》(一)。从这封信中可以看出，沈从文显然体谅到了“老友”对身在

① 姜德明：《怀人的散文》，《梦书怀人录》，第 137 页，上海：汉语大词典出版社，1996。姜先生在该文中指出，《作家笔会》中所收《蹇先艾》一文的作者“子木”和《林徽因》一文的作者“渭西”都是李健吾：“‘子木’合在一起是‘李’，‘渭西’是‘西渭’之倒置，更可从那文章的内容和风格来判断”。姜先生的这个判断得到了原书编者柯灵先生的首肯，当年也曾羁留上海、并担任过《万象》助理编辑的徐开垒先生，也证实了姜先生的判断——参阅徐开垒：《书情与友情》，《书屋》1988 年第 3 期。附带说一下，陈学勇先生在 2001 年 10 月 24 日《中华读书报》上发表了《李健吾与林徽因》一文，重新发现了“渭西”即李健吾的《林徽因》一文，他或许没有看到过姜德明和徐开垒的文章吧；韩石山先生的《李健吾传》新版(太原：山西人民出版社，2006 年，我没有见到 1996 年的初版)第 23 页引“子木”即李健吾的《蹇先艾》一文，注释原书《作家笔会》为“1938 年上海春秋杂志社”，则时间有误、出版处不全——《作家笔会》是 1945 年 10 月由春秋杂志社和四维出版社合出的。另按，“渭西”这个笔名此前也有人用过——在 1936 年 9 月 20 日出版的《东北》杂志第 1 卷第 3 期上，就有署名“渭西”的文章《“圆宝盒”里的诗人卞之琳》，这另一个“渭西”不可能是李健吾，因为他的这篇文章正是对当年刘西渭即李健吾与卞之琳之间的那场解诗讨论的批评。

② 柯灵：《关于〈作家笔会〉》，《长相思》，第 205 页，上海：上海文艺出版社，1982。

大后方的诸多师友之牵挂，所以在简短地对“老友”表示慰问之后，接着就一一报告了后方诸师友的境况。首先说到的金甫、佩弦二先生，乃是李健吾一直感念的清华老师杨振声和朱自清，并且杨振声也是提携过沈从文的前辈之一，所以放在前面，随后说到的其他人也都是李健吾和沈从文共同的同辈朋友（除了“冰心诗人”），其中关于林徽因是这么说的——

徽因寻常在四十度高热中，相去过远，信息不明，病既是原有之病，想不至于如何沉重！

这话既向收信人报告了林徽因的病情，而又语含宽慰、生怕收信人着急。如此体贴，显见得沈从文是感念到收信人对林徽因的感情和关切的。从这些情况来看，《自滇池寄》（一）很可能就是李健吾在那个春天忽然收到的那封让他对林徽因放下半个心来的远方朋友来信。

如果以上的猜测和考证还说得通，则沈从文对李健吾的关切，真是体贴到了并及其所关心的地步。不难想象，面对老友如此深情体贴的关怀，李健吾于理于情都应该有所反应。令人颇感欣慰的是，李健吾当日的回应似乎还有迹可循。即如同样收录在《作家笔会》中的《沈从文》一文，就很像李健吾的手笔。此文也很简短，不妨过录于此——

徐志摩编辑《晨报副刊》，有一个叫做休芸芸的人常常投稿。他的文章惹人侧目，内容尤其启人好感。我们这些喜好文学的年轻孩子，猜想不到他的来历。我有时候也写些诗文送去发表，但是永远缺少他字句之间的那种新颖的感觉。过了两年，他抛掉那个笔名，我们知道他的真名实姓。他叫做沈从文。

他说他是一个兵。我以为他身体魁梧，横眉大眼，有如一个山东人。想不到他有理想的张生的清秀，一般书生的文弱。在中国现代文学作家里面，气魄浩瀚如鲁迅，如茅盾，如巴金，如曹禺，全是瘦小的身材，看过去不太和他们的精神相衬。鲁迅和巴金的面貌还可以说有些奇特，不同凡俗。至于茅盾，曹禺，尤其是沈从文，简直属于同型的平常的面貌。你奇怪他们的渺小的物质的生命，会产生了（将来还要产生）千百万言不朽的鉅著！那样文弱的身体会装满了取之不竭用之不尽的精灵！伟大这两个字，使用到精神方面，没有尺度可以比量。它最好的例子是拿破仑。

和文学的同伴放在一起看，我往往觉得，他的文字（内涵的，精神的）最最富有中国的传统的气息。他让我想到庄子，他让我回到唐代，他的人物是单纯的，他的气氛是浑然的，他的字句是感觉的。他的杰作《边城》好像唐代的传奇，更其质朴，更其真淳。即使他写些粗犷的男女，例如他的另一部杰作《从文自传》，也是可爱的。忧郁和茁壮，两个不应当连在一起的生命，他会以同一的魔力在同时呈现。

我们相知很早，但是谈到相识，却又很晚。我认识他，在他结婚以后，在他编辑“文艺”的时候。他没有受过正式教育，但是，勤学，好问，成为他的性格的一个特征。他写王字，他读古书，他好古画，他爱古瓷，他看名人，他买各样新书，尤其是翻译。他不认识外国文，他的文章往往看见外国名词，科学名词，一切生涩的东西。他有奇大的吸收力。但是，他固执，他争竞，他不示弱，他以精神的强者自居。

风格是一个作家的标记，同时却是模仿者真正的祸害。沈从文的风格渐渐变成一种风气，引起不少读者的反感。许多男女学习他的字句。有人简直可以乱真。但是，拜他为师，不失自己的朴实，乃是他的夫人三小姐。三小姐为他主持家务，有时候教他英文，若干年不相晤了，我相信他的英文程度大概远在他的“老虎”儿子之下。他羡慕，妬忌，恼恨那些外国留学生：他们可以直接领会外国大作家，然而他们那样浅妄，不负责任，译些坏东西，万一译些好东西，又那样让他看不出好来。写些创作，又似绝未承受外国作家良好的影响。看过巴尔扎克的《葛郎代》，他摇摇头，说：“小山，巴尔扎克原来如此！”我苦笑了，问他是否把译文当做原文。他叹了一口气，说：“你应当给我这种读者好好儿译几部书来。”惭愧之至，我没有丝毫敬还他的期许。

关于此文作者“小山”，姜德明先生的文章未予考证。徐开垒先生在读到姜德明先生的文章后透露说，对《作家笔会》中其他署名者的真实身份“我倒知道几位”，其中就有“小山”，可惜的是徐先生语焉不详，并没有说出“小山”究竟是谁。就我所知，在现代文献中也颇有几个人曾经署名“小山”的，但皆无足多者，并且几乎都非文学界中人，所作与《沈从文》一文的文情迥不相侔。就文与情而论，“小山”的这篇《沈从文》，与“子木”所写的《蹇先艾》、“渭西”所写的《林徽因》，似乎出自同一手笔，都写得文情并茂而又简练通脱，很像李健吾的文字风格。复查“小山”在文中说到自己与沈从文从相知到相识等情况，正与李健吾和沈从文的关系若合符节。比如他们早年都曾给徐志摩主编的《晨报副刊》投稿，因而相知，但相互认识则在沈从文结婚后编辑“文艺”（这个“文艺”显然指的是《大公报》的文艺副刊）的时候，由此成为好友，“小山”并曾向沈从文介绍过外国文学名著，特别是法国文学，答应他好好儿译几部书。而事实上，李健吾在沦陷期间的一大工作，就是潜心翻译福楼拜等法国文学名著。再看“小山”文中对沈从文作品的评价，与李健吾对沈从文作品的评论，也几乎完全一致。比如，当年的李健吾（刘西渭）对《边城》一类田园牧歌赞赏有加：“沈从文先生便是这样一个渐渐走向自觉的艺术的小说家。有些人的作品叫我们看，想，了解；然而沈从文先生一类的小说，是叫我们感觉，想，回味，”“他把湘西一个叫做茶峒的地方写给我们，自然轻盈，那样富有中世纪而现代化，那样富有清中叶的传奇小说而又风物化的开展。……在这真淳的地方，请问，能够有一个坏人吗？在这光明的性格，请问，能留一丝阴影吗？……没有再比那样的生活和描写可爱了。”“可爱，这是沈从文先生小说的另一个特征。他所有的人物全可爱。……各自有一个厚道然而简单的灵魂”。[①]《沈从文》一文虽非文学评论，但同样强调了沈从文的文学特点：“我有时候也写些诗文送去发表，但是永远缺少他字句之间的那种新颖的感觉。”“我往往觉得，他的文字（内涵的，精神的）最最富有中国的传统的气息。他让我想到庄子，他让我回到唐代，他的人物是单纯的，他的气氛是浑然的，他的字句是感觉的。他的杰作《边城》好像唐

① 刘西渭（李健吾）：《〈边城〉——沈从文先生作》，《咀华集》，第70—72页，上海：文化生活出版社，1936。

代的传奇，更其质朴，更其真淳。即使他写些粗犷的男女，例如他的另一部杰作《从文自传》，也是可爱的。”两相比较，唯一的区别是“刘西渭”时期的李健吾觉得《边城》“富有清中叶的传奇小说”的风味，而“小山”的《沈从文》则认为“《边城》好像唐代的传奇，更其质朴，更其真淳”。这种区别反映了一个批评家力求判断更为准确的自我修正。的确，就其真纯质朴而言，《边城》更像唐传奇。此外，还有一个不能忽视的细节，即在《作家笔会》里《蹇先艾》、《沈从文》和《林徽因》是前后连排的三篇文章，而知道这三篇文章真实作者的柯灵先生作为一个有经验的编辑，应该不会在李健吾的两篇文章之间插入另一作者的文章，所以他这样接连编排这三篇文章，其实也意味着它们的作者“子木”、“小山”、“渭西”乃是同一个人，即李健吾是也。姜德明先生已对“子木”、“渭西”的取名有所解释，则“小山”也当有所取义，然而义从何来，已难考释——窃疑或与李健吾父亲李岐山有关。如所周知，前人命名取字的一个传统，即是从父亲的名号取一字再前置“小”字。如李健吾的老师朱自清，其祖父朱则余字“菊坡”，其父亲朱鸿钧就字“小坡”。李健吾应该也知道这个传统，所以当身在沦陷区的他为文不得不多用笔名时，或许就从这个传统得到启发而起用了“小山”吧。不过，“小山”究竟是否如此取义，我实在不敢武断，好在这只是个无关宏旨的小问题，亦无须深究了。

临风寄意怀远人：柯灵组编《作家笔会》的苦心

从《自滇池寄》到《作家笔会》，其间都牵连到一个人，那就是接近左翼、坚守沪上的抵抗作家柯灵先生。前边曾推测沈从文的《自滇池寄》(二)可能是写给柯灵先生的，不论这个推测是否正确，有一点是肯定无疑的，那就是作为《万象》编者的柯灵，在彼时彼地一并刊发沈从文的这两封《自滇池寄》，并不是一个单纯的编辑行为，而包含着向滞留在沪的文人作家们传达来自大后方的慰问之意。并且，柯灵随后就着手组织留沪作家们撰文怀念远在大后方的作家们，其结集就是《作家笔会》一书。由此，沦陷区作家和大后方作家彼此珍重、相敬为国的真情互动,成为有组织的互励行为。此心此旨,柯灵在为《作家笔会》所写的题记里有所告白,可惜的是,该书1945年11月出版之时却漏掉了这篇题记,直到上世纪八十年代初才改题为《关于〈作家笔会〉》、收入柯灵的散文集《长相思》中。这是一篇非常珍贵的战时文坛史料,却很少进入文学史研究者的眼帘,所以特为抄录于此、以广知闻——

关于《作家笔会》

海内存知己,天涯若比邻。——王勃

去年冬天,我曾经为春秋出版社编过三本书,是:晓歌的《狗坟》;石挥的《一个演员的手册》;还有一本,就是《作家笔会》。(这社里还编的有一些别的书,却与我毫无关系。)

抗战以来,文艺工作者大部分离开了上海,少数人无力远行,只好蛰居一隅,咬紧牙关打发艰窘的日子。在这顽固的沉默中,冷眼看看各种倚门卖笑的丑剧,营营扰扰,有如日光下的微尘,昏瞀忙乱而毫无活气,那心境的悲凉真是无可形容。这小书所辑集的,原是为一个杂志所预备的特辑稿件,当时上海和内地的联系已经完全切断,关山迢递,宛然是别一世界;而我们所处的地方,只要沾一点点"重庆派"或"延安派"的气味,就有坐牢和遭受虐杀的危险。苍茫郁结之余,我却还想遥对远人,临风寄意,向读者送出我们寂寞婉曲的心情,表示我们对于祖国的向往:这就是这些怀人的文字的由来。

这小书最初的题名,本来就叫做《怀人集》;后来觉得应该隐晦一点,这才改成了《作家笔会》,原定计划,是想将远在内地的作家尽可能写到,但世乱纷纷,谋生日亟,结果大大地打了折扣;我自己一字无成,幸亏还有几位前辈和朋友帮忙,这是很可感激的。现在抗战胜利,时移势易,这类东西本没有再出版的必要;但书版排成既久,我又曾收受过一点编辑费,借此度岁;债不能不还,约不能不守,也只好任它"灾梨祸枣",自生自灭去罢。

一九四五年九月二十九日[1]

① 此据柯灵的散文集《长相思》转录,上海:上海文艺出版社,1982。

从这则题记可知,《作家笔会》“本来就叫做《怀人集》,”而《怀人集》“原是为一个杂志所预备的特辑稿件,”那个杂志应该就是柯灵当时正在编辑的《万象》。柯灵组编这批特殊的稿件,显然是一个有计划有目的的活动——按“原定计划,是想将远在内地的作家尽可能写到,但世乱纷纷,谋生日亟,结果大大地打了折扣”。尽管如此,该集所收17篇文章,除《暨南四教授》一文所写王统照、郑振铎等四位是羁留沪上的老前辈之外,其余16篇共计对先后迁徙到大后方的20位作家表达了情真意切的感怀,这实在不是个小数目和小事情了,而柯灵如此精心组织留沪作家撰写这批怀人散文,其目的就是“遥对远人,临风寄意,向读者送出我们寂寞婉曲的心情,表示我们对于祖国的向往,”这是我们至今读来都深为感动的。

然则,柯灵是怎样想到发动这样一次有特殊意义的怀人散文写作活动的呢?那缘由或许并不单一,但我们有理由相信,就中沈从文的《自滇池寄》很可能起了直接的启发和催生作用。不难想见,接连读到沈从文从大后方辗转寄来的那两封情深意重的慰问信,柯灵一定深受感动,所以他特意把它们编发在自己主编的《万象》杂志上——对艰苦坚守在上海的作家们来说,来自大后方作家的深情慰问,真不啻是及时雨;同时也不难想象,正是沈从文的这两封来信启发了柯灵,让他想出来了发动留沪作家撰写怀人散文的主意——在彼时彼地,还有什么活动能比这个更适宜表达对大后方同行的亲切回应、兼以寄寓对祖国的眷眷深情呢!

此中底细,当然只有已故的柯灵先生最清楚,可惜我们再也没有机会向他当面请教了。不过,即就现在掌握的文献和情况来说,《自滇池寄》和《作家笔会》之间的连带互动关系,仍可得到印证。一则这两封信和这一本书,都是经柯灵先生之手编发的,而它们之间的内容显然有着相互呼应的关系,这一点上文已有具体分析。二则从收信、组稿和编发的时间上来看,这两封信和这一本书也是前后相继、紧密相关的。不待说,为一个刊物组织那么一大批怀人的特稿,是很不容易的事,既需要时间联络诸多作者,也需要费心筹划刊出事宜,然则柯灵是何时开始发动这项活动的呢?查《作家笔会》中的17篇怀人散文,恰好有三篇是附注了写作时间的,最早的一篇是写于“卅三年二月十日”的《方光焘》,即在《自滇池寄》(一)发寄的二十天之后(原信写寄于“一月二十日”即1944年1月20日),其时沈从文的这封信当已传递到上海,柯灵也有机会看到了,而他也随即着手组织留沪作家开展怀人散文写作活动,《方光焘》一篇当是他最早收到的稿件之一;《作家笔会》中另外两篇文章的写作时间很接近——《老舍与闻一多》写于“三十三年初冬”、《记北国二友》写于“一九四四年十一月”,这也正是这批怀人散文即将截稿的日子,收集齐了稿子的柯灵准备在他主编的《万象》杂志上作为特辑连载,而沈从文的两封《自滇池寄》则成了这批怀人散文的引子,被安排首先发表在《万象》杂志第四年第五期上,出刊时间恰是1944年11月,同期发表的另一远方来稿是端木蕻良的创作自述《我的创作经验》。编者柯灵在编后记里对这两种“远方的来稿”做了郑重的介绍,并特别提醒上海的“文艺读者”注意沈从文这两封信“足慰远思”的意义——

> 沈先生的文字风格,有他独特的造就,是前辈中最切实的一位,这里发表的虽是两封短信,却是情思丰腴,感慨深沉,令读者如对其人。其中还提到好些为文艺读者所关怀的前辈作者,足慰远思。①

几乎就在同时,柯灵又将他组编的这批怀人散文编为《怀人集》一书交付出版——据他1945年9月补写的题记所述,他是“去年冬天”即1944年冬天编好该集交付“春秋出版社”的,而题记所谓“遥对远人,临风寄意,向读者送出我们寂寞婉曲的心情,表示我们对于祖国的向往”,也正与沈从文那两封“足慰远思”的《自滇池寄》遥相呼应。如果说这一切都是偶然的巧合而非有意的呼应,那也巧合得太让人不可思议了吧?倘非偶然,则从《自滇池寄》到《怀人集》(后改题为《作家笔会》),乃正是后方作家与留沪作家之间相互关怀、砥砺志节的互动行为,在这过程中,沈从文自发的两封《自滇池寄》首开其端,以深情的

---

① 柯灵:《编辑室》,《万象》杂志第四年第五期,1944年11月1日。

叩问启发了亲切的回应，而促使这种互动从个人的自发行为转换为自觉的文坛互动活动者，则是柯灵先生。当我们体察到这其中隐含的关节之后，就会明白《自滇池寄》与《作家笔会》并非各自孤立的文坛史料，而是分处两地的中国作家在战时互动互励、相敬为国的文学抵抗活动之结晶，其文学的与历史的深长意味是不可轻忽的。

顺便解释一下，柯灵在《作家笔会》的题记里说，上海的作家们"蛰居一隅，咬紧牙关打发艰窘的日子。在这顽固的沉默中，冷眼看看各种倚门卖笑的丑剧，营营扰扰，有如日光下的微尘，昏瞀忙乱而毫无活气，那心境的悲凉真是无可形容。"此中"顽固的沉默"一语可能包含着一个"今典"，那就是法国抵抗文学的杰作《海的沉默》（*Le Silence de La Mer*）。按，*Le Silence de La Mer* 原是一个法文成语，暗喻人的内心世界及其相互之间复杂深隐、暗潮涌动的情绪和意志。《海的沉默》的作者韦科尔（*Vercors*）取喻于此，在这部小说中精心描写了法国沦陷区一个老人和他的侄女以顽固如"海的沉默"冷对德国侵略者的抵抗意志，所以该书秘密出版后不胫而走，不仅法国人民争相传阅，而且迅速传播到世界各地——伦敦、北非、美国、苏联，以及中国。[①] 不难想见，柯灵对法国人民"海的沉默"的抵抗意义一定心有同感，因为他和许多羁留沦陷区的中国作家也曾如此冷对日伪。而柯灵们从"顽固的沉默"，到集体发声以"怀远"的形式寄托"对于祖国的向往"，那抵抗无疑是更进一步了。

文人交往有深致：文学互动行为的文学史意义

如此不避烦琐地考释这几篇书简短文，其实是想借此检讨两个较为重要的问题：第一，文学上的互动行为除了成为掌故谈助，还有没有更为严肃的文学史意义？第二，文学史研究的真正对象和中心任务究竟是什么——是对文学作家及其文本进行孤立封闭的纯文学解读或开

---

① 关于《海的沉默》在中国的传播等情况，可参阅笔者的《乱世才女和她的乱世男女传奇——张爱玲沦陷时期的文学行为叙论》，《考文叙事录——中国现代文学文献校读论丛》，第 397—405 页，北京：中华书局，2009。

放到想当然的话语化批讲，还是对曾经实存的文学活动进行实事求是的具体分析?

我所谓的文学互动行为，指的是发生在一些文学主体之间的交际和交集及其连动而生的效果或影响。大概自有文学活动以来，就有了文学上的互动。只是古代由于交通不便，文士之间虽不乏书函往来和宦游交际等互动行为，但其范围和频率毕竟很受限制，加上文献有缺，不少文学互动行为已失记不传了。然而纵使如此，仍有不少文学互动行为见诸记载、传为美谈。降及近现代，大都市迅速崛起，文人作家集居于此，空间距离的缩小自然增加了人文互动的机会，加上现代传媒的居间作用，文人作家之间的互动也就似突然而实必然地大大加剧了，从个人之间到社团流派之间，频繁的文学互动如影随形，互动形式也花样百出，其广度和深度远非古代文士的书函往来和宦游交际所可比拟了。就此而言，即使说广泛而且深入的文学互动乃是现代文学的一个"现代性"特征，也不为过。

文学互动行为当然既可发生在个人之间，如作家与作家、作家与读者或批评家之间，也可表现为文学社团流派内部的集体交流，甚而可以扩大为跨社团、跨流派以至跨地区和跨国度的文学之间的交集与互动，而其互动的效果和影响，则既可能积极地推动文学的发展，也可能产生刺激性的反作用，却不可能没有作用——只要互动当真产生了，就必定会有这样那样的效应和影响。上面考释的一些文学互动事例，显然都是现代文人相濡以沫的美事。无须讳言，由于立场有别、趣味不同加上个性的差异，文人之间也难免产生分歧、滋生矛盾以至发生相轻相斗的行为，这不免让人遗憾，但必须注意的是，不同的文人及社团之间的关系是相当复杂的，有时可以纷争到势不两立的程度，有时却又可以宽容互动到积极互助的地步，并且即使相轻相斗的交锋也未必只有负面的效应，倒可能刺激相关者暗自反省、激发对立者加强交流，从而推动文学在"矛盾运动"中向前发展。下面就举几个例子略为申说。

大而言之，在流派纷呈、思潮纷争的30年代文坛上，京派和海派文学趣味的差异以至论争，左翼文学思潮和自由主义文学思潮的尖锐对立，当然是最为引人注目的事情了。然而这只是事情的一面，倘若仔细观察就可发现，在这些相互分立以至对立的文学流派思潮之间，并不像一般所想象的那样壁垒森严，事实上它们在各自的“派性”之外也各有包容的一面，彼此之间也同样存在着宽容的互谅、积极的互动的。此类事例并不少，此处按年代和刊物略述其荦荦大者如下：1931 年 9 月中共党组织决定由丁玲出面在上海创办《北斗》杂志，旨在克服“左联”初期的左倾幼稚病和关门主义，所以这份左翼文学杂志广泛联络、发动了南北各派作家，自 9 月出版的创刊号开始，陆续推出了不少好作品，而远在北平稍后又到青岛的沈从文虽然并不赞成左翼作家的革命立场，但他还是热心为《北斗》的成功出谋划策、甚至亲自登门代丁玲向冰心等作家约稿；1932 年 5 月在上海创刊的大型文学杂志《现代》，虽然被称为“现代派”的大本营，但其实《现代》杂志的骨干成员如施蛰存等与冯雪峰等左翼作家一直保持着比较友好的关系，施蛰存并曾冒险推出鲁迅的名文《为了忘却的记念》等；1933 年 7 月创刊的《文学》是另一个举足轻重的大型文学杂志，它由表面上政治色彩不浓的郑振铎、傅东华主编，其背后的支持者则是左翼文坛重镇鲁迅和茅盾，所以《文学》实际上是左翼—进步作家的阵地，但它显然有意克服早期左翼的公式主义和关门主义偏颇，广泛吸纳从“五四”过来的新文学名家到 30 年代崛起的各派文学新人，发表了从革命现实主义到唯美颓废主义的众多作品，显著地促进了各文学派别在互动中共同发展；紧接着，以上海的《文学》为后盾、由北上燕京大学任教的郑振铎出面，热诚邀请平津的资深京派作家和其他文学后劲，于 1934 年 1 月在北平创办了《文学季刊》，进一步推动了左翼文学与非左翼文学、北方文学与南方文学的交流互动；此外，还应提及的是自北来南的林语堂，他先后在上海创办了《论语》（1932 年）、《人间世》（1934 年）和《宇宙风》（1935 年）三个刊物，广邀海内各派作家文人，尤其属意于京海文学的沟通，成功地促使京海作家在趣味相投的文学互动中共同发展出一股超越南北的趣味主义文学思潮……应该说，诸如此类的文学互动行为，乃是 30 年代文坛上最值得注意的文学活动——从这一时期最为出色的一批文学杰作就是在此类文学互动中产生和问世的，即可知跨越派别地域的文学互动之意义非同小可了。可惜的是，我们的文学史研究从过去的大讲斗争到今天的贬斥斗争,其实都只纠缠于文坛各派纷争互斗到不可开交的一面,都忽视了纷争的文坛其实也有积极互动到相互促进的一面。

具体而论,作家间的互动自然也会有“不友善”因而令对方“不愉快”之处。冰心和林徽因之间的一些颇带较劲味的连续互动行为就是典型事例。其中最引人注目的节目是冰心的小说《我们太太的客厅》所引发的反响,直到近年还有余响——所谓“林徽因冰心两大才女的恩怨情仇”之争,似乎成了近年热议的一个焦点问题。然而,这“两大才女”间的文学过节是否仅限于“太太的客厅”的范围、而其意义是否也仅限于文人相轻的意气呢?余窃有疑焉。因为,稍微扩大点视野而又仔细点观察的话,研究者就不难发现,所谓冰心与林徽因的文学过节,乃是一个比《我们太太的客厅》发生更早、范围更大、延续更久的连续互动过程,而其效应也相当复杂、意义更耐人寻味,远非一般所谓文人相轻、才女争锋那样简单。据沈从文之说,从 1931 年 9 月冰心发表《我劝你》一诗,二位女作家就有了文学上的过节,而据李健吾说,冰心 1933 年 9—10 月间发表的小说《我们太太的客厅》,则使这场文学过节愈益加重了,……其实冰心不过是把京派文人的美丽新风雅作为一种人生现象加以典型化的描写,要说她有讽刺也是指向这种美丽新风雅的做派,而并非针对哪个具体人物的讥嘲。虽然好强要面子的林徽因的反应确是一度很不愉快,但从她随后的创作可以看出,她的《九十九度中》、《文珍》和《梅真与他们》,恰恰折射着冰心稍早些时候创作的《我们太太的客厅》、《冬儿姑娘》和《相片》等作品的积极影响。事实上,正是冰心的这些作品以及她所推重的丁玲的作品,刺激着也推动着林徽因拜摆脱偏见和傲慢,走出她的客厅或窗子以外,看到下层妇女所处的不公平地位及其人格自尊,从而给予了倾注着深切同情和可贵理解的书写。尽管林徽因这么写带有对冰心不服输的意味,但其实当她这么做的时候已暗含着对冰心文学观的认同。而 1940 年代的冰心亦以清苦的潜心笔耕,心照不宣地回答了林徽因等对她在艰苦的抗战期间可能攀龙附凤的担心与批评。然则,还有什么比这样的文学互动行为更积极有益呢?我近年因为校录冰心的佚文,才注意到这个问题的曲折关节,曾写了一篇小文,只是文体近乎“百家讲坛体”体,所以自己颇不满意，此处撮述大概，聊供关心此事者参考吧。

回头来看，以往的文学史研究，对文学上的互动行为也并非完全无视，事实上也常常说到的，而常见的言说方式不外二种：资为谈助或资为考证。“资为谈助”即把文学上的互动行为作为名人轶事来说道。如王羲之等东晋文人的兰亭之会、李白与杜甫的交往，鲁迅与瞿秋白的相赏，就一向传为美谈。不过这种“资为谈助”的谈论近乎“插花式”的点缀，虽然给文学批评和文学史研究增加了些许趣味，但肤浅不及深入，所以往往给人可有可无之感。“资为考证”即把文学上的互动行为作为考证文人关系的材料，比如古典文学研究中就颇多文人交游考、师友关系考之类文章。如此“资为考证”当然比仅仅“资为谈助”进了一步，然而这种考证虽说旨在“关系”，可它对“关系”的探讨常常限于单向的探索和静态的追究，鲜见彼此应有的双向互动，因而其所揭示的关联仍然是片面的和有限的。

其实，文学互动行为所涉及的不仅是双方的“关系”，更触及双方的“关心”之所在。所以即使有些文学互动没有产生积极的效果，至少也足以澄清双方的差异，从而对文学史的研究具有重要意义。比如，发生在沦陷末期的以迅雨（傅雷）为一方而以张爱玲和胡兰成为另一方的那场论争就是典型的事例。一般以为，那场论争只关系到迅雨与张爱玲、胡兰成文学观的差异。这诚然但也不尽然。事实上，在傅雷充满善意的文章中也包含着一些超越了单纯艺术得失的严肃批评，其最耐人寻味之处，是他说“心理观察，文字技巧，想象力”这些“优点”既能够成就《金锁记》那样的杰作，却又会把张爱玲“引入危险的歧途”。这是为什么呢？细读上下文，原来傅雷在文章的一开头就指出，产生文学杰作还有一个更为重要的不可或缺的条件，即作家必须有“深刻的人生观”并从而富有深度地写出人生的或者说人性的“斗争”。傅雷显然是考虑到了沦陷区作家置身“在一个低气压的时代，水土特别不相宜的地方”[①]的特殊情况，所以他特别强调的乃是加强和深化对人生斗争的主观方

① 以上所引迅雨（傅雷）语，均见《论张爱玲的小说》，《万象》第3年第11期，1944年5月1日。

面或者说内在方面之表现,殷切期望沦陷区的作家们能够在这方面纵深开掘、于人生的内在斗争描写中彰显出人性的不屈不灭。而在彼时彼地坚持这样一种人生—人性的内在斗争观去做人和作文,这其实是二而一的事情。对张爱玲能否坚持不动摇,傅雷是委实有些担心的,在他的语重心长的劝告里,无疑隐含着对张爱玲为文以至为人的某种不忍明言的担忧。而张爱玲也非常敏感,她对迅雨即傅雷的批评作出了反应,而且反应速度非常之快——《自己的文章》从写作到发表不过短短半月！而紧接其后为张爱玲辩护、对迅雨进行驳难的,就是胡兰成——他在《杂志》第13卷第3期(1944年6月10日出版)上发表了第二篇《评张爱玲》。可以肯定的是,业已情好日密、常在一起消磨的张胡二人在看到迅雨的批评后,必然有过沟通和讨论,然后便决意分工协作、相互呼应、共同对付迅雨的批评。明白了这中间隐含的关节,也就不难理解《自己的文章》和第二篇《评张爱玲》两文有那么多相通相似之处,以至有些地方简直如出一手、难分彼此的来由了。看来,张爱玲和胡兰成的确是一对旨趣相投的乱世才子才女,所以他们要求个人现世安稳自由的观点不仅相通到几乎难分彼此,而且相互配合着先后发表在最重要的“和运”刊物《新东方》杂志和转向“和平阵营”的名刊《杂志》上,此呼彼应地附和着“和运”的意识形态。这种情况正是迅雨即傅雷最为张爱玲担心的,然而恐怕连傅雷也没有料到会来得这么快。事已至此,傅雷也就无话可说了。所以,当年发生在傅雷和张爱玲、胡兰成之间的论争,只一个回合就结束了,而他们之间分歧的关键显然不是单纯的艺术趣味问题。这只要看看傅雷对“人生一切都是斗争”尤其是人生的内在斗争的着意强调,和胡兰成、张爱玲对乱世人寻求现世“自由,真实而安稳的人生”之当然性的特别揄扬,就泾渭分明了,尤其是张爱玲对“斗争”的刻意消解和对“安稳”的再三致意,确乎无疑地与傅雷对“斗争”的坚持构成了针锋相对的对立。这种对立首先是人性观—人生观的分歧,其次才体现为文学观—美学观的分歧——后者不过是前者的延伸而已。由此可见,这场“不成功”的文学互动,实际上亮明了双方不同的文学与人生立场,具有非常重要的意义。

说来,文学互动行为乃是“文学活动”的一部分。不错,一切都是

“文学活动”,我们常常这么说,可是在我们的文学批评和文学史研究中,却很少真正把文学活动作为研究的中心,主导了我们的批评与研究思维的,过去是现在仍然是孤立的“作家中心主义”和封闭的“文本中心主义”,在这样的双重影响下,我们忙着确立经典作家、阐释经典作品,这当然是必要的工作,但问题是我们对经典作家和作品的研究往往是静态的观照和封闭的分析,排斥掉了文学活动之丰富的社会历史关联,只剩下孤零零的作家文本给文学研究者做封闭的纯文学解读,或者就是把作家的文学文本作为构建某种想当然的理论话语的垫脚石。事实是,文学现象原本是关联复杂的活动或行为——从创作到出版、阅读、批评,都莫不如此,留在纸上、传给后人的文本不过是前人文学活动或文学行为的痕迹而已,也因此,要解读这些痕迹的意味,就不能不回到一个朴素的原点,重新定义文学活动的性质及其与作家自身、和他人和社会到底是个什么样的关系。所谓“回到一个朴素的原点”,无非是要重新确认这样一个显而易见的事实,即人类的“文学活动”当真是一种行为、一种活动,而且是一种最具主体性的实存行为。确认这一点,那些曾经困扰我们的许多高深问题也许就有了比较明了的意味。即就作为创作主体的作家而论,其文学创作行为当然不可能只是纯粹的不及人、不及社会的虚构与想象,但也决不是时代社会背景之简单的反映和被动的反应,而是他们对其身内与身外种种问题的发之自觉的应对、有所企图的行为、预谋了效果的活动——当然是以文学特有的方式。我把这样一种研讨思路姑且称之为文学行为的实存分析,以区别于传统的社会历史批评。从这样一种视野来看,就不再是孤立的作家作品,而是关联深广的文学活动或者说文学行为,将占据文学研究的中心位置,而那些看来似乎琐细的并无深意的文学互动行为,则因其是有助于说明某一时代的某些作家为什么如此做而不如彼做的实存行为,也就具有了值得深入分析的文学史意义,而不再是可有可无的文坛掌故、文学谈助或名人轶事之类了。

2010 年 11 月 20 日于清华园之聊寄堂

(原载《新文学史料》2011 年第 3 期)

作为异文化体验的“梁启超游美”

——《新大陆游记》重读

李书磊

中西文化的遭遇、碰撞在今天依然持续，并不断呈现新的形势、提出新的问题，遂使我们对这种文化互动的早期历史不断产生新的兴趣。细究起来，“文化遭遇”、“文化碰撞”这样的表达都太文学化了，难以准确描述近代中国人与异文化的具体接触。对“西学”的阅读就是一种具体的接触方式，翻译也是，虽然“翻译”不一定包含“阅读”，如林译小说。“体验”是一种更真切的接触。在中国国内与列强的战争、教争、外交与通商都算是体验，却是片面、不完全的体验；最完整、最深刻的体验还是在西方国家的游历与经验。到了国外对异文化才算是深入其中，才能耳濡目染、切肤入心。好在近代赴国外的游历者留下了不少日记、游记，使我们可以有材料还原当时异文化体验的真实情景。

新的形势也带来新的解读。今天重读这些日记、游记，我们慢慢注意到了不少新鲜的东西，与过去在某种既定观念下的视野颇有出入。过去既定的“中西文化观”造成了我们文化上的自卑或自亢，读这些文献时往往“自我遮蔽”，多有漠视或者曲解，即佛语所说的“对面不识”。今天我们在文化的中西之际逐渐归于正常与从容的心态，少了些极端与偏执的情绪，再读这些文献就时有“真情自见”之感。了解前人对异文化的体验，并从这些体验中去体察前人、去分析复杂的文化关系，是一项饶有趣味的文化史研究。日记、游记既是史料又是散文作品，此题目也同时成为文学史题目。“文史不分家”不是哪一方想要攀亲，而是实际上很难分开。

我选取梁启超的《新大陆游记》(1903 年)当作分析样本。一来因为在当前中国的现实处境中与美国的关系格外重要，使我们难免对当时中国人的美国体验有更深厚的兴趣；二来因为梁启超本人是一个含义复杂的文化载体，他身上体现了丰富的历史内容。此书的版本选用钟叔河主编的《走向世界丛书》中的点校本，既由于此本精良，也由于我对这套书的新旧版次[①]都阅读既久，很有亲切感。

一　写还是不写

关于《新大陆游记》，第一个大有意味的问题是写不写这部游记。梁启超的朋友、维新派同志徐勤（字君勉）就劝他不要写：“任父之在美也，余与之同游者月余。任父将为游记，余尼焉。”[②]徐勤为何阻止？梁启超自己记述了徐的理由：“君勉至纽约，尼余曰：‘子毋尔。凡游野蛮地为游记易，游文明地为游记难。子以尔许之短日月，游尔许之大国土，每市未尝得终一旬淹，所见几何？徒以辽豕为通人笑耳’。”[③]游记本来就是游中所记，走马观花、浮光掠影正是其文体要求，何况梁启超游美半年之久，在游历中算是相当长的时段了，为什么就写不得游记？关键就在于徐勤脑子里的“文明”、“野蛮”之别，认为以“文明”写“野蛮”则可，以“野蛮”写“文明”则不可。

这种“文明”、“野蛮”的等级之分在徐勤观念中相当牢固，他认为美国是文明，而中国是野蛮。他在序中先是盛赞美国：“余游美数年，以余所见，举美国一学校也，举美国一兵队也，举美国一商店也，举美国

---

① 钟叔河主编的《走向世界丛书》先后有三种版本。先是由湖南人民出版社出版，多是单行本（28种著作共计20册）。后因钟叔河调动至岳麓书社，把已出的丛书版权带了过去，与丛书中未出者混编，单行多改为合订（36种著作共计10册）。这两种版本出版的时间跨度是1980—1986年。2008年新出了10册本的修订版，每册加上了罗马数字序号。丛书有总序，钟叔河还在多数著作前写了单序，兼作介绍、考证和论述，其学术价值为学界所普遍肯定。钟叔河整理、研究此类文献贡献甚巨。其序言个别地方也有史实不确，如为祁兆熙《游美洲日记》所作序言中说祁把第三批留美幼童送到了康涅狄格州的哈特福德（“哈富”），其实送达处与前面两批一样仍是马萨诸塞州的春田市（“四泼林飞”），在那里学童们被“外国先生”领走；当晚去哈特福德市的只是祁兆熙和他的随员、弟弟共三人。此事在祁氏日记中记载颇详（见《走向世界丛书（修订本）Ⅱ》第233—235页），在容闳的回忆录中也分辨甚明（同上，第130页），差错恐因疏忽。

② 徐勤：《新大陆游记·徐序》，钟叔河主编：《走向世界丛书（修订本）Ⅹ》，第415—416页，长沙：岳麓书社，2008年10月。

③ 梁启超：《新大陆游记·自序》，（本文所引《新大陆游记》均为该版，下略。）第417页。

一工厂也，举美国一家族也，举美国一花园也。”[①]对美国赞美得声情并茂，对中国则贬低得无以复加：“而返观比较于我祖国，觉我同胞匪惟不能自治其国而已，乃实不能自治其乡，自治其家，自治其身；乃至所行者不能谓之路，所居者不能谓之室，所卧者不能谓之榻；此岂耻恶衣恶食，亦以觇文明程度之标准也。”[②]他认为中国与美国一比就什么都不是了，根本达不到“文明”的程度。正是在这种逻辑下他劝阻梁启超写美国游记，是中国人“写不了”乃至“不配写”美国游记的意思：这话也算是他作为朋友对梁启超的“逆耳忠言”了。

有意思的是，此言梁启超却听来耳顺。他对徐不仅友其人，也友其言；他虽然持论不似徐那样极端，但也基本上接受、认可徐的看法。他曾引徐的话并深表同意：“吾友徐君勉亦云：中国人未曾会行路，未曾会讲话。真非过言。”[③]听了徐的“不写”之劝，“余頷其言，欲中止者屡”，[④]他几乎真要停笔了。他感叹“观察文明复杂之社会，最难得其要领”，并把中国社会称为“吾幼稚之社会”。[⑤] 此时的梁启超很执着于“文明/野蛮”的世界观，落笔处每每用此概念作评论。说到中国维新会在美国的选举活动，他的夸赞是“俨然与文明国之政党无异”，[⑥]“其组织悉依泰西文明国公党之式”。[⑦] 论及旧金山华人以姓氏的偏旁（如谭、谈、许、谢）及姓氏的双声（如卢、罗、劳）为缘相联相亲，他笑骂曰“直是无理取闹，观此者与读野蛮人之游记同一趣味矣”。[⑧] 他在纽约忽发奇想，根据居室来区分“文明”与“野蛮”：“野蛮人住地底，半开人住地面，文明人住地顶。”[⑨]美国城市多高楼，“真所谓地顶矣”，而他认为中国北方住窑洞是“穴处”，“犹近于地底矣”[⑩]：他眼中的“文明”与

① 徐勤：《新大陆游记·徐序》，第415页。
② 同上。
③ 梁启超：《新大陆游记》，第562页。
④ 梁启超：《新大陆游记·自序》，第417页。
⑤ 梁启超：《新大陆游记·凡例》，第419页。
⑥ 梁启超：《新大陆游记》，第428页。
⑦ 同上书，第553页。
⑧ 同上书，第551页。
⑨ 同上书，第459页。
⑩ 同上。

“野蛮”就不言自明了。

把文化型态以“文明”与“野蛮”相区分,较早地见于美国人类学家摩尔根(Lewis H. Morgan),他1877年出版的著作《古代社会》把人类文化分为Savagery、Barbarism及Civilization三种。Civilization译为“文明”没有争议,但Savagery与Barbarism的译法则有分歧。据此书中译本译者之一冯汉骥所言,“Savagery与Barbarism两词,在英语中通常均为‘野蛮’之意,即一种未开化的状态(an uncivilized state),但有程度之不同,随其用法而异”。[①] 所以这两个词有不同译法:“在原译中,Savagery译为‘野蛮’,Barbarism译为‘半开化’。但又有译Savagery为‘蒙昧’,Barbarism为‘野蛮’者。”[②]摩尔根对词语的这种用法及其翻译的困难很容易被人把他的三分法简化为“文明”、“野蛮”两分法。摩氏理论本意是描绘历时的发展阶段,但面对同时代的印地安部落时又指共时的存在。这一理论被梁启超借来区分西方与中国。摩尔根的著作在1903年前未见有中译本,[③]梁启超、徐勤是否曾通过有关中文介绍、日文与英文文献了解摩氏的理论就不得而知了,但至少可以肯定梁启超曾征引过英国社会学家斯宾塞对“文明时代”、“野蛮时代”概念的借用。[④]

“文明”、“野蛮”区分的理论来自人类学,而梁启超“写”与“不写”的心理犹疑也同样与人类学的传统有关。通常都是“文明”社会的人类学者、游客、传教士去观察、描写“野蛮”社会而不是相反。这里有文化能力的问题,有文化机会与文化资源的问题,有文化自信与自卑的问题,但归根结底都构成了一种文化权力关系:“文明社会”是观察者、描写者,“野蛮社会”是被观察、被描写者。“写”与“被写”乃是一种权力等级。“写”与“被写”是一个了解与被了解的过程,也与统治与被统治的地位呼应、叠合,在历史上西方人类学家、传教士对“野蛮社会”的描

---

① 冯汉骥:《校后记》,见摩尔根著,杨东莼、张栗原、冯汉骥译:《古代社会》第三册,第975—976页,北京:商务印书馆,1971年12月。

② 同上。

③ 可参阅熊月之主编:《晚清新学书目提要》,上海:上海书店,2007年12月。

④ 见梁启超:《新大陆游记》,第438页。

写也确实曾与殖民主义扩张纠合在一起。梁启超、徐勤既然推美国为“文明”、认中国为“野蛮”，他们“不写”的念头就来自这种文化传统与文化/政治格局，是这种传统、格局在他们心中的投射。

但终究梁启超还是写了。不仅写了，而且写得相当自由、敏锐，充满解析与评判。有意思的是，他的这种书写本身就是对他本人的思想观念的挣脱，是对当时文化权力格局的冲破。他对美国的书写作为一种文化行动显示了中国人实际的文化力量，值得关注、分析。

梁启超讲到自己为什么还是要写游记时，说“顾性好弄翰，有所感触，不能不笔之”。[①] 这寥寥数语说到一个重要的文化现象：中国传统中从政者的写作习惯。中国的从政者都是读书人出身，以作文作诗取得官位，也大多终生保持写作习惯。古代官员不仅各种类的公文往往自己亲自动手，不少人还在公余从事学术性写作，至于随手写诗词、日记、笔记、游记、政论、史论、序跋更是普遍。其中的缘由有汉语本身的魅力，也有代代相传的崇文好学风尚。这种政文合一的传统可以说是古代中国的一种特征，它使中国的文章、学术有了深厚的实践基础，也使中国政治有了浓郁的文气。实际上，政文合一的精英阶层有根深蒂固的写作习惯是一件意义深远的事情，它使中国文化日益丰富并使这种丰富性充分展现，使中国文化在整体上有了相当强的认识能力、理解能力与对客观现实的掌握能力。这种习惯是中国文化无限潜力的一种标志。十九世纪以后，虽然与西方文化猝然相遇并在物质与技术实力上处于很悬殊的弱势，虽然在初遇陌生的西方时有不少荒唐的误解并经历了惨痛的失败，但总体上看，近现代中国人对这种全新的文化冲击与文化环境也逐渐形成了很强的认识能力与应对能力。中国避免了印度式的殖民地命运并在后来走向强大，实际上就是这种内在文化力量的显现。这种力量也可从近代中国人在游历西方时的文字记录中窥见一斑，中国人的写作爱好和写作习惯使这些记录有了相当的深入性。

梁启超游美时记录、写作甚勤。半年间他在紧张的行程中写下了

① 梁启超：《新大陆游记·自序》，第417页。

大量的文字，他不断感叹“碎纸片片盈尺矣”、“丛稿满箧”、“丛稿盈簏”，[①]这部170页的《新大陆游记》只是他从这些积稿中整理出来的一部分。他去美国主要的目的是“建党”，是在华侨中做扩建维新会的政治活动，但他在繁忙的政治活动之余勤写不辍。他研究美国往往“夜间借字典及舌人之助，一阅报纸，或访问于市民”，[②]或者“质诸彼地之口碑，参以书报之论断”[③]，是很认真的。实际上他写作的勤奋只是近代人西游写作的一个缩影。从十九世纪六十年代起中国派往欧美国家的使节写了大量的“使西日记”，仅郭嵩焘一人的《伦敦与巴黎日记》就多达77万字。当时的总理各国事务衙门订下的呈交日记制度与使节们的写作爱好甚是吻合。且不说那些作为钦差大臣的使节，就是1874年护送第三批留美学童赴美的小官祁兆熙也都勤写勤记，在火车上也乘闲记日记，苦恼的是火车太快：“车轮一发，车之客皆如疟。余试握笔，笔飞白。”[④]从这些日记看，当时游历欧美的中国人对异文化有深厚的兴趣，有观察、了解的强烈冲动，也见出于异国求知、求学乃至搜集情报的旺盛心力。

从大量的“使西日记”中见出了中国文化的内在力量。在1840年以后中国军事上战败、政治上退守的弱势中，出使西方的中国人在精神上并没有被摧垮，他们既留心研究西方的器物、产业、社会与政事，表现出相当充沛的文化理解能力、学习能力与适应能力，又在态度上不卑不亢，坚守自己的文化自主性。甲午海战的失败使中国人的心理受到很大冲击，在强烈的失败感中产生了否定自身文化的“文化自恨”，当时徐勤、梁启超就是这种极端情绪的代表；但与此同时，这种“自恨”并没有使中国人丧失自我、丧失文化应对与适应的力量，梁启超写美国游记就是一证。甚至这种“自恨”、这种极端的自我否定本身也是文化张力的一种表现。以自己的文化行动、文化表现否定了自己对中国文化的

---

① 此三语分别见于梁启超《新大陆游记》的序言、第43章、第47章，第417、568、585页。

② 梁启超：《新大陆游记》，第437页。

③ 同上书，第577页。

④ 祁兆熙：《游美洲日记》，《走向世界丛书（修订本）Ⅱ》，第230页。

否定:在这一点上梁启超可以说是开了鲁迅的先河。从“使西日记”到《新大陆游记》,中国的政治/文化精英通过对西方的体验、观察与描写,拒绝了西方、东方之间的“观察”与“被观察”、“描写”与“被描写”的既定权力关系,实际上打破了“文明”与“野蛮”的文化等级格局,实现了文化平权。这些作品对欧美的风俗、制度、居住、交通、生产都记录甚详,读来可以当作不经意间写成的人类学田野记录,当作以西方为对象的民族志(ethnography)。

二　谁在写

应怎么定义梁启超游美时的身份?在本文化中的身份很影响观察异文化的视野与角度。一般都把梁启超称为“维新派”,但“维新派”是一种政治态度而不是实质性的社会、文化身份。梁启超倒是对自己有定位,他的《二十世纪太平洋歌》开句说道:“亚洲大陆有一士,自名任公其姓梁。”[①]他把自己定义为“士”。梁幼读孔孟,少年中举,变法时被皇帝赐授六品顶戴,说他是士大夫是确切的。但他确实又不是一个传统的士大夫,离位去国不说,他做的事情是办报、建党,与传统士大夫的作为颇相径庭。报人、党人的角色决定了他游美时的所见、所思、所写。

不同的角色在美国的确有不同的观与感。1868年作为首任专使访美的钦差志刚,最关注的是枪械厂、造船厂、纺织厂、铸币厂、印刷厂这些实业,对每一事的工艺与生产流程都记录甚详。他对印书与印报纸所用的不同机器都作了对比描述,连“手扶纸以视斜正、足登机以转轴”这样操作细节都记得不厌其烦。[②] 志刚及后来赴美“考察政治”的大臣戴鸿慈、载泽所看的地方还有育婴堂、盲人院、聋哑院、疯人院这些社会福利机构,还看了监狱、消防队,他们对这些地方都饶有兴味地作了记述。这些在朝的执政者关注的是富国强兵之术与社会管理,准备回国模仿。而梁启超作为逃往国外的政治反对派则心思全不在这里,

---

① 梁启超:《汗漫录》,《走向世界丛书(修订本)X》,第600页。

② 志刚:《初使泰西记》,《走向世界丛书(修订本)I》,第276页。

他也"遍游其兵房、库房、铸银局、博物院、植物院等"[①],但对这些地方不着一字。作为流亡政治人物,这些实务、社会机构对他来说言不及义,他关注的是总统制、议会制这样的政治制度,是太平洋、大西洋这样的国际格局:这些事情才与他的政治事业直接相关。当然,作为要在华侨中发展组织的维新会二号人物,他对在美华侨群体也研究甚力。整部游记,反反复复写的就是这些事情。旅美日记、游记内容的这种变化,也无意中反映了从十九世纪六十年代到二十世纪初中国社会主题、中国"西学"的侧重点由经济、"格致"到政治的转变。

作为一个流亡的著名政治人物,梁启超在美国的心情亦好亦坏、既喜悦又焦灼。喜悦的是使命完成又备受礼遇,焦灼的是皇帝被囚于祖国、自己被困于海外,维新无望,归国一展宏图的机会遥遥无期。是华侨接洽、安排他来美的,他受到华侨众星捧月似的拥戴,"观者如堵",[②]演说受到热烈欢迎,所到之处维新会组织应声扩张。难得的是美国人也对他优礼有加。或是出于崇拜英雄的传统,或是出于"奇货可居"的算计,美国政、商、宗教界对他表现出很大的尊重。芝加哥附近的宗教领袖杜威"以军乐迎于驿站",[③]又请他到教堂演说。洛杉矶市为他举行了"市民欢迎典":"结彩于市会堂,全市名誉绅商咸集。市会长演说,言两年前一欢迎前大统领麦坚尼,一欢迎现大统领卢斯福,此为第三次云。"[④]礼遇是相当隆重的。总统老罗斯福与国务卿又都分别会见他,表示了赞赏与支持。"西人"的这种上宾待遇当然让梁有满足感,让他情绪昂扬,没有中国人在西方常有的屈辱感。但他在建党过程中对华侨在美受到的歧视和排挤了解甚深,时怀激愤之情。看到美国新起的强大国力与争霸世界之势,也既感到强烈的警惕,又有对这个年轻国家的羡妒;而对比祖国的处境,更不禁悲从中来:"惜乎锦绣江山,他人入室,吾又安忍言哉!"[⑤]他在美国大喜大悲,总处于激动不宁的状态。

① 梁启超:《新大陆游记》,第483页。
② 同上书,第437页。
③ 同上书,第525页。
④ 同上书,第567页。
⑤ 同上书,第515页。

这使他的游记作为文章有了很硖礲的文气，调子忽高忽低，如波如浪。文章的节奏因此很促迫，文章的机理也粗犷而不细密。这种为文风格固然与他个人性格有关，但也因为他作为一个流亡“党人”激荡的心绪。

相比之下，那些出使美国的清朝官员的日记就平静、从容多了。1905 年戴鸿慈在匹兹堡工业区看到的景象也让他有“文化震惊”，但他的文字则不乱方寸：“此去名厂林立，汽管参差，烟漫林野，入夜光焰烛天，弥望皆是。盖地近必珠卜（Pittsburgh），为美国第十一都会，机器工厂最多之处。”[①]这与梁启超动辄就击案而作“岂不异哉”、“岂不伟哉”的惊叹大为不同。[②] 戴鸿慈、志刚这些使节们热心观看，冷眼考察，冷静记录，表现出尽责而又持重的大臣态度，情绪、文风上没有那种流亡党人的张皇，当然他们也少了点党人的激情。这些使节们在异文化环境中也能随和、随俗，并不惊诧、抵触。1868 年志刚在华盛顿时有纽约“乡绅”来请他们去参加聚会，虽要乘火车走远路他也欣然应允：“彼既以此为荣，何勿赞成其美。”他对这种聚会风俗也能看出门道，看出其社会功能：“泰西各国，以公会为豪举，所以结宾主之欢，而通上下之情也。”[③]包括对与中国差异很大的议会制度，志刚也能以常情度之，并不视为洪水猛兽：“会堂者，取公论之地也。”他认为议会能使“民情达而公道存”，并对“否者任其倡言驳议，公同听之，归于从众”很肯定。[④]“公论”、“公道”、“驳议”、“从众”都是中国文化中本有的概念，志刚用这些概念把美国物事顺利纳入了中国的情理，既有欣赏，也有会心，并没有大惊小怪。使节们与梁启超一样都对美国有深入了解，但态度与风格却明显不同，“党人”与“大臣”同工而异曲。

梁启超不仅是个“党人”，还是个“报人”。他在戊戌维新前就办报，逃亡日本后仍办报；他曾为了办报而推辞到美国使馆当参赞和入张之洞幕的邀约，可见他对办报大有爱好，是个骨子里的报人。这种报人特征也在他的美国游记中多有显现。如果说清代官员们的“使西日

① 戴鸿慈：《出使九国日记》，《走向世界丛书（修订本）Ⅸ》，第 348 页。
② 梁启超：《新大陆游记》，第 440 页。
③ 志刚：《初使泰西记》，《走向世界丛书（修订本）Ⅰ》，第 271 页。
④ 同上书，第 270 页。

记"是文学式的风格,他的美国游记则可以说是新闻式的风格。"使西日记"多有描绘性的文笔,而梁启超游记的新闻式风格则是社论体与报道体的混合。他的叙事是新闻的报道体,不是描绘性的而是概述性的,写的是形势、情况、框架而不是场景和细节,他还大段大段地引用别人的话和统计数据。他的议论则是报纸的社论体,在说理之中杂以抒怀,并往往长篇大论,有时还要罗列个一二三四,简直有点像专题论文了。他还时作惊人之语,如第23章第一段只有一行字:"美国有最奇者一事,曰无首都是已。"[①]他其实说的是美国首都与他国不同,只有单一的政治职能,但非要这样一惊一乍去说,其实就是报人作标题的习惯了。新闻风的《新大陆游记》也算是开创新体式的文章了,虽觉生硬、生楞些,未必能达到严复推崇的"亲切有味",[②]却也甚有价值,别具感染力。1898年夏吴汝纶对当时的文章很失望,认为是"吾文学靡敝之时",批评"士大夫相矜尚以为学者,时文耳,公牍耳,说部耳"。[③] 他赞扬严复《天演论》的译文革新文章体式,有"晚周诸子"的文笔,却未能注意到当时已出现的报人文体,他作为当时文坛的"文衡"有点埋没梁启超了。这种报人文体在《新大陆游记》中得到了大大的发扬,甚至可以视为其代表作。

当然,尽管梁启超是"党人"又是"报人",但他本质上仍是一个"士人"。他是个新时代的"士","党人"、"报人"不过是他作为"士"因时而生的新职事而已。承担天下兴亡、扛起国运民命,他内心所有的就是这种士人的灵魂。何况他除了"报国"还不离"忠君",更坐实了他士大夫的心怀。包括他下笔就成诗成词穿插在游记之中的习惯,也成为他"士大夫"身份的一个标识。有学者对梁启超《新大陆游记》中的诗词颇多微词,认为"更多地只是作为程式化的模式而存在着",[④]我倒并不

① 梁启超:《新大陆游记》,第495页。

② 严复:《译天演论自序》,见赫胥黎著,严复译:《天演论》,第6页,北京:科学出版社,1971年3月。

③ 吴汝纶:《天演论·吴序》,《天演论》,第3页。

④ 见张驰:《梁启超〈新大陆游记〉中的文学描写和文化反思》,《中国现代文学研究丛刊》,2012年第9期。

这么看。我觉得游记中的诗词相当有力地表达了梁在美国的真情实感,并非无意义的“程式化的模式”。“十里星旗连旭日,万家红爆隐惊雷。谁怜孤馆临渊客,凭陟升皇泪满腮。”[1]这首咏美国国庆的诗不是无病呻吟,真切地写出了梁启超面对一个年轻向上的新兴国家时自悲家国的痛切之情。在这里中国旧体诗是活的、有生命力的而不是僵死的。梁启超的诗词写得好不好大可以商榷,但他能在美国写诗词、能把美国写成诗词,本身就有很积极的文化意义。美国的山水、史迹、场景一样可题可咏,中国士大夫并不把别国当外人、视为异己,也一样拿来当诗料,当作可亲可近之地:这也是中国文化一种混涵的大气。中国人在西方仍能保持自我、能以自己的方式抒情,也显示了内心力量的强大。如果一到美国就局促不安、被压迫得诗兴全消,那才是小器的、孱弱的。把美国拿来入诗并没有妨碍梁启超对美国真实情况、对其与中国相异之处的认识,相反,诗词这种古老的形式也被他用来作为掌握、叙述异文化的一种有效手段。

梁启超是个新形势下的“士”。颇多研究晚清史的学者把“士大夫”每每当作不言而喻的贬义词,一提“封建士大夫”就认为不足观,“士大夫”被当成了腐朽、没落的象征。这是一种既定的文化偏见。士大夫传统是伟大的中国文化传统,是漫长中国历史的文化支撑。“为天地立心,为生民立命,为往圣继绝学,为万世开太平”,张载的话阐释了士大夫传统中的圣贤精神。近代以来对强大外来文明的应对、对全新文化环境的适应也由士大夫领其先:梁启超就是其中的一个代表。清亡以后这种传统仍在继续,“咨尔多士、为民前锋”的“士”,“共产主义先锋战士”的“士”,实际上都是“士人”传统的现代显现。士人传统应变而新。在《新大陆游记》中,梁启超考察美国、深有洞见的心力与识力也来自士大夫传统。“适彼世界共和政体之祖国、问政求学观其光”的,正是自知为“亚洲大陆有一士”的梁启超;不过,在“问政求学观光”之后,这位士人心目中的美国已经不那么理想化了。

---

① 梁启超:《新大陆游记》,第511页。

三 “天演”之眼中的美国

今天读《新大陆游记》有一点让人很震惊，就是梁启超公然称一些民族为“下等民族”。[①] 黑人与“红印度土人”即印地人自不待言，西班牙人也被他称为“下等白人”。[②] 他对意大利人亦认为不洁；对犹太人的态度比较复杂：既羡慕其“能岿然团成一族”、“且占一部分之大势力焉”，又认为其“诈伪贪鄙”。[③] 中国人这种有类于种族主义的思想早在十九世纪七十年代郭嵩焘的使英日记中就见出端倪，[④]并非等严复译出《天演论》(1898 年)后才产生。学界一般都笼统地把这种思想称为“社会达尔文主义”，其实这种思想是人类学家摩尔根的“文化进化论”与社会达尔文主义的混合物。“文化进化论”本无“淘汰劣等民族”的意思，但也被这种思潮借来为种族、民族之间的征服注入“文明战胜野蛮”的合理性。因学界普遍用“社会达尔文主义”来指称这种思潮，为讨论方便且沿用之。

此时的梁启超每每有“社会达尔文主义”的言论。中国与列强之间不平等的国家关系使他接受了“社会达尔文主义”的叙述，这次来美国亲眼看见华人在异国受歧视的地位又强化了他这种意识。游美其间还有两件事使他更认清了“弱肉强食”的现实：一是美国印地安人的命运，一是巴拿马的独立。他到爱达荷州的波卡特洛(“博奇梯拉”)时见到濒临“绝种”的印地安人，遂生出考据兴趣，得知白人殖民者刚到时，现美国境内印地安人“总数在三四百万以上云”；而到了 1890 年，“全国今尚有二十四万八千二百五十三云”；而“今此十三年间之锐减，又不知若何？”[⑤]他感叹过去曾经“土人如织”，而如果三十年后再游美国，

---

① 梁启超：《新大陆游记》，第 450 页。

② 同上书，第 519 页。

③ 同上书，第 458 页。

④ 年轻学者尹德翔对郭嵩焘的这种思想有过较深入的分析，见尹德翔：《东海西海之间：晚清使西日记中的文化观察、认证与选择》，第 100—111 页，北京：北京大学出版社，2009 年 6 月。

⑤ 梁启超：《新大陆游记》，第 532—533 页。

恐怕只有去博物院中看印地安人的彩塑了。美国白人对印地安人的消灭，是占其地、杀其人的极端化殖民行为，连力主捍卫盎格鲁—基督教文化的美国学者亨廷顿在谈到十九世纪三十年代的美国会通过的《印地安人迁徙法》时，也说“要是在今天，这种迁徙就会叫做‘种族清洗’”。[①] 作为同样被西方当成殖民对象的中国人，梁启超从中看到了残酷的“天演”：“优胜劣败之现象，其酷烈乃至是耶？君子观此，肤栗股栗矣。”[②]行到波特兰（“钵仑”）时，梁从报上读到巴拿马在美国支持下从哥伦比亚独立的消息，独立甫成美国即从巴拿马政府拿到了运河的开凿权；哥伦比亚政府“责言”，美国务卿就极其“傲慢无礼”地以断交相威胁。此事也让梁深受刺激：“呜呼，强权世界之外交家，可畏哉，可畏哉！”[③]游历中的如此见闻使梁印证了社会达尔文主义所指涉现实的真实性。其实早在1900年他到夏威夷时，就对夏威夷被美国所占的历史深有感触：“前者岛中女王，今屏居华盛顿府，夷为编氓矣。江山如此，坐付他人；月明故国，不堪回首。”[④]

读书所知与游历所见使梁不得不“服膺”社会达尔文主义所依据的事实，他由此获得了刻骨铭心的“知识”；他甚至也曾承认社会达尔文主义的逻辑，将其说成“公例”，以他爱激动的偏激性格说过一些极端的话。然而，如果据此就把梁启超说成是一个社会达尔文主义者，那就又是昧于知人了。梁启超自小深受儒家文化熏陶，又代表被列强凌辱、威胁的贫弱中国，观其内心他很难变成一个真正的社会达尔文主义者。社会达尔文主义一是强调弱肉强食的现实，二是认为这种现实是正当甚至是正义的，乐观之而又甘言之。尽管梁启超借用了不少社会达尔文主义的论述，但对弱肉强食的残酷现实，他本质上也只是从现象上认知而并非是从道德上认可，是承认而不是赞同。学界多有人把这一阶段的梁启超判定为社会达尔文主义者，甚至有饱学多识的学者说

---

① 塞缪尔·亨廷顿著，程克雄译：《我们是谁——美国国家特性面临的挑战》，第47页，北京：新华出版社，2005年1月。

② 梁启超：《新大陆游记》，第533页。

③ 同上书，第538页。

④ 梁启超：《汗漫录》，《走向世界丛书（修订本）X》，第608页。

他“比社会达尔文主义还社会达尔文主义”,[①]恐怕就有只看个别言辞而不去深察人心的简单化之嫌了。

把梁启超说成社会达尔文主义者的学者或许也没有认真细读这部《新大陆游记》。在游记中,梁既感叹强存弱亡的通例,又对强者的残暴与不义有愤怒与责问。在谈及当时黑人因不适应工商社会而“生计复日悴一日,而生殖力随之”、人口增长率大幅度下降时,他叹道:“嘻!不适之种,未有不灭,此岂独黑人哉!”而在紧接着说到白人处死黑人的私刑“灵治”时,他则甚为厌恶:“当二十世纪光天化日之下,而有此惨无人理之举,使非余亲至美洲,苟有以此相语者,断非余之所能信也。”他在分析此事原因时满腔义愤:“无他,人种上之成见则然耳。美国独立檄文云:凡人类皆生而自由,生而平等,彼黑人独非人类耶?呜呼!今之所谓文明者,吾知之矣。”[②]愤怒之情溢于言表。说到美国在巴拿马问题上压迫哥伦比亚时,梁启超也甚为不平:“美国与哥仑比亚,虽有大小强弱之殊,以国际法论之,固皆对等之独立国也。使哥仑比亚以此施诸美,美人将何以待之?”[③]谴责之意也跃然纸上,且以中国文化中“己不所欲、毋施于人”的道理衡量之。在涉及中国时,梁对以强凌弱的施暴更是痛愤不已。在波特兰,他得知“我领事馆一随员谭某,为西美国警吏辱殴自戕之事,余深为国体痛”,并作挽诗三首,第一首首句就是“丈夫可死不可辱,想见同胞尚武魂”。[④] 梁启超有这样的心怀、这样的意识,很难再说他是个社会达尔文主义者了。

“想见同胞尚武魂”,见出了梁启超的民族自强之想。由此想到当时的中国士人普遍借“天演”来说“自强”的逻辑。学者尹德翔在论郭嵩焘时有言:“社会达尔文主义既可以为西方先进国家的殖民征服提供口实,也可以为落后国家和人民所利用,表现为一种自强和斗争的理

---

① 王中江:《进化主义在中国的兴起:一个新的全能式世界观(增补版)》,第134页,北京:中国人民大学出版社,2010年9月。

② 此处关于黑人的三段引文见梁启超:《新大陆游记》,第518—519页。

③ 梁启超:《新大陆游记》,第538页。

④ 同上书,第538—539页。

论。”[1]此言中关于国家、人民的“先进”、“落后”概念固然有待商榷（按：技术可分先进、落后，文化就很难作如此区分，文化有强弱，却不能依强弱定价值上的优劣），但其对社会达尔文主义在中国的意义揭示甚明。这种文化利用在梁启超身上比郭嵩焘更加突出。梁启超作为维新党的超级政治宣传家，把社会达尔文主义当成了唤醒国人的修辞。细想起来，在那样的环境中要呼吁自强，确实没有比社会达尔文主义更顺势、更有力的修辞了。没有比先唤起对灭亡的恐惧、再因之而激发其血性更有效的动员了。他甚至可以把应对“天演”的“自强”具体落实到“变法”上：“思念外国变法则强，守旧则弱。”“如果变法自强，天下无敌，谁敢来辱我哉？”又再具体到“皇上变法，首及民权”。[2] 连“自强”的内容都与李鸿章不一样了，梁启超对社会达尔文主义的借用可谓得心应手。美国也被他拿来当成了这种修辞的材料。人们往往把梁启超在20年代张扬中国文化的价值当成他“善变”之一例，其实他可能从来就没有真正放弃过中国文化，他对社会达尔文主义的利用也可以理解为中国文化的权变、应变之道。他和许多中国人一样对社会达尔文主义有利用，而且仅限于利用。

在游历中，梁启超还对美国本身有深入的观察。他基于中国立场对美国怀有极其深厚的兴趣，而他对美国的许多发现、判断又超出了中国的利害本身，成为对美国相当客观也相当准确的认识。由此也见出他作为中国士大夫“经济之学”的深厚造诣。他不仅能了解、收集美国社会的现象，迅速建立对异文化社会的确切知识，同时还能见微知著，迅速地判断、联想，以相当敏锐的感觉从一些细小苗头形成对美国未来的预言。这些预言包括移民的种族成分对美国国家性质的影响、美国的太平洋霸权、美国军国化的趋势，都或多或少地在后来的美国历史中应验。这些预言也都是梁启超异文化体验的重要内容，但限于篇幅，只能另文论述了。

（2013年1—3月）

---

① 尹德翔：《东海西海之间：晚清使西日记中的文化观察、认证与选择》，第110页。

② 《梁卓如先生澳洲游记》，《走向世界丛书（修订本）X》，第620—621页。

中国新感觉派小说的艺术探索及其流变

李惠彬

一

30 年代兴起的中国“新感觉派”小说是初期现代心理分析小说的延续与发展。

初期现代心理分析小说已具有了许多后来“新感觉派”小说重视主观感觉与印象的艺术特征。在影响初期心理分析小说的文学源流中，日本新感觉派小说是重要的一个，这些在郭沫若、陶晶孙等人的小说中可以发现。新感觉派小说承接了初期心理分析小说的艺术探索，并有自己的发展。

新感觉派小说的艺术探索有一个过程，刘呐鸥、穆时英、施蛰存在文学创作开始时，都是以现实主义为创作方法的，但逐渐地，他们向浪漫主义靠近，继承了初期心理分析小说中浪漫主义感伤、凄婉、柔美的一面。而新感觉派小说家中叶灵凤则是和创造社关系非常密切的一位，他对创造社的承继就更为明显的了。

新感觉派小说家还继承了初期心理分析小说对心理分析与精神分析的探索。施蛰存就不用说了，刘呐鸥、穆时英以都市生活为题材的小说中，心理描写，尤其描写性心理的就占有相当的分量。而真正以纯粹感官描写都市风景与都市生活的则为数不多。

新感觉派小说家继承了初期心理分析的现代主义因素，在对现代文明中的人的生活的描写上，有不少荒诞的意味，对存在有一种荒谬性与孤独感的表现。但新感觉派小说家已没有初期心理分析小说家对现实世界那么切肤之痛的感受，有时还免不了流露出庸俗的调侃与欣赏。

新感觉派极大地发挥了初期现代心理分析小说重视主观感觉印象

的艺术手法的追求。如果说初期心理分析小说这种主观感觉印象的艺术手法是与作品中的象征手法相结合的话，那么在新感觉派小说家手里，这种主观感觉印象则被其他艺术手段所辅助，极力地赤裸裸地表现出来。

中国新感觉派小说所受的影响是多方面的，但它所受的主要影响来自于日本新感觉派。对这一问题，自中国新感觉派产生以后，就有争论和分歧。理解与分析这一问题，对于研究新感觉派小说的艺术探索及其艺术价值是极为有益的。

30 年代施蛰存在他的文章中，就对楼适夷称他为新感觉主义者有所不满。[①] 的确，施蛰存的总体创作是不能和刘呐鸥、穆时英等同的，确有他自己的风格，小说创作着眼点也大不相同。但楼适夷说他受日本新感觉派的影响则是不错的，尽管他翻译过西欧的许多文学作品，其创作受显尼支勒的影响也十分明显。严家炎先生就指出施蛰存和刘呐鸥等人的不同："刘呐鸥、穆时英、叶灵凤的作品如果说具有较多新感觉主义的特点，那么，施蛰存的小说主要是新心理主义的产物，也可以说是典型的心理分析派作品。尽管如此，作为一个流派，他们毕竟又一些共同的创作特色。"[②]而一些论者将中日新感觉派进行比较时说："为了确保比较的科学性，本文主要以中国文学界公认的中国新感觉派的代表穆时英、刘呐鸥及其代表作品，日本文学界公认的日本新感觉派的代表作家横光利一、川端康成及其代表作品为引证的依据。"[③]由此可知，对新感觉派小说的看法存在着混乱的现象。表现为：（一）强调施蛰存和刘呐鸥、穆时英的不同，而没有注意到他们的共同处；（二）认为中日新感觉派是"两个相互独立、各具特色、迥然不同的现代主义文学流派"，而否定定其间的影响。产生这种混乱现象的主要原因有两个：一是缺乏对中日新感觉派小说的全面考察，没有看出他们广泛意义上的一致性。我们上边论述中国新感觉派小说对初期心理分析小说的承

① 施蛰存：《灯下集》。

② 严家炎：《中国现代小说流派史》，第 141 页，北京：人民文学出版社，1989。

③ 阎振宇：《中日新感觉派比较论》，《文学评论》1991 年 3 期。

继时,就已指出了他们的某种一致性。二是忽略了对日本新感觉派发展与流变的考察与研究。严家炎先生就指出过日本新感觉派小说有以下几个主要特点:(1)接受欧洲现代派文学的影响,与传统的写实主义相对立,"表现主义的认识论,达达主义的思想表达方法,就是新感觉派表现的理论根据","也可以把表现主义称作我们之父,把达达派称作我们之母。"(川端康成语)(2)强调直觉,强调主观感受,力图把主观的感觉印象投进客体中去,以创造对事物的新的感受方法,创造所谓由智力构成的"新现实"。并说明:"《文艺时代》寿命很短:从一九二四年创刊,到一九二七年就停刊了。成员随即也发生了分化:片冈铁兵向左转,参加到日本无产阶级文学运动中去;而横光利一,川端康成等自一九三〇年起又走上新心理主义的路,更多地接受了英美意识流文学的影响"。[①] 四十年代何穆尔在《日本的文学流派》中把日本新感觉派对心理分析的开掘,表述得更为明确:"但仔细地说起来,新感觉派的前身,是属于自然主义文学系统里的心境派的,不过他们的手法较心境派的更深罢了。"[②]可见日本新感觉派文学的成分并不简单,在许多方面既和中国初期现代心理分析小说有着共同之处,和30年代的中国新感觉派小说也有共同之处。尤其是施蛰存的许多富有韵味和象征意义的心理分析小说及在对历史题材的开拓上更和日本新感觉派接近,这是值得注意的。而刘呐鸥、穆时英等人则在这些方面,不及施蛰存,但他们更多地接受了日本新感觉派文学其他方面的影响。

有些论者认为,在选材上,中国新感觉派热衷于对现代都市文明的展现;而日本新感觉派则侧重于对历史题材的发掘。其实,中国新感觉主义小说在选材上也并非局限于对病态的都市文明的展览。真正立意要表现这方面内容的只有《上海的狐步舞》、《夜总会里的五个人》等为数不多的作品。许多描写现代都市文明与现代人的作品,作家的立意会作品的主旨并没有那么狭窄。在许多描写性爱题材的小说中,如《风景》、《某夫人》、《圣处女的感情》、《热情之骨》、《礼仪与卫生》、

① 严家炎:《中国现代小说流派史》,第127页。

② 《风雨谈》第8期,1943年12月25日。

《方程式》,它们对现代都市人的情感与性观念的描写,表现出起码三种意义:一是还保留着纯真的罗曼蒂克的意识,珍惜和赞美人间的美好和自然的美好,如《圣处女的感情》、《玲子》;二是展现人的情感的失落;三是揭示人的存在的不稳定性、可变性,不可测知与虚无荒诞,如《风景》等。日本新感觉派作品中等代表作,如《头与腹》(横光利一)描写列车因故中途停车时,人的本性与人的存在的荒诞的展现,完全是一幅现代主义的画面,并非什么"历史题材"①,和中国新感觉派许多揭示现代文明中的人性的小说有一致之处。《拿破仑与轮癣》对性的描写与开拓,对人的行为的荒诞性的描写和中国新感觉派这类受弗洛伊德影响的作品对性的描写的开拓,在一定意义上也是相通的。《伊豆的舞女》(川端康成)等表现出日本新感觉派作家理想的寄托和对理想的美的追求。中国新感觉派作家也有他们自己理想想的塑造,如《玲子》、《公墓》等。就评论家松坂俊夫对川端康成的短篇集《感情的装饰》(即《小小说集》)的内容分类来看:(一)表现神秘倾向的作品;(二)拾梦的作品;(三)有怪奇小说倾向的作品;(四)牧歌倾向的作品;(五)描写憧憬野性美的作品;(六)描写无贞操之美的作品;(七)描写家庭解放的作品;(八)自传作品;(九)描写女性生活力的作品;(十)描写女性虚荣心的作品;(十一)表现轮回思想的作品;(十二)描写少男少女之爱的作品。综观刘呐鸥、穆时英这两个"公认"的中国新感觉派小说家的作品,其中十之七、八为他们所尝试和表现过。所以就中国新感觉派的创作内容中的大部分题材而言,相对于中国现代文学尤其是初期的心理分析小说、他们并不太标新立异;但在立意上、开掘上和表现手段上却有独特之处。因此,严格地将中日新感觉派文学区分为感觉的文学与象征的文学,形而下的审美的文学与形而上的审美的文学,是欠妥当的。以刘呐鸥、穆时英为代表的中国新感觉派小说在表现手法上和日本新感觉派小说各有侧重。中国新感觉派作家善于捕捉快速的节奏,也表现出主观感觉、印象和理性与感性判断的快速。即使表现性爱,不管是现代文明中畸形的性爱,还是理想的纯洁的爱情,

---

① 阎振宇:《中日新感觉派比较论》,《文学评论》1991 年 3 期。

其情节与时间的演进也是极快的。作品深刻性的缺乏与此不无关系。中国新感觉派小说中许多现代主义的思考,往往因其表现方式与手段被冲淡了。而日本新感觉派作家的作品,共情节的铺垫是极为明显的,在表现手法上偏重理性的分析与含蓄的表达。作品的世界和叙述着拉开了距离,达到一种反讽效果。中国新感觉派作家在自己的作品中,过多地投入了自己。叙述者和作品的叙述气氛及人物的情绪之间的界线比较混乱,从而在一定程度上淡化了作品理性思考的力度。而这种作者对叙述者和作品人物的认同,又恰恰恰是和初期心理分析小说一脉相承的。

二

中国新感觉派之所以在三十年代文坛上有那么大的影响,还在于它有一定的作家群体,有核心人物和他们的追随者。除了我们已比较熟知和公认的新感觉派小说家刘呐鸥、穆时英、施蛰存之外,尚有活跃在三十年代文坛上的叶灵凤、黑婴、谢挺宇、夏莱等。如果说新感觉派是以现代文明与现代都市为题材,追求感觉的文学,那么这几位作家是最足以称之的。他们接受了吸取了刘呐鸥、穆时英的感官印象的表现技巧,并加以发挥和渲染,本来已被感觉印象冲淡了的理性的思考与含蓄的力度也被忽略了。这几位作家更加集中突出了对都市生活和对现代文明中的人的生活片断的展现。

同时,黑婴、谢挺宇、夏莱等也把刘呐鸥等人作品中一些其他并不明显,但已存在的思想与艺术追求和审美趣味表现出来,显示出思想与艺术的某种复杂性,并影响了新感觉派小说的发展与流变。

1930 年,《文艺月刊》创刊于南京,由中国文艺社编辑王平陵主编。这个刊物在 1933 年至 1936 年,发表了不少新感觉派的小说,而这些小说的作者多是黑婴、谢挺宇和夏莱。如《五月的 Sonata》、《一年》、《女性嫌恶症患者》、《暮景》(黑婴);《悒郁症的定性分析》、《一羽》、《夜海棠》、《鹦鹉》(谢挺宇);《Stick Girl》(夏莱);《仲春的午夜》(叶鼎洛)。在同时期的《文学》杂志上(1933 年 7 月—1937 年 11 月),黑婴发表了

《五月的支那》、《生活在桶中的人们》;谢挺宇发表了《三等避著地带》。1936 年在上海创刊的《东方文艺》,谢挺宇在七月份上发表了《食客》。1932 年创刊的《矛盾》月刊上,1933 年发表了黑婴的《女人》与《黄昏》。这些作家在创作时间上接续了刘呐鸥、穆时英等,并且作品的数量多,发表的时间集中,不能说是独立的个别的偶尔的尝试,完全是有意为之的群体现象。随着时间的推移和社会形势的变化,这些作家的个人的命运和创作都有所变化,其中谢挺宇在抗战中,就写了不少现实性很强的作品。

了解这些新感觉派后期作家,既对考察和研究整个新感觉派小说创作的发展有十分重要的意义,对于更全面、准确地认识新感觉派前期作家刘呐鸥、穆时英诸人的创作也是十分有意义的。

三

中国新感觉派小说受弗洛伊德的影响,开拓了一个新的主观心理的表现领域,这既不同于初期心理分析小说,又和初期心理分析小说及日本新感觉派的新心理写实主义作品有着承继与被影响的关系。新感觉派小说家接受与承传了初期以创造社为主的心理分析小说的浪漫主义因素,但这种浪漫主义因素被情节的速写、场面的速描、快速的节奏和感觉的连串印象与快速判断所冲淡。这在刘呐鸥、穆时英、黑婴的作品中表现得比较突出。他们醉心于表现现代生活中的人的感官印象,在其印象占支配地位的小说中浪漫主义的意蕴比较淡薄。而具体在叶灵凤等人,那种低俗趣味的醉心描写,已把浪漫主义纯洁的热情、热烈的感觉印象完全庸俗化了。如《五月》、《红色的女猎神》、《风景》等。之所以说他们承接了初期心理分析小说的浪漫主义精神与浪漫主义气质,就在于在新感觉派初期,他们创作出了《圣处女的感情》、《玲子》、《公墓》,新感觉派后期又写出了《妮娜》、《鹦鹉》这些颇似初期浪漫主义文学的作品。施蛰存等人则把浪漫主义与象征主义融合在一起,有不少古典传统艺术的成分,因此他的小说中的浪漫主义又具有自己的特色。

和被吸收的其他艺术成分与思想因素一样，现代主义思想和艺术被新感觉派小说家吸收之后，在艺术创造中也已发生了很大的变化。

正如严家炎先生所说："新感觉派首先崛起于20年代的日本。它同以德国为中心的表现派，以法国为中心的超现实派，以意大利为中心的未来派，以英美为中心的意识流文学，都属于20世纪西方现代派文学的范畴。"①如横光利一的《头与腹》、《静静的罗列》、《拿破仑与轮癣》在非理性的艺术表面下，是严肃的理性思考，思考人性与自然、人性与社会、人性与人的存在、社会的存在，很接近卡夫卡等人的作品。中国新感觉派作家接受了现代主义的影响，并且在一定程度上是从日本新感觉派小说中来感受现代主义的。但是在艺术表现上和审美追求上，他们醉心日本新感觉派那种非理性的艺术描写与艺术表现手段，而没有用力挖掘这种艺术的内在的理性的思考。如刘呐鸥、穆时英、黑婴等一些作家，就着重在类似《头与腹》那种印象式的非理性的描写，和《拿破仑与轮癣》那样近乎夸张的受弗洛伊德影响的性的与精神的展现上，写出了一系列的作品。如《游戏》、《风景》、《礼仪与卫生》、《方程式》、《白金的女体塑像》、《上海的狐步舞》、《夜总会里的五个人》等，这些作品虽形似而没有日本新感觉派对现代主义认识得那么深入，没有如日本新感觉派对社会与人的思考中那种现代主义的切肤之痛的感受。

新感觉派作家中，施蛰存的作品受日本新感觉派文学的影响，从历史的题材中作现代的思考，具有现代主义的因素。而其他作家则将目光停留在现代文明与现代都市、郊区的社会、文化、生活，流露出一定的欣赏倾向，但又为现代文明所困扰，向往原始田园式的乡村生活和乡村文化，表现出一定的浪漫主义倾向。在现代文明（都市文明）与朴素的（甚或古典的）乡村文明的对立中，我们可以感受到他们对现代主义的某些理解：既没有初期心理分析小说家对世纪末的切身体验与感受，又失去了他们有意的理性思考、反省。穆时英在写着《公墓》集中的《夜总会里的五个人》、《上海的狐步舞》时，他也写了《公墓》这样凄婉、感

① 严家炎：《中国现代小说流派史》，第125—126页。

伤的充满着浪漫主义气息的作品。而《公墓》的抒情气息和情节的叙述是在乡村或者说郊区的自然的原始的社会环境中进行的，这些作品中寄托的美好的理想和许多美的东西恰恰是和其他写都市生活的作品的内容相对立的。类似的情况在《圣处女的感情》这本集子中也存在。在黑婴的《黄昏》这篇小说中，它的情节的展开是以对以往的自然的原始的环境的回忆为基础，与这种乡村（或郊区）文明相联系的，是他们表现出对美好人性、情感的追求与向往。这在多描写都市生活的作品中也有表现，如《CRAVEN“A”》对流落风尘、在现代都市中以伴舞为生的 Craven“A”的美好心灵与人性的描写，无疑是与对现代文明的批判相联系的。《黑牡丹》的最终归宿，也在一定程度上鞭挞了都市文明与社会对人性的摧残，希望一片“乐土”来保留这美好的存在。《风景》的主人公就有这样的概叹：“不但这衣服是机械似的，就是我们住的家屋也变成机械了。直线和角度构成的一切的建筑和器具，装电线、通水管、暖气管、瓦斯管、屋上又要方棚，人们不是住在机械的中央吗？今天，在这样的地方可算是脱离了机械的束缚，回到了自然的家里来了。”

这些寄寓作者理想的作品，虽有着初期心理分析小说和创造社的浪漫主义的影响，但无疑又受了川端康成的《伊豆的舞女》和《感情的装饰》集中的一些作品的启发。不过他们缺乏川端康成作品的寓意的深刻和象征的含蓄。

新感觉派大部分作家在作品中都是以叙述者的身份和作品的叙述联系在一起。这些作品所流露的对都市文明的欣赏与陶醉，就表现出他们对这世纪末的社会的认识的艺术态度。这些作家大都受到上海二三十年代不少最时髦的文学风格与文学时尚的影响。普罗文学运动和革命小说的兴起，就在他们的小说创作中留下了印迹，在一定程度上影响了新感觉派小说的艺术探索与艺术构成。

四

郁达夫在《现代》杂志第 3 卷纪念蒋光慈的文章中说：“一九二八、

一九二九年以后,普罗文学执了中国文坛的牛耳。”中国新感觉派和普罗文学运动,“从产生的时间和历史背景来说”几乎是相同的,“它们可以说都是大革命的产物;新感觉派的某些成员,在大革命高潮时期也曾经相当激进,加入过共青团,和普罗文学运动的成员颇为相似。然而不同的是:新感觉派的作家在大革命失败后处于彷徨、苦闷之中,他们尽管同情革命,不甘沉沦,但在政治上和文艺思想上并没有明确的方向。”[①]新感觉派作家从创作初期的现实主义作品如《南北极》、《追》等到后期作家谢挺宇的作品《魂的乡愁》都有程度不同的革命文学倾向,有些作品就完全是革命小说。只要认识到刘呐鸥等人经营的水沫书店出版了不少进步书刊,水沫书店几乎是左翼文学的大本营,尤其是出版了一套《马克思主义文艺论丛》这一事实,也就可知二十年代末普罗文学与革命小说对他们所能发生地影响了。

普罗文学影响了新感觉派小说对题材的选择。新感觉派作家初期的现实主义创作,如《南北极》等大都表现下层市民和工人的自发的反抗与斗争。在进入新感觉派小说的创作阶段,他们将这种斗争的角色逐渐转向知识分子身上,如《流》中镜秋的爱情观念就带有夸张的“革命色彩”,在这种热烈的爱情之火的燃烧下,在厂主侮辱中所爆发的自尊心的催动下,他走进了工人的行列,抛弃了厂主女婿的地位的安排和厂主小姐的追求。

当普罗文学影响到后期新感觉派小说创作的时候,他们已不再单纯地择取“革命小说”常见的题材,而是将这些题材融进新感觉主义小说的快速的节奏的片断中,成为他们表现都市题材的一个鲜明的部分。《一羽》(谢挺宇)描写了灯红酒绿中的“我”和朝鲜少女胡澄子的结识。在现代文明生活的大量的渲染与铺写中,“我”因为澄子为革命被捕遇害而痛苦万分,最后决心走上革命的道路。《鹦鹉》(谢挺宇)则写了“我”和佩华的恋情。这也是一个现代都市生活中的爱情与革命相矛盾而痛苦离别的故事。黑婴则将初期穆时英《南北极》作品中的具有普罗意识的题材,用新感觉主义的手法表现出来。《暮景》即是这样

① 严家炎:《中国现代小说流派史》,第125页。

的一篇，它具有一定的现实力度。

但新感觉派小说家在初期的具有普罗文学色彩的现实主义的小说创作中，就已表现出与革命小说创作者的思想的差别。穆时英等人在这些现实主义的小说创作中，主要表现下层市民和工人的贫穷苦难的生活和他们个人的自发反抗。这和革命小说群体的、具有鲜明阶级理论与革命理论为指导的斗争有明显的差别。《文艺新闻》第四十三号上的《一条生路与一条死路——评穆时英君的小说》，在批评《咱们的世界》、《南北极》时，就说："若照着新小说观点必是集团的一点来说，作者更是失败了。"与这种自发的个人斗争相伴的往往是流氓无产者的庸俗的低级的趣味与情调。这种普罗文学的题材，在一些作家作品中已失去普罗文学那浪漫的气氛与情调，转向传奇与侦探，具有浓厚的市民文学的气息。穆时英的《某夫人》写朝鲜女革命党人与日本特务之间的斗争，但作者的兴趣是在展现那种女性的美，制造种种带有悬念性的传奇的惊险的情节。夏莱的《Stick Girl》则写日本东京银座的间谍战。这种间谍战与爱情纠葛融合在一起，则具有一定程度的浪漫传奇色彩。即使如谢挺宇的和普罗文学风格近似的作品，那种革命小说中纯洁的朴素的浪漫情调与情趣，也被现代情趣与都市情调冲淡不少。

就整体创作而言，普罗文学和革命小说影响了新感觉主义小说对都市文学与现代文明的更深的艺术感觉。谢挺宇的《一羽》、《鹦鹉》等作品往往上半部分是新感觉主义的描写与艺术探索，在下半部却转向革命小说的浪漫传奇的表现。他们不正确的思想观念及艺术观念，既不能使他们走上坚实的现实主义的道路，也冲淡了他们对主观感觉和心理现实的艺术性的探索。

新感觉派小说家的小说创作中的普罗文学的成分，表现出了他们的求新性与猎诱性的创作心理，及这种心理支配下的庸俗化的艺术趣味，表现出他们某些思想的肤浅（个人英雄主义、暗杀）。而这一切窒息了新感觉派小说家对世纪末的深刻感受，使他们没有在理性思考上向现代主义的深度迈进。

五

在新感觉主义小说文本的复杂的内容成分中,有一个重要的现象值得注意,那就是"后期浪漫派"小说的雏形此时已出现。后期浪漫派一个重要的特征,就是它的故事情节和人物往往凭想象来编织,有不少夸张和理想化的成分。新感觉主义小说的情节的快速性本身就具有一定的主观色彩和传奇的成分,人物的命运和情节的发展充满了偶然性。受革命小说和普罗文学运动影响而创作的一部分新感觉主义小说,就更多夸张与想象的成分。这些作品的题材和情节,如为革命而作谍报工作和在这种工作中的男女的感情纠葛是和后期浪漫派的小说颇为相似的。《一羽》中的胡澄子和"我",《Stick Girl》中的波娃丽和"我"。至于《鹦鹉》、《某夫人》都具有后期浪漫派小说的浪漫传奇性。

同时,这些作品已经具有了一些后期浪漫主义小说的异国情调和神秘色彩。《Stick Girl》是在"银散步"和"君代歌"等为人所熟知的东京的异国情调的背景下,写苏联情报员、国际间谍工作者为爱情而受惨祸。《一羽》则描写了朝鲜少女为朝鲜革命而牺牲。在新感觉派小说中,许多小说都有浓郁的异域风情。小说的背景大都是在日本和香港,如《圣处女的感情》、《玲子》、《街景》、《五月的支那》、《五月的 Sonata》、《三等避暑地带》等,这些异域风情的描写和浪漫主义的抒情结合在一起,或带有神秘主义的倾向。施蛰存一些乡村风光或郊区风光的富有象征主义色彩的作品,如《阂行秋日纪事》、《渔人何长庆》、《塔的灵应》、乃至《将军的头》、《阿褴公主》等,程度不同地具有些神秘主义的倾向。后期浪漫派的许多表现手法、表现风格和作品的某些内在构成,在新感觉主义的小说中已经存在。而这些有的是以象征主义的手法表现出来的,有些是以精神分析与心理分析为表现手段的,有的是新感觉主义的主观印象的表现手法在对题材的开掘上表现出来的。总的来说,新感觉主义的小说创作已逐渐孕育出后期浪漫派的存在。徐訏的创作稍后于新感觉主义的小说,无名氏的则更后一些,在创作时间上衔接得是比较紧的。此外,新感觉派小说家在某种程度上迎合了市场消费和市民的阅读心理。而后期浪漫派小说在抗战期间风行一时，不能不说与读者的阅读心理与趣味有一定的关系。

新感觉派小说艺术探索的另一面，也显示出了都市文学中的“洋场文学”的倾向，这种倾向基本上没有摆脱民初的“鸳鸯蝴蝶派”和林译小说的趣味，只不过抹上了一层现代文明的色彩罢了，如对男女不健康的性心理和扭曲变形的情感的描写兴趣，和凶杀、侦探、谍报等等题材的处理，都具有一定的市民文学的心理创作基础，迎合了小市民的艺术趣味。这与日本的新感觉派小说和中国初期的心理分析小说的严肃性相比，就相差较远了。而这种趣味性，又是和创造社张资平、叶灵凤等人的“庸俗化”趣味一脉相承的，并非在新文学中就没有一脉根基。

（原载《中国文学研究》1992 年第 1 期）

性别、种族与半殖民地性：刘呐鸥的上海都市风景

〔美国〕史书美

> 刘呐鸥是一位敏感的都市人，操着他的特殊的手腕，他把这飞机、电影、JAZZ、摩天楼、色情、长型汽车的高速度、大量生产的现代生活，下着锐利的解剖刀……我们尤其要推荐的是刘呐鸥先生的作风，他的作风的新鲜是适合于这个时代，为我国从来所未曾有的。我们可以从他那儿学到文学的新手法，话术的新形式，新调子，陆离曲折的句法。①

1924年，一位在台湾出生、日本受教育的青年刘呐鸥自日本东渡上海，赴沪上震旦大学攻读法文。当时的他小有资财，雄心勃勃，风流倜傥。不出几年，他就凭着自己的财力在上海创建起两所书屋和三份刊物。更有甚者，尽管他.文化身份暧昧，未经过正统的中国式教育，却俨然成为一脉名为"新感觉派"的中国文学现代主义运动的泰斗之一，从此蜚声文坛，并赢得了不少追随者。1930年刘呐鸥发表的短篇小说集《风景》（作者自题法文书名为*Scène*）可以说是中国三十年代海派作家都市写作风格的奠基之作。刘呐鸥于1939年遇刺身亡，刺客身份不明。他短短一生像一面镜子，有声有色地缩映着那个由他发起又随他消亡的现代主义文学运动。

本文以刘呐鸥作品中的"摩登女郎"系列为分析对象。本文旨在通过对这批"摩登女郎"系列的考察，质询刘呐鸥作品中性别，种族，民族身份的文化构成与半殖民地性之间的关系。笔者首先从后殖民主义理论对西化女性形象与性别和种族政治之关系的讨论谈起，以便给反

① 《新文艺》第1卷第2期（1930）封面里页。

映在上海和刘呐鸥作品中具有半殖民地特点的性别与种族政治提供一个参照系。笔者将阐明,后殖民理论的关注常常拘泥在殖民地语境中的性别和种族政治与民族主义的关系上,而在上海的半殖民地环境中,需要的是对想当然的民族主义权威的质疑,从而重新考虑性别与种族政治与民族主义的关系。半殖民主义式的统治及其种族主义具有不完整、多重的、散碎化等特点,这些特点经常被为人所公认的"国际大都市"上海形象所置换或压抑。这一国际大都市形象认准了一种将话语(the discourse)置换现实(the material)的策略,其中,作为殖民地基本结构的现代性和种族主义问题(现实)被置换为一种套用以都市景观化的西方国家及其荣誉成员日本为范本的话语模式对现代性和种族问题的书写(话语)。这样一种置换可以追溯到"五四"时期文化启蒙话语对西方的角色及功能所作的二极构造。在"五四"启蒙话语中,现代西方都市文化是中国仿效的对象(话语),而西方帝国主义列强对中国的威胁是民族主义的批评对象(现实)。由于文化启蒙运动的拟想的紧迫感,话语一极在两者之间比物质现实一极更受重视,因此民族主义并不必然呈现为文化形式。同时物质现实的紧迫性还必须在原则上置换一旁,以便使话语生效。① 这种两极化策略有效地促进了国际主义启蒙思想的合法化,以至于帝国主义存在于中国境内这样一个事实也未能妨碍对西方式"文明"的追寻。② 我们在刘作品中可以看到,由于民族主义的不在场,上海半殖民环境构造的性别和种族观既未明显首肯男权体制,又未全然杜绝种族主义。相反,它们把西方化的摩登女郎推为一种反男权体制,独立,都市风味乃至混合型现代性的体现者。

本文在讨论半殖民地性别和种族问题之后,将对刘的生平与创作及其与日本新感觉派之间的关系作一简述。继而将详析民族主义与种

---

① 这当然不意味着说"五四"时期的知识分子在日常生活中没有接受如装束和发式等西方款式。我在此强调的是,在使用"西方化"这个概念时,至少应该在把西方作为文化启蒙的源泉同作为帝国主义代表的西方区别开来。在这个意义上,采取西方款式属于文化启蒙意义上的,而不是殖民者的西方。关于这一种两极化的策略,我在1996年的文章中有更详细的阐述,此地不重复。

② Hernrich Freufauf 1993年的专著讨论了上海异国情调的作家和艺术家,如邵洵美,朱应朋作品追寻西方式文明的问题。

族性别政治的分立过程。本文的主要论点之一是,现代主义创作经常刻画的都市畸零男性主人公与半殖民地城市(即物质现实的具现)之间存在某种矛盾关系。这种矛盾关系既拒绝又引诱着他,动摇着他的主体性,但在他对这些拒绝的反应中听不到民族主义的主旋律。然而同五四启蒙话语不同,半殖民地现实不是警备森严地排除在视野之外,而是渗透在更为都市化的场景中。实体化的都市场景诸如舞厅,剧院,跑马场乃是行动和故事发生的场所。刘以富有创造性的语言和句法为这些场景涂上了一层感性的,魅力十足的诱惑,并自觉地创造一种变化莫测的,刘本人称之为独特都市体验的"新感觉"。这便是现代主义的别名"新感觉派"的由来之一。

最后作为文章的收束,本文将集中考察刘作品中半殖民地都市与摩登女郎之间的互相渗透关系。我认为摩登女郎过度物质主义的外观动摇了话语与物质之间的两极分立。她们的形象代表了一种不借助民族主义或男性立场而介入物质现实的话语尝试。这种介入表明,上海的都市主义不同于"五四"启蒙规划,它承认半殖民都市的物质前提是现代性本身的构成部分。然而可望而不可即的"摩登女郎"形象最终暗示的是,这种对都市现代性的追求尚是有待实现的愿望。

殖民地与半殖民地的性别种族政治

众所周知,冷战期间的美国汉学界一直坚持中国是非殖民国家说法,因而认为无须考察殖民主义的问题。近来的学术界开始以殖民主义作为分析范畴,然后将半殖民主义作为中国殖民主义的特殊形式(Barlow 1993,页224—267)。几位致力于这种学术努力的学者意识到,虽然以南亚,非洲,英法殖民地的殖民主义的研究及所发展出的后殖民理论很有说服力,但不尽符合中国的历史语境。其中贺萧(Gail Hershatter)基于中国半殖民地特定情况对南亚后殖民理论,特别是对subaltern概念的重新思考尤为值得注意(Hershatter 1993,页103—130)。我希望通过对半殖民主义及半殖民地性别种族政治的考察,提供某些重要的历史文化本文和分析刘作品的工具,以便进一步延续上述思考。同时我还希望将后殖民理论作一番“地域化”处理，一如当年后殖民主义理论家曾经将欧洲关于历史和现代性的普遍话语“地域化”一样（Chakarabarty 1992，页 1—26），从而指出后殖民理论之非普遍性。

大部分后殖民理论在关于殖民地的性别种族问题上共享三个一般假定：

（1）殖民者的种族统治及其遗留效应造成了被殖民者们在文化和种族身份上的模糊状态，因而被殖民者必须极力反抗殖民。

（2）殖民主义的性别定义将被殖民者男性置于一种非阳刚化的处境，由此产生了一种与这种非阳刚处境相抗衡的反作用力，即建造一个同样阳刚甚至更为阳刚的民族主义，一如著名的“超级男性化”（hyper-masculinity）概念所体现的那样（Nandy 1983，页 1—63）。

（3）以女性作为民族性的能指、作为落后社会的牺牲品，或指涉现代性的形象，乃至文化正宗传统的独有负荷者。而这一切不过使妇女更深地臣服于民族主义的想象中（Kandiyoti 1994，页 378）。

这些假定中，殖民者与被殖民者的对立首先被表现为男性与男性之间的斗争。女性要么是服务于这一斗争的工具，要么则被完全忽视。从一方面讲，如果殖民与反殖民斗争表现为雄强的殖民者征服阴柔的本土男性的异性权利关系式，则被殖民的本土女性则属于与这场斗争无涉的第三范畴。从另一角度讲，惯有的民族主义想象以男性体制为中心而生产的女性表象，同样抹煞着殖民地环境众妇女实际体验的多样性和变异性。总之，在民族主义名义下，男权专制吸收了殖民主义有关性别种族的种种论述。

被殖民者的民族主义话语中所构造的西化的本土女性形象，足以阐明上述种种假定的运作机制。这里我主要举两例分析。首先是弗朗兹·法农（Franz Fanon）的《黑皮肤，白面具》（*Black Skin*, *White Masks* 1952）。这部小说展示了男权民族主义在女性问题上的统治逻辑。作者在作品中运用一种不言而喻的男性前提，诋毁安的列斯岛上西化的本土女性为殖民主义者的同谋，是将本土男性置于双重非阳刚化的境地的罪人。作者通过描写本土西化女性想被白种男人追求、最终选择白种男人为配偶而拒绝黑人男性的过程来分析呈示本土女性的欲望。法农称这种获取白人世界认可的行为为“漂白”和“泌乳”,认为这是令人作呕的行为。当女主人公是受过教育的黑人女性或黑白混血女性时尤其如此(见第二章)。虽然黑人男性也要求白人的认可,法农认为这是殖民主义的社会心理模式的必然结果,更能说明黑人男性身为被凌辱者但拥有主权的民族主体。但同他对被殖民男性的欲望分析显然不同,法农对本土西化女性的分析充满冷酷无情的价值衡量和诅咒式的处理。执迷于民族主义大旗下的男性同盟的结果,使法农将黑人女性构想成协助殖民者压迫黑人男性的叛徒。这暴露了他反殖民主义话语隐含的男权体制基础(Chow 1995,页 5—29)。

另一例证是 Partha Chatterjee 对 19 世纪印度民族主义话语中三类女性形象所作的分析。这一分析从更具体的观察角度为我们展示了殖民地本土女性遭到诋毁的范例。在 19 世纪印度民族主义话语中,三类妇女是按社会等级排列的。最低等的女性形象系列全部是所谓的“低俗女人”:女仆、洗衣妇、理发员、妓女以及其他类似“粗鄙俚俗,好斗,情操低下,淫乱”的女人。较高一等的是“西化女性”,她们多是同殖民者有关系的暴发户家庭出身,被视为“厚颜无耻、贪得无厌、无所信仰”,并像低俗女人一样“淫乱”。最高一级的女性类型是“新女性”,是民族主义的产物,接受新的民族男权主义的紧密操纵。“新女性”受过西方教育,但却保留了印度女性的全部民族美德,并绝无本质上的西化之虞。Chatterjee 指出,民族主义话语对女性的这种类型划分产生于民族主义意识形态所构造的“家园”(未被殖民的、灵性的)与“世界”(被殖民的、物质的)的两极对立。保持民族男权主义意识形态完整性的重要一环,就是要创造足以堪当想象的“家园”之守护者的新女性形象,借助她来拒斥代表西方物质文明和殖民主义之粗俗与罪恶的“低俗女人”和“西化女人”协同“世界”对“家园”的侵袭(Chatterjee 1993,页 116—157)。

像法农笔下安的列斯岛上的西化黑人女性一样,孟加拉的西化女人越轨的行为和难于接受的生活态度,意味着对本土身份的一种威胁,意味着一种男性将失去对家园领域控制权的危险,更主要的,还意味着本土男性在西化女性身上发现自己匹敌者的恐怖。(Chatterjee 注意到,为了与世界抗衡,本土男性实际上经历着被迫西方化和物质化的过程。)而这里,本土男人对过度西化的恐惧在摈弃西化女性和充满激情地崇拜体现印度灵性的新女性的过程中,巧妙置换一旁了。

在诸如安德列斯岛和印度这样完全殖民化的地方,西化女性在本土知识圈的话语中既代表殖民者的意识形态对家园的进犯,又代表对本土男性同盟和性别身份的威胁。西化女人那些有违常规的行止预先被诠释成“淫荡”,动摇着本土男性所警戒的各种防线和分野:的确,他们的财产、所有物以及他们作为男性的权利(特别是占有本土女人性属性的权利)都受到了胁迫。难怪西化女人最终被指责为与殖民统治者共谋,将本土男性去阳刚化。然而,对西化女性的类似指责却远非公正(因为男性知识界同样西化),倒毋宁表示了民族主义男权体制对被殖民区域内话语权利的垄断。一言以蔽之,反殖民受到民族主义所派生的性别政治一直把西化女性表述为违犯正当种族和性别界限的形象,甚至因而被表述为民族罪人。①

上述后殖民主义对性别种族政治所作的反思引发了我对半殖民地问题的几点思考。

(1)半殖民地性作为一种殖民统治是以散碎,多元,多层面的形式展开的,因此用以对付抵抗殖民文化和殖民种族主义的策略也相应地不同于殖民地的情况。处于这一散碎多元的半殖民结构中的主体位置因此不能局限于反抗/通敌的黑白分明的二分法中归纳。(2)刘呐鸥身份的复杂轨迹提示我们思考半殖民地文化种族身份的构成及其运作问题。(3)刘的暧昧文化身份同时也质疑着那种未加分析就假定男性民族想象统御一切的论述。由此引入的一种新视角,即,现代主义作为一种为“移民者的文学创作”(雷曼·威廉斯定义)与民族主义之间的可能存在的抗衡关系。(4)最后,如果说,男性民族主义想象的缺席在某种意义上造就了具有半殖民特点的文化政治,那么在这种文化政治

① 女性主义学者从另一角度批评民族主义的男性主义前提是以“哥们义气”(本尼迪克特·安德森语)压服女性。如 Parker Andrew 等编《民族主义与性》。

环境中产生的女性形象,如摩登女郎,则又承载什么内涵?本文力图处理的这些问题不仅是对后殖民理论有关种族性别政策模式的质疑,而且也针对一种阅读习惯而发,即那种无视第三世界不同区域现代性之间区别的阅读习惯,那种将第三世界不同区域的各种现代性视为一套对殖民统治不出所料的被动反应乃至反动反应的阅读习惯。

那么,半殖民主义是由哪些因素构成?其性别种族政治又是以何种方式体现?由于“殖民地”一词明显不适于中国国情,1949年以前的中国一直被称为“半殖民地”或“次殖民地”。“半殖民地”这一范畴自二十年代以来一直被马克思主义批评家,包括毛泽东本人,用来形容殖民者和本土封建结构共存的状态。因此,“半殖民地”的另一半是“半封建”。“次殖民地”则是孙中山创造的概念,用以描述比殖民地还恶劣的状况。在孙看来中国人民不仅已沦为一个国家的奴隶,而且也已沦为所有强权国家的奴隶(孙中山 1950,页41)。这些国家自18世纪中叶以来为了争夺在中国的霸权和利益而既互相勾结又互相倾轧,相继十八个国家用武力逼迫中国在近五十处通商口岸授予他们治内法权。但与其他殖民地国家不同,中国的殖民化从来不是系统化的,没有一个中心殖民政府健全各种殖民机关和统治结构。于是保罗·库恩(Paul Cohen)称中国的殖民体验是一种不完整、多元化、多层面的殖民体验(Cohen 1984,页144—145)。用殖民主义解释中国国情的另一个局限在于,殖民主义概念不足以充分表达帝国主义霸权之间的矛盾分歧。除了中国与外国之间在中国领土上的多元化的权利对抗关系外(这种关系很难简单概括为殖民主义),各个列强之间的对立与合作关系(这种关系根本不仅是殖民被殖民关系)也有待进一步详细考察。为权利利润而竞争的各国列强使中国遭受了多元化、多层面的殖民统治,因而形成中国独特的多种多样的殖民体验。若是说,帝国主义国家对正式殖民地还多少要花费些许“心血”,以保障殖民地对殖民国的生产上的供应,那么在中国,这种“心血”的缺席加之帝国主义列强之间的勾结竞争则导致了变本加厉的剥削压迫。引用孙中山举过的例子,如果正式殖民地遭到如洪水饥荒等等自然灾害,帝国主义殖民国也许还会感到有救灾的责任以继续扮演主人角色。但当东北20年代初遭受自然灾害袭击时，所有的帝国主义国家都袖手旁观。（孙中山 1950，页 30—46）。

然而，从另一方面讲，由于殖民者没有在中国建立完善且全面的统治结构，中国知识分子反而不期在意识形态、政治及文化上保有了某种选择余地，而不必面对不赞同反殖民的民族主义，就是赞同反民族主义联盟的两难处境。中国知识分子的这种立场的多元选择在整个中国现代文化史上比比皆是，它既反映了现代中国意识的危机感，又反映了现代中国意识的存在状态。“五四”启蒙思想与民族主义之间的暧昧联系就是这样一种多元选择的结果。“五四”启蒙运动本以民族前途为关切点，但却以一种反封建、西方化的形式出现，于是启蒙思想家最终并非是民族主义信奉者，而是以文化批判为己任的文化先锋派。正是这种界乎民族主义者和文化批判者之间的暧昧地带为多种政治和文化视野的出现开辟了可能性。在重新书写现有理论讨论的基础上，我将在本文中起用“半殖民主义”这个概念来指涉中国特有的话语语境。“半殖民主义”在这里表示的是由中国双重历史条件所造成的知识分子立场之多元性与复合性；这双重历史条件之一方是中国遭受的不完善不均衡的殖民统治结构，另一方是在与多层次殖民化物质现实的张力中所产生的反传统、西方化的中国启蒙重任。①

在 20 年代末，30 年代初的上海，左联对文坛实行有力控制之前，文化商业化的程度相当可观，已经形成某种意义上的“文化工业圈”（史书美 1992，页 164—184）。借助这种商品经济而逐渐成熟稳定的是一种雅俗共赏、教娱相间的文化生产，其中，奢华的文化资本固然被作为商品价值来炫耀，背后的意识形态立场却相当含混。这方面，通俗文学领域中的巨擘有家喻户晓的小说家张资平（1893—1959）与章衣萍（1902—1946）。而在艺术领域则有以邵洵美（1906—1968）为代表的绚斓、颓废、异国情调的文学潮流和生活方式。新感觉派的创作活动始于 20 年代末，主要由刘呐鸥开风气之先，以寻求一种以写作自身为目

① 我在 1996 年的文章“Negociating the Local and the Global：Chinese Modernism in a Field of Discourse”对半殖民主义作为特定殖民机制的问题有集中论述。

的的写作途径为宗旨。因此据刘呐鸥自己的写作观,做一名不信奉固定意识形态、没有明确文化和民族身份的作家是完全可能的。与此同时,殖民主义和国民党统治的双重松散性非常视觉化地体现在上海三个分立的法庭系统上。三者不同层次的统治和宽容度使大一统意识形态统治无法执行,更使"技巧性地运用法律"成为可能(Lee 1995,页5)。这一切使上海成为一个具有文化相对性和灵活性的所在。无疑,这种宽松并非是"仁慈的"帝国主义列强给中国带来的文化"自由"。毋宁说,它体现了在不同权威之间的统治空隙中生存发展的中国现代文化之自身的矛盾和特点。[①]

在上海这种半殖民地文化环境中所产生的"自由"还有一点令人不敢乐观,它扩大了存在于寻求摆脱成规束缚的话语的西方主义(模仿西方和日本)和上海物质现实(西方以及稍后日本殖民者的存在)之间的分立,强化了其张力关系。"五四"以来的启蒙思想多把西方表述为正面形象,以为中国可以根据"西方"形象来矫正中国传统应付现代世界之种种假想的无能。但在上海的物质现实中,西方却以殖民者及其剥削性的资本主义工业文化的形式存在着,而且在上海的种族等级中具有不言自明的优越地位。[②] 上海现代化的种种便利为殖民者而设,中国人则被拦在某些殖民者领地栅栏外,不准越雷池一步。于是,正如叶文心和魏菲德曾指出的,对中国知识分子而言,上海的日常生活本身就是由一个深刻的分裂构成的,他们每天都同时体验着对西方文化的崇拜和对外国侵略者的愤恨(叶文心、魏菲德 1992,页 1—14)。

殖民种族主义是西方化的上海之现实组成部分。1842 年南京条

---

① Poshek Fu 还写道上海复杂的现代性体验:"民国时期的上海对现代性的体验充满了暧昧:它代表了一种新的商品文化,一方面给个人发展提供丰富机会,另一方面又为帝国主义的恐怖统制与剥削大开门户。"见其专著 *Passivity, Resistance, and Collaboration: Intellectual Choices in Occupied Shanghai: 1937—1945*,第 165 页。

② 动摇了上海种族等级的事件之一是大批白俄妇女流入当时的妓女行业。(一九二九年上海租界 12.5 平方英里内计有四万八千余名妓女)。白俄妓女的服务对象既包括华人又包括西方人。1935 年止,上海的白俄妇女已达两万五千人。见 Jerome Chen, *China and the West: Society and Culture, 1815—1937*,第 213—216 页;贺萧,"The Hierarchy of Shanghai Prostitution, 1870—1949"。

约签订之后，经由一系列不平等条约和荒谬法律的制定，将对中国人种的歧视天经地义化。然而可能在华洋杂处或华洋隔离的日常生活中，人们对种族歧视才有更深的切肤之痛。正如白吉尔（Marie-Claire Bergère）指出的，每个中国人在每个街口都可能遭到污辱，“或来自粗暴的巡捕，或来自恶作剧的白人孩子”（Bergère 1981，页13）。上海的许多外国人不是不法分子，就是游手好闲之徒，诸如鸦片鬼、赌徒、妓女以及犯有偷窃、恐吓、谋杀、诈骗或流浪罪的江湖传教士（Chen 1979，页213—216）。根据一位英国游客和一位学者不约而同的描述，上海的外国人社群既乏教育，又无修养，对文化一窍不通毫无兴趣，视与华人交友为罪恶，称与华人通婚是荒谬绝伦。外国商厦中的升降机不准华人同外国人共用；法租界的电车不准华人乘坐一等厢。未持外国人邀请的华人不能进入外国人俱乐部。除仆役和官员外的华人也不准进入黄浦公园及其他娱乐场所，不过这些场所的管理费用华人却显然还须按时缴纳（Ransome 1927，页142—149；陈1979，页232—233）。Nicholas Clifford写道，华人在公共租界交付55%的税金，但却无权使用那里现代设备最完备的医院设施，在租界行政管理中毫无发言权。上海租界因而就像是中国肌肤上的寄生物，只取不予，把从中国刮取的财富点滴不漏地运去滋养伦敦、东京、纽约和巴黎的繁华（Clifford 1995，页25—27）。

尽管殖民种族主义是上海这座半殖民城市生存现实的一部分，渗透在人们日常生活的感观和心理体验中，中国30年代集中于上海的有关种族和优生学方面的话语却丝毫没有触及殖民种族主义的问题。相反，这些话语常常假定白人人种纯净，是想当然的高等人种。譬如，有些文章会论证中国人种之纯净程度也“不亚于”白人人种，有些则力图证明华人的初民夏民族的形体外观实际上与高加索人种非常相近。另外也有少数人批评白人中心的种族主义人类学，认为白人并没有天赋的优越性，却并不以此为根据批判白人的种族主义（Dikotter 1992，页132—190）。这些论者虽然侧重不同，但在碰到种族问题时的处理方式却大同小异：他们不仅对优生学中的具体殖民种族主义视而不见，反而把优生学当做一种对中国有益的西方话语来接纳，从而延续了“五四”以来的一个传统，即通过构造陈说一个理想化的西方来掩盖和偷换现实存在的西方殖民主义。在种族和种族主义问题上话语和现实的分裂乃是半殖民地文化政治的一个重要特征。通过这种方式，知识分子假若愿意，则可以无视种族歧视的存在，因为种族其实大都局限于租界区内，而另一方面却心平气和地讨论在西方优生学理论影响下产生的各种种族课题。由于散碎化的上海社会政治结构没有促成一种对知识分子有压迫感的种族霸权形式，知识分子在惊喜欣赏西方和日本式的国际大都会文化之余，一再有意无意地将种族主义问题置诸视野之外。因此说来有些反讽意味，刘呐鸥作品中，种族等级常常要么未遭丝毫质疑，要么在某些故事里得到无形认可。而呈现在上海的西方物质文化则被转化成由摩登女郎形象所象征的、魅力十足的都市现代性。

半殖民地都市中的畸零人

刘呐鸥 1924 年来到的上海汇聚了从中国各地涌入的人众（叶文心、魏菲德 1992）。刘呐鸥在台湾长大，对日本文学和法国文学都颇有造诣。他讲一口漂亮的东京话，但说起中文来却带着浓厚的外国腔。在日本取得大学学位后，他来到上海震旦大学，进修二年制高等法文班。当时与他一起就学的还有戴望舒（1905—1950），施蛰存（1905—2003），和杜衡（1907—1965）。不久后，正是这几个青年人共同发起了一场现代主义文学运动。刘呐鸥在修法文时期的中文写作据说相当糟糕，以至于施蛰存在几十年后还提及，刘呐鸥早年的文笔读来不知是中文还是日文（施蛰存 1984，页 51—54）。不难想象，仅仅这种“非中文”的写作风格就可令 30 年代以降的左翼批评家大有文章可作，并从而对整个现代主义文学运动嗤之以鼻。穆时英（1912—1940）虽然生长在中国，因与刘呐鸥风格相近，也遭到同样的攻击。然而，这种对正统“中文”的背叛却正是上海现代主义小说从一开始就崇尚的美学标准。作为一个深受法国和日本前驱者影响的文学运动，上海现代主义引以为荣的就是那种集都市感、异国情调和色情主题于一身，无视民族差异，讲求文体实验性的小说创作。

刘呐鸥在1926年返回日本后，于1928年再度来沪，并运来了大批书籍，其中包括川端康成、横光利一、谷崎润一郎等人的著作。在同学们的帮助下，他很快就自己出资建成一家名叫“第一线书店”的出版社，开始陆续出版从日文翻译的日本新感觉派作家选集，如《色情文化》等。不久，书店被国民党政府以出版左翼书籍之名查禁。刘呐鸥于是将出版业务迁至公共租界，继而迁入法租界。在法租界他开设了“水沫书店”，继续在印行其他书刊的同时，出版日本新感觉派作家的著作。其中最著名的有横光利一的作品集《新郎的感想》。这段期间是刘呐鸥大展鸿图的时期：除上述出版业务外，刘呐鸥还自费编印了两份颇有影响的文学杂志《无轨列车》（1925）和《新文艺》（1929—1930）；着手写作并完成了他的著名短篇小说集《风景》，并翻译了日本新感觉派小说家和法国作家保罗·穆杭（1888—1976）的不少作品。稍后，他转向了电影剧本的写作，创办了一份名为《现代电影》的定期刊物，甚至还于1938年也就是遇刺前一年在光明影院制作了电影《茶花女》。刘呐鸥究竟死于何人之手至今尚是个未解之谜。对幕后主谋的猜测众说纷纭，涉嫌的各种对象之间毫无联系，甚至互相对立。主使谋杀者一说可能是国民党，因为刘曾表示同情左翼，并接受了由汪精卫政府支持的《文汇报》主编职务；一说是共产党，因为刘为日本人工作；还有一说是青帮，因他可能出于颓废的生活方式而同黑社会有所牵扯。对谋杀主使者的纷乱猜测尽管牵强附会，但本身却暗示着刘呐鸥基本意识形态立场的游移性与含混性。

意识形态立场的这种游移含混也是刘呐鸥所倾心的日本新感觉派作家的特点。新感觉派创作在日本是个短暂而引人瞩目的文艺运动（1924—1930），其创作集中发表在一个名叫《文艺时代》的刊物上。刊物的投稿人有川端康成，片冈铁兵，更主要的是横光利一。这一文学团体最基本的主张是强调创作技巧的实验性，力图以标新立异的语言和形式捕捉一件行为带来的主观感觉，而不是仅仅描述行为本身。刘呐鸥1928年从《色情文化》作品集选译了片冈的《色情文化》，横光的《七楼的运动》，以及池谷信三郎的《桥》等短篇。刘在序言中提出，新感觉派的创作是一种以象征为形式的写作，最适于描写日本当前的“时代色彩”。

这种“时代色彩”没有多少日本风格,倒是浸漫着一种“舶来的气味”。这正是日本新感觉派创作形式的独特之处。在刘呐鸥看来,这种创作是有相当明确的意识形态内涵的,那就是暴露日本资本主义社会的腐败,同时为即将到来的无产阶级社会提供一种预言式的想象(刘呐鸥 1928a,页 1—2)。这里,刘呐鸥为新感觉派的创作模式开列了一张三合一的配方,即以现代主义(象征手法)加社会主义(反资本主义)再佐以异国情调(舶来气味,非本土色彩)。但是刘对日本新感觉派作家的介绍与这些作家本人的实际创作可能不尽相符。这些日本作家中,片冈不久就热情参与了无产阶级小说的创作活动,后来又大幅度右转,变成日本帝国主义的支持者。但日本新感觉派的核心和灵魂人物,横光,却一直坚持信奉文学不受意识形态左右的独立价值,直到最后转向右倾。日本现代主义作家这种游移暧昧的意识形态立场是批评家们论述非政治的美学姿态与日本帝国主义之间合谋关系时一再援引的例证。

刘呐鸥从日本新感觉派创作中专门归纳的配方,不论精确与否,却清晰呈现在他本人的创作中。他的作品除了《风景》集中所收的八个短篇外,散见的还有自拟英文标题的 *A Lady to Keep You Company* 和《赤道下》两篇。大多数小说没有丝毫明确政治倾向,而是充满意识形态的暧昧:他所谓“资本主义文化的腐败”其实充满了诱惑和色情魅力,而假定存在的社会主义精神却缩减成为入时然而空洞的姿态。这种暧昧性在他 30 年代的其他文学创作中也十分触目。他一方面倾倒于苏联文艺理论家弗里契,并将其所著马克思主义文艺理论的经典之作《艺术社会学》译成中文(俄文 1926 年初版,刘译本为 1930 年),但另一方面,他同时又迷恋法国唯美主义作家保罗·穆杭的写作风格,丝毫没有注意自己两个崇拜对象之间意识形态上的不相容。他主持的书店出版事业同样有这个特点。他和现代主义同伴们主要对两种文学感兴趣,一是“新兴文学”,一是“尖端文学”(施蛰存 1985,页 184—190)。前者指的是俄国十月革命以后的文学创作,后者指的是唯美主义颓废情调的作品,包括心理分析小说。“新兴”和“尖端”两个词汇在意义上的相近也许有助于我们理解为什么在刘呐鸥看来,这两种相去甚远的文学创作竟然并无矛盾:因为它们都以走在时代的前端为己任。因而看上去马克思主义的政治前卫主义与审美领域的激进先锋派甚为合拍乃至互为表里。因此,中国现代主义作家完全可以在反抗资本主义的同时,以唯技巧至上的现代主义形式写作(Yi 1994,页 233)。

尽管刘呐鸥表面上批评都市文化是堕落的资本主义产物,他同时却又深深迷恋着都市。上海殖民地的那些具有异国风情的景观使作者有机会训练自己描述都市的气息、音响和速度之最佳手法。刘显然在对都市景观的描述中感到极大的愉悦,这些景观变成了他凝视下的欲望客体。几乎每篇小说的都市生活场景和物质文化都是以充满隐喻的语言呈现的,在这种狂欢式的语言表达中,即使都市的道德沦丧本身也焕发着奇异的魅力。都市尽管可以被拟化成一个庞然硕大的恐怖恶魔,每天将人群"吞了进去",然后又将人流从电梯和建筑中"吐"到街上。[1] 然而作者描述中流露的按捺不住的兴奋却抵消了他的批判意图。

《风景》集开篇作《游戏》中的都市场景——上海一所叫探戈宫的夜总会——给作者提供了文体实验的大好场所,使他可以尽情以前所未有的方式捕捉都市的新感觉(这也便是新感觉派一词的由来)。若不是有这以上海夜总会为背景,作者也便不会有如下一段都市描写:

> 在这"探戈宫"里的一切都在一种旋律的动摇中——男女的肢体、五彩的灯光,和光亮的酒杯,红绿的液体以及纤细的指头,石榴色的嘴唇,发焰的眼光。中央一片光滑的地板反映着四周的椅桌和人们的错杂的光景,使人觉得,好像入了魔宫一样,心神都在一种魔力的势力下。在这中间最精细又最敏捷的可算是那白衣的朴欧的动作,他们活泼地,正像穿花的蛱蝶一样,由这一边飞到那一边,由那一边又飞到别的一边,而且一点也不露着粗鲁的样子。
>
> 空气里弥漫着酒精、汗和油脂的混合物,使人们都沉醉在高度

---

① 这两个拟化意象被刘呐鸥反复使用,后又屡次出现在穆时英和其他摹仿刘呐鸥风格的作家笔下。

的兴奋中。有露着牙哈哈大笑的半老汉,有用手臂作着娇态唧唧地细谈的姑娘。那面,手托着腮,对着桌上的一瓶啤酒,老守着沉默的是一个独身者。在这嬉嬉的人群中要找出占据了靠窗的一支桌子的一对男女是不大容易的。

……呵呵呵呵。

……有什么好笑呢?

……笑你样子太奇怪啦,瞧,你的眼睛满蓄着泪珠哪!

……

忽然空气摇动,一阵乐声,警醒地鸣叫起来。正中乐队里一个乐手,把一枝 Jazz 的妖精一样的 Saxophone 朝人们乱吹。继而锣、鼓、琴、弦发抖地乱叫起来。这是阿弗利加黑人的回想,是出猎的祭祀,是血脉的跃动,是原始性的发现,锣,鼓,琴,弦,啰咕啰咕。

小说的叙述视点有如摄影机镜头一样进退摇移:先是由第三人称的客观叙述拉开一个宏大的场景,进而向倚窗而坐的一对青年男女推进,机位短暂静止,继而摇向爵士乐队。在此过程中,夜总会的形形色色成了作者用并列方式同时记取对视像、音响、色彩、气味、速度之种种感觉的丰富素材。通过这种复合的表现方式,纷至沓来的各种形象分别同时作用于不同的感官审美域。[①] 这是一种经典的新感觉派写作手法,即所谓"通感",为后来作家普遍采用来描写都市情调。这种手法的源起不仅可以溯至日本新感觉派的创作,也可溯至中国和日本新感觉派的共同鼻祖,保罗·穆杭。本雅明·克莱默(Benjamin Crémieux)的一篇评论(刘呐鸥译)指陈了穆杭视为看家法宝的写作技巧,比如"影戏流的闪光法,感情分析上的综合的秩序法,对于所欲表现的对象的不从正面直攻而取远攻,略辞法,讽示法,分离法,列举法"等等,其中许多技巧都被穆杭的中国追随者忠实继承了过来(刘呐鸥 1928b,页147—160)。但值得注意的是,上述场景中的都市情调描写并非完全忽视与种族主义的关系:把爵士乐作为非洲黑人的一种音乐,并指示表

① 有关新感觉派小说创作的通感手法,还可参阅严家炎的专著《中国现代小说流派史》,第125—174页。

达"原始性欲"[1]。类似的含有种族歧视意味的原形在刘呐鸥作品中出现不止一次。关于这一点,我下文还要详论。

从上述引文可以看到,叙述角度的迅速变换造成了快速节奏感,模拟着随乐疯狂摇摆的身体舞动,由此传达出都市特有的速度感。此外,一闪而过的一个个意象也渲染着都市的速度感。如小说描写那个眼含泪水的男主人公步青不期看见一只跳跃的老虎,定睛再看时,才分辨出是一个女人肩头围着的山猫毛皮披肩。步青目光如同摄影机,先是摄下一个模糊的意象,继而才将其焦点固定成一个清晰的实像。类似的丰富的富于暗示的间接意象描写俯拾即是:写做爱则"雪白的大床巾起了波纹了",写接吻则"他在他嘴唇边发现了一排不是他自己的牙齿"(1930a,页14)。这里的语言修辞也具有电影手法的特点。具体而视觉化的细部描写往往同时是有高度指示性的隐喻,如都市的灯光"露着像肺病的患者的脸一样的微弱的光线",或形容"饥鬼似的都会"吞噬着人群等等(1930a,页9,17)。

喧嚣繁华而又道德沦丧的都市使步青变成一个被异化的,心灵幻灭的孤独人,进入了现代文学史上经典的畸零人行列。在西方现代主义作品中,人之异化起因于科技的过度发展,但上海给步青带来的格格不入的疏离感却主要源于他同这座国际大都市运转速度的不合拍。这种不合拍象喻性地体现在他与自己都市化的女友的关系上,这位女友别有深意地名叫"移光",如捉摸不定、不断移动的光线般不可及。步青对移光一往情深,而她却决定离他而去,投向了一个蓄着卓别林式的须子,讲究好莱坞式的罗曼司,有一辆深红的跑车和两个黑脸司机的中国阔少的怀抱。虽说在分手时,移光慷慨地对他奉献了自己的贞节,但步青背负着在过时的父权体制中多年形成的道德感,没有从中获得任何快感。他只是为她未来的丈夫丧失初夜权而感到悲哀。她终于离去了。城市在步青眼中化作一片精神的荒漠,成了道德沦丧的萧条颓败

[1] 此地有必要让读者了解,法农在分析殖民者性心理时提到,在殖民主义者的意识中,黑人男子被当作原始性欲的代表,以便由此将黑人男子贬低为非人类。见法农 *Black Skin, White Masks*,第六章。另外值得注意的是,刘呐鸥这里误将爵士乐当做非洲黑人音乐,而非美国黑人音乐。

之所。作为这堕落颓败景观中之贞节、品德、忠实的残存者，步青的异化感更加深重。拟人化的都市权威在大大要弄了他一番之后（他称此为都会的幽默），最终吞噬了他。他是在现代都市中丢失了自我的男性，由于无法追随都市旋转的速度，便只好孤独地背负着传统的教养（包括大男人主义），沉重地走向自己的命运。都市的快速节奏和主人公缓慢心路历程之间的张力构造了特殊的都市体验，因而都市是一种时间的体验。[①] 这种都市时间与个体时间的格格不入传达的恰恰是上海都市现代性的半殖民地特征。

都市半殖民地特征尤为清晰地呈现在作品的种族描述上。在上述段落中对黑脸司机的种族特点描述就是一例。在《礼仪与卫生》中，叙述人转述了主人公启明从外滩到中国人的商业区一路上亲眼所见的种种：

> 还不到 Rush Hour 的近黄浦滩的街上好像是被买东西的洋夫人们占去的。她们的高鞋跟，踏着柔软的阳光，使那木砖的铺道上响出一种轻快的声音。一个 Blonde 满胸抱着郁金香从花店出来了。疾走来停止在街道旁的汽车吐出一个披着有青草气味的轻大衣的妇人和她的小女儿来。印度的大汉把短棒一举，于是启明便跟着一堆车马走过了轨道，在转弯处踏进了一家大药房。鼻腔里马上是一顿芳香的大菜。
>
> ——先生要什么？
>
> 斯拉夫女抬起一个只有嘴唇和眼睛的脸孔来问。
>
> ——Sana 你们这儿有吗，德国制的？
>
> ——Sana？ Sana？ 啊，先生是不是要那……
>
> 她把以下的几句换做了微笑，瞟了启明一眼便跑到里头去了。
>
> ……斯拉夫女倒也不错。她们那像高加索的羊肉炙一样的野味倒是很值得鉴赏的。因为他们的民族比较地慢受机械的洗礼的关系，至少别国人所有那种机械似的冷刻性少一点。离了乡国的他们不是像要使这沙漠似的上海润湿起来一般地在霞飞路一带筑

① 张英进《中国现代文学和电影中的都市》一书对都市的时间体验有详细分析。

起一个绿洲来了吗？

……

只隔两三条的街路便好像跨过一个大洋一样风景都变换了。从店铺突出来的五花八色的招牌使头上成为危险地带。不曾受过日光的恩惠的店门内又吐出一种令人发冷抖的阴森森的气味。油脂、汗汁和尘埃的混合液由鼻腔直通人们的肺腑。健康是远逃了的。连招买春宫的嗾嗾的口音都含着弄堂里的阿摩尼亚的奇臭。好像沸腾了的一家茶馆张着一个巨大的虎口把那卖笑妇和一切的阴谋，商略，骗计都吸了进去。

从种族经济学的角度观察这里描述的不同女人，则白种女人是最繁华的都市地段中最高档的消费者，卖春药的斯拉夫售货员是在商品（出卖的女性身体）和其消费者之间获利的资本家中间商，俄国妓女是异国情调性商品的提供者，而中国妓女则是最廉价的性商品，处于种族经济等级的最底层。一路上，主人公先是无动于衷地记述了沿途所见之种族等级的视觉外观，却并不表示任何不满，仅仅默认种族等级的存在。上述引文最后一段，主人公开始在对华人商业区的描述中投进种种关于肮脏不法的暗示和联想，所取的视点无异于种族歧视的上海外国人。不仅如此，主人公对都市参差空间结构的体验与上海种族等级结构如出一辙。身为律师的主人公自外滩至老城的一行不过是一个从富足繁荣走向贫穷寒酸、从青草的芳香进入阿摩尼亚气息的旅程，从而表明，现代性与不发达区域之间的清晰空间分野乃是造成这座半殖民地城市的都市感的先决条件。从外滩到老城这一行程展示了上海这座都市，其实这是一个由半殖民地特有的极度不平衡性发展所造就的第三世界都市。

“舶来的气味”或异国情调之于刘呐鸥倡导的中国新感觉派如同于日本新感觉派一样，都是不可或缺的写作风格。而上海这座半殖民地城市为“舶来气味”提供了丰富素材资源。说来有些反讽意味，对新感觉派这种现代主义写作方式而言，上海特定的历史现实成了其滋生发展的完美场所。中国作家无须远行去寻找异国情调的素材来写作“舶来气味”，甚至外国作家也喜欢以上海作为现代主义写作尝试的完美对象。横光利一的小说《上海》(1928—1931,连载)就是这样一部作品。刘呐鸥在上海这座没有多少“本地人”的“移民”城市未遭任何歧视,他的中文创作流派也未经多少阻力就自成一脉。他文化身份的暧昧性像一滴水一样,融进了充斥上海城市日常生活之无数暧昧性的大海中。因此刘呐鸥作品主人公的异化不仅来自上海飞速旋转的现代节奏,而且也是他们在自己与所轻蔑的大众之间找不到任何共同点的结果。于是不仅“游戏”中那个身居法租界的知识分子主人公有深深的异化感,就是《礼仪与卫生》中那个身居老城的律师,也因社会地位和购买力高人一等而自动与中国大众发生了隔绝。如果我们称这种异化现象为“非民族化”、“无根性”或“中产阶级都市主义”,却绝不是为了指责他们头脑简单、对中国的无知或“扮演帝国主义傀儡”(Levenson 1971,页 30—38)而已。相反,我旨在表明的是,这种都市主义是半殖民地文化条件的直接产物。半殖民地文化条件下不易生成统一稳定的文化身份,甚至展示着构成一种有别于民族主义说教之牢固社会意识形态立场的可能性。

都市与摩登女郎

《游戏》中的男主人公观测到,在都市和摩登女郎之间存在一种互相渗透的关系。摩登女郎本身就是“近代的产物”。她有圆形的嘴型和丰腻的嘴唇、高耸的乳房、鳗鱼一样柔滑的身体、悬垂的玉耳环(暗示她的性和诱惑力)、“理智”的前额、短发和希腊式的鼻子(代表她西方式的容貌)。她追求快感、速度(如,她热爱 1928 年的时髦飞仆牌跑车)和金钱。她魅力十足、任性,而最重要的特点是:不贞。通过这个故事,刘呐鸥创造了现代上海女郎的原型,这一原型继而复现于这一时期的许多作品中。她身上装饰着半殖民地城市文化的种种特点,散发着城市的速度、商业文化、异国情调以及色情的诱惑。男主人公对她绝望的迷恋和她无可救药的背叛加剧了城市的吸引力和异化感。

在某种意义上,摩登女郎的原型可以回溯到法国和日本的文学渊源。一个简明的形象谱系有助我们了解刘呐鸥如何在跨文化的种族和性别意义上承袭并改变了摩登女郎形象的内涵。保罗·穆杭的两部小说集《温柔货》(1921)和《夜开着》(1922)中塑造的异国女郎对中国和日本的新感觉派都有相当影响。而穆杭的异国女郎可以说延续了法国从福楼拜以来形成的异域文学传统。福楼拜在一则著名的游记中记述了他与埃及舞女 Kuchuk Hanem 的艳遇。这位埃及舞女被描述成东方的化身,性感而野性。赛伊德曾就这类东方女性如何为福楼拜提供展开自己思想的机会做过分析。她被动、沉默、经常处于被观照、被研究、被人代言的地位。因此在赛伊德看来,这是典型的东方主义的例证。在写作主体和埃及舞女之间,体现着西方人把东方塑造成半人化的他者的文化统治关系(赛伊德 1979,页 184—190)。

在对东方主义异国女郎的复制者中,彼埃尔·罗蒂(Pierre Loti)的小说更为肆无忌惮。他以日本为背景的自传体小说名为《菊子夫人》(*Madame Chrysantheme*,1888),曾由徐霞村(b. 1907)译成中文。这部自传公然把主人公邂逅的日本女郎称为他的"异国静物",因奇怪陌生而富于魅力、神秘、遥不可及(Lerner 1974,页 69—72)。继罗蒂之后,穆杭承袭光大了这条形象谱系。他笔下的许多主人公都是有异国情调的女郎或外国女性。这些女主人公野性、放任不羁而又敏感,无疑是男叙述人仔细揣摩的欲望客体。

当这些女性形象出现在日本时,她不再是西方人的东方女性,而成为东方的西方女性。日本异国情调女郎的"摩登女郎"(モダンガール)便有着西方人式的甚至欧亚混血式的外观。如谷崎润一郎的小说《痴人之爱》(1925)的女主人公有一头短卷发,腿上套着长筒丝袜,足蹬高跟鞋,动辄便穿一身色彩浓艳的洋装,有如美国好莱坞女影星等等(Sato 1993,页 363—381)。她是一个"华丽奢侈而颓废的资产阶级消费者,以穿着、香烟和嗜酒招摇于 20 年代的都市游戏场"(Silverberg 1991,页 239)。这类摩登女郎也时而光顾中国,徐霞村一篇以英文为题的小说 *Modern Girl* 就复现了这样一位日本摩登女郎(1929)。中国"modern girl"的首次露面是在曾留学日本的"五四"作家陶晶孙(1897—1952)的一篇小说里,收于他的短篇集《音乐会小曲》(1927)。经由美国电影和日本文学传人的中国摩登女郎形象还具有典型的中国舞会女郎的特征,是20年代所谓"爵士时代"的产物。《北华捷报》1928年1月刊登的一则消息对舞会女郎的描写是,"她通常衣着洋化,短发,短裙,脸上施着粉。她有规律地出入于电影场所,要求人们以银幕上的情人们所惯用的方式向她献殷勤。……她过着健康的户外生活并因此而显得生气勃勃"。最后报纸结论说,这位"中国爵士舞女来了就不会再走了"(Sergeant 1991,页271)。

然而在刘呐鸥小说的符号网络中,摩登女郎却有另一重意义:她同城市之间形成了某种互喻。城市和女郎都被色情化,城市和女郎一样是被凝视的客体。色情快感和无可避免的分离(根据欲望产生于匮乏的理论,分离不过是为了强化欲望)表现了男主人公同城市及现代女郎的关系。当《游戏》的女郎甩掉男主人公时,城市与摩登女郎的关系由于对男主人公的共同的背叛而更形密切起来。

> 她去了,走着他不知的道路去了。他跟着一簇的人滚出了那车站。一路上想:愉快地……愉快地……这是什么意思呢?……都会的诙谐么?哈,哈,……不禁一阵辣酸的笑声从他的肚里滚了出来。铺道上的脚,脚,脚,脚……一会儿他就混在人群中被这饿鬼似的都会吞了进去了。①

都市的速度与摩登女郎根据自己喜爱的跑车口味来更换男友的频率相吻合:飞速变换的景物衬托着过渡性的罗曼司,车辆疾驰的城市铺垫着短暂的逢场作戏。《两个时间的不感症者》中,摩登女郎同时引诱了好几个男人,继而迅速而老练地将他们一个个打发开去。她带着一阵Cyclamen香水的气息一阵风般地出现在跑马场的看台上:

> 忽然一阵Cyclamen的香味使他的头转过去了。不晓得几时背后来了这一个温柔的货色,当他回头时眼睛里便映入一位Sportive的近代型女性。透亮的法国绸下,有弹力的肌肉好像跟着轻微运动一块儿颤动着。视线容易地接触了。小的樱桃儿一绽裂,微笑便从碧湖里射过来。H只觉眼睛有点不能从那被Opera bag

① 《都市风景线》,第17页,上海:水沫书店,1930。

稍微遮着的，从灰黑色的袜子里透出来的白膝头离开……①

如同命运安排的那样，主人公 H 在跑马场上赌赢了一大笔钱，摩登女郎立即前来搭讪，露骨地约他幽会，提议同他一起去美国咖啡馆。从跑马场到咖啡馆的途中，他们漫步在繁忙的商业大道上，身旁驰过的“1929 型 Fonteganac”作为都市的诱惑吸引着他的目光。此时此刻，他为自己同都市节奏的合拍而振奋自豪。然而不久之后，他们碰到了西装革履的 T，T 说他与摩登女郎有约在先。两个现在已是“情敌”的男人在她的建议下一起去了舞厅。H 同女郎跳了一曲 Blues，接下来又跳华尔兹。舞未毕，她却突如其来地通知他，她给他的时间已经结束了。她给惊诧中的 H 甩下了这样一席话：

……啊，真是小孩。谁叫你这样手足鲁钝。什么吃冰琪淋啦散步啦，一大堆罗嗦。你知道 Love-making 是应该在汽车上风里干的吗？郊外是有绿荫的呵。我还未曾跟一个 gentleman 一块过过三个钟头以上呢。这是破例呵。②

她迅速甩开他们两个人赴另一幽会而去。临走时建议他们最好去找街头妓女。一度自以为同都市合拍的 H，现在突然发现自己远远赶不上摩登女郎的节奏。

在《风景》中，都市男性和摩登女郎的艳遇最终导致性关系，但进程却是女郎一手把握。女郎散发着“强烈的巴西咖啡的香味”，一头男孩式的短发，肌肉结实，有理智的笔直的鼻子，穿着欧洲风的短裙，声音如同金属般有磁性。他们在火车上的初遇被描写成一种“坐在速度上面”的体验。男主人公燃青看到坐在对面的美丽的年青女郎时，她早已注意到他，并开始用她咄咄逼人的目光露骨地挑逗他了。接着她对他说，他有张“可爱的一副男性的脸子”。她的直截了当让他吃了一惊。他与她开始交谈，很快在她的建议下在某站一起下了火车，找到一家旅馆。但旅馆的房间显然对她不够刺激，她冲向了野外的一片空地，

---

① 《都市风景线》，第 93 页。

② 同上书，第 104 页。

边跑边脱下身上的所有衣服,“地上的疏草”于是成了他们的“青色的床巾”。然而最后证明,她是另有所属或谁也不属的。因此他对她的欲望永远也不会转换为传统式的“占有”。与此相近,《赤道下》中的男主人公为了把夫人同城里无数的崇拜者们分开而带她来到热带岛屿。但即使在远离都市的岛上,她也仍然不守贞节。他曾幻想自己拥有能令她哭、令她笑,甚至必要时加以拳脚,最终将她据为己有的权威。但他惊讶地发现,这种充满男性权威的幻想却已然灰飞烟灭。

刘呐鸥笔下的摩登女郎虽说与法国和日本文学异国女郎的形象一脉相承,但却不再是色情观照的被动对象。相反,她成了“反观”观照者的主体。不仅如此,如果说日本知识分子话语借助摩登女郎的形象以掩盖日本妇女的实际上的社会反叛意识(Silverberg 1991,页 239—255),那么刘呐鸥笔下的摩登女郎具有的现代性或“半殖民地性”却赋予她某种自主和能动力。有反讽意味的是,这些故事处理和巧妙批判的不是女性的越轨行为,而是体现在女性贞节观中的男性中心的性别道德(如《游戏》);性契约式的婚姻(如《礼仪和卫生》);以及男性对女性的占有(如《赤道下》)。有些女主人公甚至跨越种族和性别的常规界限,以与工人运动不同的途径投身反帝国主义。《流》中的女主人公,一位“近代的男性化了的女子”就是这样一个例证。不仅《流》,在有反讽意义的《热情之骨》及《礼仪和卫生》中还出现了反东方主义的女性形象。《热情之骨》描写一个名叫比也尔的法国男人来到东方寻求异国刺激。他以东方主义作家罗蒂自诩,直言不讳地声称要像罗蒂在他自传体小说中所经历的一样,寻找自己的“菊子夫人”。一天,在一家弥漫着金盏花和菊花芬芳的花店中,他发现了他的菊子夫人,他的“人鱼”,“一位从春神的花园里出来的女神”。她立刻成了东方异国风情神秘感的源泉:

> 他真不相信这么动人,这么可爱的菊子竟会这么近在眼前。他想一想,觉得她的全身从头至尾差不多没有一节不是可爱的。那黑眸像是深藏着的东洋的热情,那两扇真珠色的耳朵不是 Venus 从海里出生的贝壳吗? 那腰的四围的微妙的运动有的是雨果诗中那些近东女子们所没有的神秘性。纤细的蛾眉,啊! 那不任

一握的小足！比较那动物的西欧女是多么脆弱可爱啊！[1]

他对她展开了物质攻势，他给她送马赛来的巧克力，给她买礼物，带她去歌剧院和舞厅。她出身背景的模糊不清就像她神秘的黑眼睛一样，加倍增添了她的魅力。然而就在他低语着"亲爱的"，心醉神迷，俯卧在她娇弱得似乎承不住他重量的身体上的时刻，一个令他难以置信的倒高潮出现了。她突如其来地问他说，"给我五百元好么？"刹那间，他眼中的她一下从女神堕落成妓女，他异国情调的美丽幻想彻底破碎。他满怀厌恶地离开了她。而她，非但不再是他幻想的被动接受者，反而在第二天写信指责了他：

> 比也尔，不，先生，你想想看吧。你说我太金钱的吗？但是在这一切抽象的东西，如正义，道德的价值都可以用金钱买的经济时代，你叫我不要拿贞操向自己所心许的人换点紧急要用的钱来用吗？
>
> ……还是你说我不应该在那个时候说出来吗？我本来是不受管束的女人，想说就说，那种不能把自己的思想随时随刻表示出来的人们是我所不能理解的。我这个人太 materielle 也好的。
>
> 你每开口就像诗人一样地作诗，但是你所要求的那种诗，在这个时代是什么地方都找不到的。诗的内容已经变换了。就是有诗在你的眼前，恐怕你也看不出吧。这好了，好让你去作着往日的旧梦。[2]

据她看来，跟他要钱不过是沿用了他惯用的物质引诱方法，同给她买礼物性质差不多。这里，她的指责揭露了他眷恋异国情调的虚伪和傲慢：异国情调的女性纯粹是他头脑想象的产物，排斥任何与他精心构造的幻觉不相符合的现实因素。东方主义者人为营造的浪漫梦想和诗情画意使他得以扮演施惠者，对她大施她并不一定需要的恩惠。而一旦她开口索取，她就动摇了他们之间那种殖民者永远是施主和慈善家、被殖

---

① 《都市风景线》，第 76 页。

② 同上书，第 85—86 页。

民者永远是殖民礼品的被动接受者的不平等关系。她以自己的主动索取有意识地破坏了比也尔的异国想象，从而颠覆了他的东方主义。更重要的是，这一颠覆效果是通过女性有意识地自我商品化来实现的。她毫不掩饰的物质化是她反东方主义能动力（agency）的标志。她的物质性通过对东方主义想象规则的拒绝，反观着东方主义本身。

在以律师启明从外滩到老城的经历为主线的短篇《礼仪和卫生》中，对东方主义的颠覆过程得到进一步展示。在这篇小说里，不仅启明的男性权威遭到否认，一个法国男人的东方主义幻想也遭到挫败。这位名叫普吕业的法国男人形容他的东方美女的词汇同《热情之骨》的比也尔如出一辙。他注意到他欲望的对象、启明的妻子可琼“没有丝毫西方女人的粗俗”。她的黑眼睛“隐藏着东洋的秘密”，她的耳朵可爱得“像深海里搜出来的贝壳”。他把对可琼的迷恋称为他“东方醉”的一部分。他的“东方醉”还包括对中国古董和艺术品的迷恋。出于这种“醉”或“恋”，他从一个原来身居北京的外交官变成了上海专售外国人的古董商。他决定以从启明手中购买可琼的方式继续圆他的东方梦。他要用他的古董店和全部收藏来同启明换几年“艳福”。可笑的是，启明这位男性中心而不忠实的丈夫，竟将普吕业的东方恋视为衷心的恋爱。他既未接受也未拒绝普吕业的条件，匆匆回了家。到家之后，他发现可琼已经踪迹全无。留下的一张条子告诉他，她已经跟一个她称为“北京狗”的新情人远走高飞了。可琼既没有充当普吕业异国情调的艺术摆设，又拒绝扮演这位放荡丈夫守家在地的贞节妻子。相反，她是一个追求自己快乐的主动行动者。她把又聋又哑的妹妹留给了丈夫，因为据她理解，他所需要的不是女人而是女性身体。此外有她妹妹做伴，他可以少去光顾妓院，以免染上性病。“容易的往往是非卫生的”……结尾这句话讽刺地点了题。

摩登女郎之所以能够同时反观并拒绝西方的东方主义和中国的男权传统，正是因为她有一种非中国正统的，从好莱坞和日本西化摩登女形象嫁接过来的暧昧身份。她的女性装备（衣着、手袋、化妆品）、她的性开放、她男子气西方化的外观（高鼻子、体形瘦削、短发、肌肉饱满）以及她惊世骇俗的举止，都是明显的西方物质文明符号。她在这个意义上可以说是好莱坞女影星和日本摩登女的变体,她由好莱坞影星和摩登女幻化而来的外观使她周身散发出异国的"舶来"味。然而,她与上海都市形象的内在联系又使我们看到,她的过度物质化指涉的是半殖民地的现实。她的形象既是话语的构造(从外国借取或改装的),又是物质环境的凝聚(半殖民地都市中常见的过客)。她的这种身份动摇了启蒙话语中以都市文化的现代性取代半殖民地现实的话语/现实二分法。这样,她的形象就颠覆了知识分子想象中那种西方人创造的、中国人只能学习的现代性的权威,从而把现代性引入一个不可避免地杂糅着其他文化的半殖民世界。于是,借用李欧梵先生在另一场合使用的字眼,摩登女郎变成了"集中国现代性的都市想象于一身",展示"日常生活现代性"的客体(李欧梵 1996,页 23)。刘呐鸥的世界主义因而不同于"五四"时期的世界主义。它包容了半殖民地的城市现实。这也可以解释为什么刘呐鸥传达的现代性对左翼阵营的民族主义知识分子来说有颓废堕落的味道。刘呐鸥对现代性的观察不仅是西方大都会理念的投射,同时也主动介入了出现于半殖民地物质现实的都市文化形式。

结论:欲望与半殖民地现代性

Chatterjee 所描述的人所公认的民族主义想象流行于 19 世纪的印度,体现在法农以安的列斯岛为主题的著作里。但在 30 年代的上海却缺少对应物。这使得刘呐鸥有机会把中国的摩登女郎塑造为一个欲望对象,而不是反面的否定对象。同民族主义塑造的女性形象不同,刘呐鸥笔下摩登女郎的性开放非但没有受到男权主义式的谴责,反而成了她实现自己欲望的自由意志的表现。她的物质化非但没有被贬低为庸俗腐化,反而变成她适应现代世界的能力的表现,成为现代世界无可回避的物质现实的转喻性延伸。对于本土男性,她非但没有形成一种使他们双重非男性化的威胁,反而代表了一种需要追赶的现代速度。她不是同男性知识分子相匹敌的力量,反而倒以男性知识分子所不能的方式颠覆着传统。在这个特殊意义上,她是追求都市现代性的先锋,因此成为西方物质文明和中国男性知识分子之间不可多得的中介者。她的形象的确威胁到刘呐鸥笔下男主人公们的阳刚感，但由于这种男性主义没有民族主义的后盾，民族主义和男权思想未能形成牢固合谋。刘呐鸥本人文化身份的暧昧也许是导致他男性想象中民族主义匮乏的原因。但在更广阔的意义上，这一匮乏揭示的是一种摆脱了民族主义范畴模式的都市观。由于民族主义不是规范和解释女性的话语权威，对男权体制的激进颠覆就获得了自己的空间，而对两性之间权力关系更深入更系统的性别质疑有了可行性。实际上，正如历史已经证明，第三世界的民族主义一而再，再而三地成为父权体制用来控制妇女的有力武器，以便宣泄在对新老殖民势力的抵御中产生的挫败感。而刘呐鸥小说使我们引申出一个反讽式的结论：即在现代中国，非民族化的都市主义可能是允许女性摆脱父权制压迫而不附加约束条件的唯一角度。

摩登女郎拒斥了比也尔和普吕业所代表的东方主义，由此说明，她所体现的现代性并不属于西方强加于东方女性的性别范畴，她也并未轻易接受西方的文化价值。她的反叛因而是双刃的，一箭双雕地指向中国的男权体制和西方的东方主义想象。这种情形突显了一个引人深思的理论课题：如果东方主义和第三世界男权制共享同一个迫使女性就范于男性幻想的欲望，那么东方主义和第三世界男权之间有没有结构上的相似性？《礼仪和卫生》中的启明把普吕业以古董店买取对可琼拥有权的欲望看作真正的爱情。其中的启示很明显，东方主义和男权主义确实可以互相勾结。如果不是可琼自己的抵抗，她可能就会在这两个男性为保护共同利益所做的交易中被交换、销售、出卖了。

摩登女郎对东方主义和男权主义这两套规则的双重背叛，使她同“五四”以来的众多现代女性形象有个根本区别。在现代文学女性形象演变的长廊中，摩登女郎的形象也许可以上溯到“五四”新女性。在“五四”话语中，创造了新女性形象的一代男性作家本人大都未能摆脱封建婚姻的阶段，因而他们极力将新女性创造成勇敢地实行全盘西化和彻底反传统的形象，以转述他们自己的挫折感（如胡适介绍的娜拉，鲁迅的小说人物子君，以及茅盾的许多女性人物）。通过她们最终未能将自我解放实行到底的命运，“五四”作家表达了他们本人在顽固的封建传统以及启蒙任务的艰巨性面前所最终感到的绝望(Chan 1993,页13—32)。新女性基本是男性欲望的投影,通过她,男性作家可以调整五四时代特有的传统与现代概念之间的关系。因此毫不奇怪,新女性形象多多少少都受到男性叙述的局限,时时流露着男性作家不加掩饰的反女性主义色彩(史书美1994,页108—127)。摩登女郎可以说也是男性根据自己的主体问题来构造的。我们也许可以说,通过摩登女郎对性别、种族、文化和民族身份的越轨行为,男性都市主体投射了一个可崇拜可欲望的理想形象。刘呐鸥的作品既没有为启蒙的艰难而呻吟,又没有利用女性批判社会……这两者都需以稳定的男性身份和男性权力为前提。相反,刘呐鸥的作品表现了一种向自己男权制基础发出挑战和质疑的男性身份,不具备男性主体惯有的身份稳定性,从而提出了上海半殖民地都市新产生的性别角色问题。因此,摩登女郎在争取独立方面的相对成功表示了刘呐鸥对同时具有半殖民地性和都市化特点的现代性的希望,而不是绝望。

最后,如前所述,话语和物质现实二极对立在中国知识分子话语中一直存在。而西化摩登女郎形象表达了另一种话语尝试。她代表了一种正视物质现实,同现实交锋,并将现实引入话语的可能方式。由于她不可抵御的引诱力,她牢固地占据了男主人公欲望领域中最突出的位置,并不可避免地参与了欲望男性主体的构造。随着她对话语现实的双重背叛,男性欲望领域里的话语同现实不再具有清晰的分界。作为现代都市性的化身,她具体呈现了话语层面的现代性与半殖民地物质现实的交锋,以及对现代性的欲望同半殖民地性之间不可分割的联系。类似的交锋和联系以更为多样繁复的形式呈现在上海其他现代主义作家诸如施蛰存、穆时英等人的作品里。这些作家的创作包容了他们对半殖民地都市现代性的矛盾重重的各种体验。可惜的是,在抗战爆发后,建构发掘这一欲望领域的努力却被逐渐占优势的主导政治民族主义排挤,被非正当化。上述这种半殖民地文化政治也由此而失去了继续发展的可能条件。

参考书目

Barlow, Tani. 1993. Editor's introduction and "Gareer in Postwar China Studies"("编辑导言"及"战后美国中国学中的事业"),载于 *Positios* 1卷1期,页 v-vii, 224—267。

Bergère, Marie-Claire 白吉尔, 1981. "The other China: Shanghai from 1919 to 1949"("另一个中国:1919至1949年之间的上海"),收于 Christopher Howe 主编, *Shanghai: Revolution and Development in an Asian Metropolis*,(《上海:亚洲大都市中的革命与发展》),剑桥大学出版社。

Chen, Jerome. 1979. *China and the West: Society and Culture, 1815—1937*(《中国与西方:社会与文化,1815—1937》),印第安纳大学出版社。

Chakarabarty, Dipesh. 1992. "Postcoloniality and the Artifice of History: Who Speaks for 'Indian' Pasts?"("后殖民主义与历史的表象:谁是过去之'印度'的代言人?"),载于 *Representation* 卷37(冬季号):页1—26。

Chan, Ching-kiu Stephen. 1993 . "The Language of Despair: Ideological Representations of the 'New Woman' by May Fourth Writers"("绝望的语言:"五四"作家意识形态化的新女性形象"),收入 Tani Barlow 编 *Gender Politics in Modern China: Writing and Feminism*(《现代中国的性别政治:写作与女性主义》),杜克大学出版社。

Chatterjee, Partha. 1993. *The Nation and Its Fragments: Colonial and Postcolonial Histories* (《民族及其碎片:殖民与后殖民之历史》),普林斯顿大学出版社。

Chow, Rey 周蕾, 1995. "The Politics of Admittance: Female Sexual Agency, Miscegenation and the Formation of Community in Franz Fanon"("接纳的政治:法农著作中女性的性能动,种族杂交,和社区的形成"), *The UTS Review* 1卷1期,页5—29。

Clifford, Nicholas. 1995. *Spoilt Children of Empire: Westerners in Shanghai and the Chinese Revolution of the* 1920*s*。(《帝国的宠儿:二十年代的上海西方人和中国革命》), Middlebury, Vt. :Middlebury College Press 出版社。

Cohen, Paul 保罗·库恩, 1984. *Discovering History in China* (《在中国发现历史》,纽约:哥伦比亚大学出版社。

Dikotter, Frank. 1992. *The Discourse of Race in Modem China* (《现代中国有关种族的论述》),斯坦福大学出版社。

Fanon, Franz 法农·弗朗兹, 1952. *Peau Noire, Masques Blancs*, (《黑皮肤,白面具》),巴黎:Editions du Seuil 出版社。Charles Lam Markmann 英译,题为 *Black Skin, White Masks*,纽约:Grove Weidenfield 出版社 1967 年版。

Freuhauf, Heinrich. 1993. "Urban Exoticism in Modern and Contemporary Chinese Literature" ("中国现当代文学中的都市异国情调"),收入 Ellen Widmer 与王德威合编 *From May Fourth to June Fourth: Fiction and Film in Twentieth Century China* (《从"五四"到"六四":二十世纪中国的小说与电影》),哈佛大学出版社。

Fu, Poshek. 1993. *Passivity, Resistance, and Collaboration: Intellectual Choices in Occupied Shanghai, 1937—1945* (《顺从,反抗与合作:上海职业社会的选择,1937—1945》),斯坦福大学出版社。

Hershatter, Gail 贺萧, 1989. "The Hierarchy of Shanghai Prostitution, 1870—1949" ("上海妓女业的等级"), *Modern China*(《现代中国》15 卷 4 期,页 463—498。

Kandiyoti, Deniz. 1994. "Identity and Its Discontents: Women and the Nation" ("身份及其不满:女性与民族"),载于 Patrick Williams 与 Laura Chrisman 编, *Colonial Discourse and Post-colonial Theory* (《殖民话语与后殖民理论》),纽约:哥伦比亚大学出版社。

Lee, Leo Ou-fan 李欧梵, 1996. "The Cultural Construction of Modernity in Early Republican China: Some Research Notes on Urban Shanghai ("民国早期现代性的文化构成:有关上海都市的几点思考"),未刊稿。

Lee, Tahirish V. 1995. Introduction to "Coping with Shanghai: Means to Survival and Success in the Early Twentieth Century—A Symposium" ("《适应上海:二十世纪初的存活与成功之路——研讨会》序"),载 *Journal of Asian Studies*(《亚洲学刊》)54 卷 1 期,页 3—18。

Lerner, Michael G. 1974. *Pierre Loti*(《比埃尔·罗蒂》),纽约:Twayne Publishers 出版社。

Levenson, Joseph 列文森, 1971. *Revolution and Cosmopolitanism: The Western Stage and the Chinese Stage* (《革命与国际性:西方舞台与中国舞台》),伯克莱:加州大学出版社。

刘呐鸥,编译,1928a."《色情文化》译者题记"。上海:第一线书店版。

刘呐鸥,译,1928b."保尔·穆行论",原著 Benjamin Crémieux.《无轨列车》第 4 期(十月号),页 147—160。

刘呐鸥,1930a.《都市风景线》,上海:水沫书店 1930 年版。

刘呐鸥,1930b. 译著《艺术社会学》(*The Sociology of Art*),原著弗里克· 费里契(Vladmir M. Friche),上海:水沫书店1930年版。

Morand,Paul 保罗 · 穆杭,1921. *Tenders stocks*(《温柔货》),巴黎:Nouvelle revue francaise 出版社。

保罗 · 穆杭,1922. *Ouvert la Nuit*(《夜开着》),巴黎:Nouvelle revue francaise 出版社。

Nandy,Ashis. 1983. *The Intimate Enemy: Loss and Discovery of Self Under Colonialism*(《亲密无间的敌人:殖民统治下自我的丧失与发现》),德里:牛津大学出版社。

Parker,Andrew 等编,1992. *Nationalism and Sexualities*,(《民族主义与性别》),纽约:Routledge 出版社。

Ransome,Arthur. 1927. *The Chinese Puzzle* (《中国之谜》),波士顿、纽约:Houghton Mifflin 出版社。

Said,Edward 赛伊德,1979. *Orientalism*(《东方主义》),伦敦:Vintage Books 出版社。

Sato,Barbara Hamill. 1993. "The Moga Sensation: Perceptions of the *Modan Garu* in Japanese Intellectual Circles During the 1920s"("二十年代日本知识界眼中的摩登女郎"),载于 *Gender and History*(《性别与历史》)5卷3期,页363—381。

Sergeant,Harriet. 1991. *Shanghai*(《上海》),伦敦:Jonathan Cape 出版社。

施蛰存,1984."震旦二年",《新文学史料》4期,页51—54。

施蛰存,1985."我们经营过三个书店",《新文学史料》1期,页184—190。

Shih,Shu-mei 史书美,1992. "Writing Between China and the West: Chinese Modernist Fiction,1917—1937"("处于中西之间的写作:中国现代主义小说,1917—1937"),博士论文。加州大学洛杉矶校址。

史书美,1994."中国现代文学中的女性自白小说",载于《当代》1995年3月号,页108—127。

史书美,1996."Negociating the Local and the Global: Chinese Modernism in a Field of Discourse"("地方与全球之互渗:话语领域中的中国现代主义"),未刊稿。

Silvergerg,Miriam. 1991."The Modern Girl as Militant "("反抗的摩登女郎"),收于 Gail Lee Berstein 编 *Recreating Japanese Women*,1600—1945(《日本女性的重塑》),伯克利:加州大学出版社。

孙中山,1950.《三民主义》,台北:弘扬改造委员会1950年版。

陶晶荪,1927.《音乐会小曲》,上海:创造社1927年版。

Williams,Raymond 雷蒙 · 威廉思,1989. *The Politics of Modernism: Against the New*

Conformists,(《现代主义的政治学:反对新循规蹈矩主义者》),伦敦:Verso 出版社。

徐霞村,1929a. 译著《菊子夫人》,原著 Pierre Loti,上海:商务印书馆 1929 年版。

徐霞村,1929b. “Modern Girl”《新文艺》1 卷 3 期,页 406—413。

严家炎,1989.《中国现代小说流派史》,北京:人民文学出版社 1989 年版。

Yeh,Wen-Hsin 叶文心,Frederic Wakeman 魏菲德,1992. Introduction to Shanghai Sojourners(“《上海游寓》导言”),伯克利东亚研究所,加州大学出版社。

Yi Tong. 1944,“记刘呐鸥”,载杨翼明编《文坛史料》(大连)。

Zhang Yingjin 张英进,1996. *The City in Modern Chinese Literature and Film*:*Configurations of Space*,*Time*,*and Gender*(《中国现代文学与电影中的城市:时空与性别的构型》),斯坦福大学出版社 1996 年版。

(原载《学人》第 14 辑,江苏文艺出版社,1998)

(孟悦　译)

“赛先生”与“五四”新诗意象

刘为民

一

意象是诗的艺术精髓。中国古代文学以诗为宗,在“五四”新文学运动中,白话诗革命作为“突破口”,也必然要引起诗歌意象的推陈出新。“五四”作家的知识构成与文化修养,“赛先生”的精神洗礼与科学知识、理论学说的潜在规约,在某些方面就突出地表现于这种诗歌意象的时代衍变与更新之中,这可以看作是中国诗歌现代化的重要特点之一。

黄遵宪倡导“诗界革命”,主张“我手写吾口”,[①]以表现“古人未有之物,未辟之境”[②],是中国诗歌白话革命的先声,预示了诗歌意象更新与创造发展的时代方向。他宦游海外的创作,明显地反映了欧洲近代科学发展对人类生存环境与日常生活的影响,对照传统诗歌的取象设喻,已经有了很大不同,如梁启超认为是首揭“诗界革命”大旗的《今别离》四首,分别写轮船、火车、电报、相片和东西两半球昼夜相反的情景,副题即标明了它们是“古人未有之物”。“钟声”、“轻气球”和“一刻既万周”的转轮,都是近代科技发展的产物,[③]都反映了近代西方科学知识范畴里的物象和生活现实,已经开始参与中国近代的诗歌意象

① 黄遵宪:《杂感》诗。

② 黄遵宪:《人境庐诗草自序》。

③ 选录《今别离》其一:“别肠转如轮,一刻既万周。眼见双轮驰,益增心中忧。古亦有山川,古亦有车舟。车舟载离别,行止犹自由。今日舟与车,并力生离愁。明知须臾景,不许稍绸缪。钟声一及时,顷刻不少留。虽有万钧柁,动如绕指柔。岂无打头风,亦不畏石尤。送者未及返,君在天尽头。望影倏不见,烟波杳悠悠。去矣一何速,归定留滞不?所愿君归时,快乘轻气球。”

更新。如果拿晚清诗坛拟古派泰斗王闿运的同题之作《今离别》对照一下，这种意象新变的痕迹也许更为突出。比黄遵宪年轻15岁的王闿运因袭传统诗歌意象，他的诗里几乎全用唐宋思妇诗的陈旧套语："肠断"、"天涯"、"罗裳"、"浮云"、"空帷"等等。[①] 其中"愁如细雨连烟草"一句，更是直接出自北宋贺铸的《青玉案》："试问闲愁都几许？一川烟草满城风絮，梅子黄时雨。"同写《今别离》，墨落窠臼，并无新创。黄遵宪的有关创作——包括《登巴黎铁塔》、《伦敦大雾行》等，和他的《今离别》一样，都程度不同地表现出某种意象创新的艺术追求，近代科技物象的描摹，是其中的突出表现之一。

但是，黄遵宪笔下的有关科技物象以及生活景观，基本上还停留于对异邦风物新知的自然写真与客观描述，还没有涉及西方文艺复兴以来确立的人文主义思潮，更不可能深入宇宙与人生、社会与自我的生存状态及精神自由的境界，来揭示人的现代意识与情怀。比如《今离别》中借相片、电报表现的，仍不过是离人思妇的陈旧情调，在很大程度上还没有脱尽传统文人的吟咏趣味，甚至可以说本质上"其迹未化"。[②] 所以，黄遵宪笔下的这些物象咏写与科技生活有关，但比较现代诗歌意象，仍有很大距离。

是《女神》开创了中国诗歌意象的现代篇章，从"赛先生"的视角看去，尤其鲜明。《女神》的卷头诗就开宗明义地表达了这一点：

《女神》哟！
你去，去寻那与我振动数相同的人；
你去，去寻那与我燃烧点相等的人。
你去，去在我可爱的青年的兄弟姊妹胸中。
把他们的心弦拨动，
把他们的智光点燃吧！

---

① 参见王闿运《今离别》：别来五日春水生，/桃枝成碧花欲明。/开帘望东风，/远近伤我情。/君肠断，/妾身老，/绣衣罗裳著春早。/愁如细雨连烟草，/去年离别莺始啼，/今年啼莺别处飞。/垂杨复何心，/从风飘絮来。/天涯浮云皎月意，/不尽绝思还空帷。

② 钱萼孙：《梦苦盦诗话》。

不仅这里的“谐振”、“燃点”等物理学概念鲜明夺目,更重要的是:这种建立在自然科学知识基础上的新诗象喻,直接联系于个性主义自我解放、自我追求的现代意识,从而赋予这种抽象的科学概念以具体形象的思想内涵,突出而生动地反映出“赛先生”作为新文学灵魂之一的时代光彩。因此,以“科学底成份”熔铸于新诗意象,“当发源于一种内在的科学精神”,①是《女神》区别于《尝试集》的重要特点之一。从这个角度考察“五四”新诗意象的衍变创新和现代化的努力足迹,在某些层面上可以看得更为清晰。郭沫若在《笔立山头展望》中写道:

一枝枝的烟筒都开着了朵黑色的牡丹呀!
哦哦,二十世纪的名花!
近代文明的严母呀!

由工厂烟囱上空滚滚的浓烟联想到华贵的黑牡丹,这还是对科技物象的赞美。其现代思想意蕴在于诗人没有停止在这一讴歌顶礼的层面,而是从中看到了物质与精神的联系,着重展示现代机械化大生产经济基础上孕育、诞生的“近代文明”——这才是人类灵魂的时代之花是诗人超越了科技物象的表层认识,对20世纪时代精神的独特感悟。在这里,自然景观与人文传统都因为科学进步导致的工业革命发生了划时代的历史新变。“黑牡丹”的诗歌意象里,内含着一种价值观念:赞美机械化大生产的工业文明。这是中国传统诗歌里从来没有过的。在这个意义上可以说,正是科学技术在改变物质文明的客观基础的同时,也更新、改造了精神文明中的诗歌意象。“五四”诗歌革命所接受的“赛先生”的重大影响,就突出地表现在这里。

郭沫若对科学和科学家的由衷礼赞所体现的价值观,与他对革命的思想家、政治领袖的讴歌,有着内在的一致性。这就是他所推崇的大胆怀疑、反叛传统的理性主义精神。因此,在《匪徒颂》里,向“倡导太

① 闻一多:《女神底地方色彩》,载《创造周报》第4号,1923年6月3日。

阳系统的妖魔,离经叛道的哥白尼”和“倡导人猿同祖的畜生,毁宗谤祖的达尔文”三呼“万岁”,表达了至高无上的崇敬。19世纪中叶以三大发现(能量转化与守恒定律、细胞学说、生物进化论)为代表的有机论的自然观给郭沫若的泛神论思想带来深刻影响,最关键的就是打破了宿命论的历史观,从而突出人生的精神主体、突出在历史发展中主体精神的自我选择与努力超越。他说“宇宙中一切的质与能在辗转相变”,[①]“宇宙全体只是个 Energy 底交流”,[②]“我们研究过生物学的人,要先求生命的基本单位”,这就是由细胞核、细胞质以及从中“分泌出来的 Iellenmerbran”构成的“细胞”。[③] 他很早就读过严复“做”的《天演论》,在创造社时代,他说:“本体含有一切,不断地进化着,依两种相对的性质进化着。本体天天向‘善’自新着。然而,本体这种向‘善’的进化,在他的意思,不是神的意识之发露,而是神之本性,即本体之必然性。”[④]这里,明确的进化论意识已经开始融会于他的“泛神论”思想。在《〈少年维特之烦恼〉序引》中,郭沫若集中地表达了他的这种基于自然科学时代精神基础上的泛神论观点:“我即是神,一切自然都是我底表现。人到无我的时候,与神合作,超绝时空,而等齐生死。”[⑤]正是这种消融了主客体境界也突破了自然因果律限制的泛神论思想,吸取了科学的营养又超越了科学,在《女神》中创造了一系列新诗意象。《天狗》中的诗人自我,化入日月星辰、气吞寰宇,具有无限创造力,所以,才能唱出:“我是月底光,我是日底光,我是一切星球底光,我是X光线底光,我是全宇宙底 Energy 底总量!”这可以看作是主体精神由内而外地热情喷溢与心智辐射。而后,诗人又自外返内地观照自身:“我在我神经上飞跑,我在我脊髓上飞跑,我在我脑筋上飞跑。”从近、现代天文学知识,到19世纪末刚发现的“X光线”,以及生理

---

① 《波斯诗人莪默伽亚谟》,载《创造》季刊第1卷第3期。

② 《生命底文学》,载《学灯》1920年2月23日。

③ 《文学的本质》,载《学艺》杂志第7卷第1号,并参见《论诗》、《文艺论集》,上海:光华书局,1925。

④ 《中国文化之传统精神》,载《创造周报》第2号,1923。

⑤ 《创造》季刊创刊号。

学、解剖学知识，都汇入“天狗”的诗意生命里，而将这种种“内”、“外”意象联系于一体并赋予它力度与动感的，正是来源自“赛先生”的“五四”时代灵魂。

《女神》、《星空》、《前茅》等诗、文集中，郭沫若运用了天文学、地理学、地质学、矿物学、生物学乃至医学等方面的知识，或者加以夸大渲染，或者加以想象类比，为丰富“五四”新诗意象，从科技的角度，作出种种开拓性创造。在《金字塔》中，他先描写“太阳游历了地球东半，又要去游历地球西半”，然后予以否认，指出这是“地球在自转，公转”。《黄河与扬子江对话》里，控诉了“在人们头上替‘毒菌’做培养基”的黑暗社会现实，又指出“这位置在温带区域的中国实在是个宝藏”。《上海的早晨》里，他召唤着：“在这静安寺路的马路中央，终会有剧烈的火山爆喷！”其他像“炉中煤”、“无烟煤”、“电火光”等等都是应用了自然科学知识又充分发挥艺术想象而使之充满了蓬勃的青春诗情。如果郭沫若没有受到生物学和医学的专业知识训练，他很难写出下面的诗句：

我想那天空中一切的星球，
只不过是我们生物的眼球的虚影；
我只相信你是实有性的证明。①

这是结合了视觉成像的生物解剖原理，作诗意抒发的直接比兴。再如：

十里松原中无数的古松，
尽高擎着他们的手儿沉默着在赞美天宇。
他们一枝枝的手儿在空中战栗，
我的一枝枝的神经纤维在身中战栗。②

自然景色和心理感受的紧密联系，在“高擎”的松枝与“神经纤维”二者身上找到了载体的意象统一。如果说《笔立山头展望》中的“黑色的牡丹”，为“五四”诗坛带来了近现代机械化生产的工业文明新姿，那

① 郭沫若：《女神·地球，我的母亲》。
② 郭沫若：《女神·夜步十里松原》。

么也不能忽视郭沫若笔下的众多篇章与诗句,都反复再现了科学知识作为一个系统整体的“精神”意象,和某种机械动态的审美特征。对照《尝试集》尤其显示出这种整体风貌与思想根柢的区别。比如同样写日月星辰,胡适笔下是:“月冷寒江静,心头百念消。欲眠君照我,无梦到明朝!”①或者:“我喜欢你这颗顶大的星儿,/可惜我叫不出你的名字。/平日月明时,月光遮尽了满天星,总不能遮住你。”②可以说,胡适尽管在他的“实验主义文学观”中体现了某种科学的“方法论”思想,但在《尝试集》的具体创作里,似乎基本上没有注意到像郭沫若那样表现“赛先生”这一重要的“五四”时代主题。因此,作为中国现代诗坛的奠基作,从“科学”与“民主”的思想内在联系来衡量,《女神》超过了单纯的白话诗实验。我们固然肯定“白话革命”对于“诗体大解放”的价值,但又不能停止于在白话诗实验的水平上,理解“五四”新文学的时代精神。所以,《女神》比较完整地反映了科学与民主的“五四”灵魂,不愧为新文学革命的时代之歌。其中意象创新的科学性倾向,在当时也往往成为模仿、学习的榜样。如王世颖的散文《大善寺底塔》中写道:

颤巍巍当不住微风细雨的电杆,
是二十世纪时代进化的产品呵!

尽管作者的本意是在于赞美“矗立云表,老当益壮”的梁朝古塔,但仍然客观地表现了“电杆”、“公司”所标志的近代文明对自然界“黄绢幼妇”式古老“画图”的冲击,③由此象征着“二十世纪进化”的社会发展,绝不会依着人的意志而转移。

二

科学思想发展中的一些核心观念原本是古希腊人设想的天文学宇

① 胡适:《尝试集》,第 8 页,1922 年 10 月增订四版。
② 胡适:《尝试集》,第 58 页,1922 年 10 月增订四版。
③ 引自《中国新大学大系 · 散文一集》,第 450 页。

宙模型,人们对于这些宇宙模型的认识构成了不同时代的宇宙观。它是关于空间、时间与人类知觉心理的综合反映,早在原始神话时期,就与各民族文学有着普遍的内在联系。从“赛先生”的角度考察“五四”新文学,宇宙观是一个理想的中介——它既可以诉诸天文学的科学理性,又可以准确地指涉文学形象中的艺术美感。时间和空间是宇宙观的基本概念。从文学接受的视点来看,前者是对时流感受的精神探寻,后者是对生存环境的体认把握。由于各种社会历史条件的不同,人们对于空间和时间的心理感受能力、程度范围认识并不一致。这主要取决于人类把握自然的深广度与起自原始初民的生命意识之间的关系。它反映到文学中的自然景物描写、精神情怀的抒发等诸多方面,是一个历古常新的重要问题。

在科学史上,最早把时间与空间作为一个统一概念提出的,是我国先秦时代的管仲,他说:“天地之橐,宙合橐天地。”可见,这最初的时空观念中已经包含着客观的整体性关联意识。今天所谓的“宇”、“宙”观念,来自老子和据说是商鞅的老师的尸佼。《文子·自然》篇载:“老子曰:往古来今谓之宙,四方上下谓之宇。”《尸子》中也讲到“四方上下曰宇,往古来今曰宙”。这种宇宙意识的影响,表现在庄子的《逍遥游》、《秋水》、《天下》等篇章里,预示出宇宙是一个具有无限广延性的非封闭系统。到中世纪柳宗元的《天对》篇,更是进一步发挥拓展了这种无限广延性,所谓“无中无旁”、“其极无方”、“漭弥非垠”等等,比起哥白尼之前15世纪的罗马学者尼古拉,同样肯定宇宙无限而没有中心,早了八百年。这说明在人类时空观念的发展史上,炎黄子孙的远见卓识,与“四大发明”一样令人惊叹!这种时空观念必然会影响到中国传统文学的正宗——诗歌创作。闻一多在《唐诗杂论》里就明确指出:张若虚的《春江花月夜》泳涵着一种“更敻绝的宇宙意识”。[1]“五四”作家

① 闻一多:《唐诗杂论》,第20页。

关于“星”、“月”、“夜”意象的描绘与抒写，段落与篇章，[①]既反映了现代天文学等科学知识的深刻影响，也内在地承继着中国文学传统里的这种“宇宙意识”。鲁迅的笔名中就有“神飞”、“风声”等，表现出一种被艺术通感转化了的时流意识；鲁迅说更早以前还用过“令飞”、“迅行”，“鲁迅就是承迅行而来的”。[②]

正是这种“宇宙意识”为“五四”诗人接受当时最先进的科学思想，提供了内在既存的思想框架，在一定程度上也反映了更新民族文化精神的时代要求。

哥白尼“日心说”的发现，标志着近代自然科学的诞生，它首先改变了中世纪的神学宇宙观。牛顿力学的辉煌成就确立了机械论的宇宙图式，从而彻底摧毁了神学的思想统治，为自然科学与人文科学的结合、发展开辟了现代化方向。19 世纪的三大发现，从根本上为辩证自然观奠定了科学基础。于是，“一切僵硬的东西溶化了，一切固定的东

---

① 强调这一点是出于以下的考虑：鲁迅的《野草》开卷第一篇就是《秋夜》；千古文坛第一声“呐喊”的《狂人日记》，第一节第一句也是“今天晚上，很好的月光”（其第二、三节同样以“月光”、“晚上”开头）。郁达夫笔下的“沉沦”形象系列无不浸染着“银灰色”这夜光与月辉的凝镀层。（梁遇春在《泪与笔 · Kissing the fire（吻火）》中说徐志摩“那种惊奇的眼神，好像正在猜人生的谜，又好像正在一叶一叶揭开宇宙的神秘，我就觉得他的眼睛真带来了一些银灰色”。）另外，郭沫若、田汉、宗白华、冰心、叶圣陶、朱自清、闻一多、邓均吾、高长虹和徐志摩，也都写过以“夜”（或“荷塘月色”、“初夏一夜”等类型）为题的作品。“新月”在我看来，作为“五四”诗坛艺术品格最纯正因而也最重要的流派名称之喻象，其大量作品和流派本身的几经浮沉从灿烂夺目到黯然失色再到隐形化解真应验了那“阴晴圆缺”的古韵，也颇能引人深省并玩味，但还应注意：“革命文学”论争前后，似乎“夜”形象由“五四”新诗中反映客观外在的自然宇宙意识，逐渐地倾向于展现鲁迅《秋夜》式的民族社会人文意境了。如果蒋光慈的《兄弟夜话》、《冲出云围的月亮》于此值得一提的话，茅盾的《子夜》更是寓意深沉。至于老舍《月牙儿》中所散发的民族文化情调，曹禺《雷雨》、《日出》、《原野》所营构的以“夜”为背景的话剧艺术范型，巴金《寒夜》里揭示的时代精神病苦，徐讦《鬼恋》、《阿拉伯的女神》、《风萧萧》所塑造的人物个性等等，无一不和星月夜幕相连。从这个意义上我们完全可以说，中国现代文坛上的“夜”辉积淀，远远地，大大地厚重于“桑干河上”式的“阳光”。如果联系 30 年代京派小说《月下小景》（沈从文）式的淳朴民性，横向对比新感觉派《夜总会里的五个人》（穆时英）式的病态世风，从中发掘物质文明与精神文明的时代反差；如果联系 50 年代郭小川创作《望星空》的哲思理趣及其坎坷际遇，纵向对比五四先驱们的《繁星》、《秋夜》式的心灵探寻，从中辨析中华民族文化建设的血脉基因，谁能无视由“夜”形象包孕着的“夜文化”，也许是 20 世纪中国文坛上一株果硕根深的橄榄树呢？我们从时空观的特定视角审视“五四”文学，正是深化并强化这一科学性与艺术性兼备的理论命题的逻辑起点。

② 鲁迅：《华盖集续编 ·〈阿 Q 正传〉的成因》。

西消散了，一切被当作永久存在的特殊东西变成了转瞬即逝的东西，整个自然界被证明是在永恒的流动和循环中运动着的”。[①] 这对于广泛学习自然科学知识并接受西方科学精神洗礼的“五四”作家们，必然会产生深刻的思想影响，也突出地表现在他们的创作中：冰心在《繁星·十四》里写道：“我们都是自然的婴儿，卧在宇宙的摇篮里。”这种生存意识的精神定位，植根于现代天文学知识的科学坐标基础上；在郭沫若那里，可能表现得最强烈、最典型：

宇宙呀，宇宙，
你为什么存在？
你自从哪儿来？
你坐在哪儿在？
你是个有限大的空球？
你是个无限大的整块？
你到底还是个有生命的交流？
你到底还是个无生命的机械？[②]

这里，再不是庄子《天运》式的哲思探寻，也绝非屈原《天问》式的朦胧猜测，更不同于柳河东《天对》式的理趣“盲答”。从“有生命的交流”与“无生命的机械”来看，处处透射着现代科学观念的思想光辉，照亮了对宇宙时空的理性审察，和明晰、具体的逻辑思路。因此，郭沫若才能写出这种新颖的意象，和既有整体感又有时流感的生动诗句。这既是诗人对现实失望而愤懑的情绪折射，更突出地展现了“赛先生”作为“五四”新诗革命的内在动力之一的重大影响。20 世纪初，以相对论、量子论为主的物理学革命深刻地改塑更新着青年郭沫若的宇宙观。他认为现代物理学所揭示的“宇—微”观世界是一个高能运动的、时空渗透于各部分相互联系的复杂结构。他肯定其中的“科学精神和进取主义”[③]，并且一再提出《凤凰涅槃》中的“宇宙”问题：“……为什么会

① 恩格斯：《自然辩证法》，第 15—16 页。
② 郭沫若：《女神》。
③ 郭沫若：《论中德文化书》，载《创造周报》第 5 号。

有这宇宙存在？宇宙的第一原因，假使是有时究竟是什么？”“……然而量子究竟为什么存在？他们的第一原因，假使是有时，究竟是什么？”[①]这些问题的出现，在中国“五四”时期，实质上表现了人的现代意识的觉醒，不仅要冲破传统的精神愚昧，走向社会革命与阶级斗争，还预示着对宇宙真理的科学追求将成为新世纪的时代主题。科学的宇宙观虽然历来未曾得到新文学研究应有的重视，但它却实在是“五四”文学中现代人意识的不可或缺的组成部分。其中的科学精神正是郭沫若孜孜以求，一再呈现于诗章里的。在《星空》中，不仅古、现代天文学知识与“自我”即作者的泛神论思想融为一体，尤其值得关注的一点是：抒情主人公像其他“五四”作家为民族危难而痛心疾首一样，竟然和“古代”、“中州”的“天才”们一齐为我国古已有之的科学精神的丧失而“滔滔流泪”。同时，科学的宇宙观也为诗人带来了超常的审美快感，《星空》里就洋溢着这样由衷的赞叹：“美哉！美哉！天体与我，/不曾有今宵欢快……/太空是只有闪烁的星和我。”这里，诗人自我与宇宙天体达到了生存本体意识的高度契合，而又绝不是传统文化的“天人合一”。同样，《星空》中精确描绘的现代天文图景和大量采用的英文星座原名，给读者留下了深刻印象：

> 我读《星空》，好像坐在天文馆的天象馆里，头上的夜空正缓缓的转动。我感受着宇宙生命的运行。《星空》体现了青年郭沫若特有的气度和他特有的宇宙意识。他已经大大偏离了古代作家的视觉常规。[②]

这是具有代表性的。“五四”作家的“视觉常规”是建立在现代宇宙观的科学知识基础之上的。刘大白在《秋之泪》中收有1922年写的《看月之群》，也反映了这个特点。同样，冰心的《繁星》、宗白华的《流云》，以及众多描写“星、月、夜”的“五四”篇章，都程度不同地表现着这种科学的宇宙观。作家宇宙观的现代科学意识，势必带来叙事文学时空艺术的创作更新。我国古典小说从先秦神话、六朝志怪、唐宋传奇、

---

① 《波斯诗人莪默伽亚谟》，载《创造》季刊第1卷第3期。

② 刘纳：《望星空》，载《中国现代文学研究丛刊》1988年第1期。

宋元话本,直至明清小说,其时空形态经历了由简到繁,由平面到交错的变化发展过程。茅盾概括为“可分可合,疏密相间,似断实联”。特别明清以来,开始突破那种相对稳定、缺乏逆进与变化的时空形式。19世纪至20世纪初的科技革命,触发了西方小说艺术的变革,其中一个重要的方面就是时空形式与感受的现代衍化:故事改变了一维性直线叙事法,事件发展可以从中间开始,采取情节“透视”方法或者淡化情节以构成文本的真义顿悟。中国本世纪初林纾等人的翻译和“新小说”家们的模仿,也表现出变革传统时空形式的强烈愿望,直到“五四”时期这个历史任务才在鲁迅小说中得以完成。但是在当时的社会条件制约下,对新文学时空艺术的审美接受,还没有形成一种普遍的阅读需求。所以,人们对鲁迅小说里彻底反封建的象征意蕴关注较多,而对于小说中锐意创新的现代时空意识却似乎还缺乏相应的重视与研究。

首先,“狂人”的精神体验第一次成功地为中国文学引入“心理时间”,结束了传统文学中的绝对时空观。如“我翻开历史一查,这历史没有年代”,“黑漆漆的,不知是日是夜”等等。另外,《阿Q正传》、《风波》、《祝福》等篇的故事结构并不十分完整,也可以从时空艺术的角度认识其“格式的特别”。继鲁迅以后,冰心的《疯人日记》、庐隐的《丽石的日记》等也都是根据人物的感受来剪辑情节和安排叙述时间的。总之,这些作品明显地区别于传统小说中的自然时序和“因果律”结构。

尽管如此,我们还是不能把“五四”新文学中时空艺术的某些创新衍变,直接联系于西方自然科学以及它的传播和交流。“五四”作家首先是从西方文艺作品中感受现代时空艺术的,他们的科学知识帮助他们树立起新的宇宙观念,这种宇宙观又强化了他们所感受的现代时空艺术。科学思想的影响,主要是通过这种现代时空艺术,间接地作用于他们的创作中的。可是,“五四”新文学中还存在另一种情况:由于作家、诗人的科学崇尚,使他们能够自觉地吸收当时最新的科学思想观念,从而影响到他们的人生追求、理想及信仰。这种精神状态反映到他们的创作中,便产生了个性独特、卓然不群的题材选择和文学形象。徐志摩可以看作是这方面的代表，在他笔下反复出现的“飞”，无论作为一个字的语义，还是其诗歌中的一个意象，都很值得认真推敲。“飞”(及其同义词)中地涵容着人类的宇宙动感，夸张地说，“飞”几乎是所有民族文学(艺)其源头中普遍存在的一种准宗教式的图腾符号，从中所体现的宇宙观以及时空艺术也往往直接或间接地反映出诗人的性格特征与不同时代科学思想的变迁。

三

1931 年夏，徐志摩在《猛虎集序》里明确地说：“在二十四岁以前我对于诗的兴味远不如我对于相对论或民约论的兴味。”张奚若也曾回忆“我所认识的志摩”说：

> 他对于科学有时也感很大的兴趣。当我一九二一年和他在伦敦重聚时，他因分手半年，一见面就很得意的向我说他近来作了一篇文章，料我无论如何也猜不着他作的是什么题目……原来他作了一篇爱斯坦的相对论！①

这篇文章，就是发表在 1921 年 4 月 15 日出版的《改造》(梁启超主编)第 3 卷第 8 期上的《安斯坦相对主义(物理界大革命)》。在标题下面，他列出了 6 部英文参阅书及其作者和版次。② 从这 6 种著作全都出版于 1920 年来看，徐志摩接受相对论学说相当敏捷，并且广采博纳：从狭义相对论到广义相对论，从时空观念、万有引力到哲学、历史人

---

① 张奚若：《我所认识的志摩》，载 1931 年 12 月 6 日天津《大公报》。

② 这 6 种英文著作是：(1) Einstein Relativity：The Special and the General Theory.（爱因斯坦：《相对论：狭义与广义的理论》）；(2) Eddington. A. S Space, Time, and Gravitation: An Outline of the General Relativity Theory.（A. S. 埃丁坦：《空间、时间和万有引力：广义相对论纲要》）；(3) Harrow From Newton to Einstein.（哈罗：《从牛顿到爱因斯坦》）；(4) Hreundlick The Foundations of Einstein Theory of Relativity.（弗莱德利克：《爱因斯坦相对论的功能》）；(5) Hugh Elliot The Principle of Relativity.（哈夫·埃利奥特：《相对论法则》）；(6) Wilden Carr The Principle of Relativity——Its Philosophic and Historic Aspects.（维尔登·凯尔：《相对论法则它的哲学和历史的层面》）。列出这 6 种文献，是为了说明：徐志摩在撰文宣传爱因斯坦相对论思想的时候，已经下过一番认真学习的工夫。

文科学中的有关影响,等等。应该说这基本上达到了徐志摩在当时所能接触到的最新的相对论思想水平。由于徐志摩"曾经疯过爱因斯坦的相对论",[①]其内在的精神濡染势必影响到他的人生态度与创作崇尚。胡适在《追悼志摩》中讲:"他的人生观真是一种'单纯信仰',这里面只有三个大字:一个是爱,一个是自由,一个是美。他设想三个理想的条件能够会合在一个人生里。""他的一生的历史,只是他追求这个单纯信仰的实现的历史。"[②]胡适的盖棺定论,是基本恰切的。在徐志摩的"单纯信仰"中,始终存在着一种"云游"天宇、"飞"升"自由"境界的人生向往。这反映在他的创作中,表现为一种建立在相对论科学思想基础上的崭新的宇宙意识,和由一系列"飞"的意象透射出来的时空美感。从这个角度观照徐志摩的创作,应该重视林徽因的回忆:徐志摩"早年很爱数学,他始终极喜欢天文,他对天上星宿的名字和部位就认得很多,最喜暑夜观星,好几次坐火车都是带着关于宇宙的科学的书"。[③]

1922年7月,也就是他发表《安斯坦相对主义(物理界大革命)》后不到一年,在康桥,他写下了散文诗《夜》,开篇说:[④]

> 夜,无所不包的夜……

接着,描绘了夜的"温柔",并且在"这沉静的境界中徘徊",他"凝神地倾听","在这静温中,听出宇宙进行的声息",也听出了诗人"自己的幻想,感受了神秘的冲动",于是"豁动他久敛的羽翮","飞出这沉寂的环境","去寻访更玄奥的秘密"。从这里开始,这寻访玄奥的"飞",分别在神话与历史的不同时空维度上,展开诗意的翅膀——

> 最后飞出气围,飞出了时空的关塞,
> 当前是宇宙的大观!
> 几百万个太阳,大的小的,红的黄的,放花竹似的在无极中

---

① 林徽因:《悼志摩》,载1931年12月7日《北平晨报》。
② 参见蒋覆璁、梁实秋主编《徐志摩全集》第一辑,第358页。
③ 林徽因:《悼志摩》,载1931年12月7日《北平晨报》。
④ 参见《徐志摩选集》,第3—9页,北京:人民文学出版社,1983。

激荡，旋转
但人类的地球呢？
一海的星砂，却向那里找去，
不好，他的归路迷了！
夜呀，你在那里？
光明，你又在那里？

这一节“志摩的诗”，意喻全新，超越世俗。面对这“几百万个太阳”，能够“飞出了时空的关塞”的，既非屈原的诗翼，也不是李白的仙思，包括闻一多笔下“神速的金乌”都无法在此相提并论。关键是要准确地理解徐志摩的“飞”。在《安斯坦相对主义（物理界大革命）》中，徐志摩明确地指出要讲三个问题：“（一）‘相对说’的意义（怎样相对法？）（二）‘四量’说的意义（Four Dimensions）（三）安斯坦对于哲学的贡献。”关于第二个问题，徐志摩作了生动的明确解说：

……你若然一定要“亲眼目睹”才相信，那是除非将一只眼睛，仍旧留在眉毛鼻子中间，还有一只飞来飞去同光差不多快……总而言之，在你身上的眼睛，看东西只见三量，就是“长”、“高”、“宽”，再也没有了，你飞的那只眼睛，可非但看见三量，而且看见第四量就是我们平常看不见的“时间”，也变成量了。要是你全身在空间飞动，速度时常改变，有时相近光的速度，那时你就可以看见四量的现象。

在这里，徐志摩按照他对于爱因斯坦相对论的理解，以“飞”和“飞的那只眼睛”、“全身在空间飞动”等形象比喻，表示出相对论中“光速”、“四维时空”等科学概念，深入浅出，生动直观，而又隐含着严谨的思维逻辑性。难怪梁启超当年对于“爱因斯坦的哲学”，看过许多“都未曾看懂”，直到看了徐志摩的这一篇“才懂了”。①

《夜》里的“飞”，必须联系这种相对论学说的概念比喻，才能解释清楚。面对“几百万个太阳”“在无极中激荡，旋转”的宇宙大观，诗神

① 林徽因：《悼志摩》，载1931年12月7日《北平晨报》。

只有具备了徐志摩所讲的"飞眼",才能"亲眼目睹",也只有"全身在空间飞动",并且"相近光的速度",才能"飞出了气围"(飞出大气层),并飞出"时空的关塞"。总之,"飞"要冲破传统时空——这,也正是徐志摩的人生追求。当他第一次乘飞机尝试了"云游"的感受以后,兴奋地说:"我当时的希望,就望这样的飞出了这空气的牢笼,飞到整个的宇宙里去!我幻想我能在下一刻儿飞在地王星与天王星的中间,把我轻视的目光,远望着这一座人们以为了不得大的地球。"直到1931年空难前不久,徐志摩还给他的学生赵家璧讲:"闲时念些浅近的关于天文的书","可以使我们的灵魂,不致每天按着地球跑,也得飞向远去看一看这座宇宙星辰的神秘"。[①] 在《想飞》中,他写道:

> 人类最大的使命,是制造翅膀;最大的成功是飞!理想的极度,想象的止境,从人到神!诗是翅膀上出世的;哲理是在空中盘旋的。飞;超脱一切,笼盖一切,扫荡一切,吞吐一切。

可以说,"飞"无论作为徐志摩的人生理想还是典型的诗歌意象,都具有丰富的时代意蕴与个性特征。联系他的诗文创作,能够看到相对论以及现代天文科学思想的明显影响。

波德莱尔认为:整个可看得见的宇宙,不过是个形象和符号的金库而已,而这些形象和符号应由(诗人的)幻想力来给予相应的位置和价值,它们是(诗人的)幻想力应该消化和加以改造的。[②] 徐志摩正是这样"幻想"、"消化"并"改造"了他在"飞眼"中"整个可看得见的宇宙"。他咏唱着:"天地看似墨色螺形的长卷,/有孤身儿在踟蹰似退似前。"[③] 这里的"天地观",再不是"天似穹庐,笼盖四野"、"天苍苍,野茫茫"式的,也不是但丁《神曲》里中世纪基督教式的。从"盖天说"到"浑天说",从"地心说"到"日心说",人类宇宙图式几经衍化更换。这"墨色

---

① 参见《写给飞去了的志摩》,载《徐志摩全集(三)》,第642页,台北:台湾传记文学出版社,1980。

② 波德莱尔:《一八五九年的沙龙·四 想象力的统治》,原文是给《法兰西评论》主编先生的信,载于1859年6月10日至7月20日《法兰西评论》。参见《波德莱尔美学论文选》,第411页,人民文学出版社,1987。

③ 《徐志摩选集》,第24页,北京:人民文学出版社,1983。

螺形的长卷”,使具备现代天文知识的读者很容易联想到宇宙星云的诸般变幻,这“似退似前”的形象,又合乎相对相反、相斥相引的宇宙星系与天体云团的时序延展。

立足于相对论学说的科学基础,徐志摩的宇宙观念及其诗歌中的“天”、“空”等意象有着鲜明的独立含义。他在《我有一个恋爱》的结尾写道:

我坦露我的坦白的胸襟,
献爱于一天的明星;
任凭人生是幻是真,
地球存在或是消泯——
大空中永远有不昧的明星![1]

这里的“大空”不是通常所说的“天空”而近于“太空”。徐志摩对于“天空”的描写,丰富、鲜明而又细致,如:“在这亘古的空灵中,/陵慢著天风,天体与天氛!”[2]这里的“天”是流体也是实体,而且有气氛有感情,但仍可以被“陵慢”——有一个对应着它的存在。而“大空”却是不同于“天空”的另一个“五四”诗歌意象创新。《想飞》里写道:

是人没有不想飞的……飞上天空去浮着,看地球这弹丸在大空里滚着……凌空去看一个明白——这才是做人的趣味,做人的权威,做人的交代。[3](着重号系引者所加)

徐志摩式的“飞”就是“凌空”。这个意象的思想根柢必须联系于相对论的时空观,它标志着“五四”诗歌接受现代科学精神影响形成的一个重要价值取向:从人生存在与宇宙时空的相对关系中,来体味或探寻那普遍的哲理情思。正如徐志摩在他写得最长的一首诗《爱的灵感》中所说:

我就像一朵云,一朵

---

① 见《徐志摩选集》,第74页,北京:人民文学出版社,1983。
② 同上书,第81页。
③ 同上书,第262页。

纯白的，纯白的云，一点
不见分量，阳光抱着我，
我就是光，轻灵的一球；
往远处飞，往更远的飞；①

“我”在“飞”，而且“我就是光”。这是“光”的飞行。接下来，诗人开始了心灵的对话：

遥远是你我间的距离；
远，太远！假如一只夜蝶，
有一天得能飞出天外，
在星的烈焰里去变灰。
（我常自己想）那我也许
有希望接近你的时间。②

显然，这里“你我”的“时间”并不统一，也就更加显得空间“距离”的“遥远”。正如爱因斯坦所揭示的光速与时空间的相对关系，由于“飞出天外”，速度可以改变主体间的时空差异。所以，在这篇长诗的末尾部分，抒情主人公宣称：

但因我的既不是时空
所能衡量，我即不计较
分秒间的短长……③

这和《夜》中所描写的一样，是以另一形式冲破“时空的关塞”。这里明确的“时空”意识及其超越感，也同样散发着相对论等现代科学的思想魅力。

（原载《文学评论》1995年第1期）

---

① 见《徐志摩选集》，第152页，北京：人民文学出版社，1983。
② 同上书，第155页。
③ 同上书，第165页。

寻找“当代文学”

旷新年

当代文学千头万绪,处于无边无际的发展之中,正如中国当代历史在左冲右突中曲折地前行。历史只有通过文本化,才能被我们接触到和理解。因此,我们通常所说的“历史”,已然是一个传说化了的故事,是一段渗透了情感的记忆。关于中国当代历史,突现在人们记忆中的是令人难以忍受的政治压抑,普遍的饥饿和死亡,以及对知识分子的大规模迫害,尤其是“文化大革命”,已经被描述为“荒唐的岁月”和“历史的浩劫”。于是,在直线进步的现代历史图景上,成为了不堪回首的空白,正如谌容用文学的想象力所表达的——“减去十岁”。对于当代中国历史的所有这些记忆都是真实的。然而,谁能够讲述历史,什么样的历史能够被讲述,却是一个问题。

一 “重写文学史”与“当代文学”的危机

人们普遍感觉到了“当代文学”的合法性危机。曹文轩发现,“当代文学”这一概念,“在近年来,是一个被不断受到质疑的概念”。他说,在有些人看来,“当代文学”是一个“无效的概念”和“不合法的概念”。[①]“文化大革命”时期曾经流行“从《国际歌》到样板戏”的左倾文学史叙述和“历史空白论”,并且导致了“文革”结束后“重写文学史”的发生。然而,“重写文学史”的结果,却形成了新的“历史空白论”。“新时期”以批判“四人帮”的“黑线文艺专政”开始,可是,最终却同样陷入了另一种“文艺黑线专政”的思路。也正是由于这样的一种文学史理解,陈思和提出了“潜在写作”的概念。1949—1976 年的“中国当

① 曹文轩:《对一个概念的无声挽留》,《文学评论》2000 年第 1 期。

代文学"——如果不是"潜在写作"的话——就可能被排斥于文学史的合法性之外。对所谓"红色经典"的归避和"潜在写作"的发掘不仅构成了一种新的文学史叙述;而且"拨乱反正"、"把颠倒了的历史重新颠倒过来"和"以边缘为中心"重写文学史已经成为了"新时期"文学史写作的一种基本策略。

尽管"重写文学史"口号的正式提出是在1988年;但是,实际上整个1980年代的新文学史研究过程构成了一个明显的"重写文学史"的潮流。洪子诚说:"在谈到20世纪的中国文学时,我们首先会遇到'新文学'、'现代文学'、'当代文学'等概念。这些概念及分期方法,在80年代中期以来受到许多的质疑和批评。另一些以'整体地'把握这个世纪中国文学的概念(或视角),如'20世纪中国文学','晚清以来的中国文学','近百年中国文学'等,被陆续提出,并好像被越来越多的人所接受。许多以这些概念、提法命名的文学史、作品选、研究丛书,已经或将要问世。这似乎在表明一种信息:'新文学'、'现代文学'、'当代文学'等概念,以及其标示的分期方法,将会很快成为历史的陈迹。"[①]他从"现代文学"和"当代文学"这一对概念的辩证发展,说明意识形态的转换与文学史哗变的关系。在文学史理念和评价体系发生变化的过程中,文学史格局和内容也发生了相应的变化。"当代文学"从1940年代后期开始设计和处于不断建构的过程之中。在"重写文学史"的过程中,不仅1940年代后期那些在"当代文学"的生成和建构过程中被排斥和沉落的文学现象和作家作品从另一个角度被重新发掘出来并且供奉到"主流"的位置上,而且从前那些与"当代文学"概念相关并且被视为文学的新因素的文学现象和作家则因此溃散和湮没。于是,通过"重写文学史","主流"与"逆流"、"中心"与"边缘"的关系和位置发生了普遍的逆转和颠倒。

洪子诚在《问题与方法》中引述张颐武的观点,从学科关系探讨"当代文学"遭到压抑和忽视的原因。张颐武说,"新时期"形成的"现代文学"对"当代文学"的巨大学科优势,使"当代文学"被看作是"次

① 洪子诚:《"当代文学"的概念》,《文学评论》1998年第6期。

等学科”。他认为,在“新时期”,“当代文学”一开始是从“现代文学”研究中分离、派生出来的。洪子诚却指出,实际上,“当代文学”并不是“文革”后从“现代文学”中分离出来的,并不是依附“现代文学”而获得生存,而是从1950年代开始积极建构起来的,它的体系、概念和描述方式在1950年代就已经基本确立了,只不过到了1980年代以后,“当代文学”这一整套的话语受到了广泛的质疑。在“现代文学”和“当代文学”的学科关系上,“现代文学”确立了对“当代文学”的学科优势。在“新时期”,“当代文学”开始移用“现代文学”作为评价标准,“文明与愚昧的冲突”这一坐标的建立就是移用现代文学研究中的“启蒙主义”话语作为当代文学的核心概念和基本价值。然而,在1950—1970年代则是另一幅完全不同的文学史图景,相反,“当代文学”被视为是“现代文学”的延续和更高发展阶级,“现代文学”则被视为“不完美的”、有“缺陷”和“局限性”、需要克服的话语,由“现代文学”到“当代文学”的发展过程被看作是一个克服问题和弱点而上升的过程。“现代文学”所存在的问题,只有到了“解放区文学”,只有到了“当代文学”这里,才获得了解决。而到了“新时期”,“现代文学”与“当代文学”的这种学科等级关系发生了颠倒。他认为,这才是“当代文学”出现“危机”和当代文学史的研究落后的原因。[①]

重写历史的思潮不仅局限于文学领域,“重写文学史”不是简单地“把文学史还给文学”,事实上,“重写文学史”反而是政治、思想、文化诸变化的结果。从根本上来说,文学史的重写是由于外部的力量所引起的。李泽厚于1986年发表的《启蒙与救亡的双重变奏》构成了1980年代重写实践的纲领性文献。李泽厚认为,作为现代中国起点的“五四运动”包含了“思想启蒙”和“政治救亡”两个相互矛盾的主题。在他看来,在中国现代历史发展过程中,“启蒙”的主题不幸一再地被“救亡”的主题所压倒,因而使得“启蒙”的任务没有完成。“封建主义加上危亡局势不可能给自由主义以平和渐进的稳步发展,解决社会问题,需要‘根本解决’的革命战争。革命战争却又挤压了启蒙运动和自由思

① 洪子诚:《问题与方法》,第7—8页,北京:三联书店,2002。

想,而使封建主义乘机复活”。① 李泽厚为“文化大革命”提供了一种在1980年代产生了广泛影响的解释,即认为“文化大革命”是“封建传统全面复活”和“封建主义大泛滥”。而导致这种封建主义复辟和泛滥的原因,则是现代中国历史上“救亡”(革命)压倒了“启蒙”。而“新时期”作为一个新的历史阶段的意义,则是继续被“救亡”压抑和中断了的“启蒙”,重新高举起“启蒙”的旗帜。李泽厚的这一论述成为了“新启蒙主义”对于中国现代史的一个经典的解释,同时它也为“新启蒙主义”成为1980年代的主流话语提供了历史的合理性阐释。这种解释不仅提出了一种不同于毛泽东《新民主主义论》的坐标系和解释结构,即“思想启蒙”和“现代化”成为了解释中国现代历史的关键概念;而且对于现代和当代中国历史的主题进行了重新确认,在“思想启蒙”和“现代化”的诉求下,毛泽东所谓的“革命”在李泽厚这里变成了偏离现代历史主题的“救亡”和对“启蒙”的排斥,因此1950—1970年代社会主义的历史实践被指认为“前现代”,“文化大革命”则是这种“前现代性”的全面爆发。李泽厚在将中国现代历史主题进行这种二元对立的划分的同时,也将“启蒙”和“救亡”(革命)重新进行了等级区分,即“现代”和“传统”的对立。他认为只有完成启蒙,才能在真正意义上实现“现代化”。因而,现代中国的历史图景,与1950年代的主流历史观点相比较,发生了根本的变化。同时,“文化大革命”结束后,“拨乱反正”和“学科的重建”并非简单地延续“文化大革命”前的模式,而是以“启蒙/救亡”的论述方式,对文学史进行了新一轮的改写。这也正是“重写文学史”的含义。

1985年,钱理群等人提出了“20世纪中国文学”的概念,要求打通近代、现代和当代的历史。陈思和提出了“中国新文学整体观”,消解了“现代文学”和“当代文学”的学科概念。他说:“人们习惯于以政治标准对待文学,把新文学拦腰截断,形成了‘现代文学’与‘当代文学’的学科概念。这是一种人为的划分,它使两个阶段的文学都不能形成

---

① 李泽厚:《救亡与启蒙的双重变奏》,《中国现代思想史论》,第36页,天津:天津社会科学院出版社,2003。

各自完整的整体，妨碍了人们对新文学史的深入研究。”[①]1988年，陈思和、王晓明明确提出了“重写文学史”的口号。不论是“20世纪中国文学”、“中国新文学整体观”，还是“重写文学史”都反映了李泽厚以启蒙主义和现代化的观点重写中国现代史的“宏大叙事”。而对历史起源的重新设定，无疑是对历史目的和本质的重新确认。

历史无法被历史学家切断，就好像水无法被刀切断一样。任何历史分期都是武断的，只不过是历史学家一种想象的秩序，反映了历史学家对于历史理解的一种意向和可能性。在“新启蒙”的视野里，“新时期文学”被看作是从“五四”开始、被“文化大革命”中断了，因而未完成的启蒙任务的继续。同时，20世纪中国文学也被描述为从“五四”的高峰不断下降、倒退的过程，至“文革”而达于极点。“文革”结束后，“启蒙”由“新时期文学”得以复兴。“20世纪中国文学”和“重写文学史”是启蒙主义和现代化的话语，“现代化”成为了唯一的评价标准。严家炎、樊骏、王瑶等人在1980年代的现代文学史研究中逐渐采用“现代化”的标准，与此同时，也是毛泽东《新民主主义论》所确立的“反帝反封建”作为有关现代文学的评价标准逐渐淡出的过程。1981年，在《鲁迅小说的历史地位——论〈呐喊〉〈彷徨〉对中国文学现代化的贡献》中，严家炎最早提出了“现代化”的文学史评价标准。钱理群说，“他用了‘现代化’这样一个标准，打开了思路”。[②] 1980年代“新启蒙运动”的领袖们把“新时期”解释为“五四”的重述，理解为重新继续被中国当代尤其是“文革”所中断了的资产阶级启蒙历史，把“改革开放”解释为“补资本主义这一课”。中国当代文学则作为“前现代”和“反启蒙”的历史而被否弃。也正是因此，才有“历史空白论”和“减去十年”（谌容以此作为一篇小说的标题）的慨叹。

萨义德在《文化与帝国主义》中说：“不必用什么连接词：帝国主义的观念在同时造成了土著的生与死。”[③]启蒙主义和现代化话语实际上

① 陈思和：《中国新文学整体观》，《陈思和自选集》，桂林：广西师范大学出版社，1997。

② 见陈平原、钱理群、黄子平《“二十世纪中国文学”三人谈 · 缘起》，《读书》1988年第10期。

③ 萨义德：《文化与帝国主义》，第237页。

也是一种隐蔽的权力。在“新启蒙主义”和“现代化”话语的规约下，“新时期”文学以及整个20世纪中国文学的“基本主题”被概括为“文明与愚昧的冲突”。[①] 它和李泽厚“救亡与启蒙的双重变奏”以及“救亡压倒启蒙”的表述不约而同，相互呼应。然而，从1982年《收获》杂志上发表的路遥的中篇小说《人生》，我们可以清楚地看到，所谓“文明与愚昧的冲突”，实际上不过是“城乡二元结构”下“城市”对于“农村”的等级化霸权。在当时，人们围绕着主人公高加林的评价发生了尖锐的对立，一种站在道德的立场上批评高加林，一种是以“现代”/“传统”、“进步”/“落后”、“文明”/“愚昧”的历史坐标，为高加林的“奋斗”辩护，赞扬“高加林是一位有抱负、有理想，不甘于命运之愚弄，富有才干、勇于追求的新型青年”，“他是一位受害者，一位被社会邪恶势力击败的不幸者。在他身上表现了不屈奋斗者的诱人的魅力”。[②] 在“文明与愚昧”这样一种话语诠释下，高加林这位在1980年代姗姗来迟的中国的拉斯蒂涅和于连是完全不同于1950年代梁生宝形象的“当代英雄”。正如当时的评论者所分析的那样，“塑造高加林的形象，可以在高家村这样一个比较狭窄的具体环境中进行。但那样一来，高加林形象的价值和意义可能就小得多了。如今作者却把高加林置身于高加村与县城之中，即城乡‘交叉’的位置上，这样环境开阔了，高加林的风华正茂性格就有可能得到充分的展开。而这，也正是反映了新时期农村生活的一种新的趋向……”[③]高加林处于城乡交叉的位置上，这是“文明”与“愚昧”的分界线，也是生活的权利与匮乏的分界线：“而从‘交叉地带’成长起来的高加林这样的知识青年，在目前的现实生活中，他们多半是既难以如愿地进入城市，又难心甘情愿地归乡务农。他要在这条城乡之间的道路上挣扎、奋斗、碰撞、翻腾。”[④]

龚鹏程指出：“‘二十世纪中国文学’这个概念，系架在近百年来中

① 参见季红真《文明与愚昧的冲突——论新时期小说的基本主题》，《文明与愚昧的冲突》，杭州：浙江文艺出版社，1986。

② 席扬：《门外谈〈人生〉》，《作品与争鸣》1983年第1期。

③ 陈骏涛：《谈高加林形象的现实主义深度》，《作品与争鸣》1983年第2期。

④ 王信：《人生中的爱情悲剧》，《作品与争鸣》1983年第2期。

国正处在现代化进程中的历史理解上。……此一思路，实际上仍采用西力东渐、中国逐渐西化现代化世界化的历史解释模型。然而以现代化为新指标，重新讨论近百年之历史，从社会意识上说，并没有脱离政治的影响，因为中共官方所谓改革开放，正是以‘四个现代化’为标帜的。”“这种整体，不是把‘近代——现代——当代——新时期’连接起来的整体，而是与那种分期法有着全然不同的意识内容。后者是马克思主义，前者是现代化理论。”[①]“重写文学史”和以“新文学整体观”否定“现代文学”/“当代文学”的学科建制的过程是一个建构和发掘受到压抑和贬低的文学现象的过程，同时也是一个以“新文学”抹杀“当代文学”和以“启蒙”否定“革命”的过程，是用“现代化”话语消解“资本主义”和“社会主义”的意识形态对抗，从根本上来说是一个否定第三世界的叙述而臣服于西方主流叙述的所谓“回归主流文明”的过程。实际上，本来社会主义就是用另一套名词建构起来的现代化论述，它不是否定而是相反加强了现代化的话语霸权。

二 “当代文学”的建构

什么是“中国当代文学”危机的本质？“中国当代文学”为什么遭遇危机？以至到底什么是“中国当代文学”？“中国当代文学”是如何建立起来的？

朱寨主编的《中国当代文学思潮史》将1949年中华人民共和国的建立到1978年中共十一届三中全会的召开这一历史时期称为“当代”。“中国当代文学思潮史的上限，是中华人民共和国的建立这一历史的新纪元。它的渊源，可以追溯到一九一九年‘五四’新文学运动的兴起。当代文学思潮始终与‘五四’新文学的革命思潮保持着血缘的联系。它的直接源头，则是一九四二年的延安文艺座谈会。……毛泽东同志的《在延安文艺座谈会上的讲话》的主要精神就是要求新文学

① 龚鹏程：《“二十世纪中国文学”概念之解析》，陈国球编：《中国文学史的省思》，香港：三联书店，1993。

运动自觉地与新的时代、新的群众相结合,从而提出首先为工农兵服务的文艺方向。”[①]它强调“当代”不是“当前”的意思,而是一个特定的历史时期。“当代文学”的命名是为了区别于与其前后相衔接的“现代文学”和“新时期文学”。这种对“当代文学”的定义不仅是独一无二的,而且具有独特的理论视野和严格的逻辑性。这也是迄今为止对“当代文学”特别而又相当确切的定义。

“当代文学史”的写作是随着中华人民共和国建国十周年的契机而出现的,如邵荃麟的《文学十年历程》和中国社会科学院文学研究所编写的《十年来的新中国文学》。“一九四九年十月一日中华人民共和国的成立,开创了中国历史的人民的世纪。”“十年间,中国共产党领导全国人民,为了在我国建立历史上一个崭新的制度——社会主义,在艰苦斗争中取得了伟大的胜利。作为这个革命的一个组成部分的革命的文学事业,它的使命是要在我国建立历史上一种崭新的文学——社会主义文学。”[②]1962 年出版的华中师范大学中国语言文学系集体编著的《中国当代文学史稿》论述了新中国十一年的文学发展。1980 年出版的高等学校文科教材《中国当代文学史初稿》将中国当代文学史分为三个时期:一、从新中国成立到“文化大革命”前夕的十七年,二、“文化大革命”的十年,三、“文化大革命”结束以后。“当代文学”和“现代文学”既具有延续关系,同时又具有不同性质:“中国当代文学开始于一九四九年中华人民共和国的成立,是现代文学的继续和发展。……到了一九四二年,毛泽东同志《在延安文艺座谈会上的讲话》的发表,……创造了历史上从未有过的崭新的人民文艺,从而把我国无产阶级革命文学运动推向了一个全新的时期。在这个时期,实际上已经提供了我国当代文学的雏形。”毛泽东《新民主主义论》把中国的革命分为两个阶段,因此相应地“把新民主主义阶段的文学称为中国现代文学,而把社会主义阶段的文学称为中国当代文学”。[③]

---

① 朱寨主编:《中国当代文学思潮史》,第 3 页,北京:人民文学出版社,1987。

② 《十年来的新中国文学》编写组《十年来的新中国文学》,第 1、16 页,北京:作家出版社,1963。

③ 《绪论》,《中国当代文学史初稿》上册,第 1—3 页,北京:人民文学出版社,1980。

“当代文学”的生成过程曾经同时也伴随着一个“重写”文学史的过程,1950年代王瑶等人的多种“中国新文学史”著作努力按照毛泽东《新民主主义论》的论述来构造文学史的序列。然而,随着“当代文学”新的文学实践和历史想象的展开,1950年代出现的多种新文学史著作遭到不断的批判、排斥和改写。而1950年代的新文学史著作的批判和改写的过程,也正是“当代文学”逐步生成的过程。随着“当代文学”本质的确立,“新文学”被分裂为“现代文学”和“当代文学”两个不同性质的历史阶段和价值体系。因此,用洪子诚的说法,“中国现代文学史”和“中国当代文学史”应该被视为是“同时”产生的。“‘新文学’概念(或‘新文学史研究’)被‘现代文学’(或‘现代文学史研究’)取代的过程,也就是‘当代文学’概念(或‘当代文学史研究’)生成的过程。甚至可以说,这种‘新文学’与‘现代文学’概念的更替,正是为‘当代文学’提供生成的条件和存在的空间。”[①]从某种意义上来说,“当代文学”的发生是以“新文学”的死亡和解体作为代价的。反之,“中国新文学整体观”的诞生则意味着“当代文学”的重新消失。

“当代文学”的发生从根本上来说是由于一种崭新的政治实践。1949年中华人民共和国建立,新文学被分裂为两个不同的部分,这种分裂是随着新中国社会主义革命建立起来的。在1949年中华人民共和国成立前夕,周扬等人奉命编辑“人民文艺丛书”,同时茅盾主编、新文学选集编辑委员会编辑、开明书店出版了“新文学选集”丛书。“新文学选集”丛书和“人民文艺丛书”具有明确的分工。《〈中国人民文艺丛书〉编辑方针》说明“中国人民文艺丛书”收录解放区尤其是1942年毛泽东《在延安文艺座谈会上的讲话》发表以后的文艺作品,有关“新中国文艺前途”,是对新中国文艺未来的想象。实际上,“人民文艺”丛书的出版体现了对于新中国文艺的规划和社会主义文艺的构想,也是“当代文学”的雏形。

“当代文学”实际上就是要在“新文学”的历史分裂和对“现代文学”的克服和超越中来确立自己的独特性和本质,正如在1917年“文

① 洪子诚:《“当代文学”的概念》,《文学评论》1998年第6期。

学革命”过程中“新文学”是通过对于“古典文学”的克服和超越而确立自身一样。“新文学”将“封建主义”性质的“古典文学”作为与自己既有联系又相对立的传统，而1949年社会主义新文学的发展则将1949年以前“新民主主义”性质的“现代文学”作为既相联系又有区别的传统。“五四”新文学曾经在对传统的古典文学的革新过程中建立了自己的一套写作规范、区分标准和排斥机制。同样，1949年社会主义新文学的确立也是通过自己的一套写作规范、辨别标准和排斥机制而获得的。

“五四”新文学将胡适的《文学改良刍议》和周作人的《人的文学》作为自己的起源，胡适将之称为“活的文学”和“人的文学”；而社会主义新文学即“人民文学”或“工农兵文学”则是将1942年毛泽东《在延安文艺座谈会上的讲话》作为自己的起源。“当代文学”是随着中华人民共和国的建立而真正产生和确立的，但是它的起源可以追溯到“解放区文学”，尤其是1942年毛泽东《在延安文艺座谈会上的讲话》发表以后赵树理等人新的文学实践。1942年毛泽东《在延安文艺座谈会上的讲话》使中国文学发生了历史性的变化。毛泽东《在延安文艺座谈会上的讲话》为“当代文学”奠定了思想理论基础，是“当代文学”诞生的重要标志。周扬说：“假如说‘五四’是中国近代文学史上的第一次文学革命，那么《在延安文艺座谈会上的讲话》的发表及其所引起的在文学事业上的变革，可以说是继‘五四’之后的第二次更伟大、更深刻的文学革命。”[①]毛泽东《在延安文艺座谈会上的讲话》成为了中国当代文学发生、发展和变化的最重要的坐标和参照，中国当代文学中所发生的历史性冲突都是来源于对毛泽东《在延安文艺座谈会上的讲话》以及毛泽东文艺思想的不同解释和不同态度。

从历史上来说，“当代文学”刚刚萌芽和有待展开。不仅如此，甚至中国的资产阶级民主革命仍然没有完成（用李泽厚和“新启蒙主义”的观点来说，则是中国的启蒙运动还没有完成），如何在资产阶级民主革命还没有完成的条件下创造一种新的社会主义文学，这是一个巨大

① 周扬：《坚决贯彻毛泽东文艺路线》，《文艺报》第4卷第5期，1951年6月。

的历史难题和严重的历史困境。毛泽东将中国革命的第一个阶段定义为“新民主主义革命”，一方面在本质上它属于资产阶级革命的范畴，另一方面又不同于西方资本主义发展的经验，它不是以资本主义的发展而是以向社会主义过渡为目的的。1950年代初毛泽东将中国的工业化过程称为“国家资本主义”。中国和西方资产阶级革命的历史条件已经有了根本的区别。属于资产阶级革命范畴之内的中国的“新民主主义革命”不是由资产阶级来领导的，也不是仅仅依靠资产阶级所能完成的。所以中国的“新民主主义革命”和向社会主义过渡的理论毛泽东思想体现了一种试图超越西方资产阶级革命的历史企图。

中国当代文学的历史从本质上来说是“人民文学”和“人的文学”相互冲突的历史，是建立社会主义文化霸权失败的历史。正如李泽厚把20世纪中国历史概括为“启蒙”——“救亡压倒启蒙”——“新启蒙”的路线一样，20世纪中国文学的发展被认为也经过了从“人的文学”到“人民文学”和重新返归“人的文学”的过程。“新时期”被“新自由主义”表述为“与国际接轨”和“回归主流文明”的重新加入到资本主义全球化的历史实践。在对于“人民文学”的追求中，“人的文学”被视为必需克服的历史传统。而“重写文学史”在否定了“人民文学”的合法性之后，重新确立了“人的文学”的历史合理性，而“人民文学”的历史实践也因此成为了否定性的遗产。中国当代的文学现象也因为与“人的文学”的不同关系而具有不同的价值级别。

如果将中国当代文学的发展看作是“人民文学”和“人的文学”的冲突，那么，中华人民共和国建立以后，尤其是1950年代所展开的一系列批判运动，从“人民文学”的内部逻辑来说，就是完全必要的。对于确立社会主义文化霸权来说，否定和批判电影《武训传》和胡适的资产阶级思想理论是不可避免的。通过对于电影《武训传》所包含的资产阶级改良主义历史观的批判是为了建立和肯定新的历史观，而胡适作为现代资产阶级思想文化的最主要的代表人物，是社会主义文化革命的必然对象。对于电影《武训传》和胡适资产阶级思想文化体系的批判是确立社会主义文化霸权的一种规划和努力。在1951年发动的思想改造运动中，胡乔木在《文艺工作者为什么要改造思想?》中引用斯大林的话说:“上层建筑是由基础产生的,这并不是说上层建筑只是反映基础,只是消极的、中立的,对自己的基础的命运、对阶级的命运、对制度的性质漠不关心的。相反的,上层建筑一出现后,就要成为极大的积极力量,积极帮助自己的基础的形成和巩固,采取一切办法帮助新制度来根除和消灭旧基础和旧阶级。”①由于社会主义知识文化基础的薄弱和资源的匮乏,使得社会主义“基础”的巩固必须依赖政治资源和政治动员的方式。由于文化霸权的建立有其特殊的规律,因此,在某种意义上来说,1950 年代用政治动员的方式企图来达到建立社会主义文化霸权的目的,几乎在一开始就注定了是要遭受失败的。而实际上,毛泽东在 1963 年和 1964 年有关文艺问题的两个批示也就显示了社会主义文化霸权建设的失败。在社会主义历史实践的过程中,毛泽东对于社会主义文化建设的艰巨性和重要性有了越来越深刻的认识,已经完全不同于 1950 年代的对于建设社会主义的天真和乐观的态度。他在 1964 年《对〈关于赫鲁晓夫的假共产主义及其在世界历史上的教训〉稿的修改》中指出:“在政治思想领域内,社会主义同资本主义之间谁胜谁负的斗争,需要一个很长的时间才能解决。几十年内是不行的,需要一百年到几百年的时间才能成功。”②

由于社会主义文化霸权的建立并不是完全采取纯粹的“文化革命”的方式,而是经常表现为政治暴力的形态,它一方面说明社会主义文化力量和资源的极端匮乏,另一方面也说明资产阶级文化本身在当时的历史条件下还具有明显的合理性和巨大的生命力,说明在文化上彻底战胜资产阶级将是一个漫长和困难的过程。也正因此,在无产阶级社会主义文化的创建过程中对于资产阶级文化的破坏就很容易被认为是粗暴、野蛮和落后的,文化革命很容易被认为是“革了文化的命”。然而,中国的社会主义文化革命使我想起葛兰西的有关评论:“克罗齐对待历史唯物主义的立场,我觉得同文艺复兴时期人们对待路德的宗

① 胡乔木:《文艺工作者为什么要改造思想?》,《文艺报》第 5 卷第 4 期,1951 年 12 月。

② 毛泽东:《对〈关于赫鲁晓夫的假共产主义及其在世界历史上的教训〉稿的修改》,《建国以来毛泽东文稿》第 11 册,第 102 页。

教改革运动的立场相似:'路德所到之处,文明销声匿迹',埃拉斯慕斯这样说。然而,历史学家们和克罗齐本人今天也承认,路德和宗教改革运动,是包括克罗齐哲学在内全部近代哲学和文明的开端。文艺复兴时期的人不曾理解,一场伟大的精神、道德的革新运动,既要被广泛的人民群众所接受,正像路德领导的宗教改革运动一样,自然会采取粗俗的、以至迷信的形式。"①他说:"未来主义者在资产阶级文化领域担当起了这一任务:他们致力于摧毁、摧毁、摧毁,而毫不顾忌他们的实践所创造的新作品是否比被摧毁的作品更加优越;他们对自己充满信心,洋溢着青春的活力,他们有着明确而真挚的信念,我们的时代,大工业的时代,劳动者的大都市的时代,紧张而动乱的时代,应该拥有艺术、哲学、习俗和语言的新形式。当社会党人在政治和经济领域显然缺乏如此明确的观点的时候,当社会党人一想到需要粉碎资产阶级掌握的国家机器和工厂权力便胆战心惊的时候,未来主义者的这种观点确实是革命的,完全是马克思主义的。"②

"当代文学"作为一个新的历史范畴,社会主义现实主义作为一个新兴的文学规范,产生了特殊的文学实践,创造了崭新的审美理想和审美形态。"当代文学"在其特殊的历史实践中产生了特定的文学形式和文学内容。当"新时期文学"以资产阶级的"文学性"和"审美性"来"重写"文学史,并且以"文学性"和"审美性"来否定"当代文学"的时候,首先应该提问的是,它是哪一种"文学性"和哪一种"审美"? 伏尔泰在《哲学辞典》中有关"美"这个条目中有一句名言,问公蛤蟆什么是美? 它会回答说是母蛤蟆。在审美上也同样会如毛泽东所说的那样:什么阶级说什么话。

洪子诚指出:"'样板戏'最主要的特征,是文化生产与政治权力机构的关系。在30年代初的苏区和40年代的延安等根据地,文艺就开始被作为政治权力机构实施社会变革、建立相应的组织、制约文艺生产

---

① 葛兰西:《给丹吉娅娜的信》,葛兰西《论文学》,第132页,吕同六译,北京:人民文学出版社,1983。

② 同上书,第106—107页。

的方式和措施。政治权力机构与文艺生产的这种关系,在‘样板戏’时期,表现得更为直接。”[①]“当代文学”和政治意识形态有着特殊的亲密关系。在某种意义上,“当代文学”和政治之间的密切联系解除了文学和政治的神秘性,真实地揭露了文学和政治的联系。詹姆逊说:“一切事物都是社会的和历史的,事实上,一切事物‘说到底’都是政治的。”[②]福柯说:“当代哲学完全是政治性的,也完全是历史性的。它是内在于历史的政治,是和政治不可或缺的历史。”[③]而文学与政治之间的这种关系在更多的时候却被掩盖了起来,被神秘化了。正如詹姆逊所说的那样:“不幸的是,任何社会都没有像我们自己的社会这样在如此众多的方面被神秘化,像它这样浸透着情报和信息,这些都是神秘化的工具(如塔列朗所说,语言之所以给予了我们,就是为了掩盖我们的思想)。如果一切都是显而易见的,那么,任何意识形态就都是不可能的了,任何统治也是不可能的了:这显然不是我们所处的境遇。”[④]

社会主义现实主义以及“当代文学”是对于社会主义意识形态以及社会主义文明“本质”的建构和表达,它是自觉地为社会主义的历史实践服务的。因此,在社会主义现实主义文学实践中,“典型化”、“三突出”、“主题先行”和“样板戏”的创造成为了“当代文学”的重要现象,构成了严密的理论体系。对于今天来说,简单地否定和回避“当代文学”的这些特点及其社会主义现实主义的理论体系是容易的;但是,同时,我们也就无法突破意识形态的囚禁而真正进入历史。刘再复的“性格组合论”理论将人物的两极对立和人物性格的复杂性作为人物塑造的理想;然而,社会主义现实主义文学却追求人物性格的高度典型化和高度理想化,这不过是两种不同的文学规范而已。而反过来,这两种不同的文学理论规范和影响了当代作家的创作,比如刘心武、陈忠实、路遥、韩少功等“新时期”作家他们都经历了一个模仿、进入社会主

① 洪子诚:《中国当代文学史》,第198页,北京:北京大学出版社,1999。

② 弗雷德里克·詹姆逊:《政治无意识》,第11页,王逢振、陈永国译,北京:中国社会科学出版社,1999。

③ 《权力的阐释》,《福柯访谈录》,第45页,上海:上海人民出版社,1991。

④ 弗雷德里克·詹姆逊:《政治无意识》,第49页。

义现实主义写作规范和否定社会主义现实主义写作规范并且学习与适应“新时期”的写作规范的过程。

“新时期”以来，通过“文学”与“政治”、文学的“内部研究”与“外部研究”的区分策略，提出了“让文学回到自身”和“把文学史还给文学”的口号，不仅贬低了文学的“外部研究”的意义，切断了文学与社会政治的联系，而且更重要的是在于通过切断形式与内容、本文与外部世界的关系，而逐渐遗忘文学与历史的关系，并且将资产阶级的“文学”概念及与之相关的整个知识体系作为唯一合法和永远正确的知识固定下来，实际上却是秘而不宣地将文学转手给了另一种不言自明的政治，也就是说从根本上来说将资产阶级的政治作为唯一正确的政治或永恒的政治固定下来。也正是这样，“重写文学史”从根本上来说是“政治的”行为而不是“文学的“行为，是对于文学史上政治左右两翼评价上的机械颠倒。

马克思主义从来就不否定任何事物包括文学都具有自己的特殊规律和本质规定性；但是，马克思主义却从来不是简单地把事物机械地割裂、孤立和对立起来，而是以一种运动的、整体的和相互联系的观点来看世界。因此，“内”与“外”不是绝对的，而是相对的。“内”与“外”既有区别，又有联系。在某种意义上，“内”与“外”是不能分割的。没有“外”，哪有“内”？有时候甚至“外”就是“内”，“内”就是“外”。因此，往往一旦取消了“外”，也就从根本上取消了“内”。正如资本主义的发展如果离开它的“外部”，即白人的欧洲的兴起如果离开了“地理大发现”和殖民主义的历史，离开了印第安人的美洲和黑人的非洲的被掠夺和摧毁，就是不可想象的一样，资产阶级有关文学自律和“纯文学”的宣称和体制如果离开了现代知识即科学、道德、艺术分离的整个制度，也是不可想象的。

利奥塔尔：“知识和权力是同一个问题的两个方面：谁决定知识是什么？谁知道应该决定什么？在信息时代，知识的问题比过去任何时候都更是统治的问题。”[1]因此，王瑶当时曾经质疑“20世纪中国文学”

---

① 让-弗朗索瓦·利奥塔尔：《后现代状态》，第14页，车槿山译，北京：三联书店，1997。

的话语及其历史叙述:“你们讲20世纪为什么不讲殖民帝国的瓦解,第三世界的兴起,不讲(或少讲,或只从消极方面讲)马克思主义、共产主义运动、俄国与俄国文学的影响?”[①]因此,“重写文学史”的兴起和“当代文学”的崩溃并不单纯是文学领域里的一场风暴,而是一场深刻的历史地震,是一种历史的兴起和另一种历史的没落。因此正如詹姆逊所说的:“阐释并不是一种孤立的行为,而是发生在荷马的战场上,那里无数阐释选择或公开或隐蔽地相互冲突。”[②]

(原载《文学评论》2004年第6期)

① 见钱理群:《矛盾与困惑中的写作》,《文学评论》1999年第1期。
② 弗雷德里克·詹姆逊:《政治无意识》,第7页。

通俗小说的概念误区

孔庆东

我们每天接触的东西，每天说出的名词，往往是我们最不会解释的。我们可以解释非常复杂的术语、专名，比如遗传基因，洲际导弹，上层建筑，以及英特纳雄耐尔。但是我们解释不了什么是桌子，什么是天，什么是红，什么是酸，什么是梦，什么是圆。好在大多数我们解释不了的东西，并不因为我们不能解释就不被我们掌握。正因为掌握是关键的，解释是次要的，所以我们日常生活中并不十分在意是否能够解释一个具体事物。比如我们虽然说不好什么是桌子，但我们起码知道什么不是桌子。在否定性的排除中，我们自信有掌握事物的实践能力，因此在实践过程中才不会走入误区。

但是正因为每个事物除了客观存在的"本身"之外，还有一个"名字"，这个"名字"在现代语言学中又被分为"能指"和"所指"，而人类又恰恰是语言的动物，他的最大本事就是依靠掌握语言来掌握世界，所以人类最容易犯的错误就是搞乱了语言和世界的关系，用术语说是搞乱了能指和所指的关系，发生了"编码错误"和"程序误读"。所以人与人之间才会有那么多的误解、隔膜、争吵、辩论。而可笑的是，大多数的辩论争吵是没有实际价值的，他们所争所吵的只是"能指"，与"所指"无关，只是语言，与世界无关。就像鲁迅在《理水》中讽刺的，学者们用渊博的学识证明大禹只是一条虫，而大禹的"所指"正在领导民众疏浚江河，三过家门而不入……如此看来，"名不正"虽然"言不顺"，但并不妨碍"事必成"。说到通俗小说，学者们尽管可以列出八百六十二种概念，但并不能使实际存在的通俗小说发生增减或质变。学者的"正名"只是为了学者的"言顺"而已，所谓"误区"也只是学者的滑铁卢，决不敢让作家作品削足适履，胶柱鼓瑟。故此，我们在探讨和划定我们的论说范围时，首先不必以其昏昏使人昭昭地宣布通俗小说的概念应该是一二三四甲乙丙丁 ABCD,我们不妨从探讨通俗小说不是什么开始,知道了不是什么之后,就算说不出概念,说不出定义,说不出“能指”,也不妨碍我们抓住“所指”,抓住“本身”。仿佛警察叫错了罪犯的名字,但捉的确实是案件的真凶。这样,我们所描述的“通俗小说”,就在“什么不是通俗小说”中概了它的念,定了它的义了。

首先,通俗小说不是“不严肃小说”。

中国著名小说家邓友梅在法国被问及最喜欢哪位法国作家时,答曰“巴尔扎克”,法国朋友说:“哦,那是我们法国的通俗小说作家。”邓友梅不禁吃了一惊。巴尔扎克在中国读者的心目中,是最为“严肃”的文学大师,而在法国却被视为“通俗小说作家”,难道说他的作品“不严肃”么?法国朋友毫无这个意思,法国人一样非常尊重和仰慕巴尔扎克,看一看罗丹那尊气韵沉雄的雕塑,就可知道巴尔扎克在法国艺术界的分量。但法国人仍然确切不疑地称之为“通俗小说作家”,这说明,在他们的概念里,通俗不通俗,与严肃不严肃,没有什么必然的关系。通俗小说可以是严肃小说,通俗小说家可以是严肃文学大师。

在我们中国,整个小说一开始就被视为不登大雅之堂的“小玩意”。最早出现“小说”一词的,是《庄子·外物篇》:“饰小说以干县令,其于大达亦远矣。”意思是“粉饰浅识小语以求高名,那和明达大智的距离就很远了”。① “小说”这个词一出现,就是指“不合大道的琐屑之谈”。班固的《汉书·艺文志》中说:“小说家者流,盖出于稗官,街谈巷语,道听途说者之所造也。”这段话一向是最为小说家恼恨和忌讳的,因为它把小说家描述成了无事生非的长舌妇。小说在中国一出生,就与“不正经”,“不严肃”比邻而居,此后不论如何有出息,都很难光宗耀祖,永远与“不正经”,“不严肃”有瓜田李下之嫌。

在中国数千年的等级社会中,文字和人一样,是被划分为三六九等的。最高等的文字叫做“经”,经典的经,经世致用的经,经天纬地的经。那不是一般人所能写的。所谓四书五经,十三经,一般人只能仰慕学习,背诵体会,作为人生指南。那是圣人所写的精神法律,如果违背

① 采用陈鼓应译文,见陈鼓应《庄子今注今译》,第 708 页,北京:中华书局,1983。

了其中的教义,叫做“离经叛道”。我们翻译外国的高等宗教著作时,也相应地称之为“经”,如佛经,圣经,古兰经。其中佛经又称藏经、三藏经、大藏经,分为金刚经,坛经,般若经,法华经,华严经等,它们本来也是凡人所撰写,但一戴上“经”的皇冠,就仿佛变成了仙人的遗墨。次于经的文字叫做“传”,还有“笺”,“注”,即注释经文,阐明经义的文字,如果说经是教科书的话,那么传,笺,注就相当于讲义和“教参”。后来又有解释这些讲义的文字,叫做“疏”或“正义”。总之它们都是附庸在经的周围的“圣贤文字”,拥有至高无上的“话语霸权”。从事这些活动的文人,都有希望成为圣贤。时至今日,干这种活的人仍然自以为是天下最有学问的人,因为他知道“回”字有四种写法以及“歹”就是“坏”的意思。不能进入“追经族”的,可以进入“追史族”。“史”也是一种具有神圣意义的文字,也不是一般人可以随便写的。司马迁为什么能够忍辱偷生?因为他要写一部“究天人之际,通古今之变,成一家之言”的皇皇大著《史记》,要“藏之名山,传之其人,通邑大都”,因此才“就极刑而无愠色”①。文天祥为什么大义凛然,视死如归?因为他认识到“人生自古谁无死,留取丹心照汗青”。一旦与“史”发生了关系,就等于进入了永恒者的行列,因此“名垂青史”也成为中国人的至高理想之一。次于“史”的,是“文”,一般的文章,虽无神圣的光圈,却也高雅端庄,道貌岸然。文章可以用来写奏折,考科举,是“学而优则仕”的重要手段。“诗”的地位略逊于文,但也可以登大雅之堂,猎风雅之名,属于正人君子的雅好。诗以下是“词”,名声便有些不大好听了。所谓“诗庄词媚”,是含蓄的评价,说白了是“诗妻词妾”,词是不能登大雅之堂的东西,好写词的“陛下”都是亡国之君,柳永因为是词坛领袖,所以皇上就不许他做官,说道:“且去填词。”苏东坡,辛弃疾这样的大文豪,也是用词来发泄自己那些非正统的、自由化的情感的。比词更下的是“曲”,好比是妖冶无礼的婢女,正人君子对之是非礼勿视的,只有关汉卿之流的“浪荡文人”才乐此不疲。比曲更低级的,压在最底层的才是“小说”。如果说唐传奇、《聊斋志异》一类的文言小说还能够攀附一点

① 司马迁:《报任少卿书》。

风雅的话，那么宋元以后产生的白话小说，在正人君子看来，就完全是诲淫诲盗的文字垃圾。这种情况直到晚清才发生变化。

晚清的小说界革命，借助西洋的文学观念，打破了中国固有的文类金字塔，把小说从文类的最底层，骤然间捧上最高峰，凌驾于其他各类文字之上。“五四”文学革命后，小说更成为现代性的最重要载体，成为现代文学的核心体裁。然而也正是从此以后，新文学小说自命为严肃小说，将旧小说视为“不严肃小说”，这实际等于打破了一个旧的金字塔，又建立了一个新的金字塔。几十年的文学史教育，使人们误以为带有娱乐性的文学就是不严肃文学，畅销的小说就是不严肃小说，为大多数人喜闻乐见的书籍就是不严肃书籍。这个混乱的认识，其深入人心，已经到了百口莫辩的程度。

那么什么是所谓“严肃”呢？严肃事实上是一种对待现实的真诚态度，这种态度并不受其表现形式的左右和束缚，它可以表现为任意形式而不改其真诚。道貌岸然的大人并不一定真诚，而嬉皮笑脸的小孩却是真诚的。就对待世界的根本态度上讲，小孩永远是严肃的，而大人每每不严肃。有趣的是，小孩的严肃是以艺术的，娱乐的方式表现出来的，而大人的不严肃却是以“高等文类”的方式表现出来的。所以米兰·昆德拉说：“只有真正严肃的问题才是一个孩子能提出的问题，只有最孩子气的问题才是真正严肃的问题。”[①]然而昆德拉又说：“没有任何小说称得上严肃认真地看待这个世界。”[②]米兰·昆德拉的论述道出了问题的实质。如果从小说的形式上看，任何小说都是“不严肃”的，它们都是对这个世界的歪曲、臆造、窜改，在这个意义上，根本不存在所谓严肃小说和不严肃小说。因此区分严肃小说和不严肃小说就像区分严肃的人和不严肃的人一样，不能从外在的类别入手，而只能从具体的态度入手。这样我们就可以明白，为什么许多新文学小说让人觉得讨厌和鄙夷，而许多通俗小说让人肃然起敬。原因在于，通俗小说的态度只要是真诚的，它就放射出“真艺术”的光彩，而态度不真诚，则不论你

---

① 米兰·昆德拉：《生命中不能承受之轻》。

② 米兰·昆德拉：《小说的艺术》。

写的是经史子集，一律属于鲁迅所说的“瞒和骗”。在严肃和不严肃的问题面前，通俗小说和“非通俗小说”是平等的，各类小说都有严肃的和不严肃的之分。当然，严肃的也未必就艺术性高，不严肃的也未必就艺术性低，艺术性的高低还要考虑其他因素。但起码的一点已可断定，通俗小说不是“不严肃小说”的代名词。

其次，通俗小说不是“不高雅小说”。

“雅”与“俗”的对立由来已久。“雅”原来是“夏”的同音假借字。西周的都城丰镐，是夏朝故地，所以周初人有时自称“夏人”。“雅”和“夏”互训，周王室所在地区的语言文化，便往往冠之以“雅”的名号。如雅言，雅诗，雅乐。本来这个“雅”也只是一个地域文化概念，不具有文化层次上的优越性。但是由于“雅地”是政权所在地，它的文化方式就逐渐成为标准和规范。雅言成为“普通话”，雅乐成为“国乐”。孔夫子本来是鲁人，应该讲鲁国的“山东话”，但是他在讲课等工作场合和会客等礼仪场合，却讲的是雅言——“陕西话”。《论语·述而》曰：“子所雅言，《诗》、《书》、执礼，皆雅言也。”刘台拱在《论语骈枝》中说：“夫子生于鲁，不能不鲁语，惟诵《诗》、读《书》、执礼，必正言其音，所以重先王之训典，谨末学之流失。”在正式场合以“雅”为标准，“雅”便取得了“正”的身份，《毛诗序》曰：“雅者，正也。”“言天下之事，形四方之风，谓之《雅》。”

至于“俗”字，一开始与“雅”无关。根据目前学术界的研究，中国人产生“俗”这个概念，大约也是在西周时代。殷商的甲骨文和铜器铭文中均未见有“俗”字，似乎表明那个时候尚无“俗”的观念。到西周恭王（前968—前942）时所作卫鼎和永盂的铭文中已有“俗”字，用于人名；宣王（前827—前782）时所作驹父盨盖铭文中有“堇（谨）尸（夷）俗”句，意指南淮夷的礼法，已具“风俗”的意思；同时代的毛公鼎铭文中的“俗”则当作“欲”解。西周铜器铭文并不常见“俗”字，现知仅数例，用法大体如此。从传世古籍来看，《易》、《诗》、《书》、《左传》和《论语》等重要典籍中均未见“俗”字。① 但文献中没有“俗”字不等于当时

① 参见张赣生《民国通俗小说论稿》，重庆：重庆出版社，1991。

没有“俗”的观念。上古文献虽不见“猪”字,但上古是有猪的,不过叫做“豕”罢了。文字符号能指与所指的关系永远是变动的。西周以前虽未见“俗”字,但人类只要进入了阶级社会,就必然产生文化分野。精神境界上的高下、尊卑、雅俗、精粗之分,是肯定存在的。韩愈所说的“周诰殷盘,佶屈聱牙”的《尚书》,其中同时引录了“时日曷丧?予及汝偕亡”这样的民谣,这已可说明雅与俗分别有了各自的“话语”。《史记·殷周本纪》记载周武王声讨商纣王“弃其先祖之乐,乃为淫声,用变乱正声”,这里“淫声”与“正声”的对置,实际就如今日所言“通俗音乐”与“严肃音乐”的对立,雅俗的观念表现得已很分明了。至于《诗经》三百篇中风、雅、颂的区分,更说明当时之人已经能将艺术的功利目的与审美作用结合起来看待雅俗文化的实际存在。

“俗”的概念产生后,一开始还具有中性的甚至被尊重的意思。《礼记》云:“入境而问禁,入国而问俗。”《周礼》云:“以俗教安,则民不愉。”《尚书·毕命》曰:“道有升降,政由俗革。”这里的“俗”指的都是普遍的日常的生活风习,也即风俗。到了战国以后,“俗”在这个意义上仍被人们经常使用。如《孟子》云:“其故家遗俗,流风善政,犹有存者。”《庄子》云:“差其时,逆其俗者,谓之篡夫;当其时,顺其俗者,谓之义之徒。”《管子》云:“渐也顺也靡也久也服也习也谓之化,……不明于化,而欲变俗易教,犹朝揉轮而夕欲乘车。”如此等等指的都是风俗或民俗,即某一民族或地区由习惯形成的特定生活方式。风俗之“俗”本无所谓褒贬之意,故《荀子》云:“无国而不有美俗,无国而不有恶俗。”风俗作为一种人类社会文化现象,它不是个人有意或无意的创作,而是社会的、集体的现象,是一种非个性的、类型的、模式的现象,它体现在一般人的生活中。由此又引申出“俗”的另一层含义——“世俗”,在“俗”字前加上“世”字,是指“一般”情况,虽然含有“平凡”的意思,但并不一定就是“俗不可耐”,如《老子》云:“俗人昭昭,我独昏昏,俗人察察,我独闷闷。”《墨子》云:“世俗之君子,皆知小物而不知大物。”都是指一般的见识不高明而已。[①]

---

① 参见张赣生《民国通俗小说论稿》,重庆:重庆出版社,1991。

然而实际上，当“俗”由“风俗”引申出“世俗”一义时，一种褒贬已然不知不觉间暗含于其中了，“世俗”已经作为“不世俗”的对立面而存在了（“风俗”倒的确是中性的，因为不能说“不风俗”），即以上文所举的《老子》、《墨子》两句为例，都不难看出其中的贬斥世俗之人、反褒不世俗之人的意味。“平凡”也好，“一般”也好，都可以作为“不高雅”的婉词。《商君书·更法》云：“论至德者不和于俗”，《荀子·儒效》云：“不学问，无正义，以富利为隆，是俗人者也。”价值判断一清二楚，可以肯定，后世雅俗对立的观念已在此时萌芽了。如果翻翻《庄子》和《离骚》，更能发现大量对“俗”的贬斥。如《庄子》中有：

彼又恶能愦愦然为世俗之礼，以观众人之耳目哉！（《大宗师》）

俗惑于辩。（《胠箧》）

世俗之人，皆喜人之同乎己而恶人之异于己也。（《在宥》）

高言不止于众人之心，至言不出，俗言胜也。（《天地》）

缮性于俗，俗学以求复其初；滑欲于俗，思以求致其明；谓之蔽蒙之民。（《缮性》）

故不为轩冕肆志，不为穷约趋俗。（《缮性》）

丧己于物，失性于俗者，谓之倒置之民。（《缮性》）

吾愿君去国捐俗，与道相辅而行。（《山木》）

故天下大器也，而不以易生，此有道者之所以异乎俗者也。（《让王》）

礼者，世俗之所为也；真者，所以受于天也，自然不可易也。故圣人法天贵真，不拘于俗。愚者反此。不能法天而恤于人，不知贵真，禄禄而受变于俗，故不足。（《渔父》）

这些“俗”，都是作为庄子自我精神世界的对立面而存在的。在“俗”的映衬下，庄子为代表的知识分子显示出自己的高雅尊贵。这是知识分子自我意识的觉醒，他们开始有意将自己从大众中区分出来。由此，雅俗问题便逐渐具有了一种美学的性质。以屈原为代表的楚辞，将世界截然划分成高洁和卑污两个部分，发明了大量相互对立的辞藻进行罗列比较，一方是香草美人骐骥圣贤所代表的“雅”，一方是恶花嫫母蹇驴阘茸所代表的“俗”。在这样的尖锐对比中，“俗”成了对“雅”构成严重伤害的愚昧而邪恶的反面形象。于是，“俗”就开始成为具有高尚追求的人士所必须反对、逃离、摆脱、警惕和批判、打击、教化、改造的对象。在《荀子》中，“雅”和“俗”被作为一对明确对立的范畴并举。儒者被划分为“大儒”、“雅儒”和“俗儒”。从此，“雅”与“俗”就越来越代表着精致与粗鄙，高深与浅陋，文明与野蛮。汉代以后，“雅”与“俗”又进一步代表了精神与物质，意志与欲望，士人与大众，独特与寻常，超越与拘囿等范畴的对立。不过，对“俗”的论述要比对“雅”的论述为多，“雅”是在对“俗”的大量否定中确立自己的形象和地位的。总之，汉语文化中褒雅贬俗的倾向，与知识分子在中国的特殊身份具有极其密切的关系。他们对于自己在统治者眼中的工具性价值既敏感，又讳言，因此他们建立起一个名字叫做“雅”的独特的精神世界，以与那个叫做“俗”的现实世界抗衡。他们采用一切可能的方式，排斥和打击令他们讨厌的“俗世”，然而俗世的力量却不是雅人的文字所能摧折和压抑的，“俗”不但一直对“雅”进行着抗拒，嘲弄，反击，而且到宋元以后，进一步侵入“雅”的领地，直接对“雅”进行瓦解，颠覆。其中通俗小说就是对“雅文化”构成最大威胁的一种“俗文化”力量。

至此可以看出，“雅”和“俗”实际上都具有双重涵义。一是美学境界、价值判断上的高下，二是文人与大众，个体与社会在文化方式上的选择性区别。这两重涵义有时可以是一致的，即文人的选择恰好是高雅的，精美的，代表文化前进的方向，具有时代的先锋性的。但也可以是不一致的，即文人的选择不一定高雅，精美，不一定代表文化前进的方向，不一定具有时代的先锋性。由于文字几千年来垄断在知识分子手中，知识分子总是自觉不自觉地把自己的选择规定为“雅”，因此“雅”和“俗”的双重涵义在大部分时间里都处于被混淆的状态。于是，追古，追新，追奇，追怪，追逐少数文人情趣，就成为一种雅或求雅的标志，而实际上，这样的文化选择和文化产品，并不具有原创性的或者是深刻性的美学价值，它们用目标的“雅”遮蔽了行为的“俗”。所以，在各种文类里，实际上都存在着高雅和低俗的作品，美学境界上的雅俗与文类是没有必然联系的。诗词歌赋都有雅有俗，大量炮制的“先锋诗歌”，“先锋小说”，本身正是媚俗的产物和证明。米兰·昆德拉说：“今日之现代主义（通俗的用法称为“新潮”）已经融会于大众传媒的洪流之中。所谓‘新潮’就得竭力地赶时髦，比任何人更卖力地迎合既定的思维模式。现代主义套上了媚俗的外衣……”[①]老子说：“天下皆知美之为美，斯恶已；皆知善之为善，斯不善已。”[②]真正的“雅”，并不格外在意自身是雅是俗。孔子说：“不患人之不己知，患不知人也。”[③]格外注重雅俗之别，刻意去追雅离俗，这恰恰是缺乏独立的人生理念，缺乏独立的操守意志，缺乏独立的生活情趣的表现，这本身就不能说是“雅”的，而是以“媚雅”的形态表现出来的“媚俗”。当然，“俗”和“媚俗”都是无可非议的，米兰·昆德拉指出：“我们中间没有一个超人，强大得足以完全逃避媚俗。无论我们如何鄙视它，媚俗都是人类境况的一个组成部分。”[④]“俗”和“媚俗”都可以是健康的，正常的。不健康，不正常的是那种竭力以俗为雅，刻意求雅反而落俗的扭曲心态。也就是说，不真诚的，伪饰的心态，才是真“俗”。气象弥满，心无挂碍，则不论以什么形式出现，都不为“俗”。

这样，我们就可以明白，为什么许多“通俗小说”能够唤起读者的“高雅”情趣，而一些所谓“高雅小说”却令人反感、难受甚至产生生理上的厌恶。其根本原因在于，通俗小说不是美学意义上的“低俗小说”，它可能低俗，也可能高雅，正如农民的儿子可能成为艺术家，也可能成为土豪劣绅，这与它的出身没有本质上的必然联系。文学类别上的“血统论”是毫无道理的。如今有些学者对这一点已经不能不勉强承认，但他们仍然坚持说通俗小说中的“次品”还是要多于“高雅小说”和“高雅文学”。我认为，这是缺乏数学统计上的依据的。假如以七言绝句为例，古往今来所产生的全部作品中有多少是精品，是艺术品，有多少是平庸的习作和顺口溜呢？显然，在任何一种艺术体裁和类别中，

---

① 在诺贝尔文学奖颁奖典礼上的演讲。

② 《老子》第二章。

③ 《论语·学而》。

④ 米兰·昆德拉：《生命中不能承受之轻》。

精美高雅之作总是少的，平庸低俗之作总是多的。所以，通俗小说只是小说的一种类别，它决不是“不高雅小说”的代名词。

再次，通俗小说不是“不纯的小说”。

不知从何时起，产生了一个叫做“纯文学”的概念。“我是搞纯文学的”，成为一句骄人之语，那神情仿佛是在说：“我是搞纯处女的。”一时间，“纯文学”，“纯艺术”，“纯学术”满天飞，最近又有了“纯天然”，“纯净水”等等。这里的关键词是“纯”。“纯”的本意是“无疵点的素丝”，引申为纯一不杂，精美无瑕。屈原《离骚》中云：“昔三后之纯粹兮，固众芳之所在。”所以，“纯”就意味着品质单一，不含其他因素。那么，“纯文学”、“纯小说”是什么意思呢？从字面上看，它们的意思应该是“只有文学的文学”和“只有小说的小说”。我们要问，这样的文学和小说存在吗？剥除了其他一切因素的文学，只剩下“文学”的文学，是个什么样子，有人见过吗？设想一部文学作品，里面没有政治，没有经济，没有阶级斗争，没有民族矛盾，没有宣传，没有娱乐，没有历史哲学心理社会音乐美术科学民主，没有打斗爱情神秘探险战争间谍生存死亡，从头到尾只有文学文学文学……这显然是决不可能的。文学与数学的根本不同就在于，它天生就是“不纯”的，文学必须与其他人生因素共生才能存在，就像火不能自己烧自己，它或者烧木柴，或者烧油气，不存在脱离了可燃物的“纯火”。因此从理论上讲，脱离了文学之外所有因素的“纯文学”是不存在的。

如此可知，日常人们所讲的“纯文学”，“纯小说”，并非是理直气壮的学术概念，而是模模糊糊自欺欺人企图诱导人们思维混乱的“捣鬼概念”。它们实际是想说通俗小说是有功利目的的，而那些小说没有功利目的，通俗小说通过刺激情感来赚钱，而那些小说不刺激情感不赚钱。这是一种似是而非的见解。事实上，被称为“纯文学”的那些作品，恰恰是具有强烈的功利目的的。它们或者“为人生”，“为社会”，或者为某种艺术主张，某种生命哲理，更不用说有的还为了迎合政治需要或领导意图，总之是为了“纯文学”之外的一些东西。相比之下，通俗小说没有明确而执着的人生追求和艺术主张，它们只是为娱乐而娱乐，为写作而写作，实际上是“为艺术而艺术”但又并不标榜这句口号，这样说来,通俗小说岂不成了"纯文学"?说到刺激情感或赚钱,那些"纯文学"一点也不逊于通俗小说,只不过它们不事声张,做得很虚伪,都遮着很高尚的名目,许多"纯文学"作家高官得做,骏马任骑,稿酬不比别人少,特权要比别人多。许多"纯文学"作品打着艺术探索、人性追寻等等旗号,大肆描写露骨的性行为和变态的情欲,畸形的心理,有相当一部分"纯文学"读者是戴着有色眼镜去到那些作品中寻求情感刺激的。在这方面,倒是有些通俗小说表现得过于道貌岸然了。即便从"单纯","清纯"的意义上考虑,所谓"纯文学",在整体上也要远远比通俗文学"思想复杂"。就如同标榜清纯的女大学生,实际上在身心两方面,都不能说比普通市井姑娘更"清",更"纯"也。因此,把"纯文学"作为通俗小说的对立面,在学理上是不能成立的。

最后,通俗小说不是"缺乏艺术性的小说"。

认为通俗小说是"不严肃的小说","不高雅的小说","不纯的小说",其实背后还有一个共同的意思,即认为通俗小说是"缺乏艺术性的小说"。所谓"严肃","高雅","纯",都是在为"艺术"张本,仿佛艺术的本质就是"严肃","高雅","纯"。通过前面的梳理,我们已经可以明白,文学艺术不一定要"严肃",要"高雅",要"纯",即使一定要"严肃",要"高雅",要"纯",通俗小说也并不逊于"非通俗小说"。而问题的关键在于,"艺术性"究竟意味着什么。

也许我们不能在此全面而详细地探讨美学上的"艺术性"问题。那么"小说的艺术性"或许是我们可以粗略地感受出来的。米兰·昆德拉在《小说的艺术》中把小说比喻为梦境:

> 梦的叙述,不妨这样说,它是想象从理性的控制、从对真似性的关注中解放出来,大胆地进入理性思考所不能进入的风景。梦只是这种想象的模特,我认为这种想象是现代艺术最伟大的发现。

不论认为艺术是对现实的模仿,是对心灵的表现,是对存在的反抗,还是对生命的宣泄,小说的艺术性都离不开这样一个标准,即"梦得够不够好"。在这方面,通俗小说与"非通俗小说"是站在同一起跑线上的。而且,由于通俗小说做起梦来比较专心致志,往往更能引人入胜,“非通俗小说”经常不能保持一份平常心,为了显示“雅”,常处于半梦半醒之间,所以,“非通俗小说”的作者和读者对待小说的态度在一定程度上都是“别有用心”的,也即心在艺术之外。通俗小说中的劣品次品,不是因为不好好做梦,而是因为梦做得太荒唐或者太普通,属于技术问题,而“非通俗小说”中的劣品次品,则是属于“立场问题”了。

小说的艺术性还可以用小说的基本要素来分别衡量,比如人物,情节,主题,语言等。在人物和情节上,通俗小说明显更占优势,通俗小说中那些栩栩如生的人物在艺术史上构成了最庞大的画廊,它们那些精彩的情节,更是通俗小说的魅力核心。在主题和语言方面,通俗小说或许被认为略逊一筹,但主题的大小深浅,与艺术水准没有根本性的关联,通俗小说的主题可以被理解为落后,陈腐,但也可以被理解为更接近存在,更接近永恒。至于语言,通俗小说也并非缺乏独特性和创造性,在由文学语言转化而来的日常语言中,来自通俗小说者为数更多。此外,关于文化蕴涵,关于美学境界,我们都找不出通俗小说低人一等的确凿证据,三国水浒红楼西游所代表的古代通俗小说的艺术性是有目共睹的,从张恨水到金庸所代表的现当代通俗小说的艺术性也正得到越来越公允的评价。如果说从某种特定的时代精神出发,认为通俗小说缺乏某种“思想性”,还是事实的话,那么无论如何,认为通俗小说“缺乏艺术性”,是非常不公的,那样理解的“艺术性”,一定是狭隘的和片面的。

以上我们论述了通俗小说不是“不严肃的小说”,不是“不高雅的小说”,不是“不纯的小说”,不是“缺乏艺术性的小说”,那么,通俗小说与“非通俗小说”就没有区别了吗?当然有,但区别不在形容词上,而在名词上,它们之间是类别的不同,而没有美学价值上的尊卑,就如同小说与诗歌、散文、戏剧的区别一样。出于习惯,人们经常都把“非通俗小说”称为“严肃小说”,“高雅小说”,“纯小说”,“艺术小说”,这些名目虽然并不正确,但也有其一定的针对性。由于强调的方面不同,通俗小说产生了不同的对立面。当强调它的娱乐消遣功能时,与“严肃小说”相对;当强调它的大众化品位时,与“高雅小说”相对;当强调它的形式技巧的模式化与稳定性时,与“艺术小说”乃至“先锋小说”、“探索小说”相对；当强调它的商品性、功利性时，与“纯小说”相对；当强调它的传统性、民族性时，又与“新文学小说”、“新文艺体小说”相对……因此，对于那些林林总总的名目，也似乎没有必要过于计较，只要我们知悉了通俗小说的概念误区是在什么具体方位，又何必非要给那些误区“正名”呢？

（原载《涪陵师专学报》2001 年第 17 卷第 3 期）

平凡生活的复现及其叙事功能

——四十年代小说艺术论之一

范智红

40年代某些小说在题材的选择与主题的确立上表现出这样一种趋向：它们注重个人性的表达，注重生活与精神的质朴方面，注重表现现实生活与精神生活中那些朦胧琐细的思想，因而在一定程度上，它们显示出一种与这个伟大时代的"时代精神"不甚相称的性质。最明显的说明，就是这些小说的主题往往受到质询，就像胡风所批评的，因为人们已经过于习惯那种明确的、结论性的主题陈述，以至那些"在作品里面看不到'结论'就惊慌失措的批评家也许要用显微镜来寻找'主题'"①。迅雨对于张爱玲的批评，萧红、路翎等人所受到的指摘，都是这样的实例。这些小说相对偏离了那种关乎政教得失与人生教诲的小说观念，在叙事学意义上也出现了一些有价值的尝试。

师陀有篇小说题名为《三个小人物》。小说写的是"时代巨轮"下小人物的人生，他们庸常，停滞，甚至走下坡路，可是又质朴天然，包含着对于命运的敬畏、屈从与肯定，在无意义中消耗生命或被命运所毁灭。叙述者以一种糅合了讽刺与悲悯这两种在感情态度上相互背离的语调来表现动荡的时代所造成的人间世事的迅速更迭和人生悲欢的变幻不定，在这种语调里，那种英雄美人故事常有的夸饰、波折以及最后的团圆或破裂结局都被取消了。如果不是在一个生活十年便"等于我们的祖先活一百年"的剧变时代，这样一种人生形式或许不会为多少小说家所注意。集体性地表现这样一种平凡的人生，应该说是时代所提供的一次写作机缘。但趋向于认可普通平凡的生命形式，发现并且肯定其中蕴涵着特别的生命力，这在创作中往往呈现出一种矛盾状况：

---

① 胡风：《编后记》，《希望》第1集第1期，1945年1月。

一方面是对蕴藏于平凡的无意义生活中的某些特殊意义的发觉与肯定，另一方面则又对此露出疑虑甚至是批判的锋芒。一方面是对于平凡人生及其意义的发现，一方面又对此有所存疑与背离，如何使这两种有所冲突的力量尽可能统一，这不仅是一个技术问题，而且意味着一种小说观念与趣味的选择。

"回忆"与"对照"

如废名的《莫须有先生坐飞机以后》那样以论说的语调随时发表作者的见解，或许并不是理想的办法。这里也许用得着当时人的一种解答。据说"一个伟大的艺术家只应有一种挂念：使自己成为'人性的'，也就是'平凡的'。当他真能达到平凡的境地，也就是他最能表达出他的个性的时候。但如果这种平凡是毫不费力地得来的，那就可以证明其人并非真正的艺术家，因为一件艺术品的产生往往为求得两种相反的因子或是两种相冲突的力量的调和，一件艺术品中的美与力在于作家对自身浪漫意识的克服"[①]。这种说法与数十年后汪曾祺所言极为相似。汪曾祺说："我以为小说是回忆。必须把热腾腾的生活熟悉得像童年往事一样，生活和作者的感情都经过反复沉淀，除净火气，特别是除净感伤主义，这样才能形成小说。"[②]说这话时的汪曾祺已是相当成熟的短篇小说家，而他早期的小说虽然大多以回忆为基调，可他所写的生活与他的感情却还并未来得及"经过反复沉淀，除净火气，特别是除净感伤主义"。粗略地说，在回忆中渗透了一点忧郁与感伤，可是并不夸张；以平凡素朴的情绪去描写那些正与这情绪相称的人事，而同时又于描写中表达出写作者的个性，包括作家个人的气质个性与其小说的形式特征，这不仅是汪曾祺早期小说的特点，而且也正是这一时期的这一类小说的共同特征。

---

① 盛澄华：《纪德的文艺观》，《人世间》第2卷第4期，1948年3月。

② 汪曾祺：《〈桥边小说三篇〉后记》，《汪曾祺文集·文论卷》，南京：江苏文艺出版社，1994。

1946年从昆明到上海后,汪曾祺陆续发表了一些以昆明与故乡生活为背景的短篇。这些与众不同的小说,尤其是他对意识流的试用曾经颇激动了后来的不少研究者,从这里人们似乎发现了那种被命名为现代主义的东西。对此,汪曾祺本人的看法是:

> 我的一些小说不大像小说,或者根本就不是小说。有些只是人物素描。我不善于讲故事,我也不大喜欢太像小说的小说,即故事性很强的小说。故事性太强了,我就觉得不大真实,我初期的小说,只是相当客观地记录对一些人的印象,对我所未见到的,不了解的,不去以意为之作过多的补充。后来稍稍开展一些,有较多的虚构,也有一点点情节。
>
> 有人说我的小说跟散文很难区别,是的。我年轻时曾想打破小说、散文和诗的界限。《复仇》就是这种意图的一个实践。①

他追求的是实行小说观念的"冲决"。他那尚未成熟的观念其实也同样渊源有自。其冲决的依据与灵感,汪曾祺自认来自归有光、鲁迅、沈从文和废名,以及契诃夫和阿左林。从他认为意气最相投、启示最具体的那些作家那里,汪曾祺体会到了什么呢?

> 契诃夫开创了短篇小说的新纪元。他在世界范围内使"小说观"发生了很大的变化,从重情节、编故事发展为写生活,按照生活的样子写生活,从戏剧化的结构发展为散文化的结构,于是才有了真正的短篇小说,现代的短篇小说……
>
> 阿左林……是一个沉思的、回忆的、静观的作家。他特别擅长于描写安静,描写在安静的回忆中的人物的心理的潜微的变化。他的小说的戏剧性是觉察不出来的戏剧性。②

这里所谈的体会,实际上包含了《短篇小说的本质》中他所讨论的主要问题。其中最重要的一点,即认为小说应该谈生活而不是编故事,小说的技巧尤其是制造戏剧性的工夫并不是特别重要的,重要的是作

---

① 汪曾祺:《汪曾祺短篇小说选·自序》,《汪曾祺文集·文论卷》。

② 汪曾祺:《谈风格》,《汪曾祺小品》,北京:中国人民大学出版社,1992。

家要有真诚的生活实感和独到的感受能力,能表现生活本身的美——这与张爱玲那番关于“参差的对照”的议论极为相得。张爱玲虽然主张小说应当是个故事,可是她所写的故事却并不是关于超人的事,而是现实人生的安稳、和谐的一面:它崇尚美而非力,它合乎人性,因此不宜于“采取善与恶,灵与肉的斩钉截铁的冲突那种古典的写法”,而应当用更近事实的“参差的对照”的方法,即不以强烈的戏剧性的完成来刻画“彻底的英雄”,而是以不甚集中的生活小事来描写“不彻底的凡人”。不过,即便是基于这样相似的小说观,汪曾祺、张爱玲以及那些真正在回忆童年往事的小说家,却有着并不一致的实践路向,其“回忆”与“对照”的运用,也呈现出并不统一的发展。

汪曾祺那些描写乡间人物的短篇,后来多被作为京派小说的代表作,它们的确符合沈从文建造人性小庙的文学理想,它们更多地打上了汪曾祺的个人印记。在一封致友人的信中,汪曾祺这样谈论自己关于小说的新想法:“我现在似乎在留连光景,我用得最多的语式是过去进行式(比‘说故事’似的过去式似稍胜一筹),但真正的小说应当是现在进行式的,连人,连事,连笔,整个小说进行前去,一切象真的一样,没有解释,没有说明,没有强调、对照的反拨,参差,……绝对的写实,也是圆到融汇的象征,随处是象征而没有一点象征的‘意味’,尽善矣,又尽美矣,非常的‘自然’。”[①]这里所说“绝对的写实”而又“随处是象征”的所谓“真正的小说”,是指当时引起欧美瞩目同时也正被译介到国内文坛的卡夫卡的小说。从与卡夫卡的比较中,汪曾祺发现了两点区别。一是语式的区别,他用一种不同于讲故事方式的过去进行式回忆过去而不是用现在进行式描写当前;一是他“留连光景”,因此就有解释,有说明,有强调,还有对照的反拨与参差,而不是让整个小说“像真的一样”进行下去。在这里我们无意于如汪曾祺一样评价哪一种小说更好,而是要指出汪曾祺的这种比较,其实正是对他自己的小说风格做了一个极为确当的说明:他认为自己的小说是回忆的,他所要表达的自我意识是并不隐蔽的,它们通过解释、说明、强调或是参差的对照等多种方式

① 唐湜:《虔诚的纳蕤思——谈汪曾祺的小说》,《新意度集》,北京:三联书店,1990。

呈现出来。

《戴车匠》是对一个车匠和他所代表的一种生活景象的回忆，是对一个“沉默的城”的回忆。小说从娓娓谈论故乡小城的风貌开始，逐步引出作为一个手艺人也是一个地名的“戴车匠”。作为人物的戴车匠，代表了一种乡间的“稳定而不表露的生命”，“厚实”，“平和宁静”；作为地名的戴车匠，则是“我们生活中的一格，一区，一个本土和一个异国”，是我们的岁月的“一个见证”，标示出我们在时间与空间的历史座标中的生存位置。除了指点我们该以怎样的方式认识这小城和它的戴车匠，作者还让我们看到了一重隐藏的对照。在草巷口的描写中，他特别介绍了两个摆小摊的老太婆。那是两个与戴车匠大异其趣的人，为着一点微薄利益而终日“恨毒注在颓老之中”，每以“希望伤人要害”的锋利言词在草巷口演出永无休止的“心长力拙，松懈干枯的争斗”。在这种对照下，戴车匠那灵魂和生命皆稳定沉默的生活、他那与车床融为一体、仿佛获得了性灵的手艺，显示出了诗意的光泽。在这时，作者甚至情难自禁地停下他娓娓而谈的叙述，转而对戴车匠在车床上工作的情景作一番充满诗情画意的描绘。他描绘戴车匠身体的姿态，他的各种技法、他与车床的灵肉相生的关系，甚至是刨具上卷起的木花……如果必须为每篇小说都找出高潮来，那这里似乎就是《戴车匠》的高潮，它不是情节发展的高潮，而是回忆的情绪的高潮。实际上，回忆小城和它的车匠或许原本就并不是什么奇特的故事，而是乡间的那种“稳定而不表露的生命”作为“一种情感形态”和“人类智慧的一种模样”引起了作者叙述的热情。他的叙述，因此是作为“一种思索方式”而不是单纯的讲故事方式来进行的。那种“遇到甚么都抚摸一下”的“随意评说的自然”①，既促成了他“谈生活”的叙事风格，又是这种生活本身的特征，同时它还适应了那种倾向于思索的精神要求。

如戴车匠一样有着“稳定而不表露的生命”的平凡世界中的平凡人，他们的精神世界中那种稳定朴素的气质又往往具有两个互为补足的方面。那些平和宁静的人物稳定的神色下跃动着的，其实是一种执

① 汪曾祺：《短篇小说的本质》，1947年5月31日天津《大公报》。

着至痴狂的人格。《异秉》中的王二看起来只是个勤俭谦恭且有点木讷的寻常小本生意人,并无什么异秉;不过王二的异秉也正不在他有何过人天分,而是在一种自我约束力:他"自己要自己懂得分寸",可是这种自我约束的分寸意识,在王二那里已经不只是生意经意义上的方法论,而已然是一种人生哲学——

> 王二……用一种非常严重的声音,声音几乎有点抖,说:
>
> "我呀,我有一个好处,大小解分清。大便时不小便,诺,上毛房时,不是大便小便一齐来。"
>
> 他是坐着说的,但听声音是笔直的站着。

这就是王二的异秉,一种渗透了他的日常行为、执着至于自虐的分寸感。它是朴素的、原始的。在王二痴狂的内心与木讷的外表之间,我们分明可以察觉到一种互相反拨、参差的"对照",在这种对照下,小说并没有依靠情节来展现人物的性格及其发展,可是王二的形象在你的心中却很清晰。即便是在《异秉》这样对结构有所讲究的作品里,汪曾祺也没有完全依着"现在进行式"的方式来写,他依旧在小说的前半部分都使用了特别生动的"过去进行式"谈论王二其人,后半部分的"现在进行式"倒似乎只是为了给王二一个直抒胸臆表白内心的机会:如此均分的篇幅,只给了我们这样一个印象,即它本身隐含着一种以人物的内在精神与其外部行为的对比来塑造人物的结构意图;或者说,这种不甚相得的布局表明,作者对谈话的兴趣实在远远大于对叙事的兴趣。

所以在《艺术家》中,汪曾祺完全抛开了设计结构布局的做法,而采取近乎漫谈的办法讲述一个并未出现在小说中的艺术家的故事。艺术家的模样、性情和他的才分,完全通过旁人或叙述者的嘴和眼睛来呈现。这样一来,缺席的艺术家就完全成为汪曾祺所追求的那么一种"情感形态"和"人类智慧的一种模样"的一个所指,而小说则不过表现了能指从各个方向去趋近所指的过程:这种能指向所指的趋近过程,惟妙惟肖地模拟了人的思索方式;或者反过来说,是汪曾祺那种以短篇小说为一种思索方式的观念在通过模拟能指向所指趋近的小说表达式中,得到了惟妙惟肖的传达。而漫谈的、追忆的叙述语式,又正特别贴切地模拟了这一趋近的状态。在这里,对照一如既往的存在着,而且因为是多个人物之间的"反拨"与"参差",对照显得更为繁复。小说中除了"我"之外另有三个人物。"我"爱好艺术,也理解艺术的精神,但"我"总是生活在一成不变的生活里,虽能帖然就范不作徒然反抗,可"我"内心里生长了反抗性的惘然之感;一个年轻木匠,"这个人长于聊天,说话极有风趣,做活实在不大在行";一个茶馆老板,"一望而知是个阅历极深的人",他的阅历不是使他庸俗而是使他有了对艺术的会心;最重要的,是那个只见其画不见其人的哑巴,一个天生的画家。他是个适应普通生活的常人,在艺术世界里却是个天才艺术家。对于"我"与茶馆老板的人生缺失来说,在两种生活里他都是完全的;对于那热闹的、心有旁骛的木匠而言,他隐逸性的沉默不语倒才是对生命的真实切入。"热情的恬淡,入世的隐逸",这是汪曾祺对阿左林的评价:"他的恬淡的文字风格正表现了他的恬淡的思想的风格,一个中国传统的哲学观念,调节情感,归于中和。"①这是汪曾祺所得到的评价,不难发现两种议论间显见的相似处。《艺术家》中人物间的对照所产生的意义,与其说是在肯定或否定某一种现实的人生形式,毋宁说是在想象一种合理的中和。

如果说汪曾祺的对照一般发生在人物之间,那么路翎的《求爱》则是在人物的内心进行对照,借用袁可嘉关于"戏剧化"的说法,是描写人物的"内心的戏剧"。唐湜曾经引吴尔芙的理论对路翎的短篇集《求爱》作过精彩的分析,他说——

> 小说的任务只是表现生活的真实,什么是生活的真实呢?依吴尔芙夫人在《现代小说论》里的说法,只是一个平凡日子里的平凡的心灵所感受到的无数印象——琐细的,幻象的,易灭的,以剑的尖锐刻画着的。它们从各方面来到时像一阵微尘组成的不停的雨。……生活并不一定合于机械的逻辑,自觉的生活只是生活里的极少部分,不能有决定作用的部分,因而,发掘人性,就必须发掘那一部分潜在的,半意识或无意识的,掘得愈深愈好,路翎所以有

① 唐湜:《虔诚的纳蕤思——谈汪曾祺的小说》,《新意度集》,北京:三联书店,1990。

> 这远大的前途，就在于他没有给庸俗的“逻辑”的眼光束缚住……①

试图发掘那些“潜在的、半意识或无意识的”因素，表现不自觉的成分，这与汪曾祺试图表现“人生本身的形式，或者说与人的心理恰巧相合的形式”②有所不同。如果说汪曾祺与路翎同具契诃夫风格，那么汪曾祺更多的是有契诃夫“既忧郁而又肯定生活”的一面，以及使“深刻的内容跟非常朴素、简练、明白的形式相结合”，而路翎则常常趋向于发现那种契诃夫式的“为世人看得见的笑料和为世人看不见的没有形影的眼泪”③，汪曾祺所欣赏的，是传统中国文人闲情逸致与深通世故的智慧相辅相成的思想风度，而路翎则有着吴尔芙所说的那种在每一个伟大的俄国作家身上都能看到的“圣徒的性格”：他们有着“对于他人苦难的同情，对于他人的爱，以及为了达到某种要对于人的精神进行严酷考验的目标而奋斗”的求索精神④。因此，路翎对于人物内心的注视，不会如汪曾祺那样作静态鉴赏，它将是一个持续的追索过程，他的表现也因此会具有一定程度的戏剧性。

路翎之写平凡人生同样出于自觉。正如废名一样，在一个充满英雄主义和浪漫主义气概同时也弥漫着市侩主义气息的时代，他发现了那些生活于社会底层者所代表的“历史底本身”：“这固然是一个平庸的世界，没有英雄主义底实现也没有或种高贵而神奇的情操，但就在这个平庸的世界底各种现象和碎片之下，是有着一股强大的激荡的，恰如在破船之下是有着海洋底激荡一般”。不能以“自己的血肉的感受”去表现这种在不少作家看来是“一般的、异己的、别样的人生”，就是因为没有发现其中所蕴涵的“从过去直到今天，并且一定要达到未来的力量”⑤。路翎的这种意识，类似于他所崇敬的托尔斯泰所说的，是去“和

---

① 唐湜：《路翎与他的〈求爱〉》，《文艺复兴》第4卷第2期，1947年11月。

② 唐湜：《虔诚的纳蕤思——谈汪曾祺的小说》，《新意度集》，北京：三联书店，1990。

③ 别尔德尼科夫：《契诃夫的小说》，《契诃夫短篇小说选》，北京：中国青年出版社，1956。

④ 维吉尼亚·吴尔夫：《书和画像》，第112页，刘炳善译，北京：三联书店，1994。

⑤ 路翎：《〈求爱〉后记》，《求爱》，上海：海燕书店，1947。

人们亲近”，去同情他们，但又“不让这种同情仅仅出自理智——因为出自理智的同情是容易的——而要发自内心，发自对于人们的爱”。基于发自内心的爱，路翎如汪曾祺一样对于夸张的激情有所捐弃，而对那些沉没在生活底层者的内心意识有了较为平和而又辛酸的体味，“哀矜而勿喜”，这样的情感，在这个动荡时代也许是普遍的。

虽然路翎说《求爱》所写的都是些“攀住历史底车轮的葛藤”，可是这些人物并不单纯使人憎恶、怜悯或喜爱：他让读者“看见”了人物隐秘的内心意识的全部过程，这些意识本身是芜杂、散乱、不连续的，但它们占据了叙述的中心亦即获得了表达的主动，即便是卑劣行径，也往往易于取得读者谅解。实际上，路翎的这些短篇正可说大多是一些表现人物内心意识的“独幕剧”。最典型地表现出这一特征的是描写公路局车站验票员高国华的《瞎子》。小说一开头对于高国华其人的介绍就是对其心理气质的分析。那是个外貌卑微矮小，可是内心却幻觉着大人物般的“严肃”与“雄壮”，并有一种变态的表现欲的小人物，他的不真实的自我判断使他生出虚妄的、扭曲的兴奋，使他像一个戏剧中被蒙蔽的无知角色，使他的幻觉的内心意识成为对他的真实自我的一种反讽。无疑地，这其中存在着某种戏剧性效果。但是正如胡风对路翎提出的疑问：“也许精神状态底正面叙述不是短篇所能胜任的罢？”偏于叙述而少描写人物的“行动底纠葛”，将使小说像精神分析而不像文学作品[1]。其实在写《求爱》之初，路翎就已萌生了“花巧愈少愈好”地去“直写人生”的念头[2]。《瞎子》对于高国华的“精神分析”因此有所节制而以对于事件的记叙为主。站在车门旁的高国华“把左脚踏在车身上，同时叉着左手，这样，他便享有着一种雄壮的姿势了。他兴奋而骄傲，严密地注意着上车的乘客们”。这不仅是高国华的身体姿势，而且是他的一种心理姿势，在这样的心理姿势下，高国华不真实的自我意识也就涨潮了：他“雄壮”、“兴奋而骄傲”。小说以高国华的这种自我

① 胡风 1945 年 9 月 22 日致路翎信，《胡风路翎文学书简》，合肥：安徽文艺出版社，1994。

② 路翎 1944 年 12 月 17 日致胡风信，《胡风路翎文学书简》。

意识与他的验票过程中对各种乘客所产生的公开或隐秘的想法相对照。他的每一句潜台词和以此为依据对乘客所发的大声喊叫，都是这种自我意识的“戏剧化”。在一个乡下瞎子出现在高国华面前时，这种“戏剧化”使这个“独幕剧”达到了高潮。瞎子不仅失明，而且失语，失去表情，面对这个空白似的人，高国华的自我幻觉更加膨胀，以至兴奋得不是在内心里“转念”而是“演说”起来了。但他的演说竟然遭到了乘客们咒骂，这使高国华既吃惊又愤怒，不得不狼狈地结束演讲，他那不真实的自我幻觉受到了挫折，只剩下一个小人物受辱后的自慰与怨恨。《瞎子》所表现的验票员高国华的内心状态不过是那大时代生活中的某种个别的特殊的情形，但这正是《求爱》在题材上的共同特征。路翎发觉了那些不易为人感知的琐细的人生景象并且各个予以描绘。它们通常结构完整，不似汪曾祺随意而谈，但以简单小事表现人生本来面貌，则与汪曾祺同。不同的是，路翎更像是契诃夫那样的“无匹的描绘丧失了锐态的和悲惨的人们的肖像画者”，并且“以极大的明澈，表露出人们私生活中极细小的意义”，而不是如汪曾祺一样更多表现“生命之欢乐与爱”①；并且，我们无法简单地指出，在路翎所表现的那一切中，“这一点是悲剧性的”，“那一点是喜剧性的”②，其悲剧性与喜剧性的感情经过他发自内心的“对于人们的爱”的融合而渗入于对那些“极细小的意义”的发现中，渗透于以一种更为客观的“戏剧化”方式来呈现那些发现的每一细节的表达中，其表达的逻辑不是情节，不是性格，而是人的“不自觉的意识”的形式。

汪曾祺表达“人生的形式”，路翎则表现人的“意识的形式”。因着这种对象的区别，汪曾祺趋向于在记忆之中搜寻人生的形貌，突出的是娓娓而谈的叙述风格，并且趋向于在人物与人物之间进行对照，也就是在不同的人生形式之间对照。与汪曾祺在这一点上风格相近的作家，是骆宾基。路翎则趋向于往人生的细微处与意识的幽暗处探究，并通过最平常生活中的某个单一场景予以戏剧化的呈现。路翎的这种风

① A.德伊基:《安东·契诃夫论》，陈敬容译，《文讯》第8卷第4期，1948年4月。
② 维吉尼亚·吴尔夫对契诃夫的小说《古雪夫》的评论，见《书和画像》，第111页。

格，在他的《求爱》结集出版之后的创作中发展得愈加显明，《呼吸》与《蚂蚁小集》中的短篇小说结构上的"独幕剧"特征更加突出，它们通常只有简单的情节，人物的心理意识才是小说的主要内容。路翎的这一风格在当时就已引起争议，既有人肯定他的写法是"摈除了那些表面的社会现象和枯燥的故事的罗列，而直接地深入了人物底精神世界"，也有人认为，"如果不通过一定的社会现象与一定的故事，无论怎样天才的作家也不能'直接地'深入了人物底精神世界"，而"只是抽象的人性中的美丽与丑恶的对比"，那只等于是"作家自己的思想独白"[①]。不能否认，在这些小说中路翎仍然存留了些他一贯的如胡风所讲的"精神分析"式叙述习惯，使得小说中仍然充溢着赞赏者所称道的"燃烧的生命力量"，也就是批评者所指摘的"思想独白"的因素，但路翎之加强了"直写人生"的方式，也是事实。把路翎与汪曾祺、骆宾基都做过比较的批评家唐湜，说路翎与汪曾祺"有最不同的天赋，却又走向同一个方向，经过同一的历程"，他们都经历了"由生命爆裂的自然发展走向精湛大方、炉火纯青的自觉表达"[②]。不过，即便拿路翎最"柔和委婉"的《求爱》与骆宾基的《北望园的春天》比较，也可看到这样的区别："路翎从日常生活里酿造了热情的灼人的传奇风的酒液，而骆宾基先生则从日常的生活里勺取了一些平淡无奇，略有甘味，饮后转觉醉人的绿茶。"[③]骆宾基与汪曾祺同具的那样一种在娓娓而谈中既组织了素材，又表达出多种互相阐发的含意的叙事能力，得益于对作为思想形式之一的"回忆"的模拟，正是他们使得"回忆"真正成为废名曾经设想过的那样一种文学技巧。

不同于汪曾祺与骆宾基在现实生活层面寻找自己的人生记忆形式，张爱玲为我们提供的是别一种记忆景观。她的题材仍然是关于现实的，小说的背景也仍然在这个时代之中，可是她的思想背景是"人类记忆"，她的"参差的对照"也就发生在"现实"与"古老的记忆"之间，

① 胡绳：《评路翎的短篇小说》，《大众文艺丛刊》第1辑《文艺的新方向》，1948年3月。
② 唐湜：《虔诚的纳蕤思——谈汪曾祺的小说》，《新意度集》，北京：三联书店，1990。
③ 唐湜：《路翎与他的〈求爱〉》，《文艺复兴》第4卷第2期，1947年11月。

亦即发生在现代的生活事件与人类的历史记忆之间:现实的生活里有历史的印记,而历史事件又有它的现代翻版,在现实与历史的两相对照之中,张爱玲教我们察觉到了人类生活的某些永恒意味。这种思想来自于她对时代的体验与认识,它不仅影响了她的小说观念,而且化为了她的小说结构方式[①]。张爱玲的所有“对照”都发生在这种现实与记忆、理想或历史的映照间,它们是人类记忆得以相互阐明与流传的方式,同时也是一种小说结构形式:在前者它表现了人生的“苍凉”本质对于小说家的塑造,在后者则显示了一个处身乱世的小说家对“苍凉”的发现。

日常生活的诗情

废名、沈从文和汪曾祺师徒三代小说家在这一时期关于文学理想的认识中,有两个共同点,即认为文学应是关于理想的表达,而理想不仅包括对人生最美好事物的诗意想象,更是对于由思想家和诗人共同设计的社会形态的希望,是以文学的方式参与到民族品德重造的集体运动中;文学家应是最具个性的人,他应能以个人化的方式表达人在“凡庸、卑微或罪恶”之中的挣扎。这种文学价值观在新文学作家中无疑是有普遍性的。然而在40年代战火纷飞的时代环境中,它无疑地遇到了挑战。在战争的实际需要成为一种严酷的现实以及政治意识形态的斗争成为生活的主要内容的时代,作家的现实出路往往是:或投笔从戎直接投入时代生活的中心,或以文字为枪炮,成为战争的“解释者”、“追逐者”和“实证者”;那些既不能放弃作家身份又不能接受文学与现实政治的密切关系的作家,则只能为时代所放逐或自我放逐于时代,退守到个人生活的天地中:这时,构成个人生活主体的日常生活以及关于日常生活的记忆的诗意形象,就作为他们对于“最好的东西”的一种想象形式呈现于他们的写作中。

首先浮现于作家的想象的,就是那已经遥远了的故乡童年。无论

① 限于篇幅,本文对于张爱玲的分析从略。

是在时间意义上还是在空间意义上，用汪曾祺的话说，故乡童年对于他们都已成为一个“岁月的见证”或一个“异国”。如果说乡愁对任何世代的作家来说都是一种永远的蛊惑，并且在此前的中国现代小说史中也并不缺少以乡土为题材的创作，那么40年代的此类小说似也仍可纳入这一源远流长的序列之中。然而它又确实与此前的乡土小说有着某种显见的差异。不同于20年代开拓了新文学题材的“乡土小说”和30年代寄托了作家的某种文化理想的“京派”小说，40年代出现的叙述故乡往事尤其是童年见闻的创作，不仅以表现故乡风土人物、儿童的心理与感觉为目的，而且在儿童的意识世界里呈现一种纯粹的乡村诗意，这些小说在叙事方面最显明的特征，就是所谓儿童视角的运用。应该说，儿童视角的运用和写儿童，在此前的现代小说中也并非新鲜事。鲁迅早就用过这样的方式。沈从文对于小儿女的心理也有过生动描摹。但40年代作家之不同处在于，他们不止于把儿童作为一种叙述的角度，而是对于儿童本身更有兴趣；不是从成人的立场赞美儿童，而是小说家自身即是儿童，是以特别逼近儿童的心态来还原幼年时期的自我形象，且又试图经由这种还原，来表明一点超出于儿童知觉力的内容。这个变化的意义应该说是颇耐人寻思的，至少从题材意义上说，表现真正的儿童生活与心理，对于现代小说来说就是一种新的尝试。

儿童的自我中心主义所导致的万物有灵论，不同于成人从泛神论的角度所选择的世界观，后者对世界的想象与认知是有意识的自觉行为，而前者则来自于原始性和自发性，其想象与认知不是作为一种意识的自觉形式而是意识的原初形态，这与人们业已习见常闻的从观念到观念、在观念（在某种意义上也即“常识”）的规约下认识事物的思维定势是完全异构的。以此之故，儿童关于世界的想象与结论对于成年读者来说，不仅它本身是新奇有趣的，而且它所提供的异样的认知角度可能使认知对象在读者的意识中唤起陌生的、新鲜的含意。儿童的心灵和儿童的视角所呈现的经验与感觉作为一种文学表现的对象与方式，其性质实际上是一种诗性的意识与想象，甚至其混沌的形态也呈现出世界的芜杂形象与经验的分离状态被意识整合之后的浑然、朦胧的美感。

由此不难理解，为什么茅盾对萧红“不象是一部严格意义的小说”的《呼兰河传》所表示的赞赏，是因为“在它这‘不象’之外，还有些别的东西——一些比‘象’一部小说更为‘诱人’些的东西：它是一篇叙事诗，一幅多彩的风俗画，一串凄婉的歌谣”[①]，而骆宾基那部被认为“只有萧红的《呼兰河传》才有着同样的光辉”的《幼年》[②]，虽然没有曲折的情节，“或是用故事来解释一个什么深奥的思想的企图，有的只是真实的生活与孩子的心情的婉转的描绘”，可却使读者因感到了“自己是活在人群当中”而“感到一种幸福，一种希望”[③]。在动荡时代，或许唯有儿童混沌的、诗意的世界是健康、安全而且稳妥的。细究起来，《呼兰河传》并不那么完全地依赖儿童的视角和完全地写儿童，虽然小说的基本表现方式和结构还是显示出儿童的思维特征。小说复现了呼兰河城卑琐平凡的实际生活与精神上的“盛举”，寂寞的童年和荒凉的家，孩子眼中赶车的老胡家和小团圆媳妇、有二伯和老厨子、磨倌冯歪嘴子，它的每一章甚至每一小节都是独立的，并没有统一的时间逻辑或情节逻辑。在这里，时间呈现出不同单位、不同焦点的集中，“时间的标志减少，而速度、强度或者简单的兴味增加”，并且“没有独一无二的转折点，而是有大量的转折点，而且它们之间有时缺乏直接联系”[④]。

《呼兰河传》因其强烈的抒情性，以及作者自称为对幼年记忆的记叙，其明确的散文化风格并没有招致一般读者的“算不算小说”之类的质疑。骆宾基的《幼年》就不了。作为长篇自传体小说《姜步畏家史》的第一部，《幼年》的主题是姜步畏的童年时期，并通过童年姜步畏表现一个家族的兴衰以及时代、居住地的风貌，因此幼年姜步畏的心理、见闻和判断能力，实际上就既是小说的主体，同时又是小说叙事的主要动力。从内容上说，读者能够认可小说去详尽叙述平凡生活琐事，比如前八章不过是叙述了小姜步畏一些“琐琐碎碎的平凡事情”，但那些琐碎平凡的事情没有让读者感觉“失望”而是“被震惊了”。他们震惊的

---

① 茅盾：《〈呼兰河传〉序》。

② 萧白：《记骆宾基》，《文艺春秋》第5卷第1期，1947年7月。

③ 流金：《谈〈混沌〉》，《人世间》第2卷第5、6期，1948年7月。

④ 让-伊夫·塔迪埃著：《普罗斯特和小说》，上海：上海译文出版社，1992。

是作者在儿童心理细节的准确捕捉与传神绘写上所显示的非凡才能，而作者对情节的处理却不免使他们的某些期待落空：他们期待“紧张而恐怖的描写”，期待一种合乎“小说”的逻辑实际上也就是成人的思维逻辑的情节进展[①]。读者这种要求表明，他们一面从小说对儿童的混沌生活的表现中获取了精神慰藉，一面又忘不了他们心目中小说“应该怎么写”的标准，因而儿童意识的表现在他们的接受上，更多的是作为一种角度而非小说本身，因此，他们会认为小说有些“过细的心理分析或在不适当的时候分析心理”，“使人物用眼睛说话”来表现儿童的微妙意识也不甚高明，而且会有诸如“地方色彩还不够浓烈”和“时代氛围也太淡”的批评。在他们心目中，所谓东北的地方色彩，是端木蕻良和萧军等作家笔下“辽阔而荒寒的东北”，它“浓烈、沉郁而且雄健”，他们不大能接受另一个作家尤其是一个孩子眼中的另一种东北形象，它“轻淡、明确而且温雅”：在他们看来，这样的小说是把东北的形象给诗意化了[②]。读者的这种批评，反过来也正好表明，《幼年》对于儿童意识与儿童眼中的世界的表现，实际上是在表达作者对于某种日常生活的诗情发现。

就在《幼年》获得广泛好评，同时《姜步畏家史》的第二部和第三部陆续发表时，端木蕻良谈到了托尔斯泰的小说《幼年时代》。他认为，托尔斯泰“将他朦胧的充满了企求与爱的幼年生活，写出来给人看，也许是完全为了虚荣，也许是为了寻求一种遗失的安慰，也许只是为了对于过去的痛苦的热情，也许是他的空虚的生活的反击，而想用这部书来填补他的空虚的……他给人类的精神生活带来了一个神启”[③]。这番话虽然不足以解释其他作家的童年回忆，却是对于他自己的类似创作的极好说明。不同于骆宾基在被人们称为“艺术至上者”而受到责难的时候仍然“留恋着幼年的回忆，故乡的风色和心灵的徘徊”[④]，端木蕻良对于幼年的诗意记忆的激情，实际上是来自一种现实的个人生活经

① 公方苓：《〈姜步畏家史〉》，《时与潮文艺》第4卷第6期，1945年2月。
② 同上。
③ 端木蕻良：《安娜·卡列尼娜》，《文艺春秋》第4卷第2期，1947年2月。
④ 萧白：《记骆宾基》，《文艺春秋》第5卷第1期，1947年7月。

验的隐喻:那经验是已经“遗失”了的“痛苦的热情”,正与他那“朦胧的充满了企求与爱的幼年生活”相仿佛;藉着对幼年生活的“朦胧”性质重行分辨,端木蕻良试图反省的其实是关于现实经验的诗意与失意。《早春》篇首题记引自萧红《呼兰河传》的尾声,“那早晨的露珠是不是还落在花盆架上”? 透露出对于易逝的美好时光的缅怀。以小兰柱一连自我诘问了18个为什么来表达对于一个孩子来说未免过于复杂的追悔与自责之情,这些诘问里显然有着作者对于现实的感情经验的自我反省。刚刚经历了与萧红的爱情插曲,得而复失,荣辱毁誉,此时的端木蕻良还没能从不可究解的内心纠纷中脱身,于是相应的追忆、反省、自我解释,就成了他这一时期小说写作的主要内容。这样的内容也就决定了端木蕻良将有别于萧红与骆宾基之重在流畅地叙述意识与经验的细节,他着意于浓墨重彩地描写某些特殊的细节与场景,以便在描写之中强调性地标示出它们的特殊含意,或加入某些明确的自我分析。《早春》对金枝姐采黄花的描写就是这样的细节。少年“我”对石崖上一枝小黄花的感觉,与其说是一个孩子对一枝寻常小花的感觉,不如说更象一个成人对于完美爱情的体验。小姑娘金枝那被圣女化了的形象,显然也更近于一个成年男子对于所爱恋者的渴慕心理以及关于爱情降临的宗教式幻想。小黄花实际上是完美爱情的诗意形象,其发现、遗落、复得而又被忘却与被忽略,实际上隐喻了如诗如花的爱情的凋落过程。

不论是《初吻》之写少年人朦胧纯洁爱情最终被侵夺,还是如《雕鹗堡》和《红夜》那样以类似童话与传说的方式讲述不为俗世所理解的奇异恋情,或径直借用汪倜然编译的《希腊神话 ABC》中诸神优美的爱情故事而“略加新的解释”①,萦绕端木蕻良的都是关于他自身爱情经验的回味与反省。他试图从各个方向以不同方式逼近那已消逝的情感,在怀念与自省之间,在童年往事、神话传说及其隐喻含意之间,端木蕻良制造了一种特殊情调的诗情画意。如果说对童话与传说而言,

① 端木蕻良:《蝴蝶梦——故事新编之一》附注,《文学创作》第1卷第4期,1943年1月。

“民族学、民俗学、宗教史将它们视作古老的信仰方法和经历方式的见证，心理学将它们解释为梦幻般无意识灵魂过程的表现，文学研究则对童话和传说富有诗意的特性发生兴趣”①，这一时期端木蕻良对于《圣经》所发生的强烈兴趣，就正在于它的故事优美如诗（他说以诗的方式讲述爱情故事的《雅歌》是《圣经》中“最美的一章”②），这与他稍后几年进行的古籍考证显然完全不同。

比之端木蕻良出于个人生活的特殊原因而采取隐喻方式来表达某种诗意情感，或如萧红与骆宾基一样在被认为是“逃避”而受到误解、责难甚至诽谤之时转而从故乡童年的日常经验里体味诗情，解放区的小说家孙犁采取了更直捷的做法，用他自己的话讲，就是不把人生和人物“丑化了破坏了”，而是“把人生和人物美化了成全了”，使人物比其现实形象“更完美更有生气”，由这有意的“美化”和“成全”来造成人生和人物的完美③。

孙犁最有名的小说都以抗战时期的白洋淀地区为背景。距那个时代40年后总结自己的全部创作时，他仍然表示“我最喜爱我写的抗日小说，因为它们是时代的、个人的完美真实的结合”④。这可说是个非常准确的自我评估。从时代一面说，孙犁经验中的这个时代，战火硝烟虽然是严酷的现实，在他个人的生活中却只是关于各种战斗事件的见闻与时代气氛的结合，而不是实地经验；他个人最强烈地体验到的感情，却恰恰是经由这种严酷的现实而被简约化、同时也被强化了的那种单纯的善良与邪恶、正义与不义的对比，无论在道德上还是在审美上，这种对比都可能促成一个作家对于“纯洁”、“优美”和“高尚”的特别倾心。那时孙犁还因为离开了他所生长的冀中平原，对于故乡大地正存着一份特殊的回忆和留恋之情。不过孙犁的留恋故土与赵树理并不相同。在赵树理，“故土”是他所有创作灵感的源泉，更是其生活习惯养成的地方。对孙犁来说就不同了。《山地回忆》所写的那个又泼辣

① 麦克斯·吕蒂：《童话的魅力》第5章，张田英译，北京：社会科学文献出版社，1995。
② 端木蕻良：《〈雅歌〉译记》，《文学创作》第2卷第2期，1943年6月。
③ 孙犁：《谈风格》，《孙犁文集》第四卷，天津：百花文艺出版社，1981。
④ 孙犁：《〈孙犁文集〉自序》。

又善良的阜平乡下妞儿,不过是根据他在阜平山区工作时与一个有点自私蠢恶的妇女在河边发生的不愉快写成的。同样是河边起了争执,结局却完全不同。孙犁抹去了他记忆中的不愉快印象而把善良淳朴的品性赋予人物,这自然是“美化”和“成全”,可它符合孙犁关于冀中平原、阜平山地以及所有他曾经生活过的地方的感情记忆,对于他的感情记忆来说,这种“美化”和“成全”是符合实情的。已是恂恂老者的孙犁在谈到他所写到的那些善良美好品性时仍旧肯定说:

> 善良的东西、美好的东西,能达到一种极致。在一定的时代,在一定的环境,可以达到顶点,我经历了美好的极致,那就是抗日战争。①

时代是这样严酷,可时代又激发、促成了寻常生活中一些善良美好的东西发展到极致;孙犁感应到了,同时他的个人气质与生活阅历也使他选择了去表现这种极致的美。这样的感受方式与感情经验,使他创作了自己文学生涯中最别具一格的代表作,同时它们也固着成了他整个一生对于这种感情“故土”的恋土情结。他所说的关于自己的抗日小说是“时代的、个人的完善真实的结合”的评价,确实是切中肯綮的话。

为了表现他所发觉的极致的美,孙犁的办法之一是写女人:“我喜欢写欢乐的东西。我以为女人比男人更乐观,而人生的悲欢离合,总是与她们有关,所以我常常以崇拜的心情写到她们。”②的确,在孙犁的抗日小说中,从32个短篇小说来看,以女人为主人公的就有21篇,在比例上占了三分之二,若加上以女人为小说重要形象的,这个比例还会更高些。那些女人并不是什么传奇式女英雄,她们只不过是些极寻常的村妇村女,孙犁就在这些寻常女人自然朴素、坚强忍耐而又乐观向上的性格中,在她们的平凡生活平凡举动中来表现她们精神的美。他曾经谈到司马迁之写荆轲传,认为司马迁是“把被历史简单化了的荆轲的面貌,补充起来,使他再生”,因为在司马迁那里,“即使是传奇,司马迁

① 孙犁:《文学和生活的路》,收入《秀露集》,天津:百花文艺出版社,1981。
② 孙犁:《〈孙犁文集〉自序》。

也不过当作人间事来写,即使是英雄的行径,也有无数波折和困难”①。以普通人的感情去理解作为普通人的荆轲,而不是单单去景仰英雄荆轲,反而更使英雄血肉丰满,更显出他的英雄气概。孙犁关于荆轲传的这种看法,可以用来解释他为什么以女人来表现一种“极致”的美。就像他所说的,人生的悲欢离合总是与女人有关。而与女人紧密相关的悲欢离合,不过就是人生中那些最寻常的“人间事”吧。

以小说形式来表现平常女人的平常生活,而且又要能显示她们精神世界的不寻常,孙犁采取的是白描的方法:

> 所谓白描,在写作上,就是避免浮夸,要求简练。……没有过多的风景描写,没有过长的人物对话。不抽象地代言人物的心理,不琐碎地描写人物的装饰,对话、心理、环境和服装,都紧紧扣在人物的性格行动上。一切描写叙述都在显示人物的形象,绝不分散甚或掩蔽人物形象。都是从人物情节出发,找到的最为特征的表现。②

孙犁关于白描的这番见解有三个要点。首先是简练,是扣在人物的行动性格上来传其神而非描其形,尤其要在人物对话与心理描写上俭省笔墨。第二,要突出人物形象,因为人物的形象就是那种极致的美的形象,使人物的形象占据读者意识的中心,自然也就加强了关于极致之美的想象。第三,要在有关情节中找出最能表现人物特征的部分,而不是用上所有的情节因素,也就是说,不是去表现情节发展的全过程,而应去表现由“最为特征”的情节要素所构成的“情境”,这样就省略了枝节,使小说的表现力集中于关键性的场景和场景中的人物上。可以看出,孙犁对于白描方法的解释突出的都是人物表现问题。事实上,关于《荷花淀》中水生的女人,对于她的外貌我们知之不详,可在她与水生简短的对话中,我们却能猜出些她的心情和神情。没有特别强调故事性,可却描写了两个具体的场景:水生家月夜的谈话,女人们在大淀

---

① 孙犁:《慷慨悲歌》,1942 年 12 月作,收入《耕堂杂录》,石家庄:河北人民出版社,1981。

② 孙犁:《鲁迅的小说》,《孙犁文集》第 4 卷。

里的遇险。前者突出水生女人的形象,后者则描写了包括水生女人在内的一群青年妇女。这些女人,正是孙犁所要表现的那种极致之美的负载者,显示了感情的最优美的形式。

写女人之外,是孙犁的文章化风格。孙犁幼读古文,老年时更是大读古籍。如果“作家读书,实际上是读另外一个自己所写的作品”,而他在“讨论别的作家时,谈的常常是他自己”[①],那么孙犁对古文家发议论也就决非无的放矢。他谈欧阳修的文章“常常是从平易近人处出发,从入情入理的具体事物出发,从极平凡的道理出发”[②],而柳宗元则“把哲理和现实生活,真正形成血肉一体”[③]。这种心得与他1946年前后已经很有创作体会时所表示的一些看法非常相似。比如他认为宋人话本故事很有它的好处,它“叙述的是现实生活里的故事,为群众爱好”,且“用群众的语言,非常流畅”,真正是“谈论古今如水之流”,实践了“话须通俗方传远,语必关风始动人”这样一个古代说书人、小说家的座右铭。从宋人说书他得出这样一个结论:“作家、说书人、群众的结合,是作品成功的道路。”[④]由平易近人、入情入理处出发,描写具体事物,阐明一些平凡道理而又使之融于现实生活,实现创作的教育意义,孙犁的这些观念不能不说与他的读古文大有关系。

在描写具体事物方面,孙犁不仅实行了不去表现情节而是表现“情境”的作法,而且特别善于抓取一些具体而微的瞬间印象,这样的“瞬间”在他的小说中分布很广,比如:

> 火光映在这个人的脸上,两只眯缝的眼,一个低平的鼻子,而鼻尖象一个花瓣翘上来,嘴唇薄薄的又没有血色,老是紧闭着……(《邢兰》)
>
> 火照进他的眼,眼珠好象浮在火里……(《战士》)
>
> 我想,屋里要是没有那灯光和灶下的柴火的光,机灵的两只大

---

① 汪曾祺:《谈风格》,《汪曾祺小品》,北京:中国人民大学出版社,1992。
② 孙犁:《欧阳修的散文》,《孙犁文集》第4卷。
③ 孙犁:《关于柳宗元》,《孙犁文集》第4卷。
④ 孙犁:《说书》,《孙犁文集》第4卷。

眼也会把这间屋子照亮的吧？……火光照得她的脸发红，那件深红的棉袄，便象蔓延着的火焰一样。(《红棉袄》)

灯光很小，却很亮，象一个刚刚解剖出来的小青蛙的心脏，活泼地跳动着。(《钟》)

这些瞬间印象突出的显然也是人物形象。不过与在情境描写中的突出形象相比，后者的意义在呈现性格，前者则突出描绘形象的诗意色彩，是对人物精神的极致之美的直观表现。散布在故事发展中的这些瞬间印象的捕捉和细描，常常使得小说并不那么"通俗"。

对于教育意义的要求常常使追求诗意的孙犁趋向于某种抒情性的叙述和议论。就像写文章的人爱好在转与合上大作文章，孙犁的抒情性叙述也往往发生在情节转折处与小说结尾。就连说一个年轻人去参军，孙犁也禁不住写道："从这开始，这个十五岁的青年人，就在平原上夜晚行军，黎明作战；在阜平大黑山下砂石滩上艰苦练兵，在盂平听滹沱河清冷的急促的号叫；在五台雪夜的山林放哨；在黄昏的塞外，迎着晚风歌唱了。"以排比句式展开对人物的一系列美好形态的想象，叙述与议论融为一体，无不使人物的形象在想象中焕发出诗的意义。可见即便是在抒情性的叙述与议论中，孙犁所突出的，也仍然是人物的形象、突出人物的形象之美，这在有时候不免过于直露，但是，它们确实在总体上为孙犁表达他对于他所生活的时代与这时代中人的精神的理解提供了便利①。

如孙犁、端木蕻良、骆宾基或萧红一样在一个充满艰难困苦并且市侩主义流行一时的年代里追求一种与时代气氛不甚和谐的诗情，这样的作家在当时也许显得有些特别。更加显得别扭的比如"乡下人"师陀，他总是倾向于从那些长期在苦难里挣扎的"粗俗"的下层人那里发现生命之花的真实的"香味"和"色泽"，而上流社会在他看来，都不过

① 孙犁所理解的生活对于他来说就是真实的、他所发现的也确实是战争环境下人的精神生活的某些状况，所以他认为他的小说完全是现实主义的。他反对人们说他是浪漫主义作家，以为"他们的说法，不符合实际，有些评论，因为颠倒了是非，常常说不到点上。"参见《孙犁文集·自序》。

是“纸花”:“纵然它们的姿态颜色恰合分度,我感到没有生命,没有香味,一切都是假的”[①]。可以说《果园城记》就是师陀对他所熟悉又倾心的中国小城人物生命的“香味”和“色泽”的调和与描绘。而发现了“个人生活正在一种古典风格与现代实际的矛盾中,灵魂需要与生活需要互相冲突”的沈从文,同时也发现了他所希望重铸的民族品格正被一种市侩人生观所重造,因此他一方面认定“需要从过去搜寻一点东西,一点属于纯诗的东西,方能得到生存的意义”(《新摘星录》),并且向朴素的、同时也是被其玄想所抽象化了的自然,以及他想象中一个由音乐、色彩、线条、符号和无文字的诗歌所构成的更纯粹的抽象世界来“追究生命意义”(《生命》);另一方面则以为须继承蔡元培“美育代宗教”的思想,把希望寄托在一种新的文学运动上。显然,这两种理想在一个“特别不适宜的时代”,都可能使他的个人生活尤其是精神“浸透了矜持的忧郁和轻微疯狂,由此而发生种种冲突,这冲突表面平静内部却十分激烈”以至“逐渐失去平衡”[②]。“逐渐失去平衡”的状态反映在创作上,就是他此时的小说往往显示出沉思默想的风格,故事性明显减弱,甚至事件与某种抽象激情之间的必要联结也常常看不出来。那些激情常常不期而至地出现于叙述的任何时候,它们既不是如《边城》那样在情节与作者的情绪之间保持了某种和谐,并且倒不如他那些叫人更加难懂的作品比如《看虹录》那样通过对潜意识的模拟而使他所追求的“无处不是象征”的意义有更连贯而真实的依据。但这些小说所对应的,正是作者当时那种因着“矜持的忧郁和轻微疯狂”而至“逐渐失去平衡”的精神状态。

在一个“特别不适宜的时代”追求生活的诗情,因之在记忆与现实之间、在现实与理想之间发生错位,自然会使他们生出感伤和不平衡感觉。他们之中有人不久就反省说:“感伤的基础是不安于过去,却又见不到未来,而肯定的是过去。……(但是)实际上他还等待着未来,虽

---

① 芦焚:《夏侯杞 · 纸花》,1940 年作,《芦焚散文选集》,南京:江苏人民出版社,1981。

② 沈从文:《〈看虹摘星录〉后记》,《沈从文文集》第 11 卷,广州:花城出版社 · 香港三联版。

然这未来对他来说一点也不清楚。”[1]应该说这只是问题的一方面。更为根深蒂固的是，除了在一个动乱时代中发觉了个人对社会改造的无力而退守至个人的日常生活里，作为作家的这些人还天然地具有倾向于生活诗意的性质。就像“学术”之规定了“学者”，一个作家对于现实生活之外的那份特殊追求，也正是作家之为作家的一个重要的社会标志和自我确认方式。不妨这么说，不论是批判还是怀想，萧红的呼兰河城、后花园，骆宾基的边陲小镇与北望园，端木蕻良的童年领地或是神话传说世界，孙犁的冀中平原以及白洋淀，师陀的果园城，沈从文的抽象空间或是续写的“边城”（《长河》），都寄托了小说家对于人类生活方式的理想形态的想象。这些诗意的生命的乌托邦，作为一种充满人情人性与高贵精神的生存形式，与被托马斯·莫尔笔下那些乌托邦人定义为“唯一适宜于野兽的活动”的战争状态[2]，形成极为明确的对比：可以说，这既是作家对于当前战争所表明的态度，又是对于他们作为沈从文所谓的思想家的原则解释者、诗人理想的追逐者或实证者以及真正多数生命哀乐爱憎的说明者的“作家职分”的正常延续。

（原载《文学评论》1997 年第 2 期）

① 骆宾基：《论感伤》，1946 年 1 月 13 日作，收入《初春集》，南昌：江西人民出版社，1982。

② 托马斯·莫尔著《乌托邦》第 2 部之“关于战争”，北京：商务印书馆，1982。

二十世纪初汉译鲁滨孙的文化改写和融通

——以沈祖芬、《大陆报》、林纾译本为例

李　今

在中国翻译文学史上，笛福的《鲁滨孙漂流记》虽然不是最早，也可算得上是较早被汉译过来，并且也是被不断重译得最多的西方经典文学名著之一，自钱塘跛少年沈祖芬于 1898 年译毕，题为《绝岛漂流记》，1902 年由杭州惠兰学堂印刷，上海开明书店发行以来，在整个二十世纪出版了不下四十种译本、节译本、缩写本、改编本和英汉对照本，从而构成了一个庞大的鲁滨孙汉译系列。

不过，《鲁滨孙漂流记》虽然在中国家喻户晓，但人们恐怕还是很难，像在欧洲那样，把它与《堂·吉诃德》、《哈姆雷特》、《浮士德》、《唐璜》等量齐观，看作是影响人类历史不多的几个伟大神话之一。在中国，除二十世纪初的一个很短时期以外，《鲁滨孙漂流记》基本上是以知识性的“西方经典文学名著”和教育性的“少年读物”、“英文读物”的形象在世。

然而，近来后殖民理论和批评的兴起，《鲁滨孙漂流记》又一次被置于国际学界关注的中心，成为萨义德分析作为文化形态的小说与西方，特别是英、法殖民扩张社会之间关系的典型例证，由此也引发了中国学界的研究热情。但汉译《鲁滨孙漂流记》并不等于源文本，无论译者是否采取忠实原作的翻译策略，实际上都是一种显在的或潜在的改写，所以，我们首先不能不面对这样先在的问题：《鲁滨孙漂流记》是如何被中国选中、汉译、阐释，甚至是被改写的？中国人什么时候开始谈论鲁滨孙？谈论什么？本论文仅以二十世纪初的三个汉译本为例，通过与源文本的对比分析说明，中国翻译家是如何对《鲁滨孙漂流记》进行了归化式的改造，在一定程度上改写了原文本渗透的殖民叙述话语，从而使之成为中西文化价值观相互调和的产物，体现出殖民叙述与民

族叙述的内在纠结和张力。

一 维新话语中的沈祖芬本

据目前发现的资料,在二十世纪初的十年中,《鲁滨孙漂流记》一下子有五种汉译本面世。沈祖芬本:《绝岛漂流记》(1902)、英国传教士英(宾?)为霖的粤语本:《辜苏历程》(1902)、《大陆报》本(1902—03,译者匿名):《鲁宾孙漂流记演义》(此为初刊目录题,正文为《鲁宾孙漂流记》)、林纾、曾宗巩本:《鲁滨孙漂流记》(1905)及《鲁滨孙漂流续记》(1906)、汤红绂本:《无人岛大王》(1909)。[①]

这种情况,按照萨义德的说法似乎有些匪夷所思,因为《鲁滨孙漂流记》"并非偶然地讲述了一个欧洲人在一块遥远的、非欧洲的岛屿上建立了一个自己的封地"的故事,假如没有西方"在非洲、太平洋和大西洋荒野之地创造它自己的新世界的殖民事业,出现鲁滨孙·克鲁索这样的人几乎是不可想象的"[②]。如果说,这一观点对于西方知识分子也许有着振聋发聩的作用,但经历过帝国主义瓜分惨痛的中国,对于这部即使没有萨义德的提醒或揭露,也不难确认其帝国话语倾向,换句话说,其殖民意识形态与当时中华民族处于被殖民命运的危急关头正相天然敌对的小说,为什么还会在举国控诉"西人之侮我甚矣"[③]的激愤中被选中?而且是如此密集地在不到十年的时间里就推出五种译本?

这个"为何"的问题,不妨从"如何"来解答。

十九世纪末二十世纪初是中国面临被瓜分的危机最为紧要的关

① 可进一步参阅崔文东:《晚清 Robinson Crusoe 中译本考略》,《清末小说から(通讯)》第 98 期(2010 年 7 月)、姚达兑:《Robinson Crusoe 粤语译本〈辜苏历程〉考略》,《清末小说から(通讯)》第 100 期(2011 年 1 月)。还有袁妙娟本《荒岛英雄》似乎未能面世。仅见三篇序言:赵韦侠《冒险白话小说〈荒岛英雄〉》、张弼臣《〈荒岛英雄〉小说序》、有虞《〈荒岛英雄〉序》刊载于《祖国文明报》第 80—81 册,1909 年 7 月 2、17 日。鉴于《辜苏历程》为英传教士本,汤红绂本刊于报纸,过于简略,本文集中分析其他三种汉译本。

② 萨义德著、李琨译:《文化与帝国主义》,第 86 页,北京:三联书店,2003。

③ 梁启超:《论中国之将强》,《饮冰室合集》(1),第 11 页,北京:中华书局影印版,1989(下同)。

头，也是中国人民救亡图存最为激烈的时期。虽然，早在1842年，英国发动鸦片战争的炮火就打开了中国的大门，迫使中国签订了丧权辱国的《南京条约》，但对于大多数人，包括上层士大夫阶级来说，并不清楚这是中国走向被殖民的开始，只有一部分人“模糊地感到，《南京条约》的订立并不是一件事的结束，而倒是一系列的难以预测的事件的开始。”①直到1895年中日甲午战败，割台湾、澎湖列岛，1897年底和次年初德国强占胶州湾、沙俄强占旅顺和大连、法国强租广州湾并要求清廷不许把两广、云南割让于别国、英国强租九龙半岛与威海卫，还强迫强迫清政府不许把长江流域各省割让或租与别国，面对帝国列强普遍争夺租借地的狂潮，才激起了中华民族命运危在旦夕意识，使康有为、梁启超及其同伴打出了救亡的旗帜，发动了一场轰轰烈烈的，企图通过皇帝的力量，在政治上实行君主立宪的变革；在文化上废科举、兴西学的维新变法运动。梁启超明确提出：“处今日之天下，则必以译书为强国第一义。”②百日维新失败以后，逃亡到日本的维新思想家总结变法的失败，更进一步认识到：“夫吾国言新法数十年而效不睹者，何也？则于新民之道未有留意焉者也”，所谓“新民”之义，即“一曰淬厉其所本有而新之，二曰采补其所本无而新之。”③

随着维新志士把政治革命的热情转移到以新民为核心的思想启蒙运动上来，文学因其具备左右人心之“不可思议”之力而被认作是开启民智、振刷国民精神最便利的手段。梁启超在日本先后主编出版了《清议报》、《新民丛报》和《新小说》，专以“新民”“觉世”宣传为业，特别是他所撰写的《新民说》，用社会达尔文优胜劣败之理，博考民族自立之道。认为“白种人所以雄飞于全球者非天幸也，其民族之优胜使然也”，特别是盎格鲁-萨克逊人更为“主中之主，强中之强”。因而，他“审敌自镜”，所列论公德、论国家思想、论进取冒险、论权力思想、论自由、论自治等“吾国民所当自新之大纲小目”都援取求诸白人，尤其是

---

① 胡绳：《从鸦片战争到五四运动》，第86页，北京：人民出版社，1981。

② 梁启超：《变法通议·论译书》，《饮冰室合集》(1)，第66页。

③ 梁启超：《新民说》，《饮冰室合集》(6)，第2、5页。

“天下莫之能敌”①的英人。为能有效实现这一“汇择其长”“补我所未及者”,维新派不约而同,将此大任赋予小说。严复、夏曾佑的《本馆附印说部缘起》、康有为《日本书目志》,特别是梁启超《译印政治小说序》、《论小说与群治之关系》等都把小说看作是“使民开化”、“改良群治”之一巨端。这不仅因为他们看到“欧美东瀛,其开化之时,往往得小说之助”的经验,小说浅而易解,乐而多趣的文体特征,更为重要的是,他们认为小说具有熏、浸、刺、提的“不可思议之力”。“凡读小说者,必常若自化其身焉,入于书中”。如果“主人翁而华盛顿,则读者将化身为华盛顿;主人翁而拿破仑,则读者将化身为拿破仑”,久而久之,此小说之境界,就能遂入其灵台而据之,“成为一特别之原质之种子”,所以“小说为国民之魂”,中国旧小说是“吾中国群治腐败之总根原”,而“欲新一国之民,不可不先新一国之小说”。②

出于这样的逻辑,具有殖民主义主要角色之一冒险家性质的鲁滨孙,就成为以梁启超为代表的维新派所要“取法乎上”——独立自助之风最盛,权利思想最强,体力最壮,最爱冒险,最坚忍,最讲实际的英国人之典型,也即他们新民的理想。梁启超主持《新小说》时,就专辟“冒险小说”栏目,最早计划翻译的即《鲁滨孙漂流记》之流,“以激励国民远游冒险精神为主”,③虽然最终未能实施,但在自己主编的《新小说》上连续发表海上冒险小说,他本人也自日译本重译了法国作家焦士威尔奴(儒勒·凡尔纳)讲述十五个少年漂流到一个荒岛上,“殖民俨辟新土,赫赫国旗辉南极”④的故事《十五小豪杰》。在维新派的倡导下清末文坛涌现了一大批“冒险小说”,成为一大小说文类,由此可以知道,为什么清末翻译英国小说最多,而冒险小说又能成为一大文类的因缘。

《鲁滨孙漂流记》所以能够被选中,一时成为翻译热点,还体现在它的海上冒险故事迎合了时人对于西方所以“骤强之由”的想象。在

① 梁启超:《新民说》,《饮冰室合集》(6),第7—11页。

② 梁启超:《论小说与群治之关系》,《饮冰室合集》(2),第6页。

③ 新小说报社:《中国唯一之文学报》,陈平原、夏晓虹编:《二十世纪中国小说理论资料》。

④ 梁启超:《十五小豪杰》,《饮冰室合集》(11),第1页。

十九世纪中叶以前，中国最为关心的是北方游牧地区和亚洲腹地边疆上的事务，但随着西方从东南沿海的入侵，西方形象就与“海”和“船”联系到了一起。西方的优越性被看做是“擅长海事”、“船坚炮利”，《海国图志》编著者魏源甚至建议朝廷亟待晋升那些能够造船和驾驶船只的人。直到1895年康有为在《公车上书》里，还向皇上进谏：“尝考欧洲所以骤强之由，自嘉庆十二年英人始制轮船，道光十二年即犯我广州，遂开诸洲属地四万里”。[①] 海上冒险与西方的殖民开拓紧密相连，致使有人探究冒险小说“所以西有而中无者，自缘起西人注意于航海，而中国人则否。一则感其趣味；一则不感其趣味也。”认为此类小说出现于译界，“可藉以鼓励国民勇往之性质，而引起其世界之观念”。[②]

《鲁滨孙漂流记》第一个汉译本《绝岛漂流记》在封面显赫突出译者为“钱塘跛少年”，其励志之意不言而喻。高梦旦在序中更把作者狄福（原译）“忘其系囚之身，著为文章，激发其国人冒险进取之志气”的精神与译者“不恤呻楚，勤事此书，以觉吾四万万之众”，“不以病废学”之举相提并论。[③]

我们都知道笛福的《鲁滨孙漂流记》共三部，也许由于受日译本的影响，或清末时期的中国要借鲁滨孙的冒险精神以新民，显然主要描写鲁滨孙荒岛生活的第一部不足以表现鲁滨孙的爱冒险品性，所以与西方只是将第一部奉为经典名著不同，沈祖芬、《大陆报》和林纾三位翻译家不约而同地都将第一二部连续翻译，特别是前两种把两卷分章连排，统一为一体，从而突出了鲁滨孙的“漂流”或者说是历险，而且将书名 *The Life and Strange Suprizing Adventures of Robinson Crusoe, of York, Mariner* 中的“生活”一义抹去。沈译本是缩写本，只有二万多字，据2001年上海译文出版社出版黄杲炘译《鲁滨孙历险记》第一、二部全译本统计，约有四十三万字之多，不足黄译本的零头。即使考虑到文言与无标点符号的因素，其删节之大也令人咋舌。

---

① 康有为等：《公车上书》，《中国近代史资料选辑》，第416—417页，北京：三联书店，1954。

② 成：《小说丛话》，《中华小说界》第1年第5期，1914。

③ 见沈祖芬译《绝岛漂流记》卷首，上海：开明书店，1902。

沈译本删节最彻底的是对宗教叙事的摒弃。尽管《鲁滨孙漂流记》在西方也不排除被解读为旅行历险的儿童故事，但就作者的意图及其在文本中的呈现来说，宗教内容贯穿始终，引领全篇。作者是按照清教文学传统精神传记的模式结构鲁滨孙历险故事的。它的情节继承了精神传记的寓言传统：反叛——惩罚——忏悔——拯救。实际上，原文本里的鲁滨孙并非如时人所想象建构的那样独立、自主，爱冒险，反而自始至终都是以忏悔的语调来叙述自己的这类行为的，也就是说，时人所赞誉的，恰是他所反悔的。作者让鲁滨孙意识到，违抗父亲的忠告是他的原罪，从一个"不知敬畏上帝的人"，真心忏悔，虔诚皈依，通过每天《圣经》的诵读、体会着上帝"时时和我的灵魂交通"的幸福，从而将漂流荒岛的绝望境地一变而为"蒙恩"的生活，获得新生。当遭遇吃人的野人时，如何聆听上天的启示，"顺从那默示"，特别是礼拜五的出现，使鲁滨孙的身份更从一个被拯救者转变为一个能够代上帝执行其旨意的拯救者。宗教道德主题一以贯之，作者最着力建构的首先就是他的基督教的信仰、生活和伦理。因而，沈译本将宗教主题清除，甚至把鲁滨孙在荒岛上每日展读《圣经》，解释成是，因偶见"《圣经》一册，展而诵之，津津有味，自是每日必披诵数次"①。由信仰行为改写为世俗兴趣，至少也违背了作者的本意，抹杀了鲁滨孙故事的基本精神倾向。

沈祖芬在译者志中，虽然阐明他是因卢梭推崇此书为最好的教科书而为中国少年翻译的，但其译本显示，他大量删节的恰恰是卢梭大力倡导，能够体现其"自然教育"思想的方面。

《鲁滨孙漂流记》是"很憎恨书"的卢梭，为他"想象的学生"爱弥儿在他人生的第三阶段十二至十五岁时所选择的最早，也是在很长的一个时期里，唯一读的一本书。鲁滨孙漂流到荒岛与世隔绝的境遇，正为卢梭根据自然，实施教育的思想，提供了一个可以在其中"把人的一切自然需要都明显地显示给孩子，同时把满足这种需要的办法也巧妙地展现出来"的理想环境。对于卢梭来说，鲁滨孙的故事就是从遭遇

---

① 狄福著、沈祖芬译：《绝岛漂流记》，杭州惠兰学堂出版，第8页，上海：开明书店印刷，1902。

船难开始，到离开荒岛结束，其他都是“杂七杂八的叙述”，甚至星期五和野蛮人的次情节也都被他排除在外。而鲁滨孙在荒岛上，在没有任何人的帮助下，如何“保卫自己的生存”？如何获得食物？如何建造安全可靠的住宅？如何驯牧羊群？如何学会自然的技术？才是他希望爱弥儿能够最感兴趣的问题，最值得爱弥儿去模仿和实践的事务。在这方面，大量充斥于书中做木排、造船、选择驻地、盖屋、猎驯山羊、建木栅、种庄稼、治病、晒葡萄干、烤面包、酿酒、编藤品、烧陶器、做桌椅锅碗瓢盆伞等生活用具的步骤、方法和过程，的确可以让卢梭感到满意，因此，甚至有人将这部小说称为“自己动手做”（do-it-yourself）的说明书。[①] 显然沈译本对于这些如何生存的自然教育细节毫无兴趣，删节最重的除了宗教内容就是岛上生活部分。

尽管沈译本的字数不足全译本的一个零头，但译者还是做了一定的加增，这集中表现在对鲁滨孙形象的归化式重塑上。鲁滨孙的一次次冒险活动虽然符合了时人对不同于自己的西方人，特别是英国国民性的想象，但他不辞而别，在外漂流三十五年，不养父母，不得为双亲送终的经历，又极大地破坏了这一形象的正面性。在将“孝”看做是“至德要道”的国人眼中，无异于是天下莫大之罪的悖德悖礼之举，很难为国人接受。因而，沈译本为鲁滨孙不仅不征得父母同意，而且连口信也不给就贸然航海的行为增添了图报将来的志向和渲染悲痛心情的文字，使不孝行为合理化，以求得到谅解。在第二章还添加了鲁滨孙把他第一次做生意的获利，“金砂五磅九两寄家，藉慰父母之心”[②]的尽孝作为。而实际在原作中，这五磅九两金砂全部让他在伦敦换来三百镑的钱，留作资本。最后，鲁滨孙获救，回到家乡约克郡时，又增加了悼念双亲，描述亲情的情感场面。从而使鲁滨孙冷静自制得缺乏人情味的品格得到相当程度上的弥补，甚至是整个形象面貌的改写，也就是说，译者用本土文化价值观涂饰了原作中不被认同的异质因素。

---

① Louis James, "Unwrapping Crusoe: Retrospective and Prospective Views", See Lieve Spaas and Brian Stimpson, ed. *Robinson Crusoe: Myths and Metamorphoses*, Macmillan Press Ltd 1996, p1.

② 同上书，第2页。

从中国伦理道德看来，鲁滨孙形象的另一异质因素体现在他的自我中心，功利主义精神和以工作为天职的清教徒式的枯燥生活，不符合中国人的审美理想。韦伯关于清教伦理与资本主义精神的观点已为学界所熟知，在他看来，资本主义所以能够在清教国家迅速发展，是清教伦理和生活准则产生了资本主义精神，西方的一种现代阐释是把《鲁滨孙漂流记》看作清教徒工作伦理的诞生。

虽然，浪漫主义代表作家卢梭把《鲁滨孙漂流记》视作他实施自然教育的最好教材，但鲁滨孙的岛实际上一点也不浪漫，就鲁滨孙在岛上的所作所为，显然也不是与自然和谐交融，而是要占有自然，开发自然。岛不是他的审美对象、享乐对象，而是他的生产对象、工作对象，这也就难怪狄更斯读了这部小说后断定，作者本人一定就是“一件异常枯燥而又讨厌的商品。”[①]这样的人物性格无论对于崇尚建功立业，还是无为逍遥，或荣华富贵的中国人来说，都是缺乏吸引力的。为此，沈译本特别添加了鲁滨孙对自然景观的审美描写。当鲁滨孙被海浪冲打到荒岛，原作不避繁冗罗列了四条择居标准，全部围绕着有益于健康、确保安全、方便适用的现实生存问题，而沈译本除此之外，描写鲁滨孙找到一理想居地的决定因素却是缘于：“有一洞可通，如曲径。然余喜其幽闲，爱不忍去。遂于此地搭帐为室。”[②]鲁滨孙把绝岛变成“幸福的荒岛”，他的幸福体验不止是人间的快乐，更来自主宰一切的帝王感，蒙受着上帝的眷顾和恩典的一种“至善至美的幸福”。沈译本对鲁滨孙幸福状态的概括却是：“家中日用之物，一应具备。虽孑然一身独处，而猫狗鹦鹉等，日侍左右。优游自得，俨若有天伦之乐矣。”按照中国传统文化的价值观，大概只能如此想象一个人身处荒岛的幸福，但“悠游自得”、“逡巡岛上，抚景流连赏玩不置”的生活姿态，却正是清教徒式的生活准则所批判的。[③] 对于鲁滨孙来说，他最厌恶的就是“无所事事的生活”，他认为在上帝创造的万物中，游手好闲之徒“是最最没有

① 伊恩·P. 瓦特著，高原等译：《小说的兴起》，第73、71页，北京：三联书店，1992。
② 同上书，第7页。
③ 同上书，第8、9页。

用处的”,是“生活中的糟粕”,甚至觉得“我花了二十六天的工夫做一块松木板倒是很值得的。”①沈译本以本土的价值理想取向对原作的“侵入”,显然在很大程度上改写了鲁滨孙与自然的占有与被占有、利用与被利用的对立关系,以及鲁滨孙刻板、理性、枯燥和实用的异质性格特征。

如果说鲁滨孙在荒岛上的“冥思”和生活,从灵魂与生存两个方面指涉了人与上帝、人与自然的关系,他与食人的人和礼拜五的遭遇则反映了他对人与人,具体地说,选民与弃民、文明人与野蛮人不同种族之间关系图式的建构。也正是在这点上,最为后殖民批评所诟病,他们认为:“殖民主义文化宰制的要害之处,正是从建构自我与他者的关系开始。”②《鲁滨孙漂流记》对帝国殖民行为所创造的第一个合法化叙述,即我们所殖民的地区是无人居住的荒岛(地)。当鲁滨孙确认他劫后余生的荒岛“人类的脚过去从来不曾踏上这片土地”,马上想到“这全都归我所有,我是这里至高无上的君主,对这岛国拥有主权;如果我有后代,我可以毫无问题地把这主权传下去,就像任何一个英国的领主把他的采邑原封不动地传下去一样。”③从而把殖民主义意识形态自然化为不必论证,“毫无问题”的国际公约。但荒岛(地)毕竟是有限的,而且也是能够被任意命名和指认的,鲁滨孙后来也发现他并不是第一个踏上这荒岛的人。殖民者和原住民的关系是无法回避的帝国扩张的真实遭遇。笛福对于鲁滨孙和食人肉者、礼拜五关系的设置为殖民侵略建构起第二个合法化叙述。

书中描写鲁滨孙漂流到的荒岛属于加勒比海地区,小说通过对吃人肉场景的一再渲染,鲁滨孙面对这些吃人肉的生番一再展开的全知全能的上帝“怎么能够容忍,怎么竟听任他所创造的人这么惨无人道”④的宗教思考,实际上是把英国殖民者和加勒比土著的现实种族身

---

① 笛福著,黄杲炘译:《鲁滨孙历险记》,第264—265页,上海:上海译文出版社,2001。

② 罗永生:《导言:解殖与(后)殖民研究》,许宝强、罗永生选编:《解殖与民族主义》,第12页,北京:中央编译出版社,2004。

③ 笛福著,黄杲炘译:《鲁滨孙历险记》,第82—84页。

④ 同上书,第164页。

份，以文学的修辞置换为基督徒和食人肉者、文明和野蛮的区分，从而使鲁滨孙能够以正义的名义，对原住民进行殖民史上一再重演的血腥大屠杀。

鲁滨孙与食人者、礼拜五的不同关系则反映了殖民者对于受殖者的两种不同塑像。前者以贬低化（妖魔化）的修辞，而为赶尽杀绝提供合理化的依据；后者则以理想化的修辞，询唤臣服的主体。前者与帝国主义以力量（火枪）掠夺和捍卫殖民地利益的行径紧密相关；后者则通过在殖民者与被殖民者之间建构拯救与被拯救的关系而确立一种自发臣服的权威等级秩序。正像《圣经》以 Creator 和 Creature 来定位上帝与人的关系一样，鲁滨孙也是以称呼礼拜五为“Creature”来定位他与礼拜五类比上帝与人的同构关系。帝国强权不仅需“力量”获取，也是要“由服从者所赋予的”。这是帝国主义意识形态的两个十分不同但相辅相成的方面。

需要指出的是，笛福所塑造的鲁滨孙形象并不是一个国家主义者，他不是以英帝国的名义，而是以个人的名义、上帝的名义去占领荒岛的。他虽然不断在质疑屠杀与上帝的公正和仁爱原则相悖，但他同样是个“臣服的主体”。最终，即使不能把自己行为合理化，也要“全盘服从上帝的旨意”。在这里，鲁滨孙和上帝、礼拜五和鲁滨孙之间的绝对臣服与绝对权威的关系，说明宗教文化和帝国意识形态具有着同样的等级秩序和思想逻辑，上帝的神圣使命可以轻而易举地置换为帝国的神圣使命。而且，上帝创世说的一体化宇宙观遮蔽的也恰恰是领土主权意识。在历史上，西方传教活动正与殖民进程相伴相生。梁启超的观点代表了时人对宗教的一般看法：“耶教非不可采，教士非无善人，而各国政府利用此教行其帝国主义之政策”，“以传教政略为侦探队”，“试一览地图而比照之于历史，凡各国新得殖民地，其前此筚路蓝缕以开辟之者，何一非自传教而来，此传教政略之可畏，如此其甚也。[①] 这也是为何中国近代“教案”事件频发，反洋教运动声势浩大的根本原因所在。沈译本对《鲁滨孙漂流记》宗教内容的删减，的确可以看作是一

① 梁启超：《论民族竞争之大势》，第 32、26 页，《饮冰室文集》(2)。

种文化抵抗行为。

在处理鲁滨孙和食人肉者、礼拜五的关系上,沈译本把鲁滨孙之于礼拜五不仅“拯救了一个可怜生番的性命,还正在尽己所能拯救他的灵魂,引导他学习《圣经》的拯救者与被拯救者的宗教关系,转变为“教以文字”的师生间传授知识的世俗关系;将鲁滨孙与礼拜五“我要他去死,他就愿意去死”[①]的主奴关系,简约为“彼此相依”[②]的朋友关系。这些改写,即使不是全部,也极大削弱了原作在宗教和帝国意识形态方面的文化建构。

概而言之,沈译本是把鲁滨孙作为在当时社会同样流行的哥伦布式的英雄,出于“激励少年”的目的翻译塑造的,译者对这一形象的定位、认同和使用,决定了他对于原文本的翻译策略和改写取向。不仅在主题上删除了原作者的宗教寓意,从情节上,突出了“冒险”经历,对主人公形象更是进行了归化式的改造。从而简约了原文本的丰富而复杂的内涵。

二　革命话语中的《大陆报》本

《大陆报》本《鲁滨孙漂流记》刊载于光绪二十八年(1902)11月至光绪二十九年(1903)10月第1—4期及第7—12期,初刊目录题为冒险小说“鲁宾孙漂流记演义”,正文去掉“演义”二字,后都沿用此名;著者被译为“德富”,译者佚名。和沈祖芬本一样,《大陆报》本显然也计划将《鲁滨孙漂流记》和它的续集一并译完,但第一部连载结束、续集只连载了四回,约四万五千多字,就因刊物“改良”,而被腰斩。

《大陆报》虽曾陆续署该报总发行所、林志其和廖陆庆等编辑,实系留日回国学生戢翼翚(元丞)、鼎彝(秦力山)、杨廷栋(翼之)等所主持。综合冯自由《革命逸史》和刘禺生《世载堂杂忆》等相关零散资料

① 笛福著,黄杲炘译:《鲁滨孙历险记》,第193页,上海:上海译文出版社,2001。

② 狄福著,沈祖芬译:《绝岛漂流记》,第13页,杭州:惠兰学堂出版,上海:开明书店印刷,1902。

大概可以知道,《大陆报》主要编者均为孙中山心腹,与章太炎过从甚密,是革命初期大造革命排满舆论的策划者和宣传者,属于"留学界创设团体之先河"的励志会中主张光复主义的"激烈派"。就该报为作新社出版物,作新社又为戢翼翚利用日本女子贵族学校校长下田歌子资本所创来看,戢氏当为灵魂人物。他被近人刘禺生称为:"留日学生最初第一人,发刊革命杂志最初第一人,亦为中山先生密派入长江运动革命之第一人。"[①]在1901年革命派在汉口一役、安徽大通起兵失败后,戢翼翚和秦力山又亡命日本发刊《国民报》,大倡革命仇满二大主义,措辞激昂,"开留学界革命新闻之先河"[②],不久以资本告罄而停刊后,戢翼翚在上海创办《大陆报》仍延请秦力山、杨廷栋等担任主笔,为"沪上革命党之交通重镇"。[③] 虽然冯自由说《大陆报》鼓吹改革,排斥保皇,尤不遗余力,实为《国民报》之变相。[④] 不过,也许因为毕竟是回国办报,其革命气焰不能不有所收敛,综观《大陆报》之言论并不那么激烈,对朝廷敏感之事也有所隐晦,尤其是并未明目张胆打出革命与仇满的旗帜,而"以开进我国民之思想为宗旨"。[⑤] 了解了这一背景,当清楚《大陆报》对《鲁滨孙漂流记》的革命化改写既事出有因,也有所避讳。

译者在小序中并未直陈其政治意图,特别强调的是要按原著体例译之,但实为中西小说体式并杂,既保留西式第一人称叙事,又套用了中国传统小说章回体。

与沈译本相比,《大陆报》本更加通俗化,鲁滨孙形象很大程度上,也被通俗演义成了路见不平,拔刀相助的水浒风英雄。一方面,经章回标题点睛出的"感旧恩"、"报前德"、"打抱不平"的思想意识体现了民间话语的取向;另一方面,《大陆报》译本添加的"救同种"、"谈他国事打抱不平"、"论中国痛谈丑官吏"等的政治改写,也使鲁滨孙成为宣讲"爱群"、"保种"、"排满"之类革命意识形态的传声筒。

---

① 刘禺生:《述戢翼翚生平》,《世载堂杂忆》下同,第150页,北京:中华书局,1960。

② 冯自由:《东京国民报》,《革命逸史》初集,第96页。

③ 刘禺生:《述戢翼翚生平》,《世载堂杂忆》,第155页。

④ 冯自由:《东京国民报》,《革命逸史》初集,第96页。

⑤ 光绪二十九年(1903)3月《大陆报》第5期,《敬告读者诸君》,第1页。

本来,鲁滨孙形象无论怎么说都是个绝对个人主义者的典型,他所代表的"绝对的个人"的价值观显然不仅与建立在忠孝节义之上的中国传统道德观格格不入,更重要的是,面临中国民族危亡的关头,无论是维新派,还是此时"初盛"的革命派,所诉求的都不是个人之英雄,而是最广大的国家之国民。所以,维新派和革命党人虽然在保皇,还是排满上泾渭分明,但其现代国家和国民意识都取法同一思想资源,其对中国国民奴性、懦弱、自私的批判,对自主、尚武、爱群等国民精神义务的倡导也如出一辙。特别是革命派一旦将"倾覆清廷,创建民国"树立为现实的政治目标,询唤的更是"革命之健儿、建国之豪杰、流血之巨子"[①]。正像章士钊阐扬邹容《革命军》时所说的那样,其宣传策略是"以国民主义为干,以仇满为用,撏扯往事,根极公理,驱以犀利之笔,达以浅直之词"[②]。《大陆报》译本的连载与邹容《革命军》、章太炎《驳康有为论革命书》不仅同在上海,也几于同时发表,当在"革命非公开昌言不为功"的思想指导下,相互呼应的产物。因而《鲁滨孙漂流记》被做了最大限度的改写和挪用,译者不仅对鲁滨孙形象进行了方向相背的逆转式改造,甚至借鉴流行一时的政治小说文体,当情节和人物不足以传达"胸中所怀政治之议论"时,不惜撇开原作,加入大段的议论,随意增删发挥。

原作对于鲁滨孙性格,最初强调的是他不安于现状,渴望航海的欲望和志向,《大陆报》译本从一开始就为鲁滨孙加添了对于国家的义务观念,让他在尽孝和报国的道德两难中,堂而皇之以盎格鲁-萨克逊民族的身份大发作为一个公民所应尽之责,批判中国"父母在,不远游"的迂腐观念,号召"大凡年纪已长的人,便要挺身做国家社会上的公事。要使我的国家,为堂堂正正不受侵略的独立国家;要使我的社会为完完全全不受破坏的自由社会,这才算得个人。"[③]还大肆宣扬英国女王宰相"以国为夫"、"以国为妻",娶妻生子怀抱的都是"当使英国人

---

① 邹容:《革命军》,第36页。

② 章士钊:《读〈革命军〉》,1903年1月9日《苏报》。

③ 光绪二十八年(1902)11月《大陆报》第1期,《鲁宾孙漂流记演义》,第2—3页。

种，生息蘖滋起来"之目的的极端爱国精神，指斥一班"要安闲自在钉在家里"的软弱少年"就如死的一般"。[①] 更有甚者，国民精神之倡导仍嫌不足，进而将"军国民资格"树立为理想。译者让鲁滨孙及其侄儿以到中国的所见所闻批判道："你们的国，若不速速自强，使人人皆练到军国民资格，恐不久必有一国来灭你。"[②]这一设身处地告诫中国培养"军国民资格"的狂妄之辞，绝非逞一时之兴。邹容《革命军》在"革命独立之大义"一章，模拟美国革命独立宣言约为数事，其一即"全国男子，有军国民之义务"，它体现了革命党人要"于著书新闻杂志上（无论其为军事专门与否）盛为鼓吹军事思想"之宣传口号。[③]

为达挽救国家危亡、推翻异族专制的双重目的，革命党人在建构宣扬国民之权利义务的同时，不能不鼓动，甚至是身教"乐死不辞""誓不欲生"的牺牲精神。陈天华奉劝同胞"把生死，十分看透，杀国仇，保同族，效命疆场"，[④]并最终为达"死而少言"之效，从容就死。邹容也不仅停留于呼吁国人"掷尔头颅，暴尔肝脑"，更为反抗满人专制，自到捕房投到，病死狱中。《大陆报》在"社说"这一重要栏目中，陆续三期发表《中国之改造》的长文，其核心观点就是批判"中国人爱财惧死，成于性根"。[⑤] 由此观之，《大陆报》本的鲁滨孙堪称革命党人的缩影，当面临狂风大浪，灭顶之灾的关头，他不仅不像原作那样胆战心惊，悔恨不已，反而充满豪情，对生死展开大段思考，认为"大丈夫独往独来，无挂碍，无恐怖。可生则生，以多做国家社会上一些义务；到了当死之时，甘心赴死，干干净净，姣姣洁洁，岂不胜于糊涂偷生，借生行恶的人几千万倍么?"[⑥]并一再直抒胸臆："我生平以爱群为志，凡有益于国民之事，即把我这斗大的头颅送他，也是甘愿的"[⑦]。译文添加的有关生死的诸多议

---

① 光绪二十九年（1903）8 月《大陆报》第 11 期，《鲁宾孙漂流记》，第 81、83 页。

② 同上书，第 90 页。

③ 参阅光绪三十年（1904）正月《大陆报》第二年第 1 期：《续出大陆报发刊词》、《军事思想普及与国民之方法手段》等。

④ 陈天华：《敬告湖南人》、《猛回头》，《陈天华集》，第 11、48 页。

⑤ 以上所提文章分别发表于第 3、4、8、10 期；第二年第 2、3 期。

⑥ 光绪二十八年（1902）11 月《大陆报》第 1 期，《鲁宾孙漂流记演义》，第 4—5 页。

⑦ 光绪二十九年（1903）1 月《大陆报》第 3 期，《鲁宾孙漂流记演义》，第 20 页。

论，显然是和革命党人一同在询唤“牺牲个人，以利天下”①的精神人格。

译者与原作“完全的个人主义”精神反其道而行之的另一表现是，赋予鲁滨孙“爱群”的抱负并一再加以渲染。鲁滨孙死里逃生，飘落荒岛，译作不像原作那样让鲁滨孙忧心自己的生存，而是首先叹气“我生平是最爱群的，今日一般人皆死了，单单留下我这一条性命，在这荒岛”②。或者以他人之口赞颂鲁滨孙的这一“爱群”品格。如鲁滨孙借打鱼和摩尔少年苏里一起从海盗船长的手中逃出，被葡萄牙船长相救后，马上就把苏里以六十个比索卖给这位船长为奴，只是后来漂流荒岛缺少劳动力时才为此举深感后悔。这个情节在西方一向被作为鲁滨孙追求个人经济利益，从而削弱了群体关系的一个典型例证。对于讲义气的中国人来说，似乎就更不能容忍。《大陆报》译本将这一情节改译为是秀丽（即苏里）见鲁滨孙到达巴西后“苦无资斧”，而主动献身为奴，“至诚恳切”地表白说：“我自愿当苦工，只因你能爱群，若你饿死，便是世界上少一个爱群的人了”。③ 由此可见，此时的中国还无法接受鲁滨孙个人主义式的英雄，汉译改写后的鲁滨孙所蕴涵的价值观仿佛不为群、为种、为国，个人就无所作为，毫无价值了。因此，鲁滨孙独居荒岛时期因属英雄无用武之地而遭大肆删减，极度渲染的是鲁滨孙拯救礼拜五和“救同种海畔战野蛮”，英雄有用武之地的作为。

《大陆报》译本所添增的另一革命意识是和“爱种”与“仇满”联系在一起的。1900 年八国联军攻克北京，清帝后出走，议和赔款高达近十万万两而后，清廷之威信已扫地无余，当时的民族主义暂时由反帝转向反满，“中国百孔千疮的弊端都被大部分归咎于这个异族王朝的统治”，排满成为“一种大家都能够基本上或毫无保留地加以接受的思想”④，形成了一种辱骂和仇恨的气氛。

---

① 邹容：《革命军》，第 59 页。

② 同上书，第 23 页。

③ 同上书，第 21 页。

④ 〔美〕费正清、刘广京编：《剑桥中国晚清史 1800—1911》下卷，第 472、473 页，北京：中国社会科学出版社。

笛福以鲁滨孙遭遇食人生番的情景建构的是不同种族之间的优劣等级。《大陆报》译者则一方面将之改写为以善恶做出道德的区分,另一方面又通过加添"归旧洞沿途谈保种"的情节,大肆宣扬种族意识。食人者为恶为野蛮,被食者则为土人为同类。这样,鲁滨孙见到同类被食后的残肉剩骨,不似原作那样"翻肠倒胃地一场猛呕",而是"不知不觉眼眶中涌出爱群的万斛英雄泪,大哭一场,彷徨于累累的尸骨左右,不忍舍去,直至薄暮,始回洞中,又哭了一夜"[①]。完全是一种对至亲挚友的哀恸。另一至关重要的改写,是删掉了与食人生番同种的礼拜五也吃人肉的细节,而把礼拜五因其"良善","不似那凶恶一般的人",归入"似我欧洲人"的类别,从根本上改写了鲁滨孙和星期五的关系。

但另一方面,种族意识毕竟是此时革命意识形态建构中的一个最具有凝聚力和煽动性的内容,译者在鲁滨孙"救同种"的情节上大做攻击清廷,畅"谈保种"的文章。宣扬的完全是具有侠义之气,与生俱来的"爱种之心"。当鲁滨孙发现一个白种人即将被吃,完全把个人的安危置之度外,面对十倍于我的野蛮人,"大叫道":

> 我漂流这岛二十七年,想欲梦见一个欧洲人也是不能,今日野蛮倘把我这同胞杀害了,我抵死也要报复这仇,以达我爱群之目的。……这是救我同胞的义务。即是被野蛮夹活吃下肚子里,我也不怕。[②]

而且译者将这一"爱种的心"说成是"天然的","人人都有这心。"[③]还借白人之口指桑骂槐地批判满清统治者"专好同种杀同种""同种代异种杀同种",批评汉族做惯了满清异族的奴隶,更有一班人因贪功名利禄而为满清统治尽忠。[④] 以当时公认为是优越而文明之白种人批判满清异族统治的潜在逻辑是,他们代表着"世界之公理",因之"爱种"也就具有了"世界之公理,万国所同然"的普遍真理性。以种

---

① 光绪二十九年(1903)2月《大陆报》第4期,《鲁宾孙漂流记》,第34页。
② 光绪二十九年(1903)5月《大陆报》第7期,《鲁宾孙漂流记》,第45页。
③ 光绪二十九年(1903)5月(原刊如此)《大陆报》第8期,第49页,《鲁宾孙漂流记》。
④ 同上书,第49—50页。

族划界，满清统治就成了公理不容，彻底丧失了全部合法性。这与革命派建构革命仇满的合法性，完全出于同一口径。邹容理直气壮地呼吁，“同胞，同胞，岂有异种执吾国政权之理”，号召“诛绝五百万有奇被毛戴角之满洲种，洗尽二百六十年残惨虐酷之大耻辱”。[①]

《大陆报》本译至《鲁滨孙漂流记》续集，更借助鲁滨孙到中国游历的情节，批判支那官场贪污受贿，内外勾结，出卖国土，“各自谋各自的银子”，不理朝政，土地荒废，臭味难闻的腐败堕落现象。由此可见翻译在晚清时期的特殊作用。以异国形象做革命的代言人，不仅可以言自己所不敢言，也像当时的革命檄文中经常引用英、法、美等先进国家的政治、思想、事例作为既成事实、真理和前途的宣传方法一样，能够造成毋庸置疑之势，将言说“他者”和言说“自我”的双重功能发挥到极致。

处在革命意识形态话语中的鲁滨孙形象与“爱群”，富于牺牲精神相适应的是充满豪情，大丈夫气概的英雄风貌，因此，《大陆报》译本和沈译本一样大量删节了鲁滨孙在荒岛上为自我生存所做的各种手工艺劳动的过程和细节，而以“大丈夫何事不能为，即是一个世界，也能制造出来，难道区区器具，不能制造吗”[②]一言而蔽之。原作描写鲁滨孙在海滩上发现脚印之后，如何五雷轰顶，丧魂落魄，为了保存自己，如何苦干了好几个月，为自己居住的洞穴，筑了两道屏障，插种了两万多株树枝，殚思极虑，费尽心机。《大陆报》译本显然深感如此举动有损英雄形象，而杜撰了鲁滨孙在数百株丛林中放火烧炭的情节，让腾腾烈烈烟焰烘天的气势与鲁滨孙的火烈性格相映生辉。更通过鲁滨孙的救人的心理和行为渲染其英雄品格，如鲁滨孙站在山顶看到礼拜五逃跑被食人者追赶，译本添加了鲁滨孙的心理活动是“我恨不得变了一阵狂风，把他撮上山来。”拯救礼拜五的动作是“直自山顶，一轱辘滚将下来”[③]。这与原作鲁滨孙始终以冷静的旁观者审时度势，见有机可乘才

① 邹容:《革命军》，第40、13、7页。
② 光绪二十九年(1903)2月《大陆报》第4期，第29页，《鲁宾孙漂流记》。
③ 光绪二十九年(1903)5月《大陆报》第7期，第40页，《鲁宾孙漂流记》。

加以援手的姿态是大相径庭的,译者为其加添的是中国绿林好汉的鲁莽之风。这是很值得玩味的一个现象——《大陆报》将鲁滨孙挪用为革命的代言人,又把他演义改造成水浒风的英雄,如此挪用和改造显然折射着早期革命党人所期许的革命性质和革命者形象。

总之,《大陆报》本彻底扭转了鲁滨孙形象,使之从绝对个人主义的典型改向为"爱群""排满""尽瘁国事之义务"的国民典范;把爱好冒险的天性改写为根于天然本能的爱种之心;将冷漠、算计、小心谨慎的性格转变为乐死不辞,充满大丈夫气概的英雄豪杰,从而让鲁滨孙承担起宣扬革命精神,建构革命合法性,动员大众参与革命的有效工具。译者以鲁滨孙之口所宣扬的国民"义务"观念、"牺牲"精神、"爱群""排满"意识都与此时革命党人的宣传纲领和要点一一合辙。由此看来,说《大陆报》本的《鲁宾孙漂流记演义》是一种特殊形式的革命文本也不为过。

三　传统儒学话语中的林纾本[①]

林纾选译《鲁滨孙漂流记》是他"触黄种之将亡",反省自己的译品"将及十九种,言情者实居其半"之后,自觉改弦更张,要"摭取壮侠之传","以振吾国民尚武精神"的产物。[②]

但与时人将哥伦布和鲁滨孙二氏奉为冒险英雄的惯见不同,林纾能够一针见血地揭露其为"行劫者","灭种者之盗"的性质。他指出,哥伦布属"大者",当"独劫弗行"时,即"啸引国众",以劫美洲,"其赃获盖至巨也";像鲁滨孙之流不过是"鼠窃"[③]。他不仅认为"鼓励白种人探险之思,蓝本均出鲁滨孙、哥伦布二氏也",[④]甚至持有"吾支那之被其劫掠,未必非哥伦布、鲁滨孙之流之有以导之也"的观点。在揭露

---

① 由于林纾并不懂英文,该译本实为曾宗巩口译,再由林纾笔译而成,考虑到在这过程中林纾的主导作用,将其称为林译本。

② 林纾:《〈埃及金塔剖尸记〉译余剩语》,吴俊编校《林琴南书话》,第23页。

③ 林纾:《〈雾中人〉叙》,吴俊编校:《林琴南书话》,第45页。

④ 林纾:《〈古鬼遗金记〉序》,吴俊编校:《林琴南书话》,第106页。

探险小说所具有的帝国主义意识形态的基础上，林纾进而正告读者："严防行劫及灭种者之盗"，只有"学盗之所学，不为盗而但备盗"，才能使"盗力穷矣"。[①] 作为最早从事西方文学翻译的译者，从一开始就能洞见被文学所记录，所支持，所掩盖和改变的帝国掠夺的事实及其将这一事实合法化的叙述，将冒险小说与西方帝国主义的强盗性质、"灭种者之盗"的危机相联系，对西方文化形象能够进行批判性思维，其批判的观点力度竟能与今日重读西方经典的后殖民理论批评相伯仲，的确让人感到惊喜。

很有意思的是，林纾是以集中国传统文化之"至善""至德""至圣"的"中庸"之道来赋予鲁滨孙形象以意义的。这的确与时人所标榜的冒险精神南辕北辙。以林纾熟谙程朱理学的背景修养，他对"中庸"的理解基本遵照其训诂，又大有变通。考量"中庸"这一概念所能引发的几于无所不至的微言大义，林纾是将"中庸"分为了"立人"的两种类型标准：一为圣人之"中庸"，即以中庸立人之"极"，确立人之最高标准的中庸，强调的是"据义而争，当义而发，抱义而死"，"中也，亦庸也"之理想价值，把'义'树立为"圣人之中庸"的核心价值；二则为"中人"之"中庸"，即林纾所说"中人之中，庸人之庸"，以中庸立人之"常"，确立人之一般标准的中庸。其特征是"洞洞属属，自恤其命，无所可否，日对妻子娱乐，处人未尝有过"之中庸。在序言中，乍看林纾似乎是将这两种类型的"中庸"直接对应于鲁滨孙和其父这两个人物形象，褒扬前者，批判后者，但若细查，又并非如此简单。

林纾在《序》中的确是把"中人"之中庸直接对应为鲁滨孙之父，但从译文看来，却恰恰相反。"其父之言"被译得至诚恳切，甚至被鲁滨孙在难中当做了一再追悔的至理名言。鲁滨孙是从反叛父亲始，以皈依父亲终。本来，原文确实贯穿着鲁滨孙一再遭难后，不断反思父亲忠告的线索，但由于近代以来，中国对鲁滨孙的阐释强调的是其冒险精神，一直漠视了故事叙述者与这种精神相悖的追悔声音。在鲁滨孙故事中父亲形象本可以是无足轻重的。他仅仅于开头，作为鲁滨孙冒险

---

① 林纾：《〈雾中人〉叙》，《林琴南书话》，第46页。

出海计划的反对者出场，最终当鲁滨孙归来，他已逝世多年。也就是说，如果只讲鲁滨孙的故事，这个人物完全可有可无。但作者给予他忠告的篇幅分量，以及让鲁滨孙不断忆及这些忠告的重复频率，却使他虽然在故事中没有起到多少作用，但承担了呈现思想主题的重要功能。

父亲忠告显然溢出了劝阻鲁滨孙航海的简单意图，甚至从某种意义上来说，它寄托了社会中等阶层对于自己集团的经历、身份和价值观的明确表达。父亲劝阻鲁滨孙的第一个理由就是让他认清自己在社会等级结构中处于中层的位置。在他看来，到海外去冒险“一般都是穷无立锥之地的人，再不然就是富于野心和资财的人”。其次，便是大肆宣扬处于中等状态的益处。以多年的经验，他觉得“这是世界上最好的阶层”，他们的生活提供了“幸福的标准”：最少有灾难，安定、富裕，既用不着“劳力劳心，为每日的面包去过奴隶生活，困难不堪，弄得身心没有片刻的安宁；也用不着被欲望和发大财、成大名的野心所苦，心劳日拙”。同时也标举了一种人生态度：克己、节制、安宁、健康、遵纪守法。因而认为“只有中等阶层才有福气享受一切的美德和安乐”，“所有的人”，甚至包括帝王都“羡慕这种生活”，“常常慨叹他们高贵出身的不幸后果。①

林纾以“中人”翻译 the middle State，二者显然并非对等，他的“中人”概念不是以经济状态为指标，首先指的是“中材”，而且带有天生的性质，属一个人的“分际”。其次，就“中人”与外部关系而言，其特征为“处世庸庸”，“不骄不狂，与世无忤”，即智慧之士所说以“明哲保身”为“标的”，因而“矧矫抗之气既除，于合群之道尤当，凡百适宜”，能够“恒不罹其害，且不经无数之变态，而拂意之事，亦不常觏”；再就“中人”的内心则是：“一切贪嗔忮克之事，若上流社会之陋习，均不足扰吾天君”，“七情都不能乱，亦无杀机欲焰，攻炽其中，终日雍容。”“中人之身心”是“日觉泰然”，“静中阅世，逐日增长其学问”，“若丛百善于其

① 参阅徐霞村译：《鲁滨孙漂流记》，第 2—3 页，北京：人民文学出版社，2006。本论文中文版主要参阅此译本，为阅读和行文方便，若无太大出入或必要，引文也主要出自此译本。本论文参阅的英文版是 W. W. Norton & Company, Inc. , 1994, Michael Shinagel 编：“Robinson Crusoe: an authoritative text, backgrounds and sources, criticism”。据编者讲，该书收入的是初版本。

躬,令之坐享极乐”;“中人之家”也是“节用而省事,事乃不扰,亦无疾疠之虞。”所以,处于“中人”,“凡命中乖蹇之事,非高明者当之,即下愚躬受其咎”,“人人应享之乐,彼皆享之。天心若聚此奇福,以待中人,中人所履之路,坦坦荡荡至于没世。”林纾将“凡此种人举动,名曰中庸”,甚至认为古昔之君都“恒思降格处于中人,不被奇福,亦不罹巨祸。”①

如果说,原文将中产阶层的生活作为幸福的标准已经渲染得超乎情节的需要,林纾更是借题发挥,将“中人”之道之福“顿荡”、“波澜”得泛滥。或就其一点,加以阐发,或以极端程度修辞:“奇福”、“百善”、“极乐”;或化用圣人之言。林纾虽然在序言里,将中庸分为“圣人之中庸”和“中人之中庸”两种类型,褒扬前者,贬低后者,但其译文却是常以圣人之言去标榜“中人之中庸”。而且让鲁滨孙直言“吾父者,智士,亦正士也”,甚至不惜以横加密圈的外在形式来引领读者领会他的苦口父心。

林译本将原文的“中等状态”译为“中人”,将其特有的人生处世态度转换成“中庸”,是用中国传统价值观进行了新的整合。认为冒险不过是“好高务名”,其终局必无成功,即使成功也是“分外之获”。为鲁滨孙的故事增加了“循分”、“安分”、不务“分外之获”的主题因素。就中国传统文化所塑造的理想人格而言,《中庸》本来就说“君子居易以俟命”,小人才“行险以徼幸”。林纾更借鲁滨孙追悔之言,一再塞入他对鲁滨孙一次次冒险之举所做出的“不衷于正”“不得作中正之思想”“深恨所行不轨于正”②的评价,以中国传统的人生观彻底否认了冒险的任何意义。

林译本的另一个重大的改写之处,是将基督教所崇奉的天地万物之创造者,全知全能全在,至高至上,并对人赏善罚恶的唯一神,广泛地以上帝、天、苍苍、造化、救主、道等汉语词语译之,这不能不说触犯了基

① 参阅达孚著、林纾、曾宗巩同译:《足本鲁滨孙漂流记》卷上,第3—4页,上海:商务印书馆,光绪三十二年(1906)再版(下同)。

② 同上,卷下,第36页;卷上,第78、85页。

督教之大忌。

冯友兰曾将中华元典及一般平民对“天”之信仰总结为五义:“曰物质之天,即与地相对之天。曰主宰之天,即所谓皇天上帝,有人格的天、帝。曰运命之天,乃指人生中吾人所无奈何者……。曰自然之天,乃指自然之运行……。曰义理之天,乃谓宇宙之最高原理。”①由此观之,在中国传统文化“天”之观念中,所谓物质之天、运命之天、自然之天和义理之天几义恐怕都与基督教天启神学之“上帝”绝难“脉脉同符”。“上帝”为造物主,天之主宰,而非物质之天、自然之天;上帝是有意志的,可降祸福于人间的最高存在,为善可进天堂,恶人也能通过忏悔、赎罪和皈依上帝而获得拯救,并无中国上天“命定”之无可更改的意涵;上帝乃“无原之原”,无原之自立者,而“义理”属依赖之类,自不能立,因之,“义理之天”也同样不能与上帝相类比。但“主宰之天”的意涵,在某种程度上却可通过阐释而获得与基督教唯一神的可比性和相通性。历史上儒教尊天说,也的确被利玛窦解释为对唯一神的崇拜。

虽说信奉儒教的中国天主教徒喜好在儒教尊天说与基督教天主说之间建立起等值关系,认为主张知天、事天、畏天、敬天的先圣之学与钦崇天主的西学“一一吻合”,但即使开明如利玛窦的传教士也决不容丝毫有混“至尊无二,惟一焉耳”之大伦的歧义存在。明确说“夫帝也者,非天之谓”,“苍苍有形之天,有九重之析分,乌得为一尊也”,“不以苍天为上帝”。②

可见,林纾以“天”译“上帝”,并不能够完全转化为宗教的专有术语,这一置换不仅纠结着中国传统文化价值观的元素,呈现出中西文化之融汇和变异的复杂状态,更折射出林纾本人的生平信仰。

林纾从小秉承祖母“畏天而循分”的家教,及年长更取其意而自号“畏庐”,年老还特意在北京新居的门宇上大书“畏天”二字。七十岁时,又郑重撰《述险》一文,历数生平所遭不测,莫可自解之脱险经过,

① 冯友兰:《中国哲学史》(上册),第35页,上海:华东师范大学出版社,2000。

② 参阅利玛窦:《天主实义》第二篇“解释世人错认天主”,朱维铮主编:《利玛窦中文著译集》,第15—23页,上海:复旦大学出版社,2001。

以垂示子孙，他因行善和孝心得天所护佑“亦至”之奇迹。据他所述，十九岁时，其父病逝，林纾哀极而病肺，日必咯血，猛至盈碗。医言肺痿不治，后来却不药而愈。其母晚年喉际生有大瘿，洞见其咽，医言临终前将瘿血崩溃。林纾为乞母以善终，爇香稽颡于庭而出，沿道拜祷至越王山天坛之上，如是者九夕，不顾暴雨灌顶，坚伏雨中不起。母逝时，果不见血。林纾居丧，恸至心跳作响，医至，言心房因悲而裂，自谓死矣，然亦不过眩晕六年而愈。林纾亲戚周太史女孙得猩红热殁，家人奔避都尽，太史夫人携一子一孙到林家避难，也染病不起，林纾不忍驱逐，致家人获病者七，六子及幼女至病危。林纾说自己所以敢不顾他人忧愤，率尔行事，也是因他自信“非为私而行险”，是“为义而冒险”，“天无伤也”。[①]

由此可见，林纾是真信天，他将这些奇迹归功于“天”对自己行孝为义之举的护佑，与鲁滨孙把孤岛生存的奇迹看作是上帝对自己的眷顾，在某种程度上经历了类似的精神信仰过程。“天”之于他，不是抽象玄虚的概念，而是真实的存在。所以，林纾不完全使用可以和基督教唯一神相对应的“上帝”，而以“天”及相应非专称名词译之，这本身即意味着林纾已将自己对“天”之信仰的人生经验，或者说中国传统文化含混多义的“天”之概念融入了对鲁滨孙故事的理解和阐释，彻底改写了将上帝作为基督教唯一神的教宗，干扰削弱了上帝至高至上唯一神的地位。

林纾除了以蕴涵着中国传统文化的丰富信息之“天”字移译整合西方基督教之“上帝”观念外，还以中国君主的威严去想象和比附上帝的至高无上。在林纾的译笔之下，上帝与人之关系被描述成了臣之于君的诚惶诚恐，察言观色，谨小慎微的社会关系。纵观林纾“笃伦理，崇节贞，忧世卫道，既殁乃已”[②]尊奉儒教道德的一生，即使民国建立，也不忘忠君之礼，十谒崇陵，匍匐流涕，风雪无阻的事迹，的确可以和最忠诚的基督徒之宗教热情相媲美。在他的心目中，皇帝也的确居于

① 参阅杨家骆主编：《林琴南学行谱记四种》，第 48—50 页，台北：台北世界书局，1961。
② 朱义胄述编：《贞文先生学行记卷一》，《林琴南学行谱记四种》，第 1 页。

“天”的高位。所以,当废帝宣统被林纾的耿耿忠心所动,于戊午除夕御书“有秩斯祜”春条奖赐林纾时,他“泥首庭阶和泪拜”,将其称作“天章”。① 即使如此,儒家君之概念并不能与宗教之上帝相等同,并非至高无上,全知全能。这也就难怪林纾译述到鲁滨孙遭遇海难飘落荒岛,会以自己的理解判断他的灾难:“其中之事,有帝力所及,亦有帝力所不及,吾不能一一仰谢天贶。”②如此认识,显然有伤上帝的权威。这大概也是信奉仁义的林纾所不能接受的上帝惩罚之重,从而合理化为上帝能力不殆所致。林纾不把西方宗教文化权威的象征“上帝”译述得那么全知全能,这显然不能不令原著所要建构的对上帝的绝对信仰和绝对皈依大打折扣。

林纾还用儒家一贯之道“仁”之概念去称颂上帝:“上天仁爱”,“天心仁爱”,“帝至仁至爱”。孔子之仁与上帝之爱虽都是善,但其间仍有一不可混淆之处。特别就林纾所服膺归宗的程朱理学之“仁”来说,强调的是“天地人合一”的概念,但这一思想的要害之处在于降低了上帝“至大无偶,至尊无上”的位置。因为在基督教看来,天主之性“非人心可测,非万物可比伦也”,“以人为同乎天主,过尊也;以人与物一,谓人同乎土石,过卑也”。③ 因而,以中国“仁”之文化涵义去称颂上帝,不仅是身份地位的僭越,其推己及人,己所不欲,勿施于人;己之所欲,即施于人的恻隐为仁之方更为大谬。

林纾还以统摄于全德之“仁”的义、礼、智、信之类的概念去规范命名各种德行善举。这特别在鲁滨孙解救礼拜五的情节中表现出来。此时成为上帝信徒的鲁滨孙受到梦的启示已很清楚,要想离开荒岛,办法只有一个,就是捉一个土著人来帮助自己。但要这么做,就不得不把同来岛上的其他土著杀得一个不剩,否则就会面临被吃的下场。为自己离岛而大肆杀戮,的确给这个基督教徒出了个难题,他无法为自己的这

---

① 林纾:《戊午除夕皇帝御书“有秩斯祜”春条赐举人臣纾,纪恩一首》,见《畏庐诗存》,第 39 页,上海:商务印书馆,1923。

② 林纾、曾宗巩同译《足本鲁滨孙漂流记》,卷上,第 60 页。原文为:“but these was something Negative or something Positive to be thankful for in it;”,英文版,第 50 页。

③ 《利玛窦中文著译集》,第 40、14、20、44 页。

一行径找到一个正当的理由。原作的处理是,一方面让他想要离开荒岛的急切愿望占了上风;另一方面又以梦境应验的神迹,让鲁滨孙,也让读者相信此举是上帝的意志。鲁滨孙听从的是上帝的召唤,也就是说原作既保留了鲁滨孙的自私目的,完全没有让他想到这是救人之举;另一方面又以上帝的名义将其合法化。林纾的译述却增加了一重:"顾以大义言之,脱人于险,在公理为非悖"这一仗义而行的考虑,给鲁滨孙解救礼拜五,杀戮土著人赋予了中国传统道德的价值意义。由于在中国传统文化中,"义"之概念具有"君子喻于义,小人喻于利",不计其功,不谋其利的精神倾向,这样就为鲁滨孙斤斤计较利害得失及其后果的理性话语增添了儒家凡事只问其当否,不必问其结果的非功利主义因素。林纾用中国人崇信儒学的精神和术语去理解诠释西方人的宗教信仰,表现了他试图将儒教普世化,或者说,在中西不同信仰之间进行融通的一种努力。

林纾对国人所盛赞的鲁滨孙冒险出游的品质本评价不高,在他看来,"初亦无他",不过"特好为浪游"而已。① 但他特别称许鲁滨孙归英后,由于"所阅所历,极人世不堪之遇,因之益知人情之不可处于不堪之遇中,故每事称情而施","散财发粟,周赡亲故,未尝靳惜"②的仁义之举。很自然地,他译述到回国后的鲁滨孙,也调动各种手段,使其形象更高大起来。鲁滨孙抵达伦敦,首先奔的就是保有他一百镑款子的那位英国船长遗孀的家,但没想到她穷困潦倒,显然是已无力偿还。原作鲁滨孙也的确称得上是有情有义,不仅安慰她,保证不会让她为难,还力所能及地对她有所接济,并许诺待有足够的能力,一定不忘报答她过去对自己的恩情。林纾显然不满足于此,而添"颊上生毫"之笔,描述鲁滨孙"度其莫偿",便"毁券不令偿",并告之曰:"吾从绝处逢生,永不忘媪之前恩。使余有径寸之力,亦必佽助,不令贫馁。"③"毁券"的决绝与"永不忘"的承诺令鲁滨孙的至情至义,跃然纸上。其他

① 林纾:《足本鲁滨孙漂流记·序》,第1页。
② 同上书,第2页。
③ 林纾、曾宗鞏同译:《足本鲁滨孙漂流记》卷下,第105页。

如百倍重酬有救命之恩的葡萄牙船长，周赡亲故等，林纾译述也都程度不同地融汇了知恩图报，“称情而施”的传统文化品质，昭示了程明道所云“‘博施济众’，乃圣之功用”①的仁义大德。

总之，一方面，林纾是以中国民族思想的代表“中庸”价值观去阐释和译述鲁滨孙形象的。鲁滨孙独居蛮荒，“自治其生”时期，林纾“借体寄生”，让他参悟的是安分中节，乐天知命的“中人之中庸”；而至解救礼拜五，离岛归英才大进而为耽道嗜义，博施济众的圣人之中庸。既是对儒学之中庸理想的高越而又平凡，贤圣而又通常两面的融通，也是对西方宗教教义及其文化人格与儒家学说之间所具有的共同普世价值的融通。另一方面，林纾译述又毕竟是借所谓“最强之英人”鲁滨孙之体而生，也是因晚清面临亡国灭种之危而择取的一个典范，这也就决定了他在融通的同时，又不忘批判，强调互补。林纾认为：“吾华开化早，人人咸以文胜，流极所致，往往出于荏弱。泰西自希腊、罗马后，英法二国均野蛮，尚杀戮，……流风所被，人人尚武，能自立，故国力因以强伟。”所以对于“究武而暴”的西方文化，“当范之以文”；而对“好文而衰”的中国文化，则当又“振之以武”。② 因之，林纾以“和为贵”的儒学之仁、之义、之智、之勇、之情、之性、之哀矜、之中道、之中庸等一系列概念赋予上帝和鲁滨孙的人格，不能不说是一种“范之以文”的文学行动，甚至可以说是对西方宗教文化权威上帝和西方文化所造就的国民性格中征服世界雄心的阉割。更明显的是，林纾在翻译中，利用鲁滨孙对西班牙人大肆屠杀美洲土著人野蛮行径的攻击，扩而至整个“欧洲基督教人”，直接揭露西方教会“以文明歼野蛮”，“托公理以杀人”之历史罪行，是“哀矜之情已久泯”，丧失了“天良中之帜也”！质问如此“无斯须之矜恕”，怎么“乃仍名为正教”？③ 而他的“多译西产英雄之外传”，则又反映了“俾吾种亦去其倦敝之习，追蹑于猛敌之后”，“振之以武”的民族意识。由此可见，林纾无论是融通，还是改写都不仅仅是一

① 程颢、程颐撰：《二程遗书》卷第二上二先生语二上，第65页，上海：上海古籍出版社，2000。

② 《剑底鸳鸯》序，出处同上，第75、76页。

③ 《足本鲁滨孙漂流记》卷下，第19页。

种翻译的归化策略问题，更是一种自觉地抗拒西方殖民主义的文化行动。

在分析了二十世纪初的三位译者“如何”翻译鲁滨孙之后，“为何”的问题也就迎刃而解了。为了挽救中华民族的危亡，翻译在二十世纪初的语境中得到了最为“不忠”的表现，翻译的政治获得了最为强烈的发挥。由此，我们可以体会到清末一代知识分子在最大限度地转化中西古今的思想资源为我所用，为今所用方面，的确是壮怀激烈，殚精竭虑。他们通过对鲁滨孙的文化改写与融通创造了一个中西文化价值观相互调和的多重话语空间，不仅体现出殖民叙述与民族叙述的内在纠结和张力，也为今天全球化的普世价值和民族立场的纠结和张力提供了值得深思的案例。

【附记：本文为鲁滨孙汉译形象研究的三篇系列论文的缩写，这三篇论文是：(1)《晚清语境中汉译鲁滨孙的文化改写与抵抗——鲁滨孙汉译系列研究之一》，原载《外国文学研究》2009 年第 2 期；(2)《晚清语境中的鲁滨孙汉译——〈大陆报〉本〈鲁滨孙漂流记〉的革命化改写》，原载《中国现代文学研究丛刊》2009 年第 2 期；(3)《从“冒险”鲁滨孙到“中庸”鲁滨孙——林纾译介〈鲁滨孙漂流记〉的文化改写与融通》，原载《中国现代文学研究丛刊》2011 年第 1 期。】

鲁迅:边沿的世界

郑家建

我曾在一篇文章《中国传统空间知觉方式的变迁与中国现代性问题的起源语境》(载《东南学术》2001 年 3 期)中,阐述了这样一个观点:如果说,"现代性"的问题,在西方语境中,首先是一个时间性问题。那么,在我看来,中国的古老世界在遭遇"现代性"的时候,它首先遇到的则是一个空间性问题:一个从传统"天圆地方"的空间知觉方式到近代"天崩地裂"的空间知觉方式的急剧转变、动荡的历史过程,一个如何在新的空间知觉方式中进行自我认同与意义重建的问题。从空间知觉方式的变迁及其内在矛盾性的角度来思考中国近现代思想史的特征,这就成为我目前思考、研究鲁迅的一个基本的历史思想和理论视野。

一　边沿意识:一种生命存在的独特形态

在《影的告别》中,鲁迅写下了这样一段话:

> 然而,我终于彷徨于明暗之间,我不知道是黄昏还是黎明。我姑且举灰黑的手装作喝干一杯酒,我将在不知道时候的时候独自远行。
>
> 呜乎呜乎,倘若黄昏,黑夜自然会来沉没我,否则我要被白天消失,如果现是黎明。

在《颓败线的颤动》中,鲁迅塑造了这样一个形象:

> 她在深夜中尽走,一直走到无边的荒野;四面都是荒野,头上只有高天,并无一个虫鸟飞过。她赤身露体地,石像似的站在荒野的中央,于一刹那间照见过往的一切……她于是举两手尽量向天,

口唇间漏出人与兽的，非人间所有，所以无词的言语。

在《死火》中，鲁迅又讲述了这样一个梦境：

我梦见自己在冰山间奔驰。

……

但我忽然坠在冰谷中。

在《怎么写》一文中，鲁迅叙述了这样一种心情：

我靠了石栏远眺，听得自己的心音，四远还仿佛有无量悲哀，苦恼，零落，死灭，都杂入这寂静中，使它变成药酒，加色、加味、加香。这时我曾经想要写，但不能写，无从写。

这些不同篇章中的四段话，从表面上看，它们之间并不存在着必然的联系。但是，细细一读，就能发现，它们在空间的知觉方式上却有着惊人的一致性：即都选择了一个敏感而特殊的边沿性位置——“明暗之间”，“无边的荒野”，“冰山与深谷”以及“石栏边”——来展开自己的隐喻和想象。从空间位置来看，这四处位置都是处在一个尽头或者说一个极限上。从对这些边沿性位置的体验来看，这里潜在的意味是：一个危机与逆转的关口，一个选择与弃绝的关口，一个疏离与进入的关口，一个充实与空虚、沉默与开口的关口。如果我们把分析的视野再扩展开来，那么就会发现，对于人类心理体验来说，这样的关口往往是主体的心理活动最活跃，最复杂的时刻。对于人类的认知与思维来说，处于这样的关口，往往会形成某种特别敏锐的观察、感受方式，会形成某种极其特殊、深刻的思维方式。对于人类的艺术想象来说，处在这样的关口就有如在艺术家的想象通道口上架起一个多棱镜，人性的秘密和生活的形象在这里变幻不息。因此，这种因主体存在、体验或选择的空间边沿性而创造出来的边沿性心理，边沿性思维和边沿性想象，已经成为世界思想史和文学（艺术）史上一个值得探讨的现象。

回溯文化史，我们会发现，人类的边沿性思维、边沿性心理、边沿性想象，源远流长，早在“苏拉格底的对话”中就已经存在。比如，在柏拉图的《苏格拉底申辩论》中，审判和等待宣布死刑的场景，决定了苏格拉底语言的特殊性质,他是作为站在边沿上的人进行答询式的自白,还有《斐多篇》里关于心灵永生的交谈,以及交谈中人物外表的和内心的波折跌宕,都是由生命临终的场景直接决定了的。这一点,后来在《卢奇安对话集》中全面发展成了一种所谓的“地狱边的对话”。[①] 这种对边沿性心理,边沿性思维和边沿性想象的艺术表现到了近现代,更是得到众多作家的青睐。波特莱尔在《窗户》中就曾想象过这样一种边沿性图景:“从打开的窗户外面向室内观看的人,决不会像一个从关着的窗户外面观看的人能见到那么多的事物。没有任何东西比一扇被烛光照亮的窗户更深邃,更神秘、更丰富、更阴郁、更灿烂夺目。在阳光下所能见到的一切往往不及在窗玻璃后面发生的事情那样有趣。在这黑暗的或是光亮的洞穴里,生命在延长,生命在做梦,生命在受苦。”托尔斯泰就是一位描写这种边沿性心理,边沿性思维和边沿性想象的伟大作家。比如,在《战争与和平》中,托尔斯泰描写了安德烈受重伤(一种生命的边沿)时的心理过程:“高高的天空,虽然不明朗,却仍然是无限高远,天空中静静地飘浮着灰色的云。……‘多么安静,肃穆,多么庄严,完全不像我那样奔跑’,安德烈公爵想:‘不像我那样奔跑、呐喊、搏斗。完全不像法国兵和炮兵那样满脸带着愤怒和惊恐互相争夺扫帚,也完全不像那朵云彩在无限的高空中那样飘浮。为什么我以前没有见过这么高远的天空,一切都是空虚,一切都是欺骗。除了它之外什么都没有,什么都没有甚至连天空也没有,除了安静、肃静,什么也没有,谢谢上帝……’。”像如此这般的对一个人处于生命或情感边沿时的心理和思想的变化、流动的想象与描写,在托尔斯泰作品中比比皆是。

如果说,对于波特莱尔来说,这种边沿性位置给予他的是更丰富、更瑰丽的艺术想象力。那么,对于屠格涅夫来说,他在《门槛》这一边沿上发现了一个人做出选择,作出牺牲的艰难和勇气:“啊,你想跨进这门槛来作什么?你知道里面有什么东西在等着你?。”茨威格更是一个善于想象与创造边沿性的艺术世界的大作家。他在小说《象棋的故事》中,描写了一个律师 B 博士在纳粹集中营这样一个空间和生命都

① 参阅《巴赫金全集》第 6 卷,第 146 页,石家庄:河北教育出版社,1998。

处于边沿性的地方,是如何借助于一本棋谱,度过一段边沿性的精神生活。这部小说对那种人类处于边沿时的心理,描写得惊心动魄。他告诉人们:只有人类才可能不断忍受这种边沿感,也只有人类才可能借助自我的想象、智慧战胜这种边沿性所带来的空虚和焦虑。当然,在世界文学史和思想史上,集中体现这种边沿性思维、边沿性心理、边沿性想象,还有两个典型的例子。一个是陀思妥耶夫斯基,就在他临刑前(这是一个人的生命边沿),突然,又被宣布赦免死刑,这时他看到了教堂在晨曦中红光四射,好像为了天国的最后晚餐,神圣的朝霞染红了教堂外观。他望着教堂,突然有一种幸福的感觉,仿佛看到了在死的后面是神的生活。这是一种糅合着痛苦与甜美、危机与安详、希望与绝望的心情,一种渴望与寻找"神"的心情[①]。正如巴赫金研究发现的那样,这一切都深刻地影响了他的小说创作的思想与风格。只要我们看一看《罪与罚》中拉斯柯尼科夫在用斧头砍死一个放高利贷的老太婆之后的一系列心理危机,看一看《卡拉马佐夫兄弟》中伊凡与"魔鬼"(伊凡心中的另一个自我)的对话,就会知道,这是一个有着多么博大而深刻的边沿感的作家,这些都是世界文学史和思想史上最为激动人心的篇章。另一个就是卡夫卡,《变形记》中的格里高尔·萨姆沙,有一天起床后发现自己变成一只大甲虫(一种处于人性的边沿);《城堡》中那个测量员 K,无论怎样都无法进入城堡(一种精神想象的边沿);《审判》中的约瑟夫·K,一天早晨一个无形的法庭代表闯进他家,宣布他"被捕"了,后来又被莫名其妙地处死(一种生命危险的边沿);《地洞》中,一只小动物即使躲到地洞里,仍感到四周有敌人侵袭,终日心惊胆战(一种生活空间的边沿)。

从上面我们对世界文学史与思想史上边沿性心理、边沿性想象与边沿性思维的一个简要分析,可以见出,"边沿"这一空间知觉,内含着丰富而深刻的思想、精神、想象的内涵。当然,在另一方面,"边沿"这一概念,由于如此的常见和常用,就像一枚因使用过久而变得面目模糊的硬币一样。因此,我以为,有必要在这里对它的内涵从哲学与文化学

---

① 参阅茨威格著:《人类群星灿烂的时代》,北京:三联书店,1987。

等意义向度,做些简要的阐释。从哲学向度上看,边沿意识在纵轴上,它向上与超越性联系在一起,向下则与异化、荒诞等困境联结在一起;在横轴上,相对中心而言,边沿又是一种疏离,一种不信任,一种嘲讽和一种解构。从文化学向度上看,边沿意识体现的是一种独立的理性的精神和思想的存在方式。从艺术创作心理学来看,边沿意识又将带给一个作家以更自由和更具超越感的想象力。

让我们再一次回到鲁迅的精神世界。如果说,那个"靠了石栏远眺的人"是鲁迅的一种隐喻性自我形象的话,那么,当他站在这沉重的边沿上时,他究竟看到了什么?又想到了什么?这又怎样的深刻地影响了他的创作呢?这一切在世界文学史和思想史上又具有怎样的意义?每当我阅读鲁迅作品时,这种边沿性的体验和边沿性的空间感,一直攫住了我的心灵和想象。

在我看来,鲁迅的一生都处于这种边沿意识之中,更重要的是,他一生对这种边沿性都有着深切、敏锐的感受,有着一种独立、执着的坚守。——就这样,他以自己独特的人格和创作跃进了人类精神的深渊。

少年时代,家境的突然变故和急剧衰败,使得鲁迅过早地就感受到人世间的阴暗的一面。他在一篇回忆文章中,就谈到的一个细节:"我从一倍高的柜台外送上衣服或首饰去,在侮蔑里接了钱,再到一样高的柜台上给我久病的父亲去买药。"[①]——在写下这段话时,他人到中年,然而,他对那柜台的高度依然记得如此清晰,他对那"侮蔑"的眼光依然如此敏感,他对自己在柜台外(一种生活的边沿)的感受依然是如此的刻骨铭心,这一切,都让我震撼不已。他也曾感慨地说道:"有谁从小康人家而坠入困顿的么,我以为在这途路中,大概可以看见世人的真面目。"[②]多年之后,当有一次许广平在通信中,向他抱怨说亲戚的难缠时,他的回信却说:"尝尝也好,因为更可以知道所谓亲戚本家是怎么一回事,知道世事可以更加真切了,倘永是在同一境遇,不忽而穷,忽而

---

① 鲁迅:《呐喊·自序》。

② 同上。

又有点收入,看世事就不能有这么多变化。"[①]在广州时,有一次,当青年学生问他为什么憎恶旧社会时,他直截了当地回答道:"我小的时候,因为家境好,人们看我像王子一样,但是,一旦我家庭发生变故后,人们就把我看成叫花子都不如了,我感到这不是一个人住的社会,从那时起,我就恨这个社会。"[②]由于这些世态的炎凉、人性的阴暗所造成的创伤,在他心智还不成熟然而又特别敏感的少年时代就强加于了他,使得他一生都背负着这种疏离感,再也摆脱不掉,并深深地影响了他往后的思想判断和情感气质。[③] 所以,当他离开家乡,要进水师学堂,他却把这件事称为"仿佛是想走异路,逃异地,去寻求别样的人们"[④]。在离乡不久的家书中,他无比沉郁地表达了自己在旅次中特殊的"异乡人"的感受:"斜日将坠之时,暝色逼人,四顾满目非故乡之人,细聆荡耳皆异乡之语,一念及家乡万里,老亲弱弟必时时相语,谓今日当至某处矣,此时,真觉柔肠欲断,涕不可抑。"[⑤]如果说,到此为止,"异乡"感,边沿感,只是一种因环境的变迁而带来的生存的挫折感,只是一种少年人特别容易敏感到的心理创伤,只是在他的情感底色上刻下深浅不一的痕迹。那么,留学日本时期的《新生》的流产,使得他感到的则是自己的思想在时代的边沿性。他回忆说:"我感到未尝经验的无聊,是自此以后的事。我当初是不知其所以然的;后来想,凡有一人的主张,得了赞和,是促其前进的,得了反对,是促其奋斗的,独有叫喊于生人中,而生人并无反应,既非赞同,也无反对,如置身毫无边际的荒原,无可措手的了,这是怎样的悲哀呵,我于是以我所感到者为寂寞。"[⑥]值得指出的是,这时的"边沿性"已经不仅仅是一种渗透着寂寞、孤独和悲哀的感受,更重要的是,这种感受同时也渗透着作者对于整个时代的苦闷。《新生》的思想活动失败不久,母亲又递给了他一杯婚姻的苦酒,人生

① 鲁迅 1926 年 10 月 28 日致许广平信,见《两地书》。
② 薛绥之主编:《鲁迅生平史料汇编》第四辑,第 359 页,天津:天津人民出版社,1987。
③ 参阅王晓明:《鲁迅传》,上海:上海文艺出版社,1993。
④ 鲁迅:《呐喊·自序》。
⑤ 鲁迅:《集外集拾遗补编》,第 467 页。
⑥ 鲁迅:《呐喊·自序》。

的失败接踵而来,让我们来听听他当时痛苦的心灵吧:“我于是用了种种法,来麻醉自己的灵魂,使我沉入于国民中,使我回到古代去。”[①]这时的鲁迅,如此深切地感到自己就处于人生的边沿,他甚至刻了一方石章,曰“竢堂”,又给自己选了一个号,叫做“俟堂”。“竢”、“俟”都是“待死”的意思。如果一个人在人生的边沿上已经徘徊了这么久,并且,这种边沿感已经使他对自己都表示出一种弃绝的态度,那么,他又怎么会激昂、乐观呢?那么,他又怎么不会对所有的一切都投以深深的怀疑目光呢?[②] 这种心境就有如傅雷对伦勃朗画作的体验,四周是如此的阴暗,总让人感到有一股飘忽、阴冷的气息正紧紧地逼来,画面中央有那么一道光线摇曳着穿过,然而,那一点微弱的亮光更使人看到光亮之外黑暗的广大、浓重,更能让人想象到画面人物朦胧的表情中,正隐藏着无限的悲哀,仿佛人生的灯盏正渐渐地暗淡,尽管还没有到了最后的熄灭,但已经临近,哪怕只要一丝的风,就有熄灭的可能。[③]

“五四”的浪潮终于把迟疑的鲁迅卷了进去。但是,我们在鲁迅“五四”的呐喊声中,更多的是听到他的绝望之声和反抗这绝望的挣扎之音。且不说《野草》中那些颓败、枯寂的意象,那些无词的言语,那些弥漫于文本中的沉重、凄厉的气氛,那些让人感到奇兀、凄绝的想象方式。事实上,整个的二十年代,鲁迅都处于这种“彷徨于明与暗之间”的边沿意识之中。一九二五年,他对许广平说:“我所说的话,常与所想的不同,至于何以如此,则我已在《呐喊》的序上说过:不愿再将自己的思想,传染给别人。何以不愿,则因为我的思想太黑暗,而自己终不能确知是否正确之故。”[④]一九二六年十一月,他在《写在〈坟〉后面》中说道:“然而我至今终于不明白我一向是在做什么。比方做土工的罢,做着做着,而不明白是在筑台呢还在掘坑。所知道的是即使是筑台,也无非要将自己从那上面跌下来或者显示老死;倘是掘坑,那就当然不过

---

① 鲁迅:《呐喊·自序》。

② 参阅王晓明:《鲁迅传》,上海:上海文艺出版社,1993。

③ 参阅傅雷:《世界美术名作二十讲》,北京:三联书店,1985。

④ 鲁迅1925年5月30日致许广平信,见《两地书》。

是埋掉自己。”[1]这里的筑台、掘坑和跌死，都是一种边沿性的说法，都是对那种处于边沿上的危机感和疏离感、绝望感的隐喻。

一九二八年，鲁迅同许广平来到上海，开始了他生活和生命的新阶段。在接下来的思想和文艺斗争中，他俨然成为左翼阵营的精神领袖。但这一切都无法使他“竦身一摇”，摆脱开那种与他生命紧紧相连的边沿感，摆脱开那种总是用边沿性的眼光看待世界的思维方式，那种用边沿性的想象方式来揭穿社会假面的潜在冲动。一九三四年七月三十日，他在给日本朋友山本初枝的信中，就说道：“我有生以来，从未见过近来这样的黑暗，……非反抗不可。”[2]同年十二月十八日，他在给杨霁云的信中，自称是在敌人和“战友”的夹攻下“横站”[3]。一九三五年四月二十三日，他在给萧军、萧红的信中说道，“最令人寒心而且灰心的，是友军中的从背后来的暗箭，受伤之后，同一营垒中的快意的笑脸。”[4]四个月后，他又说道，“使我自己说，我大约也还是一个破落户，不过思想较新。”[5]到这里，他已把自己整个地放在中国知识分子的精神历史的“边沿”来加以看待和理解了。

从少年时代对自己的现实生活的边沿性的感知，到青年时代对自己生命的边沿性的感知，到中年时代对自己在时代思想中的边沿性的感知，再到晚年对自己在整个知识分子精神历史中的边沿性的感知，就是这样，鲁迅一步一步地把自己向边沿推进，同时又是不断地“加色，加味，加香”，使自己对这种边沿的认识无限深化和丰富；就是这样，他一步一个脚印地让自己立定在边沿的位置，同时，又不断地坚守着自己独立的品格。著名德语作家《荒原狼》的作者，赫尔曼·海塞曾说过这样的一段话：

> 每当某种联想使我获得“耶稣”的印象，或者耶稣这个词语鸣响于我的耳畔，映入我的眼帘时，我在最初的一个瞬间所看见的绝

---

① 鲁迅：《写在〈坟〉后面》。
② 鲁迅 1934 年 7 月 30 日致山本初枝信。
③ 鲁迅 1934 年 12 月 18 日致杨霁云信。
④ 鲁迅 1935 年 4 月 23 日致萧军、萧红信。
⑤ 鲁迅 1935 年 8 月 24 日致萧军信。

不是十字架上的耶稣,或者是沙漠中的耶稣,或者是显示奇迹的耶稣,或者是复活的耶稣。而是看见在西客马尼花园饮下最后一杯孤独之酒的耶稣,此刻,死亡和更高的新生的痛苦撕裂着他的灵魂,他以临终前那种动人心弦的,孩子般祈盼慰藉的神态环视着他的门徒,试图在绝望的孤独中寻得一丝温暖和人间亲情,一种美丽稍纵即逝的幻觉,然而他的门徒都在睡觉。就在痛苦无法忍受的时刻,他转身寻望这些志同道合的追随者,这些唯一追随他的门徒,他是如此的坦然,如此地充满人性,如此地忍受着痛苦,此刻,他比以往任何时候更接近他们。①

是的,就像那陀氏站在人生的边沿上,突然发现自己比任何时候都接近天国一样,就像伟大的基督,在此刻发现自己比任何时候更接于人性一样,尽管鲁迅一生都站在"边沿"上,然而,他比现代中国任何一个人都接近于他的民族,都深知他的民族的心灵,都憎恨那些灵魂不幸的老中国的儿女们,却又像他自己强调的那样,必须"像热烈地拥抱着所爱一样,更热情地拥抱着所憎——恰如赫尔库来斯的紧抱了巨人安太乌斯一样,因为要折断他的肋骨"②——他就是以这种独特的方式贴近和深吻着他脚下的大地,照拂着那些不幸的人们,正是在这一点上,鲁迅以反抗绝望的姿态走进了人类伟大人物的形象之列。

正因为他对边沿性有着如此强烈而深沉的体验,所以,鲁迅对中西方思想文化史上那些边沿性的人物,才会有着深沉的认同感,才会有着如此强大的思想穿透力,他在这些人物身上发现了别人所未能发现的思想内涵。这一点,从鲁迅对古籍与翻译作品的选择上,就看得很明显。在《域外小说集》中,鲁迅所译的安德烈夫的《谩》和《默》、迦尔洵的《四日》都充满着一种沉重、压抑的边沿感。他后来收录在《现代小说译丛》、《现代日本小说集》中的译作如《黯澹的烟霭里》、《幸福》、《三浦右卫门的最后》等,都是描写一种边沿性的人性与人生。在他译了《工人绥惠略夫》四年之后,在一次与许广平的通信中,他还这样评

① 参见《陀思妥耶夫斯基的上帝》,第44页,北京:社会科学文献出版社,1999。
② 鲁迅:《且介亭杂文二集·再论"文人相轻"》。

价小说中的主人公:“要救群众,而反被群众所迫害。终至成了单人,忿激之余,一转而仇视一切,无论对谁都开枪,自己也归于毁灭。”[1]可见,他对自己译笔下的人物的情感、思想、命运的边沿感有着多么深切的认同。又比如,鲁迅在《汉文学史纲要》的司马迁一节中,曾特意引述了司马迁《报任安书》中的一段话:

> ……所以隐忍苟活,函粪土之中而不辞者,恨私心有所不尽,鄙没世而文采不表于后也。古者富贵而名摩灭不可胜记,惟倜傥非常之人称焉。盖西伯拘而演《周易》;仲尼厄而作《春秋》;屈原放逐,乃赋《离骚》;左丘失明,厥有《国语》,孙子髌脚,《兵法》修列。……《诗》三百篇,大抵圣贤发愤之所为作也。此人皆意有所郁结,不得通其道,故述往事,思来者。及如左丘明无目,孙子断足,终不可用,退论书策,以舒其愤,思垂空文以自见。仆窃不逊,近自托于无能之辞,网罗天下放失旧闻,考之行事,稽其成败兴坏之理,凡百三十篇。亦欲以究天人之际,通古今之变,成一家之言。草创未就,适会此祸,惜其不成,是以就极刑而无愠色。仆诚已著此书,藏之名山,传之其人,通邑大都,则仆偿前辱之责,虽万被戮,岂有悔哉?然此可为智者道,难为俗人言也!……

司马迁在这段话中特别点出古之圣贤正是处于边沿状态(无论是肢体还是生命)而激发了他们伟大的作为,并且只有这种边沿性的状态,才能真正使他们获得一种可为“智者道,难为俗人言”的智慧。就在引述司马迁的这段论述之后,鲁迅对司马迁评论道:“恨为弄臣,寄心楮墨,感身世之戮辱,传畸人于千秋,虽背《春秋》之义,固不失为史家之绝唱,无韵之《离骚》矣。惟不拘于史法,不囿于字句,发于情,肆于心而为文……。”可以见出,鲁迅对司马迁的身世之感,以及司马迁的这种身世之感对创作的影响,有着多么深刻的认同和理解。值得注意的是,鲁迅在这里把《史记》与《离骚》联系在一起,而这两部书,可以说,都是作者的人生境遇处于边沿时凭心而言、不遵守矩度的逸响伟

① 鲁迅1925年5月30日致许广平信,见《两地书》。

辞。鲁迅就是如此敏锐地穿透了这种独特的创作心理秘密,就在这穿透之中,他照见了人类伟大的思想与艺术的创造本质。

那么,对鲁迅来说,其内在的这种边沿意识,带给他的是一种怎样的边沿性思维、边沿性心理和边沿性想象力呢?而这又对他的创作产生怎样的影响呢?

二　边沿意识与鲁迅的创作

我们可以做这样的一个设想:如果一个人置身于边沿性的空间位置上,那么,在他的视觉图景之中,万物都将被整合进如下一个统一的平面二度空间之内,将形成如下图所示的视觉结构:

注 1. O'是指边沿性的空间位置

2. A'O'B'是指第一层次的视野,在这一层次的视野中,事物呈现各自的多样性,联系性和比较性。

3. AO'B是指第二层次的视野,在这一层次的视野中,事物被成像化。

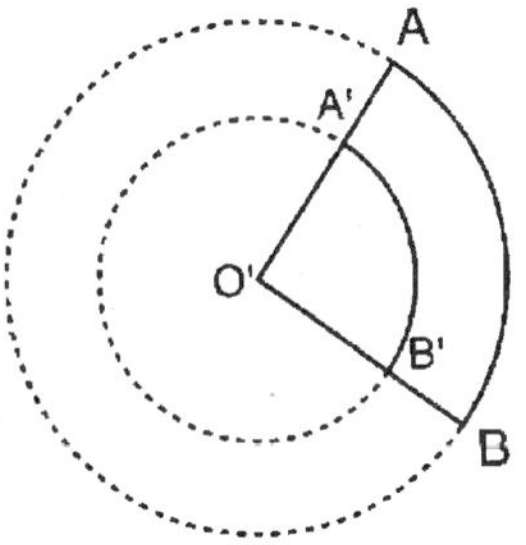

如图所示,在这样的一个平面二度空间内,事物之间原来中断的、模糊的、甚至不存在的联系性、比照性就被建立起来。也就是说,这些被主体视觉所整合进同一空间内的事物,它们各自的多样性特征及其相互之间的矛盾性,由于有了联系、对比,就显示出来。这就犹如在一个舞台上,虽然已有了许多道具、布景,但在剧情还没有开演之前,它们充其量只是一些物品或画有图案的幕布,但一旦灯光照亮,音乐响起,情节开始了,那么,这一切都仿佛一下子被赋予了生命和意义,就成为了剧情中一个有机的组成部分。我以为,这就是边沿意识带来的第一个思维特征:它使得主体获得了一种善于在同时共存和相互作用、联系之中观察一切事物的思维能力。① 如果,要对这一思维特征进行一个

① 参阅巴赫金:《拉伯雷的创作与中世纪和文艺复兴时期的民间文化》,见《巴赫金全集》第6卷,石家庄:河北教育出版社,1998。

形象化的概括，那么，它就如释典《楞严经》中所说的那样："道场中陈设，有八圆镜各安其方，又取八镜，覆悬虚空，与坛场所安之镜，方向相对，使其形影，重重相涉。"我以为，释典中所说的这种甲镜摄乙镜，而乙镜复摄甲镜之摄、交互映照的变动的、流转的方式，就很接近于边沿意识带来的对事物独特的观察、思维的方式，我称之为思维的"镜幻"化特征。我以为，这种镜幻化的思维方式、观察事物的方式，使得鲁迅对自己所面对的世界有着极其敏锐、极其深刻、极其丰富的感受力，极具陀思妥耶夫斯基式的思维方法，即"在别人只看到一种或千篇一律事物的地方，他却能看到众多而且丰富多彩的事物。别人只看到一种思想的地方，他却能发现，能感触到两种乃至多种思想，别人只看到一种品格的地方，他却能从中揭示出另一种相反品格的存在。一切看来平常的地方，然而在他的世界里变得复杂了，有了多种成分。在每一种声音里，他能听出两个相互争论的声音；在每一个表情里，他能看出消沉的神情，并且立刻准备变为另一种相反的表情；在每一个手势里，他同时能察觉到十足自信和疑虑不决；在每一个现象上，他能感知存在着深刻的双重性和多种含义"。[①] 这也就像他曾经用自己独特的话语方式所表达过的那样："自称盗贼的无须防，得其反倒是好人；自称正人君子的必须防，得其反则是盗贼。"[②]"我们所认为在崇拜偶像者，其中的有一部分其实并不然，他本人原不信偶像，不过将这来做傀儡罢了。和尚喝酒养婆娘，他最不信天堂地狱。巫师对人见鬼见神，但神鬼是怎样的东西，他自己的心里是明白的。"[③]当然，鲁迅的这种镜幻化的观察、思维才能尤其是在那些的长篇杂文中得到了淋漓尽致的发挥。

例如，《论照相之类》这篇杂文，作者开头是以回忆者的口吻，漫不经心地叙述了 S 城的人们关于洋鬼子挖眼睛、挖心肝的纷纷扰扰的传说。这样的传说，在西方文明进入到中国内地时，是经常能遇到的，它

---

① 参阅巴赫金：《拉伯雷的创作与中世纪和文艺复兴时期的民间文化》。

② 鲁迅：《而已集 · 小杂感》。

③ 鲁迅：《集外集拾遗 · 通信（复张孟闻）》。

常以扭曲、变形的方式糅合着当地迷信、传闻，捏造出一个个可惊可怖的传说来。鲁迅就是抓住这种传说“似是而非”、“以讹传讹”的特征，点出了传统社会在遭遇西方文化时，所表现出来的“迷信”与“恐惧”相混杂的社会心理。这些笔墨戏拟了乡下老太太的无知的口吻、思维方式和话语方式，就在这种充满滑稽感、荒诞不经而又相当口语化的话语方式中，暗含着作者批判的锋芒。接着，作者有意设置了这样的一个疑问：“然而洋鬼子是吃腌眼睛来代腌菜的么？”答曰：“是不然，据说是应用的。一，用于电线……二，用于照相。”这段看似平常的自问自答，当然都是作者戏拟S城人们出于自身的迷信心理而设想出来的，然而，为什么眼睛能用于照相呢？——作者顺着这一思路佯问道——原来是“因为我们只要和别人对立，他的瞳子里一定有我的一个小照相的”，这又是一种建立在乡下人经验上的推理。事实上，中国社会中的许多荒谬思想，就是建立在这样似是而非的推理之上，由此，作者的笔锋就深入到了对“国民性”中的思维方式的批判层面上来。接着，作者又从挖眼睛作为照相材料的情况转到照相形式有所谓的“二我图”、“求己图”等等，从这些照相形式上，作者点出了其中隐藏着可怕的“绘图伦理学”，那就是：“凡是人主，也容易变成奴隶，因为他一面既承认可做主人，一面就当然承认可做奴隶，所以威力一坠，就死心塌地，俯首帖耳于新主人之前了。”至此，鲁迅就从对一般性社会迷信心态的批判，推进了对深层次的文化心理结构的批判。在这逐层深化的解剖中，我们仿佛又听到鲁迅在年轻时所思索的问题的回声：为什么我们民族缺少“诚”与“爱”呢？——那是因为沦于异族的时间太久了。接着，作者又顺着关于照相的思路，联想到北京街头照相馆所常见梅兰芳的男扮女装相，最后点出这是由于中国人长期受到压抑而导致的文化心理的畸形变态和审美趣味的畸形变态。就是这样，作者看似漫不经心地把一些很常见的生活细节和生活现象整合在一起，让它们悄然之间发生了深刻的联系、对照，从而揭穿了隐藏在它们背后的心理特征。这些生活细节、生活现象，就如一面面小小的镜子，而作者就有如那一只“看不见的手”，慢慢地在调整、设置这些镜子的位置、角度，让它们能够相互映照，从而把潜伏在它们背后的“东西”都相互的“亮相”出来。这里，可以顺带提及的是，在中国传统的叙事中常有一个隐喻，那就是，翻过镜子的背后，却发现一个截然不同的形象或结局，这说明了在中国传统叙事智慧中，已经有了一种“翻”过一面看人生的双重思维方式。现在，再让我们来看看另一篇杂文《由中国女人的脚，推定中国人之非中庸，又由此推定孔夫子有胃病（“学匪”派考古学之一）》，这是鲁迅杂文中一篇独树一格的奇文。一九三三年，国民党当局提出要以“孔孟之道治国”，鼓吹“中庸之道”是“天下独一无二的真理”。鲁迅则以“考古学”形式，这是作者有意识地为自己设置了一个边沿性的观察点，以便于把历史与现实，真实与想象，逻辑与谬误都能纳入一个共时性的空间，让它们之间比照、冲突，从而进行揭露和嘲讽。这篇奇文的深刻意义，在于启示人们在现实观察中，对国民党当局的反动宣传，要“正面文章反面看”，要看透他们之所以鼓吹“中庸”正是由于他们“不中庸”。[①] 更重要的是，这里显示出鲁迅独特的镜幻化的思维方式。他往往不是简单的设置正—反或历史—现实这样双重的思维结构，而是充分调动了思维过程的正—反—正……，历史—现实—历史……这样多重反复，多重映照，多重折射的方式，从而让对象穷形尽相，让揭露和批判的笔锋深入到对象心灵皱折的每一个角落，每一道缝隙之中。

鲁迅在谈到自己的思想特点时，一再说道：“我看事情太仔细，一仔细，即多疑虑”[②]。“我的习性不大好，每不肯相信表面上的事情”，常有“疑心”。[③] 对于鲁迅这种“多疑”的思维方式，学术界有人借助于西方对爱因斯坦等自然科学家思维方式的概括，将其称之为“两面神思维”。“两面神”是指古罗马神话中的雅努斯（先是太阳神、后又成了门神），他有两副面孔：一幅看着过去，一副看着未来；一副年轻，另一幅年老。所谓“两面神思维”即是同时关注相反的两个方面，是一种“双向视角”。[④] 而我以为，用“镜幻化思维”也许更准确些，首先是因为这

---

① 参阅姚春树：《杂文大师鲁迅的杂文》，见《二十世纪中国杂文史》（上册），第273—306页，福州：福建教育出版社，1997。

② 鲁迅：见《两地书·八。》

③ 鲁迅：《两地书·十》。

④ 参阅钱理群：《名作重读》，第39—40页，上海：上海教育出版社，1996。

是鲁迅对事物的观察的一个基本范畴,他不是单一地关注于形成过程,而是把所有的材料包括历史与现实都放在同一个存在的空间内,加以戏剧性的对比,加以流转性的观照。其次,鲁迅擅长于让材料的内涵转化成一种形象化的存在,通过形象自身的映照、折射来表现意义。第三,鲁迅的思维方式最深刻、最敏锐之处,就在于他能够揭示出人与事物背后所潜藏的折折叠叠的心理状态,就如人们在秋阳下晒冬衣一样,藏了一个季节的衣裳,只要一抖,就不仅散发出阵阵的霉味,更是风尘仆仆……。

如果我们把人的思维也作为一个文本来看待的话,那么"镜幻化"指的是鲁迅的边沿性思维文本的内在结构方式,而我接下来要谈到的"镜像性",则是这个思维文本的"文体"形态。如果说,"镜幻化"是着眼于边沿性思维所整合成的视觉图景中的事物的联系性,对照性,矛盾性。那么,"镜像性"则是着眼于作家主体对这个视觉图像的完形、成像的能力。它是边沿性思维的第二层次,也是一个更具整体性的层次,正是在这一层次内,充分体现了鲁迅作为一个艺术家的天才。对此,鲁迅自己有一个很好的说明:"我的杂文,所写的常是一鼻,一嘴,一毛,但合起来,已几乎是或一形象的全体,不加什么也过得去的了。但画上一条尾巴,却见得更加完全。"①这种镜像性的思维力量,最典型的体现就是,在鲁迅的杂文中,创造出许多充满内涵和隐喻的形象和意象,如"落水狗"、"叭儿狗"、"细腰蜂"、"夏三虫"、"挂着铃铎的山羊"、"火神爷"、"丧家的资本家的乏走狗"、"二丑"、"西崽"等形象,以及如"黑色的大染缸"、"小摆设"、"变戏法"等意象。② 瞿秋白对鲁迅创造的杂文形象给予了很高评价,认为"简直可以当做普通名词""认做社会上的某种典型"。③ 这些杂文形象不仅赋予杂文论旨以形象的生命和魅力,他(它)们自身就包含着丰富的社会内容,耐人寻味。如,"黑色的染缸"和"变戏法"是鲁迅杂文中反复出现的意象。在《两地书(四)》

① 鲁迅:《准风月谈·后记》。

② 参阅姚春树:《杂文大师鲁迅的杂文》,见《二十世纪中国杂文史》(上册),第273—306页,福州:福建教育出版社,1997。

③ 瞿秋白:《〈鲁迅杂感选集〉序言》。

中，鲁迅说："中国大约太老了，社会上事无大小，都恶劣不堪，像一只黑色的染缸，无论加进什么新东西去，都变成漆黑。可是除了再想法子来改革之外，也再没有别的路。"在《花边文学·偶感》中又说："每一新制度，新学术，新名词，传入中国，便如落在黑色染缸，立刻乌黑一团，化为济私助焰之具，科学，亦不过其一而已。""此弊不去，中国是无药可救的。"这确是生动而精警的绝妙比喻。像"戏台小天地，天地大戏台""做戏"或"变戏法"这样一些在民间广泛流传，而又内涵丰富的意象，鲁迅的笔常常能"点石成金"，让它们在自己的笔下生发出无限的喻意来，从而，让自己的思想批判的火花穿越喧嚣的现实生活，在读者的心灵中熠熠闪亮。如在《马上支日记》、《做宣传与作戏》、《现代史》、《变戏法》和《朋友》等杂文中，鲁迅就借用了这些独特的意象，来批评中国的国民性，揭露"国粹家"、"做戏的虚无党"，国民党的"宣传"及其"戏子的统治"，这既生动形象，又含不尽之意，确实有着一种"四两拨千斤"的审美震撼力。[1] 除了运用这些喻意深远的形象或意象外，鲁迅还特别擅长给对象起"绰号"和画漫画，在这方面，他有独特的心得，就如他在《且介亭杂文二集》的《五论"文人相轻"——明术》中所论述的那样："果戈理夸俄国人之善于给别人起名号——或者也是自夸——说是名号一出，就是你跑到天涯海角，它也要跟着你走，怎么摆也摆不脱。这正如传神的写意画，并不细画须眉，并不写上名字，不过寥寥几笔，而神情毕肖，只要见过被画者的人，一看就知道是谁；夸张了这人的特长——不论优点或弱点，却更知道这是谁。……批评一个人，得到结论，加以简括的名称，虽只寥寥数字，却很要很明确的判断力和表现的才能的。必须切帖，这才和被批判者不相离，这才会跟了他跑到天涯海角。"在我看来，世界文学史上，只有不多的几个作家在这方面的才能，能够与鲁迅相比肩。我们在拉伯雷的《巨人传》中，能看到这种才能的光辉痕迹，但失之夸张。在海涅的政治讽刺诗中，也能看到这种才情如电光一闪，但又太刺眼眩目，我们当然更熟悉的是果戈理了，但又觉得

---

① 参阅姚春树：《杂文大师鲁迅的杂文》，见《二十世纪中国杂文史》（上册），第273—306页。

太滑稽了一些,失之隽永。鲁迅很赞赏“五四”时期钱玄同创造的“桐城谬种”和“选学妖孽”,认为只有他自己创造的“革命小贩”和“洋场恶少”相映成趣。其实除此之外,还有“捐班文人”、“粪帚文人”、“商定文豪”、“文坛鬼魅”等等,也都是“寥寥几笔”,就把对象“神情毕肖”勾画出来,让他逃到“天涯海角”也甩不掉的。鲁迅常说自己喜欢“以小见大”,“借一斑而略窥全豹”,所以,在他的笔下,对象虽然只是一个小动作,一个眼神,一个表情,但已能让读者会心一笑或灵机一动或恍然大悟。鲁迅很重视对人物动作的描摹,他有时刻画某一类人物的某一动作,就能揭露某一类人的精神状态及其本质。比如,在《中国文坛上的鬼魅》中,鲁迅写到在第一次大革命失败后,国民党反动派进行血腥大屠杀,许多革命青年被送上绞刑架,而文学上的所谓“第三种人”中的某些人,则“拉”着那些脖子上套着绞索的青年的脚,仅这一动作就把“第三种人”的帮凶面目揭露无遗了。而像《推》、《踢》、《爬和撞》、《推的余谈》、《冲》等,则更是以集中夸张的方式,突出某一类人物的语言,有时是原话,有时是改造的,有时则是虚拟的。当年陈西滢鄙视中国人,说什么:“这样的中国人,呸!”鲁迅把这句话稍加分析之后,反唇相讥:“这样的中国人,呸! 呸!!!”他的笔就如同古希腊神话中的那个法力无边的神,只看上一眼,对象就会变成石头。是的,在鲁迅的笔下,这些形象,只要被他描上一笔,哪怕是轻轻的一笔,对象就整体性地被成了像。就像一块石头,不,更像一个雕塑,让人感觉到它有形状,有色彩;触摸起来有质地,有棱角,虽然表面上是如此的凹凸不平,粗糙不一,但又栩栩如生,神情毕肖。因此,从某种意义上说,鲁迅不仅是一个历史和人性的伟大的摄影家,更是一个伟大的雕塑家。

站在地平线尽头的人,总会感觉到在极目远眺处,天空与大地是黏合在一起的;站在悬崖边的人,也会觉得天空与深渊是处于同一个垂直面上。这种独特的视觉误差,正是由于置身于空间边沿上所带来的一个特殊的视觉图景。在这里,上与下、远与近的距离都缩短了,融合了。在这样的一个视觉图景中,主体的想象力对外界就有了一种强大的“翻转”能力和超越能力,也就是说,世界在他的眼中,不仅变成了直观的对象了,变成了一个“它者”,更重要的是,他还能把它转过来。想象一下，当你站在无边的大地尽头时，你会觉得，过往一切的纷争、名利都是可笑的，都不存在了。当你站在悬崖边时，你会觉得一切现实的苦难都不再可怕了，因为只要轻轻一跃，一切都将随风飘散。无论是处于这其中的哪一种位置上，你都会有一种抒情的冲动。所以，你会发现，在中外文学史上，天际尽头和悬崖边，这两种空间位置都是抒情诗人最喜欢选择的诗学地形。这是因为就在这边沿的瞬间，他感到了一种超越的自由。我以为，边沿意识在鲁迅创作的抒情方式上也留下了深深的印痕。这首先是形成了一种反讽式的抒情。所谓反讽，如果从一般性的技巧层面来理解，就是："表面上贬低而实际上提高读者对某一事物的评价，或表面上提高而实际上贬低读者对某一事物的评价。"[①]美国学者韩南在《鲁迅小说的技巧》中，就是从技巧的层面对鲁迅小说中的反讽（在文中被译成反语）做了精彩的分析。但我以为，反讽在鲁迅的创作中并非仅仅是一种技巧，而更重要的是，它一方面体现了作为"它者"的世界如何被主体所感知，叙述和表现，另一方面，主体通过在价值立场上有意识地设置误差、误读，显示出他在心理和智慧上对"它者"世界的超越。因此说，反讽更主要是一种特殊的感受、体验和抒情的方式。这正如巴赫金在分析陀思妥耶夫斯基的小说时所概括的那样，其具体内涵是：（一）它是同一切道貌岸然的东西相敌对的；同一切自居为正统性，真理性的东西相敌对的，它充满着讽刺和批判的热情；它充满着一种对占统治地位的真理和权力的解构意识。（二）在表现形式上，它体现出一种"逆向"、"反向"的逻辑方式。（三）在艺术创造中，它有助于主体发挥虚构的自由，为作家艺术想象力的腾飞创造条件，帮助作家摆脱各种狭隘正统的审美观点的束缚，为作家用新的审美眼光观察，体会一切现存事物的相对性，并用独特的艺术形象和审美形式表现出来创造条件。（四）值得注意的是"反讽"并非单纯的否定性和单义性的，必须看到"反讽"这种特殊的抒情方式所具有的整体性、辩证性的特征。即它是保持肯定的东西于否定之中，保持前提的内容

① 韩南：《鲁迅小说的技巧》，见《国外鲁迅研究》，北京：北京大学出版社，1981。

于结果之中。[①] 我以为,如果不了解“反讽”的这些特征,那就无法发现鲁迅小说内在的丰富性。比如《狂人日记》就是一个充满多重反讽的文本,我以为,这是一个很值得分析的文本。作者创作的本意是要暴露礼教和家族制度的黑暗,然而选取的主人公却是一个“狂人”,把一个伟大的时代主题,落在一个“失常”的人物身上,这里面就构成了第一重的反讽关系。即在正统的、规范的意识中被认定反常的“狂人”,反而是一个最具有深度和敏感的思想批判者。在“狂人”最疯狂的“发病”的心理时刻,他却恰恰表现出对社会最为清醒、敏锐的分析和批判,这就构成了第二重反讽关系。当“狂人”要劝他的兄弟改变过去“吃人”的状况时,他却发现自己曾经也吃过人,这就构成第三重反讽关系。第四重的反讽关系则是体现在整个文本的结构形态上,即文言的“小序”与“白话”正文。我以为,这几重反讽把在一个有着漫长封建历史的社会中的人的觉醒与反抗的艰难性、矛盾性,曲折而又丰富地揭示出来。也正是借助于这种多重的反讽关系,鲁迅把一个先觉者的痛苦与寂寞,悲观与失望,反抗与忏悔,都表达了出来。我以为《狂人日记》不仅是鲁迅,而且是中国现代文学中一部最伟大的抒情小说,因为它把一个先觉者最痛苦的情绪抒写出来了,它把我们民族蓄蕴已久的悲愤表现出来了。我以为,正是有了这种借助反讽而获得的抒情,使得鲁迅那因长久的寂寞、孤独而不堪重负的心灵,得到了暂时的纾解和康复。如果没有创作《狂人日记》,我以为,鲁迅接下来的小说创作是不可理解的。请读一读接着而来的《孔乙己》,你就会发现,这其中即使有痛苦,有悲愤,然而,平静得多了,有如一道清凉而又有点寒意的河水漫过浅滩,这种情感在文体间如此悠悠地流着。而对于《狂人日记》来说,那其中的情感就有如那奔腾而来的激流,不断地汇聚在一个狭窄河道的出口。这情感之中不仅有个人的命运感,更有着整个民族的命运感,就有如激流中有泥沙、有砾石,它必须得到疏导。听!那浪声有如万马齐鸣;看!那水势正千钧一发。然而,一旦瞬间开闸放流,那么,这种蓄积已久的强大的势能所转化成的动能,极其可能把堤坝冲毁,所

① 参阅巴赫金:《拉伯雷的创作与中世纪和文艺复兴时期的民间文化》。

以,它需要借助于涵洞、导流明渠等多重渠道的泄洪。犹如这多重的反讽,一方面,最有效地纾解了情感的洪峰,另一方面,又不会导致自我崩毁。我以为《狂人日记》对整个中国现代文学创作心理的影响,是不可低估的。它有如女性分娩时,那阵阵撕心裂肺的痛苦声,在这阵痛之后,产妇则陷入了一种母性的宁静的成熟感之中。《狂人日记》达到了我们民族的一个心理的极限,一个体验的极限,而一个民族终于有一个人敢正视、承担这种极限,这就预示这个民族是清醒的,是有救的。可以说,这是中国二十世纪文学中一个相当典型的现象。

在某种意义上《狂人日记》可以说是鲁迅小说中抒情的反讽性最为曲折、复杂,也最具有深度和文学史意义的艺术表现。所以,我以为,如果我们循着这样的思路,那么,对鲁迅其他小说的反讽分析,也就相对容易些。

与反讽相联系的鲁迅创作中的另外一种独特的抒情方式,那就是理趣化。"理趣"一词,早见于释典,如《成唯识论》卷四论"第八识":"证此识有理趣无边,恐有繁文,略述纲要。"又卷五论"第七识":"证有此识,理趣甚多。"最早把它转用到文艺批评上的是沈德潜:"盖'理趣'之旨,初以针砭僧诗,本曰'禅趣',后遂充类旁通,泛指说理。"清代史震林在《华阳散稿·自序》中说道:"诗文之道有四,理、事、情、景而已,理有理趣,事有事趣,情有情趣,景有景趣;趣者,生气与灵机也。"[①]在鲁迅研究中较早把"理趣"与鲁迅的创作联系在一起是朱自清先生。朱自清先生在《鲁迅先生的杂感》中说道:"鲁迅先生的《随感录》……还有一些'杂感',在笔者也是'百读不厌'的,这里吸引我的,一方面固然也是幽默,一方面却还有别的,就是那传统的称为'理趣',现在我们可以说是'理智的结晶'的,而这也就是诗。"[②]这里,值得注意的是,朱先生已经看到了鲁迅杂文创作中的"理趣"是一种智慧形态与抒情形态相结合的结晶体。因此,我以为,从更根本上说,理趣是一种主体与世界之间所建立起来的超越性的新型的关系。即主体在理趣性的抒情

① 转引自钱锺书:《管锥篇》第3册,第1145页,北京:中华书局,1986。

② 朱自清:《鲁迅先生的杂感》。

方式中,无论在心理还是在智慧上都高出了他的世界。贺拉斯曾说"含笑说真理,又有何妨呢?"。在西方也有一个谚语,"为了对抗世界和命运的嘲弄,世界上还有什么比笑更强大的手段！面对这幅讽刺的假面,最强大的敌人也会感到恐惧"。历史学家米什莱在评价拉伯雷时就说过:"一个时代的天才及其先知般的力量,通过这种打趣逗乐的折射,得到淋漓尽致的展示。"[①]在这样的一个理趣化的主体抒情图景里,一切貌似神圣、权威和正统的事物都被脱冕了;一方面,小丑们在做着"末日"前最后的尽情地欢舞。另一方面,笑声代替了阴郁在四处激荡,让善良的人听出希望的预言,让真理破土而出,让罪恶匿迹遁形。[②]因此,可以说"理趣"作为一种主体对"它者"世界的叙述、表现、感知的方式,是有其世界观深度的。这正如马克思说过的,所有这些旧权力和旧真理的代表者,都不过是"真正的主角已经死去的那种世界制度的丑角。"十九世纪末到二十世纪的中国社会就像任何转型时期社会一样,充满着扮演丑角的旧权力和旧真理的代表者。鲁迅曾得出一个"作戏的虚无党"的概念:"中国的一些人,至少是上等人,他们的对于神,宗教,传统的权威……是什么也不信从的,但总要摆出和内心两样的架子来……,虽然这么想,却是那么说,在后台这么做,到前台又那么做……。将这种特别人物,另称为'做戏的虚无党'。"[③]事实上,中国现代史就是一幅"变戏法"。那一批又一批"你方唱罢我登场"的人物,多是这种"做戏的虚无党"。而要看清这一面目,就需要有一种站在戏场外的视野,即一种边沿性的视点,就需要有一种超越性的眼光。安徒生童话中那个在窗口俯视街上游行队伍,然后脱口而出"皇帝没有穿衣服"的孩子,正是人类智慧与真理的象征。因此,从某种意义上说,鲁迅的"理趣"是一种参悟了历史秘密和人生真理的智者和战斗者的笑,是现代中国人所达到的智慧高度的标志。这一切在他那数量众多的杂文中,都有一种酣畅淋漓的表现。所以,他的杂文既是一部保存现代社

---

① 参阅巴赫金:《拉伯雷的创作与中世纪和文艺复兴时期的民间文化》。
② 同上。
③ 鲁迅:《华盖集续编 · 马上支日记》。

会无穷无尽的众生相的现实史诗,也是一部主体不断批判、战斗的心灵史诗,更是一部不断发现真理和创造智慧的思想史诗。

叙事从根本意义上说,是一种人类对自我经验的“书写”。按照现代叙事学理论,叙事形式、结构是与人类如何来感知、整理和表现世界这样的一整套“语法”、“句法”相对应的。因此,我们从鲁迅小说的叙事形式来看,这种边沿意识所带来的潜在影响也是很深刻的。在我的阅读中,曾经有两个叙事特征,引起了我的注意:一是,鲁迅小说在叙事结构上经常呈现出“闭—开—合—冲”这种“折扇”式结构。也就是说,鲁迅往往是在小说一开始就点出了一个终局,接着,展开情节的叙述,然后又回到终局,最后又以一种不肯定的、迟疑的或挣扎的方式,冲宕开原有叙事的闭合性。我以为,《狂人日记》、《故乡》、《祝福》、《在酒楼上》、《孤独者》、《伤逝》,这些小说文本都比较明显地体现了这种结构特征。比如,《孤独者》一开头就是一句“:我和魏连殳相识一场,回想起来倒也别致,竟是以送殓始,以送殓终。”接着,作者叙述“我”与魏连殳的交往过程,然后,又回到“我”给魏连殳送殓这一终局来,最后,作者以这样的一段话结尾:“我快步走着,仿佛要从一种沉重的东西中冲出,但是不能够。耳朵中有什么挣扎着,久之,久之,终于挣扎出来了,隐约像是长嗥,像一匹受伤的狼,当深夜在旷野中嗥叫,惨伤里夹杂着愤怒和悲哀。我的心地就轻松起来,坦然地在潮湿的石路上走,月光底下。”比如,《在酒楼上》先是叙述“我”在酒楼上与吕纬甫的相遇,接着,是吕纬甫叙述自己这几年来的经历,然后,又回到我与吕纬甫在酒楼分别,结尾的一段与《孤独者》很相似:“我独自向着自己的旅馆走,寒风和雪片扑在脸上,倒觉得很爽快。见天色已是黄昏,和屋宇和街道都织在密雪的纯白而不定的罗网里。”《伤逝》也是这样的:一开头,就是一句:“如果我能够,我要写下我的悔恨和悲哀,为子君,为自己。”这样的话语应该是事情已经结束,又不可挽回时说的,但是,小说结构却突兀而起。接着,作者叙述自己一年来与子君从恋爱到同居再到分离。最后,又是一段话:“我要向着新的生路跨进第一步去,我要将真实深深地藏在心的创伤中,默默地前行,用遗忘和说谎做我的前导……”。在鲁迅小说中,相近的叙事结构还能找到不少,这里就不再一一例举。

但是，这里要追问的是，这种“折扇”式的叙事结构具有怎样的意义呢？我以为，这首先是鲁迅小说内在的一种叙事策略，他把一个人物的精神和心理变化放在一面扇形的结构之中，其目的不是要展示这种精神和心理形成或发展的过程性，而是力图更丰富，更多样地展现造成这种心理和精神变化的社会、历史、文化的诸多因素，及其主人公与它们之间内在矛盾性、联系性。这既是由鲁迅创作的时代语境所决定的，因为在那个转型时代，对于一个主体来说，首先面临的是多重社会关系和社会矛盾对他精神的牵制。这又是由鲁迅的边沿意识所决定的，因为，边沿意识使得鲁迅获得一种在同时共存和相互作用的空间性的观察范畴中思考表现问题的能力。其次，在小说叙述结构中，那临近结尾的一“合”，就如那打开的折扇最后“刷刷”地合上，成了一个多层次的立体。这对于小说文本来说，则构成了一个独立的世界，它的人物就生活在其中。文学史上，只有极少数的作家，可以说创造了自己的世界。然而，特别值得指出的是，鲁迅小说叙事结构的最后，总存在突如其来的对原有闭合叙事结构的冲宕。我以为，这种冲宕，一方面赋予小说叙事以更强烈的动态感，叙述的流程由此而转了个弯，但不知又流向何方……。另一方面，这一冲宕也是作者主体精神意识的闪光，正是由于边沿性的位置，为作家主体创造了一个可以面对面直观的“它者”世界。如果说，小说前面的闭合型叙事是对这一“它者”世界的再现和再叙述。那么，这最后的冲宕一笔是主体对“它者”世界的一种“照亮”。就在这一瞬间，他仿佛看见了自己的命运，看见了自己的过去与未来，也看见了自己的突围希望。

在鲁迅小说中“叙事人”的问题，也引起我很大兴趣，在鲁迅小说中，叙事人，无论是第一人称“我”的叙述，还是第三人称的他者叙述，“叙事人”常常表现出一种迟疑，困惑，犹豫不决的特征，比如《孔乙己》中的“我”，《祝福》中的“我”，《伤逝》中的“我”等等，这些“叙事人”看起来在他们的生活世界中都有些不自在、有些别扭。这其中的独特意味，已经引起研究者的兴趣。这里，我想从边沿性意识的角度来做一些分析：由于作家的边沿意识，他就获得了一种相对于他的世界的外位性。所谓的外位性，就是指作者极力处于他所创造世界的外在位置，包括空间上的，时间上的，价值上的以及涵义上的。[①] 这样，借助于这种外位性，一方面，作者能够通过叙事人的视点，来描绘主人公的外表、形象，身后背景。虽然，作者自觉地身处在主人公的生活天地之外，但又能够自由地创造主人公的合理性的生活情节。另一方面，这种外位性，从更高的一层上看，作者又在叙事人之外创造了第二重视野，即叙述人本身又成了作者观察的对象，作者可以与他展开对话、交往，或质疑他的价值立场或支持他。这样就使得叙事人处在了主人公与作者之间的尴尬位置，处于了一种不得不与作者的价值立场进行对话的过程性位置。叙述人的迟疑、困惑，反映了作家自身的思想与价值的对话性。叙事人不是作者的替身，他有自己的立场、视点，但他又不是与作者毫无联系的，而是积极地参与作者主体世界和价值立场的建构，这样，叙事人可能就获得一种反观作者的第三重视野。正是这种多重性、流动性的视野，带给鲁迅小说叙事人的复杂内涵。我以为，正是这种作者的边沿意识和由此而形成的在叙事中的外位性，丰富了鲁迅小说中的叙事人的内涵和意义。[②]

三　从“边沿”看“中间”：一种观察角度的变换

直接从时间和空间的知觉形式这一维度，来切入鲁迅思想和创作研究，尽管目前学术界有关这方面的成果并不多，但我以为，这将是一个新的研究生长点。事实上，为学术界所重视的“历史中间物”意识这一概念，就“暗合”着时间知觉这一维度。这一概念一提出，就表现出强劲的阐释功能。但同时，也遭到不少的质疑和挑战。因此，如何在反思这一概念的基础上，建构起一个空间—时间的分析模式，是我接下去所要做的理论工作中，一个比较重要的思维关注点。应该说，最早提出鲁迅的“历史中间物”意识的研究者，是钱理群先生。钱先生是在历史—自我的关系框架内，阐述了这一概念的内涵：“无论是 20 世纪古

① 《巴赫金全集》第 1 卷，第 108 页，石家庄：河北教育出版社，1998。
② 同上。

老中国向现代中国(过渡)的历史纵坐标上，还是在由国别文化的封闭体系向世界文化开放体系过度的历史横坐标上，鲁迅都处于'历史中间物'的位置”。[1] 后来，汪晖先生则进一步地深化，丰富和发展了这一概念的内涵，并以此作为他的鲁迅研究的重要的理论基石。他曾在《无地彷徨·自序》中这样说道：

> 《历史的“中间物”与鲁迅小说的精神特征》一文，试图在鲁迅小说世界的复杂的精神特征与鲁迅内心世界之间找到关联的纽带。从方法上说，我的意图在于把理解鲁迅小说的重心从客体方面转到主体方面，从而展现作品的心理内容。但这篇文章的主要贡献却是提出了“中间物”意识这一概念，并用以解释鲁迅对世界的感知方式……，在我看来，“中间物”这一概念标示的不仅是鲁迅个人所处的历史位置，而且是一种深刻的自我意识，一种把握世界的具体感受世界观。[2]

汪晖先生的这一创造性的成果，为中国鲁迅研究开辟了一个全新的境界。[3] 但是，必须指出的是，由于这一研究框架是建立在时间——历史性这样纵向轴上。所以，它较多地讨论的是鲁迅与传统文化内在的矛盾性，鲁迅自身道德感的矛盾性与悖论性。

就像“洞见”就在“不见”之旁一样，我以为，这套阐释概念，还有许多值得质疑与反思的地方。

(一)汪晖先生对“历史中间物”这一概念的阐释，并没有具体复杂地提示出鲁迅对传统的时间知觉方式突破的本体性意义。而我以为，正是这一内在本体性与“边沿意识”，才真正体现了鲁迅作为一个现代思想家的“现代性”。传统的时间知觉强调的是一种持续性和延绵性。这种时间知觉，最具象化的自然是《论语》中的那句话：“子在川上曰：'逝者如斯夫！不舍昼夜！'”在这种永恒流逝的时间知觉之中，中国人又常常渗入了自己种种的生命体验。陆机在《叹逝赋》中就感概道：

---

① 钱理群：《心灵的探寻》，第16页，上海：上海文艺出版社，1988。

② 汪晖：《无地彷徨》，第7页，杭州：浙江文艺出版社，1994。

③ 王富仁：《中国鲁迅研究的历史与现状》，第212页，杭州：浙江人民出版社，1999。

“川阅水以成川，水滔滔而日度，世阅人而为世，人冉冉而行暮。人何世而弗新，世何人之能故”。诗人张九龄在《登荆州城望江》中，更是把这种感情抒发得悲怆万分：“滔滔大江水，天地相终始，经阅几世人，复叹谁家子。”当然，我们更熟悉的当数苏东坡《前赤壁赋》中那段含义隽永，玄机四伏的对话。

> 客曰：……“固一世之雄也，而今安在哉！况吾与子渔樵于江渚之上，侣鱼虾而友麋鹿，驾一叶之扁舟，举匏樽以相属。寄蜉游于天地，渺沧海之一粟。哀吾之须臾，羡长江之无穷。挟飞仙以遨游，抱明月而长终。知不可乎骤得，托遗响于悲风。”
>
> 苏子曰：“客亦知夫水与月乎？逝者如斯，而未尝往也；盈虚者如彼，而卒莫消长也。盖将自其变者而观之，则天地曾不能以一瞬；自其不变者而观之，则物与我皆无尽也。而又何羡乎！……”

时间如流水，这是中国传统时间知觉的一个典型的意象。在这种传统的时间知觉中，时间具有强大的消融性，个体在时间面前，常常萌生无常感、空虚感。这正如王勃在《滕王阁序》中所说的：“天高地迥，觉宇宙之无穷；兴尽悲来，识盈虚之有数。”也就是说，在传统的时间知觉中，个体常常是被时间之流侵蚀着，被时间之流裹挟着，而没有自己的位置。然在，在我看来，鲁迅意识到自己是“中间物”，从根本上说，就突破了这种传统时间知觉的对主体的消融性，从而为主体的存在找到“位置”，并由此展开了对历史的否定、反思的力量和角度。更进一步说，“中间物”意识，由于在时间知觉的框架内确立和突出了主体存在的清醒而明确的“位置”意识，所以，传统时间进程的特征，在这里，就变得完全不可能是弥合无间的，永恒流逝的。主体在意识到他的“位置”的那一瞬间，他就创造了自我的形象，就创造了反思过去，前瞻未来的能力，就获得了对于短暂的自我生命的突围。这就有如帕斯卡曾说过的：“人不过是一株芦苇，自然界中最脆弱的东西，可是，他是会思想的芦苇，要压倒他，世界万物不需要武装起来，一缕水汽，一滴水，就能致人于死，可是，即使世界万物将人压倒了，人还是比压倒他的世界万物高出一等，因为他知道他会死，知道世界万物在哪些地方胜过他。世界万物却一无所知。”[①]同样，当主体一经意识到自己是一个无穷链条上的一个环节时，实际上，他就让这一个环节握在了自己的手中，他就让时间不能像过去那样不留痕地过去，于是，他就以瞬间超越了永恒的流逝。所以，我以为，“历史中间物”意识，并非单一指示着鲁迅主体精神结构与传统的内在的深刻联系，更重要的是，它标志着一种超越性。也就是说，在其“此在”的瞬间，他能够回忆，反思，前瞻和观照，而就是这样，他同时获得了一种对时间的超越。我以为，如果我们看不到“历史中间物”意识这一概念中所内在的超越性力量的话，那么，我们就不能说是全面、深刻地理解和阐释了鲁迅的这一概念的内在丰富性。

（二）我以为，“中间物”意识除了包含着自我——历史这一个纵向的时间轴，还内含着自我——社会这样一个横向的空间轴。汪晖先生曾借用了汤因比的一段话：“这一个联络官阶级具有杂交品种的天生不幸，因为他们天生就是不属于他的父母的任何一方面，”“他们不但是‘在’而不‘属于’一个社会，而是还‘在’而‘不属于’两个社会。”接着，他论述道：“鲁迅不幸正隶属于这‘联络官阶级’，而更其不幸的是，鲁迅虽然‘不属于’其中任何一种文明或社会，无论是传统中国还是现代西方，他恰恰又无法摆脱与这两者之间的内在关联。因此，他反传统，又在传统之中；他既倡导西方的价值，又对西方的野心保持警惕。”[②]由于坚持在纵向的时间轴上思考问题，所以，汪晖先生在揭示鲁迅精神的悖论性时候，却恰恰没有看到，这种“在”而“不属于”两个社会的主体存在方式，事实上，是一种空间上的“边沿性”。我以为，这种空间的边沿性带来的不仅仅是一种把过去的社会——文化——政治秩序视为一个整体并予以否定的“整体观”的思维模式，更主要的是一种把崇高“抹平”化，把神圣俯就化，使中心的界限与距离不再存在的解构性的思维方式。对于立在边沿的主体来说，世界就如一个虚拟的广场，时间在这里加冕、脱冕，神圣性在这里被戴上假面，崇高却由小丑来

---

① 帕斯卡：《思想录》，何兆武等译，北京：商务印书馆，1997。
② 汪晖：《反抗绝望》，上海：上海人民出版社，1991。

扮演。[1] 在这里，整个中国现代社会和历史就成了一个交替与变更、死亡与新生的狂欢节。

（三）汪晖先生在“历史中间物”意识的概念中，虽然揭示了鲁迅精神结构中反抗绝望的伟大的悲剧感，但是正像“不幸的家庭各有各的不幸”一样，这种悲剧感也有着它极其不同的内涵，而这一点恰恰为汪晖先生所忽视。我以为，如果说，这种立足于边沿的意识也同样具有一种与强烈自我否定与自我反观的相伴随的悲剧感的话。那么，在我看来，这种悲剧感，更接近于加缪笔下的西西弗的悲剧感：风尘仆仆的西西弗受诸神的惩罚把巨石推上山顶，而石头由于自身的重量，重新又滚下山去，西西弗只好重新下山，再一次地推上石头，如此无限反复。诸神以为没有什么比这更让西西弗痛苦了，但是，西西弗却坚定地走向那无穷无尽的苦难的山底与山顶的往返途程，他意识到了自己每一次劳作的悲剧，他意识到了自己劳作方式的荒谬。然而，他接受了命运所加于他的痛苦与荒谬。正是他意识到了这种荒谬，同时，他就成为自己的主人。“他超出了他自己的命运，他比他搬动的巨石还要坚硬。”“应该认为，西西弗是幸福的。”[2]我以为，正是由于边沿性的位置，使得鲁迅整个地照见了世界，正如纪德所说的“流动的水不是一面好镜子，只有它停下来，才能照见自己”一样，他在对象世界中也照见了自己，并因此而获得心灵的超越与审美的宁静。

（四）虽然“中间物”意识这一概念，由于过分地强调一种“悲观主义”的认识观，使得它对鲁迅的某一种文本如《野草》具有很强大的阐释力，但是，它又失去了对更多文本阐释的功能。在我看来，鲁迅的所有文本（包括小说、杂文、散文和翻译、古籍整理）都是他心灵的产物，应该把它们作为一种整体性的思想存在和审美存在来看，这正像我们在上面所分析的那样，如果从边沿意识的角度切入，也许就能获得一种整体性把握和探讨。

由于边沿意识，使得主体自觉地独立于时代思想、文化空间，所以，

---

① 参阅巴赫金：《拉伯雷的创作与中世纪和文艺复兴时期的民间文化》。
② 加缪：《西西弗神话》，杜小真译，北京：三联书店，1998。

这就使鲁迅能够获得一种对现代文化的同时性批判的敏感性和深刻性。以中国现代思想文化状况来看,真正构成了对现代文化自身深刻的批判、反思力量,并不是那些处于主流思想的人物,而是那些处于主流思想的边沿性人物,如王国维、陈寅恪等人,而鲁迅正是其中一位典范。我以为,边沿意识所内在的对现代文化的同时性批判、反思的理论意义,在研究界还没有引起足够的关注。关于这一问题,将牵涉到一个更大的思想史的叙述架构,因此是另一个研究课题的内容了,那么,本文就暂时到此结束吧。

编后记

今年十一月，我们的导师——北京大学哲学社会科学资深教授严家炎先生将迎来八十华诞。钱理群、吴福辉两位学长首先倡议：曾经受教于严先生的研究生，应该编辑一本书来庆贺这个喜庆的日子，而对于像严先生这样"为学术而生存"的学者，学生们采用学术的方式为其庆贺八十华诞，应当是最好的方式，因而建议每位曾经受教于严先生的研究生自选一篇中国现代文学研究方面的论文，汇编成书，献给严先生。对这个倡议，同门诸子，热情响应，并委托高远东、解志熙、李今、方锡德四人就近组成编辑小组，具体负责联络、征集和编辑工作。这就是这本论文集的由来。此集既是学生们对先生八十华诞的热烈庆贺，也是学生们奉献给先生的一次集体汇报，更是学生们对先生长期辛勤教诲的衷心感恩！

本书收录的23位研究生的论文，按其入学的先后次序排列，同时入学者则依据年龄排序。这些论文绝大部分曾在国内重要学术刊物上发表，时间起讫从1980年代中期直至当下，李书磊的文章《作为异文化体验的"梁启超游美"——〈新大陆游记〉重读》则是专门为本书撰写的。论文中的许多篇章曾在学界产生过一定的影响，也在一定程度上反映了中国现代文学研究近三十年来向不同方面开展的轨迹。所收论文的作者所持的学术立场不尽相同，讨论的学术问题大小不一，使用的研究方法亦不尽一致，但这些姿态各异的研究论文也显示出一些共同的特点，那就是较为宏阔的学术视野、探索问题的强烈意识和严谨求实的学术精神，而这些也正是我们的导师严家炎先生言传身教的结果。

编辑小组在征集论文的过程中，得到各方面的热情支持，在此谨表至诚的感谢！受教于严家炎先生的研究生原不止这些，遗憾的是，岁月变迁，暌隔日久，少数外国研究生的地址已经变更，编辑小组虽然尽力多方联系，但依然消息难通，只得付阙，在此祈请原谅。

本书在编辑出版过程中，得到北京大学出版社总编辑张黎明先生、责任编辑张雅秋、张弘泓女士的热情支持和帮助，编辑小组表示真诚的感谢！

《庆贺严家炎教授八十华诞论文集》编辑小组

2013年1月10日